Eshkol Nevo
Die Wahrheit ist

AF178105

Ein Schriftsteller, er heißt Eshkol Nevo, beantwortet eine Reihe von Leserfragen. Normalerweise erledigt er diese Aufgabe routiniert. Doch vor Kurzem ist sein Leben aus den Fugen geraten: Seine Ehe steht vor dem Aus; seine ältere Tochter distanziert sich von ihm; eine Auftragsarbeit droht seinen Ruf zu beschädigen; sein bester Freund liegt im Sterben. Bleibt nur die Flucht nach vorn, und so blickt er zum ersten Mal ohne Weichzeichner auf sein Leben. Entwaffnend ehrlich bekennt er sich zu seinen Affären, Verfehlungen, Widersprüchen. Mitreißend erzählt der international vielfach ausgezeichnete Bestsellerautor Eshkol Nevo von einem Mann in mittleren Jahren, der in der Krise den Mut fasst, mit seinen Lebenslügen aufzuräumen, und seine Selbstachtung zurückgewinnt.

Eshkol Nevo, geboren 1971 in Jerusalem, gehört zu den wichtigsten israelischen Schriftstellern der Gegenwart. Seine Bücher wurden in viele Sprachen übersetzt. ›Wir haben noch das ganze Leben‹, sein zweiter Roman, war in Deutschland ein Bestseller. Für ›Die Wahrheit ist‹ wurde Nevo mit dem italienischen Lattes Grinzane Preis ausgezeichnet und für die Shortlist des französischen Prix Fémina étranger nominiert. Eshkol Nevo lebt mit seiner Familie in Ra'anana / Israel.

Markus Lemke, geboren 1965 in Münster/Westfalen, studierte Orientalische Philologie und Islamwissenschaften in Bochum und Kairo. Er lebt als freier Literaturübersetzer (u. a. Joshua Sobol, Amir Gutfreund, Joram Kaniuk) und Dolmetscher aus dem Hebräischen und Arabischen in Hamburg.

Eshkol Nevo

Die Wahrheit ist

Roman

Aus dem Hebräischen
von Markus Lemke

dtv

Von Eshkol Nevo ist bei dtv außerdem lieferbar:
Wir haben noch das ganze Leben
Neuland
Über uns
Die einsamen Liebenden

2021 dtv Verlagsgesellschaft mbH & Co. KG, München
© der deutschsprachigen Ausgabe:
2020 dtv Verlagsgesellschaft mbH & Co. KG, München
Die hebräische Originalausgabe erschien 2018 unter dem Titel
›Ha-Re'ayon ha-acharon‹ bei Kinneret Zmora Books, Israel.
© 2018 by Eshkol Nevo
Umschlaggestaltung: dtv nach einer Vorlage
von Lübbeke Naumann Thoben, Köln
Satz: Uhl + Massopust, Aalen
Druck und Bindung: Druckerei C.H.Beck, Nördlingen
Printed in Germany · ISBN 978-3-423-14803-0

Haben Sie schon immer gewusst, dass Sie Schriftsteller werden wollen?

Nein. Aber an irgendeinem Punkt während der Pubertät ist mir klar geworden, meine Selbstbefriedigungsfantasien sind sehr viel detaillierter als die meiner Freunde. Bei ihnen lief es pragmatisch ab, wie im Passbildautomaten. Bei mir gab es Hindernisse, Konflikte, runde Gestalten. Ich musste meinen Fantasien glauben können, um durch sie erregt zu werden. Also habe ich sie bis ins letzte Detail angelegt. Ich erinnere mich an eine Nacht, wir lagen in unseren Schlafsäcken im Keller von Chagai Karmelis Haus in Ramot, vier echt gute Freunde, und jeder hat seine Fantasie erzählt. Ich war als Letzter dran, und bis ich fertig war, waren alle eingeschlafen, alle bis auf Ari, der, bevor er sich endgültig den Reißverschluss seines Schlafsacks bis über die Nase hochzog, mit schläfriger Stimme meinte: Bruder, aus dir wird noch mal ein Schriftsteller. Aber du musst lernen, dich kürzer zu fassen.

Was ist Ihr Antrieb beim Schreiben?

Wir sollten über die Pessachferien Tagebuch führen, hatte unsere Lehrerin Me'ira gesagt. Also nahm ich ein Schreibheft mit auf die Sinaihalbinsel, stieg damit von Zeit zu Zeit auf einen Hügel und schrieb über die Welt unter Wasser und die darüber.

Später dann beschlossen meine Eltern, von Jerusalem nach Haifa zu ziehen. Ich schrieb ein paar Protestgedichte gegen den Umzug, aber wie so häufig bei Protestgedichten, es half nichts.

Und dann gab es in der Zwölften diese Abschlussaufführung, bei der Tali Leshem Querflöte spielte. Ich wollte ständig in ihrer Nähe sein, in der Hoffnung, sie würde mich irgendwann mal registrieren, aber ich hatte für nichts Talent – spielte kein Musikinstrument, konnte nicht singen und auch nicht tanzen. Also hab ich mich freiwillig gemeldet, die Texte für die Lieder zu schreiben.

In der Armee hab ich Tali Briefe geschrieben. Ich dachte, wenn sie jeden Tag einen Brief von mir bekommt, verlässt sie mich nicht für jemanden, der häufiger nach Hause darf.

Und an Dikla habe ich aus Südamerika geschrieben, nach der Armee schon. Manchmal über Sachen, die auf der Reise passiert waren, und manchmal über Dinge, die ich mir einfach ausgedacht hatte. Irgendwann habe ich gemerkt, dass es mir mehr Spaß macht zu schreiben, was nicht stimmte.

Dikla und ich, wir haben uns dann getrennt, unmittelbar bevor ich an meinem ersten Schreibworkshop teilnahm, nach dem B.A., und alle Worte, die sich dort aus mir ergossen, und vielleicht überhaupt alles seitdem, waren Versuche, die riesige Leerstelle zu füllen, die durch ihren Verlust klaffte.

Nach einem Jahr sind wir wieder zusammengekommen.

Und noch später habe ich ein paar Entscheidungen im Leben getroffen: Hochzeit. Kinder. Die Hypothek.

Das Leben ist dann auf eine zu enge Schiene geraten, und das Schreiben war alles, was außerhalb dieser zu engen Schiene lag.

Das Leben, das ich nicht leben konnte – das habe ich geschrieben. Einige Jahre lang hat das ganz gut funktioniert, hat die Sehnsucht ein bisschen betäubt, aber dann ist Ari erkrankt. Außerdem ist Shira weggegangen, aufs Internat. Und Dikla hat aufgehört, sich an mir zu erfreuen.

Damit hat so eine Phase angefangen.

Ich denke, man könnte es Krise nennen. Ich dachte, das sei in ein paar Monaten vorüber. Doch ich lag falsch.

Von außen ist das nicht zu sehen, aber ich weiß, ich bin im freien Fall. Weiß, jetzt schreibe ich, um gerettet zu werden.

Wie sieht denn ein Arbeitstag bei Ihnen aus?

Seit letztem Jahr führe ich einen Dauerkrieg, einen richtigen Grabenkampf, gegen meine Dysthymie: eine akute affektive Störung, die auf dem ständigen, fortgesetzten Gefühl einer auf kleiner Flamme schmorenden Missstimmung beruht. Oder einfacher gesagt, früher bin ich fröhlich aufgestanden, heute stehe ich traurig auf. Ich bin nicht sicher, ob ich weiß, warum, und schon gar nicht, wie man da wieder rauskommt. Ich bin auch nicht sicher, wie lange Dikla das noch ertragen kann. In letzter Zeit spüre ich, dass sie auf Abstand zu mir geht. Vielleicht fürchtet sie, sie könnte sich anstecken.

Wie auch immer – mein Morgen beginnt mit, wie man so schön sagt, körperlicher Ertüchtigung, eine Runde Joggen oder aufs Rennrad, um ein paar Endorphine freizusetzen. Jeden Tag. Danach rufe ich Ari an und wir reden über die Basketballmannschaft von Hapoel Jerusalem, über die Schwestern auf seiner Station, über die Chancen, dass es zu einer Wiedervereinigung der Hip-Hopper von Shabak Samech kommt – über alles eben, außer seiner Krankheit. Das Telefonat ist zwar eigentlich dazu gedacht, ihn aufzumuntern, muntert aber auch mich auf und vertreibt ein wenig mein beklemmendes Gefühl von Einsamkeit. Danach döse ich ein bisschen, stehe auf, trinke zwei Becher Kaffee hintereinander, esse eine ganze Tafel Vollmilchschokolade und schalte den Computer an, wie jemand, der ernsthaft vorhat, seinen nächsten Roman zu schreiben. Sitze eine Weile vor dem leeren Bildschirm. Und nach ein paar Minuten lande ich wieder bei diesem Interview hier, das irgendein Onlineredakteur, der Fragen von Usern an mich sammelt, mir geschickt hat. Und darauf antworte ich ein bisschen. Ein, zwei Fragen. Maximum drei. Und schon ist es halb zwei und meine mittlere Tochter kommt aus der Schule. Der Radau, den sie im Wohnzimmer veranstaltet, bringt mich so aus dem Konzept, dass es sinnlos wäre, weiterzumachen. Also schalte ich den Computer aus und sehe zu, ihr etwas zu Mittag zu kochen. Wir essen dann zusammen. Im letzten Jahr hat sie so eine besondere Antipathie gegen alles und jeden entwickelt, und mit meiner Dysthymie fällt es mir ein bisschen schwer, das zu ertragen. Trotzdem versuche ich, durch die Dornenranken, die plötzlich um sie gewachsen sind, zu ihr durchzudringen. Aber das ist so ermüdend, dass ich nach dem Essen erst mal ein Mittagsschläfchen halten muss. Ich stelle mir immer den Wecker, damit ich unseren Jüngsten nicht zu spät aus dem Hort ab-hole. Wenn ich dort reinkomme, lacht er vor Glück und kommt auf mich zu gerannt, und für einen Moment, kurz wie ein Gedicht, sieht es so aus, als käme alles in Ordnung.

Wie autobiografisch sind Ihre Bücher?

Früher habe ich auf diese Frage ohne Weiteres antworten können. Das heißt, ich wusste, wenn ich sie beantworte, lüge ich schlicht und ergreifend, um alle mir nahen Menschen und mich selbst zu schüt-zen. Aber ich kannte auch die Wahrheit. Und die Wahrheit ist, dass es in meinen fiktionalen Werken autobiografische Elemente gibt und immer gegeben hat, die ich in der Regel den weiblichen Charakteren verleihe. Um den Feind in die Irre zu führen.

Doch mit den Jahren sind die Dinge komplizierter geworden. Denn was macht man zum Beispiel mit einem Buch, das dir dein eigenes Leben voraussagt? Ich denke mir eine extreme, absurde Ge-schichte aus. Und ein Jahr, nachdem das Buch erschienen ist, passiert das wirklich. Gilt das dann als autobiografisch?

Und was ist mit all den »Hinter-den-Kulissen-Geschichten«, die ich bei Autorengesprächen mit Lesern erzähle? Die ein persönliches

Erlebnis enthüllen sollen, das zum Schreiben geführt hat. Die sind im Umgang mit dem Publikum inzwischen derart veredelt, dass ich schon gar nicht mehr sicher bin, ob sie tatsächlich stattgefunden haben.

Gar nicht zu reden vom Einsickern der Verlogenheit in mein privates, nicht literarisches Leben.

Ich besuche zum Beispiel Ari im Tel Hashomer Hospital.

Als wir zusammen unsere große Reise gemacht haben, hat meine Großmutter mich vorher gefragt: Mit wem fährst du? Und als ich ihr gesagt habe, mit Ari, hat sie geseufzt und gesagt, sehr gut, er wird auf dich aufpassen.

Jetzt sind seine starken, sehnigen Arme nur noch Haut und Knochen, und seine runden Wangen eingefallen.

Er bittet, ich solle ihm ein Glas kaltes Wasser aus dem Wasserspender bringen, und als ich aus der Kochnische zurückkomme, fangen wir an zu reden.

Früher hab ich ihm immer erzählt, wie es mir wirklich geht. Heute nur noch gut aufbereitete Anekdoten. Und in seinen Chemotherapieaugen sehe ich, er weiß, dass ich ihm nur gut abgegangene Geschichten serviere, doch er will, braucht, dass ich ihm etwas anderes, Ungeschliffenes erzähle. Etwas, das keinen Anfang, keinen Mittelteil und keine Pointe hat.

Aber ich kann schon nicht mehr anders. Alles, was mir im echten Leben passiert, wird von dem Moment an, in dem es geschieht, zu einer guten Geschichte verarbeitet, die ich irgendwann mal erzählen kann. Bei einer Lesung. Einem Interview. Bei einem Gespräch im Krankenhaus mit Ari, der mittendrin die Augen schließt, nach meiner Hand greift und sagt: Komm, lass uns ein bisschen schweigen.

Woran arbeiten Sie gerade?

Die Wahrheit ist, ich erhole mich noch immer vom letzten Buch. Genauer gesagt, von der abgrundtiefen Leere nach dessen Erscheinen. Zurzeit bemühe ich mich deshalb vor allem, mich nicht zu verlieben. Denn das Jahr nach Erscheinen eines Buches kann fatal sein. Man läuft mit einem derart starken inneren Hunger durch die Gegend, dass Leute ihn dir ansehen. Und am leichtesten ist dieser Hunger durch ein verzweifeltes, sinnloses Sich-verlieben zu stillen. Sagen wir, in eine slowakische Dokumentarfilmregisseurin mit Schmiss auf der linken Wange, der wie ein Grübchen aussieht, die du auf dem Filmfestival in Haifa triffst. Ein Sich-verlieben, das dich hinterher ein Jahr kostet, um wieder auf die Beine zu kommen. Also besser zu Hause bleiben. Sich verschanzen. Die Herzkammern verrammeln. Keinen Spalt offen lassen, durch den eine Frau eindringen könnte, die nicht die eigene ist. Daran arbeite ich zurzeit.

Wie gelingt es Ihnen als Mann, Frauengestalten zu schreiben?

Das ist noch niemandem aufgefallen, aber im Grunde genommen sind die Frauen in meinen Büchern nur Variationen der immer selben drei Frauen:

Meine eigene Frau.

Eine imaginierte Frau, die das Negativ zu meiner Frau ist, doch auf die Möglichkeit, mit ihr zusammenzuleben, habe ich in dem Augenblick verzichtet, in dem ich beschloss zu heiraten.

Und die Frau, die ich selber bin.

Peinlich genug, aber am stärksten fühle ich mich von dieser dritten Frau angezogen.

Wie gehen Sie mit der Selbstentblößung um, die mit der
Veröffentlichung eines Buches verbunden ist?

Ich habe mich gegoogelt. Wieder mal. Ein Fehler, ich weiß. Habe die ganze Nacht Sachen gelesen, die Leute über mich schreiben. Früher, auf irgendeiner Klassenfahrt, hatte ich mal so getan, als schliefe ich, und gehört, wie zwei sich unterhalten. Über mich. Aber nun sind es sehr viel mehr Leute als nur zwei. Vielleicht tausend. Zweitausend. Auf einer Internetseite haben sie sogar Fotos von den Pigmentflecken, die ich auf beiden Wangen habe, hochgeladen und zeigen, wie sich die mit Photoshop wegmachen lassen. Um vier in der Früh bin ich endlich schlafen gegangen. Die bösartigen Kommentare aber sind mir noch aufgestoßen. Ich habe mich von hinten an Dikla gekuschelt. Früher, wenn ich mich so an sie geschmiegt habe, hat sie meine Hand genommen und auf ihr Herz gelegt. In letzter Zeit macht sie das nicht mehr. In letzter Zeit ist meine Gewissheit, dass sie mich liebt, ganz schön ins Wanken geraten. Dennoch habe ich meine Atemzüge ihren angepasst, habe vor mich hin geflüstert: Ich habe ein Zuhause. Ich habe ein Zuhause. Die ganze Nacht habe ich kein Auge zugemacht, musste plötzlich an die Nachbarin denken, die wir vor Jahren gehabt hatten. Eine ältere, ja, man kann sagen alte Frau, dich mich mal in ihrem Wagen mit zum Meer genommen hat. Und unterwegs erzählt sie mir, sie gehöre einer Nudistengruppe an. Und ich, gerade mal fünfzehn, war ganz begeistert und habe gefragt, ob ich da auch mitmachen könne. Mich entblößen.

Durch die Sonnenblenden war schon das Morgengrauen zu erahnen. Meine Frau atmete noch immer wie im Tiefschlaf.

Alles ist vorbestimmt, dachte ich. Aber du hast die Wahl.

Dem weinenden Jungen viel zu ähnlich, der auf einem Plakat in der Kinderarztpraxis an der Wand hing, und wenn wir auf einen Termin bei Doktor Schneidtscher warteten, deuteten immer Kinder abwechselnd auf ihn und auf mich.

Außerdem ständig Fantasien nachhängend, nicht unbedingt lesend, aber die ganze Zeit vor mich hin fantasierend.

Und verliebt. Ständig und über beide Ohren. Jedes Mal in ein anderes Mädchen. Ohne ihr etwas davon zu sagen. Und immer mit dem Gefühl, etwas zu vermissen. Von klein auf habe ich mich als Kind in Erinnerung, das mit dem permanenten Gefühl durch die Gegend läuft, etwas zu vermissen. Noch war mir niemand gestorben, aber wir sind ständig umgezogen. Jeden Sommer habe ich mich von den alten Freunden verabschiedet, nur um im Herbst darauf neue Freunde zu finden. Wobei, nebenbei gesagt, gar nicht mal sicher ist, dass das der Grund ist, warum ich mit dem permanenten Gefühl von Sehnsucht durch meine Kindheit gegangen bin. Vielleicht ist das einfach so, und es gibt Zickzackkinder und Sehnsuchtskinder.

Ich versuche, irgendeinen konkreten Augenblick in all diesen rührseligen Worten zu isolieren. Das ist es, was ich von meinen Schülern immer verlange: Seid konkret. Brecht das Gefühl zu greifbaren Bildern herunter. Aber von allen Bildern, ich weiß nicht, warum ...

Ich war sechs, vielleicht auch sieben, und bin mit Großvater Yitzhak in den Luna-Park gegangen. Er war da schon ziemlich alt und hatte keine Kraft mehr oder einfach keine Lust, mit mir in die Fahrgeschäfte zu gehen. Also hat er mich nur von einer Attraktion zur nächsten begleitet und mich zwischendurch immer mal wieder überredet, einen Schluck aus der Armeewasserflasche zu nehmen, die er mitgenommen hatte. Für mich war das vollkommen in Ordnung, dass er nicht mitkam. Alleinsein war damals noch kein Angstgefühl. Ich bin freudig allein in die Achterbahn und habe nicht einmal geschrien, auch bei den steilsten Schussfahrten nicht. Die Geisterbahn fand ich hauptsächlich langweilig. Das Riesenrad war eine großartige Gelegenheit, sich die ganze Stadt von oben anzuschauen. Nicht der kleinste Anflug von Furcht – bis das Spiegellabyrinth an der Reihe war.

Eine scheinbar harmlose Sache – ich glaube, heute gibt es das schon gar nicht mehr, dafür ist das Ganze zu harmlos und unschuldig.

Alles, was man tun musste, war, zwischen verspiegelten Wänden den richtigen Weg vom Eingang zum Ausgang zu finden.

Es fing undramatisch an. Ich nahm die ersten beiden Abzweige im Labyrinth, aber dann war ich plötzlich von meinen eigenen Spiegelbildern umstellt. Ich erinnere mich noch genau an den Augenblick: Unmengen verzerrter Gestalten, die mir ähnlich sahen und auch wieder nicht, kreisten mich ein. Einige hatten einen übergroßen Kopf und spindeldürre Beine, andere monströs dicke Beine und einen winzigen Schrumpfkopf. Leichter Schwindel befiel mich und ein starkes Gefühl, das ich bis dahin nicht gekannt hatte, ein Gefühl der Ausweglosigkeit. Ich versuchte weiterzugehen, aber wohin ich mich auch wandte, immer stieß ich auf mein verzerrtes Ich. Immer und immer wieder, bis ich mich am Ende verzweifelt zu Boden sinken ließ, an eine Wand gelehnt dasaß und nachdachte. Um Hilfe zu rufen machte keinen Sinn, weil Großvater ohne sein Hörgerät nur schlecht hörte. Ich komme hier nie wieder raus, dachte ich.

Und jetzt wird mir plötzlich klar, wie sehr diese Situation im Grunde genommen dem Albtraum gleicht, aus dem Dikla in unseren ersten Jahren immer erwacht ist. Sie setzte sich abrupt im Bett auf, schlug sich mit der Hand auf die Brust, als müsste sie ersticken, und stierte mich mit wild aufgerissenen Augen an, ohne mich zu erkennen. Bis sie mich irgendwann dann doch erkannte und bat, ich solle sie in den Arm nehmen. Ich musste schon nicht mehr fragen, was los ist, wusste, sie ist erneut in diesem Klassenraum gefangen und kann nicht raus, weil die Terroristen die Tür bewachen, weshalb sie wieder und wieder versucht, das Fenster zu öffnen, um zu fliehen, aber es nicht schafft. (Im echten Leben, nicht in ihren Angstträumen, hatte sich der Anschlag in Ma'alot ereignet, als ihre Mutter mit ihr schwanger war. Im neunten Monat. Sie wohnten damals unmittelbar neben der Schule, in die die Terroristen eingedrungen waren, und Diklas Mutter hörte die Schreie der Kinder und flüchtete sich zu einer Nachbarin, die ein Jagdgewehr hatte.)

Erstaunlich, denke ich, dass zwei Menschen, deren größter Albtraum ist, zwischen Wänden gefangen zu sein, es doch irgendwie geschafft haben, ein Zuhause zu schaffen.

Wo schreiben Sie?

Jahrelang wollte ich ein Studio haben. Wollte Sätze sagen wie »Ich komme gerade aus dem Studio«, »Ich rufe dich nachher aus dem Studio an«. Aber andererseits schien mir das zu den Dingen zu gehören, die andere haben und nicht jemand, der in einer Hafenstadt aufgewachsen ist und erzogen wurde, keine Agora auszugeben, wenn es nicht wirklich sein muss. Wer braucht schon ein Studio?, habe ich mir das Ganze ausgeredet. Amos Oz hat auf der Toilette geschrieben.

Und dennoch, jedes Mal, wenn mir jemand, ein Kollege, erzählte, er gehe jetzt in sein Studio, krampfte sich mein Herz zusammen, als hätte jemand eine Wäscheklammer daran befestigt, und in meinem Mund formte sich gegen meinen Willen das Wort, wenn die Zungenspitze mit zwei Hüpfern über das Gaumendach wandert und mit dem dritten die Lippen weitet: Stu-di-o.

Vor etwas mehr als einem Jahr dann musste ich im Moschaw Giv'at Chen ein Studio anmieten. Es ging nicht anders. Ich schwöre. Bei allem, was mir lieb und teuer ist.

Im Nachbarhaus fingen sie an, das Gebäude nach dem nationalen Bebauungsplan 38 erdbebensicher zu machen, und bei dem infernalischen Lärm der Presslufthämmer und Kernbohrungen war es mir unmöglich, mich zu konzentrieren. Außerdem ging meine älteste Tochter, bevor sie uns dann bald verlassen und sich ins Internat nach Sde Boker abgesetzt hat, kaum noch zur Schule und hörte, um den Baulärm draußen zu übertönen, den ganzen Morgen in ihrem Zimmer in voller Lautstärke Enrique Iglesias. Ich fühlte mich umzingelt. Irgendwo zwischen Brust und Bauch nistete sich so ein Gefühl der Beklemmung ein und ging nicht mehr weg. Ich glaube, da hat bei mir die Dysthymie begonnen, auch wenn ich da noch gar nicht wusste, dass es so etwas überhaupt gibt, Dysthymie. Also habe ich überlegt, Ortswechsel gleich Stimmungswechsel, und meinen Laptop schließlich in die Praxis einer Psychologin geschleppt, die hauptsächlich in den Abendstunden arbeitet. Habe alle Vorauszahlungen akzeptiert, die sie zur Bedingung gemacht hat, und nur darum gebeten, dass wir im Mietvertrag die Bezeichnung des Objekts von »Praxis« in »Studio« ändern.

Zusammen mit dem Laptop habe ich auch ein paar Bücher in das Studio gebracht, um der Atmosphäre willen. Habe eine Zeichnung aufgehängt, die ich mal von einem Holocaustüberlebenden geschenkt bekommen habe und von der Dikla meint, sie sei zu traurig, um bei uns im Wohnzimmer zu hängen. Und auf einem Bord habe ich das Foto von Maayan aufgestellt. In Fußweite zum Studio gab es einen Dorfladen, wo sie frische Beigel mit Salz verkauften. Und Oliven. Ich liebe Oliven beim Schreiben. Draußen vor dem Studio stand ein Orangenbaum, und die Eigentümerin meinte, ich könne mir gerne Orangen pflücken. Und im Studio selbst warteten eine Kaffeeecke mit Nescafé und schwarzem Kaffee und ein Kühlschrank mit Milch.

Alles war bestens und bereit.

Der Moschaw Giv'at Chen ist, wie ich dem Eingangsschild entnahm, das ich jeden Morgen passierte, nach dem Dichter Chaim Nachman Bialik benannt. Über ihn wird nicht viel geredet, denn es gehört sich nicht, am Image unseres verehrten Nationaldichters zu kratzen … – aber Bialik hatte von dem Augenblick an, da er ins Land gekommen war, so gut wie nichts mehr geschrieben. Sein Werk trieb – wie man so schön sagt – keine Sprösslinge mehr, und in den zehn Jahren, die er in Zion verbrachte, verfasste er lediglich neun Gedichte, die, vorsichtig ausgedrückt, nicht zu seinen besten gehören. War das Haus, das man ihm in Tel Aviv gebaut hatte, zu schön? Zu komfortabel? Oder hatte der Umstand, dass Leute erwartungsvoll zu ihm aufblickten, ihm die Freiheit genommen, die jeder Künstler für sein Schaffen braucht? Vielleicht ließen ihm aber auch seine vielfältigen literarischen Aktivitäten, die Zeitschriften und Buchveröffentlichungen, keine Zeit zum Schauen, und wie soll man sich, ohne einfach nur zu schauen, ohne den leeren Raum leer sein zu lassen, von Neuem mit etwas füllen können? Oder sollte es genau andersherum gewesen sein? Vielleicht halste er sich immer mehr literarische Projekte auf, um nicht allein sein zu müssen, allein mit seinem zum Schreiben unfähigen Selbst. Ich stelle mir vor, wie er vor dem Einschlafen seiner Frau Mania gesteht, schon wieder sei ein Tag vergangen, ohne dass er ein Gedicht geschrieben habe, das die Bezeichnung verdiente, sehe den erschöpften Blick in ihren Augen, während sie ihm zuhört. Also ehrlich, Chaim Nachman – denkt sie, sagt es aber nicht –, wie oft soll man sich diese Litanei denn noch anhören?

Mit offenen Augen in die Dunkelheit starrend wartet er, bis sie eingeschlafen ist, verlässt dann das Haus und geht ein paar Straßen weiter zu Ira Jan. Sie ist zügellos, Malerin und noch immer von ihm begeistert, und nachdem sie miteinander geschlafen haben, liegt er mit offenen Augen da, starrt in die Dunkelheit und wartet, dass Ira Jan eingeschlafen ist und er zu einer anderen Frau, einer dritten gehen kann – dass es in seinem Leben noch eine dritte Frau gegeben hat, ist zu vermuten. Er legt den Kopf in ihren Schoß und sie streichelt seine Glatze und singt ihm Lieder auf Jiddisch vor. Aber dieses Bäumchen-wechsel-dich-Spiel von einem Bett ins nächste im kleinen, damals so beschaulichen Tel Aviv hilft ihm nicht und ändert nicht das Geringste, denn am nächsten Morgen wartet auf seinem Schreibtisch schon das Blatt, weißer denn je.

Ich habe einige Monate in meinem Studio in Giv'at Chen verbracht. Habe Texte von Schülern gelesen. Telefoniert. Mails beantwortet. Bin zum Dorfladen gegangen und mit Oliven zurückgekommen. Habe Orangen vom Baum gepflückt und ausgepresst. Habe das Foto von Maayan betrachtet, der jungen Frau, die in Bolivien auf der Camino de la Muerte zu Tode gekommen war und in deren Rucksack man ein Buch von mir gefunden hatte. Habe mir auf YouTube ganze Alben von David Bowie angehört. Habe medizinische Fachaufsätze über Dysthymie gelesen. Habe zu Leuten gesagt: »Ich ruf dich aus dem Studio an«, »Treffen wir uns doch bei mir im Studio«. Habe sogar versucht, auf der Yogamatte der Psychologin Yogaübungen zu machen und mir einen Hexenschuss dabei geholt. Vielleicht war ja die Dysthymie schuld, die mich an die Realität genagelt hat. Oder vielleicht waren dort auch andere Kräfte am Werk.

Am Ende bin ich zurück nach Hause.

Nach Hau-se.

Die Zungenspitze wartet geduldig darauf, wieder loszuhüpfen, während der Mund sich abwechselnd weitet und schließt.

Denken Sie an Ihre Leserschaft, wenn Sie schreiben?

Ich? Ach was. Auf keinen Fall. Das wäre nicht sachdienlich. Außerdem ist auch gar keine Zeit dafür. Das Bewusstsein ist so ausgelastet mit den inneren Konflikten der Charaktere und Verschachtelungen der Handlung, dass überhaupt keine Zeit für irrelevante Überlegungen bleibt. Nein, wirklich nicht. Ganz entschieden nein …

Nur manchmal, wie ein nackter Fan, der mitten in der Partie aufs Spielfeld stürmt, ploppt in meinem Bewusstsein die Existenzangst auf: Was, wenn sie es nicht mögen? Was, wenn sie es nicht kaufen? Wovon sollen wir dann leben? Für einige Augenblicke gelingt es dann dieser Furcht, den Ordnern meines Selbstbewusstseins zu entwischen, bis sie sie endlich einholen, sie etwas unsanft am Ellbogen packen und vom Platz führen.

Stellen Sie sich während des Schreibens einen konkreten Leser oder eine Leserin vor?

Jahrelang habe ich mir Dikla vorgestellt. Habe mir ausgemalt, wie ich ihr das Manuskript im Bett vorlese. Ich lese eine Seite und lasse sie zu Boden fallen. Lese die nächste und weg damit. Und sie lauscht und schenkt mir diesen liebevollen, aufmunternden Blick mit einer Spur Amüsiertheit, den sie hatte, bevor wir uns in der Wohnung in der Ramban zum ersten Mal geküsst haben.

Doch in letzter Zeit gelingt mir das nicht mehr, mir beim Schreiben Dikla vorzustellen. Und ich glaube, das Problem liegt in dem Blick, mit dem sie mich ansieht, seit Shira ins Internat ist. Der ist nicht mehr liebevoll und voller Sympathie, sondern von mehr als nur einer Spur Kritik bestimmt.

Du weißt, dass ich am Sonntag nach Kolumbien fliege?, habe ich letzte Woche zu ihr gesagt.

Ja, hat sie geantwortet.

Früher war dieses »Ja« der Vorspann zu ganz viel Sehnsucht, sollte dieses »Ja« sagen, du wirst mir fehlen.

Aber diesmal schwang darin mit: Vielleicht ganz gut, dass du ein bisschen wegfährst. Um ehrlich zu sein, ich habe dich über.

Ich bin kein Kind mehr. Weiß, die Energie zwischen zwei Menschen ist letztendlich dazu verurteilt, ihre Form zu wandeln. Das ist

quasi ein physikalisches Gesetz. Ich habe das bei anderen Paaren erlebt, ja, habe im Grunde genommen immer gewusst, dass es auch bei
uns irgendwann passieren wird.

Nur hätte ich mir nie vorstellen können, dass es zuerst bei ihr der
Fall sein würde.

Ein paar Tage danach habe ich deprimiert meinen Koffer gepackt.
Unterwäsche, Socken. Mehrere Exemplare meiner Bücher und Manuskripte von Schülern aus meinem Schreibworkshop.

Normalerweise packe ich freudig erregt.

Und normalerweise setzt in dem Augenblick, in dem das Flugzeug
abhebt, auch meine Seele zum Steigflug an.

Wie leben Sie mit den Interpretationen und Analysen,
die über Ihre Bücher angestellt werden?

Take it easy. Ehrlich. Das ist doch das Schöne an Literatur, dass mit
jedem Lesen das Buch irgendwie neu geschrieben wird, oder? Das
ist aus meiner Sicht vollkommen in Ordnung. Außerdem, was kann
ich denn machen? Jeden Käufer aus dem Buchladen bis nach Hause
verfolgen und zu ihm ins Bett schlüpfen, um sicherzugehen, dass er
das Buch auch versteht?

Ich sage mal ganz einfach: Alle sind herzlich eingeladen, meine
Bücher zu lesen, wie es ihnen gefällt.

Alle, bis auf eine bestimmte Sorte von Akademikern.

In der Regel aus der Literaturwissenschaft.

Manchmal sind sie auch unter den Kulturwissenschaftlern zu finden oder bei den Gender Studies. Die Rede ist von Leuten, die durch
die vollkommen verqueren Karrieremechanismen der Universitäten
abgerichtet worden sind, sich auf eine sehr spezielle Nische zu konzentrieren. Unermüdlich veröffentlichen sie Fachaufsätze, die die

immer gleiche Forschungsfrage untersuchen. Und nötigen obendrein ihre Studenten, genau denselben Quadratmeter abzugrasen. Sie machen das schon so viele Jahre, dass sie nicht mehr in der Lage sind, ein Buch anders zu lesen als durch ihr eigenes Forschungsprisma, das schmal wie ein Felsspalt ist.

Ich bin mal zu einem solchen Kongress theoriebewehrter Akademiker eingeladen worden.

Habe mich, zugegebenermaßen, über die Einladung gefreut. Künstler sind auf Anerkennung angewiesen wie Forscher auf Beweise. Am Eingang zum Gebäude der Geisteswissenschaften habe ich sogar die Ankündigung fotografiert, auf der mein Name stand, und das Foto meinen Eltern geschickt, um ihnen eine Freude zu machen.

Aber dann sind, auf dem Kongress selbst, einer nach dem anderen promovierte und habilitierte Menschen ans Rednerpult getreten und haben meinem Buch systematische Lesarten aufgezwungen. Und das alles in einem autoritativen, besserwisserischen Ton, dass ich mir wie der letzte Simpel vorkam. Ich wurde immer kleiner dort auf meinem in der ersten Reihe für mich reservierten Stuhl, und mit jedem weiteren gelehrten Satz, der von der Bühne kam, verkroch ich mich mehr in mich selbst. Der Kopf verschwand in den Händen, die Hände verschränkten sich vor der Brust, die Brust wurde eins mit dem Bauch, bis ich am Ende ganz verschwunden war und der Diskussionsleiter sich in meinem Namen entschuldigte, dass es mir aus persönlichen Gründen unmöglich gewesen sei, an dem Kongress teilzunehmen.

Lässt sich vom Schreiben leben?

Ich gerate immer ins Stottern, wenn man mir diese Frage stellt. Erwähne, dass ich auch Schreibworkshops gebe. Lasse fallen, Dikla sei leitende Projektmanagerin in einem großen Unternehmen.

Manchmal aber bleibt mir keine andere Wahl und ich erzähle die Geschichte von Herschele Ostropoler, den die Mutter losschickt, Milch vom Krämer zu besorgen. Als er aus dem Laden tritt, beschleicht ihn die Furcht, die Milch könnte sauer sein, weshalb er einen ordentlichen Schluck davon nimmt, ehe er weitergeht. Doch dann bekommt er erneut Angst, die Milch könnte beim Gehen umgekippt sein. Und nimmt noch mal einen Schluck. Nur um sicherzugehen. Er geht also weiter, hält inne, trinkt, und immer so fort, bis er zuhause angelangt ist. Nur, um von Neuem losgeschickt zu werden, Milch zu besorgen.

Soweit mir bekannt, gibt es keine solche Geschichte von Herschele Ostropoler. Es ist bloß eines dieser jiddischseligen Ablenkungsmanöver, bei dem am Ende alle verständnisvoll lächeln, obwohl ihnen die Moral von der Geschichte nicht klar ist.

Ich mache Verrenkungen, verbiege mich, nur um nicht mit der schlichten, beschämenden Wahrheit herausrücken zu müssen:

Wir können uns nicht beklagen. Das heißt, wirtschaftlich.

Als ich damals überlegt habe, die Werbeagentur zu verlassen, um mich ganz aufs Schreiben zu konzentrieren, habe ich zu Dikla gesagt, hör zu, wir werden uns einschränken müssen.

Sie war gerade schwanger. Unsere erste Schwangerschaft, mit Shira. Nicht das optimale Timing also für ein solches Gespräch.

Trotzdem hat sie sofort gesagt, dann schränken wir uns eben ein.

Ich erinnere mich noch genau an diese Unterredung, Wort für Wort. Weiß noch, wo wir gesessen haben: in der kleinen Küche unserer Mietwohnung in der Straße der Kinder von Teheran. Auf wackligen Klappstühlen.

Erinnere mich noch, was sie anhatte: eine weiße Tunika mit Knöpfen und Band, das unter der Brust geschnürt wurde. Und schwarze Leggings.

Erinnere mich sogar noch, was auf dem Teller war, der zwischen uns stand. Gesalzene Sonnenblumen- und Kürbiskerne. Mit Beginn der Schwangerschaft hatte Dikla einen unstillbaren Heißhunger nach Kernen und überall in der Wohnung standen kleine Schüsseln für die Schalen.

Bist du sicher?, habe ich gefragt.

Darf ich dich daran erinnern, dass du keine Prinzessin aus Savyon geheiratet hast, hat sie geantwortet. Was auch Vorteile hat. Und außerdem bin ich sicher, das Buch wird ein Erfolg und alles funktioniert.

Und wenn nicht?

Wir kommen schon klar. Hallo, ich bin ja auch noch da. Das ist doch ein Traum, von dem du redest, seit wir uns kennen, zu schreiben.

Okay. Soll ich schnell zum Kiosk, dir noch mehr Kerne holen?

Nachher, hat sie gesagt und mit dem Blick zum Schlafzimmer gedeutet.

Noch mal? Ein Seufzer, als sei ich nicht hocherfreut.

Das bin nicht ich, hat sie entschuldigend gemeint, das sind die Hormone.

Die Liste der Dinge, die mich an Dikla angezogen haben, ist sehr lang. Dazu gehören auch scheinbar unwichtige Kleinigkeiten, wie etwa der Geruch ihres Shampoos oder dass sie Bowies Videoclips aus den Achtzigern auswendig kannte. Und auch größere Sachen, zum Beispiel, dass sie keine große Flirterin war oder ihre Meinung nicht danach bildete, was in den Wochenendausgaben der Zeitungen stand, und dass sie bei übertrieben harten Gewaltszenen in Fernsehserien nicht wegguckte.

Aber ich glaube, der verborgene Grund, weshalb sie mich wirklich anzog, war, dass sie nichts an mir auszusetzen hatte. Sie hat mich vom ersten Augenblick an einfach akzeptiert und an mich geglaubt. Ohne etwas zu hinterfragen oder mich ändern zu wollen. Genau wie ihr Vater bei den Familienessen in Ma'alot. Der liebevolle Blick, der jedem ihrer Schritte folgte. Die Sanftheit, mit der er »Binti« zu ihr sagte, meine Tochter. Das Auberginenmus mit Sesampaste, das er extra für sie zubereitete. Die stille aber unübersehbare Bewunderung für jeden noch so kleinen ihrer Erfolge.

Und genauso hat Dikla mich damals geliebt. Vorbehaltlos und uneingeschränkt.

Ich hätte mir niemals vorstellen können, dass ich zwanzig Jahre später, beim Zwischenstopp in Madrid, auf dem Weg nach Kolumbien, immer wieder versuchen würde, sie zu erreichen. Und sie nicht rangeht.

Wie gehen Sie mit Kritik um?

Meine Eltern sind sehr kritische Menschen. Doch nicht im Sinne von Kritik, die einem um die Ohren gehauen wird. Das nun nicht. Aber beide sind Akademiker, und daher erfährt jede Handlung, die in ihrem engeren Umkreis erfolgt, eine genaue Überprüfung, zumeist mit dem Anspruch zu beweisen, dass sie auf einem Irrtum gründet. Schon seit Jahren kommen sie immer montags zu uns, um auf die Enkel aufzupassen. Und viel hat sich im Laufe dieser Jahre verändert. Jedes Mal treffen sie ein bisschen gebeugter ein. Und ein bisschen gefühlsseliger. Mein Vater hat sich einen chronischen Husten zugelegt und meine Mutter hört schon nicht mehr allzu gut. Shira, ihr Augenstern, hat sich ins Internat verabschiedet. Doch noch immer, nach jedem Besuch bei uns, geben sie uns ein Feedback. Mein Vater in einer endlos langen SMS mit Paragrafen und Unterparagrafen und meine Mutter bei einem Telefonat, das in emphatischem Ton beginnt und sich in einer minutiösen Aufzählung aller Fehler fortsetzt, die wir als Eltern machen.

Wer im Glashaus sitzt, möchte ich ihr sagen.

Und halte mich zurück. Aus Achtung vor ihr. Und wegen der Anstrengung, die sie beide auf sich nehmen, um jeden Montag zu uns zu kommen.

Dennoch, wächst man unter solchen Umständen auf, geht einem das Kritische in Fleisch und Blut über. Wird zur zweiten Natur. Strömt durch deine Adern wie eine weitere Art von Blutkörperchen: weiße Blutkörperchen, rote Blutkörperchen und kritische Blutkörperchen.

All das hat mich viele Jahre lang gehemmt, ja wirft mich zuweilen noch immer zurück und in die Tiefe (die Bewegung ist immer zurück und in die Tiefe). Aber es hat mich auch immunisiert. Denn die mörderischsten Kritiken werden in meinem Kopf verfasst, noch ehe das Buch überhaupt erschienen ist. Auch jetzt, beim Schreiben, schieße ich mir selbst ins Knie: Bist du verrückt geworden? Auf Fragen im Internet ehrlich zu antworten? Das wird hinterher für jeden, der dich googelt, bis in alle Ewigkeit verfügbar sein.

Hatten Sie schon mal eine Schreibblockade?

Ein Mal? Jeden Morgen habe ich eine Schreibblockade. Dieses ganze Interview hier ist doch – wenn wir ehrlich sind – bloß ein Versuch, der Schreibblockade bei einem anderen Text beizukommen.

Was ist die größte Herausforderung, die das Schreiben mit sich bringt?

In dem Augenblick, in dem ich anfange zu schreiben, befällt mich ein starker, unmöglich auszublendender Drang, etwas zu essen. Nach jeder Seite stehe ich auf und gehe in die Küche. Nein, nach jedem Absatz.

Aber mit diesem konkreten Hungergefühl kann man umgehen. Das Problem ist der andere Hunger.

Ihre Bücher sind sehr israelisch. Verlieren sie nicht etwas bei der Übersetzung in eine andere Sprache?

Wenn ich das wüsste. Die Wahrheit ist, ich habe keine Ahnung. Bei einem Abendessen mit Verlagsleuten in der Türkei zum Beispiel bekomme ich erzählt, sie seien gezwungen gewesen, aus meinem letzten Buch ein paar erotische Szenen herauszunehmen, da Erdoğans Regime angefangen habe, Verlage zu drangsalieren, die nicht vorsichtig genug seien. Ich bin auf meinem Stuhl sitzen geblieben, als sei nichts gewesen, habe mir, als sei nichts gewesen, einen Sütlaç zum Nachtisch bestellt und gedacht: Wer weiß, wie oft das schon passiert ist, in anderen Sprachen, anderen Ländern, ohne dass sie sich die Mühe gemacht hätten, mich zu informieren.

Ohnehin hat die ganze Sache mit den Übersetzungen etwas Unwirkliches. Du kommst in ein fremdes Land. Journalisten werden in dein Hotel bestellt. Es ist ein Zwei-Sterne-Hotel, hat also keine richtige Lobby. Nur eine Sitzecke mit einem unbequemen Sofa. Du sitzt drei Tage lang auf dem unbequemen Sofa. Und wirst interviewt. Einige der Journalisten kommen von Zeitschriften wie »Quinoa Chic«, »Unshaved Men« oder »Hunde und Schlitten« und scheinen vor allem gut mit der Pressefrau des Verlags befreundet zu sein. Außerdem bemerkst du, oder meinst es zumindest, leichte äußere Ähnlichkeiten zwischen ihnen und ihr, bis dich der Verdacht beschleicht, all die Interviews könnten fingiert sein: Die gesamte Verwandtschaft der Pressefrau ist mobilisiert worden, um dir das Gefühl zu geben, es herrsche ein gewaltiges Medieninteresse ausgerechnet an deinem Buch. Und das, obwohl genau in der Woche, in dem Land, in dem du zu Besuch bist, ein neuer Roman von Axel Wolf erscheint.

Der Verdacht erhärtet sich, wenn du irgendwann plötzlich registriert – wieso ist dir das nicht schon früher aufgefallen? –, dass auch nach Jahren, in denen du regelmäßig auf Auslandsreisen gewesen bist, du faktisch noch nie jemanden gesehen hast, der eine Übersetzung eines deiner Bücher liest. Nicht im Café. Nicht in der U-Bahn. Nicht im Zug. Seit Jahren schon läufst du den Gang zwischen den Sitzreihen auf und ab, vorgeblich, um dich ein bisschen zu bewegen und die Lendenwirbel zu entlasten, tatsächlich aber in der Hoffnung, zur Rechten oder zur Linken auf jemanden zu stoßen, der ein Buch von dir liest. Ein einziger Leser würde genügen, dich wieder deiner Existenz zu versichern. Aber rechts wie links, in der zweiten Klasse genauso wie in der ersten und im Speisewagen lesen alle bloß den neuen Axel Wolf.

In deinem Kopf beginnen Verschwörungstheorien zu sprießen, nach denen hinter deinem Rücken irgendein Deal eingefädelt wird, an dem Udi, dein smarter Agent, das israelische Außenministerium und der einladende ausländische Verlag beteiligt sind. Allen Seiten ist bewusst, dass von einer bloßen Fassade die Rede ist, einer Attrappe, alle Beteiligten profitieren davon, dass dein Buch erscheint, aber nicht vertrieben wird, und nur du, der einzige Truman in dieser Show, fährst unverdrossen ins Ausland und glaubst weiterhin, diesmal wird es passieren, diesmal erlebst du den Durchbruch.

Die letzte Reise ging nach Kolumbien. Und etwas an der Kombination aus reichlich Rum, einem maroden Hotel, in dem außer dir nur Japaner abgestiegen waren, und Straßen, in denen zu Hunderten unverkennbar nicht pittoreske Bettler lagerten, ließ die Grenze zwischen Realität und Imagination verwischen und dich wie ein Astronaut fühlen, der bei einem Außeneinsatz etwas am Raumschiff reparieren soll, als plötzlich sein Verbindungskabel abreißt.

In der freien Zeit, die dir nach dem Interviewmarathon in Bogotá bleibt, streifst du durch die bis spätabends geöffneten Buchhandlungen. In allen Schaufenstern liegt die spanische Ausgabe des neuen

Axel Wolf. Du trittst ein und suchst auf den Haupttischen nach deinem Buch. Dann gehst du zu den Regalen an den Wänden und studierst schließlich die Fächer knapp über dem Fußboden. Dein Buch steht nirgends, in keinem Laden. In einer Buchhandlung endlich überwindest du deine Scham und gehst zur Kasse, um zu fragen. Der Verkäufer schaut im Computer nach und sagt, sie hätten es nicht im Sortiment. Aber er könne es dir bestellen, falls du möchtest. Als du wieder auf der Straße stehst, verpasst du dem nächstbesten Laternenmast eine, nur um zu sehen, ob es wehtut.

Nach dem sechsten Tequila in einer Bar, in der alle für dich aussehen wie gekaufte Statisten, zahlst du beim Barmann und marschierst Richtung Hotel, als dir mit einem Mal einfällt, dass als Kind, in der vierten oder fünften Klasse, sich plötzlich und innerhalb weniger Monate deine gesellschaftliche Stellung wundersam verbessert hatte. In der kurzen Spanne zwischen Chanukka und Pessach warst du vom Außenseiter zum allseits beliebten Mitschüler geworden, und der Übergang erfolgte derart abrupt, dass du den Verdacht hattest, deine Eltern steckten dahinter; dass sie alle bestochen hatten, Jungen wie Mädchen, damit sie nett zu dir waren. Ein ganzes Jahr bist du damals mit diesem Verdacht herumgelaufen und hast die Welt abgesucht nach Anzeichen, die ihn bestätigen würden. Und jetzt, dreißig Jahre später, bist du wieder an diesem Punkt.

Du willst zuhause anrufen. Willst mit deiner Frau reden. Eine vertraute Stimme hören. Dich an irgendetwas klammern, bevor du endgültig das Gleichgewicht verlierst. Aber der Zeitunterschied. Und teuer ist es auch. Außerdem geht sie, wenn du in letzter Zeit aus dem Ausland anrufst, meistens nicht ran, und wenn sie doch rangeht, ist in ihrer Stimme keine Sehnsucht. Und mehr als alle anderen Indizien – das unterdrückte Gähnen, wenn du auf einem Vorspiel bestehst, oder dass sie nicht bemerkt, wenn du beim Friseur warst, dass sie, wenn du eine Diskussion schilderst, die du mit irgendwem hattest, automatisch auf dessen Seite ist – mehr als alle diese Anzeichen, die sich seit einem Jahr mehren, ist es ihre sehnsuchtslose Stimme am Telefon, die dich erschüttert.

Also rufst du nicht zuhause an, um nicht verletzt zu werden, und am nächsten Tag bleibt dir schon keine andere Wahl mehr, fängst du, um sicher zu sein, dass du überhaupt noch existierst, etwas mit einer kolumbianischen Journalistin an, die ein bisschen wie Pocahontas aussieht. Beim Interview flirtest du mit ihr und bittest sie um ihre E-Mail-Adresse, um ihr Gedichte von Yehuda Amichai in spanischer Übersetzung zu schicken. Du schickst ihr die Gedichte, garniert mit einer Einladung zum Abendessen, und über dem Abendessen schwebt noch immer eine Wolke: Vielleicht ist auch sie eine gekaufte Statistin? Aber als ihr euch küsst, löst sich die Wolke auf. Sie küsst beherzt und gut, ihr haltet ein Taxi an und fahrt zu deinem Hotel. Lasst Dutzende von Japanern in der Lobby stehen, und du fühlst, du existierst. Ihr schlaft miteinander, und plötzlich ist dir egal, ob deine Bücher im Ausland gelesen werden oder nicht. Danach sucht sie nach ihren großen Ohrringen, die sie abgelegt hatte, bevor sie sich auszog, und möchte gehen, aber du berührst ihren Arm und bittest, sie solle dich nicht allein lassen, singst ihr die ganze Nacht Lieder von Shlomo Artzi ins Ohr und treibst es mit ihr. Treibst es mit ihr und singst ihr Shlomo Artzi vor. Immer wieder. Sie ist geschieden und hat ein Kind, und in der Kleinstadt, aus der sie kommt, weiß jeder alles über jeden, und sie war schon zwei Jahre mit keinem Mann mehr zusammen, damit sie sich in der Churrascaria nicht das Maul über sie zerreißen. Und sie hat ein Gedicht von Kaváfis knapp über dem Steißbein eintätowiert, nicht »Ithaka«, sondern etwas weniger Bekanntes, und sie schreibt selbst, aber nur für die Schublade, Gedichte, keine Geschichten, und jedes Mal, wenn sie kommt, hört es sich an, als hätte sie einen schweren Asthmaanfall und könnte jeden Augenblick sterben.

Am Morgen legt sie ihre großen Ohrringe an und geht andere Schriftsteller interviewen, die zum Festival gekommen sind, und du fliegst zurück nach Israel.

Du triffst mitten in der Nacht ein, wuchtest deinen riesigen Koffer die Treppe hoch und fühlst dich wie Odysseus, der von Ithaka zurückkehrt. Deine Frau schläft, tief vergraben in ihre Decke, und du weckst sie mit Küssen und erzählst ihr alles. Immer hat absolute Ehrlichkeit zwischen euch geherrscht. Denn nachdem du zu einem professionellen Wahrheitsverdreher geworden bist, ist es nur noch dringender geworden, dieses Bedürfnis, dass es auf der Welt einen Menschen gibt, dem man die Wahrheit und nichts als die Wahrheit erzählt. Aber das ist es nicht allein. Du willst sie wirklich aufwecken. Ihr die Augen öffnen.

Je mehr du erzählst, desto gerader setzt sie sich im Bett auf.

Schiebt sich noch ein Kissen unter den Kopf. Geht vom Liegen zum Sich-abstützen und dann zum Aufrechtsitzen über. Ihre Augen sind weit aufgerissen. Sie bringt kein Wort über die Lippen.

Rede mit mir, Diki, flehst du. Sag etwas.

Sie schüttelt nur den Kopf. Langsam. Ihre Augen glitzern.

Ich war einsam, sagst du, war sehr, sehr einsam.

Einsam?, fragt sie. In ihrer Stimme schwingt Abscheu mit, aber du ignorierst das Warnsignal und machst weiter.

Nicht nur in Kolumbien war ich einsam. Auch vorher.

Was du nicht sagst, stößt sie hervor. Jetzt ist ihr Ton schon unüberhörbar zynisch. Distanziert.

Du versuchst, die Hand auszustrecken und ihre zu fassen. Damit sie dir nicht entgleitet.

Fass mich nicht an, sagt sie. Und dann: Ich war auch einsam. Aber das hat mich nicht bewogen, mit jemand anderem ins Bett zu gehen.

Nach diesem letzten Satz steht sie auf, ihre langen Haare ganz strubbelig, braune Schlangen, die sich von ihrem Kopf winden. Eine Hand ist zur Faust geballt und die andere wie ein Stoppschild abgespreizt.

Sie bittet, du mögest die Wohnung verlassen.

Und es interessiert sie nicht, dass es jetzt mitten in der Nacht ist.

Dass die Nachbarn dich um dein Leben flehen hören. Ohnehin sei es, seit du diese Dysthymie hast, unmöglich geworden, mit dir zusammenzuleben, auch so sei sie wegen deiner ständigen Reisen am Ende gewesen, und Kolumbien … Kolumbien war aus ihrer Sicht nur der Tropfen, der das Fass zum Überlaufen gebracht hat. Sie schubst dich nach draußen, stößt dir beide Hände vor die Brust und drängt dich aus der Wohnung, bis du morgens um halb sechs vor deiner Tür stehst, einen Fuß auf der Morgenzeitung und den anderen auf der Fußmatte, und nicht weißt, wohin du gehen sollst. Das letzte Mal, dass dir so etwas passiert ist, hast du bei deiner Großmutter Unterschlupf gefunden. Aber die ist inzwischen gestorben. Und bis vor einem halben Jahr hättest du auch zu Ari fahren können, denn es gab das ungeschriebene Gesetz zwischen euch, dass – egal was passiert war – einer beim anderen aufkreuzen konnte. Aber Ari liegt jetzt im Tel Hashomer und krepiert. Und sie sind dort sehr strikt, was die Besuchszeiten angeht. Ohnehin wäre es unpassend, ihn jetzt mit einer solchen Geschichte zu behelligen. Also schwingst du dich aufs Fahrrad und fährst zum Studio. Eigentlich bist du gar nicht mehr Mieter dort, hast das Ganze vor ein paar Wochen aufgegeben, weil es dir nicht mal gelungen war, dort auch nur eine Kurzgeschichte zu schreiben, aber du entsinnst dich, dass das Schloss an einem der Fenster kaputt ist. Als du endlich da bist, schiebst du das richtige Fenster auf, kletterst rein und legst dich auf der Yogamatte der Psychologin schlafen. In deinen Sachen. Ohne Decke.

Am Morgen kaufst du im Dorfladen Zahnpasta und eine Bürste, putzt dir in der Kaffeeecke die Zähne und wäscht dir dort im Waschbecken auch die Füße, und als du den einen Fuß wieder auf den Boden stellen willst, holst du dir einen Hexenschuss, krabbelst zurück und lässt dich auf die Yogamatte sinken.

Um neun klopft es an der Tür.

Du liegst noch immer auf der Matte. Und bist nicht in der Lage, aufzustehen und die Tür zu öffnen.

Also brüllst du: »Herein!«

Es ist ein Kurier, der dir einen Umschlag überreicht.

Du unterschreibst, im Liegen, um den Empfang zu bestätigen.

Der Kurier sagt, was für ein Zufall.

Auf den zweiten Blick erkennst du ihn. Vor ein paar Jahren hat er mal einen Schreibworkshop bei dir besucht. Ganz talentierter Bursche. Hatte so eine subversive Story über Sterbehilfe geschrieben. Über jemanden, der »der Engel« genannt wird und zwischen zwei und vier in der Früh von einem Krankenhaus zum nächsten tingelt, um Menschen beim Sterben zu helfen. Er ist in den Pausen immer raus, um eine zu rauchen, erinnerst du dich jetzt, dieser Schüler, der jetzt vor dir steht. Und beim zehnten und letzten Treffen hat er die Hand gehoben und spöttisch gemeint: Wir haben im Verlauf des Workshops über vieles gesprochen, aber die wichtigste Frage haben wir ausgespart – warum überhaupt schreiben?

Jetzt fragt er, tut Ihnen der Rücken weh?

Unter anderem, sagst du.

Er schlägt vor, einen Arzt zu rufen, der dir eine Spritze geben könnte.

Du sagst, du hättest schon genug Schmerzmittel im Leben genommen.

Er sagt, okay, aber warum sich quälen?

Du versprichst, es dir zu überlegen.

Nachdem er weg ist, öffnest du den Umschlag, ziehst die Formulare hervor und liest. Es verstreichen ein paar Sekunden, bis du begreifst, dass du die Scheidungspapiere in der Hand hältst.

Der Regisseur bittet den Kameramann, ranzuzoomen und eine Nahaufnahme von dir zu machen.

Du siehst keinen Regisseur. Auch keinen Kameramann. Hegst aber den Verdacht, sie sind hier irgendwo. Und dass auch das mit zu dem Deal gehört, diesem großen, raffinierten Übersetzungsbluff.

Du denkst an deine Kinder, die noch nichts von all dem wissen …

Und fängst an zu weinen.

So ein männliches Weinen, ohne Schluchzer.

Das vor der Kamera gut rüberkommt.

Und nach und nach zu einem echten Weinen wird.

Verwischt sich manchmal die Grenze zwischen Wahrheit und Lüge bei Ihnen?

Sie haben uns den Polygrafen vorgeführt, allen Anwärtern des Offizierslehrgangs für Informationssicherheit; wollten, dass wir den Apparat genau kennenlernen und verstehen, wie er funktioniert; haben uns in kleinen Gruppen mit unseren Vorgesetzten in einen Raum geführt, mit Unmengen an Geräten und einem bärtigen Spezialisten in Zivil. Der Bärtige hat einen Freiwilligen zum Vorführen gesucht. Und ohne groß nachzudenken, habe ich mich gemeldet. Bloß um mich hervorzutun. Er hat mich auf einem Stuhl Platz nehmen lassen und mir Gurte um den Bauch und die Arme geschnallt und mich verdrahtet. Dann hat er gesagt, ich stelle Ihnen ein paar übliche Fragen. Hat mich nach meinem Namen gefragt, nach Alter und Wohnort. Ich habe ganz sachlich geantwortet, und da fragt er mich plötzlich, ob ich schon mal Drogen genommen habe. Ich verneine. Ohne mit der Wimper zu zucken. Auch der Ermittler zuckt nicht. Stellt mir noch ein paar Fragen, an die ich mich nicht mehr erinnere. Am Ende dankt er mir und fordert dann alle auf, an seinen Resopaltisch zu treten, um zu erklären, wie man den Ausdruck liest. Mir hat das Herz wie wild gepocht und ein Schweißtropfen ist mir unter dem Hemd vom Nacken die Wirbelsäule hinuntergeronnen. Der Polygrafspezialist hat festgestellt, unser Freiwilliger hier hat durchgehend die Wahrheit gesagt, denn die einzelnen Graphen, die der Apparat aufgezeichnet hatte, würden belegen, dass meine Körperreaktionen zwar mitunter oszillierend ausgefallen jedoch allesamt im Toleranzbereich angesiedelt seien. Danach gab es, meine ich, noch ein paar Fragen und dann sind wir raus und die nächste Gruppe ist in den Raum. Wir sind zur Kasernenkantine, um die Zeit rumzukriegen, bis der Bus kam, der uns zurück zu unserem Ausbildungsstützpunkt bringen sollte. Ich habe, das weiß ich noch, eine Cola gekauft, und als ich die Dose aufriss, ist das ganze Gas auf einmal entwichen und hat alle vollgespritzt, die neben mir standen.

Jahrelang habe ich gehofft, den bärtigen Polygraftypen zufällig irgendwo zu treffen, im Zug, auf der Straße, im Wartezimmer beim Hausarzt, um zu klären, was wirklich dort passiert war: War es mir tatsächlich gelungen, den Lügendetektor zu überlisten? Oder hatte *er* aus irgendeinem Grund beschlossen, zu lügen und mich vor einem Rauswurf aus dem Kurs zu bewahren? Aber die Zeit vergeht und seine Gestalt verwischt sich in meiner Erinnerung immer mehr, bis mich manchmal der Verdacht beschleicht, ich könnte mir die ganze Geschichte nur ausgedacht haben.

Wissen Sie schon, wie Ihre Bücher enden werden,
bevor Sie mit dem Schreiben beginnen?

Nein, aber ich weiß, wie ich enden werde. Habe immer gewusst, dass die Männer in meiner Familie früh sterben. Dem Familiendurchschnitt nach dürfte in zwei Jahren der erste Herzinfarkt bei mir fällig sein. Eine Sache der Gene. Aber erst in letzter Zeit, seit Ari erkrankt ist, hat das wirklich begonnen, mich zu beeinflussen. Das Gefühl, das mich in meinen Zwanzigern und Dreißigern begleitet hat, dass nichts anbrennt, ist weg, und jetzt brennt alles an. Unter anderem die Frage, ob ich in der kurzen Zeit, die mir auf Erden noch bleibt, überhaupt weiter schreiben will. Ob ein weiteres Buch tatsächlich das Wichtigste ist, was ich noch schaffen möchte, bevor die Schmerzen in der Brust anfangen. Vielleicht will ich ja stattdessen möglichst viel

Zeit mit Dikla und den Kindern verbringen? Oder vielleicht in die Politik gehen? Das heißt, nur für kurze Zeit. Bis zum Infarkt. Oder ein, zwei Jahre in Australien leben? Oder mich an allen möglichen Orten herumtreiben und diesmal ernsthafter nach dem Kindheitsfreund suchen, der mir nach der Armee abhandengekommen ist, und dann den Infarkt wenigstens in dem Wissen bekommen, dass ich etwas unternommen habe, um ihn zu finden?

Das Ende meiner Bücher beginne ich in der Regel zu sehen, wie man das rettende Ufer von einem sinkenden Schiff aus sieht – kurz vor dem Ertrinken.

Ich schwimme noch ein bisschen im Meer der unendlichen Möglichkeiten. Und tauche dann mit einem Gefühl des Bedauerns und der Erleichterung daraus auf.

Wie wählen Sie die Namen Ihrer Figuren aus?

Aris Mutter kam, um die Schicht an seinem Bett zu übernehmen.

In der Regel wechseln wir nur ein paar Sätze auf Spanisch, und weg bin ich. Aber etwas war diesmal anders an der Art, wie sie ins Zimmer kam. Etwas an ihren Schritten, die schwerer als sonst wirkten, schleppender, das mir signalisierte, noch ein bisschen zu bleiben. Ohnehin hatte ich ja kein Zuhause mehr, wohin ich hätte gehen können. Nur eine Yogamatte. Also habe ich ihr angeboten, doch meinen Stuhl zu nehmen, und habe noch einen Stuhl aus einem anderen Zimmer geholt.

Ich habe ein paar Empanadas mitgebracht, sagt sie und zieht eine Plastikdose aus ihrer Tasche.

Sie sieht ein bisschen aus wie Mercedes Sosa, Aris Mutter. Jedes Mal, wenn wir uns treffen, kommt mir dieser Gedanke. Etwas Indianisches ist in ihren Augen. Und im Grunde genommen auch in denen ihres Sohnes.

Gracias, sage ich und nehme eine der gefüllten Teigtaschen.

Dein Freund, er ist sehr stark, sagt sie.

Ich weiß, antworte ich.

Er wird die Krankheit besiegen, finalmente, sagt sie.

Aber wie stehen die Chancen denn, sage ich nicht.

Als er zwei war …, sagt sie und bricht ab.

Ich schaue sie an. Sie schweigt. Ich nehme noch eine Empanada.

Er war … sehr ungezogen, dein Freund, fängt sie von Neuem an. Wir sind immer durchs ganze Haus hinter ihm hergelaufen, damit er nichts kaputt macht.

Das passt zu ihm.

Mit einem Jahr wollte er mittags schon nicht mehr schlafen. Alle Kinder sind in das Zimmer mit den kleinen Matratzen und haben sich schlafen gelegt, und er hat die Kindergärtnerinnen wahnsinnig gemacht. Aber sie liebten ihn. Weil er alles mit seinem Lächeln angestellt hat.

Das kann ich mir gut vorstellen.

Und eines Abends, sagt sie und macht die Dose mit den Empanadas zu, war ich in der Küche. Marcelo, mein Mann, war bei der Arbeit. Eigentlich habe ich immer die Legosteine eingesammelt, wenn Ari mit dem Spielen fertig war, aber an dem Abend hab ich's vergessen. Was soll man machen, ich hab's vergessen. Hatte den ganzen Nachmittag mit ihm verbracht und war müde. Hat er dir die Geschichte nie erzählt?

Nein.

Plötzlich hörte ich Stille. Ich war in der Küche und hörte so eine ungute Stille aus dem Wohnzimmer. Bin hingerannt. Er hatte einen Legostein verschluckt.

Oh nein.

Einen von den großen. Einen Vierer.

Oh Gott.

Ich habe versucht, den aus ihm herauszubekommen, habe ihm auf den Rücken geschlagen. Nichts. Also habe ich einen Krankenwagen gerufen. Und er hat die ganze Zeit keine Luft gekriegt. Konnte nicht einmal weinen, weil er keine Luft bekommen hat. Der Krankenwagen war wirklich schnell da. Aber auf dem Weg ins Krankenhaus war er im Grunde genommen schon tot. Muerta clinica. Wie sagt man auf Hebräisch? Klinisch tot? Doch auf der Intensivstation haben sie ihn zurückgeholt. Und so hat er ein paar Tage zwischen Leben und Tod geschwebt.

Wow!

Und dann haben wir seinen Namen in Ari geändert.

Was soll das heißen, ihr habt seinen Namen geändert?

Hat er dir nie erzählt, dass er einen anderen Namen hatte?

Nein.

Bueno, vielleicht hat er's vergessen.

Und wie war sein anderer Name?

Enrique. Nach Marcelos ältestem Bruder, einem der Desaparecidos, die die Junta hat verschwinden lassen.

Ich wusste nicht, dass ...

Verstehst du, Marcelo, anstatt mir die Schuld zu geben, dass ich so dumm war, den Jungen mit dem Lego allein zu lassen, wie jeder andere Mann es getan hätte, hat sich selbst Vorwürfe gemacht, dass er ihm einen schlechten Namen gegeben hat, einen Namen ohne Glück.

Warum ohne Glück?

Von den Madres de Plaza de Mayo hast du schon mal was gehört?

Ja, sicher.

Also, Marcelos Mutter war eine von denen. Ihr Sohn Enrique, Marcelos Bruder, ist zu seiner Arbeit in eine Druckerei gegangen und nicht zurückgekehrt. Sie hat mit den anderen Müttern jeden Donnerstag auf dem Platz vor dem Präsidentenpalast demonstriert, bis die Junta gestürzt wurde. Aber auch nachdem die Militärdiktatur abgeschafft war, hat die Regierung keine Informationen über Enrique herausgerückt.

Hurensöhne!

Es heißt, einige von denen, die verschwanden, seien aus Flugzeugen ins Meer geworfen worden.

Was du nicht sagst.

Und deshalb ist Marcelo nach Israel ausgewandert. Er wollte nicht dort bleiben.

Was für eine Geschichte.

Und der Doktor im Krankenhaus hat gesagt, Ihr Junge kämpft wie ein Löwe. Wie ein Löwe kämpft er um sein Leben. Also ist Marcelo am nächsten Tag zur Innenbehörde und hat seinen Namen in Ari ändern lassen.

Und hat es was geholfen?

Das weiß nur Gott. Und ich glaube nicht im Geringsten an Gott. Aber ja, Ari hat die Augen aufgeschlagen und wieder geatmet, und der Doktor hat gesagt – niemals werde ich diesen Satz vergessen: »Was in solchen Fällen entscheidend ist, ist nicht nur die Macht des Todes, sondern die Kraft des Lebens. Und Ihr Sohn hat eine sehr starke Lebenskraft.«

Das stimmt.

Und deshalb sage ich dir, er wird auch diesmal siegen.

So Gott will.

Hast du wirklich nichts von dieser ganzen Geschichte gewusst?

Nichts.

Bueno, wie sagt man bei uns, jeden Tag lernt man etwas Neues.

Genau.

Du kannst jetzt gehen, für heute bist du genug ein guter Freund gewesen …

Unsinn, Frau …

Carmela.

Carmela.

Und nimm die Empanadas mit. Du siehst hungrig aus. Ist alles in Ordnung mit dir, Corazon?

Bei der Wahl der Namen meiner Figuren lasse ich mich von Menschen inspirieren, die mir nahestehen, damit etwas von ihnen verewigt wird oder damit es eine emotionale Wirkung auf mich hat. Aber manchmal ändert sich das Schicksal einer Figur im Verlauf der Geschichte, und es stellt sich das brennende Bedürfnis nach einem anderen Namen ein.

Wenn Sie drei Schriftsteller zu einem Essen einladen könnten, lebende oder tote, wen würden Sie einladen?

Wenn schon ein Traumessen, dann würde ich es nicht an Kollegen verschwenden.

Schriftsteller, lebende oder tote, neigen dazu, in einer Art auf sich selbst fixiert zu sein, die sie zu höchst frustrierenden Gesprächspartnern macht. Außerdem bestünde immer die Befürchtung, eine intime Anekdote, die du bei einem Essen mit Schriftstellern erzählst, könnte von einem von ihnen als Material verwendet werden. Schließlich stammen die meisten vorgeblich biografischen Details in diesem Interview auch aus einem Gespräch, das ich vor zwei Jahren mit einem angeblich skandinavischen Autor in einem Restaurant in Jerusalem hatte. Mal angenommen. Axel Wolfs Thriller sind ein Riesenerfolg auf der ganzen Welt. Dabei hat er hängende Schultern, sein Blick ist trübsinnig und sein helles Haar schütter. Ich habe ihm viele Fragen gestellt, in empathischem Ton, um zu verstehen, wie es sein kann, dass er so beliebt, aber trotzdem nicht glücklich ist. Und habe so, unter anderem, gelernt, dass das, was in Kolumbien passiert, nicht immer in Kolumbien bleibt, dass eine Tochter ihrem Vater das Herz brechen kann und eine Dysthymie sich anfühlt, als hättest du eine Eisschicht in deinem Körper: unter dem Eis schwimmen ganze Schwärme kleiner Freudenfische, aber nie gelingt es dir, zu ihnen vorzustoßen, denn das Eis ist fest und hart und lässt sich nicht durchbrechen.

Auf jeden Fall würde ich zu einem solchen Essen meine drei Schulfreunde einladen. Wir sind seit dem Gymnasium miteinander befreundet, aber haben in letzter Zeit so gut wie keine Gelegenheit mehr, uns zu treffen. Haben zu viele Kinder in die Welt gesetzt. Zu viele Baudarlehen aufgenommen. Und Ari liegt jetzt zu allem Überfluss auch noch im Tel Hashomer.

Ich würde Yirmi und Chagai Karmeli in ihren hypothekenfinanzierten Häusern abholen, und dann würden wir zu Ari fahren. Würden ihn von all seinen Gerätschaften abnabeln, ihm das Abitur-Sweatshirt anziehen (wegen der Krankheit hat er all die Kilos, die er seitdem zugelegt hatte, wieder runter) und ihn aus der Onkologie in einen Pub in Kfar Asar schmuggeln. Vielleicht existiert der ja noch, dieser Pub mit den langen Holztischen. Wir würden Shandy trinken und Beigel aus kleinen Glasschüsseln futtern, als Hommage an die guten alten Tage, würden über alles reden, außer dass Ari womöglich sterben wird. Chagai Karmeli würde sicher irgendwann anfangen zu weinen, er muss immer weinen, wenn er zu viel trinkt, und Yirmi würde ständig auf sein Handy gucken und mit der Bedienung schäkern, obwohl das in unserem Alter einfach nur bemitleidenswert ist.

Wenn die Rechnung käme, würde jeder seinen Anteil auf den Tisch legen, nur um dann festzustellen, dass es nicht reicht. Also würde jeder noch ein bisschen dazugeben müssen. Bis auf Ari, bei dem wir gnädig wären.

*

Meine Freunde haben mich nie als Schriftsteller betrachtet und werden es auch nie tun. Das amüsiert sie höchstens, dass ich jemand geworden bin, den man interviewt.

Sie haben mich gesehen, wie ich bei der Abiturprüfung in Bibelkunde abgeschrieben habe, haben mitbekommen, wie ich gebrochen und gedemütigt von der Grundausbildung bei der Panzertruppe nach

Hause gekommen bin, waren Zeuge, wie ich vier Jahre lang in Tali Leshem verliebt war, eine Liebe, bei der allen – nur mir nicht – klar war, dass sie in Tränen enden würde, haben mich vom Boden aufgekratzt, als sie einen anderen geheiratet hat, haben, als meine Großmutter starb, die Trauerwoche über mit mir gesessen und wissen, dass ich bis heute noch um sie traure, haben mir nach meinem Bandscheibenvorfall geholfen, wieder zu gehen, haben mir bei allen Umzügen geholfen, auch als wir schon in einem Alter waren, in dem man besser ein Umzugsunternehmen beauftragt. Und jetzt rufen sie mich zweimal am Tag im Studio an, um sicherzugehen, dass ich noch lebe.

Und sie wissen sehr gut, dass ich auf nichts eine Antwort habe; dass, wenn ich nur ein bisschen Mumm hätte, ich auf alle Fragen, die man mir in Interviews stellt, nur eine Antwort geben dürfte: Ich weiß es nicht. Keine Ahnung. Fragen Sie jemanden, der etwas davon versteht.

Nachdem es uns endlich gelungen wäre, die Rechnung zu begleichen, würden wir Ari zurück ins Krankenhaus bringen, ihm das Sweatshirt ausziehen und ihm das hinten offene Krankenhaushemdchen überstreifen, würden ihn zudecken und ihm Lieder von der ersten Platte von Knessiyat Ha Sechel vorsingen, bis er eingeschlafen wäre.

Yirmi würde sicher versuchen, mit den Krankenschwestern auf der Station zu flirten.

Und Chagai Karmeli und ich würden geduldig warten, dass er zu einem Ende kommt. Wie wir es schon so viele Male in der Vergangenheit getan haben.

Und dann würden wir gemeinsam mit ihm in Richtung des riesigen Parkplatzes rausmarschieren.

Chagai Karmeli würde sicher unterwegs etwas sagen wie: Gut möglich, dass es das letzte Mal war. Immer schon hat er eine Begabung gehabt, Sachen zu sagen, die besser nicht gesagt werden, aber gut klingen.

Und nach einem langen Schweigen, das mit anderen vielleicht peinlich gewesen wäre, würden wir in meinen Wagen steigen, würde ich jeden bei sich zuhause absetzen und sagen, Grüße an die Frau Gemahlin, um dann weiter in Richtung Studio zu fahren, allein, langsamer als sonst, und darüber nachdenken, dass, sollte Ari tatsächlich sterben, dies ein Zeichen sein würde, dass ein Lebensabschnitt beendet ist. Und ein neuer und vollkommen anderer Lebensabschnitt beginnt.

Was ist Ihr Lieblingswort im Hebräischen?

Sha'aruria – Skandal!

Und welches Wort mögen Sie am wenigstens im Hebräischen?

Lavlav – Bauchspeicheldrüse.
    Ein perfides Wort.
    Erinnert an Livluv, das Ausschlagen der Bäume bei Beginn der Blüte.
    Und klingt wie »zweimal Love, bitte«.
    Man kann ein ganzes Leben verbringen, ohne zu wissen, was und wo die Bauchspeicheldrüse genau ist. Fragen Sie mal einen normalen Menschen, wo bei ihm die Bauchspeicheldrüse sitzt – die Antwort dürfte interessant sein. Auch ich habe erst nach dem Gespräch mit Ari, nachdem ich zum ersten Mal in meinem Leben seine Stimme brechen hörte, gegoogelt und alles darüber gelesen.

Was würden Sie machen, wenn Sie nicht Schriftsteller wären?

Dann wäre ich DJ. Das ist meine Standardantwort. Die klingt cool und ist nicht mal komplett gelogen.

Aber die Wahrheit ist, wenn ich nicht Schriftsteller wäre und Schreibworkshops anbieten und im Nebenjob als Busfahrer für meine Kinder fungieren würde, würde ich mehr Zeit und Energie in die Suche nach Chagai Karmeli investieren. Auf dem Gymnasium waren wir immer ein Trio: Ari, Chagai Karmeli und ich. Ari und ich wären füreinander durchs Feuer gegangen. Auf Chagai Karmeli dagegen konnte man sich null verlassen. Aber so intensive Gespräche, wie ich sie mit ihm im Keller seines Elternhauses in Ramot hatte, habe ich mit niemandem sonst führen können. Auch später, mit Frauen, die ich geliebt habe, hatte ich keine solchen Gespräche. Wir haben zu Pink Floyd bis Mitternacht Schach gespielt, sind dann in unsere Schlafsäcke und haben bis zum Morgen geredet. Noch immer zu Pink Floyd. Seine Eltern hatten eine alte Standuhr im Wohnzimmer, die zu jeder vollen Stunde schlug, und so wussten wir, dass die Zeit vergeht, und morgens um sechs fielen die ersten Lichtstrahlen durch das Fenster dort im Keller, das keinen Vorhang hatte, und so wussten wir, die Nacht ist vorbei. Wenn ich jetzt die Augen schließe, kann ich Chagai Karmelis Stimme hören, die, immer ein bisschen heiser, aus dem Dunkel des Kellerraums an mein Ohr dringt, und dazu seine langsame, gemächliche Sprachmelodie, die sanft Dinge umhüllte, die manchmal schmerzlich schneidend waren. »Sag mal, Mensch, kommst du dir … kommst du dir nicht ein bisschen lächerlich vor, wenn wir ›Wish you were here‹ singen? Alles, was wir kennen, ist doch reichlich *here*, oder etwa nicht? Nach wem oder was können wir uns also schon groß sehnen?«

Ein intimes Gespräch mit einem dir wirklich nahen Menschen ist in meinen Augen eines der beiden größten Vergnügen, die das Leben zu bieten hat. Aber damit ein solches Gespräch möglich wird, braucht es einen Partner, der es sowohl versteht zuzuhören als auch aus sich herauszugehen; der gleichermaßen ehrlich wie nicht zimperlich ist; der weder vorhersehbar noch bedrohlich ist. Und natürlich braucht es Zeit; beide Seiten müssen genügend Zeit haben, sich in etwas zu vertiefen. Und einen Ort. Der all das ermöglicht. Kurzum, wir reden hier von nicht weniger als einem offensichtlichen Wunder, das nur sehr selten geschieht. Und genau dieses Wunder ist mir mit Chagai Karmeli wieder und wieder zuteilgeworden – bis er verschwand.

Verlockend wäre, die Delle, die sein Leben bekommen hat, mit seinem Militärdienst in Verbindung zu bringen. Das würde der Geschichte eine ideologische Komponente geben. Und es ist ja auch so, er ist in der Armee von vorne bis hinten mies behandelt worden. Eine Serie unglücklicher Ereignisse, die seiner großen Klappe und seiner Langsamkeit, aber auch der Inkompetenz und Ignoranz des Armeeapparats anzulasten sind, führte dazu, dass einer der intelligentesten Menschen, die ich kenne, als Hilfsarbeiter in der Ausbildungskaserne Zrifin eingeteilt wurde, um mit der Schubkarre Kies von einem Ort an einen anderen zu schaffen, die Wege mit so einem Hexenbesen zu fegen und dazwischen das ganze Lager abzumarschieren und über die unerträgliche Schwere des Seins zu grübeln. Ich bin ihn immer am Schabbat besuchen gegangen, wenn er aus diesem oder jenem Grund mal wieder nicht nach Hause durfte, und dann haben wir die ganze Nacht in seinem Wachverschlag gehockt – sein langes Sturmgewehr wie ein Knüppel an seinem kurzen, gedrungenen Körper hängend und sein krauses rotes Haar unter dem Helm hervorquellend – haben Pink Floyd gehört und uns alle möglichen Schachzüge zusammenfantasiert, die ihm helfen würden, von dort in eine andere Einheit versetzt zu werden, auf einen Posten, der es ihm möglich machen würde, wirklich seinen Teil beizutragen. Von Zeit zu Zeit sind wir aufgebrochen, um uns langsam, sehr langsam die Füße zu vertreten rund um seinen Unterstand, damit er mir nicht einschlief, und wenn er trotz allem mal eingenickt ist, habe ich die Wache für ihn übernommen, damit sein Vorgesetzter uns nicht überraschte, jeden Augenblick bereit, ihm den Ellbogen in die Seite zu rammen, falls das passierte, und auf die gelegentlichen Worte lauernd, die er im Schlaf murmelte, »nein«, »Normandie«, »zweiundzwanzig«, immer in dem vergeblichen Versuch, einen Sinn herauszuhören.

Am Ende ist er über die Psychoschiene da rausgekommen.

Aber es war nicht nur die Armee, die ihn aus der Bahn geworfen hat. Da war auch irgendeine Geschichte mit Danit, seiner jüngeren Schwester. Etwas an ihrer Verbindung war zu siamesisch. Er hat mir das nie ausdrücklich gesagt, aber offenbar ist das Ganze während der Pubertät auch ins Verbotene abgedriftet. Oder vielleicht war das auch nur in seinem Kopf, dieses Abdriften, vielleicht hat er sich nur ausgemalt, es könnte so weit kommen, und das allein hat ihn schon fertiggemacht. Ich bin mir da nicht sicher. Das war der einzige Punkt in unseren Gesprächen, an dem er plötzlich vage wurde. Aber ich erinnere mich an einen Satz, den er mal gesagt hat, dort in ihrem Keller (er hatte so ein Hebräisch, das sich der eigenen Schönheit nicht geschämt hat; was ihm in der Armee auch zum Verhängnis geworden ist): »Ich muss mich von ihr fernhalten, soweit es geht. Es gibt nun mal Menschen, denen einfach nicht bestimmt ist, zusammen in einem Haus zu leben.«

Letztendlich hat er das Land verlassen. Nicht ihretwegen. Nicht wegen der Armee. Er hat sich mit den falschen Leuten angelegt. Nach seiner vorzeitigen Entlassung aus der Armee hat er so eine Art Obsession entwickelt, möglichst viel Geld zu machen. Er hat ein Café nach dem nächsten auf- und wieder zugemacht. Hat gekauft und verkauft. Als ich ihn gefragt habe, was denn, hat er mir gesagt, »das willst du nicht wissen«.

Mit mir hat er nur darüber geredet, was er mit dem Geld anfangen will. Jedes Mal hat er einen anderen grandiosen Plan gehabt: eine

Stiftung gründen, die Soldaten in seelischer Not hilft, ein Museum für die hebräische Sprache errichten, alles Land rund um den Strand von Ga'ash kaufen, damit dort niemand jemals etwas bauen kann.

Und eines Nachts, im Alter von fünfundzwanzig, hat er einfach Abrakadabra gemacht und war weg. Wie sich herausstellte, schuldete er vielen Leuten Geld, und irgendwann sind solche Schlägertypen vom grauen Kreditmarkt in seiner Wohnung aufgekreuzt und haben für Glasbruch gesorgt. Zwei Mal.

Er hat sich nicht bei mir gemeldet, ehe er verschwunden ist. Und danach auch nicht. Ich habe geglaubt, das sei sein Weg, mich aus der Schusslinie zu halten, und war sicher, er würde wiederkommen. Ich gebe ihm ein Jahr, maximal zwei, habe ich zu Ari gesagt. Aber auch nach drei Jahren ist er nicht wieder am Horizont aufgetaucht. Und was noch beunruhigender war: Nicht ein Lebenszeichen ist von ihm gekommen. Doch am meisten hat mich verstört, dass ich der Einzige bin, den das kümmert.

Sein Vater ist im Jom-Kippur-Krieg gefallen, Chagai war da gerade mal zwei, und seine Mutter hat relativ früh Alzheimer bekommen, und als ich sie angerufen habe, hat sie nicht einmal mehr gewusst, wer Chagai überhaupt ist.

Also habe ich Kontakt zu Danit aufgenommen. Seiner Schwester.

Das Jahr davor habe ich zufällig mal in einem Café gesessen, in dem sie gekellnert hat, und jetzt bin ich zurück dorthin. Sie hat noch immer dort gearbeitet und die Geschwindigkeit, mit der sie sich zwischen den Tischen hin- und herbewegt hat, war abermals erstaunlich. So ganz anders als die nachdenklich verträumte Art, mit der ihr Bruder durchs Leben läuft. Ich habe gesagt, ich wolle mit ihr reden, aber sie hat nur gemeint, »nicht jetzt«, und hat mir ihre Telefonnummer auf ein Stück Papier geschrieben.

Nach dem ersten Klingelton war sie dran.

Ich habe gesagt: Das kann doch nicht sein, dass es im einundzwanzigsten Jahrhundert jemandem gelingen soll, komplett von der

Bildfläche zu verschwinden, ohne irgendwelche Spuren zu hinterlassen. Habe ihr vorgeschlagen, dass wir Geld auftreiben und einen Suchtrupp organisieren. Oder die Dienste des landesweit bekannten Vermisstensuchers in Anspruch nehmen.

Am Telefon kann man einem nicht »ins Gesicht lachen«, aber genau das war mein Gefühl, dass Danit mir ins Gesicht lacht. Ein Suchtrupp? Um Chagai zu finden? Erstens, wenn er nicht will, dass du ihn findest, findest du ihn auch nicht. Glaub mir. Ich kann auf Hunderte Stunden Versteckspielen mit ihm in unserem Garten zurückblicken. Und außerdem, von wem sollen wir denn Geld auftreiben? Von all den Leuten, denen er etwas schuldet? Weißt du, dass dein Freund mir alles Geld aus den Rippen geleiert hat, das ich in einem Jahr Kellnern gespart hatte? Unmittelbar, bevor er verschwunden ist, hat er mich angepumpt. Hat gesagt, er würde mir alles innerhalb einer Woche zurückzahlen. Du denkst, du kennst ihn? Du weißt gar nichts von Chagai.

Aber ich vermisse ihn, vermisse unsere Gespräche, endlich habe ich jemanden, an den ich denke, wenn ich »Wish you were here« höre – wollte ich ihr sagen und habe es doch gelassen. Vielleicht, weil mir plötzlich der Gedanke kam, diese Verbitterung in ihrer Stimme könnte etwas mit dem Abdriften zwischen ihnen zu tun haben.

Auch Ari ist nicht drauf angesprungen. Du weißt, was ich über Chagai denke, hat er gesagt. Ein brillanter Typ, aber unterm Strich interessiert er sich nur für sich selbst. Denkst du etwa, er würde einen Suchtrupp für dich organisieren, wenn du verschüttgegangen wärst?

Und so kam es, dass der Suchtrupp, der sich aufmachte, um eine Spur von Chagai Karmeli zu finden, nur aus einer einzigen Person bestand. Mir.

Auf jeder Reise habe ich mir eines zur Gewohnheit gemacht: Gleich nach dem Einchecken im Hotel stelle ich den Koffer im Zimmer ab und vergewissere mich im Ablaufplan, den sie mir auf dem Tisch hinterlegt haben, dass in den nächsten Stunden kein Interview vorgesehen ist. In den meisten Ländern, in die ich reise, bin ich ein unmaßgeblicher bis irrelevanter Autor, das ist die bittere Wahrheit, die aber auch Vorteile hat – der Zeitplan, der auf dem Tisch in meinem Zimmer wartet, ist in aller Regel luftig bis beleidigend gestrickt, sodass ich immer gleich zu Streifzügen in die Stadt aufbrechen kann. Ohne Karte.

Meine Streifzüge dienen zwei Zielen. Das offensichtliche – sich hoffnungslos zu verlaufen. Und das eigentliche – Chagai Karmeli zu finden.

In Istanbul, vor zwei Jahren, meinte ich für einen Moment, ich hätte ihn.

Es gibt dort diese Maronenverkäufer, die auf der Straße stehen.

Und einer von ihnen … Schwer zu erklären.

Etwas an der Bewegung der Hände. Die ausgestellten Ellbogen.

Ich bin hin zu ihm.

Habe gelauscht, wie er mit einer Kundin redet. Die Stimme – ein bisschen heiser. Die Sprachmelodie – langsam.

Das Haar hätte er sich von rot zu schwarz gefärbt haben können. Und das Gesicht operiert. Das macht man ja, wenn man untertaucht.

Ich baue mich vor ihm auf und bestelle Maronen. Versuche, seinen Blick einzufangen. Aber er behandelt mich bloß wie einen x-beliebigen Kunden. Häuft Maronen in eine eiserne Schaufel. Füllt eine braune Papiertüte damit. Wendet sich dem Nächsten in der Schlange zu.

Also habe ich beschlossen, etwas zu riskieren. Bin vielleicht zehn Meter weg, habe mich an den Zaun des Gezi-Parks gelehnt und laut gerufen: Chagai!

Das geschieht instinktiv, dass man reagiert, wenn dein Name gerufen wird.

Ich habe nicht erwartet, dass er sofort zu mir aufblickt, habe aber sein Gesicht genau verfolgt, um irgendeine Regung darin zu registrieren. Ein Zwinkern. Ein Wimpernzucken.

Nada.

Ein paar Vögel sind von meinem Geschrei aufgestoben und in den Park geflogen, doch der Maronenverkäufer hat ungerührt weiter seine Kundschaft bedient.

Allerdings war er dann am nächsten Tag nicht mehr da. Meine Gastgeber vom Verlag, denen ich die Geschichte erzählt habe, haben mir jedoch erklärt, ganz Istanbul wisse, dass die Maronenverkäufer in Wahrheit Geheimagenten Erdoğans seien, die nach den Protesten und Demonstrationen vor ein paar Jahren das Geschehen im Gezi-Park überwachten. Und deshalb würden sie ständig ihren Standort wechseln.

Die Erklärung aber hat mich nicht überzeugt und ich habe weiter in Istanbul nach ihm gesucht. Ja, im Grunde genommen an jedem Ort, an den es mich in den letzten Jahren verschlagen hat.

Bei Lesungen, bei Interviews mit Journalisten, bei Fahrten in der U-Bahn, in Taxis und auf den Straßen – nie höre ich auf, nach Chagai Karmeli zu suchen.

In einem Akt der Verzweiflung habe ich ihn als Figur in eines meiner Bücher eingebaut. Unter anderem Namen natürlich. Auch in dem Buch verschwindet er und es kursieren alle möglichen Gerüchte, aber am Ende, im alles entscheidenden Augenblick, kehrt er zurück. Ich hatte gehofft, irgendwie würde ihm das Buch über den Weg laufen. Habe mir ausgemalt, wie er zu einer meiner Lesungen kommt – erst bemerke ich ihn nicht, weil er ja nicht der Größte ist und andere Zuhörer ihn verdecken, und erst nach einiger Zeit leuchtet sein roter Schopf auf, und am Ende der Veranstaltung wartet er geduldig, dass sich auch die letzten Fragensteller verlaufen, und tritt erst dann selbst vor, das Buch in der Hand, und schenkt mir sein Moll-Lächeln.

Selbst in diesem Interview hier – bei dem ich mir vorgenommen hatte, mit absoluter, rigoroser Ehrlichkeit zu antworten – habe ich ihn als aktiven Freund dargestellt, der nach wie vor eine zentrale

Rolle in meinem Leben spielt, ja habe ihn an dem letzten Ausflug mit Ari teilnehmen lassen. (Es ist so einfach, aus Büchern herauszulesen, was im Leben eines Autors alles *nicht* passiert ist, und dennoch versteifen sich die meisten Leser darauf, genau das Gegenteil zu tun.) Auch Yirmi habe ich aus dem Abgrund des Vergessens zurück zu diesem Ausflug beordert, obwohl ich nicht den Schimmer einer Ahnung habe, wo er heute steckt. Denn obwohl ich schon seit Jahren über Freundschaften schreibe und Vorträge halte über Freundschaft als einen zentralen Wert der israelischen Gesellschaft ...

Alles in allem habe ich mal drei richtig gute Freunde gehabt.

Übrig ist noch einer.

Und bald wird auch er ... Vielleicht ...

Und dann? Wohin dann mit meinen Geheimnissen? Wem soll ich dann erzählen, dass ich schon seit zwei Wochen nicht mehr zuhause schlafe und dass Diklas Stimme am Telefon, wenn wir uns absprechen, kälter als der Winter in Jerusalem klingt? Bei wem soll ich dann bloß ich sein? Ist es überhaupt möglich, ohne Freunde zu leben?

Wie gelingt es Ihnen, mit der Einsamkeit umzugehen,
die mit dem Schreiben verbunden ist?

Gar nicht.

Wer ist Ihr erster Leser oder Ihre erste Leserin?

In den Tagen, in denen sie mein Manuskript liest, tigere ich zuhause um Dikla herum. Warte auf eine Bemerkung von ihr. Warte darauf, dass sie einschläft und ich sehen kann, wie weit sie mit dem Lesen schon gekommen ist. Und ob sie sich Anmerkungen gemacht hat.

Tachles, ich kann nicht einen Handgriff machen, ohne daran zu denken, was sie sagen wird.

Am schwersten war es während meines Exils im Studio. In Wahrheit hat sie mir die Scheidungspapiere nicht mit einem Kurier dorthin geschickt, als ich aus Kolumbien zurückgekommen bin. So ein Mensch ist sie nicht. Sie hat einfach darum gebeten, ich möge für ein paar Tage ausziehen, oder einige Wochen, wie lang genau, könne sie nicht sagen. Sie brauche Zeit, um alles zu verdauen und zu entscheiden, was sie tun solle. Und sie hat auch gebeten, ich möge nicht anrufen. Damit sie mir nicht antworten müsse.

Das war eine finstere Zeit. Wegen der Rückenschmerzen bin ich kaum von der Yogamatte hochgekommen.

Habe alle Schreibworkshops abgesagt. Und alle Meetings.

Habe niemandem etwas erzählt, am Anfang zumindest. Sie hatte gebeten, ich möge nichts erzählen. Außerdem hätte ich auch gar nicht gewusst, was. Die Lage war alles andere als klar.

Aus dem Klang ihrer Stimme bei unserem letzten Gespräch konnte ich schließen, dass die Möglichkeit, sie zu verlieren, hyperreell war.

Bei unserem fünften Date hat sie gesagt, seit sie ›Garp und wie er die Welt sah‹ gelesen habe, träume sie davon, einen Schriftsteller zu heiraten. Das war das Persönlichste, was sie mir bis zu dem Augenblick gesagt hatte. Denn die meiste Zeit hat sie geschwiegen, hat zugehört, hat ab und zu fundierte, erwachsene Meinungen zu allen möglichen gesellschaftlichen Themen geäußert. Aber ich hatte die ganze Zeit das Gefühl, unter diesen entschiedenen Statements klaffe eine Wunde, die sie verbarg. Sie studierte Philosophie und Betriebswirtschaftslehre, eine seltene Kombination, und war ein paar Monate, bevor wir uns trafen, aus London zurückgekommen. Im Urlaub dort hatte sie einen Briten aus reichem Elternhaus kennengelernt und war mit ihm zusammengezogen. Nach einem Jahr war es aus zwischen ihnen. Und offenbar eher unschön. Mehr wollte sie nicht sagen. Aber jedes Mal, wenn sie ihn erwähnte, war in ihren Augen mehr Wut als Verletztheit. Vielleicht ist sie deshalb bei mir so vorsichtig, nahm ich an, wagte aber nicht zu fragen. Die Sachen, die sie trug, waren elegant. Schlicht und dezent. Nicht israelisch. Und erst recht nicht studentisch. Ohne Absätze hatte sie genau meine Größe und mit war sie ein ganzes Stück größer. Was ihrem Auftreten so eine vornehme Aura verlieh. Etwas Distanziertes. Selbstbezogenes. Aber gleichzeitig war, wenn sie redete, etwas an ihren Handbewegungen erstaunlich wild und sinnlich. Sie hatte lange, schlanke Arme und ihre Hände spreizten und schlossen sich aufreizend langsam, vollführten Streichel- und Lockbewegungen in der Luft.

So ging es fast einen Monat lang. Ihr Körper signalisierte, wage nicht, mir nahe zu kommen, und ihre Hände: Komm endlich! Ich wusste nicht, was ich mit dieser Doppelbotschaft anfangen sollte, und mehr als alles andere wollte ich keinen Fehler machen, denn vom ersten Augenblick an, als Ari und Mitel uns dort in der Bar des Kibbuz Kabri miteinander bekannt gemacht hatten, begleitete mich ein Gefühl der Schicksalhaftigkeit. Als stünde etwas sehr Wichtiges kurz davor, entschieden zu werden. Oder sei im Grunde genommen schon entschieden.

Vier Mal haben wir uns getroffen und am Ende jedes Treffens war ich mir nicht sicher, ob es noch ein weiteres Date geben würde.

So wenig vermochte ich sie zu lesen.

Und dann habe ich ihr erzählt, dass ich schreibe. Hin und wieder. Worauf sie diesen Satz sagte, dass sie immer davon geträumt habe, mal einen Schriftsteller zu heiraten, und ein Flirtlächeln oben draufsetzte, das erste Flirtlächeln überhaupt. Und dann hat sie sich ein bisschen in meine Richtung vorgebeugt und mir ihre wundervollen Schlüsselbeinknochen präsentiert.

Nachdem wir miteinander geschlafen hatten, lagen wir bewegungs-
los nebeneinander.

Ich erinnere mich, dass ich gesagt habe: Wow.

Und dass sie nicht Wow gesagt hat.

Erinnere mich, dass ich sie gestreichelt und gesagt habe: Du hast
den Körper einer Tänzerin.

Und sie darauf, ich habe wirklich mal bei dem Volkstanzwettbe-
werb in Ma'alot mitgetanzt, und grinst. Sagt, die meinten, aus mir
könnte was werden.

Und ... warum nicht?, habe ich behutsam nachgefragt.

Ich habe die Aufnahmeprüfung für die Akademie nicht geschafft,
das war, ehrlich gesagt, eine ziemliche Demütigung dort.

Ich schwieg und wartete auf die Geschichte, die aber nicht kam.

Ich wusste da noch nicht, dass das alles war, was ich bekommen
würde, was ihr Stolz ihr ermöglichte: ein flüchtiges Erhaschen ihrer
verwundbaren Zone. Was etwas schrecklich Frustrierendes und
gleichzeitig schrecklich Erregendes haben kann.

Ich war vierundzwanzig in jener Nacht. Ein Alter, in dem sich
Träume noch mal neu überdenken lassen.

Ich kann nicht sagen, ich sei Schriftsteller geworden, um Diklas
Herz zu erobern. Aber ich vermute, wäre ich mit einer anderen,
weniger inspirierenden Frau zusammengekommen, hätte ich allem
Anschein nach nicht geschrieben.

Als ich dann, einige Monate, nachdem wir uns kennengelernt
hatten, zu meiner großen Reise durch Südamerika aufbrach, steckte
sie mitten in ihrem Studium. Und sie gehört nicht zu denen, die ihre
Pläne für irgendjemanden über den Haufen werfen.

Einer von uns beiden schlug vor, es wäre vielleicht sinnvoll, wenn
wir uns für die Dauer der Reise einander zu nichts verpflichtet fühl-
ten.

Und dieser eine ließ sich bereits beim Zwischenstopp in Amsterdam mehrere Geldscheine in Münzen wechseln, um von einer öffentlichen Telefonzelle aus anzurufen und zu stammeln, es tut mir leid, ich will dich nicht verlieren, du bist die Liebe meines Lebens, egal wie lang die Reise dauert, ich gehöre dir. Nur dir.

Tatsächlich habe ich dort allem entsagt.

Habe ihr von der Reise lange Briefe geschrieben. Sehr lange. Dutzende eng beschriebene Seiten. Es gab ganze Tage auf der Reise, an denen das alles war, was ich gemacht habe: ihr zu schreiben. Ari legte eine Engelsgeduld an den Tag. Ich erinnere mich an ein spezifisches Dach in einer Kleinstadt namens Tumbes im Nordosten von Peru, mit Korbstühlen und einem Schemel zum Beineablegen und einem ausnehmend hässlichen Häusermeer zu Füßen. Zwei Tage bin ich nicht von diesem Dach runter, und jedes Mal, wenn Ari hochgestiegen kam, um zu fragen, was mit mir los sei und wann wir endlich zu neuen Zielen aufbrächen, habe ich gesagt, Sekunde noch, Bruder, ich bin mitten in einem Brief.

Im Grunde genommen ist alles, was ich seither geschrieben habe, immerhin acht Bücher, ein einziger sehr langer Brief, dessen Adressatin sie ist.

Nie habe ich einen Menschen so nah an mich herangelassen wie sie. Ihr Name allein macht mich beklommen.

Ich kann nicht einschlafen ohne sie, kann nicht aufstehen ohne sie, nicht fallen, meinen Weg durch das Spiegellabyrinth nicht finden ohne sie.

Sicher werde ich ihr auch dieses Interview hier am Ende zeigen.

Sie ruft mich nach zwei Wochen an, die ich im Studio geschlafen habe.

Sagt, die Kinder würden mich vermissen.

Und dass sie nicht weiß, was sie ihnen sagen soll.

Dass sie es satt hat, den ganzen Haushalt alleine zu schmeißen.

Ich sage, heißt das, dass ich zurückkommen kann?

Und sie, ja, aber …

Und ich darauf: Nur zur Erinnerung: die Männer in meiner Familie sterben früh.

Aber sie erfüllt ihren Part nicht, sie lacht nicht.

*

Wir schlafen allerdings noch immer getrennt seitdem. Wenn die Kinder eingeschlafen sind, ziehe ich aufs Sofa im Wohnzimmer, und ehe sie morgens aufwachen, falte ich die Decke und das Laken zusammen, trinke einen schwarzen Kaffee und mache die Sandwiches: Streichkäse für Yanai. Streichkäse mit Oliven für Noam. Und das dritte Sandwich, Streichkäse mit Oliven und Cherrytomaten – für Shira. Bis mir einfällt, dass sie schon nicht mehr zuhause wohnt, und es selbst esse.

Gestern habe ich Dikla gefragt, ob es ihr passe, etwas Neues zu lesen, an dem ich gerade arbeite. Wobei ich genau den richtigen Zeitpunkt abgepasst habe. Gewartet habe, dass sie ihr abendliches Jogging beendet. Zehn Kilometer. Gewartet habe, dass sie ihre Duschorgie beendet. Shampoo, Conditioner und Bodylotion. Gewartet habe, dass sie ihren Jogginganzug für gemütlich zuhause anzieht und die dicken Wollsocken, die sie in London gekauft hat, als sie mit dem reichen englischen Schnösel zusammen war. Gewartet habe, dass sie sich ihre homöopathische Kräutermischung aufgießt, ihre langen Beine auf dem Sofa ausstreckt und einen Schluck von dem Tee nimmt. Abgewartet habe, dass ihre Wangen von der Wärme des Getränks glühen und ihre Augen zu glitzern beginnen, als hätte sie geweint.

Und dann erst habe ich gefragt.

Sie hat gesagt, sie habe keine Zeit dafür. Sei mit einem anderen

Buch zugange, einem Thriller, von diesem skandinavischen Autor, Wolf? Na, der, der aussieht wie ein Wikinger.

Ich habe es nicht dabei bewenden lassen, habe noch mal gebeten.

Und da hat sie den Kopf geschüttelt und gesagt, ganz unabhängig von dem Wikinger komme es einfach zu früh für sie, irgendetwas von mir zu lesen. Und dass es ihr bisher immer gelungen sei, beim Lesen zwischen der Geschichte und dem Autor zu trennen, zwischen meinen Fantasien und unserer Lebenswirklichkeit, aber dass sie nicht sicher sei, ob sie jetzt noch immer dazu imstande ist.

Ein kalter Schauder hat mich erfasst. Wie damals in Bolivien auf dem Camino de la Muerte im Angesicht des Abgrunds.

Ich bin in die Küche gegangen, um das Geschirr abzuwaschen und in die Spülmaschine zu räumen, und habe mir gesagt, es wird nicht leicht werden, aber das ist jetzt deine Aufgabe: Alles zu tun, damit sie wieder glaubt, alles außer ihr war und wird immer bloß eine Geschichte sein.

Welche Musik hören Sie?

Zum Teufel mit diesem Lied. Auch als unsere Liebe noch quicklebendig war, war es immer irgendwie bedrückend, den Song bei einer gemeinsamen Autofahrt im Radio zu hören. Selbst in den seligen Zeiten, als eine gemeinsame Autofahrt abrupt mit einem plötzlichen Abstecher auf einen Feldweg enden konnte, um einander auszuziehen, jetzt sofort, weil man unmöglich noch länger warten konnte, klangen diese Zeilen wie eine tiefschwarze Prophezeiung, die sich am Ende irgendwann selbst erfüllen würde, denn auch wir, ob wir wollten oder nicht, würden eines Tages mit der Herde all der Seelen laufen, die vor sich hin murmeln …

Und jetzt, eine Woche nach meiner Rückkehr aus der Verbannung im Studio, sind wir unterwegs zur Hochzeit einer Mitarbeiterin von ihr. Und auf der Geha-Schnellstraße staut es sich.

Wir kommen zu spät, denkt Dikla.

Ja, was denn, denke ich. Wieso brauchst du auch so lange, um dich fertig zu machen.

Ich werde alt, und es dauert, das zu vertuschen, denkt Dikla.

Du wirst doch mit jedem Jahr nur noch anziehender, denke ich.

Kolumbien, denkt sie.

Aber nicht ein Wort fällt.

Und dann dieser Song, den Ariel Horowitz für seine Frau Tamar Giladi geschrieben hat (wie fühlt sich eine Frau, deren Mann ihr ein Lied mit dem Titel »Die Liebe ist tot« vermacht?) – und wir beide strecken, in derselben Sekunde, die Hand nach dem Radio aus, um den Sender zu wechseln.

Alle Ihre Bücher sind ja im Grunde genommen immer im selben Stil verfasst. Haben Sie mal erwogen, etwas vollkommen anderes zu schreiben? Vielleicht Science-Fiction? Oder Fantasy?

Mal angenommen, ich würde über einen anderen Planeten schreiben. Und mal angenommen, dieser Planet hätte zwei Sonnen. Und drei Monde. Von denen einer als das Sibirien dieses Planeten dienen würde. Als sein Straf- und Verbannungslager. Und angenommen, jeder Mensch, den du auf diesem neuen Planeten treffen würdest, wäre nicht wirklich neu für dich, weil du wenige Sekunden vor der Begegnung alle intimen Informationen, die das Netz über diesen Menschen gesammelt hat, direkt ins Hirn gesendet bekämest. Und angenommen, es gäbe dort einen Untergrund. Eine Widerstandsgruppe von Leuten, die sich von dem Netz abkoppeln wollen, damit ihnen nicht alles bekannt ist. Und nicht alles über sie. Leute, die glauben, dass ein Leben ohne Geheimnisse nicht lebenswert ist. Und angenommen, die Behörden auf diesem Planeten würden die Untergrundorganisation verfolgen. Oder dass auf diesem Planeten nicht einmal mehr der Anschein von Demokratie gewahrt werden und ein Rat aus Vertretern der unterschiedlichen Riesenkonsortien des Netzes alles diktieren würde. Und angenommen, die Anführerin des Untergrunds wäre eine Frau mit einem dunklen Geheimnis. Einem wirklich üblen. Das jeder Mensch, dem sie begegnet, sofort erfährt. Was sie nicht länger will. Und von daher auch ihr Bedürfnis, abzutauchen. Die Vergangenheit hinter sich zu lassen und ein neues Kapitel zu beginnen. Und angenommen, sie tut sich mit einem Hacker namens Tristan Karmeli zusammen. Der sich trotz ihres dunklen Geheimnisses in sie verliebt, oder vielleicht auch ein bisschen gerade deswegen. Diesem Tristan Karmeli gelingt es, einen Weg zu finden, sie und die anderen Mitglieder des Untergrunds innerhalb des Netzes zu verstecken. Nicht außerhalb des Netzes, denn dort würden die Behörden mit Sicherheit als Erstes suchen, sondern tief in ihm drin. So ein Unterschlupf. Ein Intranetversteck. Wie eine Luftblase in einem Brotlaib. Und angenommen, in einer kleinen Klause innerhalb des Intranetverstecks würde Tristan Karmeli sitzen und Gedichte schreiben. Über die Welt, auf der er und die anderen Mitglieder des Untergrunds gerne leben wollen. Und angenommen, seine Gedichte müssten ganz kurz sein, kürzer noch als japanische Haikus, damit er sie in den Codezeilen verbergen kann. Gedichte wie, mal angenommen:

Hier werde ich warten
bis das erste Blatt
fällt.

Oder:

Ein Mal
losfahren
ohne Ziel.

Und angenommen, irgendwann würde er sich nicht mehr beherrschen können und der Anführerin des Untergrunds ein längeres Gedicht schreiben, vielleicht sogar eine Geschichte, in der er ihr gesteht, dass ihr dunkles Geheimnis, das Geheimnis, das sie mit aller Macht vor der Welt zu verbergen sucht, in seinen Augen im Gegenteil etwas Schönes ist. Und angenommen, wegen dieses zu langen Gedichts würde der ganze Untergrund auffliegen und alle seine Mitglieder mit der Höchststrafe belegt werden: Ein seitenlanger, mit unzähligen Links gespickter Eintrag auf Wikipedia und dazu die Verbannung auf den dritten Mond, das intergalaktische Sibirien. Und angenommen, in der Geschichte käme auch ein iRobot mit Sinn für Humor vor. Und ein Wald, dessen Bäume laufen könnten. Und Autos, die auf Knopfdruck zu Kampfjets würden. Und eine App, die dir ermöglicht, auf dem Display deines Telefons den Traum zu sehen, den du in der Nacht gehabt hast, verlinkt mit möglichen Deutungen.

Was würde das ändern?

Am Ende würde nur herauskommen, dass ich, wieder einmal, über eine unmögliche Liebe geschrieben habe.

Haben Sie schon mal eine Geschichte geschrieben,
die Sie niemals veröffentlichen würden?

Maayans Foto

Hörst du? Ich habe dein Foto beim Umzug verloren. Dabei habe ich wirklich versucht, darauf achtzugeben. Habe es in eine Plastikschutzhülle gesteckt. Eine ganze Schutzhülle nur für ein einziges kleines Foto. Keine Ahnung, wie das passieren konnte. Ich hoffe, ich finde es noch, zwei, drei Umzugskartons haben wir noch nicht ausgepackt, aber die Chancen stehen schlecht. Und das bricht mir das Herz, verstehst du? Es war immer bei mir, mir ist wichtig, dass du das weißt. Seit deine Mutter nach der Lesung in Ganej Tikwa zu mir gekommen ist und mir erzählt hat, in der Maschine aus Südamerika sei zusammen mit dir auch dein Rucksack zurückgekommen. Und darin hätten sie ein Buch gefunden.

Hier, das ist Maayan, hat sie auf dem Foto auf dich gezeigt.

Noch bevor sie dazu kam, wusste ich bereits, das bist du. Etwas an deinem Blick. Wäre ich in deinem Alter gewesen und durch Südamerika gereist und wir hätten uns in irgendeinem lausigen Backpacker-Hostel getroffen – ich hätte mich in dich verliebt, Maayan. Da bin ich mir sicher. Ich bin, was das angeht, ein wandelndes Pulverfass, das nur auf ein Streichholz wartet, und die Art, wie du da im Sand stehst, das rechte Bein ein bisschen vorgestreckt, die linke Hand in der Hüfte – obwohl es ein Foto ist, kann man sich ausmalen, wie du gehst, Maayan, deine Schritte sind wie ein Tanz und du neigst den Kopf unmerklich nach rechts, wenn du dich Leuten näherst, oder?

Ich habe das Foto weiter in der Hand gehalten, auch hinterher im Taxi aus Ganej Tikwa. Habe es mir lange angeschaut: vier junge Mädchen in Badesachen. Eine von ihnen, nicht du, hält ein Surfbrett im Arm. Das Bild hat mir gefallen, weil, anders als bei einem solchen Urlaubsfoto zu erwarten, nichts Gestelltes daran war. Offenbar hatte irgendjemand auf der Lauer gelegen und euch unvorbereitet fotografiert. Außer dir wirkt keine von euch darauf besonders fröhlich. Ehrlich gesagt seht ihr alle ein bisschen erschöpft aus. Die meisten reden nicht darüber, wenn sie zurückkommen, aber so eine Reise ist eine anstrengende Angelegenheit mit nicht eben wenigen Augenblicken heftigster Einsamkeit, stimmt's?

Als ich endlich zuhause war, habe ich euer Foto im Arbeitszimmer ins Bücherregal gestellt. Es war so klein, dass es ein paar Mal umgekippt und runtergefallen ist, bis ich herausgefunden habe, wie ich es gegen den Gedichtband von Yehuda Amichai lehnen musste, ›Achsiv, Cäsarea und die eine Liebe‹ – kennst du den? –, der ein bisschen zwischen den anderen Büchern vorragte. Doch auch danach habe ich ab und zu feststellen müssen, dass in meiner Abwesenheit offenbar ein Windstoß das Foto vom Regal geweht hatte. Ich habe es aufgehoben und von Neuem gegen den Amichai gelehnt. Ganz sanft.

Mir war klar, dass Leute, die ins Arbeitszimmer kommen würden, etwas zu dem Bild zu sagen hätten. Ein Kerl, der in seinem Arbeitszimmer ein Foto von vier jungen Damen im Bikini stehen hat – wie soll man sich da eine kleine, von einem Schulterklopfen begleitete Bemerkung verkneifen können? Trotzdem habe ich das Ganze nicht aufgeklärt. Habe keinem die Geschichte zu dem Foto erzählt, nicht ein einziges Mal. Selbst ein Geschichtenhändler wie ich hat eherne Regeln. Die können mich alle mal, habe ich gedacht, das ist etwas, was zwischen dir und mir bleiben muss.

Aber dafür – ist ein Geständnis schon erlaubt? – habe ich dich manchmal angeschaut, bevor ich mit dem Schreiben begonnen habe. Das hat mir geholfen, den Biss zu bewahren und mir auch in Erinnerung zu rufen, dass es jemanden auf der anderen Seite gibt.

Ehrlich gesagt, in letzter Zeit ist das richtig zu einem Ritual geworden. Bevor ich anfange zu schreiben, stehe ich vor deinem Bild. Wie bei der Schweigeminute, nur ohne das Sirenengeheul (sag mal, hast du auch immer den Kopf gehoben und dir die gesenkten Köpfe der anderen angeschaut, bei der Schweigeminute in der Schule? Ich hege da so einen Verdacht. Auch auf dem Foto stehst du etwas abseits von deinen Freundinnen, gehörst nicht restlos dazu, erscheinst ein bisschen wie eine Beobachterin von der Seite).

Auf jeden Fall ist jetzt, da wir umgezogen sind, dein Bild verschwunden. Als gäbe es einen verborgenen, unsichtbaren Abgrund zwischen den beiden Häusern, in dem ausgerechnet die wichtigsten Dinge versinken. Und vielleicht ist es das, Maayan, was ich dir in diesem Brief zu sagen versuche. Dass du zu einem wichtigen Menschen in meinem Leben geworden bist. Ohne dass wir uns je begegnet sind; ohne dass wir miteinander gesprochen oder uns geschrieben haben. Es ist irgendwie passiert. Ich hänge an dir. Habe angefangen darüber nachzudenken, was du zu bestimmten Geschichten wohl sagen würdest. Und dann habe ich irgendwann auch begonnen, mich mit dir zu beraten, bevor ich etwas entscheiden muss, auch Dinge, die überhaupt nichts mit dem Schreiben und den Geschichten zu tun haben. Ein Blick in deine grünen Augen – und plötzlich war mir vollkommen klar, was ich tun muss. Ich habe dir – nicht laut, ich bin ja nicht verrückt, zumindest noch nicht – von Sachen erzählt, die in meinem Leben passieren. Darüber, dass ich mein eigener Gefängniswärter geworden bin; davon, dass ich von Tunneln träume; und wie es ist, sich in seinem eigenen Zuhause nicht mehr geliebt zu fühlen. Und wenn dein Bild jetzt weg sein sollte … – und ich hoffe inständig, dass es das nicht ist, sobald ich dir geschrieben habe, werde ich mich zwingen, die verbliebenen drei Umzugskartons auszuräumen, und hilf mir, dass ich es in einem davon finde – … aber sollte es tatsächlich verloren gegangen sein, fällt es mir schwer zu sehen, wie ich weitermachen soll. Will sagen, vor allem sehe ich nicht, wie ich weiterschreiben soll. Und wenn ich nicht schreibe, wüsste ich nicht, wohin mit den Erinnerungen. Und das wäre dann schon gefährlich, verstehst du? Das ist mein Problem. Ich vergesse nichts. Der Vergessensmechanismus funktioniert bei mir nicht. All die Trennungen und Abschiede. Die Todesfälle. Die Möglichkeiten, die vertan wurden. Alles lagert sich in meinem Körper ab. Und das Schreiben ist der einzige Weg, es loszuwerden. Wie ein Fluggast, der zum Check-in kommt und feststellt, sein Koffer wiegt zu viel. Ich schreibe, denn wenn ich nicht ab und zu etwas von dem Erinnerungsballast abwerfe, kann ich nicht mehr atmen. Es kommt keine Luft rein und es entweicht auch keine.

Ich übertreibe nicht. Das ist für mich eine Sache von Leben oder Sterben. War es immer schon.

Manchmal stelle ich mir deine letzte Fahrt vor, von La Paz nach Coroico. Wenn ich die Augen schließe und mich richtig konzentriere, ist es, als wäre ich dort bei euch auf der Ladefläche des klapprigen Pick-ups. Ich sitze neben dir. Der süße Geruch deines Angstschweißes dringt mir in die Nase. Du trägst so eine Fischerhose, mit einem Band anstelle eines Gürtels, und deine Beine sind zusammengepresst. Unsere Knie berühren sich fast. Und in den Kurven nicht nur fast. Auch ich bin mal diese verfluchte Strecke gefahren, weißt du? Als deine Mutter nach der Lesung in Ganej Tikwa mit dem Foto zu mir gekommen ist, habe ich ihr das nicht erzählt. Wollte ihr nicht unnötig damit wehtun, dass ich es überlebt habe. Aber auch mich hatte man vor dieser Strecke gewarnt, zwanzig Jahre bevor du gewarnt wurdest. Und auch ich habe nichts auf die Warnungen gegeben. Wenn du zwanzig bist und eine Zigarette hast, sind Warnungen wie lästige Fliegen, die du mit der Hand verscheuchst. Dennoch, ich weiß noch, dass ich schon nach einer Stunde Fahrt verstanden hatte, dass ich in echter Gefahr schwebte. Die Piste war beängstigend schmal und die ununterbrochenen Regenfälle der letzten drei Tage hatten die Ränder aufgeweicht und in eine Schlammwüste verwandelt, und jedes Mal, wenn ein Pick-up von vorne kam, hat unser Fahrer zurückgesetzt und Manöver vollführt, die viel von Russisch Roulette hatten: Damit der entgegenkommende Wagen unseren Pick-up passieren konnte, mussten wir so weit zurücksetzen, dass der hintere Teil schon über dem Abgrund hing, aber nur so viel, dass der Schwerpunkt der Karre nicht zu weit nach hinten verlagert wurde.

Irgendwann habe ich einfach die Augen zugemacht. War nicht mehr in der Lage, in den Abgrund zu schauen, der sich unter uns auftat, ohne dass mir schwindelig geworden wäre. Hast du auch die Augen geschlossen? Vielleicht hast du sie jäh wieder aufgerissen, als der freie Fall begann? Immer, wenn ich mir deine letzte Fahrt vorstelle, erwacht genau an dem Punkt in mir das starke – sicher idiotische, aber starke – Bedürfnis, dich zu retten. Immerhin war ich Sanitäter in der Armee. Wenn ich rechtzeitig bei dir gewesen wäre und nicht erst nach vierundzwanzig Stunden, wie diese inkompetenten Bolivianer, hätte ich vielleicht etwas ausrichten können. Das heißt, ich weiß nicht, ob danach alles gut gewesen wäre und du ein normales Leben gehabt hättest, wir reden immerhin von einem freien Fall über fünfhundert Meter in einem Pick-up, der sich mindestens sechs Mal überschlägt, ehe er am Grund des Canyons aufschlägt ... Aber vielleicht, wer weiß, wer kann das schon wissen.

Ich habe die Augen bis Corioca geschlossen gehalten. Habe sie erst wieder aufgemacht, als die ersten Schlaglöcher kamen und der Wagen wild hin- und herschaukelte.

Auch die beiden Deutschen, mit denen ich unterwegs war, waren schon lange verstummt. Der eine von ihnen hatte ein Buch dabei, das weiß ich noch. Er hat es aufgeschlagen in der Hand gehalten, als sei er entspannt genug zum Lesen, hat aber eine Ewigkeit lang nicht umgeblättert.

Plötzlich ist es sehr kalt geworden.

Jeder hat sich in seinen Poncho gewickelt.

Der Deutsche mit dem Buch hat es zugeklappt und sich unter den Oberschenkel geschoben.

Mir sind alle möglichen Dinge durch den Kopf gegangen, die ich noch nicht geschafft hatte: Vater werden; ein Buch veröffentlichen; einen Tauchschein machen. Im Stillen habe ich meinen Vers aus den Prophetenbüchern von der Bar-Mizwa drei Mal von Anfang bis Ende aufgesagt. Habe mir die Hände unter die Oberschenkel geschoben, damit sie aufhören zu zittern. In dem Augenblick wollte ich nichts mehr als leben. Das heißt ...

Ich denke, ich wusste damals schon, dass das Leben auch Schmerzen bereithält. Sicher wusste ich das. Nur waren die Proportionen noch anders: Die Lust auf alles, was das Leben zu bieten hat, überwog und die Schmerzen waren noch vage.

Im letzten Jahr bin ich wegen der Dysthymie morgens manchmal mit einem solch heftigen, stechenden Schmerz im hinteren Herzen aufgewacht, dass sich sogleich die eine Frage stellte, die Frage aller Fragen ...

Aber bisher hatte ich immer eine klare Antwort darauf.

Bin zu deinem Bild gegangen und habe es mir angeschaut.

In deinem Mundwinkel deutet sich ein Lächeln an. Kein richtiges Lächeln und ganz sicher kein Lachen. Eher so eine Neigung des Mundes, die von einer Neigung der Seele zum Guten kündet.

Verstehst du? Seit letztem Jahr ... vielleicht auch schon länger? Schwer zu sagen, wann genau der Kollaps eingesetzt hat und warum, vielleicht war Aris Erkrankung der Trigger oder vielleicht Shiras Weggang nach Sde Boker – auf jeden Fall, im ganzen letzten Jahr bin ich wie ein Musiker, der bei einem Stück aus dem Takt gekommen ist, mitten im Konzert, vor Hunderten von Zuhörern. Das Orchester wartet darauf, dass er sich wieder einfügt, das Publikum beginnt schon zu flüstern, aber es gelingt ihm nicht, er schafft es einfach nicht. Aber jedes Mal, wenn ich mir während dieses letzten Jahres dein Lächeln angeschaut habe, hat mich das daran erinnert, dass es nicht immer so war bei mir. Was besagt, dass diese verfluchte Dysthymie vielleicht nur ein Tunnel ist, durch den ich hindurch muss. Um ans Licht zu kommen.

Da sind noch drei Umzugskartons, die wir nicht ausgepackt haben. Wir haben sie vorübergehend in mein Arbeitszimmer gestellt, und dort türmen sie sich wie Bauklötze im Kindergarten. Sie aufzumachen schiebe ich schon seit mehreren Tagen vor mir her. Jedes Mal unter einem anderen Vorwand.

Im Grunde genommen ist auch dieser Brief, den ich dir jetzt

schreibe, ein Versuch, das Öffnen der Kartons noch um ein paar Stunden hinauszuzögern.

Uns noch eine Chance zu lassen, und sei sie noch so klein.

Haben Sie schon einmal eine Therapie gemacht?

Ich hatte beschlossen, Dikla im »Maayana« zu überraschen. Alle zwei Wochen macht sie im Büro früher Schluss und geht zum Watsu, ihrem Wasser-Shiatsu, und kommt als eine Andere nach Hause. Strahlender.

Ich habe gedacht, wir gehen was essen nach ihrer Hydrotherapie. Kann es einen besseren Zeitpunkt geben?

Ich war kurz vor halb drei da. Sie haben dort so einen Wartebereich mit Kissen und Sitzsäcken. Und angenehm luftig ist es auch. Eine dünne Wand mit Schiebetür trennt das Becken von den Wartenden.

Anfangs kam aus Richtung des Beckens nur Musik. Und dann brach die Musik ab und ich hörte Dikla etwas sagen. Und Gaya, ihre Therapeutin, etwas antworten. Und dann so ein Plätschern, wie wenn jemand aus dem Wasser kommt. Und gleich darauf noch ein Plätschern, ähnlich, aber doch anders. Und jetzt standen beide offenbar schon unmittelbar hinter der Trennwand, denn ich hörte Dikla sagen: »Wie auch immer, bis zur Bat-Mizwa treffe ich keine Ent...«

Und mitten im Wort schoben sie die Tür auf und kamen gemeinsam heraus.

Dikla groß und schmalschultrig. Gaya gedrungen und breitschultrig.

Interessant, wie das wohl aussieht, wenn die beiden im Wasser sind, habe ich idiotischerweise noch gedacht.

Dikla vollendet noch ihr »...scheidung«, ehe sie registriert, dass ich dort in den Sitzsack gegossen liege, und jäh verstummt.

In der Zehntelsekunde, die verstrich, bis sie in eine passende Reaktion auf mein Erscheinen schlüpfen konnte, hatte ich schon mitgekriegt, dass …

Sie nicht erfreut war, mich zu sehen.

Und dass sie ganz offenbar über mich gesprochen hatten. Über
uns.

Hey, habe ich gesagt.

Hey, hat Dikla gesagt und mich auf die Wange geküsst. Nicht auf
den Mund.

Ich habe eine Stunde frei, habe ich gesagt. Und ich dachte, wir
könnten vielleicht was im »Goferman« essen gehen.

Die haben zugemacht, hat Gaya gesagt.

Und ich muss Gaya schnell nach Hause bringen, hat Dikla gesagt.

Ach so, habe ich gesagt. Und bin, unwillkürlich, einen Schritt zurückgewichen.

Aber wir können im »Aroma« bei uns nebenan einen Kaffee trinken, hat Dikla gesagt.

Okay, habe ich gesagt. Dann treffen wir uns da. Und zu Gaya gewandt: Wissen Sie, dass ich Dikla wirklich beneide. So wie sie von
Ihnen wiederkommt, glaube ich, eine Hydrotherapie ist genau das,
was ich auch mal bräuchte.

Jederzeit gern, hat Gaya gesagt, in unterkühltem Ton.

Wir haben keinen Kaffee im »Aroma« getrunken. Dikla ist auf dem
Rückweg von Gaya im Stau stecken geblieben und musste dann
gleich weiter, Yanai aus dem Hort abholen.

Aber zu einem Wasser-Shiatsu bin ich doch gegangen. Eine Woche
danach. Nicht im »Maayana«, um nicht abermals in Diklas Sphäre
einzudringen (so habe ich mich gefühlt, wie ein Eindringling). Habe
stattdessen auf dem Weg zu einem Vortrag in Safed in Amuka halt-
gemacht. Dort gibt es auch so ein Therapiebad. Von außen sieht das

Ganze wie ein Gewächshaus aus, und drinnen – Wasser, rundherum ein Holzdeck, kleine Umkleidekabinen und weiße Bademäntel.

An den Namen der Therapeutin, die mich empfangen hat, erinnere ich mich nicht mehr. Fünfzig plus, lange, von einem Zopfgummi gebändigte Haare, sanfte Augen.

Das Wasser war warm, aber nicht zu warm.

Ich habe mich am Beckenrand abgestützt. Habe gefragt: Wie läuft das eigentlich?

Das sehen Sie gleich, hat die Therapeutin gelächelt und gefragt, wie geht es Ihnen?

Wie es mir geht?

Ja, wie geht es Ihnen?

So viele Leute haben mich in den letzten Wochen gefragt, wie es mir geht, habe ich gedacht, aber niemand hat mich das *so* gefragt. Aus reiner Neugier. Nicht aufdringlich. Und eine ehrliche Antwort erwartend.

Ich habe Schmerzen, habe ich gesagt.

Wo?

Im hinteren Herzen.

Im hinteren Herzen?

Nicht das Organ, das Blut durch den Körper pumpt, sondern das, das Angst hat, jemanden zu verlieren.

Und wo genau sitzt das, dieses hintere Herz?

Im Rücken, zwischen den Schulterblättern. Dort spüre ich es.

Gibt es irgendjemand Besonderen, den Sie … Angst haben zu verlieren?

Die Wahrheit ist, ich habe Angst, einige … besondere Jemands zu verlieren.

Okay, hat sie gesagt und mir, anstatt mich über meine Kindheit auszufragen und über mein Verhältnis zu meinen Eltern, so kleine Schwimmreifen über die Fußgelenke gestreift und dann ihre Arme ausgestreckt, meine Finger ergriffen und mich in einer langsamen, gleitenden Bewegung in ihren Körper wie in eine Hängematte gebettet und angefangen, mich durch das Wasser zu ziehen. Anfangs ganz gemächlich, wie ein Papierschiffchen, und dann ein bisschen schneller. Ich habe die Augen zugemacht, aber ein ganzer Rattenschwanz praktischer Erwägungen hat mich davon abgehalten, mich fallen zu lassen: Ich habe sie gar nicht gefragt, wie lange die Therapie dauert. Denn ich habe noch ein Stückchen bis Safed zu fahren. Mindestens zwanzig Minuten. Außerdem, nehmen die hier auch Kreditkarten? Und wenn nicht, wo zum Teufel soll ich in diesem Kaff einen Geldautomaten finden?

Ganz allmählich aber hat das Wasser mir die Gedanken aufgelöst. Ich erinnere mich nicht mehr an all die Bildsequenzen, die mir während der Session dort in Amuka gekommen sind, nur noch an zwei.

Die eine war ganz kurz, wirklich nur so ein Aufblitzen – Shira marschiert in ihr Internat in Sde Boker, ihre Locken tanzen auf ihrem Rücken, sie zieht zwei Koffer hinter sich her, in jeder Hand einen, und ich frage mich, ob sie sich noch einmal umdrehen wird, für einen letzten Blick.

Und die andere ein bisschen länger – Dikla und ich haben das Musikfestival in Arad frühzeitig verlassen, weil es ihr zu wüst war, und sind runter zum Toten Meer. Haben ein Stückchen Strand ganz für uns gefunden und sind ins Wasser. Vorher war es mir noch nie gelungen, mich im Toten Meer treiben zu lassen. Ich hatte das immer für etwas gehalten, das nur andere Leute hinkriegen. Aber an jenem Abend haben Dikla und ich die perfekte Stellung gefunden: ihre Beine auf meinen Schultern und meine auf ihren. Unsere Hände halten einander und wir treiben schwerelos auf dem Wasser, schauen uns an und reden. Das Ganze war genau ausbalanciert, eine falsche Bewegung, ein falsches Wort, und wir beide hätten das Gleichgewicht verloren.

Nach den Bildern kamen noch andere. Vielleicht bin ich auch für ein paar Minuten weggedöst. Und es gab eine Phase, in der die Therapeutin mir nach allen Regeln der Shiatsu-Kunst die Finger zwischen die Schulterblätter gedrückt und danach ein Lied vor sich hin gesummt hat, das zu erkennen ich mir nicht die Mühe gemacht habe.

Bei einer Gesprächstherapie weiß man ja, die Session neigt sich dem Ende zu, wenn der Therapeut einen schnellen Blick zur Uhr wirft oder anfängt, dich verbal auf den Abschied vorzubereiten.

Bei der Therapie dort im Wasser war es mehr wie bei einem Musikstück: Etwas an der Melodie des Dahintreibens signalisierte mir das nahende Ende.

Die Therapeutin lenkte mich, noch immer meine Hände in den ihren verschränkt, zurück zum Beckenrand, und befreite dann einen Finger nach dem anderen, bis meine Hand im Wasser schwebte.

Ich ging unter. Tauchte wieder auf. Öffnete die Augen. Sagte Danke.

Bitte sehr.

Und dann wollte sie wissen, welches Sternzeichen ich bin.

Fische.

Das spürt man, sagte sie. Sie können jetzt duschen gehen. Ich muss schon los, aber ich lasse Ihnen Tee und Datteln auf dem Tisch dort stehen.

Ich trank meinen Tee und dachte, so eine Physiotherapie ist viel mehr für mich gemacht als eine Gesprächstherapie. Der Körper kann nicht lügen.

Nach dem Vortrag in Safed bin ich nach Haifa gefahren, zu dem Plattenladen im Hadar-Viertel, und habe für Dikla eine ganz seltene Scheibe von David Bowie gefunden, das Konzeptalbum »Ziggy Stardust«, nur Bowies Stimme, unverfälscht, nackt, ohne große Arrangements und Bearbeitung, habe die Platte auf den Beifahrersitz gelegt, das Cover ab und an berührt und gedacht, dass es bis zu Noams Bat-Mizwa noch ein paar Monate sind und vielleicht doch noch nicht alles verloren ist.

Welche Frage würden Sie gern gestellt bekommen,
die man Sie noch nie gefragt hat?

Woran denken Sie, während der deutsche Schauspieler auf der Bühne in München aus Ihrem Buch eine Passage von vierzig Minuten vorliest? Nein, ehrlich. Du sitzt da und tust, als würdest du aufmerksam zuhören. Das musst du. Immerhin ist Publikum da. Nicht viel, aber immerhin. Alle gut gekleidet. Der Holocaust schwingt bei jedem Ereignis in Deutschland im Hintergrund mit und hängt der Sache so einen Talar von Ehrwürdigkeit um. Und ja, während der ersten Minute hältst du im Publikum noch nach Chagai Karmeli Ausschau, aber danach bleiben noch neununddreißig Minuten, und es liegt ja auf der Hand, dass du nicht wirklich neununddreißig Minuten lang aufmerksam einem Text lauschst in einer Sprache, von der du nicht ein Wort verstehst. Also wohin wandern deine Gedanken dann? Wie viele davon sind dem in seinem Krankenhausbett vor sich hin sterbenden Ari gewidmet? Wie viele deiner Frau, die sich dir weiterhin entzieht? Wie viele davon Frauen, die nicht deine Frau sind? Wie viele deiner Tochter, die ins Internat geflüchtet ist und nicht mit dir reden will? Wie viele dem Versuch zu erraten, wer von den Silberhaarigen im Publikum bei der SS gewesen ist? Wie viele dem Kurs des Euros? Kann es tatsächlich sein, dass ausgerechnet genau dann, aus dem freien Fluss der Gedanken, aus der angenehmen Mattigkeit des Körpers, der für eine gute halbe Stunde keine Aufgabe erfüllen muss, die Idee für dein nächstes Buch entsteht?

Könnten Sie auch in einer anderen Sprache als Hebräisch schreiben?

No way.

Welche Aufgabe sollten im Exil lebende Juden Ihrer Meinung nach
in Bezug auf Israel haben?

Zu Treffen mit israelischen Schriftstellern kommen.

Denn sonst kommt ja schon keiner mehr.

Außer den unvermeidlichen BDS-Jüngern natürlich, die geschlossen aufstehen und demonstrativ den Saal verlassen, in dem Moment, in dem du anfängst zu reden. Und dich mit dem Moderator und der Übersetzerin allein lassen. Und zwei jungen Verlagsmitarbeiterinnen, die unentwegt Nachrichten auf ihren Smartphones checken.

Zu Ihren Auftritten im Ausland kommen sicher auch ehemalige
Israelis. Was bedeutet die Begegnung mit ihnen für Sie?

Sie erscheint mit ein bisschen Verspätung zu der Veranstaltung. Immer schon ist sie ein bisschen zu spät gekommen. Aber immer nur ein wenig. Ich habe damals mit wachsender Anspannung auf der Bank in dem kleinen Park neben dem Haus ihrer Eltern in der Rofé-Straße gewartet. Und ich erkenne sie sofort, obwohl neun Jahre vergangen sind, seit ich sie das letzte Mal gesehen habe, auf der Woche des Buches, in den Jahren, in denen sie diese Veranstaltung in den Yarkon-Park verlegt hatten. Wir haben uns immer dort getroffen, scheinbar zufällig. Sie war im Vertrieb von Steimatzky, ich habe an unserem Stand Autogramme gegeben und gewusst, irgendwann kommt sie mich besuchen, und dann sitzen wir im Innenraum auf zwei Plastikstühlen eng nebeneinander, berühren uns fast und reden. Vielmehr, sie redet und ich höre im Wesentlichen zu. Wie immer. Und wenn mir der Geruch ihrer Haare in die Nase steigt, erwacht wieder etwas in mir. Das ferne Echo von irgendwas. Und nachdem wir Wangenküsschen getauscht haben und sie wieder weg ist, kommen Leute, sprich, Männer zu mir und fragen, wer denn die nette Person war, mit der ich da so ewig lange zusammengesessen habe. Und ich erwidere stolz, meine erste Freundin, ja füge manchmal noch hinzu: vier Jahre, zweites Halbjahr in der Zwölften bis nach der Armee.

Bei einem dieser Gespräche auf der Woche des Buches hat sie mir dann erzählt, sie werde heiraten. Ich wollte sie nicht heiraten, war aber trotzdem eifersüchtig. Sie hatte so ein entzückendes kaffeebraunes Muttermal links vom Bauchnabel, an dem ich mit den Lippen immer gerne hängen geblieben bin, ehe ich tiefer abtauchte. Und sie hatte diese Bewegung, schob die Hand unter ihre Locken und warf die ganze Mähne dann in einem Ruck von links nach rechts. Und sie spielte Querflöte. Gut, aber nicht gut genug für das Armeeorchester. Außerdem machte sie mich gern runter, kam nicht mit ihrer Mutter klar und verprellte, ungewollt, die wenigen Freundinnen, die sie auf dem Gymnasium hatte. Hin und wieder auch gewollt. Mit taktlosen Sprüchen. Und sie schickte mir parfümierte Briefe während der Grundausbildung und im Offizierslehrgang, nahm an den Wochenenden, an denen ich nicht nach Hause konnte, den ganzen Weg von Haifa bis zur Offiziersschule in Mitzpe Ramon auf sich, nur um mit mir zu schlafen und wieder zu fahren, und als sie ein Jahr vor mir mit der Armee fertig war, hat sie als Sicherheitsbeamtin am Flughafen gearbeitet. Hat sich morgens um vier bloß einen Spritzer Parfüm gegönnt, wenn draußen das Taxi vorfuhr und kurz hupte, um sie zur Arbeit zu bringen. Den Job hat sie dann nach zwei Monaten geschmissen, weil sie nicht mit ihrer Schichtführerin klarkam. Und weil sie ja von irgendwas leben musste, hat sie Babys gesittet, unter anderem auch bei meiner großen Schwester. Bis zu dem Vorfall.

Sie wollte nicht mit zum Musikfestival in Arad, eine Woche nach dem Vorfall, und hat nicht geantwortet, als ich sie gefragt habe, ob es deswegen sei. Und als ich aus Arad zurückgekommen bin, hat sie bloß »hey« gesagt und weiter ferngesehen. Danach hat sie wochenlang nicht mit mir schlafen wollen, und wenn doch, dann lustlos und ohne selbst zu kommen. Und hat angefangen, zu Salsaabenden im Dolphinarium zu gehen, ohne mich. Ist von dort immer später wiedergekommen, mit Zigarettengestank im Haar und in ihren Sachen. Und hat nicht versucht, mich aufzuhalten, als ich mich daran gemacht habe, meine Sachen in große Müllsäcke zu stopfen, hat nicht gesagt: Geh nicht, ich liebe dich. Ist auch nicht zu meiner Großmutter nach Cholon gekommen und hat gebettelt, ich solle zurückkommen, hat mir keine Nachrichten über Freunde geschickt, und als ich in die Wohnung gekommen bin, um die paar Sachen zu holen, die ich noch da hatte, hat sie zugesehen, dass sie nicht dort war.

Ihre Hochzeit hat sie eine Woche vor dem Termin abgesagt. Gemeinsame Bekannte, die eine Einladung hatten, haben es mir erzählt. Ich war nicht überrascht. Das passte zu ihr. Später habe ich von denselben Bekannten gehört, sie hätte jemand anderen, einen Physikdoktoranden, nach nur einem Monat geheiratet und sei mit ihm in eine Kleinstadt im Mittleren Westen gezogen. Wegen eines Jobangebots, das er bekommen hatte. Oder eines Stipendiums.

Der Mittlere Westen ist weit weg und liegt auf dem Weg nach Nirgendwo. Die gemeinsamen Bekannten, die wir hatten, brachen nach und nach den Kontakt zu ihr ab, und auch ich hatte schon seit Jahren keinerlei Tratsch mehr über sie gehört. Hatte so gut wie ganz aufgehört davon zu träumen, dass wir Hand in Hand rennen, vor irgendetwas ausreißen, und habe schon lange nicht mehr ihre Briefe aus dem Schuhkarton geholt, in dem sie lagern, um zu schnuppern, ob sie noch ein bisschen nach Parfüm riechen.

Und da sitzt sie vor mir. Dritte Reihe, ganz rechts außen. Der eigentliche Vortrag ist schon überstanden und jetzt werden Fragen gestellt, zu viele Fragen, und ich antworte, ja, das Hebräische vermischt sich, andere Sprachen sickern ein, aber ist das zwangsläufig etwas Schlechtes? Und jemand fragt, würden Sie auch schreiben, wenn Sie nicht in Israel geboren wären? Ich antworte, greife nach einer Antwort aus dem Fundus, und werfe ihr die ganze Zeit Blicke zu, versuche zu überlegen, wie ich mich vor dem koscheren Abendessen drücken kann, noch ein koscheres Abendessen, das die jüdische Gemeinde im Anschluss organisiert hat.

Am Ende schenke ich den Organisatoren reinen Wein ein. Hören Sie, ich habe hier eine Freundin aus Kindertagen getroffen, es ist der letzte Abend, und hinterher hätten wir keine Zeit mehr, ich hoffe, das ist in Ordnung für Sie, wenn ich …

Schauen Sie, sagen meine Gastgeber, wir haben schon einen Tisch im Restaurant reserviert …

Sie wartet etwas abseits, scheinbar verlegen, in Wahrheit aber nicht, knabbert am Nagel ihres kleinen Fingers mit dieser anmutigen Bewegung, die ich so gut kenne, und verschränkt im Stehen ein Bein über dem anderen, eine Positur, die ich ebenfalls nur zu gut kenne.

Ich schweige, gebe nicht nach, wobei mir klar ist, dass das, was ich gerade mache, *politically not correct* ist, doch ebenso klar ist mir, dass ich das Richtige tue.

Sie schauen sie an, schauen mich an, und etwas wird ihnen klar, denn irgendwann treten sie den Rückzug an. Erinnern mich nur daran, dass man mich am nächsten Morgen um sieben zum Flughafen abholen wird.

Wir treten auf die Straße und marschieren los, Richtung Down Town. Mir ist ein bisschen kalt, ihr aber offenbar nicht, und so sage ich nichts. Wir gehen in unserer üblichen Formation, sie links von mir und ich rechts von ihr, und ich frage mich, ob ihr das auch auffällt. Sie trägt enge Jeans und eine Bluse, und ich muss an die Art denken, wie sie ihr Armeehemd genau so immer in ihre ein paar Nummern zu große Armeehose gestopft hat. Und mir fällt ein, dass sie, obwohl von Natur aus mit großem Mitteilungsbedürfnis gesegnet, immer jemanden braucht, der das Gespräch in Gang bringt.

Du siehst fantastisch aus, sage ich.

Woher willst du das wissen?, keilt sie zurück. Es ist stockfinster.

Nein, wirklich. Ich lächele.

Du dagegen bist älter geworden, sagt sie. Streicht mir kurz – oder berührt mich länger, je nachdem, wie man das wahrnimmt – mit der Hand über den Nacken und will wissen, was sind das alles für weiße Haare hier?

Ich schweige, reumütig.

Und seit wann bist du denn ein Vortragskünstler? Du warst doch immer so schüchtern.

Innerlich bin ich noch immer schüchtern.

Das weißt du aber gut zu verbergen.

Hat dir der Vortrag gefallen?

Ein Klassevortrag, obwohl …

Obwohl was?

Egal, wir haben uns neun Jahre nicht gesehen, und schon mache ich dich wieder …

Du hast damit angefangen, also los …

Du … spulst nur ab. Bist nicht wirklich da. Das wirkt, als würdest du alles nur aufsagen. Sogar die Witze, die du einstreust … – man merkt, du weißt, die werden funktionieren, weil sie schon mal funktioniert haben.

Ernsthaft?

Aber die Leute sind auf ihre Kosten gekommen, keine Sorge. Nur mir ist aufgefallen, dass du nicht ganz da warst.

Ich war nicht ganz da deinetwegen, du Scherzkeks. Von dem Augenblick an, in dem du zur Tür rein bist, wollte ich nur noch, dass der Vortrag vorbei ist, denke ich. Und sage es nicht.

Wir erreichen eine kleine öffentliche Grünanlage mit einem Teich in der Mitte. Einer Pfütze eher. Eine Bank steht dort, auf der wir Platz nehmen. Die Bank ist ein bisschen feucht. Das Wasser in der Pfütze funkelt wie Augenpaare.

Und, gewöhnt man sich an diese Stille?, frage ich.

Man wird süchtig danach, sagt sie.

Wohnst du hier in der Nähe?, frage ich und deute mit der Hand vage in Richtung Stadt.

Nein, wir wohnen jetzt in Cincinnati. Sind erst vor Kurzem umgezogen.

Im Ernst? Also hab ich mächtig Glück gehabt, dass du hier bist?

Nein, du Schwachkopf, ich bin extra hergekommen. Zwei Stunden Fahrt.

Nach diesem letzten Satz wendet auch sie sich mir zu. Von Angesicht zu Angesicht. Und schaut dann sofort wieder weg.

Es hatte eine Ewigkeit gedauert, bis ich den Mut hatte, sie zu küssen. Damals, in Haifa.

Wir sind in der Oberstadt herumgestromert und am Ende immer irgendwie auf der Panoramapromenade geendet, mit Blick auf die Raffinerien und den Golf. Einerseits lag der Kuss in der Luft, andererseits erschütterte ihre kiebige Art meine in jenen Tagen ohnehin wankelmütige Selbstsicherheit. Jedes Mal vor dem Date beschloss ich, so, diesmal würde es passieren, um dann, kaum hatten wir den ersten Satz gewechselt, zu entscheiden, das Mich-über-sie-Beugen auf einen passenderen Moment zu verschieben. Bis sie eines Nachts in ihrem üblichen unterkühlten Ton meinte, wenn du nicht willst, dass wir als gute Freunde enden, solltest du mich bald mal küssen.

Ich habe keine Lust zurückzufliegen, gestehe ich.

Ach?, sagt sie. Und sieht mich unverwandt an. Sie hat blaue Mascara auf den Wimpern. Wie damals. Und Fältchen unter den Augen. Nicht wie damals.

Ich bin unschlüssig, ob ich ihr erzählen soll, dass die Platte von David Bowie Dikla nicht erweicht hat, dass sie mich nicht mit offenen Armen empfangen wird, wenn ich nach Hause komme. Vielleicht wird sie nicht einmal vom Fernseher aufschauen. Aber ich will nicht verzweifelt klingen. Also sage ich: Das ist das erste Mal, dass mir das passiert, weißt du? Ich genieße meine Reisen, freue mich aber immer zurückzukommen.

Sicher, sagt sie und richtet ihren Blick wieder in die Dunkelheit. Was ich nicht verstehe, ist, wie ihr dort mit diesem ständigen Druck leben könnt.

Ja, sage ich.

Jeden Sommer Krieg, fährt sie fort, und wenn nicht im Sommer dann zu den Festen – das ist doch nicht normal.

Das ist nicht normal, bestätige ich.

Wie soll man da Kinder großziehen, ohne dass sie einen Schaden davontragen?

Unmöglich.

Manchmal gehe ich auf Ynet und muss nur den Namen Yoram Sirkin in einer Überschrift sehen, um mich wieder zu erinnern, wie wenig ich das alles vermisse.

Dennoch – denke ich und sage es nicht – geht sie auf Ynet.

Mein Vater ist vor zwei Jahren gestorben, sagt sie, und ich bin zur Beerdigung rübergeflogen.

Ihr Vater. Ich erinnere mich. Massig. Kranführer im Hafen. Kommt abends erschlagen nach Hause, bringt kaum ein Wort über die Lippen, mischt sich nicht ein, wenn ihre Mutter sie beim Abendessen zusammenstaucht, aber bedenkt sie die ganze Zeit mit liebevollen, tröstenden Blicken. Reicht ihr das Salz, eine Sekunde bevor sie darum bittet. Ein einziges Mal in den ganzen vier Jahren, in denen ich mit seiner Tochter zusammen war, hatten wir so was wie ein Gespräch. Sie war noch unter der Dusche, als ich kam, um sie ins Armon-Kino abzuholen. Ihre Mutter war nicht zuhause. Und ihr großer Bruder bei der Armee.

Es gibt etwas, das … – sagt er und bringt den Satz nicht zu Ende, sondern deutet mit der Hand zum Wohnzimmer. Wir lassen uns auf dem schwarzen Ledersofa nieder. Im Fernsehen läuft Fußball. Er schweigt. Scheint nach den richtigen Worten zu suchen.

Fast hätte ich gesagt, schon gut, Sie müssen sich keine Sorgen machen, sie nimmt doch die Pille. Aber ich war nicht sicher, dass es darum ging.

Sei vorsichtig mit ihr, ja?, sagt er schließlich.

Mach ich.

Sie … ist viel sensibler als …, sagt er und stockt abermals.

Ich nicke.

Und das war's. Das kürzeste Gespräch unter Männern in der Geschichte der Menschheit. Seine Augen und sein Körper wandten sich wieder dem Fernseher zu, also tat ich es ihm nach. Das Spiel, das übertragen wurde, fällt mir jetzt wieder ein, war Haifas Stadtderby zwischen Hapoel in Rot und Maccabi in Grün. Und da ich farbenblind bin und die beiden Mannschaften nicht unterscheiden konnte, habe ich nur so getan, als würde ich interessiert zuschauen, während ich nur darauf gewartet habe, dass seine Tochter endlich ihre Duschorgie beendet.

Mein Beileid, sage ich jetzt.

Und sie sagt, danke, das hat man schon lange nicht mehr zu mir gesagt. Irgendwann hören die Leute auf, das zu sagen, obwohl das Leid andauert.

Das stimmt, pflichte ich bei. Und lasse mich fast dazu verleiten, ihr zu erzählen, dass Ari krepiert. Will aber nicht ein Leid mit dem anderen vermischen.

Ich habe die Minuten gezählt, bis die Trauerwoche endlich um ist, erzählt sie. Ständig Burekas. Und Gespräche, die sich in einer Endlosschleife wiederholen. Und Fotoalben, die von Hand zu Hand wandern, und ich bin die Einzige, die Einzige, die nicht bereit ist, sich das anzuschauen, die Einzige, die sich erinnert, dass alle diese Familienausflüge im Grunde genommen ein Albtraum waren. Und meine Mutter, du weißt ja, sie ist nicht in der Lage, länger als ein paar Minuten meine Gegenwart auszuhalten, ohne etwas Gemeines zu sagen. Ich bin nicht mehr verletzt, weißt du, aber auch nicht bereit, ihr das unkommentiert durchgehen zu lassen.

Damals war sie sehr wohl verletzt. Ist mitten in der Nacht bei mir aufgekreuzt. Zweimal Klopfen an unserer Nebeneingangstür. Ich habe aufgemacht, im Trainingsanzug. Und sie hat einen kleinen Schritt in meine Bude gemacht, hat gebeten, nimm mich in den Arm, und ist über Nacht geblieben, und am nächsten Morgen sind wir Hand in Hand zur Schule und haben uns auf dem Flur mit einem Zungenkuss verabschiedet, ehe sie in ihre Klasse ist und ich in meine.

Nach meiner Einberufung habe ich ihr jeden Tag einen Brief aus der Kaserne geschickt, mindestens. Damit da etwas ist, das sie davon abhält, einen der Typen zu erhören, die sie immer umschwärmt haben. Wir haben Witze darüber gemacht, dass der arme Soldat von der Militärzensur, der meine Ergüsse liest, bestimmt schon auf den nächsten wartet.

Während meines letzten Jahrs in der Armee haben meine Eltern ein Sabbatical in Boston verbracht, und ihre WG-Wohnung in der Hass wurde mein Zuhause. Dorthin bin ich am Wochenende, wenn ich Heimaturlaub hatte. Dorthin habe ich die paar Nicht-Armee-Klamotten, die ich hatte, gebracht, meine Kassettensammlung und den Schal von Hapoel Jerusalem.

Bis …

Sie hat bei meiner großen Schwester in Ramat Gan babygesittet. Und ich habe mitten in dem ganzen Albtraum der ersten Intifada einen der raren vierundzwanzig Stunden Heimaturlaube gekriegt.

Nimm mich in den Arm, habe ich gebeten, nachdem sie die Tür hinter mir geschlossen hatte, und sie hat mich in den Arm genommen und mir dabei schon den Gürtel meiner Armeehose geöffnet und mich mit sich gezogen. Wir haben dort auf dem Sofa miteinander geschlafen, ausgiebig, während Danielle, meine zweieinhalb

Jahre alte Nichte, in ihrem Zimmer eigentlich hätte tief und fest schlafen sollen. Sie hat jeden Tag Mittagsschlaf gemacht. Zwischen eins und drei. Wie ein Uhrwerk. Heute weiß ich, es gibt irgendeinen Zeitpunkt, an dem kleine Kinder auf einen Schlag und ohne Vorwarnung aufhören, mittags zu schlafen. Jedes Kind hat da seinen eigenen Zeitpunkt. Aber damals …

Jetzt schlägt sie vor, wir sollen weitergehen. Es gibt da irgendeinen Aussichtspunkt, den sie mir zeigen will.

Mir ist klar, in dem Augenblick, in dem wir uns von der Parkbank erheben, wird sie bemerken, dass mein Rücken im Lendenwirbelbereich ein bisschen verkrampft ist. Und wird ganz sicher eine Bemerkung dazu machen.

Macht sie aber nicht. Schiebt stattdessen ihre Finger zwischen meine.

Ich beruhige mich selbst. Das geht schon, du bist im Mittleren Westen, niemand kennt dich hier.

Und denke, wie lange hat mich schon niemand mehr so zärtlich berührt.

Wir gehen Hand in Hand, jeder auf seiner angestammten Seite, bis wir den Aussichtspunkt erreichen, der ein bisschen an den Atarim-Platz erinnert, eine große, freudlose Betonplatte.

Wir lehnen uns auf die Brüstung, drehen uns dann einander zu und küssen uns. Ein kurzer Kuss. Ihre Lippen sind ein wenig spröde.

Nimm mich in den Arm, sagt sie.

Was ich tue.

Ihren Körper im Arm zu haben fühlt sich vertraut und nicht vertraut an.

Sie streichelt meinen Nacken und ich bahne mir einen Weg durch ihre Lockenmähne bis zu dem ihren und male mit meinen Fingern kleine Kreise darauf, wie ich mich erinnere, dass sie es mag.

Wir küssen uns erneut, diesmal länger, aber noch immer nicht mit richtiger, selbstvergessener Hingabe.

Mein Hotel … wenn du willst …, murmele ich. Bin mir dessen selbst nicht sicher, was ich da gerade vorschlage. Sie rückt ein bisschen ab – wir halten uns noch immer umfangen, aber nicht mehr ganz eng – und schüttelt den Kopf, nein.

Aber es ist nur eine Geschichte, sage ich.

Sie schüttelt ein bisschen langsamer, zögernder den Kopf, selbst wenn, und streichelt mir die Brust, mit gespreizter Hand, wie sie weiß, dass ich es mag, wie keine außer ihr mich je gestreichelt hat, und sagt, wir hatten großes Glück, weißt du? Eine echte Liebe in dem Alter. Wie vielen Menschen ist das schon vergönnt?

Und sagt – ohne für einen Moment aufzuhören mich zu streicheln –, aber du hast mir so wehgetan damals. Dass du so einfach gegangen bist.

Sagt, du hast auch nicht mitgekriegt, dass Danielle aus der Wohnung ist. Warst auch eingeschlafen. Aber du hast zugelassen, dass deine Familie mir die ganze Sache anlastet.

Und sagt, ich träume noch immer manchmal davon, weißt du? Und im Traum gibt es keine Nachbarn, die sie in letzter Sekunde retten, da bin nur ich, die auf die Straße rennt, aber meine Schritte sind schwer, zu schwer, und der Wagen erwischt sie, bevor …

Tali, ich …

Ich versuche etwas zu sagen, aber sie legt ihre Finger auf meinen Mund und sagt, was hilft mir das jetzt, dass es dir leidtut?

Sagt, das einzige Mal, dass ich aus dem Bett gekommen bin in dem halben Jahr, nachdem wir uns getrennt hatten, war, als du gekommen bist, um deine Sachen abzuholen.

Sagt, und seitdem lasse ich nicht mehr zu, dass man mir nochmal so wehtut.

Sie nimmt ihre Finger von meinen Lippen und ihre streichelnde Hand von meiner Brust und sagt, das ist wichtig, wie man Dinge beendet. Damit du es weißt. Und sagt, dreh dich nicht um. Diesmal bin ich es, die geht. Und du, dreh dich nicht um.

Tue ich nicht.

Drehe mich nicht um. Halte mich selbst umfangen gegen die sich ausbreitende Kälte.

Halte den Blick auf die nach und nach verlöschenden Wolkenkratzer der Down Town gerichtet.

Und als der Morgen graut, schleppe ich mich langsam durch breite und menschenleere Straßen bis zum Hotel und checke aus.

Haben Sie nicht manchmal Angst, das war's?
Dass Ihnen die Ideen ausgehen?

Ich habe Angst, das zu verlieren. Habe Angst, Dikla zu verlieren. Habe Angst, die Kinder zu verlieren, weil ich Dikla verlieren werde. Habe Angst, Ari zu verlieren. Ich habe Angst, in drei Jahren einen Herzinfarkt zu bekommen, wie mein Vater in dem Alter. Habe Angst, dass ich es im Gegensatz zu ihm nicht überleben werde. Ich habe Angst, dass dieses Flugzeug, das mich aus dem Mittleren Westen zurück in den Mittleren Osten bringt, ins Mittelmeer stürzt. Habe Angst, dass Shira dort in Sde Boker etwas zustößt, und ich nicht da sein werde, um sie zu schützen. Habe Angst, dass Shira nie mehr aus Sde Boker zurückkommt. Ich habe Angst vor einem wirtschaftlichen Kollaps. Habe Angst vor einem Systemabsturz. Habe Angst vor dem Klopfen an der Tür, wenn auf der anderen Seite ein Polizist mit Schlagstock steht. Ich habe Angst vor der Leichtigkeit, mit der Dinge hier im Land in Gewalt ausarten. Habe Angst, dass es Krieg geben wird. Angst, dass man mich zum Reservedienst einberufen wird. Habe Angst, dass dieser Krieg ein Bürgerkrieg sein könnte.

Was haben Sie in der Armee gemacht?

Sie holten mich am Bahnhof in Phoenix ab. Oder in Minneapolis. Ich erinnere mich schon nicht mehr. Die Gleise sehen überall gleich aus.

Sie hatte eine gepflegte Kurzhaarfrisur und er lange, nach hinten gegelte Haare.

Sie erzählte, sie sei Dozentin für Rechtswissenschaften am örtlichen College. Er sagte, er sei im Business. Und beließ es dabei.

Sie fuhr. Und er gab immer mal Kommentare dazu ab. Blinken. Langsamer. Pass auf. Draußen stoben und wirbelten Schneeflocken umher und sie sagte, wie es aussehe, werde in der Nacht ein Sturm aufziehen.

Sie sprachen Hebräisch mit dem schweren Akzent von Menschen, die schon seit vielen Jahren in Amerika leben, und von Zeit zu Zeit rutschte ihnen ein Wort dazwischen, das andeutete, sie mussten Israel Ende der Siebziger-, spätestens Anfang der Achtzigerjahre verlassen haben. Er meinte zum Beispiel zu mir, meine Jacke sei *fetzig*, aber ich würde darin frieren, und sie erinnerte sich, dass sie, als sie das letzte Mal in Israel waren, mit ihrer Schwester auf der Dizengoff einen *Schaufensterbummel* gemacht hätte.

Ich weiß nicht mehr, wie wir auf ihren Sohn zu sprechen kamen. Aber es ging ziemlich schnell. Fünf oder zehn Minuten nachdem wir aufgebrochen waren. Ich meine schon da die Spannung zwischen ihnen gespürt zu haben. Wie, ist schwer zu erklären. Feinheiten. Vielleicht, dass sie niemals lächelten. Auch nicht, als sie mich am Bahnhof begrüßten. Oder vielleicht, dass ihre Lippen die ganze Zeit zusammengepresst waren, so verkniffen. Als müssten die Worte aus dem Mund desertieren.

Unser Benjamin erwägt, zur Armee zu gehen, sagte sie.

Darauf er, warum sagst du »erwägt«, Honey? Benjy hat sich schon entschieden.

Vielleicht hast du das entschieden, Honey, erwiderte sie.

Ich bin sein Vater, entgegnete er mit vor unterdrückter Wut bebender Stimme. Und ich habe ein *fucking* Recht, meine Meinung zu äußern, Honey. Auch wenn diese Meinung jemandem nicht gefällt.

Ist Benjy in Israel geboren?, habe ich schnell gefragt, in der Hoffnung, eine konkrete Frage würde die Diskussion vor einer weiteren Eskalationsstufe bewahren.

Nein, sagt sie. Er ist nach unserem Umzug geboren.

Und warum will er dann eigentlich …?, frage ich.

»Birthright Israel«, antwortet er. Wie heißt das bei euch? »Taglit«? Er war zehn Tage mit denen in Israel und hat sich zuhause gefühlt. Und jetzt will er, berechtigterweise, zur Armee, weil er spürt, das ist Teil seiner Identität.

Und ich, sagt sie und wendet sich im Rückspiegel an mich, als sei ich der Schlichter, der in dem Streitfall vermitteln soll, mache mir Sorgen. Ich bin nicht sicher, ob er versteht, was das heißt, Soldat zu sein, und wie sehr sich das von seinem Leben hier unterscheidet.

Hör auf, ihn zu behandeln, als wäre er ein Kleinkind, sagt er.

Er ist kein Kleinkind mehr, aber er ist noch immer mein Kind, sagt sie.

Darauf er, er ist auch mein Kind, *mind you*. Und seine Hand, die auf der Handbremse liegt, ballt sich zur Faust.

Wann muss er das denn … endgültig entscheiden?, habe ich gefragt.

In einer Woche ist die *deadline* für die Formulare, sagt er. Aber er hat sich schon entschieden. Sie hören nicht zu, *Gingy*.

Wie ist Ihre Meinung dazu? Was würden Sie ihm raten?, fragt sie und schickt mir noch einen schnellen Blick.

Wie meine Meinung dazu ist?, wiederhole ich. Betont langsam. Um Zeit zu gewinnen. Vielleicht sind wir ja gleich bei dem Motel.

Und gleichzeitig habe ich auch meine Sitzposition geändert. Bis zu dem Moment hatte ich ein bisschen mehr hinter ihr als hinter ihm gesessen, und jetzt bin ich genau in die Mitte gerutscht, zwischen beide Vordersitze. Auf den Platz, um den meine Schwester und ich uns bei Familienausflügen immer gezankt haben.

Sehen Sie, da gibt es mehrere Aspekte, habe ich weit ausgeholt. Einerseits …

Oh, come on, guy. Er schlägt mit der Faust auf das Handschuhfach. Das ist es auch, was ich an Ihren Büchern nicht mag. Vor lauter Perspektiven und Stimmen weiß man nie, was Sie tatsächlich denken. Wie nennt man das noch mal bei euch in der Boheme? Postmodern? Postmodern, *my ass!* Manchmal muss man eben eine Seite wählen. Es hilft nichts. Also los, wählen Sie.

Hören Sie, das Ganze ist trotzdem eine komplexe Angelegenheit …

Sagen Sie einfach, was Sie denken, *man. Bottom line!*

Er hat mich aufgeregt, dieser Kerl. Sein Ton, dass er mich einfach so *Gingy* genannt hatte und dazu die fahrlehrerhaften Anweisungen an seine Frau – warum fährst du nicht selbst, du Schmock? Auch so war mein Nervenkostüm schon ziemlich angegriffen, weil ich auf dem Flug keinen Schlaf gefunden hatte, und diese ganze Reise in die Vereinigten Staaten beruflich gesehen ein Reinfall zu werden versprach. Genau wie alle anderen zuvor.

Was ich denke?, habe ich losgefeuert. Ich denke, es gibt noch andere Wege, sich mit der israelischen Identität zu verbinden, als dort ausgerechnet zur Armee zu gehen.

Das ist genau, was ich auch sage, sagt sie.

Verstehen Sie mich nicht falsch, schränke ich ein. Ich bereue nicht, bei der Armee gewesen zu sein. Das gehört dazu, wenn man Bürger in meinem Land ist. Es ist eben Pflicht. Aber aus freien Stücken zur Armee zu gehen? Als »Erfahrung«? *Sorry*, es gibt Erfahrungen, die können auf sehr viel positiverem Wege zur Entwicklung eines Achtzehnjährigen beitragen, als Gummigeschosse auf Kinder abzufeuern oder an einem Kontrollposten zu stehen.

Stop the car, bellt er seine Frau an.

Man kann hier nirgendwo anhalten, sagt sie auf Hebräisch zu ihm.

Stop the fucking car! Er wird laut und zerquetscht mit der Hand fast den Griff der Handbremse. Als hätte er vor, uns eigenhändig zum Stehen zu bringen, falls sie es nicht tut.

Okay, Efi, Augenblick, sagt sie. Und blinkt. Schaut in den Rückspiegel. Und in den Seitenspiegel.

Mir war klar, sie würden mich aus dem Auto werfen. Würden mich hier einfach absetzen. Das war mir schon einmal passiert, mit Ari. Vor unserer Einberufung waren wir bei seinen Onkeln in Eilat zu Gast, und irgendwie kam das Gespräch beim Abendessen auf Politik, und am nächsten Morgen bat man uns höflich zu verschwinden.

Wieso lerne ich auch nie aus Fehlern.

Die Muskeln meiner Beine strafften sich in Erwartung der erzwungenen Bewegung. Ich fand sogar noch Zeit, mir den Schal um den Hals zu wickeln. Aber als der Wagen am Straßenrand zum Stehen kam, war er es, der seine Tür aufstieß und in den Schneesturm stürzte, der draußen tobte.

Das Zuwerfen der Tür ließ die Karosse erzittern.

Die Frau und ich, wir blieben sitzen.

Schon in Ordnung, sie drehte sich zu mir, er ist in ein paar Minuten wieder da.

Sind Sie sicher? Es ist ziemlich ungemütlich da draußen.

Das haben sie ihm in seinem Workshop beigebracht für … wie sagt man dazu auf Hebräisch? *Anger management?* Unmittelbar bevor er komplett die Kontrolle verliert, muss er versuchen, den Kontakt zu unterbrechen. Sich einfach aus der Situation rausziehen. Normalerweise hilft das.

Und so lange …

… warten wir. Das sind immer nur ein paar Minuten, wirklich. Möchten Sie ein Pfefferminzkaugummi?

Ich habe Ja gesagt, obwohl ich Pfefferminz eigentlich nicht mag. Sie hat mir die Packung gereicht und gesagt, er ist ein richtiger Bücherwurm, der Efi. Jede Woche bekommt er eine Büchersendung aus Israel und verschlingt die alle an einem *weekend*. Er war es auch, der darauf bestanden hat, dass wir Sie ans JCC holen.

In einer gewaltigen Diagonale riss ein Blitz den Himmel auf, genau wie auf dem Cover des Dire-Straits-Albums *Love over Gold*. Zuhause hatte ich noch nie einen solchen Blitz gesehen. Und danach ein gewaltiger, rollender Donner.

Ist das nicht ein bisschen ... gefährlich, dass er da draußen herumläuft?, habe ich abermals gefragt.

Keine Sorge, er ist gleich wieder da, hat sie gesagt.

Also wann genau haben Sie ... Israel eigentlich verlassen?, habe ich gefragt. Damit sie etwas hat, worauf sie antworten kann.

Fünfundachtzig, hat sie gesagt.

Tatsächlich?

Nach dem Libanonkrieg.

Ich verstehe.

Efi war ... Er war in dem Gebäude, das in Tyros eingestürzt ist.

Ich wusste nicht, dass es bei dem Tyros-Unglück Überlebende gegeben hatte.

Ganz wenige nur.

Sagen Sie, hat er ein Telefon dabei oder irgendwas in der Art? Entschuldigen Sie, dass ich frage, aber ...

Er hat sein Telefon hiergelassen – sie deutete auf das Gerät, das in der Bechermulde lag – aber das ist nicht ... das ist nicht das erste Mal, dass so was passiert. Und am Ende kommt er immer zurück. Noch ein Kaugummi?

Nein, danke.

Als wir noch in Israel waren, hat er Briefe an Zeitungsredaktionen geschrieben, Sie wissen schon, um die Einsetzung einer Untersuchungskommission zu verlangen.

Warum?

Er ist sicher, das Hauptquartier in Tyros sei wegen einer Autobombe eingestürzt. Er hat den Wagen auf sich zu rasen sehen.

Aber es hieß doch, es seien dort Gasflaschen explodiert, oder nicht?

Er behauptet, die ganze Untersuchung hinterher sei ein einziges großes Vertuschungsmanöver gewesen. Dass er mit eigenen Augen den Peugeot in die Anlage hat fahren sehen. Und dass es erst unmittelbar danach zur Explosion gekommen ist.

Was Sie nicht sagen.

Jede Woche hat er damals Zeitungsredaktionen angeschrieben, eine nach der anderen.

Wow.

Und erst hier hat er mit diesem Wahnsinn aufgehört.

Sagen Sie ... vielleicht sollten wir trotzdem losfahren und nach ihm suchen? Es ist schon ganz schön viel Zeit vergangen.

Sie schaute auf ihre Uhr. Und dann in den Außenspiegel. Atmete tief durch und sagte: Wir warten noch zwei, drei Minuten. Ich möchte nicht, dass er zurückkommt und uns hier nicht mehr findet.

Klar, habe ich gesagt. Habe mir ihr Gesicht im Spiegel angeschaut. Nichts darauf ließ schließen, sie sei besorgt oder beunruhigt. Nur sehr blass war sie, das schon. Aber ich kannte sie ja nicht gut genug, um zu wissen, ob das ungewöhnlich war.

Sie wären sicher gern längst im Motel, sagt sie jetzt und wirft mir einen neutralen Blick zu. Es tut mir wirklich leid, dass wir Sie aufhalten. Efi ist gerade in einer etwas sensiblen Phase, wegen der ganzen Geschichte mit Benjy.

Schon in Ordnung, sage ich. Ich habe es nicht eilig. Aber ich muss sagen, eins ist mir hier nicht ganz klar. Wenn Efi ... das heißt, wenn das das Erlebnis war, das er in der Armee hatte, warum möchte er dann ...

In dem Moment wurde die Tür aufgerissen und Efi stürzte beinahe in den Wagen, durchnässt bis auf die Knochen. Schneeflocken hingen in seinen gegelten Haaren. Seine Zähne klapperten.

Sie legte den Gang ein und fuhr los.

Anfangs langsam und mit wenig Gas, als wollte sie sicherstellen, dass er nicht wieder heraussprang, und dann auf normale Geschwindigkeit beschleunigend.

Den ganzen Weg bis zum Motel haben wir geschwiegen.

Er wirkte zu verlegen, um etwas zu sagen.

Und sie wirkte, als sei ihr nur wichtig, dass der äußere Schein wieder gewahrt war.

Ich hingegen hatte Angst, jedes weitere Wort, das ich sagen würde, könnte die Gemüter erneut erhitzen. An irgendeinem Punkt hat sie, das weiß ich noch, das Radio angemacht, damit das Schweigen weniger peinlich wirkte, und von allen Liedern auf der Welt war es ausgerechnet das Duett von Dolly Parton und Kenny Rogers, das den Wageninnenraum beschallte.

Islands in the stream, that is what we are ... sail away with me to another world.

Als Dolly und Kenny zum dritten Mal den Refrain anstimmten, streckte er die Hand nach dem Radio aus, drückte auf den Knopf und brachte sie zum Schweigen.

Ich konnte ihn verstehen.

Wir steuerten in die Parkbucht des Motels. Sie drehte sich mit dem Oberkörper zu mir um und sagte: Efi und ich sind so um Viertel vor sieben da, um Sie abzuholen. Ist das in Ordnung für Sie? Warten Sie hier am Eingang auf uns?

Ihr Ton war jovial. Amerikanisch. Dolly-Parton-like.

Danke, das wäre wunderbar. Ihre Jovialität hatte etwas Ansteckendes.

Efi war nicht um Viertel vor sieben mit ihr da, um mich abzuholen. Stattdessen aber Benjy-Boy, der auf dem Rücksitz saß.

Ich besah ihn mir im Rückspiegel. Kinder sind ja in aller Regel eine spannende Kombination ihrer Eltern, aber dieser Junge schien weder von ihnen und noch viel weniger von hier zu sein. Ich verstand, warum er sich in Israel zuhause gefühlt hatte.

Efi lässt ausrichten, dass er sich entschuldigt, aber er kann heute Abend nicht dabei sein, hat sie gesagt. Mir scheint, er hat sich verkühlt. Was haben wir bloß für einen Winter dieses Jahr, stimmt's, Benjy?

Oh my god, totally. Wie ist es jetzt in Israel?, hat er gefragt.

Sunny, habe ich gesagt.

It's never really cold in Israel, right?

Jemand muss es ihm erzählen, habe ich gedacht. Jemand muss ihm wenigstens irgendwas erzählen – damit er, im Gegensatz zu mir, ein bisschen weniger unvorbereitet zur Armee kommt.

Dabei hatte ich ja versucht, mich vorzubereiten. Eine Woche bei den Jugendregimentern zur vormilitärischen Schulung. Vorträge von Offizieren in der Schule. Lange Gespräche mit meinem Vater, der im Sechs-Tage gekämpft hatte, und mit Onkel Albert, der im Kippur dabei gewesen war. Aber mir scheint, alle, die eigentlich dafür zuständig waren, mir den Kopf zu waschen, hatten sich abgesprochen. Nicht einer von ihnen erzählte mir, wie schwer, ja wie unmöglich es war, über Nacht vom Menschen zum Soldaten zu werden. Nicht einer von ihnen legte mir die Hand auf die Schulter und warnte mich schlicht und ergreifend: In den nächsten drei Jahren schwebt deine Seele in Gefahr, geopfert zu werden, nicht nur dein Körper.

Bis zum JCC redeten wir über das Wetter, Benjy und ich. Und ein bisschen auch über die Nachtclubszene in Tel Aviv. Aber jedes Mal, wenn ich kurz davor war, das Schweigen zu brechen, malte ich mir aus, wie er als Antwort brüllen würde: *Stop the car!* Um dann allein hinaus in den Schneesturm zu stürzen, der jetzt noch entfesselter und bedrohlicher wirkte als am Mittag.

Seine Mutter beteiligte sich nicht an unserer belanglosen Unterhaltung, warf mir nur hin und wieder einen raschen Blick zu, in dem ich meinte, ein Flehen zu sehen. Und bearbeitete ihr Pfefferminzkaugummi. Mit mahlenden Kiefern.

Der Vortrag selbst war genauso hochnotpeinlich wie alle vorherigen auf dieser jüdisch-amerikanischen Tour. Sprich, der Saal war so gut wie leer. Dafür funktionierte die Verstärkeranlage. Ich las ein paar Stellen aus den Büchern vor. Fragen wurden gestellt. Und einmal lachten sogar alle – alle bis auf Benjys Mutter, deren Gesicht wie erstarrt blieb. Aber wie immer in Amerika hatte ich das Gefühl, als herrschte irgendein grundlegendes Missverständnis zwischen mir und dem Publikum. Ein Abgrund aus Erwartungen, den ich nicht zu überbrücken in der Lage war. Als passte ich nicht zu dem Idealtypus des Israelis, den sie im Kopf hatten, oder schlimmer noch: Das Israel, das ich in meinen Büchern beschrieb, entsprach nicht dem Land, das sie in ihrer Vorstellung sehen wollten. Ein Israel aus Orangen, Volkstänzen und der Operation Entebbe.

Der Einzige, der mir mit sehnsüchtigen Augen lauschte und sogar hin und wieder zustimmend oder bekräftigend nickte, war Benjy.

Das Publikum erreichst du ohnehin nicht mehr, dachte ich, dann kannst du wenigstens etwas für den Jungen tun.

Auf dem Podium lag einer meiner Romane. Ich schlug ihn auf, blätterte einige Augenblicke darin und hielt auf einer x-beliebigen Seite inne.

Es war in Nablus … – ich las direkt aus meiner Erinnerung, denn es war mir nie gelungen, über jene Nacht zu schreiben. Wir hatten sie nachts um zwei aufgescheucht, damit sie Parolen von den Hauswänden beseitigen, das war so die Politik während der ersten Intifada: Tagsüber sprayten palästinensische Halbwüchsige antiisraelische

Parolen an die Wände des Flüchtlingslagers, und nachts verschafften wir, die Soldaten der israelischen Armee, uns Zugang zu den Behausungen, um Menschen aus ihren Betten zu zerren und sie zu zwingen, die Parolen eigenhändig wegzumachen.

Wir klopfen an eine Tür – oder wummern vielmehr dagegen – und es öffnet uns ein unrasierter Opa, der sich auf einen Gehstock stützt. Hinter ihm ist ein ganzes Leben zu erhaschen: Sofas, Fernseher, Anrichte, Matratzen, auf denen die Familie schläft. Alon, unser Truppführer, befiehlt dem Opa auf Arabisch, mit rauszukommen. Der Opa sagt etwas, bittet vielleicht, sich etwas anderes anziehen zu dürfen. Aber Alon herrscht ihn an, la', packt ihn am Arm und schleift ihn die zwanzig, dreißig Meter mit sich, bis zu der Wand, auf die die Parole gesprayt worden war.

Wir verfolgen das Schauspiel und sichern nach allen Seiten ab, und als wir die Wand erreicht haben, fragt Alon den Alten: Wer hat das gemacht? Mish aref. Ich weiß nicht, antwortet der Greis. Und wie er es sagt, ist klar, dass er es wirklich nicht weiß. Und dass dieses jähe, erzwungene Aufstehen mitten in der Nacht ihn stark verwirrt hat. Als wäre er in irgendeinem Schwebezustand zwischen Wachsein und Traum hängen geblieben.

Dennoch fragt Alon erneut und mit mehr Nachdruck: Wer hat das gemacht? Und der Alte erneut: Mish aref.

Und so geht es mindestens vier, fünf Mal. Alon fragt, jedes Mal lauter, und der Alte antwortet, jedes Mal schwächer und den Tränen näher.

In der Zwischenzeit ist noch jemand aus dem Haus gekommen, mit Eimer und Lappen. Ein jüngerer Mann. Und stellt sich neben den Alten. Lassen Sie meinen Vater in Ruhe, bitte, sagt er in ganz stabilem Hebräisch zu Alon. Ich werde das wegmachen. Alon ignoriert ihn und bellt den Alten von Neuem an: Wer hat das gemacht? Lüg mich nicht an, du wüsstest es nicht! Und der Alte antwortet wimmernd: Mish aref. Da verpasst ihm Alon, zu unserem Entsetzen, eine

Ohrfeige. Und zwar eine kräftige. Eine an der Grenze zum Faustschlag.

Der Alte, der sich bis gerade auf seinen Stock gestützt hat, verliert das Gleichgewicht und stürzt zu Boden. Der Stock entgleitet ihm und rollt davon, und sein Körper, der sich zusammenfaltet, wirkt mit einem Mal ganz klein, wie der eines Kindes. Sein Sohn brüllt auf Hebräisch: Was machen Sie denn? Was wollen Sie denn von ihm? Und macht einen Schritt nach vorn. Aber da hat Alon schon seine Waffe auf ihn gerichtet und brüllt, wenn er nicht sofort anfängt, das wegzumachen, kriegt er eine Kugel in den Kopf. Der Sohn starrt ihn an mit so einem provozierenden, stolzen Blick, beißt sich aber auf die Lippen, hebt den Eimer an und taucht den Lappen hinein. Nach einer Minute oder zweien kommt auch der Vater mit Mühe wieder auf die Beine und schließt sich seinem Sohn an. Gemeinsam schrubben sie die Parole mit fahrigen, hastigen Bewegungen weg, und als der letzte Buchstabe verschwunden ist, bedeutet ihnen Alon mit der Gewehrmündung, sie könnten zurück ins Haus. Der Vater folgt der Anweisung sofort, aber der Sohn verharrt bewusst noch für eine Sekunde und legt die Hand an die Wand, wo bis eben die Parole stand, und schließt sich dann erst seinem Vater an.

Alon begleitet die beiden mit durchgeladener und entsicherter Waffe, bis sie vom Hauseingang geschluckt werden.

Wir verfolgen das Ganze und sichern nach allen Seiten.

Am Ende jeder Woche gab es während des Offizierslehrgangs ein Abschlussgespräch mit dem Zugführer. Wir hatten uns vorher im Zelt beraten und beschlossen, sollte Alon den Vorfall mit dem Alten nicht zur Sprache bringen, würden wir es tun.

Gegen Ende der Veranstaltung, als uns schon klar war, er hatte vor, die Sache unter den Tisch fallen zu lassen, haben wir uns mit den Augen ein Zeichen gegeben. Dror, der Hüne von der Marine, hat als Erster geredet, danach Amit, der Reservearzt, und dann ich. Wir haben alle in etwa dasselbe gesagt: Dass wir nicht verstanden haben, warum man den alten Mann schlagen musste. Haben vorsichtig formuliert. Haben gesagt, wir wollten das wirklich verstehen. Eine Erklärung bekommen. Seien ja neu und hätten keine Ahnung, was in den Gebieten gespielt werde. Und er, Alon, sei ja Veteran und kurz vor der Verabschiedung.

Als Reaktion ist sein Gesicht rot angelaufen, röter noch als sein Barett, und es schien, jeden Augenblick würde er sein Gewehr gegen uns richten.

Er hat uns Muschis genannt.

Hat gesagt: Eine Erklärung wollt ihr?

Hat gesagt: Soll ich euch von Rudner aus meinem Zug erzählen, dem sie in Nablus einen Kühlschrank vom Dach auf den Kopf geworfen haben und der jetzt schon ein Jahr zur Reha im Beit Löwenstein ist? Oder wollt ihr lieber von Samama hören, dessen Gesicht komplett verbrannt ist, als die einen Molotowcocktail in den Truppentransporter geworfen haben?

Hat gesagt: Das ist Krieg hier, falls ihr das noch nicht kapiert habt. Wir sind im Krieg.

Das alles hat er gesagt, hat aber von da an auf unseren Patrouillengängen durch die Gassen des Flüchtlingslagers nicht mehr gewagt, auch nur einen Palästinenser anzufassen. In dem Augenblick, in dem er verstanden hatte, er kriegt keine Rückendeckung mehr von uns und dass wir ihn in dieser Hinsicht nicht mehr von allen Seiten sichern würden – hat er einen Schritt zurück gemacht.

Hat stattdessen angefangen, uns fertigzumachen.

Hat bis zum Ende des Kurses versucht, uns das Leben auf jede nur erdenkliche Weise zu vermiesen. Sein Blick, wenn er uns auf dem Appellplatz unter falschen Vorwänden geschunden hat, uns am Schabbat keinen Ausgang gab und immer auf der Suche nach Gründen war, uns achtkantig aus dem Kurs zu werfen, dieser Blick war nichts als Verachtung für uns.

Meine Zeit in der Armee zerfällt in zwei Teile: vor dieser Nacht in Nablus und danach.

Etwas ist in jener Nacht in mir zerbrochen, aber etwas anderes hat begonnen.

Ich klappte das Buch zu und bedeutete dem Publikum, das war's, Lesung beendet. Habe auf Englisch »Vielen Dank« gesagt und dann auch noch auf Hebräisch.

Spärlicher Beifall.

Die Leute zogen ihre Jacken an und redeten auf dem Weg nach draußen verhalten miteinander.

Von meinen Büchern, die dutzendfach auf dem improvisierten Büchertisch zum Verkauf lagen, gingen nur zwei weg.

Eines der beiden erwarb Benjy.

Er bat, falls möglich, solle ich ihm eine Widmung auf Hebräisch hineinschreiben.

Seine Mutter kam näher, legte ihm sanft eine Hand auf die Schulter und reichte mir mit der anderen einen Stift, wobei sie mit leiser und überhaupt nicht Dolly-Parton-liker Stimme »Danke« sagte. Ihr Gesicht blieb eine starre, ausdruckslose Maske. Aber ich meinte, die glänzende Spur einer einsamen Träne zu sehen, die jetzt ihre Wange überquerte. Vielleicht war es aber auch nur eine Falte.

Ich nahm den Stift in die Hand – doch er blieb sekundenlang in der Luft schweben. Ich schwankte zwischen einigen scheinbar persönlichen, in Wahrheit aber vorgefertigten Widmungen, die ich in solchen Fällen meist verwende, aber da begann sich in meinem Kopf ein Song von Me'ir Ariel zu melden: »Eine ruhige Nacht verbrachten unsere Truppen in Suez«. *Go figure,* wie das Bewusstsein arbeitet. Im Nachhinein glaube ich, es war wegen der ersten Zeilen des Songs, »Lese ›Inseln im Strom‹ von Ernest Hemingway, famos übersetzt von Aharon Amir«, und den »Islands in the Stream« von Dolly Parton und Kenny Rogers, das noch immer in meinem inneren Player lief. Wie auch immer, am Ende von Me'ir Ariels Song gibt es ein paar Zeilen auf Englisch:

Hey, nice jewish boy
What are you doing here?
Hey, nice jewish boy
Nothing for you here, go home.
Hey, nice jewish boy
You go see some nice jewish girl.
Hey, nice jewish boy
Go home.

Mir war nie klar geworden, an wen Me'ir Ariel diese Zeilen überhaupt richtet. An einen amerikanischen Soldaten, einen Neueinwanderer, der kommt, um die Wache von ihm zu übernehmen? An sich selbst? Und auch, als ich sie jetzt hinschrieb, in hebräischen Buchstaben, als Widmung, war ich nicht sicher, an wen ich schreibe. An Benjy? An mich selbst? An uns beide gleichermaßen?

Ich habe ihn vor einer Woche gesehen, den Jungen. Auf dem Bahnsteig in Binjamina. Es gibt ja diesen Moment, wenn die Türen sich öffnen und die, die auf dem Bahnsteig stehen, ungeduldig darauf warten, dass der Strom der Aussteigenden endlich versiegt.

Er stieg als Letzter aus, in Uniform, mit Waffe und roten Springerstiefeln, das Handy ans Ohr gepresst, telefonierend.

Und sah aus, als gehörte er dazu.

Haben Sie schon einmal etwas getan, für das Sie sich noch
immer schämen?

Als ich im Offizierslehrgang war, brach die erste Intifada aus. Sie verlegten meine Kompanie in die Gebiete und dann für ein paar Tage wieder zurück in unsere Ausbildungskaserne, erneut in die Gebiete und wieder zurück, fünfunddreißig Tage am Stück ging das so, ohne das eigene Bett zuhause zu sehen. Und schlimmer noch, ohne Tali Leshem zu sehen, um die ich die ganze elfte und die halbe zwölfte Klasse lang geworben hatte, und die mein Werben erst wenige Monate vor meiner Einberufung erhört hatte.

Was dazu führte, dass ich im ersten Jahr meines Wehrdienstes im Wesentlichen damit beschäftigt war, Wege und Vorwände zu finden, um nach Hause zu kommen und sie zu sehen.

Als sich diese Geschichte hier ereignete, spürte ich – wie jetzt mit Dikla –, dass Tali dabei war, mich zu verlassen.

Etwas in ihrer Stimme hatte sich bewölkt (wir nutzten immer Telefonzellen und öffentliche Fernsprecher, denn WhatsApp oder SMS gab es noch nicht).

Und ihre Briefe wurden immer kürzer.

Als ich sie fragte, ob sie es leid sei zu warten, sagte sie Nein, aber ihr Ton sagte, Ja, ich bin's leid.

Kurzum, ich hatte das Gefühl, ich musste sie sehen, bevor ich sie endgültig verlor.

Aber es gab keinen Heimaturlaub. Schon seit fünfunddreißig Tagen nicht. Und ich spürte, ich war kurz davor, den Verstand zu verlieren. Einfach Fahnenflucht zu begehen. Mich kümmerte schon gar nichts mehr.

Und dann, an jenem Donnerstag, eine Anweisung vom Kompaniekommandeur. Drei aus der Kompanie könnten nach Hause. Verantwortlich für die Verlosung dieser »Lebensnummern« sollte der diensthabende Offiziersschüler sein.

Der diensthabende Offiziersschüler war Dror, Zeitsoldat bei der Marine, der die Falle über mir hatte. Ein paar Jahre älter als wir anderen. Einer, auf den man sich verlassen konnte.

Er wartete, bis wir alle in den Armeebus geklettert waren, der uns zur nächsten Geländeübung bringen sollte, ließ sich uns zugewandt auf den Platz ganz vorne neben dem Fahrer sinken und bat, jeder möge seinen Namen auf einen Zettel schreiben und ihm geben. Die Zettel legte er in seinen Helm und mischte kurz durch.

Ich hatte noch nie bei irgendeiner Verlosung gewonnen. Meine Schwester kaufte mir jahrelang Rubbellose und das Einzige, was ich je gewann – war ein Freilos.

Ich hatte demnach null Erwartungen, was diese Verlosung anging. Und wenn doch, dann das untrügliche Gefühl einer bereits feststehenden Niederlage.

Und dann zieht Dror den ersten Zettel und verliest meinen Namen.

Und ich freue mich. Was heißt freuen, ich raste aus vor Freude. Ein solches Gefühl der Erleichterung und Befreiung hatte ich noch nicht oft im Leben.

Wir steigen aus dem Bus und Dror fängt an, neben mir herzulaufen, und als wir ein Stückchen von den anderen entfernt sind, nutzt er den Moment und sagt – nu, bist du wonnetrunken?

Sicher, sage ich.

Und er, schön, denn der Dank gebührt mir.

Ich werde bleich, was soll das heißen?

Als ich die Zettel gefaltet habe, habe ich deinen so geknickt, dass er etwas größer ist als die anderen. Damit ich ihn leicht finden kann.

Aber warum?

Ich hab dich mit Sabo über deine Freundin reden hören. Hab gedacht, von uns allen hast du diesen Schabbat am nötigsten.

Danke, habe ich noch gesagt. Aber die Bedrücktheit saß mir schon auf der Seele. Denn nach den Maßstäben der Offiziersschule hatte er etwas Unverzeihliches getan und mich gegen meinen Willen zum Mitwisser und Komplizen gemacht.

In der Offiziersschule gibt es drei Dinge, die deinen Befehlshabern wichtig sind: Glaubwürdigkeit. Glaubwürdigkeit. Und Glaubwürdigkeit.

Und nicht nur in der Offiziersschule. Auch mein Vater – niemals hatte ich ihn lügen oder tricksen sehen.

All das widerstrebte dem, der ich war.

Aber was sollte ich tun?

In der Nacht von Donnerstag auf Freitag haben mich die Jungs aus meinem Trupp kräftig aufgezogen wegen meines Glücks. Und nach dem Licht-aus ist Sabo an mein Bett gekommen und hat gefragt, ob ich einen Brief mitnehmen könne, den er an seine Mutter geschrieben hatte, die im Krankenhaus lag. Sein Bruder würde kommen und ihn bei mir abholen. Sollte ich den Betrug gestehen und damit auch Dror reinreiten oder aber auf Kosten meiner Kameraden nach Hause fahren? Das heißt, in den Genuss des Betrugs kommen?

Am Freitagmorgen bin ich aufgestanden, habe mich angezogen und bin nach Hause.

Der Wunsch rauszukommen war übermächtig.

Aber dann, als ich endlich in Haifa war, war die Last offenbar zu viel für mich, ich bin einfach zusammengebrochen. Bin den ganzen Schabbat nur aus dem Bett gekommen, um etwas zu essen. Habe nur ein paar Happen gegessen und bin sofort wieder ins Bett. Meine Eltern haben mitgekriegt, dass etwas geschehen war, haben aber nicht gewagt zu fragen, was. Und dann ist Tali Leshem mich besuchen gekommen. Ich habe ihr von der Verlosung erzählt und sie hat nicht verstanden, was der *big deal* daran sein soll. Bei ihnen in der Militärverwaltung gehöre Tricksen zur Grundausstattung, sagte sie noch. Danach haben wir miteinander geschlafen, aber sie ist nicht gekommen und hatte es hinterher eilig, unter die Dusche zu verschwinden. Und danach sofort zu ihren Eltern. Zum Abschied hat sie mich nicht geküsst. Und abends hat sie angerufen, hat sehr distanziert geklungen und nicht vorgeschlagen, dass wir uns noch mal treffen.

Am Wochenbeginn bin ich zurück in die Offiziersschule. Nur Dror war in unserer Bude. In seiner schnieken Marineuniform.

Ich hatte größte Lust, ihm die Kinley-Flasche, die ich in der Hand hielt, über sein schneeweißes Uniformhemd zu schütten.

Nu, wie war der Schabbat? Er klopft mir auf die Schulter.

Schabbat eben, antworte ich.

Was »Schabbat eben«? Hast du deine Freundin gesehen? Dich ausgetobt?

Sicher, antworte ich.

Und ein Danke für Dror den Einfädler hast du nicht?, fragt er und boxt mich leicht gegen die Schulter.

Danke, Bruder – ich lege vier Finger an die Schläfe und salutiere –, das werde ich dir im Leben nicht vergessen.

Träumen Sie von Ihren Figuren?

Ich komme gleich dazu. Aber … ich muss noch immer über die vorangegangene Frage nachdenken. Und immer mehr Dinge, für die ich mich schäme, kommen mir in den Sinn, ja mir scheint, die Geschichte über Dror und die Verlosung war nur, um andere Geschichten unter dem Teppich zu belassen, finsterere noch.

Wir hatten Oren aus Chadera krank in Peru zurückgelassen. In einer kleinen und hässlichen Stadt am Ufer des Titicacasees. Den Namen weiß ich nicht mehr. Werde ihn nachher vielleicht mal googeln. Auf jeden Fall, er glühte vor Fieber, neununddreißig Komma neun, das wiederum weiß ich noch genau. Wenn er über vierzig gehabt hätte, wären wir vielleicht geblieben. Nicht sicher. Wir hatten ja einen Reiseplan, wollten möglichst viel schaffen. Bolivien. Danach

Brasilien. Ari hatte zwar zuhause noch mit mir vereinbart, sollte er unterwegs ein Mädchen treffen – nicht eine für eine Nacht, sondern eine, die ihm wirklich gefiel –, dann sei alles offen und *no hard feelings*, aber dieser Oren war ja kein Mädchen. Israeli. Aus Chadera. Er hatte so ein gutmütiges Lächeln und große, fröhliche Augen. Wir hatten ihn in Cusco in der Diskothek getroffen, im »Mama Africa«, und es hatte sofort klick gemacht. Sprich, er erzählte die ganze Zeit flache Witze von der Art »Ein Christ, ein Muslim und ein Jude steigen ins Flugzeug« und es gab nicht einen Tag, an dem er sich nicht in wildes, beinahe gewalttätiges Feilschen mit den Händlern auf der Straße stürzte, aber unser Trio – Ari, er und ich – funktionierte großartig. Er war wie eine Energiespritze an einem Zeitpunkt der Reise, an dem Ari und ich sie gut gebrauchen konnten. Und als er fragte, ob er sich uns zum Titicacasee anschließen könne, haben wir uns angeschaut und wie aus einem Munde gesagt: Sicher, cool.

Wenn ich die Ereignisse jetzt für mich rekonstruiere, will mir scheinen, es gab keinerlei Anzeichen für seine Erkrankung. Im Gegenteil, er wirkte unverwüstlich. Voller Tatendrang.

Der Bus war gerade mal eine Stunde unterwegs, als er sich das erste Mal übergab. In eine Tüte. Danach war er leichenblass, und eine halbe Stunde später übergab er sich erneut. Von da ab im Halbstundentakt. Und nach jedem Mal Kotzen bat er uns um Verzeihung.

Als er endlich eingeschlafen war, deckte Ari ihn mit seinem Poncho zu, legte ihm eine Hand auf die Stirn und sagte, wow, er glüht.

Nach neun Stunden Fahrt erreichte der Bus sein Ziel. Ari kletterte aufs Dach, um unsere drei Rucksäcke runterzuholen. In der Zwischenzeit half ich Oren, der drohte umzukippen, beim Aussteigen, stützte ihn und sagte, keine Sorge, wir sind gleich im Hostel und da kannst du dich ausruhen.

Im Hostel stellte sich heraus, dass es kein Zimmer für drei gab. Wir taten enttäuscht, waren in Wahrheit aber erleichtert. Das fehlte uns gerade noch, dass wir uns ansteckten. Ari schleppte ihm noch seine *Mochila* bis in sein Zimmer, und wir vereinbarten, uns am nächsten Morgen zum Frühstück zu treffen und dass wir ihm irgendwas aus der Apotheke besorgen würden, für seinen Magen. Zum Frühstück erschien er nicht, also klopften wir bei ihm an die Tür und fragten, ob er Room Service wünsche, und er antwortete durch die geschlossene Tür, er sei fertig, wir sähen uns vielleicht später. Wir sind dann los, eine Apotheke in dem Kaff suchen, das der ›Lonely Planet‹ als sehenswert und malerisch beschrieben hatte, das uns beide in Wirklichkeit aber an Rafiah erinnerte, den trostlosen Grenzort zu Ägypten: Bauruinen anstatt Häusern, offene Kanalisation in den Straßen und Umsturzgelüste in den Augen der Einwohner.

Wir sahen uns an, sagten wie auf Kommando: »Waren wir hier schon mal?« – unser Code auf der Reise, dass der Augenblick gekommen war, uns schleunigst wieder von Orten oder Leuten zu verabschieden – und machten uns auf zum Hafen, um herauszufinden, wann die Fähre zur bolivianischen Isla del Sol ging. Wie sich herausstellte, gab es *off-season* nur zweimal die Woche eine Fährverbindung, glücklicherweise aber sollte eines der beiden Male schon am nächsten Tag sein. Morgens um sieben. Am Hafen fanden wir auch die einzige Apotheke des Kaffs. Aber sie war geschlossen. Und dem Schild nach, das an der Tür hing, würde sie erst am nächsten Morgen wieder aufmachen, um acht. Keiner von uns erwähnte Oren, als wir zurück zum Hostel marschierten, aber klar war, dass wir beide an ihn dachten, denn als wir wieder in unserem Zimmer waren, meinte Ari, komm, wir bringen ihm wenigstens ein bisschen Toast und irgendeinen Tee. Also wieder runter in die ranzige Küche, wo Ari Oren einen Tee gemacht hat, während ich in der Zwischenzeit zum Restaurant gegenüber gestiefelt bin und um ein *Toastada, com nada* gebeten habe. Dann sind wir mit dem Tee und den Toastschnitten zurück auf unsere Etage und haben bei ihm an die Tür geklopft. Anfangs kam keine Antwort. Ari hat gesagt, mir scheint er ist hin, und ich habe gesagt, nicht lustig. Habe aber gelacht. Wir haben fester geklopft und dann eine schwache Stimme gehört: Ist offen. Wir sind rein und fanden Oren im Bett, wie er Fußball auf dem kleinen Fernseher mit der wackligen Antenne guckte, der auf der Kommode vor seinem Bett stand. Sein Gesicht war aschfahl. Und die Augen glänzten. Als hätte er geweint. Wer gegen wen?, hat Ari gefragt und sich in sicherer Entfernung zu ihm hingehockt. Keinen Schimmer, sagte Oren. Hapoel Cusco gegen Beitar Lima. Wie fühlst du dich?, habe ich gefragt und mich auch irgendwohin gesetzt. Beschissen, sagte Oren. Ich hab Fieber gemessen. Neununddreißig Komma neun.

Schöner Mist, hat Ari gesagt.

Habt ihr eine Apotheke gefunden?, hat Oren gefragt.

Es gibt eine, habe ich gesagt, aber die macht erst morgen wieder auf.

Was ein Glück, dass ihr bei mir seid, hat Oren gesagt.

Wir haben uns angeschaut und nichts gesagt.

Und dann hat Ari gesagt, die Wahrheit ist, du verpasst nichts, Bruder. Das Kaff ist das Grauen.

Ja?, hat Oren gefragt. Weil im ›Lonely Planet‹ …

Im ›Lonely Planet‹ steht auch, die Fähre nach Bolivien würde zweimal am Tag gehen.

Und?

Zweimal in der Woche. Sonntags und donnerstags.

Was haben wir heute? Ich bin komplett neben der Spur.

Mittwoch.

Wallah. Entschuldigt mich eine Sekunde, ich muss aufs Klo.

Als er zurückgekommen ist, haben wir nicht mehr über die Fähre geredet.

Haben uns Hapoel Cusco gegen Beitar Lima angeschaut. Ich glaube, ich habe in meinem ganzen Leben kein Spiel mit so vielen roten Karten gesehen. Mindestens sieben oder so. Alle paar Minuten wurde ein Spieler durch den Schiedsrichter vom Platz gestellt, und anfangs hat der sich immer geweigert, vom Feld zu gehen, und dann haben seine Mannschaftskameraden ihn zur Seitenlinie geschoben, damit das Spiel wieder angepfiffen werden konnte.

Nehmt die Fähre morgen, Jungs, hat Oren gesagt, als das Spiel vorbei war.

Und ich habe gesagt, mal sehen, wie du dich fühlst.

Und Oren hat gesagt, kennt ihr den schon: Ein Hetero, ein Schwuler und eine Transe steigen in den Zug …

Und Ari und ich haben uns einen Nicht-schon-wieder-Blick zugeworfen.

Aber Oren hat mittendrin mit dem Witz aufgehört und gesagt, bin gleich wieder da. Und ist erneut zur Toilette gehastet.

Als er wieder da war, hat Ari geschwind ein Kartenspiel rausgeholt und wir haben ein bisschen Yaniv gespielt, so eine Mischung aus Mau-Mau und Rommé. Auf seinem Bett. Bis Oren gemeint hat, er sei todmüde, aber wir könnten gerne ohne ihn weiterspielen.

Ari hat die Karten eingesammelt und ich habe sein Laken glatt gezogen, das von unserem Sitzen ganz zerknittert war.

An der Tür sind wir stehen geblieben.

Oren hat leicht gehustet und gesagt, fahrt morgen, Leute. Wartet nicht auf mich.

Diesmal habe ich nichts gesagt.

Und Ari hat noch gemeint, wir sind in Nummer 4, Bruder, falls du was brauchst.

Wir hatten so einen riesigen Wecker, den wir auf dem Mercado Marin, dem Flohmarkt der Diebe, in Quito gekauft hatten. Ein Schellen, gegen das einem die Argumente fehlten. Wir stellten ihn auf sechs. Die Sonne war noch nicht aufgegangen, als wir aus unseren Betten krochen. Uns leise fertig machten. Ganz still und heimlich.

Als würde Oren bei uns im Zimmer schlafen und wir hätten Angst, dass er aufwacht. Bis wir auf der Fähre waren, erwähnte ihn keiner von uns. Erst als wir ein Stück vom Land weg waren und der Sonnenaufgang auf dem Wasser zu funkeln begann, fragte Ari: Meinst du, wir hätten bei ihm bleiben sollen? Und noch ehe ich dazu kam, etwas zu sagen, hatte er schon selbst geantwortet: Und dann? Hätten wir bis Sonntag in diesem Rafiah hier festgehangen? Hallo, das ist eine Reise, keine Haftstrafe.

Die Fähre machte mitten auf dem See schlapp. Motorschaden. Wir mussten einen halben Tag warten, bis eine andere Fähre kam und wir umsteigen konnten. Auf der Isla del Sol, auf den Stufen vom Hafen zum Hostel, rutschte Ari aus und verstauchte sich den Knöchel. Aber erst eine Woche später, als wir feststellen mussten, dass jemand unsere Rucksäcke mit der ganzen Ausrüstung vom Dach des Busses, der uns nach La Paz bringen sollte, geklaut hatte, verkündete Ari zum ersten Mal, das sei »der Fluch des Oren aus Chadera«. Wir hätten bei diesem Oren bleiben müssen, sagte er. Neununddreißig Komma neun, Bruder. Das ist kein Spaß.

Der Fluch des Oren aus Chadera verfolgte uns auch in den darauffolgenden Wochen. Wir brachen zu einem Treck in die Berge auf und wurden von einem Schneesturm gezwungen umzudrehen. Kaum zurück stellte sich heraus, dass das empfohlene Hostel komplett belegt war und wir uns mit einem anderen begnügen mussten. Einem erschreckend spartanischen. Ohne warmes Wasser zum Duschen. Für einen Moment schien es, als hätte sich unser Glück doch noch gewendet, denn ausgerechnet in diesem grottigen Hostel traf Ari auf Clara aus Kanada, das einzige Mädchen, das ihm in Südamerika wirklich gefiel. Aber dann stellte sich heraus, sie hatte einen Freund.

Als wir wieder in La Paz waren, schleppte mich Ari mit auf den Mercado de Hechicería, den Hexenmarkt. Um den Fluch loszuwerden. Wir liefen zwischen den Ständen umher, bis wir eine Alte gefunden hatten, die – angeblich – Englisch sprach. Haben ihr die Geschichte erzählt. Sie nickte, sagte, *very bad, very bad*, und gab uns zwei Flaschen mit einer gelblichen Flüssigkeit, die wir um Punkt Mitternacht auf einen Schluck leeren sollten. Wir taten wie befohlen. Eine Stunde später stand fest, die gelbe Flüssigkeit sorgte für einen gewaltigen, schmerzhaften Ständer, der bis zum Morgen nicht nachließ. Und zwei Tage danach riss mir jemand mitten auf der Straße meinen Brustbeutel mit vierhundert Dollar in bar vom Hals.

Wir müssen Oren aus Chadera finden, meinte Ari.

Und zwar schnell, sagte ich.

Danach herrschte langes Schweigen, weil keiner von uns auch nur den Hauch einer Ahnung hatte, wie wir das machen sollten. Facebook gab es damals noch nicht. Auch keine Mobiltelefone. Nichts.

In Uyuni, einer kleinen Stadt, die als Tor zur Salar gilt, der Salzwüste Boliviens, trafen wir auf einen Trupp Israelis, die noch zwei suchten, um vollzählig zu sein. Aber nicht zum Gebet. Sondern für eine Exkursion in einem Ford Transit mit zehn Plätzen. Auf der Fahrt in die Salzwüste fingen sie an, über ein Medikament gegen Malaria zu reden, Lariam, und über die Wahnträume, die man bekommt, wenn man es nimmt. Obwohl, sagte eine, so beängstigend das Zeug auch ist, noch beängstigender ist wohl, wenn man aufhört es zu nehmen. Erst letzte Woche zum Beispiel hat das Konsulat irgendeinen israelischen Backpacker aus Peru nach Hause geflogen, nachdem er sich Malaria eingefangen hatte. Wallah?, haben Ari und ich im Chor gefragt. Und ein bisschen zu laut. Ja, fährt sie fort, die Typen, mit denen er unterwegs war, haben ihn einfach zurückgelassen und ihre Tour fortgesetzt, als wäre nichts. Und der, der neben ihr saß, sagt, sicher ist er mit irgendwelchen Deutschen unterwegs gewesen, Israelis würden im Leben keine Verwundeten im Stich lassen. Im Leben nicht, hat Ari geechot. Und mich angesehen. Und den Blick gesenkt.

In Brasilien dagegen, am Strand von Fortaleza, trafen wir eine breitschultrige Holländerin, deren Gesicht krokusgelb anlief in dem Augenblick, in dem sie hörte, wir seien aus Israel. *Israeli man, bad news*, meinte sie nur und weigerte sich, konkreter zu werden. Erst in der Nacht, nach ein paar Bieren, ließ sie sich bewegen uns zu erzählen, vor einer Woche, in Rio de Janeiro, habe sie einen Israeli namens Oren getroffen. Er hat die ganze Zeit Witze erzählt, die nicht lustig waren, sagte sie, aber sie sei halt *extremely* einsam gewesen und hätte schon ein halbes Jahr keinen Sex mehr gehabt, also habe sie ihn auf ihr Zimmer eingeladen. *But* dann, mittendrin, habe er ihr plötzlich und ohne Vorwarnung eine Ohrfeige gegeben. *What the fuck?*, wollte die Holländerin von uns wissen, als hätten wir persönlich sie geschlagen. Was für ein Psycho, habe ich gesagt. Und Ari hat gesagt, rechtlich gesehen war das ein tätlicher Angriff. Und darauf die Holländerin, er hat gesagt, das ist wegen des Traumas, das er aus der Armee hat. Dass er das nicht unter Kontrolle hat. *Bullshit*, sagt sie und lässt die offene Hand auf die Bar krachen. *Fucking bullshit*.

Und … wie sah er aus, dieser Typ?, hat Ari irgendwann gefragt. Wofür ihm die Holländerin beinahe ihre Flasche über die Rübe gezogen hätte. *Come on, man,* das ist dir wichtig? Nach allem, was ich euch erzählt habe, ist es das, was dich interessiert? Wie er ausgesehen hat? Ari ließ nicht locker. Wenn du ihn uns beschreibst, können wir ihm eine Ohrfeige verpassen, wenn wir ihn treffen. Würdet ihr das wirklich tun? Die Holländerin gönnte ihm einen Blick voller Hoffnung. Und Ari nickte. Dann hat sie uns einen Burschen beschrieben, der unserem Oren ziemlich nahekam: Geheimratsecken wie ein Vierzigjähriger, aber das Lächeln eines Jungen. Fröhliche Augen. Und feilscht wie ein Verrückter mit den Straßenhändlern.

Ich würde gerne sagen, als wir wieder in Israel waren, sind wir nach Chadera gefahren und haben nach Oren gesucht. Oder sind wenigstens ins Zeitungsarchiv im Beit Ariela gegangen, um zu überprüfen, ob es in dem Zeitraum, in dem wir in Südamerika waren, tatsächlich eine Meldung über einen israelischen Backpacker gegeben hatte, den sie Hals über Kopf aus Peru nach Hause geflogen haben, weil er Malaria hatte. Aber die Wahrheit ist, dass wir diese ganze Geschichte hinter uns gelassen haben. Genauso, wie wir Oren zurückgelassen hatten.

Er tauchte nicht in den Fotoalben von der Reise auf. Und nicht in den Briefen von der Reise. Ich schämte mich, Dikla von ihm zu erzählen, als ich zurück war, und ich habe mich geschämt, über ihn zu schreiben, als ich über Südamerika schrieb.

Mit den Jahren ist die Schande weniger belastend geworden. Denn das hat Schande nun mal so an sich. Geblieben ist nur der Fluch. Ari und ich machen noch immer jeden Tiefschlag daran fest, der einem von uns widerfährt:

Der Zylinderkopf ist an der Steigung nach Sha'ar HaGai geplatzt? Der Fluch des Oren aus Chadera.

Der Hapoel hat in der Verlängerung verloren? Der Fluch des Oren aus Chadera.

Ari hat Bauchspeicheldrüsenkrebs? Der Fluch des Oren aus Chadera. (Das hat er bei dem Telefonat gesagt, in dem er mir die Ergebnisse der Untersuchung verkündete. Ich habe geschwiegen. Wusste nicht, was man in einer solchen Situation sagt. Und er, der Fluch des Oren aus Chadera hat wieder zugeschlagen, Bruder.)

Träumen Sie von Ihren Figuren?

Moment, da ist noch eine letzte Sache, die ich aus dem *System* kriegen muss. Aber ich kann das nicht einfach hinschreiben. Nicht so. In der ersten Person. Es gibt für alles eine Grenze, auch für Aufrichtigkeit. Sogar in einem Interview wie diesem. Also, ich werde tun, was ich sonst auch immer tue.

Belästigung

Erst nach einigen Sekunden erkennt er sie wieder. Und noch ist ihm nicht klar, ob sie ihn auch erkennt. Ob sie ihn schon vorher aufgrund des Namens erkannt hat oder erst, als er den Raum betritt. Man merkt ihr nichts an. Sie wird nicht rot. Fängt nicht an zu stottern. Sie stellt ihm weiter Fragen und tippt, während er antwortet.

Sie war eine Soldatin von ihm gewesen. Und er Offizier, Oberleutnant. Eine kleine Einheit beim Corps für Informationstechnik. Vier Baracken auf dem Tzrifin-Stützpunkt. Verbunden durch einen Betonplattenweg. Ein kaputter Getränkeautomat, lange Mittagspausen, Arbeit bis tief in die Nacht, im Falle einer Aktion.

In einer dieser Nächte hatte er gemeint, in ihrem Blick den Funken einer Einladung zu sehen. Und vielleicht war in ihrem Blick ja tatsächlich der Funke einer Einladung gewesen. Was änderte das jetzt noch …

Jetzt ist ihr Blick neutral-sachlich.

Sie fragt: Hier steht, Sie seien dabei, ihren Master zu machen. Sind Sie inzwischen fertig damit?

Er antwortet: Die Arbeit habe ich schon abgegeben. Ich warte nur noch auf die Bescheinigung.

Sie fragt: Wo wohnen Sie? Was ist diese 04-Vorwahl?

Und er antwortet: In Binjamina. Mit dem Zug ist das keine halbe Stunde von hier.

Sie nickt langsam. Als stellten seine Antworten sie nicht zufrieden.

*

Er fing an, sie an den Freitagen nach Hause zu fahren, nach Beit Chanan. Sagte, das liege für ihn auf dem Weg, aber beide wussten, das tat es nicht. Auf der Fahrt redeten sie in ganz anderem Ton miteinander als unter der Woche bei der Einheit. Sie verriet ihm, sie schreibe Gedichte und Kurzgeschichten, glaube aber nicht, dass sie Schriftstellerin werden wolle. Ein zu egozentrischer Beruf. Er erzählte ihr, seit seine Mutter gestorben sei, gäbe es bei ihnen keine gemeinsamen Familienessen am Freitagabend mehr und dass sein Vater abhängig, ja richtiggehend abhängig von Coca-Cola geworden sei. Die Fahrt ging schnell rum, zu schnell, und wenn sie bei ihrem Haus angekommen waren, blieb sie noch für ein paar Sekunden im Wagen sitzen, als wartete sie darauf, dass etwas passieren würde, berührte dann leicht seinen Arm und sagte, warte einen Moment, verschwand und kam gleich darauf mit einem Beutel Blutorangen aus der Plantage ihrer Eltern wieder. Proviant für den Weg.

Sie hat noch immer lange Haare. Wenn auch inzwischen mit einigen grauen Strähnen. Aber die Haarspitzen wickelt sie nicht mehr um den Finger, wenn sie nachdenkt.

Ihr Alter, sagt sie, Sie sind sich bewusst, dass das ein Minuspunkt ist? Die meisten unserer Mitarbeiter im Vertrieb sind um die dreißig. Grundsätzlich muss ich Sie davon in Kenntnis setzen, dass wir so gut wie nie Bewerber über fünfzig einstellen. Das wäre eine absolute Ausnahme.

Ihre Sprachmelodie – denkt er – ist noch immer dieselbe.

Mein Alter hat auch Vorteile, versucht er.

Sie legt den Finger an den Nasensteg ihrer Brille, schiebt sie hoch und fordert ihn nicht auf darzulegen, worin diese bestehen.

Und außerdem ... im Kopf bin ich jung geblieben, sagt er.

Sie lächelt nicht.

Sie war neunzehn und er einundzwanzig. Zwei Jahre Unterschied, das war alles. Aber er war Segmentbefehlshaber und sie einfache Soldatin. In ihrer Einheit hatten sie keine Appelle, und sie musste ihm nicht salutieren, aber eine Hierarchie gab es eindeutig, in kleinen Dingen. Wer in der Offiziersmesse isst und wer nicht. Wer einen eigenen Computer hat und wer nicht. Wer vor Aktionen an den Lagebesprechungen teilnimmt und wer Unterlagen abheftet, Termine macht und am Ende des Tages das Büro fegt, mit Bewegungen, die an einen Tanz denken ließen.

Sie tippt jetzt etwas in ihren Rechner. Füllt offenbar irgendein Standardformular aus. Kann das wirklich sein, dass sie ihn nicht erkennt? Er ist zwar ein bisschen lichter auf dem Kopf geworden. Hat auch etwas zugelegt. Und trägt seit einem Jahr Brille. Richtig, sein Vorname, Eli, ist auch nicht gerade selten. Und beim Familiennamen hatten Nirit und er, als sie heirateten, sich für eine Kombination entschieden, hatten aus seinem »Gonter« und ihrem »Oren« ein »Goren« gemacht. Dennoch, wie kann es sein, dass sie sich an rein gar nichts mehr erinnert, während er, als er sie mit ihren langen Fingern tippen sieht, noch alles weiß. Jede einzelne Szene vor Augen hat.

An einem Freitag, als sie gerade losgefahren waren, meinte er, er müsse noch schnell in seine Wohnung in Cholon, die er sich mit einem Mitbewohner teilte. Habe vergessen, die Tüten mit der schmutzigen Wäsche mitzunehmen. Und dass er sich freuen würde, wenn sie ihm beim Tragen helfen könnte, denn es sei reichlich was zusammengekommen. Sie betraten die Wohnung, und er fragte sofort, wie viel Zucker er ihr in den Kaffee tun solle. Sie sagte, nein danke. Und er fragte, nein danke, kein Zucker, oder nein danke, kein Kaffee? Sie sagte, beides, und blieb stehen. Warum stehst du denn, fühl dich wie zuhause, sagte er und berührte sie zum ersten Mal, legte eine Hand auf ihre Schulter und dirigierte sie zu seinem blauen Sofa. Dachte, wie ich es mir vorgestellt habe, es läuft genau so, wie ich es mir vorgestellt habe. Dann ging er in die Küche, um sich selbst einen Kaffee zu machen, und gleich darauf noch einen, weil er sich vor lauter Aufregung zwei Löffel Salz in die Tasse geschaufelt hatte.

Als er zurückkam, setzte er sich dicht neben sie, sodass sein Bein ihres berührte, nahm einen Schluck von seinem Kaffee und fragte: Bist du sicher, dass du keinen möchtest? Sie schüttelte den Kopf, worauf er sich vorbeugte, seinen Becher auf dem kleinen Korbtisch aus Daliat el-Carmel abstellte und dann, mit klopfendem Herzen, seinen Ellbogen auf die Sofalehne stützte und den Arm ausstreckte. Und schließlich mit zwei Fingern eine Haarspitze von ihr erhaschte.

Wie ist Ihr Familienstand?, möchte sie plötzlich wissen. Ich vergaß zu fragen.

Glücklich verheiratet plus drei reizende Töchter.

Wie alt sind die Töchter?, fragt sie.

Zwölf, vierzehn und achtzehn. Die Große hat Anfang nächster Woche ihre Einberufung.

Wohin kommt sie denn? Ein Funke von Interesse erwacht in ihr. Oder meint er das nur.

Informationstechnik, sagt er. Und lächelt. Denkt, wenn sich jetzt etwas regt in ihrem Gesicht, und sei es der allerkleinste Muskel, dann ist das ein Zeichen.

Aber ihr Gesicht bleibt starr. Der ganze Körper erstarrt. Nur die Finger tippen weiter. Was hat sie da die ganze Zeit zu tippen?

Auch damals war sie erstarrt. Und trotzdem hatte er weiter die Spitzen ihrer hellen Haare um seine Finger gedreht, vor und zurück, hat Mühe gehabt, sich von der Fantasie zu verabschieden, an der er so viele Monate lang gesponnen hatte. Weshalb er den Finger, wie in seiner Fantasie, an ihrem Hals hinabwandern ließ, zu ihren schönen Schlüsselbeinknochen, und dann mit demselben Finger ihren schlammfarbenen Uniformhemdkragen ein bisschen beiseiteschob, damit er der Linie folgen konnte. Erst nach einer ganzen Weile hatte er innegehalten. Gefragt, ob ihr das angenehm sei. Sie hatte den Kopf geschüttelt, langsam aber unmissverständlich. Von links nach rechts und zurück. Er hatte dann noch ein letztes Mal ihre Haarspitzen berührt und die Hand zurück in seinen Schoß gelegt. Und das war auch schon alles gewesen. Er hatte sie nicht gegen ihren Willen an sich gepresst. Sie nicht auf den Mund geküsst. Ihr nicht die Uniform vom Leib gerissen. Im Gegenteil, er war regelrecht zurückgeschreckt und hatte einen Schluck von dem längst kalt gewordenen Kaffee genommen, während sie ihren Hemdkragen wieder geordnet hatte. Sie hatten dann noch einige Augenblicke nebeneinander gesessen und geschwiegen, und er hatte gespürt, wie neben der bitteren Enttäuschung und dem Wunsch, vor ihr auf die Knie zu fallen und um Verzeihung zu bitten, in ihm auch Wut und Empörung aufstiegen. All diese kleinen, scheinbar zufälligen Berührungen unter der Woche im Büro. Dieses sich Vornüberbeugen an seinem Schreibtisch, um ihm irgendwelche Unterlagen zu zeigen, wobei ihre Haare sein Gesicht kitzelten. Und der Besentanz am Ende des Tages, der allein bestimmt schien, ihre Wespentaille zu betonen. Und das Verharren, bevor sie in Beit Chanan aus seinem Wagen stieg, dieses Zögern, von dem er überzeugt gewesen war, es besage: Küss mich.

Jetzt bittet er um Verzeihung – ob ihm erlaubt sei, noch etwas hinzuzufügen?

Sie schiebt ihre Brille auf der Nase zurecht und sagt: Ich höre.

Und er sagt, ich werde ganz offen zu Ihnen sein. Als ich meine vorherige Stellung gekündigt habe, hätte ich mir nie vorstellen können, dass es so schwer werden würde, einen Job in diesem Bereich zu finden. Sie haben ja meinen Lebenslauf gesehen. Und Sie werden mir zustimmen, dass er nicht ... gerade dürftig ist. Dennoch, schon seit einem halben Jahr laufe ich von einem Vorstellungsgespräch zum nächsten, und die ganze Zeit lässt man mich spüren, dass ich wegen meines Alters eigentlich nicht mehr ... infrage käme. Aber das ist Unsinn. Im Verkauf ist nicht das Alter entscheidend, sondern der Hunger. Nur der Hunger zählt. Denken Sie nicht auch so, Rotem?

Ihre Lippen beben leicht, als er ihren Namen ausspricht. Und zum ersten Mal beschleicht ihn der Verdacht, ihr Auftritt bei diesem Gespräch sei ein einziger Bluff. Aber sie bekommt das Zucken schnell unter Kontrolle und tippt schon wieder. Sagt mit emotionsloser Stimme:

Es ist unerheblich, was ich denke. Wir haben hier ein ganzes Team, das die Entscheidung trifft.

Aber Sie haben doch Einfluss, oder nicht? Er bleibt hartnäckig.

Ich habe Einfluss, bestätigt sie.

Dann können Sie vielleicht ausrichten – er will cool erscheinen, aber seine Stimme klingt ihm selbst ein bisschen zu hoch, zu flehentlich –, dass ich bereit bin, hart zu arbeiten. Dass, wenn Sie mir die Schlüssel geben, ich Ergebnisse liefern werde.

Ich verspreche, das werde ich ausrichten, sagt sie und setzt ein kleines, klitzekleines Lächeln auf. Das, denkt er, eher ein spöttisches Grinsen sein könnte. Und dann schaut sie zur Uhr. Hebt genauer gesagt den Arm mit der Uhr, damit er sieht, sie schaut darauf.

Er versteht den Wink, fragt, und wie weiter? *Don't call us, we'll call you?*

Sie bekommen eine E-Mail, sie erhebt sich von ihrem Platz. Innerhalb einer Woche, maximal zwei.

Auch er steht auf und sie begleitet ihn zur Tür. Unmittelbar vor Verlassen des Raums erwägt er, trotz allem vielleicht etwas zu sagen, zu dem, was damals passiert ist. Aber er ist noch immer nicht sicher, dass sie ihm tatsächlich etwas vormacht, und fürchtet, seine Chancen – so klein diese auch sein mögen –, den Job doch noch zu bekommen, zunichte zu machen. Also schaut er mit seinen Augen hinter Brillengläsern tief in ihre Augen hinter Brillengläsern und sagt, Danke für Ihre … Zeit.

Was hätte er ihr denn sagen sollen?, rechtfertigt er sich selbst im Fahrstuhl. Dass es ihm leidtut? Dass er sich entschuldigt? Was war denn groß gewesen? Ein Missverständnis. Das war alles. Zeichen, die falsch gedeutet worden waren. Er war zarte einundzwanzig damals. Hatte bis dahin gerade mal eine Freundin gehabt, und auch die hatte es nicht ernst gemeint. Von nichts hatte er eine Ahnung gehabt. Ja, selbst heute … mal angenommen Nirit würde ihn, Gott behüte, verlassen und er müsste wieder ganz von vorne anfangen, dann wäre er vollkommen verloren in diesen Dingen. Würde grübeln und zaudern, straucheln und fallen.

Als er aus dem Parkhaus kommt, fällt ihm die letzte Fahrt nach Beit Chanan ein.

Nachdem sie eine Weile geschwiegen hatten, bat sie kleinlaut, er möge sie nach Hause fahren. Er fragte, ist das okay, wenn ich vorher noch meinen Kaffee austrinke? Sie nickte und rückte ein bisschen von ihm ab. Verlagerte mit einer unmerklichen Bewegung ihren Körper ein paar Zentimeter weiter nach links. Er schlürfte seinen längst kalt gewordenen Kaffee absichtlich langsam, dachte, was für ein Mist. Dachte, sie kann mich anzeigen.

Den ganzen Weg nach Beit Chanan wechselten sie kein Wort. Sie saß an die Seitenscheibe gepresst und er hielt das Lenkrad fest umklammert wie einen Rettungsring. Auf der Schnellstraße entlang der Küste war ein Mörderstau und das Bein tat ihm schon weh vom ständigen Durchtreten und wieder Kommenlassen der Kupplung. Im Radio übersetzte Dan Kanner Liebesschnulzen aus anderen Sprachen, Mary Jane, oh mein Gott, ohne dich sterbe ich lieber, oh Carol, ich liebe dich, obwohl du gemein zu mir bist, du bist meine Bestimmung, teilst meine Träumereien, du bist mein Glück. Kurz hinter Netanja meinte er, sie würde weinen, aber als er den Kopf wandte, sah er, dass sie sich nur die Nase putzte. Im Handschuhfach sind noch mehr Taschentücher, wenn du welche brauchst, sagte er, und sie sagte, nein danke.

Als sie endlich in Beit Chanan waren, hatte sie es eilig, die Tür zu öffnen, zerrte ihren Rucksack von der Rückbank, begnügte sich mit einem Gurt über der Schulter anstatt zweien, stapfte zum Haus ihrer Eltern und kam nicht mit Blutorangen aus der familieneigenen Plantage zurück.

Mit Beginn der darauffolgenden Woche, auf dem Stützpunkt, hatten sie beide sich dann verhalten, als sei nichts geschehen. Er schikanierte sie nicht nach dem Vorfall. Gab ihr keine sinnlosen Extraaufgaben, verweigerte ihr keinen Ausgang, machte ihr gegenüber keine zynischen Bemerkungen im Beisein anderer Soldaten. Im Gegenteil, er behandelte sie wie mit Samthandschuhen. Überlegte es sich zweimal, ehe er sie bat, etwas für ihn zu tun, und achtete immer darauf, dass es mehr nach einer Bitte klang als nach einem Befehl. Das mit der Mitfahrgelegenheit nach Beit Chanan allerdings hörte auf. Er bot es nicht mehr an und sie bat nicht darum. Und wenn sie einander auf dem Betonplattenweg zwischen den Baracken begegneten, senkte er immer den Blick. Und sie auch. Manchmal empfand er noch das starke Bedürfnis, ihr etwas zu sagen, wusste aber nicht, was.

Mehrere Wochen danach bat sie, zu seiner Bestürzung, um Versetzung in eine andere Abteilung. Er hatte keine Ahnung, welchen Grund sie dem Befehlshaber der Einheit genannt hatte. Niemand sprach ihn an. Niemand bestellte ihn zu einem Gespräch ein oder hängte ihm ein Disziplinarverfahren an oder verglich ihre beiden Versionen. Eines Morgens war sie einfach nicht mehr da.

Ausgeschlossen, dass sie mich nicht wiedererkannt hat, resümiert er mit Verspätung. Sie hat mich erkannt und das nur zu gut. Und wollte mir nicht zeigen, dass es so ist. *Bottom line*, obwohl ich für die Stelle infrage komme, und zwar so was von, besteht null Chance, dass ich von denen innerhalb einer Woche oder maximal zwei Wochen eine E-Mail bekomme. Nicht, solange sie bei denen Personalleiterin ist.

Mit Ausklang des Schabbat, spät in der Nacht, landet eine E-Mail in seinem Postfach.

Von ihrer Privatadresse. Der Provider ist nicht der der Firma.

Und in der Betreffzeile: An Eli von Rotem – persönlich.

Gleich, nachdem er die ersten Worte gelesen hat, *klar, dass ich dich erkannt habe,* klappt er seinen Laptop zu und macht sich auf eine »Schuhrunde« durchs Haus. Sammelt die überall verstreut abgestellten Schuhe ein und bringt jedes Paar in das Zimmer seiner Besitzerin. Seine älteste Tochter telefoniert noch mit einer Freundin und er erinnert sie daran, dass morgen der große Tag ist und sie nicht zu spät schlafen gehen soll, und sie sagt, gut Papusch, und redet weiter. Danach geht er an die Handtasche seiner Frau, holt eine Schachtel Zigaretten und das Feuerzeug heraus, kehrt in sein Arbeitszimmer zurück und klappt den Laptop wieder auf.

Am nächsten Morgen bringen sie die Tochter zum Rekrutierungszentrum. Sätze aus Rotems E-Mail hallen noch in ihm nach. Ihre Seite der Geschichte war vollkommen anders, als er gemeint hatte.

Sie sind zu fünft im Auto und es geht hoch her. Zu Ehren des Anlasses darf die baldige Rekrutin die Musik auf der Fahrt bestimmen und beglückt alle mit Songs von Enrique Iglesias von ihrem Smartphone. Nirit vergießt ein Tränchen und die Mädchen lachen sie aus, dass sie wegen jedem Blödsinn sentimental wird. Als sie beim Rekrutierungszentrum ankommen, stellt sich heraus, dass die Mädchen ihrer älteren Schwester eine Tasche mit Geschenken vorbereitet haben, die ihr helfen sollen, die erste Nacht zu überstehen, und als die beiden ihr das Survivalpaket überreichen, liegen sich alle drei in den Armen und weinen, und Nirit und er stehen dabei und sind ganz gerührt. Erst als seine Tochter schon fast in den Bus steigt, gelingt es ihm endlich, sie für ein paar Sekunden allein zu erwischen. Pass auf dich auf, sagt er und legt ihr die Hand auf die Schulter. Sie lacht, ich gehe zum Informationstechnikkorps, Papa, was kann mir da schon passieren? Soll mir vielleicht ein Aktenordner mit Vorschriften auf den Kopf fallen? Nein, ehrlich – er nimmt sie unvermittelt in den Arm, zu fest –, pass auf dich auf, Mädchen. Okay, Papusch, mit Mühe befreit sie sich aus seiner Umarmung und sagt lächelnd, aber nur unter einer Bedingung: Du auch!

Eine Woche später kommt die offizielle Benachrichtigung. Von ihrer Firmenadresse.

Sehr geehrter Herr Eli Goren,
wir danken Ihnen für Ihr Interesse an unserem Unternehmen.
Leider sind wir aufgrund Ihres Lebenslaufs und unter Berücksichtigung der im persönlichen Gespräch mit Ihnen gewonnenen Informationen zu dem Schluss gekommen, dass Ihr Profil nicht unseren Anforderungen entspricht.
Wir wünschen Ihnen für Ihren weiteren Lebensweg viel Erfolg.

Hochachtungsvoll,
Rotem Ashkenazi, Personalleiterin.

Träumen Sie von Ihren Figuren?

Habe ich früher mal.

Heute träume ich davon, dass irgendwelche BDS-Aktivisten wie ein Mann während meiner Lesung aufstehen, einer nach dem anderen auf die Bühne kommt und sie mich mit ihren Füllfederhaltern lynchen, während ich noch verzweifelt versuche, sie davon zu überzeugen, dass ich immer gegen die Besatzung gewesen bin und dass das Wesen meines Schreibens den Versuch darstellt, dem anderen eine Stimme zu verleihen.

Sind Sie für die Zwei-Staaten-Lösung?

Auf diese Frage möchte ich nicht antworten. Ich habe Bücher geschrieben und möchte über meine Bücher sprechen. Außerdem bin ich nicht naiv, weiß, wie die Dinge laufen. Mir ist klar, die Überschrift zu diesem Interview wird aus der Antwort auf eben diese Frage eingedampft werden, und nicht etwa aus Antworten auf andere Fragen, die meine Bücher betreffen. Auch verstehe ich nicht, warum Schriftsteller immer nach ihrer Meinung zu politischen Themen gefragt werden müssen. Selbst wenn sie eine schlaflose Nacht hinter sich haben, weil ihre Frau spät, sehr spät, irritierend spät von einem Abend mit einer Freundin zurückgekommen ist; und auch, wenn sie sich in letzter Zeit – angesichts der Lage und überhaupt – mit mehr Frage- als Ausrufungszeichen konfrontiert sehen. Was soll man machen, wir sind eben nicht alle Amos Oz. Sind nicht alle allzeit bereit und haben stets eine wohl formulierte Antwort auf alles parat. Was aber nicht heißt, dass ich diese Frage irgendwann nicht doch beantworten werde, auf meine Weise. Sicher werde ich das. Denn noch weniger Lust, als darauf zu antworten, habe ich, dass manche denken könnten, ich würde mich vor einer Antwort drücken.

Müssen Sie sich zuweilen im Ausland Kritik stellen,
weil Sie Israeli sind?

Mein Vater hatte mich gewarnt. Doch, das hatte er. Ich schrieb ihm aus Singapur, dass ich den ganzen Tag mit einem Begleiter durch die Gegend laufe, den sie mir vom Festival zugeteilt hatten. Und er schrieb zurück: Nach meiner Erfahrung kann es gut sein, dass das ein Mann von ihrer Geheimpolizei ist.

Ich darauf: Wie kommst du auf so was? Er ist so ein Vergeistigter. Seitenscheitel. Schreibt Gedichte für die Schublade.

Und er antwortete mir: Möglich, dass alles, was er dir über sich erzählt, richtig ist. Oder aber eben nicht.

Mein Vater hatte in den Achtzigern in Singapur gearbeitet. Hatte die einzige Universität im Land beraten, wie sie ihre Auswahlverfahren verbessern. Und war dann wenig zimperlich ausgewiesen worden, nachdem er in einem privaten Gespräch Unterstützung für den einzigen Oppositionellen im Land zum Ausdruck gebracht hatte.

»Wie auch immer, ich rate dir, pass auf, was du sagst«, schrieb er mir in der letzten SMS, die er mir schickte. Aber ich …

Ich war ganz berauscht von den Komplimenten, die ich dort als Israeli bekam.

In der Regel bin ich ja gezwungen, mich vor Anschuldigungen wegzuducken. Unrecht einzugestehen. Mit traurigem Blick die BDS-Aktivisten zu begleiten, die mit Beginn meines Vortrags demonstrativ den Saal verlassen. Und jetzt plötzlich …

Start-up nation. Jewish innovation. Nobel price sensation.

Und das Essen! Unzählige neue Geschmäcker auf der Zunge! Sie haben dort so kleine Märkte mit Ständen, an denen immer nur ein Gericht verkauft wird. Aber was für Gerichte! Und die Alkoholika. Sie mixen dir dort einen Drink namens Singapore Sling und nach ein paar Gläsern bist du einfach …

Vielleicht nur wegen des Singapore Sling redete ich mit meinem Begleiter über Demokratie. Bis dahin hatte ich meine Zunge gehütet, während er selbst auf das Regime schimpfte (die Autopreise, stöhnte er immer wieder, die Autopreise), aber nach dem vierten Singapore Sling habe ich zu ihm gesagt: Es kann keine Start-up-Nation geben ohne Demokratie. Jeder Lehrer, der Kreativität und Originalität bei seinen Schülern fördern möchte, weiß, die erste Regel ist, in der Klasse eine Atmosphäre der Offenheit, Toleranz und des gegenseitigen Zuhörens zu schaffen. Und am allerwichtigsten: Null Furcht.

Verstehst du? Ich habe regelrecht doziert.

(Oh, die Hybris ...)

Ihr könnt Delegationen nach Israel schicken und euch israelische Experten ins Land holen, um euch beraten zu lassen, alles gut und schön, aber solange ihr nur eine einzige Partei habt und nur eine Zeitung, werdet ihr niemals wirklich originell sein können. Verstehst du? Für Kreativität braucht man Freiheit.

Noch in derselben Nacht, genauer gesagt um halb fünf morgens ...

... wird meine Hotelzimmertür aufgestoßen und zwei Chinesen mit einer grotesk großen Pistole kommen hereingestürmt.

Sie waren auf höchst kafkaeske Weise höflich. Seien nur gekommen, um mich zum Flughafen zu bringen.

Aber, Gentlemen, protestierte ich, mein Flug geht erst in zwei Tagen! (Wie ernsthaft kann der Protest eines Menschen im Pyjama klingen?)

Ihr Flug wurde vorverlegt, sagte der Größere der beiden, der noch immer einen Kopf kleiner war als ich. Aber er hatte die Pistole und ich hatte Shira und Noam, die zuhause auf mich warteten.

Also habe ich getan, was sie mir gesagt haben.

Packen Sie bitte Ihre Sachen. Und ich habe gepackt.

(Ich erinnere mich, dass ich alle Kleidungsstücke ungefaltet und ohne jede Ordnung in meinen Koffer warf und spürte, dass sie mich deshalb verachteten.)

Kontrollieren Sie bitte, dass Sie nichts vergessen haben, sagten sie. Ich kontrollierte.

(Ich weiß noch, dass in der Dusche anstelle der Seife eine Zahnbürste war. Ich nahm sie mit.)

Geben Sie uns bitte Ihren Pass. Ich tat wie geheißen.

(Ich erinnere mich, dass mir der Schweiß im Nacken stand. Die Schweißperlen rannen herunter und wurden von meinem Hemd aufgesaugt.)

Wir kamen durch die Lobby des Hotels, ich mit meinem Koffer in der Hand und sie links und rechts von mir. Der Mann an der Rezeption vergrub den Kopf in seine Tastatur. Und der Portier hielt die Tür auf, lange bevor wir hindurchtraten.

Ich erinnere mich noch an die Fahrt. An das Schweigen im Wagen. In der Regel bringe ich Leute ja zum Reden. Immer gelingt es mir, jemanden gesprächig zu machen. Diesmal war klar, da bestand kaum Hoffnung. Der Wagen, ein äußerlich ganz normaler Hyundai, glitt über die Straßen der Riesenmetropole. Wir kamen an den tropischen Botanischen Gärten vorbei und an drei Wohntürmen, deren Dächer eine Promenade verbindet, die wie ein Schiff aussieht. Der Entwurf zu diesen spektakulären Türmen stammt von einem israelischen Architekten. Moshe Safdie. Und jeder, den ich in Singapur traf, hob Safdies Luftschiff als ein weiteres Beispiel für die Kreativität des jüdischen Volkes heraus.

Wirklich jeder, bis auf die beiden Geheimpolizisten, die nichts hervorhoben.

Sie blieben auch stumm, als sie mich zu einer Check-in-Umgehung begleiteten. Und dann zu einer Durchleuchtungsumgehung.

Das letzte Mal, dass sie dann den Mund aufmachten, war bei der Passkontrolle.

Der Größere der beiden reichte mir meinen Pass.

Und der Kleinere holte ein gefaltetes Blatt aus seiner Hemdtasche, faltete es auseinander und las vor:

»Die Republik Singapur dankt Ihnen für Ihren Besuch und für Ihren Beitrag zur Bereicherung unserer Kultur und zur Erschließung neuer Denkwege. Ebenso möchten wir Sie in Kenntnis setzen, dass jeder weitere Besuch in unserem Land durch Sie oder Mitglieder Ihrer Familie unerwünscht ist und entsprechend geahndet würde.«

(Das war das erste Mal, dass jemand andeutete, die Behörden hätten selbstverständlich die Verbindung zwischen mir und meinem Vater hergestellt. Und dass sie mich im Grunde genommen vom ersten Augenblick an auf dem Schirm gehabt und mir einen Aufpasser verpasst hatten. Aber darüber dachte ich erst einige Zeit später nach. In jenem Moment wollte ich nur noch ins Flugzeug. Hatte noch nie das Boarding so herbeigesehnt.)

Drei Stunden nachdem wir abgehoben hatten, hatte ich noch immer Herzklopfen. Das letzte Mal, dass mir das Herz so bis zum Hals geschlagen hatte, war, als Shira sich den Kopf an der Tischkante aufschlug und für ein paar Augenblicke das Bewusstsein verlor.

Im Flugzeug waren reichlich Menschen, die Hebräisch sprachen, aber mit keinem von ihnen wollte ich die Geschichte meiner Ausweisung teilen. Ich glaube, vorübergehend hatte ich mein Vertrauen in Menschen verloren.

Dieser angeblich vom Festival extra für mich abgestellte Begleiter war so offen gewesen. Na ja.

Er hatte mir seine Gedichte gezeigt.

Gedichte einer enttäuschten Liebe. An ein Mädchen, das ihn für seinen besten Freund verlassen hat.

Und noch ein paar andere, originellere Gedichte, in denen er mit seinem toten Vater telefoniert.

Den Wortlaut einzelner Zeilen weiß ich nicht mehr, erinnere mich aber an die Grundidee: Jedes Jahr, am Geburtstag des Sohnes, ruft der Vater von seinem Todesort an, um zu gratulieren und zu fragen, wie es ihm geht. Jedes Telefonat ist ein eigenes Gedicht, und jedes dieser Gedichte offenbart uns, welche Veränderungen sich im Leben des Sohnes im zurückliegenden Jahr ereignet haben. Und wie er mit der Zeit seinem Vater immer ähnlicher wird. Fast gegen seinen Willen.

Verstehst du, erklärte mir mein Begleiter, während wir über das Heft mit seinen Gedichten gebeugt saßen, in unserer Kultur ist die Trennlinie zwischen Leben und Tod stärker verwischt. Und manchmal besteht sie gar nicht.

Zum Teufel, dachte ich im Flugzeug, wie leicht es ist, mich zum Narren zu halten.

Ich nahm zwei Schlaftabletten auf einmal und schlief bis zur Landung.

Der erste Mensch, mit dem ich sprach (ich weiß noch, wie ich neben dem Geschenkeladen in der Ankunftshalle stand und das Telefon ans Ohr drückte), war mein Vater.

Ich hab dich gewarnt, sagte er.

Stimmt.

Und warum hast du sie dann provoziert?

Ich dachte nicht, dass ich sie provoziere, Papa. Aber dieser junge Mann, mein Begleiter ...

... Seitenscheitel, schreibt Gedichte, ich erinnere mich.

Ich hatte nicht eine Sekunde den Verdacht, dass ...

Das sind genau die Leute, die sie für solche Aufgaben auswählen, vertrauenerweckende Menschen.

Gut, aber die Hauptsache ist doch, dass ich hier bin, oder, Papa?

Das ist richtig.

Weißt du, plötzlich weiß ich die Redefreiheit richtig zu schätzen, die wir in diesem Land hier haben.

Ja.

Und dass man nach Lust und Laune kritisieren kann, ohne Angst haben zu müssen.

Noch.

Warum *noch*?

Vergiss es. Soll ich dich abholen, Junge?

Nein, das geht schon, ich nehme ein Taxi.

Ruf deine Mutter an, wenn du dich wieder organisiert hast. Aber erzähl ihr nichts von dem *incident*. Auch so ist ihr Herz nicht mehr das belastungsfähigste.

Der *incident* in Singapur hat sich vor Jahren zugetragen, und für mich hatte ich beschlossen, niemals darüber zu schreiben oder davon zu erzählen. Und so blieb er irgendwie losgelöst und ohne Bezug zu meinem Leben wie eine der Einzelfarmen im Negev.

Aber nicht nur Menschen ändern sich mit der Zeit. Auch Staaten. Also, ich hatte ein Gespräch. Vor ein paar Stunden. Der Literaturlehrer am Yitzhak-Rabin-Gymnasium in Ness Ziona rief mich an. Fing gleich mit Komplimenten an. Sagte, wie aufgeregt die Schüler wegen des Treffens mit mir morgen seien. Erzählte, sie hätten Fragen vorbereitet, die er mir noch ausdrucken werde. Und dann, nachdem er mir erklärt hatte, wo ich am besten parken solle, sagte er mit ein bisschen schwitziger Stimme, schauen Sie, ich hätte da noch eine Bitte. Genauer gesagt ist es eine Bitte unserer Direktorin, die ich hiermit an Sie weiterleite – wenn möglich, und verzeihen Sie nochmals, bitte nicht über strittige Themen sprechen. Politische, meine ich. Es ist für uns alle besser, wenn Sie im Vorwahlbereich Literatur bleiben. Familie, Liebe, Kindheitserinnerungen. Sie wissen schon. Und Ihre Kritik heben Sie sich für passendere Gelegenheiten auf. Das ist gerade ein etwas heikler Moment, verstehen Sie? Wir haben eben erst beim Erziehungsministerium um eine Budgetaufstockung ersucht. Und allem Anschein nach wird der Mann von der Schulaufsicht, der ein persönlicher Freund von Minister Sirkin ist, zu der Veranstaltung mit Ihnen kommen. Und ausgerechnet zum jetzigen Zeitpunkt wollen wir niemandem auf die Füße treten. Sie verstehen mich doch, oder?

Mein Vater hatte mich gewarnt. Doch, das hatte er.

Ich habe bei Ihrem Herrn Vater studiert. Was unternimmt er so dieser Tage? Können Sie ihm herzliche Grüße von Chanita Brodzky ausrichten? Ich hoffe, er erinnert sich an mich.

Mein Vater, liebe Chanita, fährt noch immer jeden Schabbat morgens um sechs zum Dado-Strand. Er schwimmt gerne im eiskalten Wasser. Ich dagegen schwimme absolut nicht gerne in eiskaltem Wasser, aber wenn wir für den Schabbat nach Haifa kommen, fahre ich mit ihm ans Meer, denn ich liebe es, hinterher, wenn er fertig mit Schwimmen ist, mit ihm im »Kadarim« zu sitzen.

Mit neunundvierzig hatte er einen Herzinfarkt, den er aber überlebte, um danach weiter einmal die Woche, immer donnerstags, Basketball zu spielen, bis heute. Und trotzdem sorge ich mich, wenn er in die Wellen taucht, lasse ihn nicht aus den Augen, damit er mir nicht plötzlich noch einen Infarkt erleidet, auf hoher See. Wenn er mir für mehr als eine Minute verschwindet, werde ich richtig unruhig, und einmal, vor ein paar Jahren, habe ich den ganzen Strand mitsamt Rettungsschwimmer alarmiert, weil ich Angst hatte, er könnte ertrunken sein, bis sich am Ende herausstellte, er war ganz einfach zu einem anderen Strandabschnitt geschwommen.

Heute ist das Wasser voller Quallen, also krault er nicht zu weit raus. Ich kann in Ruhe auf dem Klappstuhl sitzen, den er immer im Kofferraum hat – nur ein Teil eines ganzen Strandequipments, das durch die Gegend gefahren wird –, und entspannt seinen Schnorchel verfolgen. Keine Ahnung, warum er im Mittelmeer mit Schnorchel und Taucherbrille schwimmt, der Dado-Strand ist ja nicht unbedingt Ras Burka auf dem Sinai, aber ich habe mich damit genauso abgefunden, wie ich mit der Zeit gelernt habe, andere seiner Schrullen zu akzeptieren und zu lieben: dass er zuhause in seinem Carport ein Motorrad stehen hat, ohne je damit zu fahren; dass er ganze Wochenenden Schach gegen sich selbst spielt; dass er sich weigert zu lernen, wie man Word benutzt, und seine Fachaufsätze weiter mit Füller schreibt; und dass sein Lieblingsurlaubsort ausgerechnet Tiberias ist.

Wobei es Jahre gegeben hat, in denen ich nicht gut auf meinen Vater zu sprechen war. Mir leise aber stetig so eine unbestimmte Wut auf ihn zugelegt hatte. Und all meine Verbitterung in die Vaterfiguren meiner Bücher goss. Aber als ich dann selbst Vater wurde, erschienen mir die meisten Verhaltensweisen, die mich gegen ihn aufgebracht hatten, mit einem Mal ziemlich nachvollziehbar: Er antwortet manchmal nicht, wenn man mit ihm spricht? Das ist bloß menschlich, sein Kopf ist voll von Geldsorgen. Er gönnt sich ausgedehnte Auslandsreisen? Na klar, der Mensch muss mal durchlüften. Er setzt zu hohe Standards, was Anständigkeit und Ehrlichkeit angeht, die keiner erfüllen kann? Immer noch besser als ein Betrügervater. Er ist nicht in der Lage, im Hier und Jetzt zu leben, und muss ständig für sein eigenes Leben und das seiner Nächsten vorsorgen? Okay, das macht mich noch immer wahnsinnig an ihm.

Und ständig kommen Leute – nicht nur du, Chanita –, die ihn kennen, die bei ihm studiert haben, die mit ihm zusammengearbeitet haben oder mit ihm in der Armee waren, nach dem Vortrag zu mir und sagen: Sie sind Ihrem Vater unheimlich ähnlich, wissen Sie das? Ich sage allen danke. Oder: Das ist wirklich ein Kompliment. Und schrecke trotzdem ein bisschen zurück. So ein inneres, nicht wahrnehmbares Zurückschrecken. Jeder Mensch will schließlich glauben, er kann frei wählen. Und dann fragen sie, wie es ihm geht. Wobei allein ihr Ton die Hochachtung und Zuneigung spüren lässt, die sie für ihn hegen. Und ich antworte, es geht ihm ausgezeichnet, danke, und denke bei mir: Was bin ich für ein Glückspilz, dass das mein Vater ist.

Mein Vater kommt jetzt aus dem Wasser. Sein Körper sieht aus wie mein Körper in dreißig Jahren aussehen wird. Nur die Operationsnarbe auf der Brust brennt noch, als sei er erst gestern in die Notaufnahme des Rambam-Hospitals gebracht worden. Er trocknet sich ab. Setzt die Brille auf. Nimmt sie wieder ab und steckt den Sonnenbrillen-Clip darauf. Gibt mir sein Portemonnaie und sagt: Bestellst du uns das Übliche?

Wenn er aus der Dusche kommt, steht das Übliche schon auf dem Tisch: Zweimal Espresso. Zweimal Soda. Ein Teller mit Labane. Ein Teller mit Hummus. Ein Teller mit Mixed Pickles. Ein Teller mit frischer, aufgefächerter Zwiebel.

Er schlürft seinen Espresso und fragt:

Was von Shirale gehört?

Ich höre nicht einen Pieps von ihr, will ich sagen. Seit sie weg ist, spricht sie nicht mehr mit mir, nur noch mit Dikla. Stattdessen sage ich: Alles gut. Es geht ihr gut dort in Sde Boker.

Er will sagen: Was seid ihr für Eltern, dass eure Tochter vor euch geflüchtet ist? Was habt ihr ihr angetan? Doch stattdessen sagt er: Schön. Sehr schön.

Und nimmt noch einen Schluck von seinem Espresso und fragt:

Und wie geht es Arje?

Aus irgendeinem Grund nennt er Ari immer Arje. Und ich verbessere ihn schon nicht mehr. Früher, als ich noch viele Sachen hatte, an denen ich hing, haben die beiden mir mal bei einem Umzug geholfen, und nachdem wir den letzten Karton in die neue Wohnung geschleppt hatten, lud mein Vater uns beide in das Restaurant an der Elefantenkreuzung in Ramot Tzehala ein, das es schon nicht mehr gibt, bestellte Ari noch ein Steak und noch einen Spieß, klopfte ihm auf die Schulter und sagte, iss, iss, du hast es verdient, du bist ein guter Freund.

Nicht so besonders, erwidere ich. Das heißt, die Ärzte sind nicht … allzu optimistisch.

Das ist eine grausame Krankheit, seufzt mein Vater.

Ja, sage ich.

Aber du besuchst ihn doch ab und an im Krankenhaus, ja?, erkundigt sich mein Vater.

Sicher, sage ich, um genau zu sein, er ist gerade wieder mal nach Hause verlegt worden, also fahre ich zu ihm.

Das ist wichtig, weil …, sagt er und stockt nach dem »weil«. Reißt ein Stück von dem Pita-Brot ab und wischt damit durch den Hummus. Was verdächtig ist. Denn in der Regel gehört der Hummus mir und die Labane ihm. Dann tut er Zucker in seinen Espresso, was ebenfalls untypisch für ihn ist. Und dann erst fährt er fort: Ich hatte mal einen Freund, ich weiß nicht, ob ich dir schon mal von ihm erzählt habe …

Micky, sage ich im Geiste. Denke: Opa, Oma, Mama – alle haben mir von deinem besten Freund erzählt, der im Jom-Kippur-Krieg gefallen ist – nur du hast niemals was erzählt.

Micky, wir sind auf dem Gymnasium in eine Klasse gegangen. Er ist auf dem Sinai umgekommen, und an jenem Schabbat, bevor er starb, hatten wir beide Heimaturlaub … Er wohnte in der Parallelstraße zu unserer. Wir hatten verabredet, dass ich am Abend auf einen Sprung bei ihm reinschaue.

Ja.

Hab ich aber nicht.

Ja.

Wenn du die Geschichte zufällig schon von Oma gehört hast, dann hat sie dir sicher gesagt, ich sei eingeschlafen.

Bist du nicht?

Ich war zu faul. Verstehst du?

Ja, Papa.

Also, geh Arje besuchen. Noch ein Espresso?

Nein, Papa, danke. Auch so kann ich nachts schon nicht schlafen.

Er ruft den Kellner und bestellt noch einen Espresso. Was auch ungewöhnlich ist, denke ich. Er erkundigt sich, wie es dem Kellner geht. Wie es bei ihm im Studium läuft. Der Kellner ist einer der Söhne des Restaurantbesitzers, und seit wir herkommen, ist immer er es, der uns bedient. Jetzt erzählt er meinem Vater von irgendeinem Problem mit der Uni-Bürokratie, mit dem er sich herumschlägt, und mein Vater gibt ihm einen Rat. Schreibt auch eine Telefonnummer auf, für den Fall, dass. Freut sich immer, helfen zu können, mein Vater. Ist nie peinlich.

Und wieso kannst du nicht schlafen, Sohn?, fragt er, nachdem der Kellner gegangen ist. Meine Mutter hat mir mal erzählt, einer der Gründe, warum sie sich in ihn verliebt hatte, sei seine phänomenale Gabe gewesen, das Gespräch genau, aber wirklich ganz genau an dem Punkt wiederaufzunehmen, an dem es unterbrochen worden war.

Ach, nichts, du weißt doch, ich habe einen leichten Schlaf.

Wie deine Mutter.

Man sollte wissen, von wem man was kriegen kann. Von dir die Farbenblindheit und von ihr …

Und sag mir noch was … ist alles in Ordnung mit Dikla?

Ja, sicher, warum? Weil sie dieses Wochenende nicht mit uns nach Haifa gekommen ist? Du kennst doch Dikla, sie ist immer beschäftigt.

Das stimmt, sagt er. Doch in seiner Stimme ist Zweifel. Ganz, ganz leicht und fast nicht zu hören. Aber doch vorhanden. Und ich weiß, er hegt den Verdacht, etwas zwischen mir und Dikla ist ganz und gar nicht in Ordnung. Denn wie viel lässt sich schon vor den eigenen Eltern verheimlichen, noch dazu, wenn diese Psychologen sind. Ich weiß, er wendet jetzt seinen Körper dem Meer zu, um mir eine Lücke zu verschaffen, durch die ich einen Schritt machen und erzählen kann, was los ist; und gleichzeitig beschleicht mich der Verdacht, die Geschichte über Micky sei nur der Zug eines ausgebufften Schachspielers gewesen, bestimmt, mich genau in diesem Augenblick ohne Deckung dastehen zu lassen; ich weiß aber auch, wenn ich ihm jetzt verrate, dass ich in der Klemme stecke – gestern habe ich Dikla erzählt, in Kolumbien sei gar nichts gewesen, ich hätte den Seitensprung nur erfunden, weil ich das Gefühl gehabt hätte, sie entferne sich immer mehr von mir, weshalb ich sie ein bisschen wachrütteln wollte, worauf sie mich lange ansah und schließlich sagte: Du bist durchgeknallt, weißt du das? Einfach komplett durchgeknallt –, wenn ich ihm all das beichte, komme ich in den Genuss seiner Einsicht und seiner Lebenserfahrung, seiner Großherzigkeit und Besonnenheit und all der anderen Dinge, derentwegen die Augen all der Leute, die am Ende einer Lesung zu mir kommen – auch deine Augen, Chanita? –, strahlen, wenn sie über ihn reden, und ich weiß, er wird jedes intime Detail, das ich vor ihm ausbreite, mit größter Vorsicht und Diskretion behandeln, denn nichts ist ihm mehr zuwider als Klatsch und Tratsch, weiß auch, das Gelegenheitsfenster wird sich gleich schließen, denn mein Vater ist vielleicht Psychologe, aber keiner, der langes Schweigen erträgt, oder jemand, der Druck ausübt, und noch einen Moment und er wird den Blick vom Meer abwenden und dem Kellner bedeuten, wir hätten gern die Rechnung, wird sagen, Mama wartet bestimmt schon auf uns, wir sollten allmählich zurück – all das weiß ich und schweige trotzdem.

Warum sind wir ab einem gewissen Alter nicht mehr in der Lage, unsere Eltern an irgendetwas von Bedeutung teilhaben zu lassen, Chanita? Weil »ein Mann seinen Vater und seine Mutter verlassen und seinem Weibe angehangen«? Oder einfach, weil wir ihnen keine Sorgen und keinen Kummer machen wollen? Und vielleicht sind wir auch diejenigen, die bei ihnen irgendein strebsames und erfolgreiches Bild von uns bewahren wollen, damit es sich in ihren Augen widerspiegelt, wenn sie uns anschauen? Oder vielleicht bin ich es auch nur, Chanita, der vor seinem Vater verstummt, während Millionen von Menschen auf der ganzen Welt ihre Eltern ohne zu zögern an allem teilhaben lassen, was sie auf dem Herzen haben?

Auf dem Rückweg hinauf auf den Karmel sprachen wir über Noams Bat-Mizwa und über Filme. Mein Vater geht gerne ins Kino, sieht sich Filme an und lässt ihnen hinterher eine vernichtende Kritik zuteilwerden, als sei er mindestens Uri Klein. Die einzigen Filme, für die er sich wirklich begeistern kann, sind Actionfilme. Wahrscheinlich, weil die nicht den Anspruch haben, kulturell wertvoll zu sein.

Am Ende habe ich nach dir gefragt, Chanita. Er konnte sich nicht an dich erinnern, aber sei deswegen nicht gekränkt. Meine Mutter ist diejenige, die zuhause für das Langzeitgedächtnis zuständig ist, und tatsächlich, als wir endlich da waren und ich sie gefragt habe, hat sie sofort gesagt, Chanita Brodzky, was für eine Frage! Hat ihm in Erinnerung gerufen, dass du bei ihm Statistikseminare belegt hattest, wusste auch noch, wer dein Freund war, und sogar, was du immer angehabt hast. Kurzum, meine Eltern lassen dich ganz herzlich zurückgrüßen.

Wann wird Ihr Buch verfilmt werden? Als ich es gelesen habe,
konnte ich mir den Film richtig vorstellen.

Was für ein Buch! Sagt er und schüttelt ungläubig den Kopf. Was für ein Buch!

Danke, danke.

Ich habe noch im Duty-free angefangen zu lesen und es den ganzen Flug nicht aus der Hand gelegt.

Danke. Ehrlich, vielen Dank.

Und als ich fertig war, habe ich zu meiner Frau gesagt: Das ist ein Film.

Tatsächlich?

Sie hat nichts gehört, hat geschlafen.

Meine Frau verschläft auch immer den Flug.

Ihr Schreiben ist so … visuell. Und die Dialoge? Einfach ein Vergnügen.

Es freut mich, dass Sie so denken.

Unter uns, wir könnten morgen anfangen zu drehen.

Ausgezeichnet.

Da wäre nur eine Kleinigkeit.

Ja?

Wie es aussieht, werden wir die Handlung nach Jerusalem verlegen müssen.

Nach Jerusalem?

Wegen des Sonderfördertopfs, den sie beim Jerusalem-Fonds haben für Filme, die in der Stadt gedreht werden.

Aber …

Und die Heldin – hätten Sie etwas dagegen, wenn sie Deutsche anstatt Israelin wäre?

Warum?

Das würde uns die Option für eine Koproduktion mit der deutschen Produktionsfirma eröffnen, mit der wir schon bei »Liebeserinnerungen aus Sobibor« zusammengearbeitet haben.

Aber …

Der, nebenbei gesagt, gerade für Cannes nominiert worden ist.

Fantastisch, aber …

Haben Sie schon einen Smoking und Fliege?

Ja, warum?

Den werden Sie brauchen, wenn Sie in zwei Jahren dort über den roten Teppich schreiten.

Aber …

Es macht den Eindruck, als störe Sie etwas.

Ehrlich gesagt, ja. Wie kann die Heldin eine Deutsche sein, wenn sie den Helden trifft, als beide ihren Militärdienst bei der israelischen Marine ableisten?

Das lässt sich alles lösen.

Was soll das heißen?

Wozu gibt es Drehbuchautoren, wenn nicht, um solche Sachen auf die Reihe zu kriegen?

Ich sehe nicht, wie ein Dreh …

Nur ein Beispiel: Deutschland liefert doch U-Boote an Israel, oder?

Schon.

Und eines Tages steht er am Pier und ihr U-Boot taucht aus den Wellen auf. Wie Bo Derek.

Hatten Sie nicht gesagt, es würde alles in Jerusalem spielen?

Na, dann haben wir ja gar kein Problem. Sie kommt zur Klagemauer. Und er ist einer der Soldaten, die dort Dienst tun.

Aber …

Und dann können wir auch Fördergelder vom Füllhorn-Fonds bekommen.

Dem Füllhorn-Fonds?

Die unterstützen Filme mit jüdischen Inhalten.

Aber …

Ich hoffe, das ist in Ordnung für Sie, aber ich habe bereits die Agenten von Gal Gadot angerufen.

In welchem Zusammenhang?

Wie »in welchem Zusammenhang«? Im Zusammenhang mit der Hauptrolle natürlich. Ich habe denen gleich das Buch geschickt.

Aber …

Wissen Sie, was das für die Vermarktung bedeuten würde, wenn sie zustimmt mitzumachen?

Aber … die Heldin, sie ist … eine kleine und verschüchterte Person.

Die Heldin war eine kleine und verschüchterte Person. Im Buch.

Und im Film?

Wird sie Gal Gadot sein.

Ich weiß nicht.

Was gibt es da nicht zu wissen?

Ich habe das Gefühl, die Verbindung zwischen Buch und Film wird arg lose.

Möchten Sie etwas trinken?

Nein, danke.

Entschuldigen Sie, wenn ich Ihnen das so geradeheraus sage, aber Sie müssen ein bisschen loslassen.

Loslassen?

Das ist eine andere Kunstform, das Kino. Die ihre eigenen Gesetze hat.

Richtig, aber …

Wir haben mal mit einem Autor zusammengearbeitet, der auf Treue zum Original bestand. Sie wollen nicht wissen, wie das geendet hat.

Also, was genau schlagen Sie vor?

Sie gehen jetzt nach Hause, schlafen eine Nacht darüber, und morgen kommen Sie und unterschreiben den Vertrag.

Aber ich bin nicht sicher, dass …

Ach ja, noch was.

Was?

Der Titel.

Was stimmt nicht mit dem Titel?

Würden Sie eine Karte für einen Film mit dem Titel »Osmose« kaufen?

Was ist an »Osmose« nicht in Ordnung?

Die Hälfte der Leute weiß nicht, was das ist. Und wer es weiß, für den klingt es bedrohlich.

Und was würden Sie vorschlagen?

Das bin nicht ich, der etwas vorschlägt, das hat die Fokusgruppe entschieden.

Die Fokusgruppe?

Was denken Sie denn? Heute kommt kein Film in die Kinos, ohne dass vorher geguckt wurde, wie der Titel bei Fokusgruppen ankommt.

Okay …

»Love action«.

Verzeihung?

Das ist der Filmtitel, der gewählt wurde. Das Marktforschungsinstitut, das für uns die Fokusgruppen untersucht, sagt, es habe nicht einmal ein Vierteldiskussiönchen gegeben. Sie hätten schon lange kein so eindeutiges Votum mehr gehabt.

Aber wo ist die Verbindung zwischen dem Titel und dem …

Geht es in Ihrem Buch um Liebe?

Schon.

Und eine Militäraktion, kommt die vor?

Eine gescheiterte Militäraktion.

Was ändert das?

Unsere Soldaten geraten unter Beschuss durch die eigene Armee. Da steckt schon auch … eine politische Aussage drin.

Ist es ein Beschuss im Rahmen einer Militäraktion oder nicht?

Sicher im Rahmen einer Militäraktion.

Ich freue mich, dass Sie mit dem Titel einverstanden sind.

Aber …

Mir ist wichtig, dass Sie sich als Teil des Prozesses fühlen.

Ich …

Auch in den Interviews zum Filmstart ist wichtig, dass Sie sagen, Sie seien voller Bewunderung.

Voller Bewunderung?

Ein Film sei zwar kein Buch, sei eine ganze andere Kunstform, mit ganz eigenen Gesetzen. Aber dennoch.

Aber dennoch was?

Dennoch sei es dem Regisseur und den Produzenten gelungen, den … Geist des Werks zu bewahren.

Hören Sie ...

Sie hätten sich dabei ertappt, wie Sie gelacht, geweint und sich in Gal Gadot verliebt haben.

Wie soll ich wissen, dass ich das empfinden werde? Ich habe doch noch keine Sekunde davon gesehen?

Was Sie empfinden, ist herzlich egal. Von mir aus können Sie den Film ruhig hassen. Worauf es ankommt ist, was Sie in den Interviews sagen.

Aber ...

Wenn der Autor nicht die Werbetrommel für den Film rührt, signalisiert das den Kritikern, er ist nicht zufrieden mit der Bearbeitung. Und wenn es etwas gibt, das Kritiker riechen können, dann Blut. Sie wollen nicht morgens die Zeitung aufschlagen, um zu sehen, dass sie uns geschlachtet haben, oder?

Nein.

Denn letztendlich ist unser Erfolg auch der Ihre. Das ist es, was ich Ihnen die ganze Zeit zu erklären versuche.

Ich verstehe.

Geschmeidigkeit heißt das Spiel.

Okay.

Sind Sie sicher, dass Sie nicht doch etwas trinken möchten?

Nein, danke.

Einen Kaffee? Tee? Wasser? Sie sehen ein bisschen blass aus.

Vielleicht ein Wasser.

Ihr Buch ist wirklich der Hammer, nur dass Sie es wissen.

Danke.

Ich habe noch im Duty-free angefangen zu lesen und es den ganzen Flug nicht aus der Hand gelegt.

Danke, vielen Dank, ehrlich.

Und als ich fertig war, habe ich zu meiner Frau gesagt: Das ist ein Film!

Glauben Sie, Sie haben als Schriftsteller die Verpflichtung,
sich politisch zu engagieren?

Ich treffe Michael Orbach, einen amerikanischen Bekannten. Er ist
fast zwanzig Jahre älter als ich, hat aber weniger weiße Haare. Und
sein Schritt, als wir zusammen auf der Strandpromenade Richtung
Jaffa marschieren, ist auch leichter und federnder als meiner. Wir
haben uns in einem anderen Leben kennengelernt, als ich noch als
Texter in einer Werbeagentur gearbeitet habe. Michael hielt einen
Workshop bei uns ab, über sozialverträgliche Werbung oder, wie er
es nannte, *Meaningful Advertising*, und während er referierte, hatte
ich das Gefühl, ich sehe das Licht. Es gibt also einen Weg, in der Werbung tätig zu sein, ohne sich zum Gespött zu machen. Es ist möglich,
Slogans zu schreiben, Radiospots und Videoclips zu machen für anständige Ziele. Und für anständige Kunden. Man kann Werbetech-
niken auch verwenden, um Menschen zu ermutigen, in ihrem Leben
bedeutsame Veränderungen vorzunehmen, anstatt sie nur dazu zu
bringen, Produkte zu kaufen, die sie nicht brauchen.

Nach seinem Vortrag bin ich hin zu ihm. Habe gesagt, Mister Orbach, Ihre Ausführungen waren unglaublich *inspiring* für mich.

Habe gesagt, ich wäre gern dabei. Würde gern mitarbeiten. Vielleicht als Repräsentant von *Meaningful Advertising* in Israel. Was
sagen Sie.

Er hat gesagt, ich solle ihm meinen Lebenslauf schicken.

Habe ich. Und er hat höflich geantwortet, zurzeit seien sie nicht
auf der Suche nach neuen Mitarbeitern, aber er habe mich auf dem
Zettel.

Ich habe ihm geantwortet, ich wisse, auf Amerikanisch heiße das
»nein«. Und habe gefragt, ob es möglich wäre, trotzdem in E-Mail-
Kontakt mit ihm zu bleiben, da ich das Gefühl hätte, durch die Arbeit
in der Agentur verlören meine Worte immer mehr an Bedeutung.

Also haben wir angefangen uns zu schreiben. Haben Ideen ausgetauscht. Meinungen. Genauer gesagt habe ich ihn zu einer ganzen Reihe von Themen um Rat gefragt, und er hat mir Unterweisung erteilt.

Ab und an habe ich nochmals auf die Möglichkeit verwiesen, für ihn zu arbeiten. Die Tage in der Agentur, in der ich arbeitete, wurden immer finsterer. Vor den anstehenden Kommunalwahlen kamen sie auf den Gedanken, innerhalb der Agentur eine Tochterfirma für politische Werbung zu gründen, und teilten mir mit, ich sei für drei Monate dorthin abkommandiert. Wir machten Werbung für Bürgermeisterkandidaten im ganzen Land. Plakate, Radiospots, Parteiprogramme. Das ganze Paket.

Einer der Kandidaten war Yoram Sirkin. *Der* Yoram Sirkin.

Ich erinnere mich noch an das erste Mal, als ich ihn sah. Kurioserweise hätte ich eigentlich gar nicht an der Sitzung teilnehmen sollen. Ich hatte eine Deadline für einen Jingle bei einer anderen Kampagne, doch dann zogen sie mich davon ab, und plötzlich hieß es, ich solle in den großen Sitzungsraum kommen. Das ist unser Texter, stellte mich der große Boss vor, als ich eintrat, deutete dann mit der Hand auf die andere Seite des Konferenztisches und meinte zu mir, darf ich bekannt machen: Yoram Sirkin, der künftige Bürgermeister. Auf der anderen Seite saßen drei Männer, alle mehr oder weniger im selben Alter. Keiner von ihnen hatte die charismatische Präsenz eines künftigen Stadtoberhauptes, also wusste ich nicht, wen ich anschauen sollte, sagte mir aber, der Linke ist es ganz sicher nicht, denn in dem Moment, in dem der große Boss sagte, der künftige Bürgermeister, hatte der Linke peinlich berührt den Blick gesenkt und zur Seite geschaut. Ohnehin hatte er etwas Hängendes an sich, der Linke. Seine Schultern hingen und sein Hemd hing, und auch seine Brille hing auf halb acht.

Der Linke sprach als Erster. Er näselte leicht und die Pausen, die er einlegte, waren an den … falschen Stellen. Ich bat darum, dass Sie dabei … sind, weil … mir wichtig … war, Ihnen … bevor wir anfangen … zu arbeiten, zu sagen, dass ich … möchte, dass unsere Kampagne auf … Augenhöhe ist. Ohne all diese … Spitzfindigkeiten, die man in … Werbeagenturen so liebt. Verstehen Sie, was ich … sagen will?

Ganz und gar. Was halten Sie davon, wenn wir auf Herzhöhe reden?, habe ich gefragt.

Worauf sich im Raum so ein Verdienstorden-oder-Ermorden-Schweigen breitmachte. Eines, bei dem dir nicht klar ist, ob jeden Augenblick kübelweise Spott auf dich niedergeht, oder …

Hat mir gefallen, sagte Yoram Sirkin und tippte an den Nasensteg seiner Brille. Seine beiden Adjutanten nickten wie auf Kommando.

Worauf es bei einer politischen Kampagne ankommt – fuhr ich fort, als hätte ich wer weiß was für Erfahrung –, ist, die Gefühle der Wähler zu bedienen. Die richtigen Knöpfe zu finden und zu drücken. Immer wieder.

Wie sagten Sie, heißen Sie?, fragte Sirkin. Und ehe ich dazu kam zu antworten, wandte er sich an meinen Boss und sagte, ich will, dass dieser Junge … von jetzt ab bei jeder … Sitzung dabei ist. Ich mag seinen … Kopf.

Das offizielle Ziel der nächsten Sitzungen lautete, die Agenda unseres Kandidaten kennenzulernen, herauszufinden, was ihm am Herzen lag, woran er glaubte und wie sein Aktionsplan aussah – sollte er gewählt werden. Aber auf beinahe jede Frage, die wir stellten, antwortete Yoram Sirkin mit einer Gegenfrage: Wie, denkt ihr, wird das ankommen? Ganz offenkundig hatte er außer der festen Absicht, gewählt zu werden, keine anderen konkreten Absichten. Also waren wir auf der Hut, antworteten, man müsse die Resonanz aus den Fokusgruppen abwarten, bis wir die nicht hätten, wäre alles, was wir über Wählerinteressen sagten, reine Kaffeesatzleserei.

Yoram Sirkin nickte und machte dann, zum ersten Mal, diese Bewegung, die Jahre später [in der Satireshow ›Eretz Nehederet‹] zum

Erkennungsmerkmal aller Parodien auf ihn werden sollte: ein Aneinanderreiben der Hände, als wüsche er sie sich wohlerzogen vor dem Essen.

Aus den Fokusgruppen wurde vermeldet, die meisten Einwohner seien recht zufrieden mit ihrem Stadtoberhaupt und befürchteten mehr als alles andere, ein neuer Bürgermeister werde alles auf den Kopf stellen.

Wenn das die Lage ist, schlug ich in der nächsten Sitzungsrunde vor, dann lasst uns das komplett ausreizen. Wir sagen den Leuten, sie sollen für unseren Kandidaten stimmen, weil er der Einzige ist, der ganz sicher nichts verändern wird.

Hat mir gefallen, sagte Yoram Sirkin.

Die Plakate, mit denen wir die Straßen pflasterten, zeigten ein großes Porträt von ihm, das gründlich mit Photoshop bearbeitet worden war – die Brille war verschwunden und sein ausweichender Blick war nun fest und direkt geworden. Und dazu ein Slogan aus meiner Tastatur: Sirkin. Der Einzige, der unsere Stadt bewahrt.

Gleichzeitig stellten wir Sirkin eine Sprachtrainerin zur Seite, die ihm beim Reden vor Publikum aufhelfen sollte. Natürlich machten wir uns keine Illusionen, dass er über Nacht zu einem begnadeten und charismatischen Redner werden würde, baten sie aber, mit ihm vor allem an … den Pausen zu arbeiten. Umfrageergebnisse auf der ganzen Welt zeigen, dass bei Wahlen siegreiche Kandidaten in aller Regel die sind, die Pausen an den richtigen Stellen setzen.

Zu Beginn der Kampagne kam Sirkin in den Umfragen auf vier bis fünf Prozent. Aber er blieb der Agenda treu, die wir ihm zusammengestellt hatten, und wiederholte seine Botschaften wie ein Papagei im Käfig: Wir lieben unsere Stadt genau so, wie sie ist. Jede Veränderung birgt Risiken. Risiken sind größer als Chancen. Wenn etwas nicht kaputt ist, warum es dann reparieren? Und wenn etwas repariert ist, warum es dann wieder kaputt machen?

In der Zwischenzeit wurde der in den Umfragen führende Kandidat, ein Brigade-General der Reserve, der sexuellen Belästigung beschuldigt und strich die Segel.

Einen dritten Kandidaten eliminierten wir mit einer Schmutzkampagne, die den Köpfen der Wähler die – aus den Fingern gesogene – Behauptung eingab, er sei mit Immobilienhaien verbandelt und werde daher Bauvorhaben vorantreiben, die den Charakter der Stadt grundlegend verändern und den Wert ihrer eigenen Wohnung mindern würden.

Von Woche zu Woche legte Sirkin in den Umfragen zu. Hier ein bisschen. Und dort ein bisschen. Er entwickelte ein *Momentum*, wie man in Campaigner-Kreisen gerne sagt. Gleichzeitig, und zu unserem eigenen Entsetzen, änderte sich seine Körpersprache. Plötzlich waren da ein schnelles Ausschreiten voller Elan, gestochen scharfe Bewegungen und ein Auf-den-Tisch-Hauen: Bringt mir die Strenggläubigen!

Die strenggläubigen Gottesfürchtigen wurden dann tatsächlich in seinem Büro vorstellig und handelten einen Deal mit ihm aus, Unterstützung an der Wahlurne gegen künftige Etatmittel.

Und so konnten wir in der Wahlnacht, zusammen mit einer bescheidenen Anhängerschaft, die sich im Wesentlichen aus den Mitgliedern seiner Familie rekrutierte, die Wahl Yoram Sirkins zum Stadtoberhaupt feiern, ohne dass auch nur einer von uns auf die Idee gekommen wäre, dies sei bloß die erste Station seines meteoritengleichen politischen Aufstiegs.

Die Tochterfirma indes wurde gleich nach den Kommunalwahlen wieder abgewickelt.

Doch einen Monat nach den Wahlen hatte ich auf meinem Privathandy einen Anruf vom neuen Bürgermeister.

Hör zu, Junge, sagte er, ich muss bei einem Stadterziehungskongress eine Rede halten.

Okay.

Ich dachte, vielleicht kannst … du mir so … ein paar Punkte aufschreiben. Ein paar knackige Sätze.

Aber ... soviel ich weiß, ist unsere Agentur nicht mehr für Sie tätig.

Sag mir, Junge, warum sollen die sich an mir ... und an dir eine goldene Nase ... verdienen? Du arbeitest direkt für mich. Auf Beraterhonorar.

Lassen Sie mich darüber nachdenken, Yoram, okay?

In Ordnung. Aber der Erziehungskongress ist ... schon morgen. Denk also nicht ... zu lange nach.

Ich wusste schon immer, dass Texten ein schales Gewerbe ist. Aber erst, als sich mein Weg mit dem von Yoram Sirkin kreuzte, verstand ich, es war auch ein korrupter Beruf. Und dass ich selbst, nach mehreren Jahren in dieser Branche, korrupt war.

Aber ich konnte eben auch nichts anderes.

Hoffte, Uncle Michael aus Amerika würde mich aus dieser Falle befreien. Wartete auf seine E-Mails wie Kinder auf das Feuerwerk am Unabhängigkeitstag. Und jedes Mal dieselbe Antwort: *Sure*, in dem Augenblick, in dem ich eine Stelle zu vergeben habe, bist du der Erste, dem ich sie anbieten werde. Komm, lass uns das nächste Mal, wenn ich in Israel bin, in Ruhe darüber reden.

Wir trafen uns, wenn er im Land war, um Workshops zu geben. Marschierten eisern die Strandpromenade ab, vom David Intercontinental bis zur Marina und wieder zurück nach Jaffa. Immer dieselbe Strecke. Und immer war er es, der redete. Oder vielmehr – referierte. Über die Fehler der Arbeitspartei im letzten Wahlkampf; darüber, dass die Linke in Israel nicht im eigenen Strafraum mit der Angst spielen dürfe, sondern das Spiel in die Hälfte der Hoffnung verlagern müsse; darüber, dass es Herzls Traum war, einen Staat für die Juden zu errichten, und jetzt, da es ihn gebe, müsse der Zionismus neu etikettiert, mit einem zeitgemäßen Inhalt befüllt werden, ansonsten bliebe er hohl, und in dieses Vakuum würden rechte, messianische Kräfte Einzug halten.

Zwischen einer politischen Prophezeiung und der nächsten hatte er auch auf anderen Feldern Ratschläge für mich parat: Gründe möglichst bald eine Familie, *kid*. Eine Ehe ist kein Gefängnis, wie viele Leute irrtümlich denken, sondern die Freiheit, die Suche nach der Liebe beendet zu haben. Aber du musst die richtige Wahl treffen, *son*, und das Kriterium ist Anpassungsfähigkeit. Eine anpassungsfähige Partnerin ist der Schlüssel zum Glück. Und Kinder, Kinder sind das Kreativste, was ein Mensch in seinem Leben zustande bringt, Kinder bereichern die eigene Kreativität und schaden ihr nicht, *trust me …*

Ich habe ihm getrustet. Hatte das Gefühl, ich würde irrsinnig viel von ihm lernen.

Auch wenn mir nicht ganz klar war, was er im Gegenzug von mir bekam.

Bei einem dieser Märsche erzählte er mir eines Tages, in dem hochmütigen und allwissenden Ton, der ihn auszeichnete, er habe seine Agentur in New York zugemacht und alle Mitarbeiter entlassen. *Meaningful Advertising* war, wie sich herausstellte, nicht allzu profitabel gewesen. Und er hatte sich bis über beide Ohren verschuldet. Jetzt arbeitete er eben alleine, gab hauptsächlich Workshops, um das Geld zurückzuzahlen. Ein Mann muss auch für seine Niederlagen einstehen, sagte er, sonst hat er keine Chance, jemals erfolgreich zu sein.

Einen Widerspruch zwischen seiner eigenen Pleite und dem Umstand, dass er weiterhin anderen Ratschläge erteilte, sah er nicht. Und das hatte etwas ebenso Lächerliches wie Beeindruckendes.

Ein paar Monate danach habe ich die Werbeagentur verlassen und angefangen zu schreiben. Die Miete habe ich mit Redenschreiben für Yoram Sirkin bezahlt. Ich war nicht mehr auf den Uncle aus Amerika angewiesen, der mir überdies auch keinen Lichtstreif am Horizont mehr zu bieten hatte. Dennoch, vielleicht aus Gewohnheit oder vielleicht, weil wir beide gesellige Menschen sind, die sich insgeheim chronisch einsam fühlen, haben wir uns weiterhin von Zeit zu Zeit getroffen und sind zusammen die Strandpromenade hinuntermarschiert.

Und jetzt sind wir also wieder in Richtung Jaffa unterwegs. Er hat gerade einen Workshop für Führungskräfte von Menschenrechtsorganisationen in Israel hinter sich und ist ganz aufgewühlt. Ganz egal, wie beschissen eure Regierungen waren, sagt er, aber die Menschen waren immer optimistisch. Deshalb bin ich immer gerne hergekommen. Eure Nationalhymne heißt ja »Hatikwa«, und das ist etwas, was es hier immer gegeben hat: Hoffnung. Und heute – heute habe ich einen Workshop mit einem Haufen resignierter Leute abgehalten. Was ist los mit euch?

Sieh mal, setze ich an …

Doch er unterbricht mich sofort.

Übrigens, ich habe dein letztes Buch gelesen. Die Übersetzung ist vorzüglich. Und die Figuren – die kommen einem regelrecht entgegengesprungen. Aber entschuldige, wenn ich dir das sage: Die ganze Zeit habe ich gedacht, wie kann er eine solch naive Liebesgeschichte schreiben, die überall spielen könnte, und blind dafür sein, dass der Staat, in dem er lebt, in den besetzten Gebieten solche Dinge anrichtet? Wie kannst du dich mit Herzschmerz beschäftigen, wenn Frauen an Straßensperren ihre Kinder zur Welt bringen?

Sieh mal, versuche ich erneut …

Und werde unterbrochen.

Weißt du, was das Problem ist? Dass Leute wie du in die Kunst gehen anstatt in die Politik. Und dass Leute wie – *what's his name*? Sirking? – Minister werden und legitime Anwärter auf das Amt des Regierungschefs. Verstehst du? Eure Regierung lässt euch Bücher schreiben, Filme machen. Was juckt sie das? Sollt ihr doch über den roten Teppich in Cannes stolzieren. Das *fucking* Sundance gewinnen. Oder Formate an HBO verkaufen. Alles gut, solange ihr sie nicht dabei stört, weiter Siedlungen zu errichten und das zionistische Werk zu zerstören, habe ich recht?

Aber ...

Ein Mensch wie du, mit deinem familiären Hintergrund, muss sich selbst jederzeit fragen, ob er wirklich das Bedeutsamste tut, das zu tun er in der Lage ist. Noch einen Bestseller schreiben? *Come on! You can do better!*

Ich könnte darauf antworten. Aber zwischen Dikla und mir herrscht seit Wochen zuhause eine solche Spannung, dass ich nicht die Kraft habe, jetzt mit noch jemandem auf Konfrontationskurs zu gehen. Und auch ihn scheint diesmal unter seiner üblichen vorwurfsvoll moralisierenden Verve noch etwas anderes zu bewegen. Etwas Persönlicheres. Das ihn mitnimmt.

Kurz hinter dem Gourmettempel »Manta Ray« bricht es aus ihm heraus wie eine Welle aus dem Meer.

Seine Frau hat ihn verlassen.

Die ganzen Jahre über hätten sie beide auf diesen Zeitpunkt hin gelebt, dass die Kinder auf dem College sind und sie beide endlich Zeit haben, Träume zu verwirklichen, die wegen der Last der Elternverantwortung beiseitegeschoben worden waren. Und dann stellt sich heraus, dass seine Frau zwar die aufgeschobenen Träume verwirklichen will. Aber nicht mit ihm.

Ich nicke verständnisvoll. Es ist das erste Mal in unserer gemeinsamen Historie, dass er mir etwas wirklich Persönliches erzählt. Und ich überlege, ihm die Hand auf die Schulter zu legen. Traue mich aber nicht. Überlege, ob ich ihm erzählen soll, dass Dikla sich seit einer Woche nicht mehr vor mir anzieht und selbst die kleinste Sache, die ich sage, in Zweifel zieht, sogar, ob ich die Anzahlung für die Bat-Mizwa-Feier überwiesen habe oder ob ich tatsächlich donnerstagabends einen Schreibworkshop in Beit Shemesh gebe, oder ...

Wir haben Jaffa noch nicht erreicht, da bricht er endgültig zusammen.

Rettet sich auf eine Bank.

Ich setze mich neben ihn.

Surfer ziehen mit ihren Brettern zum Meer.

Surfer kommen mit ihren Brettern vom Meer.

Wild weht der Wind.

Es ist alles so schnell gegangen, sagt er ratlos.

Eines Abends, »Wir müssen reden.« Und dann Klartext. Wohl formuliert. Als hätte sie wochenlang daran geschliffen. Ich danke dir für all die schönen Jahre, aber ich denke, wir sollten uns trennen, bevor es wirklich unschön wird, sagt sie zu ihm. Und am nächsten Tag nimmt sie ihre Sachen und zieht in eine Mietwohnung. Das heißt, sie hatte die Wohnung bereits angemietet, noch bevor sie überhaupt mit ihm geredet hat. *Would you believe it?*

Ein Amerikaner um die sechzig gibt mir jetzt Gelegenheit, etwas Kluges, Tröstendes zu sagen. Das ihn aufbaut, aufmuntert. Aber meine Lebenserfahrung ist so dürftig im Vergleich zu seiner, dass ich das Gefühl habe, das Einzige, was ich wirklich tun kann, ist ihm zuhören.

Ich bin vollkommen *lost*, sagt er. Das war die Story, die ich mir immer über mein Leben erzählt habe – und jetzt stellt sich heraus, sie stimmt gar nicht. Und ich habe nicht die geringste *fucking* Ahnung, wohin es von hier aus weitergehen soll.

Der Kartentrickbetrüger baut sich neben uns auf, an seinem Stammplatz auf der Strandpromenade. Seine Kompagnons gruppieren sich schon um die Kiste, aber da weht der böige Wind die drei Karten davon – von denen nur eine ein König ist – und die ganze Korona rennt hinterher, um sie aufzulesen.

Vielleicht zu »Dr. Shakshuka«?, schlage ich endlich vor.

Mein amerikanischer Freund lacht. Er ist *crazy* nach »Dr. Shakshuka«.

So lange ein Mensch sich seinen Humor und seinen Appetit bewahrt – hat er eine Chance auf Erlösung, denke ich.

Wir biegen ab zum Uhrenturm, der Wind lässt etwas nach, und mir fällt auf, er geht ein bisschen gebeugt und auch sein Tempo ist eher gemächlich. Normalerweise habe ich Mühe, mit ihm Schritt zu halten, doch jetzt bin ich derjenige, der langsamer machen muss, damit wir zusammenbleiben. Unmittelbar vor dem Eingang zum Restaurant bleibt er stehen, strafft sich und legt mir eine Hand auf die Schulter. Halb gönnerhaft und halb um sich anzulehnen, damit er nicht umkippt. Denk drüber nach, was ich in Sachen Politik gesagt habe, sagt er. Wenn Leute wie du weiter unbeteiligt zuschauen, werdet ihr bald keinen Staat mehr haben, um unbeteiligt zuzuschauen.

Auf dem Rückweg von dem Treffen mit dem Uncle aus Amerika sehe ich die riesigen Plakate. Und zwar, als ich im fünften Gang auf der Ayalon-Autobahn unterwegs bin, sodass ich nur eine Sekunde habe, um hinzuschauen. Doch die genügt, um Yoram Sirkins Gesicht wahrzunehmen und meinen Slogan zu lesen: Sirkin. Der Einzige, der unseren Staat bewahrt.

Was wissen die Leute nicht über Sie?

Nicht nur die Leute. Auch Dikla weiß nicht, dass der Kontakt zu Yoram Sirkin über all die Jahre Bestand hatte und im Verborgenen bis heute andauert. Meine Finger zittern, während ich dies tippe, und ich bin nicht sicher, ob ich nachher den Mut aufbringen werde, das Geschriebene abzuspeichern, aber es ist die Wahrheit: Ich war dabei. Bei allen Stationen Sirkins auf dem Weg nach oben. Ich war es, der die Rede geschrieben hat, die ihn ins öffentliche Bewusstsein katapultierte, die, die er hielt, nachdem in seiner Stadt eine Rakete ein Wohnhaus getroffen hatte. Der Satz »Die beste Verteidigung gegen die Kassams ist die Einheit des Volkes« – der stammt von mir. Als er nach dem Krieg beschloss, bei den landesweiten Vorwahlen zu kandidieren, engagierte er zwar fürs Image eine Werbeagentur, aber die Slogans hat er weiter von mir bezogen. Ich habe zu keiner Sekunde geglaubt, mit Hilfe meiner Sprüche würde er es auf einen halbwegs aussichtsreichen Listenplatz schaffen. Hätte nie geglaubt, dass es möglich ist, alle Welt zu belügen, rund um die Uhr. Und ganz sicher hätte ich nie gedacht, dass man schon während seiner ersten Wahlperiode als Knesset-Abgeordneter von ihm als einem Kandidaten für ein Ministeramt sprechen würde.

Das war auch der Moment, in dem ich versucht habe mich abzuseilen. Ich hatte ein Treffen mit ihm vereinbart. In einem verlassenen Café in Kiryat Onu. Habe gebeten, er solle allein kommen. Er hat gesagt – brauchst du Geld, Junge? Geht es darum? Denn wenn du Geld brauchst, musst du es nur sagen. Darum geht es nicht, habe ich gesagt (Geld war nie die Sache, die Sache war, Einfluss zu spüren, die Worte, die ich geschrieben hatte, im öffentlichen Raum widerhallen zu hören, darum ging es, um den Rausch der Einflussnahme und der Resonanz).

Sogar in dem leeren Café in Kiryat Onu sorgte der Auftritt von Yoram Sirkin für ein bisschen Aufregung. Der Barkeeper wollte ihm die Hand drücken. Und die Kellnerin ein Selfie mit ihm machen. Der zugedröhnte Verkäufer vom Kiosk gegenüber ebenfalls. Ich beobachtete ihn, wie er sich ihnen ganz hingab. In den letzten Jahren hatte ich ihn nur noch im Fernsehen gesehen. Unsere Kommunikation lief ansonsten über bestens verschlüsselte E-Mails. Und ganz offenbar gab es Dinge, die man im Fernsehen nicht sah. Er hatte ein Bäuchlein angesetzt, was seiner Erscheinung, zumindest im Anzug, etwas verlässlich Seriöses verlieh. Seine Brille war tatsächlich verschwunden, allem Anschein nach dank einer Laserbehandlung. Was ihm ermöglichte, jedem, der ihn ansprach, direkt in die Augen zu schauen. Er bewegte sich behände im Raum, voller Energie, und sein Gesicht wirkte sonnengebräunt und gesund. Als sei er vor einem Fototermin in der Maske gewesen.

Am Ende ist es tatsächlich so gekommen, dachte ich, während er meinen Tisch ansteuerte, Yoram Sirkin ist in die Fußstapfen der Figur getreten, die ich ihm erschaffen habe. Die Fiktion ist Realität geworden. Die Marionette hat ihre Fäden durchtrennt. Der Papagei hat seine Flügel gespreizt, ist aus dem Käfig ausgebrochen und hat sich in die Lüfte geschwungen.

Was gibt's, Junge? Er setzte sich und gab dem Kellner ein Zeichen. Wie steht's in der Welt der Literatur? Eine vom Aussterben bedrohte Welt seid ihr, glaub mir.

Hören Sie zu, Yoram … Ich kam gleich zur Sache. Ich möchte aufhören.

Womit aufhören?

Für Sie zu arbeiten. Für Sie zu schreiben.

Okay. Darf man fragen, warum?

Das passt irgendwie nicht mehr. Sie und ich, wir haben nicht wirklich denselben Blick auf so manches, ich meine politisch, und wissen Sie, in letzter Zeit …

Aber es läuft für uns, Junge.

Es läuft für *Sie*, Yoram. Und vielleicht ein bisschen zu sehr.

Ergo, der Golem lehnt sich gegen seinen Schöpfer auf?

So in etwa.

Und du meinst, ich sei ein Golem?

Nein, Yoram, wie kommen Sie denn darauf? Absolut nicht …

Kellner! Er hob mit einem Mal die Stimme.

Der Kellner war augenblicklich da und nahm mit entschuldigendem Gesichtsausdruck unsere Bestellung auf.

Als er wieder weg war, sagte Yoram, hör zu und hör mir gut zu. Dabei rieb er sich die Hände, als hätte er schon Seife dran. Sein Ton war gedämpft und freundlich. Und gerade deshalb – Unheil verheißend.

Yoram Sirkin zwingt niemanden, für ihn zu arbeiten. Aber geh davon aus, wenn du mich jetzt stehen lässt, ausgerechnet jetzt, wo ich dich am meisten brauche, wird das einen Preis haben.

Einen Preis?

Deine sämtlichen E-Mails sind bei mir auf dem Rechner. Ein »Weiterleiten« und du bist erledigt.

Verstehe ich das recht, Sie drohen mir?

Im Gegenteil, Junge, ich sorge mich um dich. Wie, meinst du wohl, wird man in deinem Milieu reagieren, wenn herauskommt, dass du für die andere Seite arbeitest? Und noch dazu bei deinem familiären Hintergrund? Was werden sie wohl in eurem Kulturteil schreiben, na, in der *Haaretz*? Ich kann mir schon die Überschrift vorstellen …

Nicht nötig.

Nächste Woche ist in New York die Konferenz der Präsidenten der wichtigsten jüdischen Organisationen, Junge.

Ich weiß nicht, Yoram. Lassen Sie mich darüber nachdenken.

Ich brauche nur den Anfang und das Ende der Rede von dir. Beim Mittelteil hört ohnehin niemand zu.

Auf Englisch?

Sicher auf Englisch. Obama wird da sein. Bill Clinton. Henry Kissinger. Und … – dein ergebener Diener.

Er hat gelernt, Pausen zu setzen, dachte ich.

Kellner! Nochmals hob er die Stimme und rieb sich erneut die Hände. Und als der Kellner vor ihm stand, reichte er ihm sein Telefon und fragte freundlich, ob er wohl ein Foto von uns machen könne. »Als Andenken.«

Erst in der Sekunde, als der Blitz aufflammte, begriff ich. Ein Foto von uns. Gemeinsam. In einem Café. Er würde es den Medien zuspielen. Ein Foto, das mehr wert war als tausend E-Mails.

Wir haben uns dann die Livesendung seiner Rede von der Konferenz der Präsidenten angeschaut, Dikla und ich. Das war noch zu der Zeit, als sie ihre Beine auf meinen ablegte, wenn wir fernsahen.

Sirkin hielt beide Seiten des Rednerpults umfasst und löste, mit bemerkenswert perfektem Timing, von Zeit zu Zeit die rechte Hand und ließ sie durch die Luft gleiten, um einen Punkt seiner Ausführungen zu unterstreichen.

Ich glaube ihm nicht ein Wort, sagte Dikla, aber reden kann er.

Und auch seine Redenschreiber erpressen, dachte ich und sagte nichts.

Du hast ein Monster geschaffen, sagte Dikla.

Und ich füttere es weiter brav, dachte ich und sagte nichts.

Sag mal, fragte sie, war er wirklich so ein *Nebech*, als ihr ihn damals zum Bürgermeister gemacht habt? Kaum zu glauben, dass jemand sich so verändern kann, so von Grund auf.

Er war wirklich ein *Nebech*, sagte ich. Aber das ist jetzt auch schon zehn Jahre her, und er hat sich … neu erfunden.

Jetzt wird er bestimmt noch was über Jerusalem sagen, sagte Dikla. Irgendwie endet es immer damit.

Volltreffer, dachte ich und sagte nichts.

Sirkin gab also den Schlusssatz zum Besten, den ich ihm geschrieben hatte, über die ewige Hauptstadt Israels, über die Verbindung zwischen ihr und dem jüdischen Volk, die unauflöslich ist, Pause, eine wahrhaft siamesische Verbindung, Pause, und dann noch ein Faustschlag auf das Rednerpult zur Bekräftigung. Und schon sprangen die amerikanischen Juden auf und applaudierten frenetisch.

Das ist ja ein Ding, sagte Dikla, zog ihre Füße zurück und vergrub sie unter sich.

Was?

Diese Metapher von der *siamesischen Verbindung* – das kommt doch in einem deiner Bücher vor, oder nicht?

Echt?

Kann es sein, dass dieser Halunke Metaphern bei dir klaut?

Glaube ich eher nicht.

Verklag ihn.

Ich weiß nicht, Diki. Lass uns erst mal gucken, ob das noch mal vorkommt. Ansonsten habe ich ja wohl kaum was in der Hand.

Ich hätte ihr in dem Moment alles beichten können.

Und es sollten entlang des Weges noch mehr solcher Augenblicke kommen, die ein Geständnis möglich gemacht hätten. Ich habe sie allesamt verstreichen lassen.

In den letzten Jahren hat es nicht einen Morgen gegeben, an dem ich nicht mit dem festen Vorsatz aufgestanden wäre, der Sache ein Ende zu machen. Alles in die Luft zu jagen.

Aber ich weiß schon nicht mehr, wie.

Könnten Sie auch in einem anderen Land leben und schreiben?

Eine Fahrt nach Arad, mitten im Leben, um bei einem örtlichen Kurzgeschichtenwettbewerb in der Jury zu sitzen. Zahlen können sie mir nichts, aber ich habe in meinem Herzen ein Eckchen für diese Stadt und in letzter Zeit auch weniger Schmerzen im hinteren Herzen, je weiter ich mich von zuhause entferne. Die Hügel sind erstaunlich grün und der Weg kürzer, als ich ihn in Erinnerung hatte. Früher gab es hier dieses Festival. Jedes Jahr bin ich immer einen Tag vorher bei meinen Onkeln angereist und am Tag danach morgens mit dem Fünf-Uhr-Bus wieder weg, und die Tage dazwischen zählen zu den erfreulichsten meines Lebens. Nach drei Tagen und Nächten mit Musik und Schlafsäcken pulsierte der ganze Körper im Rhythmus der Bässe, in der Kehle staute sich ein Gefühl von Beinaheglück und alles schien möglich. Zehn Jahre hintereinander bin ich auf dem Festival in Arad gewesen (da, an dem Platz geht's links ab), einmal mit einer Freundin, in die ich heimlich verliebt war (und es auch vor mir selbst erfolgreich verheimlicht habe), einmal mit Chagai Karmeli, der mir auch damals schon verschwunden ist, mitten auf dem Festival, und einmal mit Dikla, für die das Ganze ein bisschen zu viel war. Hier habe ich zum ersten Mal die Ethno-Fusionband »Habrera Hativit« und die mitreißenden Trommelsoli von Shlomo Bar erlebt, habe hier gelernt, ein Wort von Bertha ist ein Wort, dass es keine Dame, sondern ein Herr war, und dass Trauerschiffe in einem großen Meer aus kleinen Hoffnungen und Wein versinken. Hier bin ich mitten im Konzert in ein Schwimmbecken gesprungen, bin mitten im Konzert eingeschlafen, habe mitten im Konzert geküsst. Hier bin ich, nach dem Konzert, in zerrissenen Sandalen zum Haus meiner Verwandten geschlurft, und während ich ging, wurde die Dunkelheit allmählich vom Licht des aufziehenden Morgens verdrängt.

Im ersten Jahr, in dem ich nicht zum Festival gekommen bin, ereignete sich das Unglück: Zwei Jungen und ein Mädchen haben geschrien, am Anfang. Dann sind sie niedergetrampelt worden. In jener Nacht wurde das Festival abgebrochen, und alle Versuche, es wieder aufleben zu lassen, sind gescheitert. (Da ist der Oron-Saal, da drüben haben die schwarzen Hebräer aus Dimona immer Zöpfchen geflochten, und noch ein Stückchen weiter, auf der linken Seite, sollte eigentlich die leitende Stadtbibliothekarin gleich auf mich warten.)

Ich bemühe mich, das, was auf dem Festival in Arad passiert ist, nicht als Metapher zu sehen. Die Tatsache außen vor zu lassen, dass sich das Ganze nur drei Monate vor dem Mord an Rabin ereignet hat. Nicht zu denken, dass die Gier und Gewalt, die zu der Katastrophe in Arad geführt haben, uns heutzutage in den Schlund des Verderbens stürzen.

Und das heißt nicht, dass ich kein anderes Land habe. Hätte ich schon. Ich und alle in meinem Alter hätten, um ehrlich zu sein, einige Länder zur Auswahl. Aber in keinem dieser Länder wäre ich jetzt unterwegs, um bei einem Kurzgeschichtenwettbewerb in einem abgelegenen Wüstenkaff in der Jury zu sitzen. Und würde auf der Fahrt dorthin nicht von Stimmen, Szenen, Klängen und Worten überflutet, die sich hier und jetzt, im Moment meines Eintreffens, so verdichten, dass ich feuchte Augen bekomme, was die leitende Stadtbibliothekarin des Wüstenkaffs wohl bemerkt, sich aber einfühlsam eine Nachfrage verkneift. Und mir nur ein Glas kalte Limonade anbietet. Denn der Weg nach Arad macht immer durstig.

Wie ist es möglich, an einem Ort zu leben und zu schreiben, an dem man keine Erinnerungen hat? Ein Ort, der dir nicht wichtig ist? Ein Ort, der dich nicht manchmal so zum Kochen bringt, dass du den Kopf gegen die Wand und die Finger in die Tastatur hauen willst?

Was ist in Ihren Augen israelisch?

Sie hatten keine Möbel, nur Matratzen. Der Makler flüsterte, die Hypothek. Die Frau war freundlich entgegenkommend. Es gab nur Matratzen und keine Möbel. Die Kinder wirkten hungrig. Schauen Sie sich die Landschaft an, sagte der Makler. Das war vor fünf Jahren. Wir suchten nach einer Wohnung zwischen Tel Aviv und Jerusalem, gern mit Terrasse. Ich brachte während der Besichtigung nicht ein Wort über die Lippen. Der Makler flüsterte, die Hypothek habe ihnen alles aufgefressen. Die Frau bemühte sich sehr, freundlich und entgegenkommend zu sein. Die Landschaft war atemberaubend.

Was ist Ihre erste Erinnerung?

Es war während des Jom-Kippur-Kriegs.
Natürlich wusste ich da nicht, dass es der Jom-Kippur-Krieg ist.
Ich war zweieinhalb.
Ich weiß, in aller Regel hat man keine Erinnerungen aus diesem Alter.

Aber ich erinnere mich an ein Haus voller Frauen. Freundinnen meiner Mutter offenbar. Die gekommen waren, um zu helfen. Und ich bin Mittelpunkt der Aufmerksamkeit, sitze im Wohnzimmer und spiele mit Bauklötzen. Und dann Cut – eine von ihnen nimmt mich an die Hand und bringt mich ins Zimmer meiner Mutter, und meine Mutter holt eine einfache Flöte, spielt mir etwas vor und fängt dann plötzlich an zu weinen, worauf mich eine der Frauen wieder an der Hand zurück ins Wohnzimmer bringt. Und danach wieder Bauklötze. Das ist alles. Hier endet die Erinnerung. Jeder weitere Satz, den ich hinzufügen würde, wäre bereits eine Lüge. Oder schlimmer noch, ein Erklärungsversuch.

Wie geht es Ihnen damit, dass ein Buch von Ihnen Abiturstoff ist?

Wir schicken Ihnen ein Taxi, sagte die Oberstufenkoordinatorin für Literatur.

Schön, sagte ich.

Notieren Sie sich die Nummer unseres Fahrers, sagte sie. Er heißt Mordechai. Rufen Sie ihn morgen früh an und erklären Sie ihm, wo er Sie abholen soll.

Ich notierte mir die Nummer auf einem Post-it und am nächsten Morgen rief ich an.

Eine männliche Stimme antwortete mir. Hallo. Mit deutlich arabischem Akzent. Offenbar verwählt, dachte ich. Legte auf und wählte erneut. Wieder antwortete mir die Stimme. Diesmal versuchte ich es trotz allem: Schalom, ist Mordechai zu sprechen?

Es herrschte sekundenlanges Schweigen. Und dann: Mordechai am Apparat.

Schalom, sagte ich zögernd. Sie sollen mich heute Mittag abholen und nach Jerusalem bringen? Soll ich Ihnen erklären, wie Sie zu mir kommen?

Ja, ja, sagte die Stimme. Zu hastig. Als hätte er mein Zögern gehört und wollte mich überzeugen, dass er tatsächlich Mordechai war.

Schreiben Sie mit?, wollte ich wissen. Und er beließ es erneut bei einem Ja, ja.

Ich gab ihm eine genaue Wegbeschreibung, und er sagte, er wäre dann da, ich solle mir keine Sorgen machen.

Sein Hebräisch war in Ordnung, aber der Akzent – unverkennbar arabisch. Und Anschläge hatten gerade mal wieder Hochkonjunktur.

Wir beendeten das Gespräch und ich machte mich fertig zum Aufbruch. Wählte die Bücher aus, aus denen ich lesen wollte, und markierte die entsprechenden Stellen mit meinen üblichen Lesezeichen – den Visitenkarten des »Zarathustra«, des Intellektuellencafés, das Chagai Karmeli vor Jahren mal in Jerusalem zu eröffnen versucht hatte. Und das es nach einem Monat schon nicht mehr gab. Und während ich Karten zwischen die Buchseiten steckte, nahm in meinem Kopf ein ebenso glaubwürdiges wie vollkommen abwegiges Drehbuch Gestalt an, das das Telefonat mit »Mordechai« erklärte: Die Nummer, die sie mir gegeben hatten, stimmte nicht. Und ich war, Ironie des Schicksals, zufällig bei einem Hamas-Aktivisten gelandet, der nach ein paar Sekunden des Zögerns und der Desorientierung die Gelegenheit erkannt hatte, die sich ihm bot, und beschlossen hatte mitzuspielen: so zu tun, als sei er Mordechai, um mich abzuholen und hinter die Grüne Linie zu entführen.

Natürlich erschienen mir meine Befürchtungen übertrieben, doch sicherheitshalber rief ich die Oberstufenkoordinatorin noch einmal an, um mich zu vergewissern, dass ich tatsächlich die richtige Nummer von ihr bekommen hatte. Doch es hob keiner ab.

Wohl oder übel packte ich mein gutes Hemd in den Trockner, damit es sich selbst bügelte, und bereitete mich auf Mordechais Erscheinen vor. Entscheide nach seinem Aussehen, beruhigte ich mich selbst. Wenn er aussieht wie ein Terrorist, steigst du nicht in das Taxi. Ganz einfach.

Aber sein Aussehen verwirrte mich nur noch mehr.

Als ich aus dem Haus kam, saß er bereits auf der Motorhaube seines Wagens und rauchte eine Zigarette. Er hatte zwar keinen Fundamentalistenbart, sah aber komplett arabisch aus. Von wegen Mordechai. Aber sein Händedruck war sanft und sein Blick nicht verschlagen.

Kann's losgehen?, fragte er.

Kann losgehen, sagte ich und stieg hinten ein.

Die großen Plätze auf dem Weg aus der Stadt passierten wir schweigend. Ich wartete darauf, dass jemand ihn über Funk rief. Dass ich den Namen Mordechai von jemand anderem ausgesprochen hörte. Aber sein Funkgerät blieb stumm. Keine Stimme meldete sich. Niemand fragte, wer gerade an der Herzl verfügbar sei. Kann sein, dass Mordechai nicht mit einer Zentrale zusammenarbeitet, sagte ich mir. Aber wozu braucht er dann ein Funkgerät? Und warum redet er nicht mit mir? Seit wann sind Taxifahrer stumm wie Fische?

Ich fing an, darüber nachzudenken, was mit den Geschichten passieren würde, die ich noch nicht veröffentlicht hatte. Würde sich überhaupt jemand die Mühe machen, sie herauszugeben, wenn ich tot wäre? Andererseits hatten sie vielleicht ein gewisses Verkaufspotenzial. Künstler werden ja im Allgemeinen höher bewertet, nachdem sie gestorben sind. Man richtet ihnen zu Ehren Gedenkabende aus. Lädt Sänger ein. Vielleicht würde sich sogar Ehud Banai bereitfinden, für mich »Zufluchtsort« zu singen. Oder »Fahre weiter«. Aber Moment, wer traf denn die Auswahl, welche Geschichten man in die Anthologie aufnehmen und welche man rauslassen sollte? Und was war mit all den heiklen Geschichten, denen, die in den Tiefen der Festplatte unter subtilen Dateinamen schlummerten, deren Veröffentlichung meine Angehörigen zu verletzen oder zumindest sprachlos zu machen drohte? Und spielte Pietät auch noch eine Rolle, wenn ich von einem Hamas-Kommando kaltblütig ermordet und mein Körper in Dutzende Einzelteile zerhackt in schwarzen Plastiktüten vor der Küste von Gaza ins Meer geworfen worden war?

Mordechai bog ab auf die 443. Ohne einen Grund zu haben, auf die 443 abzubiegen. Wäre die Schule, zu der wir wollten, in Ramot oder French Hill gewesen, hätte es Sinn gemacht. Eine Abkürzung. Aber die Schule lag im Stadtzentrum von Jerusalem, sodass der einzige Grund, den er haben konnte, auf die 443 abzubiegen, darin bestand, dass es leichter war, von dort nach Ramallah zu gelangen.

Fahren Sie lieber von hier aus in die Stadt?, fragte ich bang.

Ja, erwiderte Mordechai. Um die Uhrzeit sind immer Staus in Ginat Sacharoff. Und so umgehen wir die ruckzuck.

Er hatte Sacharoff gesagt. Wie Berry. Und soweit ich mich noch aus meiner Jerusalemer Zeit erinnern konnte, gab es morgens um zehn nie Staus in Ginat Sacharow.

Sein Funkgerät blieb noch immer stumm.

Auf den Hügeln zu beiden Seiten der Straße stachen Minarette von Moscheen in den Himmel. Kleine Dörfer. War das jetzt B-Gebiet? Oder doch C? Schwer zu sagen. Schließlich lag die Straße selbst zum Teil jenseits der Grünen Linie.

Sagen Sie, versuchte ich es jetzt andersherum, sind Sie aus Jerusalem?

Ja, antwortete Mordechai lakonisch.

Woher genau in Jerusalem?, bohrte ich weiter.

Von dort drüben, neben dem French Hill, bedeutete mir Mordechai und beschleunigte ein bisschen.

Was ist denn daneben, Ramot Eshkol? Pisgat Seev?

Nein, sagte Mordechai und trat das Gaspedal noch weiter durch. Genau neben French Hill. Eine Ortschaft. Klein.

Eine Ortschaft? Die einzige Ortschaft unmittelbar neben dem Viertel French Hill war Issawiya. Ich war mal mit einem Mädchen zusammen gewesen, das im Studentenwohnheim auf dem Mount Scopus wohnte, und wenn ich bei ihr übernachtete, begleiteten die Muezzins von Issawiya mit ihren Gebetsrufen unser Liebesspiel. Warum sagt Mordechai nicht, dass er aus Issawiya ist? Wenn er nichts zu verbergen hat, könnte er es doch sagen. Also führte er ganz offensichtlich etwas im Schilde. Und gleich würde er auf eine unbefestigte Seitenpiste abbiegen, wo schon die anderen Mitglieder des Kommandos auf ihn warteten. Wenn ich jetzt sterbe, dachte ich plötzlich, heißt das, dass ich mit Sicherheit nicht wieder mit dem Mädchen aus dem Studentenwohnheim schlafen werde. Niemals mehr. Nicht, dass andernfalls die Chance dazu bestanden hätte. Jahre waren vergangen und sie war längst diplomiert, und ich auch. Aber zum Teufel, diese Endgültigkeit des Todes.

Mit einem Mal war ich von dem unbändigen Wunsch zu leben erfüllt.

Halten Sie mal eben, bat ich.

Was? Mordechai tat so, als hätte er nicht gehört.

Halten Sie hier an, bitte, sagte ich. Ich muss pinkeln.

Er bedachte mich mit einem kleinen Lächeln und seine sanften Augen blickten spöttisch.

Kein Problem, sagte er, lenkte den Wagen auf den Seitenstreifen und hielt an.

Ich stieg aus dem Taxi und verschanzte mich hinter einem kleinen Busch, der abseits des Seitenstreifens wuchs. Schaute mich um. Wenn fliehen, dachte ich, dann jetzt. Bis zur nächsten Kreuzung, wo die Soldaten standen, war es nur ein kurzer Sprint. Zwar hieß das, im Wagen mein Portemonnaie, meinen Timer und ein paar Stifte zurückzulassen, aber was war das gegen mein Leben? Andererseits dachte ich, während ich so tat, als pinkelte ich, wenn Mordechai tatsächlich vorhat mich zu entführen, hätte er wohl kaum angehalten und mir die Möglichkeit gegeben zu entkommen. Oder Variante drei: Vielleicht will er sich genau so Vertrauenswürdigkeit verschaffen, damit ich gleich, wenn er auf irgendeine Schotterpiste abbiegt, seine Behauptung nicht in Zweifel ziehe, das sei eine Abkürzung?

Ich machte den Reißverschluss zu und wandte mich wieder zum

Taxi. Hauptsächlich wegen Mordechais Augen, die zu freundlich und zu amüsiert blickten, um die eines Mörders zu sein. Unsinn, so etwas gibt es gar nicht, die Augen eines Mörders, schalt ich mich selbst, während ich noch den Sicherheitsgurt anlegte. Und angenommen, es gäbe so etwas, dann könnte man ja meinen, du hättest schon reichlich davon gesehen, um sie zu erkennen.

Na, Mordechai, ich unternahm den nächsten Versuch, ihn zum Sprechen zu bringen, als wir uns wieder in den Verkehr eingefädelt hatten. Ihre Fahrgäste haben bestimmt manchmal sonderbare Wünsche, oder?

Ja, er lächelte. Und beließ es dabei.

Was war die lustigste Bitte, die Sie mal bei einem Fahrgast erlebt haben?, fragte ich und klang für mich selbst wie der Moderator einer Talkshow.

Ach, Mordechai lachte verlegen und fasste sich an die Glatze, wie ein Religiöser, der seine Kippa zurechtrückt.

Nu, drängte ich. Erzählen Sie.

Eine Bitte …, ich weiß nicht, sagte er. Aber ich hatte mal eine verrückte Fahrt nach Tiberias.

Eine ganze Reihe von Taxis staute sich vor dem improvisierten Kontrollposten des Grenzschutzes, und Mordechai bremste ab. Wenn er ein bekannter Hamas-Aktivist ist, schoss es mir durch den Kopf, werden die Soldaten an der Straßensperre ihn identifizieren.

Was war denn auf dieser Fahrt nach Tiberias?, fragte ich.

Der Mann, sagte Mordechai, den ich da hingefahren habe, also, als ich ihn abgeholt habe, war eine junge Frau bei ihm, und sie hat ihn ins Taxi gesetzt und mir einen Zettel mit der Anschrift in Tiberias gegeben, wo er hinsollte, hat gesagt, mein Vater ist schon etwas älter, also seien Sie geduldig mit ihm, in Ordnung? Ich habe nicht verstanden, was sie damit meinte, habe aber gesagt, sicher, kein Problem. Wir fahren also los. Fahren ganz gemütlich, der alte Herr und ich. Er hatte so eine Brille mit dickem, schwarzem Gestell, wie man die früher hatte, und trug ein dickes Jackett, obwohl wir Sommer hatten. Am Anfang fahren wir schweigend, keiner sagt etwas, nur das Radio läuft. Aber nach einiger Zeit, als wir runter Richtung Totes Meer sind, fragt er mich: Sind wir schon in Tiberias? Und ich sage, nein, noch nicht. Und nach ein paar Minuten fragt er wieder: Sind wir schon in Tiberias? Und ich sage, nein, noch nicht, aber bald. Und so geht das den ganzen Weg. Alle fünf Minuten fragt er, ob wir schon in Tiberias sind, und ich antworte, nein, mit Engelsgeduld, wie ich es seiner Tochter versprochen habe.

Die Reservisten vom Grenzschutz beugten sich runter, warfen einen flüchtigen Blick ins Taxi und bedeuteten Mordechai mit einem Nicken, er solle weiterfahren.

Bis zum Ende hat er so weitergemacht, und dann, als wir nach zweieinhalb Stunden wirklich in Tiberias sind? Wir fahren rein in die Stadt und sehen den See Genezareth, da fängt er an zu fragen: Wann sind wir wieder in Jerusalem? Wann fahren wir zurück nach Jerusalem? Gleich, habe ich gesagt, gleich, und bin weitergefahren, bis wir bei der Adresse waren, die seine Tochter auf den Zettel geschrieben hatte. Ich habe ihm beim Aussteigen geholfen und ihn noch bis zur Tür der Familie begleitet, wo er hinsollte. Ehrlich, ich hatte Angst, allein kommt er durcheinander und verläuft sich.

Nett von Ihnen, habe ich gesagt.

Man muss eben Mensch bleiben, hat Mordechai gesagt.

Sein Funkgerät piepte. Endlich.

Von der Schule wollen sie wissen, wann denn der Schriftsteller da ist, sagte eine heisere Frauenstimme.

Wir sind schon durch den Kontrollposten, hat Mordechai geantwortet. Noch eine Viertelstunde und wir sind am Tor.

Ich machte es mir auf meinem Platz bequem. Die Geschichte über Tiberias und dann der Funkruf hatten das Ihre getan. Ich verstand zwar noch immer nicht, warum er sich Mordechai nannte, fürchtete aber nicht mehr um mein Leben. Was Raum schaffte für das übliche Lampenfieber, das mich immer vor Lesungen und Autorengesprächen befällt, auf dieser Fahrt aber bis eben von der akuteren Angst verdrängt worden war.

Ich kramte in meiner Tasche und zog die Stichpunkte hervor, die ich mir notiert hatte. Überflog sie mit blinden Augen mehrfach, bis wir vor dem Tor der Schule hielten.

Wann soll ich hier auf Sie warten?, fragte Mordechai.

Ungefähr in anderthalb Stunden, sagte ich. Aber seien Sie über Handy erreichbar, damit ich Ihnen Bescheid geben kann, falls es eher zu Ende ist.

Nicht von ungefähr wollte ich die Option haben, früher wegzukommen.

Eine Woche zuvor war ich, mitten im Frageteil, von einem Wachmann aus einem Gymnasium in Ramle eskortiert worden. Ich hatte, wie immer, damit angefangen, ihnen von meiner Kindheit zu erzählen, die eigentlich nur aus Umzügen bestand, hatte den Satz aufgesagt, der immer eine Verbindung herstellt zu ihnen, dass man beinahe das Klicken hören kann: »Alle ein, zwei Jahre habe ich mich in der Rolle des Neuen in der Klasse wiedergefunden.« Habe ihnen erklärt, wie mein Buch, das sie als Abiturstoff behandeln, im Grunde genommen aus einer persönlichen Warte, ja der persönlichsten Sichtweise überhaupt, geboren wurde: dem Versuch eines Erwachsenen, der kurz davorsteht, selbst Vater zu werden, sich klarzumachen, ob es einen Ort auf der Welt gibt, den er Zuhause nennen kann – und habe gesehen, wie sich ihre Augen erstaunt weiteten: »Was?! Dann war alles, was die Literaturlehrerin uns diktiert hat, dass das Buch ein Mikrokosmos der israelischen Gesellschaft nach dem Mord an Rabin darstellt, kompletter Unsinn?!«

Und dann habe ich die Fragerunde eingeläutet.

Die erste Frage war eine allgemeine. Zu den im Buch enthaltenen Versen. Eine Frage, die man gerne beantwortet.

Aber die zweite Frage lautete: »Sagen Sie, mögen Sie Araber?« Einfach so. In die Fresse.

Der Fragesteller war ein pubertierender Jugendlicher mit Brille. Menschen mit Brille wirken auf mich immer irgendwie verletzlicher.

Stille breitete sich im Raum aus.

Ich sagte, der Grund dafür, dass ich im Buch der Figur eines Arabers eine Stimme verliehen habe, sei gewesen, dass ich das Gefühl gehabt hätte, es sei unmöglich, ein Buch zu schreiben, das im ehemals arabischen Dorf Castel bei Jerusalem spielt und sich mit dem Begriff des Zuhauses beschäftigt, ohne die Stimme derjenigen zu Wort kommen zu lassen, für die dieser Ort einmal ihr Zuhause gewesen ist.

Also mögen Sie Araber, meinte er.

Das ist nicht, was ich gesagt habe, beharrte ich. Ich habe gesagt, es war mir wichtig, vielmehr, mir ist wichtig, der Geschichte des palästinensischen Arbeiters im Buch zu lauschen, der ein Kind war, als man ihn aus seinem Dorf vertrieben hat.

Sie sind abgehauen, korrigierte mich das bebrillte Bürschchen. Man hat sie nicht vertrieben.

Darüber lässt sich diskutieren, sagte ich. Auf jeden Fall habe ich für mich eine Verbindung zu dieser Geschichte gespürt, weil auch ich als Kind gezwungen wurde, nicht eben wenige Häuser zu verlassen, in denen ich gerne geblieben wäre.

Hab ich dir nicht gesagt, er mag Araber? Der Bebrillte wandte sich an einen Mitschüler, der am anderen Ende des Raumes saß. Und mir erklärte er: Wir haben gewettet. Und jetzt schuldet er mir ein Menü bei Burger Ranch.

Fick dich, gar nichts hast du bewiesen, brüllte der andere, sprang auf und stürzte auf ihn zu. Versetzte ihm einen Stoß.

Schon war eine handfeste Schlägerei im Gange. Erst nur die beiden, doch schon bald mischten ihre Freunde mit. Die Mädchen kreischten. Die Lehrer versuchten dazwischenzugehen, und der

Wachmann legte mir eine Hand auf die Schulter und sagte, Herr Schriftsteller, mir scheint, ich geleite Sie besser raus.

Diesmal, bei dem Gespräch in der Schule in Jerusalem, hatte ich beschlossen, mir keinen Ärger einzuhandeln – und auf die Fragerunde zu verzichten. Dennoch hob sich eine Hand, als ich damit fertig war, von meiner Kofferkindheit zu erzählen.

Eine zarte, weibliche Hand. Die Hand eines Mädchens, von dem ich hätte wetten können, dass es bei der Schulzeremonie am Gedenktag für die gefallenen Soldaten sang.

Ich sagte, ja, du möchtest etwas fragen?

Ich wollte sagen, sagte sie, dass mir in Ihrem Buch am besten die weißen Stellen gefallen haben.

Die weißen Stellen? Ich überflog im Kopf das Buch, in dem Versuch zu verstehen, wovon sie redete.

Das finde ich so schön, fuhr sie fort, dass Sie in einem Buch mit so vielen Stimmen auch dem Schweigen Raum gegeben haben.

Tatsächlich, sagte ich, so langsam und gedehnt wie möglich, vielleicht brächte mir die Zeit, die ich gewann, eine Erleuchtung.

Unsere Lehrerin Silvia hat uns als Hausaufgabe aufgegeben, uns einen alternativen Titel für das Buch auszudenken, erzählte die Schülerin weiter, also habe ich es »Fünf Stimmen und ein Schweigen« genannt. Gefällt Ihnen der Titel?

Sehr. Sag mal, kann ich kurz mal einen Blick in dein Buch werfen?

Es ist doch Ihr Buch!, sagte sie und der ganze Jahrgang lachte.

Sie reichte mir das Buch, das wie ein Bibliotheksexemplar in dunkle Folie eingeschlagen war. Ich schlug es auf und sah sie beinahe sofort: Weiße Leerstellen. Überall, wo in der Originalausgabe die Stimme des palästinensischen Arbeiters sprach, tauchte jetzt ein weißer Absatz auf. Anfangs waren es nur wenige weiße Flächen, danach sehr viele, und dann, gegen Ende des Buches, als der Palästinenser ins Gefängnis kommt, waren gar keine mehr nötig.

Ohne dass ich es mitbekommen hatte, war, während ich verwirrt die weißen Leerstellen im Buch durchblätterte, die Oberstufenko-ordinatorin für Literatur aufgestanden und zu mir getreten, beugte sich jetzt zu mir herunter und flüsterte mir ins Ohr: Wir hatten keine andere Wahl. Bei der momentanen Atmosphäre in der Stadt, mit all den Anschlägen, konnten wir nicht das Risiko eingehen, dass es bei der Beschäftigung mit dem Buch ausschließlich um Politik geht. Und auf die anderen Qualitäten wollten wir ungern verzichten, verste-hen Sie?

Ich meine, ich hätte genickt, so ein kleines Nicken, das ich bis auf den heutigen Tag bereue.

Doch da fragte die Schülerin mit der zarten, wohlgeformten Hand, ob es möglich sei, noch eine Frage zu stellen.

Und ich sagte Ja. Obgleich ich das Gefühl hatte, richtiger wäre gewesen, einfach aufzustehen und zu gehen.

Sie fragte nach den Reimen.

Ich sagte, die Reime fänden sich überall dort, wo mich das Schreiben am meisten geschmerzt hatte.

Danach kamen noch weitere Fragen. An die ich mich schon nicht mehr erinnere. Und dann Beifall. Ja, es wurde geklatscht, und ich senkte in falscher Demut den Kopf.

Mordechais Taxi parkte in zweiter Reihe vor dem Schultor. Mit Warnblinkern. Ich verabschiedete mich von Silvia, die mir für das wirklich inspirierende Gespräch dankte, und ließ mich auf den Bei-fahrersitz sinken.

Mordechai startete den Motor. Wie war's?, fragte er.

Ging so, antwortete ich.

Wallah?, sagte Mordechai.

Wir brachten den kleinen Stau bei der Ausfahrt aus der Stadt hin-ter uns und begannen, hinab nach Sha'ar Hagai zu rollen. Diesmal hatte sich Mordechai für die Autobahn 1 entschieden, und zu beiden

Seiten der Straße lagen keine arabischen Dörfer, sondern nur rostige Panzerwagengerippe.

Aber, sagte ich und drehte mich ihm zu, Sie schulden mir noch eine Geschichte.

Was schulde ich Ihnen? Welche Geschichte denn? Er verstand nicht.

Warum Sie Mordechai genannt werden, sagte ich. Ist das Ihr richtiger Name?

Ah ... Mordechais ganzer Körper straffte sich, sogar seine Glatze. Das ist eine lange Geschichte.

Wir haben doch Zeit, erinnerte ich ihn.

Und er begann.

Mein eigentlicher Name ist Mustafa. Aber alle nennen mich Mordechai. Und ich werde Ihnen erklären, warum. In Jerusalem haben die Nummernschilder der Taxis bei jedem, der aus dem Ostteil der Stadt kommt, vorne eine besondere Kennzahl. Also, wenn du aus Ostjerusalem bist und ein Taxi hast, musst du diese Kennzahl vorne haben. 666. Und was ist das Problem damit? Ein Jude sieht die 666 und will nicht in dein Taxi steigen. Auch die Taxizentralen der Juden wollen keinen Fahrer beschäftigen, der mit dieser Kennzahl herumfährt, damit es keine Probleme mit den Fahrgästen gibt. So, und jetzt habe ich – das war vor zwanzig Jahren oder so – eine Taxilizenz von einem Juden gekauft, der das Fahren drangegeben hat und Journalist geworden ist. Vielleicht kennen Sie ihn? Gadi Gidor. Kennen Sie nicht? Ist eigentlich ziemlich berühmt, viel im Fernsehen zu sehen. Na ja, auf jeden Fall, ich hab ihm die Lizenz abgekauft und bin zur Taxistation in Armon HaNatziv, hab denen gesagt, ich möchte arbeiten und ich habe eine Zulassungsnummer von einem Juden. Der Betreiber der Station war Herr Shlomo. Ein sehr, sehr guter Freund von mir, bis heute. Und was sagt er mir? Du scheinst mir ein anständiger Bursche zu sein, ich möchte, dass du bei uns arbeitest. Aber komm, damit es keine Probleme gibt, einigen wir uns darauf, dass wir dich über Funk Mordechai nennen. Und ich habe zugestimmt. Wallah, was juckt mich das? Und so hat es angefangen. Erst haben sie mich nur bei der einen Station über Funk Mordechai genannt. Danach noch bei ein paar anderen Stationen, für die ich angefangen hatte zu arbeiten. Irgendwann haben auch meine Freunde aus dem Dorf angefangen, mich Mordechai zu nennen, im Spaß. Und heute nennen mich alle so. Sogar meine Frau und meine Kinder sagen Mordechai zu mir.

Ihre Kinder sagen Mordechai zu Ihnen?, zweifelte ich.

Ja, sicher, erwiderte Mordechai entschieden. Den Namen haben sie gehört, seit sie ganz klein waren, also ist es der, den sie kennen.

Und Ihre Mutter?

Mordechai lachte. Meine Mutter ist meine Mutter. Die ist nicht bereit, irgendetwas anderes als Mustafa zu hören. Wenn wir zu ihr gehen, muss ich meine Frau immer warnen, mich nicht aus Versehen vor ihr Mordechai zu nennen, denn sonst fängt meine Mutter sofort an zu schreien, dass es das ganze Dorf hört, was für ein Mordechai denn, wer soll das sein, Mordechai, ich habe keinen Sohn, der Mordechai heißt. Und wenn sie sich richtig aufregt, meine Mutter, kommen bei ihr Gase aus dem Mund, unkontrolliert. Wie bei einer Kuh. Mordechai-Mustafa schüttelte sich jetzt vor Lachen. Offenbar sah er im Geiste seine Mutter hektisch aufstoßen, was ihn so lachen ließ, dass seine Schultern bebten.

Das Sonderbare war, dass ich, obwohl er lachte, das Bedürfnis verspürte, ihm die Hand auf die Schulter zu legen und ihn zu trösten.

Doch ich ließ meine Hand im Schoß ruhen.

Bis Gush Dan redeten wir über Politik, aber mit Samthandschuhen. (Attentate sind nicht gut, die Besatzung ist nicht gut, hoffentlich gibt es irgendwann Frieden. Jeder von uns war auf der Hut.)

Von Zeit zu Zeit schwiegen wir auch und ließen Musik die Leerstellen füllen.

Als wir bei mir zuhause angekommen waren, fragte ich Mordechai-Mustafa, wie man ihn erreichen könne, wenn ich mal wieder ein Taxi nach Jerusalem bräuchte. Er reichte mir seine Visitenkarte, auf der auf Englisch MORDECHAY QAUASMEE stand, und sagte, rufen Sie ruhig mich an, machen Sie das. Auch wenn Sie eine Fahrt hier unten in der Gegend haben.

Ich drückte ihm fest die Hand, sehr fest. Dann marschierte ich zur Haustür und zog im Gehen den Schlüsselbund aus der Seitentasche meiner Umhängetasche. Schob den Schlüssel ins Schloss und drehte ihn um. Die Tür öffnete sich nicht. Ich kontrollierte, dass es auch der richtige Schlüssel war, und versuchte es erneut.

Von drinnen waren unbekannte Stimmen zu hören. Fremde.

Ihr Buch wurde auch ins Arabische übersetzt. Welche Reaktionen, wenn überhaupt, haben Sie aus der arabischen Welt bekommen?

Ich treffe Djamal, meinen palästinensischen Bekannten, in Manchester. Er ist ungefähr in meinem Alter. Geschäftsmann. Immer im Anzug. Trinkt gerne, liebt Fußball. Und obwohl wir nie darüber gesprochen haben, hege ich den Verdacht, dass auch er eine Neigung zu aussichtslosen Sehnsüchten hat. Unsere Freundschaft begann, als er nach einer dürftig besuchten Veranstaltung in seiner Stadt zu mir kam, und sie ist mit größter Vorsicht in den letzten Jahren ausgebaut worden. Einmal besucht er mich und ein anderes Mal ich ihn. Mal gehen wir zu einem Spiel der Citizens und mal zu einem von Bnei Sachnin. Und heute fühlt er sich offenbar sicher genug, mir von seinen Eltern zu erzählen, die aus Jaffa vertrieben wurden, danach aus dem Libanon, dann aus Tunis und schließlich aus Jordanien.

Mit jeder Vertreibung verkrampfe ich mich mehr auf meinem Stuhl.

Ich bringe kein Wort über die Lippen und empfinde, um genau zu sein, eine Mischung aus Schuld und der Weigerung, mich schuldig zu fühlen. Um uns herum, im besten italienischen Restaurant von Manchester, mühen sich die Kellner, bringen Teller und tragen Teller ab, und er beschreibt mir weiter ungerührt die Leiden seiner Familie. Auch einen Cousin aus Gaza gibt es, der im letzten Krieg ums Leben gekommen ist. Eines unserer Kampfflugzeuge hatte eine Ein-Tonnen-Bombe auf seinem Haus abgeladen. Außer ihm sind bei dem Bombardement noch drei Frauen und sieben Kinder getötet worden. Eines von ihnen noch ein Baby, sagt er, und ich nicke und denke, vollkommen schleierhaft, wie wir es geschafft haben, dieses Gespräch bis jetzt aufzuschieben.

Ich gebe mir Mühe, damit mein Nicken empathisch wirkt, bin aber nicht bereit, den Kopf komplett zu senken.

In dieser Geschichte gibt es, in meinen Augen, keine Guten und Bösen, sondern nur Starke und Schwache.

Als der Nachtisch kommt, verrät er mir – wieso erst jetzt? – sein Vater sei Bildhauer gewesen, einer der ganz wenigen palästinensischen Bildhauer, und bei der großen Flucht aus dem Libanon nach Tunis, 1982, sei er gezwungen gewesen, alle seine Skulpturen zurückzulassen. Nicht eine seiner Arbeiten habe man ihm ermöglicht mitzunehmen. Du als Künstler, sagt er zu mir, kannst dir den Schmerz gewiss vorstellen. Die Demütigung.

Yes, sage ich. Das erste Wort, das ich nach der letzten halben Stunde herausbringe.

Wir sprechen Englisch, obwohl ich den Verdacht hege, dass Djamal auch Hebräisch spricht, und in seinem exzellenten Englisch bittet er nun um die Rechnung.

Lass mich zahlen, biete ich an, und er sagt, kommt gar nicht in Frage, Habibi, du bist mein Gast.

Ja, protestiere ich, aber in Jaffa, beim letzten Mal, hast du auch schon bezahlt.

Worauf er lächelt, auch dort warst du mein Gast.

Ich lächle zurück, ein automatisches Lächeln.

Bis ich verstehe, was er meint.

Danach fährt er mich noch zu meinem Hotel, und anders als sonst schweigen wir.

Fahrer- und Beifahrersitz trennt ein Sperrzaun.

Manchesters Straßen sind leergefegt wie die eines Vororts, und nur unser Wagen hält bei Rot.

Die verdammte Pflicht und Schuldigkeit des Siegers ist, der Geschichte des Besiegten zu lauschen, denke ich.

Aber etwas in mir lehnt sich auch auf gegen die mir erzählte Geschichte. Oder genauer gesagt, gegen die darin fehlenden Teile.

Er hält vor dem Hotel.

Ich sage Danke für die Einladung und frage, wann es ihn das nächste Mal in meine Breiten verschlägt.

Sage, »meine Breiten«, um nicht zwischen *Israel* und *Palestine* wählen zu müssen. Er sagt, er wisse es nicht, im Moment sei noch nichts Konkretes in Sicht, aber Insha'allah.

Dann lass uns telefonieren.

Ja, wir telefonieren, bekräftigt er.

Doch anders als sonst verabschieden wir uns nicht mit einer herzlichen Umarmung.

Ein paar Wochen später, mitten in der Nacht, klingelt das Telefon.

Ich taste in der Dunkelheit danach. Fürchte, ja weiß fast mit Sicherheit, dass Shira in Sde Boker etwas passiert ist.

Dikla ist in der Zwischenzeit auch aufgewacht, reibt sich die Augen.

In der Leitung ist Amichai. Und stellt sich als Sicherheitsoffizier am Ben-Gurion Airport vor. Seine Stimme klingt auch wie die eines Sicherheitsoffiziers.

Er sagt, vor einigen Stunden hätten sie einen palästinensischen Geschäftsmann, der mit einer Maschine aus London gekommen sei, einer Routinekontrolle unterziehen wollen und dass »die Dinge ein bisschen außer Kontrolle geraten sind«. Welche Dinge genau sagt er nicht, und auch nicht, wie weit außer Kontrolle, aber ich kann es mir ausmalen.

Er sagt, bei der Vernehmung habe die Person immer wieder meinen Namen genannt. Habe behauptet, ich sei sein Freund, und Ziel seiner Reise sei es, mich zu treffen.

Ich muss daran denken, dass mir Djamal bei einem unserer Gespräche mal von den sieben Kontrollfegefeuern erzählt hat, durch die er jedes Mal muss, wenn er nach Israel kommt. Und erinnere mich auch, dass ich ihm tatsächlich, ausdrücklich, gesagt habe, sollten sie ihm bei der Einreise mal wieder Scherereien machen, könne er meinen Namen ruhig fallen lassen.

Dikla ist inzwischen hellwach und schaut mich fragend an.

Amichai möchte wissen, ob ich tatsächlich einen Djamal Kanafani kenne.

Ich bejahe und Amichai bittet, ich möge doch zum Flughafen kommen, um »ein paar Zweifel auszuräumen«, die sie noch hätten.

Ich frage, ob sich das nicht am Telefon erledigen lasse, und Amichai antwortet mit einiger Schärfe, nein.

Ich sage, einen Augenblick, und gebe Dikla eine Kurzversion des bisherigen Gesprächs. Sie kennt Djamal. Bei einem der Male, als wir uns in Jaffa getroffen haben, um gemeinsam Hummus zu essen, hat sie sich uns angeschlossen und hinterher – wobei sie für gewöhnlich nicht dazu neigt, so etwas zu sagen – bemerkt, Djamal sei ein Mann nach ihrem Herzen. Jetzt sagt sie nicht, was ich ihrer Meinung nach tun soll, aber ich sehe in ihren Augen, was ich ihrer Meinung nach zu tun habe.

Nachdem alles ausgestanden ist, fahre ich Djamal zu seinem Hotel. Möchte ihn fragen, was tatsächlich der Grund seines Besuchs in Israel ist, fürchte aber, bloß wie der nächste Verhörspezialist zu klingen.

Er fragt, wie es meinen Kindern geht.

Und ich frage, wie es seinen Kindern geht.

Erzähle ihm, meine Große sei ganz glücklich in dem Internat, auf das sie gewechselt sei, und dass ich mir trotzdem die ganze Zeit Sorgen um sie machen würde.

Er erzählt mir, seine Große werde dieses Jahr für eine Woche nach Ramallah kommen, im Rahmen des von Palästinensern im Exil auf die Beine gestellten Projekts »Rückkehr«. So was Ähnliches wie euer Birthright.

Er erzählt mir nicht, was dort in dem Nebenraum passiert ist, in den ihn die Sicherheitsleute gebracht hatten.

Und ich erzähle ihm nicht, dass ich auf dem Weg zu ihm, am Ganot-Interchange um genau zu sein, beinahe einen U-Turn gemacht hätte, weil mir plötzlich Zweifel und Befürchtungen gekommen waren. Und dass der entscheidende Grund, warum ich am Ende doch keinen U-Turn gemacht hatte, nicht unsere Freundschaft gewesen war, sondern weil ich wusste, dass Dikla mich dafür verachtet hätte.

Ich halte vor seinem Hotel.

Er dreht sich zu mir, seine Augen brennen, funkeln, und sagt, »Toda«. »Danke«. Auf Hebräisch. Zum ersten Mal.

Ich frage, ob er sich morgen in Jaffa mit mir treffen möchte, wenn ich meinen Schreibworkshop hinter mir habe.

Insha'allah, sagt er. Und aus der Art, wie er es sagt, verstehe ich, er hat andere Pläne.

Dann lass uns telefonieren, sage ich.

Ja, wir telefonieren, bekräftigt er.

Wir verabschieden uns mit einer herzlichen Umarmung.

Er steigt aus und ich verfolge ihn im Seitenspiegel, vergewissere mich, dass er mit seinem Koffer tatsächlich zum Hotel schreitet, dass sich die Türen öffnen und er von ihnen verschluckt wird.

*Wenn es ein Paradies gibt, was möchten Sie, dass Gott am Eingang
zu Ihnen sagt?*

Dass niemand, nie wieder, mir noch mal Fragen stellt, die aus dem
Fragebogen Bernard Pivot stammen.

Und dass Ari noch nicht dort ist. Dass sich in letzter Sekunde
noch ein Wunderheilmittel für seine Erkrankung findet und er mich
um Etliches überlebt.

Im letzten Monat, wegen der Schmerzmittel, bewegte er sich zwischen Augenblicken totaler Umnebelung und Augenblicken totaler
Klarheit.

Gestern war ich bei ihm und plötzlich sagte er zu mir: Erinnerst
du dich, wie du sauer auf mich warst, dass ich euch nicht besuchen
gekommen bin, nachdem Shira geboren wurde?

Sicher erinnere ich mich, dachte ich. Wie soll man den einzigen
echten Streit vergessen, den wir je hatten? Nach der Geburt kam alle
Welt, um uns zu beglückwünschen. Uns Einkaufsgutscheine für die
»Shilav«-Babystores zu überreichen. Und nur er erschien nicht. Ich
habe eine Woche gewartet. Einen Monat. Nach vier Monaten war ich
bereits tödlich beleidigt und habe angefangen, Anrufe von ihm weg-
zudrücken. Im Gegenteil, hat Dikla gesagt, du musst ihn anrufen. Sag
ihm ins Gesicht, das war ein Unding, dass er sich nicht die Mühe gemacht hat zu kommen. Jeder hat eine Anhörung verdient. Und gute
Freunde erst recht.

Zwei Stunden nach meinem Anruf stand Ari bereits bei uns auf
der Matte. Mit Tüten voller Geschenke, von denen die allermeisten
überhaupt nicht für Babys geeignet waren, einem bombastischen
Blumenstrauß und einem Topf Chili con Carne zum Abendessen.
Er opferte sich gleich und ohne Zögern, Shira zu halten, damit wir
beide die Hände frei hatten zum Essen, und während Dikla und ich
am kleinen Tisch in der Küche saßen, wiegte er Shira in seinen großen Armen und sang ihr vor, *La linda manita, que tiene el bebé, qué*

linda, qué bella, qué preciosa es, erzählte uns, das sei das Lied, das seine Mutter seinen Geschwistern immer vorgesungen habe, und Wahnsinn, bis vor ein paar Minuten hatte er keinen Schimmer gehabt, dass er sich daran überhaupt noch erinnerte. Shira, die nicht leicht mit Fremden warm wurde und in aller Regel mit herzzerreißendem Schreien reagierte, wenn man sie in neue, ihr unbekannte Hände gab, wurde in seinen Armen ganz ruhig und selig, und als wir fertig waren mit Essen, übergab er sie wieder an mich, machte einen Schritt zurück, musterte mich und sagte, das steht dir, Vater zu sein, und zu Dikla sagte er, das wollte er immer, weißt du? Einmal in Südamerika, auf irgendeiner Busfahrt von Bolivien nach Brasilien habe ich ihn vor lauter Langeweile gefragt, was seine Träume seien. Und was sagt er? Von wegen Schriftsteller und Bücher und so. Papa werden, hat er gesagt.

Du bist auch bald dran, sagte Dikla.

Und Ari grinste und sagte, das sehe ich nicht.

Dann hat Dikla gemeint, sie gehe sich ein bisschen ausruhen, und wir sind im Wohnzimmer geblieben, haben uns aufs Sofa gesetzt, den Fernseher angemacht und Fußball geguckt, und wenn ein Tor fiel, haben wir nicht laut geschrien. Damit Shira weiter friedlich an meiner Brust schlummerte. Und als das Spiel vorbei war, habe ich Ari zur Tür gebracht, und da erst, unmittelbar bevor er los ist, hat er gesagt, hör zu, ich weiß nicht, warum ich bis jetzt nicht gekommen bin. Irgendwas hat mich abgehalten, Bruder. Ich habe keine Ahnung, was. Aber *bottom line,* ich hab mich scheiße verhalten. Und ich bitte um Verzeihung.

Jetzt blicke ich's, hat er mir gestern bei sich in der Wohnung gesagt.

Was?

Ich blicke, was mich damals abgehalten hat.

Wann?

Nach der Geburt von Shira.

Lass gut sein, Bruder. Das ist verjährt.

Hör mir zu, nu? Es gibt Leute, die sehen, was die Zukunft bringt, oder? So Kaffeesatzleser und ihresgleichen?

Ja.

Also ich … jedes Mal, wenn ich mir mich selbst als Vater vorzustellen versucht habe, hat sich die Fantasie aufgehängt, wie ein Rechner, der sich aufhängt und das Bild nicht lädt. Ich glaube, so wie wir eine Bilddatenbank aus der Vergangenheit in unserer Erinnerung haben, haben wir auch Bilder aus der Zukunft abgespeichert. Und wenn dir etwas nicht passieren soll, hast du auch kein Bild davon im Kopf.

Vielleicht. Das heißt, kann sein.

Aber ich bin seit letzter Woche hier auf echt harten Drogen. Also besteht die Möglichkeit, dass ich … kompletten Müll rede.

Die Möglichkeit besteht absolut. Aber, Bruder, lass uns mal hoffen, dass du gesund wirst. Du weißt schon. Und jemand Nettes kennenlernst.

Klar. Und dass der Hapoel Meister wird.

Und vielleicht gibt es ja in der Bilddatenbank dieser netten Person für die Zukunft doch ein Bild mit Kindern.

Zwillingen.

Und vielleicht genügt das, verstehst du?

Drillinge.

Und der Frieden wird kommen.

Der See Genezareth über die Ufer treten.

Der Negev erblühen.

Und im Krankenhaus werden sie Gourmetessen servieren.

Hast du Hunger? Soll ich dir was von unten holen?

Nein. Geh nach Hause. Und nimm Dikla fest in den Arm.

Okay.

Kolumbien oder nicht Kolumbien – sie ist die Liebe deines Lebens. Und die Mutter deiner Kinder.

Du hast recht.

Minuten später war er schon eingeschlafen. Vielleicht, habe ich auf dem Nachhauseweg gedacht, vielleicht hat Ari – wie Yaakov Shabtai, dessen Bücher sich auch mit dem nahenden Ende beschäftigen, Jahre, bevor er tatsächlich als junger Mann an einem Herzinfarkt sterben sollte – ja tatsächlich in irgendeinem verborgenen, prophetischen Winkel seines Herzens gewusst, dass er viel zu jung erkranken und keine Zeit haben würde, Vater zu werden. Und das war es, was ihn davon abgehalten hat, uns nach Shiras Geburt besuchen zu kommen.

Vielleicht ist das auch der Grund, dass er es bei keinem der Mädchen, mit denen er zusammen war, und von denen einige wirklich, wirklich nett waren, tatsächlich drauf angelegt hat. Vielleicht ahnte er da schon, dass es keinen Sinn machte. Dass das Ganze nur für Kummer und Leid sorgen würde. Und dass es ohnehin besser war, zu schlemmen und zu saufen, denn morgen …

Vielleicht aber auch nicht, habe ich gedacht. Vielleicht lasse ich ihn hier einfach glimpflich davonkommen. (Aber offenbar sind das unsere einzigen, wirklichen Freunde, diejenigen, die wir bereit sind, glimpflich davonkommen zu lassen.)

Als ich zuhause ankam, saß Dikla an ihrem Laptop und hat gearbeitet. Ich bin zu ihr hin und habe getan, was Ari gesagt hatte. Habe mich über sie gebeugt und sie fest in den Arm genommen. Sie hat meine Umarmung erwidert. Halbherzig. Hat mir dann leicht und mit einer Hand auf den Rücken geklopft.

Was machst du da?, ich war konsterniert.

Was sind wir jetzt, gute Freunde?

Wo ist das Problem?

Früher hast du mich anders umarmt.

Und so umarme ich dich eben jetzt. Außerdem störst du mich beim Arbeiten.

Verzeihung vielmals …

Vielleicht gehst du auch mal was schreiben?

Ich schreibe schon seit zwei Jahren nichts mehr, Dikla.

Dann beantworte wenigstens ein bisschen diese Interviewfragen.

Schreiben Sie am Computer oder in ein Heft?

Mit Feder. Und Tintenfässchen. Und wenn der Stoß Blätter vom Wind weggeweht wird – habe ich kein Backup. Eine nach der anderen hebe ich die Seiten vom Bürgersteig auf und zahle dafür natürlich mit einem Bandscheibenvorfall. Nach einem Bandscheibenvorfall lässt sich nicht mehr auf einem Stuhl sitzen, also schreibe ich im Stehen, wie Agnon, am offenen Fenster, und das ein paar Wochen lang, bis ich Schwindsucht bekomme. Im Fieberwahn und ohne Stimme liege ich dann am Ufer des Sees Genezareth und diktiere Dikla nur durch Bewegen meiner Lider meine Bücher. Klimpernd morse ich ihr und sie schreibt es auf. Oder schreibt einfach, was ihr gefällt. Ich lausche der Musik des Tastaturgeklappers auf dem Laptop und komme zu dem Schluss, sie schreibt tatsächlich, was ihr gerade in den Sinn kommt. Aber Tachles, das passt auch nicht zu ihr, die Gehilfin von irgendjemandem zu sein. Nicht einmal in der Fantasie. Nicht von ungefähr hat sie sich bei den wenigen Ereignissen, bei denen sie mich begleitet hat, immer über die »Frau des Schriftstellers« lustig gemacht, eine Instanz, deren Existenzberechtigung nur darin bestehe, ihrem Partner zu ermöglichen, sich ganz dem Schreiben zu widmen.

Ich versuche, meine Haltung, in der ich hier vor mich hin krepiere, zu ändern, um ihr über die Schulter zu linsen, bis mir gelingt, nur ein einziges Wort zu sehen: Lügner.

Computer oder Heft? Ich würde nicht wagen, auch nur einen Buchstaben zu schreiben ohne »Rückgängig«-Funktion, ohne die Möglichkeit, mich zu korrigieren, die mich von der größten Angst überhaupt befreit. Der Angst, mich zu irren.

Wenn es doch nur möglich wäre, so ein »Rückgängig« auch im wirklichen Leben zu machen.

Die Oberstufenkoordinatorin für Literatur am Gymnasium in Jerusalem erzählt mir, sie hätten die Monologe des palästinensischen Bauarbeiters aus meinem Buch gestrichen, und anstatt ergeben zu nicken, beende ich auf der Stelle aus Protest das Gespräch mit den Schülern.

Oder ich bin in der Subte, der U-Bahn von Buenos Aires, und sehe Chagai Karmeli – rostrote Haare und knochige, markante Gelenke –, wie er in Richtung Rolltreppen marschiert, und anstatt auf Caroline, die Kulturattachée der Botschaft, Rücksicht zu nehmen und zu warten, bis sie ihre Smartcard aus der Tasche gekramt hat, springe ich über die Absperrung, schüttle das Wachpersonal ab, sprinte wie von Sinnen los und schaffe es gerade noch in den Zug, in den er eingestiegen ist, bevor sich die Türen schließen und ich gemeinsam mit ihm in das schwarze Tunnelloch gesogen werde.

Oder ich sehe den Namen Yoram Sirkin auf dem Display meines Telefons. Einen Monat nach den Kommunalwahlen. Und drücke ihn weg. Drücke ihn einfach weg.

Oder Dikla. In der Nacht, in der ich aus Kolumbien zurückkomme, liegt sie in unserem Bett, in ihre Decke gewickelt. Noch immer wecke ich sie unter Küssen, aber anstatt ihr eine Geschichte aufzutischen, ziehe ich vorsichtig das Ende der Decke beiseite und schiebe meine Hand unter ihr Schlafshirt, lasse meine Finger zu ihrem Schwachpunkt wandern, der Mulde zwischen Po und Beckenknochen, und vollführe dort ganz behutsam und schwebend Achten, bis sie sich zu mir umdreht, ihr Atem mich so was von heiß macht und wir miteinander schlafen. Und auch nachdem wir miteinander geschlafen haben, erzähle ich ihr keine Geschichte, sondern frage, wie es ihr geht, denn einfach mal zuzuhören bedarf mehr Mut, als Geschichten zu erfinden, und sie erzählt mir von den kleinen Dramen, die sich während der Woche ohne mich ereignet haben, von Erfolgserlebnissen und Niederlagen, im Job und mit den Kindern, fragt nicht, wie es in Kolumbien war, sodass ich nicht antworte.

Und dann ist da noch dieser Junge, im Sommerferiencamp. In dem Sommer zwischen der fünften und der sechsten Klasse. Ich meine, er hieß Dan, bin aber nicht sicher. Seine Haare waren akkurat zur Seite gekämmt und seine Sporthosen mindestens eine Nummer zu klein.

Wir sind immer an derselben Haltestelle ausgestiegen, an der Ecke Abba Khoushy und Giv'at Downs, und haben ohne Punkt und Komma geredet, bis wir vor seinem Haus standen. Aber bei den Sommerferienaktivitäten habe ich ihm die kalte Schulter gezeigt. Habe kaum ein Wort mit ihm gewechselt. In den Pausen habe ich immer zugesehen, mich möglichst weit weg von ihm aufzuhalten, und als der Boykott gegen ihn losging – habe ich mitgemacht.

Sein einziges Vergehen war, dass er nicht Fußballspielen konnte. Und es trotzdem versucht hat. Mit dabei sein wollte. Und unser Team bei Spielen gegen andere Mannschaften geschwächt hat.

Und dann wurde beschlossen – ich kann mich wirklich nicht mehr erinnern, von wem der Vorschlag kam; alle Gesichter außer seinem sind komplett weg bei mir –, nicht mehr mit ihm zu reden. Und zwar generell. Um ihn dazu zu bringen, das Feriencamp zu verlassen. Und so die Chance unseres Teams zu verbessern, die Ferienlagermeisterschaft zu gewinnen.

Das ging vier Tage so. Erst hat er sich noch an uns gewandt und wir haben einfach nicht geantwortet. Danach hat er von sich aus aufgehört, uns anzusprechen.

Ich erinnere mich an seinen Blick, an den Ausdruck der Kränkung in seinen Augen.

Erinnere mich, dass die Jugendleiter nicht eingegriffen haben.

Obwohl klar war, dass dort – wie man heute sagen würde – ein Mobbing im Gange war.

Ich weiß noch, wie er getrennt von uns allen dasaß, in den Pausen, mit seinem Kakao, dem Brötchen und seinem Seitenscheitel. Und mich angeschaut hat. Nur mich. Vier Tage lang.

Irgendwann war das Feriencamp zu Ende und der allerletzte Bus setzt uns an der Ecke Abba Khoushy und Giv'at Downs ab.

Schweigend kommen wir an dem Haus mit der schrecklichen Bulldogge vorbei, die immer mit gefletschten Zähnen am Zaun hochsprang, und an der vorbeizugehen ich ohne Dan an meiner Seite nie den Mut gehabt hätte. Wir passieren das dänische Konsulat mit der Fahne an der Fassade und stehen dann vor seinem Haus, dem schönsten Haus in der ganzen Straße.

Und dann vergehen ein paar Sekunden – oder vielleicht auch weniger, Sekundenbruchteile nur –, bis er das Eisentor öffnet, und ich ihn um Entschuldigung hätte bitten können.

Entschuldigung dafür, dass ich nichts unternommen habe. Dass ich das Ganze nicht gestoppt habe. Denn schließlich reicht schon einer, um das Schweigen zu brechen.

Ich habe nichts gesagt. Habe nicht einmal auf Wiedersehen gesagt. Auch er hat nichts gesagt. Hat sich umgedreht, das Tor aufgeschlossen, ist eingetreten und hat es hinter sich zugemacht.

Ich bin weiter bis zur Einstein, und als ich endlich zuhause war, war ich in Tränen aufgelöst.

Ich erinnere mich noch an meine Mutter, die ganz verstört war und nicht verstand, was mir zugestoßen sein konnte. Die versuchte, mich zum Sprechen zu bringen.

Erinnere mich, wie ich sage, dass ich im nächsten Jahr nicht wieder in dieses Sommerferiencamp will.

Sie fragt, aber was ist denn passiert?

Und ich beiße mir auf die Lippen. Schäme mich, es zu erzählen.

Für mein ganzes Verhalten gegenüber Dan würde ich gerne auf
»Rückgängig« klicken. Oder im Grunde genommen vielleicht besser
auf *paste and cut.* Alles ausschneiden und ihn und mich Jahre später
einander begegnen lassen, in einer Situation, in der er jetzt der Starke
ist – sagen wir, als Paartherapeut, den Dikla von einer Freundin emp-
fohlen bekommen hat. Sein Haar ist noch immer akkurat zur Seite
gekämmt, aber kurze und zu enge Hosen trägt er nicht mehr. Wir
sind bei ihm, um herauszufinden, ob bei uns noch etwas zu retten
ist, und als wir sein Sprechzimmer betreten, registriere ich, wie für
einen Sekundenbruchteil, ehe professionelle Abgeklärtheit wieder
seinen Blick beschattet, in seinen Augen jener bewundernde Funke
aufblitzt, der sich bei allen Männern regt, wenn sie Dikla zum ersten Mal sehen. Diese Kombination aus stattlicher Größe, den glatten, langen braunen Haaren und dem ausdrucksstarken, ernsten
Blick.

Mich dagegen bedenkt Dan nur mit einem kurzen und anschei-
nend nicht wiedererkennenden Blick …

Aber im gesamten Verlauf des Gesprächs unterstützt er rückhalt-
los jedes Argument, das Dikla gegen mich vorbringt, während er auf
meine Klagen nur mit schmallippigem Lächeln und vieldeutigem
Augenbrauenheben reagiert.

Planen Sie Ihre Bücher?

Planen wir unsere Träume?

Haben Sie einen Traum, der sich wiederholt?

Ich habe einen Albtraum, der sich wiederholt.

Ein Hacker knackt meine Festplatte und lädt sich die früheren, grausamen Versionen meiner Bücher herunter. Und alle Reden, die ich für Yoram Sirkin geschrieben habe.

Dann ruft er mich aus einem Keller an, der aussieht wie aus einem Film von Tarantino, und verlangt, ich solle Lösegeld zahlen.

Er hat die Stimme eines Bubis, eines pickligen Bubis, aber ich willige ein.

Dann verdoppelt er die Summe.

Auch damit bin ich einverstanden.

Aber zur Geldübergabe, zu der wir uns in der Gegend mit den Autowerkstätten hinter dem Tmu-na-Theater verabreden, erscheint er nicht.

Ich warte dort wie ein Idiot mit einem Umschlag voller Dollars, bis mir klar wird, er hat alle Dateien längst online gestellt und ich stehe splitterfasernackt da.

Gibt es so etwas wie »Autorenneid«? Und macht dieser am Ende klüger?

Ich bin nicht eifersüchtig auf andere Autoren. Ich bin eifersüchtig auf Boaz Barsilai. Er ist mit einer von Diklas Freundinnen zusammen. Und immer, wenn er bei uns zu Besuch ist, oder wir bei ihnen, gibt es diesen Augenblick, in dem er und Dikla sich ein Eckchen suchen, das heißt, nicht unbedingt ein Eckchen, eher einen Winkel, und anfangen zu reden. Ihre Firmen gehören mehr oder weniger zur selben Branche, Datensicherheit, also fängt ihre Unterhaltung immer damit an, aber das Gespräch ist nicht die Hauptsache – ich positioniere mich immer weit genug weg, damit es nicht aussieht, als würde ich lauschen, und nah genug, um dennoch alles zu hören – die Sache ist ihr Gesicht, während sie mit ihm redet, und ich sage bewusst nicht *die Augen*, denn es sind nicht nur die Augen, es ist die ganze Mimik, an der Augenbrauen, Lippen und die zu einem kleinen Lächeln sich kräuselnden Wangen beteiligt sind, bis Lippen und Augen ein kleines bisschen heller scheinen, strahlender, und immer gesellt sich auch irgendein Finger dazu, schiebt eine Strähne beiseite, die eigentlich gar nicht stört, und dann wieder die Lippen und der Hals, diese Mulde zwischen Hals und Dekolletee, über der sie ihre langen Finger spreizt, ehe wieder Lippen und Wangen dran sind, sich jetzt zu einem großzügigeren Lächeln hinreißen lassen. Diese Mimik, mit allen ihren Versatzstücken, ist mir schmerzlich vertraut, denn früher, vor gar nicht so langer Zeit, galt sie nur mir.

Würden Sie Ihre Kinder ermutigen, Ihnen nachzufolgen
und auch zu schreiben?

Nein, aber wenn einer von ihnen mal Schriftsteller wird, dann ist es Yanai. Der Junge ist der geborene Lügner. Als er gerade sprechen konnte und behauptet hat, nachts würden Monster in sein Zimmer kommen, haben wir das seinem Alter zugeschrieben und abwechselnd auf der Matratze vor seinem Bett geschlafen, um ihn »zu beschützen«, und als er mit fünf im Kindergarten erzählt hat, er habe einen Zwillingsbruder, den seine Eltern im Luftschutzraum verstecken, haben wir mit der Kindergärtnerin herzlich darüber gelacht und gesagt, na gut, das gibt sich mit dem Alter.

Hat es aber nicht. Je älter er wurde, desto mehr ist nicht nur seine Erfindungsgabe ausgeartet, sondern auch seine innere Überzeugtheit, wenn er uns etwas erzählt hat oder unseren Gästen: Superman war bei ihnen im Kindergarten. Und hat ein paar Kinder zu einem Rundflug über die Wolken mitgenommen. Ronaldo ist aus dem Fernseher gesprungen und hat mit ihm Fußball gespielt, und er, mein Sohn, hat ihn ausgetrickst. Heute hat es Gott nur auf seinen Kindergarten schneien lassen. Und alle Kinder haben einen Schneemann gebaut. Warum die Kindergärtnerin kein Foto davon gemacht und es an die Eltern geschickt hat? Weil sich Schneemänner nicht gerne fotografieren lassen. Und er ist auch nicht der Jüngste in der Familie. Denkste. Außer dem Zwillingsbruder im Luftschutzkeller hat er noch eine kleine und nervige Schwester namens Tali (ausgerechnet Tali?). Und er kommt nächstes Jahr auch nicht in die erste Klasse, sondern springt gleich in die zweite, weil er ein Mathegenie ist.

Dikla findet, diese Lügenmärchen seien *süß*.

Ich dagegen fange allmählich an, mir wegen des Ausmaßes doch etwas Sorgen zu machen. Und bin gespannt, ob es weniger wird, wenn er in die Schule kommt.

Wie auch immer, man muss damit rechnen, dass dieser Junge, ausgerechnet er, der Nachzügler, eines Tages eine Geschichte schreiben wird darüber, was sich in letzter Zeit bei uns zuhause abspielt.

Der Eingangssatz der Geschichte wird lauten:

So gut wie jedes Kind befürchtet irgendwann einmal, es könnte adoptiert sein. Ich aber hatte meine gesamte Kindheit über Angst, meine Eltern würden sich trennen. Und eines Herbstes, nachdem meine ältere Schwester ins Internat verschwunden war, war ich mir ganz sicher.

Der Held der Geschichte: ein für sein Alter ungewöhnlich aufgeweckter und dabei rührend unschuldiger kleiner Junge, der aber über eine besonders wache Beobachtungsgabe verfügt.

Der Stil: fesselnd und anrührend. Axel Wolf trifft auf Janusz Korczak.

Sprich, der für sein Alter ungewöhnlich aufgeweckte aber naive Knabe beobachtet seine Eltern und sucht nach Anzeichen.

Und diese Indizien listet er in einer Tabelle auf.

In der einen Spalte finden sich hoffnungsvolle Beobachtungen wie:

Heute hat Papa Mama zum Lachen gebracht.

Nach dem Abendessen, auf dem Weg zur Spüle, hat er ihr eine Hand auf die Schulter gelegt. Und sie hat sie nicht weggeschoben.

Sie haben nicht gestritten, bis wir ins Bett gegangen sind.

Am nächsten Schabbat wollen sie einen Ausflug mit uns in die Stadt machen. Ich habe Mama mit ihrer Freundin darüber reden hören. Das heißt, sie bleiben wenigstens bis zum Schabbat noch zusammen.

Und in der zweiten Spalte finden sich die unheilvollen Anzeichen:

Papa hat in dem Studio geschlafen, das er mal hatte. Anstatt zuhause.

Sie sitzen nicht mehr auf dem Balkon und reden, wenn sie meinen, wir sind eingeschlafen.

Mama geht mit ihrer Freundin Gaya ins Kino anstatt mit Papa.

Wenn ich am Schabbatmorgen in ihr Bett gekrabbelt komme, ist immer Platz in der Mitte, in den ich reinpasse. Und in letzter Zeit ist die Lücke so groß geworden, dass ich fast die Arme ausbreiten kann, wenn ich zwischen ihnen liege.

Auf dem Rückweg von dem Ausflug in den Wald war ihr Lied im Radio. Das, das mit dem Wort »zuweilen« anfängt und wo der Sänger einen lustigen Namen hat, Jonnie Shualy. Ich kenne das Lied, denn immer, wenn es im Radio läuft, dreht Papa lauter und sagt, das ist Mamas und mein Lied, aber diesmal hat er nicht lauter gedreht und auch nichts gesagt.

Je weiter die Geschichte fortschreitet, desto rasanter mehren sich die schlechten Vorzeichen. Und die guten werden weniger.

Aber was mich wirklich umhauen wird, wenn ich die Geschichte lesen werde (Er wird sie mir zu lesen geben, eine Woche vor Erscheinen des Buches; wird mich warnen, darin nicht nach mir selbst zu suchen. Du weißt ja, wie das ist, Papa, das ist nie eins zu eins.), ist, dass der Junge in der Geschichte glaubt, er sei schuld an der Krise seiner Eltern. Weshalb er anfängt, sich mustergültig zu verhalten. Hausaufgaben macht am selben Tag, an dem er sie bekommt. Sich anstrengt, besser in Englisch zu werden, obwohl es ihm schwerfällt.

Weil er weiß, wie wichtig das Mama ist. Und Papa ganz fest umarmt, wenn er sich morgens vor der Schule von ihm verabschiedet, damit Papa diese Umarmung in Erinnerung behält und keine Lust bekommt wegzugehen. Und an einem Wochenende, wenn seine Schwester Noam auf einem Ausflug mit den Pfadfindern sein wird, wird er seinen Eltern anbieten, alleine zuhause zu bleiben, ohne Babysitter, damit sie mal ausgehen können, vielleicht ja ins Kino? Und wird sich auf die Zunge beißen und keine Szene machen, wenn sie sagen, er sei dafür noch nicht alt genug, denn er weiß, seine Szenen sorgen immer für Streit zwischen Mama, die sagt, als Erstes müsse man ihn in seine Schranken weisen, wenn er sich so aufführt, und Papa, der sagt, erst mal müsse man verstehen, woher das kommt. Weshalb der Junge dann heimlich auf Internetseiten für Große, die sich mit Beziehungsproblemen beschäftigen, nachliest und dort erfährt, am allerwichtigsten sei eine offene Kommunikation zwischen den Partnern und dass alles mit Vertrauen anfange und ende, worauf er am Freitag, nach dem Familienessen, vorschlägt, »Fallenlassen« zu spielen: Jeder schließt, wenn er an der Reihe ist, die Augen, lässt sich nach hinten fallen und wird von demjenigen, der hinter ihm steht, aufgefangen. Und er wird darauf bestehen, dass nicht nur die Kinder sich nach hinten in die Arme der Eltern fallen lassen oder sich gegenseitig auffangen, sondern dass auch Mama sich in Papas Arme fallen lässt; wird betteln, Mama solle es noch mal versuchen, und noch mal, nachdem sie bei den ersten Malen vorsichtshalber den Fuß nach hinten ausgestreckt hat. Und dann wird er begeistert klatschen, als es Mama endlich gelingt und sie es sogar eine Sekunde länger als nötig in Papas Armen aushält, als müsste sie sich einen Moment ausruhen von der Anstrengung, ständig böse auf ihn zu sein.

Aber trotzdem werden die schlechten Vorzeichen immer schlimmer. Und eines Nachts, als sein Papa arbeitet und seine Mama sicher ist, dass er schläft, wird er sie zu ihrer Freundin Gaja sagen hören:

»Ich warte noch bis nach Noams Bat-Mizwa, ich will den Kindern nicht das Herz brechen«, und am darauffolgenden Tag kriegt er, weiß der liebe Himmel wie, die Telefonnummer des Clubs raus und bittet, mit Coral zu sprechen, der Planerin des Events; er wird Coral die Lage erklären, alle von ihm aufgelisteten Anzeichen und deren Auswirkungen, wird sie anflehen, die Bat-Mizwa seiner Schwester zu verschieben, nur um ein paar Wochen, vielleicht haben sich seine Eltern bis dahin wieder vertragen, sie vertragen sich schließlich immer am Ende. Und er wird Corals Erklärung nicht akzeptieren, der Club sei sehr gefragt und ständig ausgebucht, außerdem sei das Datum ein halbes Jahr im Voraus vereinbart worden, sodass sich das jetzt nicht in letzter Sekunde verschieben lasse, denn bei allem guten Willen, sonst reden wir hier von Vertragsbruch …

Wenige Stunden vor der Bar-Mizwa wird er aufhören, ein Kind wie aus dem Katalog zu sein, wird zwanzig Aprikosen essen, eine nach der anderen, und dann ein halbes Glas Essig trinken, wird sich auf dem Küchenboden die Seele aus dem Leib spucken und zutiefst enttäuscht feststellen müssen, dass seine Eltern die Feier nicht absagen, ja nicht eine Sekunde in Erwägung ziehen, das Ganze abzublasen, sondern Ariel, den Sohn der Nachbarn, der als Babysitter immer auf ihn aufpasst, bitten, an seinem Bett zu sitzen.

Der Schlusssatz der Geschichte wird lauten: Später sollte ich lernen, dass eine Trennung eine Naturgewalt ist. Wie eine Riesin. Aber in jenem Herbst glaubte ich noch aus tiefstem Herzen, es würde mir gelingen, sie aufzuhalten.

Und die Geschichte wird den Titel haben: ›Ein Vorzeigekind‹.

Wie bringen Sie das Familienleben mit dem Schreiben in Einklang?

Mein erstes Buch habe ich geschrieben, als ich nach einer Trennung an gebrochenem Herzen litt. Und Single war.

Ich dachte: Sollte ich noch mal eine Liebe finden, werde ich nicht mehr schreiben können.

Das zweite Buch habe ich geschrieben, als Dikla schwanger war.

Ich dachte: Wenn ich Kinder habe, werde ich nicht mehr schreiben können.

Das dritte habe ich geschrieben, als Dikla erneut schwanger war.

Ich dachte: Eine Tochter ist ja in Ordnung, aber bei zwei Mädchen sind die Chancen gleich null, dass ich noch schreiben kann.

Jetzt habe ich drei Kinder. Ein Haus. Eine Familie.

Und ich denke: Wenn das alles jetzt vor die Hunde geht, wen kümmert dann das Schreiben noch?

Wir hatten so eine Art Ritual, Dikla und ich. Wenn das letzte Kind eingeschlafen ist, sitzen wir auf dem Balkon. Ohne Telefone. Und trinken Rotwein. Jeder ein Glas. Sie trinkt ihres schnell aus. Ich meins langsam. Und zwischen einem Schluck und dem nächsten reden wir über alles, was nicht mit den Kindern zu tun hat: ein Lied, das sie ihm Radio gehört und das ihr gefallen hat. Eine Kränkung, die jemand ihr oder mir zugefügt hat. Orte, an die wir fahren wollen. Kleidungsstücke, die für diese Übergangsjahreszeit passen. Ethische Fragen. Die Inhalte mögen sich mit den Jahren geändert haben, aber nicht der Sound. So ein bisschen jazzig. Unvorhersehbar. Voller Sprünge von einem Thema zum nächsten. Wir hatten unseren Sound, Dikla und ich.

Jetzt warte ich auf dem Balkon auf sie. Und sie entzieht sich mir.

Noch wach? (Ich simse ihr. Obwohl wir beide zuhause sind.)

Ja.

Die Männer in meiner Familie sterben früh.

Nicht witzig.

Kommst du heute Nacht zu mir?

Nein.

Wegen Kolumbien? Weil ich dir gesagt habe, dass …

Es ist nicht wegen Kolumbien.

Was ist denn dann los?

Das ist nicht das Leben, das ich leben wollte.

Willst du nicht auf den Balkon kommen und darüber reden?

Nein.

Und gestern plötzlich – haben wir miteinander geschlafen. Nach Wochen der Abstinenz.

Mitten in der Nacht, wie im Schlaf, fängt ihr Körper an, sich an mich zu schmiegen.

Ihre Hände streifen ab.

Und ihr warmer Mund.

Die Zunge.

Aber nachdem sie gekommen war, hat sie sich nicht an meine Brust gekuschelt.

Ist unter die Dusche gegangen, zurückgekommen und hat sich, obwohl wir Sommer haben, in ihre Winterdecke gerollt und mir den Rücken zugedreht.

Ich habe noch lange wach gelegen, und als ich endlich eingeschlafen bin, gegen Morgen, hatte ich einen Flash-Traum, der nur aus einer einzigen Szene bestand (oder vielleicht erinnere ich mich auch nur an diese eine Szene): Ich nehme die Treppe zum Atarim-Platz hoch über der Strandpromenade, aber anstatt nach oben zu gelangen, steige ich immer weiter ab.

Ich denke über die sonderbare Ähnlichkeit zwischen Anfängen und Enden in der Liebe nach.

Vom ersten Augenblick an, als Ari uns einander vorstellte, in der

Bar des Kibbuz Kabri, hatte ich das Gefühl, was zwischen Dikla und mir passieren würde, sei unvermeidbar, weil die Anziehungskraft, die uns beide magnetisierte, stärker war als wir. Und auch jetzt spüre ich im Grunde genommen dasselbe: Was auch immer wir unternehmen, diese neue Kraft, die uns auseinandertreibt, ist stärker als wir. Und dass es nur noch eine Frage der Zeit ist, bis ...

In den letzten Wochen streiten wir uns überhaupt nicht mehr. Vielleicht, weil insgeheim jedem Streit die Hoffnung innewohnt, irgendetwas werde sich ändern.

Gestern sind wir zuhause aneinander vorbei, hastig, und meine Schulter hat ihre gestreift, wie bei zwei Fremden auf der Straße.

Sie kommt mir plötzlich älter vor. Und in ihren Augen erscheine ich als alter Mann.

Als hätte jeder von uns für den anderen seine Jugend bewahrt, und auf einmal ist der Zauber gebrochen.

Was für ein Geschwafel. »Seine Jugend bewahrt«, »auf einmal ist der Zauber gebrochen« ... Ich flüchte mich in schöne Formulierungen, weil ich nicht den Mut habe, die Wahrheit zu erzählen.

Die Wahrheit ist sehr viel konkreter.

Handy – plötzlich muss man einen Code eingeben, um an ihre Nachrichten zu kommen.

Paarabonnement für die Cinemathek – wird nicht verlängert.

Melatonintabletten – wurden ursprünglich mal gekauft, um meinen Jetlag zu überwinden, als ich aus Kolumbien zurück war. Liegen jetzt neben dem Bett.

Das Programmheft vom Dokumentarfilmfestival Docaviv 2014 – ein weiterer Versuch, die Schlaflosigkeit zu bekämpfen. Meine Lieblingszusammenfassung:

Das Graffiti an der Berliner Mauer, auf dem Erich Honecker, der ostdeutsche Staatschef, Leonid Breschnew auf den Mund küsst, wurde zum Symbol des Protests gegen das kommunistische Regime. Aber wer

hat es gemalt? Der Film begibt sich auf die Suche nach dem Künstler
und der Geschichte hinter dem Kuss. Die Ergebnisse dieser Suche sind
überraschend, um nicht zu sagen skandalös, und werfen die Frage auf:
Wer bestimmt die Bedeutung eines Kunstwerks, derjenige, der es ge-
schaffen hat, oder derjenige, der es betrachtet?

Ein Buch von Axel Wolf – noch ein Buch von Axel Wolf. Das
vierte, das sie in den letzten Monaten liest. Aufgeklappt auf ihrem
Nachttisch. Vom Umschlagrücken schaut mich Axel jede Nacht
selbstgefällig an, als wäre er der neue Mann in ihrem Leben.

Die Klimaanlage im Wohnzimmer – müsste repariert werden.
Dürfte einiges kosten. Vielleicht besser, damit zu warten, bis sich die
Lage geklärt hat (denken wir beide, und sagen es nicht. Denn keiner
von uns ruft den Techniker an).

Ein Hefter ohne Klammern – (wir, auf eine Art).

Das Hochzeitsalbum – liegt wie ein Stein auf einem der Bücher-
borde im Wohnzimmer, bis Noam eines Tages für ihr Bat-Mizwa-Jah-
resprojekt Familienfotos mit in die Schule bringen soll. Still blättert
sie das Album durch und wählt am Ende ein Bild aus, das aufgenommen wurde, bevor die Gäste eintrafen (oder aber als die meisten schon gegangen waren?). Auf dem Foto sitzen Dikla und ich am
Tisch der Freunde. In der Bildecke kann man etwas von Chagai Karmelis rostroter Tolle sehen. Aber wir sitzen mit dem Rücken zu ihm,
die Köpfe zusammengesteckt und so in ein Gespräch vertieft, dass
die Verbindung zwischen uns förmlich spürbar ist. Noam zeigt uns
das Foto. Erst Dikla und danach mir. Und mit einem Mal kommt mir
der Verdacht, es gibt überhaupt kein Klassenprojekt, und dass dieses
kluge Mädchen uns einfach uns selbst in Erinnerung rufen wollte.

Quittungen für die Steuer – gibt Dikla mir jeden Monat, damit
ich sie an unseren Steuerberater schicke. Normalerweise reiche ich
alles einfach weiter. Aber diesen Monat gehe ich sie alle, zum ersten
Mal, akribisch durch, auf der Suche nach Belegen für eine Affäre.
Finde einen Beleg über einen Mediationskurs und einen anderen für

einen Kurs in Wirtschaftsenglisch. Seit ich sie kenne, ist sie immer dabei, irgendetwas zu lernen. Sich selbst herauszufordern. Ich stoße auf drei Quittungen für ihr Wasser-Shiatsu im »Maayana«, denn nur dort gelingt es ihr offenbar, ihren Selbstoptimierungsdrang für eine Weile ruhen zu lassen. Finde Quittungen für Akupunktursitzungen und den Beleg für ihre monatliche Überweisung an den Verein Sorgentelefon, denn einmal ist sie während ihrer Zeit in der Armee bei einem dieser nicht enden wollenden Wachdienste in irgendeinem gottverlassenen Loch in der Aravawüste fast verrückt geworden, und einer der Freiwilligen von der Telefonseelsorge hat die ganze Nacht mit ihr geredet und sie gerettet. Und dann noch einen Beleg über eine Spende an den medizinischen Telefonnotdienst Shachal – ihre Mutter ist an Herzstillstand gestorben – und drei unterschiedliche Kassenbons für CDs, die sie gekauft hat. Sie allein hält die weltweit dahinsiechende CD-Industrie am Leben.

Irgendeinen Hinweis auf ein Verhältnis, das sie haben könnte, finde ich nicht, empfinde aber, sonderbarerweise, eher Enttäuschung als Erleichterung.

Der wunderschöne Balkontisch – erworben in einem Laden namens »Die marokkanische Fantasie« in Hatzor HaGlilit. Zu wem wird er ziehen, wenn wir uns trennen, zu Mama oder zu Papa?

Meine Armeestiefel. Ich weiß noch das eine Mal, als ich vom Reservedienst im Gazastreifen zurückgekommen bin und sie war gerade mitten in »O Brother, Where Art Thou?« von den Coen-Brüdern, und hat kaum aufgeschaut. Ich dachte und befürchtete, es sei genau wie damals, als ich vom Festival in Arad gekommen war, Tali Leshem nicht aufschaute und ich zwei Tage später aus unserer gemeinsamen Wohnung ausgezogen bin. Doch ich lag falsch. Man kann nicht von einer Liebe auf die andere schließen. Und »O Brother, Where Art Thou?« ist wirklich ein Hammerfilm, von dem man nicht die Augen lassen kann. Außerdem haben Dikla und ich nach jenem Reservedienst noch zehn gute Jahre gehabt.

Nachtschuhe. In Filmen betrachten Leute immer ihre schlafenden Kinder. Wenn meine Kinder schlafen, betrachte ich ihre Schuhe. Sammle sie ein, wenn die Mannschaft eingeschlafen ist, klaube sie vom Teppich im Wohnzimmer, aus der Dusche, von der Gästetoilette. Verteile sie dann auf ihre Zimmer, ordentlich und paarweise. Und betrachte sie eine Weile. Erinnere mich daran, was ich zu verlieren habe.

Der Teppich im Wohnzimmer – auf dem wir mal miteinander geschlafen haben, nachdem wir aus dem Film »Die Sonne, die uns täuscht« gekommen sind. Oder fantasiere ich mir das nur zusammen? Dikla ist für unsere Zweisamkeitserinnerungen zuständig und kann jetzt unmöglich gefragt werden.

Den Teppich an der Wand – haben wir als Geschenk von meiner Tante Noa bekommen. Kurz vor ihrem Tod. Und gerahmt. Rechteckige, düstere Stoffstücke in dunklen Tönen, übereinandergelegt. Wie ein Pflaster über dem anderen. Oder wie Parkettdielen. Die hermetisch abdichten sollen, verschließen. Und unter den dicht an dicht liegenden Stoffstreifen regt sich ein Widerstand, etwas Subversives: blumiger Stoff, dessen Umrisse mir immer wie die eines tanzenden Menschen erschienen waren. Und in letzter Zeit – wie die eines Geistes.

Die Alarmanlage – wurde während einer meiner Reisen installiert, und seitdem hat Dikla keine Angst mehr, alleine zu schlafen. In letzter Zeit schaltet sie sie auch ein, wenn ich im Land bin und nachts nach Hause komme, und dann soll ich sie deaktivieren, wenn ich reinkomme, aber manchmal denke ich zu spät daran. Und dann jault das Ding los. Schnell tippe ich unser Hochzeitsdatum ein – 18301 –, das zwar die Alarmanlage verstummen lässt, dafür aber das Telefon in Gang setzt und mich mit einer Mitarbeiterin der Notrufzentrale verbindet, die bittet, ich solle mich mit Hilfe der Sicherheitsfrage ausweisen. Um auszuschließen, dass ich ein Einbrecher bin. Dann wünscht sie mir mit sanfter Stimme eine gute Nacht, und nachdem sie aufgelegt hat, bedauere ich, nicht versucht zu haben, ein Gespräch mit ihr anzufangen. Früher, vor der Alarmanlage, hat Dikla nicht ohne mich einschlafen können. Tagsüber war sie immer die toughe Unabhängige, die Einzelgängerin und Macherin. Gab mir manchmal das Gefühl, überflüssig zu sein, ein Mann, der nicht gebraucht wird. Nachts aber war sie auf mich angewiesen. Und wartete im Bett auf mich, hellwach, bis ich von meinen Schreibwerkstattsitzungen zurückkam. Egal, wie spät. Nicht, dass wir dann noch viel geschafft hätten. Eine Umarmung. Ein paar Sätze. Mehr brauchte sie nicht. Und ich auch nicht. Aber jetzt ist es im Haus totenstill und sie schläft fest, behütet von der Alarmanlage. Ich wandere durch die Zimmer, sammle die Schuhe der Kinder ein und lese dann im Programmheft des Docaviv, Ausgabe 2014, bis ich benommen genug bin, um einzuschlafen.

Noch eine Zusammenfassung aus dem Programmheft der Docaviv. Für die fünfundsechzig Bewohner der Insel Maladu im Indischen Ozean ist die globale Erwärmung kein theoretisches Problem. Sollte nicht etwas Unerwartetes passieren, wird ihre kleine Insel infolge des Anstiegs des Meeresspiegels schon bald verschwinden. In ihren Strohhütten rüsten sich die Bewohner von Maladu, Abschied von dem Ort zu nehmen, an dem sie ihr ganzes Leben verbracht haben. In Vollmondnächten aber versammeln sie sich und beten zu ihren Göttern, hoffen, im allerletzten Moment würde ihr Schicksal abgewendet werden.

Koffeinfreier Kaffee – (wir, auf eine Art).

Eine ferngesteuerte Drohne – gekauft für Yanai. Hat ein Vermögen gekostet. Wurde mit in den Park genommen und blieb auf ihrem Jungfernflug in einer Baumkrone hängen. Einem freundlichen Mitarbeiter der Stadtverwaltung gelang es mit Hilfe einer Leiter, sie herunterzuholen und dem Jungen wiederzugeben, leider jedoch mit gebrochenen Flügeln.

Diklas Bildschirmschoner – ein Foto von unserem Familienausflug in den Schwarzwald. Vor drei Jahren. Der Fotograf, ein deutscher Wandersmann, hatte uns getadelt: Lächeln, warum lächeln Sie nicht? Nach dem Foto sind wir in unseren gemieteten Opel und auf der Fahrt zum nächsten Campingplatz sind die Kinder eingeschlafen, sogar Noam, die nie schläft, und im Wagen herrschte so eine Stille wie nach einer großen Anstrengung. Dikla hat ihre Hand auf meinen Oberschenkel gelegt und ich meine Hand auf ihre, habe zu ihr herübergelinst, und sie hat gesagt, guck auf die Straße, und ich, das ist ja das Problem, du bist zu schön. Worauf sie meinte, ich denke, ich habe verstanden, was das Ding an Familienreisen ist, ich glaube, ich hab's geknackt. Verrat es mir, habe ich gebeten. Und sie, man sollte nicht erwarten, die ganze Zeit nur Spaß zu haben, aber es geht darum, gute Momente zu sammeln, geschenkte Augenblicke.

Ein roter Schal der Basketballmannschaft von Hapoel Jerusalem – hängt an der Wand im Arbeitszimmer. Ist mit mir durch alle Wohnungen gezogen, in denen ich gewohnt habe, seit ich zuhause ausgezogen bin. Das einzige beständige Element in meinem Leben. Auf dem Schal: das Vereinswappen und die Losung »Wir tragen Liebe im Herzen und sie wird siegen«. Gekauft habe ich ihn vor Urzeiten nach einem Spiel, zusammen mit Ari. Wir haben halbe-halbe gemacht und gemeinsames Sorgerecht vereinbart, ein Jahr bei mir und ein Jahr bei ihm. Irgendwie aber ist er am Ende bei mir geblieben. In letzter Zeit hat Dikla aufgehört mir zu sagen, der Schal verschandle das Zimmer. Und bei einem meiner letzten Besuche bei Ari im Tel Hashomer erzählt er mir, zu meiner Überraschung, Dikla sei gerade weg, nur ein paar Minuten, bevor ich gekommen sei. Er lacht, wir seien das am schlechtesten koordinierte Ehepaar, das er kenne. Und dann meint er zu mir, weißt du was, sie wirkt traurig, deine Frau. Du willst mir doch nicht sagen, jetzt, wo ich endlich verstanden habe, warum du sie geheiratet hast, dass ihr euch trennt? Wegen dieser Geschichte da in Kolumbien? Ausgeschlossen, Amigo. Du kapierst doch wohl, dass sie, wenn sie zu mir kommt, dich noch nicht abgeschrieben hat, oder?

Ein Megafon. Weiß. Mit der Unterschrift von allen Mitarbeitern des Vereins, dem sie vorstand. Ein Andenken aus der Zeit der Demonstrationen. Sie marschiert vorneweg, ruft durch das Megafon Parolen, die wir uns in der Nacht zusammen am Küchentisch ausgedacht haben. Sie erklärt mir, welche Botschaft ihr wichtig ist rüberzubringen und ich feile und reime. Sie ist zufrieden mit mir. Und ich bin stolz auf sie. Und auch wenn ich nicht die soziale Ader habe, die sie hat, schließe ich mich am nächsten Tag der Demonstration an und denke mir beim Marschieren im Pulk: diese Frau, da vorne, die große mit dem Megafon? Ich schlafe mit der.

Aufkleber. Aus dem Wahlkampf, der eigentlich zu ihrer Wahl als Vorsitzende der nicht-parteiengebundenen-aber-ausdrücklich-politischen Bewegung hätte führen müssen, deren Führungsteam sie angehörte. »Darum Dikla« steht auf dem Aufkleber, ausgedruckt mit dem Computer, der mal ihrer war und dann auf Noam überging. Ihr fehlten am Ende nur fünf Stimmen. Und im Nachhinein stellte sich heraus, dass hinter ihrem Rücken ein Deal gelaufen war mit dem alleinigen Ziel, ihre Wahl zu verhindern. Die alte Garde der Bewegung hatte kalte Füße bekommen bei ihren querdenkerischen, kompromisslosen Standpunkten. Und ihrer ostentativen Unabhängigkeit. Hatte dafür gesorgt, dass sie nicht gewählt wurde. Sie war sehr enttäuscht, durch den Verrat derjenigen, die sie als ihre Freunde betrachtet hatte, nicht weniger als durch die Niederlage. Dann wurde Noam geboren, und wenig später bekam sie aus der Privatwirtschaft ein Angebot, das man unmöglich ablehnen konnte.

Sie würde das nie eingestehen, aber der Gedanke »was wäre gewesen wenn« verfolgt sie bis heute.

Das Bild von Barack Obama. Aufgenommen während seines Wahlkampfs 2008. Hängt an der Pinnwand über ihrem Arbeitstisch. Die Wahlnacht in den USA hat sie bis zum Morgen auf CNN verfolgt und bei seiner Siegesrede in Chicago eine Träne vergossen. Ich weiß nicht, warum, hat sie gesagt, er wird ja nicht mein Präsident, und nach allem, was ich erlebt habe, sollte ich eigentlich immun gegen Politiker sein, aber er hat etwas an sich … ich weiß nicht. Wenn er spricht, spürt man den Menschen, der er ist … unter den Worten. Und außerdem, sei nicht beleidigt, aber er ist der schönste Mann, den ich in meinem Leben gesehen habe.

Das braune Kleid – trägt sie schon seit Jahren nicht mehr. Aber manchmal, wenn sie nicht zuhause ist, öffne ich ihren Kleiderschrank, blättere ihre Kleider durch, bis ich bei dem braunen bin, berühre den Stoff und erinnere mich.

Bügel – waren immer einige in ihrem Schrank frei, die man stibitzen konnte. In letzter Zeit nicht mehr, weil sie viele neue Sachen kauft. Ihr Stil ist klassischer geworden, Bundfaltenhosen und Blusen. Allerdings ist nicht zu übersehen, dass sie einen Knopf mehr auflässt.

Fieberthermometer. Wir sind beide mal auf einen Schlag krank geworden, vor einer gefühlten Ewigkeit, damals, als wir nur Shira hatten. Meine Mutter ist gekommen, um sie abzuholen, und hat uns beide uns selbst überlassen. Umgeben von Taschentuchpaketen, hustend, vor Fieber glühend, haben wir uns gegenseitig Tee mit Zitrone gemacht, haben einander sonderbare Träume erzählt, gelacht, noch mehr gehustet. Und waren glücklich.

Das Heft der Träume. Sie ist verrückt nach Agi Mish'ol. Jeden neuen Gedichtband von Agi Mish'ol, der herauskommt, kaufe ich ihr. Noch im Laden blättere ich ihn durch, bis ich ein Gedicht gefunden habe, das ich ihr vorne als Widmung reinschreiben kann, und dann erst bitte ich darum, mir das Buch als Geschenk einzupacken. Vor ein paar Jahren habe ich ihr Agi Mish'ols ›Heft der Träume‹ gekauft, und daraufhin hat sie angefangen, ihre eigenen Träume in einem Schulheft festzuhalten, das neben unserem Bett liegt. Mir ist strengstens verboten, da reinzuschauen. Meine Träume gehen dich nichts an, hat sie mir ausdrücklich gesagt. Und ich habe ihr Verbot respektiert. Habe nie auch nur einen Blick in das Heft geworfen. Bis gestern.

Die Seiten habe ich schnell überflogen, aus Angst, erwischt zu werden, obwohl sie nicht zuhause war und erst am Nachmittag wiederkommen sollte. Also, folgendes stand dort (mehr oder weniger. Ich habe es wie gesagt nur einmal hastig gelesen und dann das Heft zugeschlagen, um es nie wieder zu öffnen. Von daher erinnere ich mich mehr an den Inhalt als an den Wortlaut):

Ich bin im Hotel. Im Ausland. Es klopft an der Tür und eine Männerstimme sagt: »Room Service.« Ich öffne, obwohl ich mich nicht entsinne, etwas bestellt zu haben, und ich nur BH und Slip anhabe. Barack Obama kommt ins Zimmer und stellt ein Tablett auf den Tisch, auf dem ein mit silberner Warmhalteglocke abgedeckter Teller steht, und verschwindet wieder, bevor ich dazu komme, ihm ein Trinkgeld zu geben. Ich bin hungrig. Habe, bevor Obama mit seinem Tablett erschien, nicht gewusst, dass ich hungrig bin, aber jetzt sterbe ich förmlich vor Hunger. Ich nehme die Haube von dem Teller und entdecke darauf einen riesigen Schmetterling, dessen enorme Flügel mit Sätzen beschriftet sind, die ich nicht lesen kann. Der Schmetterling schlägt mit den Flügeln und versucht, aus dem Zimmer zu entkommen, stößt aber immer wieder an die Fensterscheibe. Ich öffne das Fenster und sehe bedauernd und mit Erleichterung, wie mein Abendessen wegfliegt.

Lautsprecher – riesige, im Wohnzimmer. Die sie gekauft hat. Am Schabbat schiebt sie immer eine CD rein und tanzt mit den Kindern. In den letzten Wochen dreht sie die Lautstärke voll auf.

Ein Brief auf dem Tisch in der Küche – den sie mir hinterlassen würde. Wenn wir keine Kinder hätten. (Mütter und Väter können nicht einfach so aufstehen und verschwinden. Dieses Spontane, Eindeutige, Theatralische ist ihnen in der Regel nicht vergönnt. Und so sind sie zu einem langsamen Siechtum verdammt.)

Ich bedauere, dir bei einem unserer ersten Dates gesagt zu haben, ich wäre gern mit einem Schriftsteller verheiratet. Denn wie sich herausgestellt hat, ist es doch nicht so der Hit. Wenn ein Schriftsteller nicht schreibt, ist er verloren und angstgepeinigt, und wenn er schreibt, ist er auf sich selbst fokussiert und auch angstbesessen. Ganz zu schweigen davon, dass alles, was passiert, Stoff für ihn ist. Alles wird sofort ausgeschlachtet. Du hast dir den Fuß verstaucht? Auch die Heldin wird ihn sich verstauchen. Ihr hattet am Freitagmorgen einen hässlichen Streit ums Geld? Auch das Paar in der Geschichte wird sich ums liebe Geld streiten. Aber das eine hat mit dem anderen nichts zu tun. Gott behüte! Er gibt dir das Manuskript zu lesen und du findest dort alles wieder, einschließlich intimer Details aus dem Leben eurer ältesten Tochter, während er sich selbst weismacht, alles bestens verschleiert zu haben, und du so tun musst, als wäre die ganze Geschichte nicht vollkommen durchsichtig; so tun musst, als würdest du nicht merken, dass er mit den Jahren die Fähigkeit verloren hat, sich einfach zu unterhalten. Immer muss er dir eine Geschichte mit Anfang, Mittelteil und Schluss erzählen, und selbst wenn er einen angeblichen Seitensprung in Kolumbien gesteht, ist die Schilderung so lebendig und voller Fantasie, dass dir sogleich der Verdacht kommt, hier sei mehr von einer Übung in südamerikanisch-magischem Realismus die Rede, einzig dazu gedacht, deine Aufmerksamkeit zu gewinnen und deine Eifersucht zu wecken. Doch das genaue Gegenteil ist der Fall. Und dann die Selbstherrlichkeit. Wenn sein Buch ein Erfolg wird. Und der totale Zusammenbruch. Wenn es floppt. Und die Interviews in den Medien. Die Versprecher, die mehr preisgeben, als er denkt. Und die mitleidigen Blicke deiner Kollegen nach solchen Interviews. Und die Frauen, die sich im Café ranmachen, als wärst du gar nicht da. Mit den Wimpern klimpern. Sagen, das Buch habe sie berührt. Und diese Selbstgerechtigkeit, dir nicht zuhören zu müssen, wenn ihr am Freitagmorgen im Café sitzt, weil er gerade unschlüssig ist, in welche Richtung er die Geschichte entwickeln soll. Oder die Legitimierung, eine Recherche über Stripperinnen anstellen zu müssen. Weil in der Geschichte eine Stripperin vorkommt. Und für eine Woche nach Argentinien zu fliegen, denn was soll man machen, aber die wichtigste Szene im ganzen Buch spielt nun mal in Argentinien. Und ohne in Argentinien gewesen zu sein, kann man unmöglich über Argentinien schreiben, was denkst du denn?

Die Wahrheit, Herr Schriftsteller? Ich habe kein Problem mit deinen Reisen an sich. Flughafenterminals und Hotels sind letztendlich ziemlich traurige Orte. Also bin ich nicht neidisch auf dich. Und manchmal, um ganz ehrlich zu sein, freue ich mich auch über die Gelegenheit, ein bisschen frei von dir zu haben. Besonders seit du mit dieser Dysthymie zugange bist, deren Begleiterscheinungen unter anderem darin bestehen, dass du noch mehr in dich versunken bist. Das eigentliche Problem ist, dass du dir weiterhin weismachst, du seiest ein wunderbarer Ehepartner, ein fantastischer Vater und hochanständiger Mensch. Doch ich habe Neuigkeiten für dich: Ein wunderbarer Ehemann spürt, dass seine Lebensgefährtin am Abgrund steht, und stößt sie nicht hinunter. Und ein fantastischer Vater walzt nicht die privaten Erlebnisse seiner ältesten Tochter in einem Buch aus. Und ein anständiger Mensch schreibt nicht noch immer heimlich Reden für Yoram Sirkin.

Natürlich weiß ich das. Denkst du im Ernst, du könntest etwas vor einer Frau verborgen halten, die seit zwanzig Jahren mit dir zusammenlebt? Im Leben werde ich nicht verstehen, warum du damit weitermachst. Ist es Geld? Macht? Oder bist du neidisch auf deine Charaktere und möchtest auch ein bisschen Action in deinem Leben? Sag, sollten sich Schriftsteller nicht aufs Schreiben konzentrieren? Jeden Tag zuhause sitzen und schreiben und mit-

tags die Kinder aus dem Kindergarten abholen, wie unser Held in ›Garp und wie er die Welt sah‹? Und dann, wenn ihre Frauen – spät! – von ihrer wichtigen und interessanten Arbeit nach Hause kommen, sie mit einem schönen Abendessen begrüßen und lauter kleinen Geschichten, die sie während der vielen Stunden, die sie mit den Kindern verbracht haben, für ihre Liebste gesammelt haben – und zwar nur für sie?!

Das ist der Film, den ich im Kopf hatte, als ich dir gesagt habe, ich wäre gern mit einem Schriftsteller verheiratet. Aber du hast offenbar einen anderen Film im Sinn gehabt. Oder hast das Drehbuch geändert. Oder eine Adaption davon gemacht. Ich weiß es nicht. Metaphern sind eher dein Terrain.

Es ist nicht so, dass ich dich nicht mehr liebe, nur damit das klar ist. Hinter dem frustrierten und auf sich selbst fixierten Schriftsteller, der du geworden bist, verbirgt sich noch immer der sensible und lebensfrohe Mann, in den ich mich verliebt habe. Ich mag einfach nicht mehr mit dir zusammen sein, das ist es.

Es ist mir zu einsam. Zu bleiern.

Und deshalb muss ich jetzt Abstand von dir haben, um mich daran zu erinnern, wer ich bin.

Wenn du willst, kannst du es eine Recherchereise nennen.

Rost – an einem der Tischbeine des wunderschönen Balkontischs, erworben in einem Laden namens »Die marokkanische Fantasie« in Hatzor HaGlilit. (Das sind wir, rostig, auf eine Art. Oder täusche ich mich? Vielleicht wegen Ari und der langen Stunden an seinem Bett und meiner unkontrollierbaren Neigung, verschiedene Details zu einer von Chomskys Tiefenstrukturen zusammenzufügen, will mir scheinen, dass alles in meinem Leben und um mich herum, in meinem Haus und in meinem Land, rostet, verrottet, sein Ende vorwegnimmt, während doch eigentlich …)

Vielleicht sollte ich hier besser aufhören. Auch so bin ich schon viel zu weit gegangen.

Man muss verstehen, es ist kein Zufall, dass Dikla in einem Unternehmen für Datensicherheit arbeitet. In Ma'alot – hat sie mir mal erklärt –, wenn du da mit einer Freundin hinter Ben-Na'ims Krämerladen eine geraucht hast, haben deine Eltern das innerhalb einer halben Stunde gewusst. Und genau deshalb ist sie, seit sie ihr Geburtsstädtchen verlassen hat, superfanatisch, was ihre Privatsphäre angeht.

Niemals, zum Beispiel, würde sie einwilligen, dass wir Fotografen ins Haus lassen. Und jetzt bringe ich die Wortkamera mit in unser Zuhause.

Sie behauptet immer: Das Buch ist wichtig. Nicht du.

Und auch: Du bist nicht verpflichtet, ihren Voyeurismus zu befriedigen. Lass sie neugierig bleiben. Bewahr dir irgendein Geheimnis.

Und auch: Die Kinder und ich sind nicht schuld, dass du diesen Beruf gewählt hast.

Vor jedem Interview stimme ich mit ihr ab, was gesagt werden darf und was nicht. Sie wird erschüttert sein, wenn sie liest, was ich hier schreibe.

Sie wird erschüttert sein, obwohl ich den wahren Grund für unsere Krise mit Erdichtetem verschleiere.

Sie wird erschüttert sein, obwohl die Kinder bisher in diesem Interview so gut wie nicht erwähnt worden sind. (Dabei sind sie im Grunde genommen meine ganze Welt, meine Kinder. Ich eile zwischen ihnen hin und her wie ein Kellner der Liebe. Meine Zeit ist in ihrer Hand. Mein Glück ihr Faustpfand. Ganz offensichtlich hat sich meine Dysthymie nicht zufällig verschlimmert, nachdem Shira, meine Älteste, mein Liebling, zuhause ausgezogen und ins Internat nach Sde Boker gegangen ist.)

Ich muss verdammt noch mal aufhören, diese Frage hier zu beantworten. Das ist zu gefährlich. Am Ende schildere ich noch meine peinlichen nächtlichen Fahrten nach Sde Boker. Beichte, wie ich

mich hinter Sträuchern verstecke, um einen Blick auf ein sechzehnjähriges Mädchen zu erhaschen, ohne dass es mich sieht.

Ehrlich gesagt sollte ich dieses ganze Interview hier sein lassen.

Aber ich kann nicht. Ich habe nichts anderes, woran ich mich mo-
mentan klammern könnte.

*Es hat den Anschein, als verliefen die Liebesgeschichten in Ihren
Büchern immer unglücklich oder würden das eigene Ende vorweg-
nehmen. Warum ist das so? Und denken Sie, dass Sie irgendwann noch
mal eine Liebesgeschichte mit Happy End schreiben werden?*

Später stellte sich heraus, sie hatte mich vom »Haus der Zionisten
Amerikas« bis zum Parkplatz verfolgt. Hatte sich hinter Litfaßsäulen
und Autos versteckt. Hatte immer schön Abstand gehalten, wie sie
es aus Filmen kannte. Als ich im Begriff war, den Wagen aufzuschlie-
ßen, gab sie ihren Sicherheitsabstand mit ein paar schnellen Schritten auf, trat von der Seite an mich heran und fragte brüsk: Nehmen
Sie mich mit?

Ich erkannte sie nicht. Die Vorträge bei »Taglit« finden immer vor
großen Gruppen statt. Zweihundert Leute jedes Mal. Und das vier-
mal am Tag. Wie soll man sich da ein Gesicht erinnern, auch wenn
es schön ist.

Wohin?, habe ich gefragt.

Die Stadt, über die Sie in Ihrem Vortrag gesagt haben, Sie wohnen dort?

Ja?

Dahin muss ich.

Moment, Moment, gehörst du zu »Taglit«?

Ich gehöre niemandem.

Okay … aber soweit ich weiß, dürft ihr nicht ohne Begleitung einfach los und durch die Gegend ziehen.

So?

Du könntest Ärger bekommen.

Ich möchte Ärger bekommen.

Ich halte schon seit ein paar Jahren Vorträge vor »Taglit«-Gruppen. Das Honorar ist gut, aber das ist es nicht. Es ist das Alter, in dem sich diese jungen jüdischen Amerikaner befinden, achtzehn bis Anfang zwanzig – ich liebe es, mit Leuten in dem Alter zu reden. Man erreicht sie noch. Alles ist noch offen. Wahrscheinlich genau deshalb schafft man sie zu dem Zeitpunkt nach Israel. Vermarktet ihnen zehn Tage lang irgendein Fantasy-Israel. Gerecht. Anständig. Begeisternd. Ausflüge zur Bergfeste Masada und zu Ben Gurions Grab in Sde Boker und organisierte Abende in den Pubs von Tel Aviv. Und dann – am letzten Tag – treffe ich mich mit ihnen und bitte sie, über einen Moment zu schreiben, in dem sie eine Differenz wahrgenommen haben zwischen dem, was ihre Instrukteure ihnen über Israel erzählt hatten, und dem, was sie mit ihren eigenen Augen auf der Straße gesehen haben.

Ich bin nicht naiv. Ich weiß, dass die Projektleitung mich zum Abschluss des Ganzen als provokante, subversive Stimme einlädt – auch das ist Teil der Kampagne. Aber ich habe meine eigenen Ziele.

Irgendein bestimmter Ort, wo du hinmusst?, habe ich sie gefragt, als wir uns der Stadt näherten. Sie hat einen Lippenstift aus der Tasche gezogen und sich die Lippen vor dem Spiegel in der Sonnenblende nachgezogen.

Not really.

Okay, und warum dann ausgerechnet …

Ich suche *somebody*.

Kannst du mir … vielleicht ein paar Details geben? Damit ich etwas habe, womit ich arbeiten kann?

Ich habe noch nicht entschieden, ob ich Ihnen trauen kann.

Okay, dann … Hör zu … Wie heißt du überhaupt?

Rachel.

Hör zu, Rachel, wir sind in einer Sekunde in der Stadt und ich habe keine Ahnung, wohin dann. Weißt du zufällig die Adresse dieses Menschen, den du suchst?

Nein.

Dann …

Just … fahren Sie noch ein bisschen.

Gut, aber dir ist klar, dass … die Chance, dass wir ihn so finden, per Zufall, ziemlich gering ist, also sollten wir vielleicht trotzdem …

Fahren Sie einfach weiter, mein Herz sagt mir, dass wir ihn finden.

Wir sind ziellos weiter durch die Straßen gefahren. Ich am Steuer und sie an den Stofffäden zupfend, die sich über den Riss in ihrer Jeans spannten, wobei sie irgendeinen undefinierbaren Song vor sich hin summte und nach dem *somebody* Ausschau hielt. Um mich nicht komplett wie ein Idiot zu fühlen, bin ich nach ein paar Minuten dazu übergegangen, die Route zu nehmen, die einer Art Kreuzmuster durch die kleineren Straßen folgt, die zwischen den beiden einzigen Längsachsen der Stadt liegen. Das letzte Mal, dass ich so durch die Gegend kutschiert bin, war vergangenes Jahr, als Luna, unsere Hündin, verschwunden war. Sie war schon sechzehn Jahre alt, was in Hundejahren ja über hundert sind, und wir haben sie nicht mehr alleine aus dem Haus gelassen und ohne Leine, wie wir es gemacht haben, als sie jung war. Ihr Gehör hatte stark nachgelassen und sie war dabei zu erblinden, weshalb wir Angst hatten, sie könnte so, unbeaufsichtigt, einfach überfahren werden – aber ihr Verlangen nach Auslauf war stärker als jedes Verbot, und so hat sie einen Moment der Unaufmerksamkeit, als wir dem Pizzaboten aufgemacht haben, genutzt und ist ausgebüxt. Ich bin kreuz und quer mit meiner jüngeren Tochter, die offenbar die dünne Epidermis von mir geerbt hat, durch die Straßen gekurvt, und wir haben bei offenen Fenstern nach Luna gepfiffen und Ausschau gehalten.

Warum haben Sie angehalten?

Sieh mal, Rachel, ich habe nicht den ganzen Tag und … mir scheint, es könnte trotz allem helfen, wenn du mir ein paar mehr Einzelheiten über deinen *somebody* gibst. Immerhin bekommst du dann noch ein Augenpaar zum Ausschauhalten.

Sie hat so einen Hut auf, von der Armee … in Braun.

Ah … also suchen wie eine Soldatin?

Ja.

Mit einem braunen Barett?

Ja.

Von der Golani-Brigade?

Ja, Golani!

Okay. Wo habt ihr euch getroffen?

Erst versprechen Sie, dass Sie uns nicht in eins Ihrer Bücher packen.

Was? Warum sollte ich …

Sie haben in Ihrem Vortrag gesagt, Sie sind ein *story hunter*. Und es passt mir nicht, wenn Sie jetzt meine Story jagen. Und noch weniger würde mir passen, wenn Sie Adis Story jagen.

Okay. Ich verspreche, euch nicht in einem meiner Bücher unterzubringen.

Fahren Sie weiter.

Hier, schon passiert.

Wir haben uns in Masada getroffen.

Auf dem Schlangenpfad?

Nein, oben. Auf dem Plateau. Ich habe einen Vater, der sich das Leben genommen hat, verstehen Sie. Und als unser Guide dann angefangen hat … *to glorify*, dass sich alle dort umgebracht haben, um nicht in die Hände der Römer zu fallen, konnte ich nicht schweigen.

Das … kann ich mir vorstellen.

So, ich habe die Hand gehoben und gefragt, ob auch Frauen und Kinder unter denen waren, die sich das Leben genommen haben. Und er, ja klar. Darauf habe ich gesagt, *well excuse me, it was a stupid* Entscheidung, *and it's a horrible* Geschichte.

Wow.

Was, wow? *It's a horrible* Geschichte *and it's a fucking chauvinistic myth.* Denken Sie nicht?

Wie hat der Guide reagiert?

Alle sind über mich hergefallen. Nicht nur er. Haben mir die ganze Propaganda von Birthright an den Kopf geworfen. Alles auf einmal.

Und … Augenblick, diese Soldatin … Adi … war sie auch dabei?

Sie hat eigentlich eine ganz andere Gruppe begleitet. Aber sie hat neben uns gestanden und alles mit angehört. Und danach ist sie zu mir gekommen und hat mir die Hand auf die Schulter gelegt, hat gefragt, ob ich okay bin. Und mich aus ihrer Wasserflasche trinken lassen. Das war das erste Mal während der ganzen Tage, dass jemand nett zu mir war. Wissen Sie, das sind alles Kinder dort und ich mache bald meinen Master in Gender Studies. Das ist *worlds apart*, verstehen Sie?

Sicher.

Danach hat sie gebeten, zu unserer Gruppe versetzt zu werden, und so konnten wir die nächsten zwei Tage komplett zusammmen verbringen. Haben die ganze Zeit aneinandergehangen. Ich habe ihr von meinem Vater erzählt – und Sie müssen verstehen, ich rede mit absolut niemandem über meinen Vater – und sie hat mir erzählt, wie es wirklich ist, in der Armee zu sein. Sie hat drei Monate in den *territories* Dienst gehabt. *And she freeked out* von den Sachen, die ihr da passiert sind. Aber sie hatte niemanden, mit dem sie darüber hätte reden können, bis sie mich traf.

Das klingt, als …

I'm such a dumme Kuh, verstehen Sie? Sie hat riesige Augen und einen großen Körper. *Exactly* mein Geschmack. Und am letzten Tag, als wir uns verabschiedet haben, hat sie mich angeschaut und ich wusste, dass sie auch, und sie wusste, dass ich auch, aber keine von uns hatte den Mut … *you know, to make the move.* Und dann ist jede zu ihrem Bus gegangen. Und als Sie dann in Ihrem Vortrag plötzlich gesagt haben, Sie wohnen … hier, in Ihrer *suburbia*, dachte ich mir, Baby, *it's a* Vorzeichen … *Do you believe in* Vorzeichen?

Die Telefonistin der städtischen Hotline bat uns um Erkennungsmerkmale. Ich erinnere mich noch an ihren Ton. Sachlich. Mit einem Anflug von Ungeduld. So ein Schicht-Ende-Tonfall. Ich habe gesagt: Kleiner, zierlicher Körper. Hellbraunes Fell. Weiße Pfoten. Ein weißer Strich auf der Stirn. Langer, weißer Schwanz. Nicht kupiert. Dann habe ich Noam gefragt, ob sie noch etwas hinzufügen wolle. Und sie hat gesagt, ja, sie ist wirklich sehr klug, unsere Hündin, immer, wenn ich traurig bin, spürt sie das, und ohne dass ich was sage, kommt sie zu mir.

Gut, hat die Dame von der Hotline gesagt. Ich rufe bei den städtischen Hundefängern an und kläre, ob einer von denen eine Hündin aufgelesen hat, auf die Ihre Beschreibung passt.

Ich erinnere mich noch an die endlos lange Minute, die verging, bis sie uns zurückrief. Erinnere mich an meine Tochter, die ihre Nägel bis aufs Fleisch abkaut. Und an mich, der ich mich zusammenreiße, um ihr nicht zu sagen, dass sie ihre Nägel bis aufs Fleisch abkaut.

Sagen Sie, sind wir nicht schon mal an diesem hässlichen Gebäude vorbeigekommen?

Kann sein. Immerhin fahren wir ja auch schon seit einer Stunde durch die Gegend. Und das hier ist eine ziemlich kleine Stadt.

»Eine Stadt ohne Libido.«

Was?

Das hat Adi über eure Stadt gesagt.

Wallah. Und an Adis Familiennamen erinnerst du dich auch zufällig?

Nein.

Und … an andere Sachen, die sie von sich erzählt hat?

Wie was?

Weiß nicht. Sagen wir, Dinge, die sie gerne macht. Spielt sie Tennis? Basketball? Kauft sie gern Sachen in Secondhandshops? Mag sie Hummus? Jede Information kann uns hier weiterhelfen.

Sie liest gerne, glaube ich.

Okay, das ist gut! Was noch?

Ich habe ihr erzählt, dass wir einen israelischen Autor treffen werden. Sprich, Sie. Da hat sie gesagt, sie hätte alle Bücher von Ihnen gelesen.

Wunderbar.

No offence, aber sie hat gesagt, Ihr erstes sei am besten gewesen und seitdem hätten Sie stark nachgelassen.

Wallah.

Hey, man, ich habe keine Ahnung, habe nicht eins davon gelesen. Ich steh mehr so auf skandinavische Autoren. Bin verrückt nach deren *sick mind*. Kennen Sie Axel Wolf?

Leider ja.

Egal. Was ich vorher gesagt habe … gibt Ihnen das irgendeine Richtung?

Sieh mal, wir könnten versuchen, alle Buchläden der Stadt abzuklappern, aber das würde viel Zeit kosten. Müsstest du nicht eigentlich längst wieder bei deiner Gruppe sein? Fliegt ihr nicht morgen nach Hause?

So what?

Auch, als wir nach Luna gesucht haben, hätte ich fast aufgegeben. Ich erinnere mich, dass ich zu meiner Tochter gesagt habe: Es ist schon dunkel, wie stehen die Chancen, dass wir sie jetzt noch finden? Aber Noam, die, im Unterschied zu ihrer großen Schwester und ihrem Bruder, so gut wie nie etwas für sich selbst einfordert, bat, wir sollten noch ein bisschen weitersuchen. Nur noch ein paar Minuten. Und sie hat die Wimpern gesenkt, als stünde sie kurz davor in Tränen auszubrechen. Also habe ich tief durchgeatmet und bin wieder zurückgefahren, schon in der Grobrichtung nach Hause, aber ganz langsam. In Fahrradgeschwindigkeit. Und dann – haben wir sie gesehen. Oder vielmehr zuerst gehört: ein Winseln. Vertraut. Herzzerreißend.

Wir haben sie schließlich hinter dem Denkmal für die Gefallenen des Zweiten Libanonkriegs entdeckt. Wie sie sich selbst leckt. Als sie uns bemerkte, wurde ihr Winseln zu einem kurzen Freudengebell. Sie wollte uns entgegenlaufen, ist aber nicht richtig auf die Beine gekommen und wieder zu Boden gesunken. Da erst haben wir die große, blutende Wunde bemerkt, die knapp über dem hinteren linken Lauf klaffte.

Wait a second!

Was?

Mir ist noch etwas eingefallen, das Adi mag. Außer Bücherlesen.

Und was?

Ice cream! Sie hat mir die ganze Zeit gesagt, wie gern sie jetzt ein Eis hätte.

Okay … Eis ist natürlich ein bisschen vage. Hat sie vielleicht eine spezielle Sorte von Eis erwähnt?

Doch, ja, so *soft ice.* Na, wie das, das es bei McDonald's für einen Dollar gibt.

Amerikanisches Eis?

Ja, sie hat tatsächlich gesagt, dass ihr das hier so nennt. Ich habe gar nicht verstanden … Was soll denn amerikanisch an dem Eis sein?

Ehrlich gesagt …

Warum fahren Sie denn schon wieder so langsam?

Damit du meine Stadt genießen kannst. Wenn wir schneller fahren, würdest du ihren speziellen Charme verpassen.

Cut the crap! Warum schleichen Sie so?

Weil ich eine Idee habe. Und die wälze ich im Kopf. Gemächlich.

Was? Reden Sie doch!

Mach dir keine zu großen Hoffnungen. Das Ganze ist ein ziemlicher … *long shot.*

Come on, sagen Sie's endlich!

Wir haben hier nur ein einziges Einkaufszentrum, in dem es Buchläden und einen McDonald's gibt.

Wir haben Luna vorsichtig zum Wagen getragen und auf die Rückbank gelegt. Sie hat weiter an sich geleckt und das Sitzpolster vollgeblutet. Meine Tochter hat sich neben sie gesetzt. Hat ihr den Schädel gestreichelt und wie eine Mutter beruhigend auf sie eingeredet. Wir sind dann zu der Tierklinik gefahren, die die ganze Nacht geöffnet hat, in unserem alten Viertel. Luna war glücklich, als wir da noch wohnten, in einem weiß Gott nicht neuen, nicht symmetrischen und auch nicht ganz legal errichteten Haus am Stadtrand, schon fast in den Feldern. Wie viel Auslauf sie dort hatte: ein kleiner Sprung über die niedrige Steinmauer und sie war frei, konnte in jede Richtung losstürmen und den Mond anbellen. Wenn ich jetzt so darüber nachdenke – erst als wir in unser neues Haus umgezogen sind, das gefangen zwischen anderen Neubauten steht, mit null Windrichtungen, hat Luna angefangen abzubauen. Als sei auf einen Schlag das Alter über sie gekommen.

Der Tierarzt selbst war nicht in der Klinik, aber eine junge Veterinärmedizinerin, die die Nachtschicht besorgte, hat ihn vertreten.

Eigentlich waren wir mit Luna in der Regel nur zum Impfen in der Tierklinik, und dann hat sie immer gebellt und versucht wegzulaufen. Diesmal hatte sie nicht mal Kraft, um zu protestieren.

Wir haben sie auf den Untersuchungstisch gelegt, mit der klaffenden Wunde nach oben. Die Vertretung hat gemeint: Wow. Und: Haben Sie den Wagen gesehen, der sie angefahren hat?

Wir verneinen.

Dann tastet die Tierärztin ganz leicht den Bereich um die Verletzung ab und Luna wimmert. Die Stimme meiner Tochter bricht mitten im Satz, als sie fragt: Können Sie sie ... verbinden?

Kann ich machen, hat die Vertretung gesagt, in Unheil verheißendem Ton.

How do I look?, hat Rachel gefragt.

Schon seit einigen Minuten betrachtete sie sich prüfend im Spiegel, hantierte mit einem kleinen Schminktäschchen herum und holte irgendwann auch noch eine Haarbürste hervor. Kämmte sich die Haare.

Sorry, Rachel, aber ich fahre. Ich kann jetzt nicht gucken.

Dann gucken Sie, wenn wir an der Ampel sind, *please*.

Ich habe geguckt, als wir an der nächsten Ampel standen.

Glatte, schwarze Haare mit einer blond gefärbten Strähne. Augenbrauenpiercing. Große, dunkle Augen. Jüdische Nase. Schmale, leuchtend rot angemalte Lippen. Die Wangen vor Aufregung gerötet.

Du bist wunderschön, Rachel, habe ich die Wahrheit gesagt. Aber ...

Glauben Sie, Adi wird sich freuen, mich zu sehen?

Rachel, *listen*, ich suche schon seit Jahren nach einem verschwundenen Freund, auf der ganzen Welt, und die Chance, dass ausgerechnet ...

Mein Herz sagt mir, dass sie da sein wird, meinte Rachel trotzig.

»Mein Herz sagt mir«, wiederholte ich tonlos, aber mit zynischer innerer Stimme. Dachte: Diese Amerikaner. Denken, ihr Leben spiele in Hollywood.

Ich habe Dikla damals angerufen und ihr gesagt, sie solle kommen. Wusste, in Sachen Luna habe ich nicht das Recht, alleine zu entscheiden. Außerdem war es ursprünglich ja mal ihre Hündin. Sie hatte sie auf einer ihrer Wanderungen während einer unserer Trennungen gefunden und mir dann schlicht mitgeteilt: Ohne diese Hündin ziehe ich nicht wieder mit dir zusammen.

Bis zu Luna hatte ich Hunde nicht ausstehen können. Der erste Hund in meinem Leben war die verrückte Bulldogge in der Giv'at Downs, die mit gefletschten Zähnen immer am Zaun hochsprang, wenn jemand dort vorbeiging. Und einmal, auf dem Weg unterhalb unseres Hauses in der Einstein, hat mich ein Armeespürhund, der am Schabbat auf Heimaturlaub war und wohl irrtümlich dachte, ich sei ein Terrorist, gebissen, um nicht zu sagen, mir ein Stück Fleisch aus dem Rücken gerissen. Jahre danach haben sich mir noch die Nackenhaare aufgestellt, wenn ein Hund mich angebellt hat. Aber Luna war klein und pazifistisch und hat niemanden mit gefletschten Zähnen angefallen. Im Gegenteil, in unserer ersten gemeinsamen Nacht ist sie aufs Bett gesprungen und hat ihren Kopf auf meine Brust gelegt. Zögerlich. Als wollte sie um Erlaubnis bitten. Und so hat sich ihre Seele mit der meinen verbunden. Und danach mit der der Kinder.

Dikla ist gekommen und hat sich die ausführliche Erklärung der Tierärztin angehört – eine Erklärung, die wir bereits bekommen hatten. Dieses bedächtige Nicken kannte ich nur zu gut, das Nicken beim Verdauen einer schlechten Nachricht. Genau so hatte sie genickt, als man ihr mitteilte, nach Auszählung aller Stimmen sei sie nicht zur Vorsitzenden der Bewegung gewählt worden.

Da ist sie, *man*!
Kann nicht sein. Wo?
Da!

Und tatsächlich, auf dem Bürgersteig vor dem McDonald's – eine Soldatin. Mit einem Becher amerikanischen Eis in der Hand. Und dem Barett der Golanis unter der Schulterklappe.

Bist du sicher, dass …

Ja, halten Sie endlich an!

Ich hielt endlich an. Rachel sprang aus dem Wagen, vergaß ihre Tasche. Durch das Seitenfenster verfolgte ich das Geschehen. Sie stand mit dem Rücken zu mir, also konnte ich ihr Gesicht nicht sehen, dafür aber das der Soldatin. Ihre erste Reaktion war Anspannung, beinahe Abwehr. Sie legte sogar eine Hand an den Gewehrkolben. Brauchte eine Sekunde, um zu verstehen, wer da auf sie zustürmte. Um wiederzuerkennen. Und dann – folgte ein wunderschöner Moment des Erstrahlens. Ihr Gesicht leuchtete auf und ihr großer Körper, der eben noch ein bisschen gebeugt gestanden hatte, straffte sich. Sie umarmten sich, eine kurze Umarmung. Noch hatte die Soldatin ihr amerikanisches Eis in der Hand, also umarmte sie Rachel nur mit einem Arm. Und dann gingen sie ein bisschen auf Abstand, und Rachel redete. Ich hörte kein Wort, sah aber die verlegen-aufgewühlten Bewegungen ihrer Hände und die Wirkung dessen, was sie sagte, auf die Soldatin. Ihre Augen wurden weich und ihre Lippen öffneten sich ein wenig, vor Erstaunen. Das Eis löste sich aus ihrer Hand und landete verkehrt herum auf dem Gehweg. Und dann umarmten sie sich erneut. Die Umarmung war so intim und liebevoll, dass ich wegschauen musste. Aber nicht konnte.

Nach einer Weile lösten sie sich voneinander und kamen Hand in Hand auf meinen Wagen zu.

Ich dachte: Wie zärtlich ist doch dieses Hand-in-Hand von zwei Frauen.

Und bevor ich verstand, was los war, hatte sich Rachel schon mit einer schnellen, geschmeidigen Bewegung durchs Fenster gebeugt und mir einen Kuss auf die Wange gedrückt.

Danke für alles, was Sie für mich getan haben, sagte sie und bedeutete mir, ich solle ihr ihre Tasche rausreichen. Ich werde alle Ihre Bücher lesen! Auch die schlechten! Versprochen!

Kaum waren die beiden jungen Frauen in dem Buchladen verschwunden, klingelte das Telefon.

Ron von »Taglit« war dran. Ein Projekt mit Esprit.

Ich wollte Ihnen für den Vortrag danken, sagte er. Ich habe sehr gute Feedbacks bekommen.

Toll, habe ich gesagt. Mir hat es auch gefallen.

Lassen Sie uns nächste Woche ausführlich drüber reden. Im Augenblick kann ich nicht, denn wir haben ein bisschen Chaos hier, eines der Mädchen ist verschwunden. Und ihr Flug ist morgen früh.

Was Sie nicht sagen.

Ein problematisches Mädchen, ein bisschen gestört. Mit unschöner Familiengeschichte … Wir haben Angst, sie könnte …

Klar.

Wir durchkämmen gerade ganz Tel Aviv. Die Polizei ist auch schon alarmiert. Denn wir können uns wirklich nicht erlauben, dass ihr auch nur das Geringste zustößt.

*

Ich bin danach nicht gleich nach Hause. Wusste ja, was mich dort erwartet. Oder genauer gesagt, was nicht.

Bin stattdessen noch geraume Zeit bei offenem Fenster kreuz und quer durch die Straßen der Stadt gefahren.

Habe nach Luna gepfiffen. In den Wind.

Wenn Sie einen Moment Ihres Lebens noch einmal erleben könnten,
welchen würden Sie wählen?

Wir hatten uns am Strand von Beit Yanai verabredet. Sie hatte schon einen neuen Freund, ich hatte eine Freundin. Wir hatten uns fast ein Jahr nicht mehr gesehen, seit der Trennung. Und plötzlich hinterlässt sie mir eine Nachricht auf dem Anrufbeantworter: Willst du dich mit mir treffen? Ihre Mädchenstimme.

Als Erstes bin ich morgens zum Friseur gegangen. Obwohl ich nicht geglaubt habe, dass noch eine Chance besteht. Sie hat am Felsen auf mich gewartet, in dem braunen Kleid, von dem sie weiß, dass ich ihm nicht widerstehen kann. Ich habe sie auf die Wange geküsst. Der Geruch ihrer Hautcreme. Habe überhaupt nicht bemerkt, dass sie eine Leine in der Hand hält, bis sie sagt, darf ich vorstellen, Luna. Sehr angenehm, Luna – ich habe mich runtergebeugt und der Hündin den Kopf gekrault. Ich dachte, du magst keine Hunde, hat sie gesagt. Ich mag auch keine Hunde, habe ich gesagt. Gehen wir ein bisschen am Strand entlang? Sagt sie und streift ihre Schuhe ab. Ihre Füße. Ich ziehe meine Sandalen aus. Wir gehen entlang der Wasserlinie, bis keine Leute mehr da sind. Luna läuft neben uns her und bellt von Zeit zu Zeit die Wellen an.

Wohnst du noch immer in Givatayim?, hat sie gefragt.

Machst du noch immer Schakschuka mit Fetakäse?

Sie lacht. Das kleine Krächzen, das sie hat, wenn sie aus vollem Herzen lacht.

Komm, setzen wir uns ein bisschen hin, sagt sie und holt ein großes Handtuch aus ihrer Umhängetasche.

Wir haben uns hingesetzt. Ziemlich nah beieinander. Fast Schulter an Schulter. Luna ist in Kreisen um uns herumgetollt. Unruhig. Wie haben ein paar Minuten lang geschwiegen und uns den Sonnenuntergang angeschaut. Und dann hat Dikla ihren Kopf auf meine Schulter gelegt. Erst habe ich ihr weiches Haar gespürt. Und dann ihre Wange. Habe den Arm um ihre nackte Schulter gelegt und sie an mich gezogen.

Ich habe keine Kraft mehr, sagt sie mir an den Hals.

Wozu?, frage ich.

Dagegen anzukämpfen, sagt sie.

Ich seufze und lege meine Wange auf ihren Kopf, wie um zu sagen, ich auch nicht.

Plötzlich ist Luna auf mich drauf geklettert und hat angefangen, mir übers Gesicht zu lecken. Ich habe einen Mordsschreck gekriegt. Bin zurückgewichen. Ihre feuchte Zunge. Die kratzigen Pfoten. Habe versucht, sie sanft von mir runterzuschieben. Dikla hat gelacht. Vielleicht magst du keine Hunde. Aber Luna mag dich! Ist mir eine Ehre, habe ich gesagt. Ist mir eine Ehre?, sie ist bass erstaunt. Seit wann sagst du, »Ist mir eine Ehre?« Menschen ändern sich, sage ich.

Die Dunkelheit sank herab und erste Sterne zeigten sich. Dikla ließ sich rücklings nach hinten auf das Handtuch fallen. Luna streckte sich neben ihr aus, mit einem Mal ganz ruhig. Auch ich legte mich hin. Mein Ellbogen berührte ihren, unsere Gesichter waren den Sternen zugewandt. Nach einer Minute drehten wir uns zueinander, in genau derselben Sekunde, als sei ein und dasselbe Metronom in uns beiden am Werk. Ihr Gesicht, so nah. Ihr breiter Mund. Ich kann dich nicht küssen, ich habe einen Freund, sagt sie. Ich kann dich auch nicht küssen, ich habe eine Freundin, sage ich. Und dann küssen wir uns. Ein behutsamer Kuss. Furchtsam. Als ich anfange, ihr Kleid hochzuschieben, hält sie meine Hand fest und sagt nur: Nein. Ich höre auf. Unsere Finger sind ineinander verschränkt und meine Atemzüge noch immer beschleunigt.

Vielleicht ist das ein Zeichen, habe ich gesagt.

Was ist ein Zeichen?, hat sie gefragt.

Mir war klar, sie weiß es, will aber, dass ich es ausspreche. Also sage ich: Wenn es uns nicht gelingt, nach so langer Zeit den anderen zu vergessen – vielleicht ist das ein Zeichen.

Vielleicht, sagt sie. Und etwas Banges liegt in ihrer Stimme.

Dann ist Luna mit einem Satz über sie hinweggesprungen und hat sich zwischen uns gedrängt. Hab keine Angst, hat Dikla gesagt, sie beißt nicht, du kannst sie streicheln. Sie hatte einen langen weißen Strich mitten auf der Stirn. Vorsichtig habe ich ihr über diesen Streifen gestrichen.

Sie liebt es, wenn man sie da streichelt, hat Dikla mich ermutigt.

Wo hast du sie gefunden?, habe ich gefragt.

Neben der Zulassungsstelle in Cholon. Irgendjemand hat sie einfach da ausgesetzt.

Sie ist allerliebst.

Du auch, hat Dikla gesagt und mir tief in die Augen geschaut.

Wir haben uns abermals geküsst. Diesmal hungriger. Länger. Ein Kuss als Einleitung … – die wir abbrechen mussten, weil Luna uns mit ihren Hinterpfoten eingesandet hat.

Manchmal braucht sie ein bisschen Aufmerksamkeit, hat Dikla entschuldigend gemeint und die Hündin am Halsband zu uns gezogen.

Ich habe derweil versucht, wieder Luft zu bekommen und mein ausgehungertes Herz zu beruhigen.

Du hast da Sand auf den Wimpern, hat Dikla gesagt. Mach mal die Augen zu.

Habe ich gemacht. Sie ist ganz nah rangekommen und hat mir übers Gesicht gepustet. Ganz sanft. Noch mal und noch mal.

Ein Schauder ist mir den Rücken heruntergelaufen.

Ich muss langsam los, hat sie irgendwann gesagt.

Ich auch.

Sie ist aufgestanden. Ich ebenfalls. Wir haben uns den Sand abgeklopft und sind im Mondlicht Richtung Parkplatz gegangen. Unterwegs habe ich damit angegeben, dass mein erstes Buch bald rauskommt. In zwei Monaten. Wahnsinn, hat sie gesagt, ich bin richtig stolz auf dich. Ich wollte immer mit einem Schriftsteller verheiratet sein. Ja, ich weiß, habe ich gesagt. Dann hat sie mir von ihrem neuen Job erzählt, voller Begeisterung. Mit ihren dramatischen Handbewegungen. Und ich habe gedacht: Sie hat endlich eine Bestimmung gefunden, und ich das Schreiben. Vielleicht können wir jetzt, da jeder von uns ein bisschen mehr mit sich im Reinen ist, das Kriegsbeil begraben. Habe aber gedacht: Sag jetzt nichts. Auf keinen Fall. Ein ganzes Jahr habt ihr euch nicht gesehen, das verschreckt sie nur. Lass es ein bisschen reifen.

Passt dir September?, habe ich gesagt.

Passt mir wofür? Sie bleibt abrupt stehen. Wir sind schon fast bei den Autos.

Für die Hochzeit, sage ich. Zypern. Nur du und ich. Und einen Monat später ein großes Fest mit Freunden und Familie.

Du sagst das nur, weil du spitz auf mich bist. Sie lächelt süffisant.

Ich sage das, weil ich dich liebe.

Ich liebe dich auch. Mit einem Mal ist sie ganz ernst. Aber … bist du sicher, dass das reicht?

Eine Woche später ist sie bei mir in Givatayim eingezogen, mit Luna im Schlepptau. Als Bedingung.

Und im September haben wir geheiratet. Auf Zypern.

Zwei Jahre danach wurde Shira geboren.

*

Von Luna ist uns ein gerahmtes Foto im Wohnzimmer geblieben. Ein Bild, das im Künstlerdorf En Hod entstanden ist – Luna an die Skulptur eines Löwen angeleint. An den steinernen Schwanz des Löwen. Ihr eigener Schwanz wedelt fröhlich durch die Luft wie eine Mähne.

Ich war es, der dem Pizzaboten die Tür aufgemacht hat. Und ich derjenige, der vergaß, sie hinter ihm wieder zuzumachen, und loslief, das Portemonnaie holen, was Luna die Gelegenheit verschaffte, nach draußen zu schlüpfen, auf die roten Straßen. Dikla war noch bei der Arbeit und die Kinder in ihren Zimmern. Zeugen gab es keine. Nach allem, nach der Tierärztin, der Spritze, nachdem Noam schlafen gegangen war und Dikla mich fragte, aber wie ist das passiert? Wie ist Luna aus dem Haus gelangt? Da habe ich alle Einzelheiten neu zu einer Geschichte geordnet, die mich in ein besseres Licht setzte. Der Bote ist reingekommen, habe ich gesagt, und bevor ich die Tür schließen konnte, hat sie sich … einfach … hinter ihm vorbeigeschlängelt und ist ausgebüchst.

Dikla hat nicht nachgefragt. Hat nichts mehr dazu gesagt. Hat mich nur mit einem langen Blick bedacht, der sagte: Wir beide wissen, dass Luna nicht mehr flink genug war, um so was zu tun. Und auch: Ich weiß, dass du mich anlügst. Und ich schäme mich für dich. Aber lass uns das jetzt nicht aufmachen.

Von wem oder was lassen Sie sich inspirieren?

Auf dem Rückweg von Kiryat Shmona singt Robbie Williams, dass er richtige Liebe spüren will. Das Telefon des Taxifahrers klingelt und er entschuldigt sich. Es sei seine Tochter. Er müsse rangehen.

Robbie Williams singt bei verminderter Lautstärke weiter, er wolle richtige Liebe spüren, und die Tochter des Fahrers sagt, ich fühle mich nicht gut.

Du musst nicht in die Schule gehen, beruhigt er sie.

Und sie sagt, ich gehe trotzdem, Papusch.

Wie du meinst, meine Schöne, sagt er abschließend. Und ich denke: Vielleicht, wenn ich auch öfter zu Shira gesagt hätte, »Wie du meinst, meine Schöne«, hätte sie uns nicht verlassen.

Regen setzt ein. Die Tropfen rinnen schräg über die Windschutzscheibe. Hinter der Kach-Kreuzung ist ein neues Hotel hochgezogen worden, und daneben schaukelt ein am Boden vertauter Heißluftballon. Robbie Williams singt, er wolle richtige Liebe spüren. Wolle das Haus spüren, in dem er lebt.

Lesen Ihre Kinder Ihre Bücher?

Jahrelang hatte ich so eine Szene im Kopf, Shira auf ihrem großen Südamerikatrip nach der Armee. Sie hat alle Bücher durch, die sie von zuhause mitgenommen hat, und nach zwei Wochen, in denen sie kein Wort Hebräisch gesprochen hat – denn wie ich sie kenne, hat sie ihre Reise absichtlich so geplant, dass sie vom Hummuspfad abweicht –, besteigt sie einen Bus. Immer habe ich mir vorgestellt, wie sie durch dessen Gang geht, ihre Streichholzbeine in klobigen Trekkingstiefeln, auf der Suche nach einem freien Platz. Den großen Rucksack hat sie auf das Busdach gewuchtet und jetzt nur noch die kleine violette Tasche, ihre Lieblingsfarbe, über der Schulter. Und natürlich die Gitarre auf dem Rücken. Bewusst lässt sie ihre Locken – noch immer milchkaffeebraun? Oder vielleicht schon dunkelbraun? – ins Gesicht hängen, wie sie es immer macht, wenn sie unsicher ist, und entschuldigt sich in radebrechendem Spanisch, als der Hals der Gitarre gegen die Schulter einer Reisenden stößt. Sie lässt sich auf ihren Platz sinken, den Kopf nach hinten gelegt, die Augen geschlossen. In den Ohren hat sie kleine, weiße Kopfhörer. Was hört sie? Salsa. Zu Beginn ihrer Reise hat sie Salsa gehasst, doch jetzt ist sie ihm verfallen. Ihr rechtes Knie wippt im Takt der Musik, von Kindheit an hat dieses Knie seinen eigenen Beat gehabt, und als der nicht enden wollende Song irgendwann doch endet, beruhigt sich auch ihr Knie, und in der mit einem Mal herrschenden Stille hört sie plötzlich Hebräisch. Sie schlägt die Augen auf. Die hinterste Sitzreihe hat, wie sich herausstellt, ein Trüppchen Israelis eingenommen. Sie schreckt ein bisschen vor deren lautstarker Fröhlichkeit zurück, hat aber keine andere Wahl, als sie anzusprechen, denn sie braucht wirklich ganz dringend ein Buch. Nach einigem Hin und Her wird klar, einer von ihnen hat ein Buch, das er bereit ist zu tauschen. Er holt es aus seiner Tasche und sie sieht sofort, dass es von ihrem Vater ist. Schon als kleines Mädchen war es ihr peinlich, wenn Leute die Verbindung herstellten. Und je älter sie wurde, desto mehr wurde dieses Peinlich-berührt-Sein zu einer regelrechten Aversion. Sie sagt ihnen nichts davon, denkt aber bei sich, das Letzte, was sie lesen möchte, ist ein Buch ihres Vaters, doch die Alternative wäre, ganz ohne Buch zu bleiben. Und wer weiß, wann sich ihr die nächste Gelegenheit bietet. Also nimmt sie das Buch, gibt dem Typen dafür eines von ihren und kehrt zu ihrem Platz zurück. Sie liest nicht gerne auf Fahrten, davon wird ihr immer schlecht, schon als Kind war das bei ihr so, also schlägt sie erst nachts, im Hostel, in dem verwaschenen Jogginganzug, den ich ihr vor Jahren mal im Dizengoff-Center gekauft habe, das Buch auf. Immer habe ich gehofft, es würde mein erster Roman sein, den sie im Hostel zu lesen beginnt. Das unschuldigste von allen meinen Büchern. Ich habe sie immer vor Augen gehabt, wie sie die erste Seite beendet, den Finger mit der Zunge befeuchtet – eine Marotte, die sie von ihrer Mutter hat – und umblättert. Dann die nächste Seite aufschlägt und immer weiterliest, wenn auch mit ein bisschen Unbehagen, Seite um Seite. Oder aber das Buch zur Seite legt, weil es ihr nichts sagt. Ich hatte im Kopf mehrere Optionen ausgearbeitet für diese Szene. Aber manchmal kommt die Wirklichkeit der Fantasie zuvor. Denn Shira hatte, sonst wäre sie nicht Shira, ihre eigenen Pläne.

Ich selbst versuche mich auch ein bisschen im Schreiben,
und was mir am schwersten fällt, ist, die Handlung zu entwickeln.
Hätten Sie da irgendeinen Tipp für mich?

Erzähl deinem Kind Gutenachtgeschichten – oder leih dir das Kind von jemand anderem aus und erzähl ihm welche. Ich mache das jetzt schon seit mehr als einem Jahrzehnt. Und sollte ich tatsächlich auch nur ein bisschen besser im Ausdenken von Plots geworden sein – dann dank meiner Kinder. Es war schon immer so: War die Geschichte, die ich mir ausgedacht habe, nicht interessant genug, haben sie nicht mehr richtig zugehört. Sind ihre Blicke weggedriftet. Hat sich ihr Körper in sichtlichem Unbehagen gerührt. Und manchmal haben sie mir auch einfach ins Gesicht gesagt: Papa, das ist langweilig. Oder noch peinlicher: Lass gut sein, Papa, lies uns lieber aus dem Buch von Me'ir Shalev vor. Ich hatte also keine andere Wahl und habe so ganz allmählich, von Niederlage zu Niederlage, gelernt, wie man Handlungen tanzt. Wie man Geschichten mit dieser unbeschwerten Bewegung ins Laufen bringt, in der der nächste Schritt niemals vorhersehbar ist.

Inzwischen ist es nur noch Yanai, der um eine »Geschichte aus dem Kopf« bettelt. Nach der Dusche wickle ich ihn in zwei große Handtücher und trage ihn in sein Bett. »Yanai-Dürüm« heißt das bei uns.

Ich bahne uns vorsichtig einen Weg durch die auf dem Fußboden seines Zimmers verstreuten Legosteine, lege ihn in die Handtücher verpackt ins Bett und hole seinen Superheldenpyjama aus dem Kleiderschrank.

Er bittet, noch ein bisschen in den Handtüchern bleiben zu dürfen, und ich willige ein. Rubbele ein bisschen mit den Handtüchern, damit ihm warm wird. Und schäle sie dann langsam von ihm ab, helfe ihm, den Pyjama anzuziehen. Danach legt er sich hin, ich decke ihn zu und nehme eine Nase voll von dem wunderbaren Duft seiner

Kopfhaut. Und lasse mich dann in den großen Sitzsack neben seinem Bett fallen.

Er weiß, jetzt fängt die Geschichte an, und schaut zu mir auf.

Er hat exakt die gleichen Augen wie seine Mutter, braun und groß mit langen, schönen Wimpern.

Aber sein Blick auf mich – könnte anders nicht sein. Frei von Enttäuschung. Frei von Missfallen. Glitzernd vor reiner Liebe.

Ich fange an zu erzählen. Er wendet sich mir ganz zu, die Ohren gespitzt, und sein Gesicht reagiert mit ganz viel Gefühl auf jede Wendung der Handlung.

Das sind die besten Augenblicke meines Tages. Keine Dysthymie mehr. Kein sterbender Ari mehr. Kein ausweichender Blick von Dikla. Nur Yanai und ich und Geschichten von dem wagemutigen Ilai (er braucht diese kleine Namensänderung, um zu glauben, dass alles passieren kann: ein Vogel, der den Jungen, der auf einen Baum geklettert ist und nicht wieder herunterkommt, in seinem Schnabel durch die Luft trägt; ein Junge, der nachts von der Ganz-durcheinander-Mücke gestochen wird und am Morgen anstatt zur Schule zur Arbeit seiner Mama geht, die von derselben Mücke gestochen dafür in seine Schule geht).

Wenn ich aus seinem Zimmer komme, tritt Dikla ein.

Das heißt, sie wartet noch ein paar Sekunden, damit wir uns nicht irrtümlicherweise auf dem Flur begegnen und aneinander vorbeimüssen, dann erst geht sie und legt sich neben ihn. Ihr Haar breitet sich auf seinem Kopfkissen aus, ihre langen Beine ragen ein bisschen über das Fußende seines Bettes hinaus. Sie küsst. Umarmt. Und schläft oft auch ein dabei.

Wenn sie dort eingeschlafen ist, gehe ich wieder hinein und betrachte die beiden, wie sie ineinander verschlungen daliegen. Sich so ähnlich, dass es schon komisch wirkt. Auch Yanai hat lange Beine. Und diese rebellische, herausfordernd gewölbte Oberlippe. Und diese Kombination aus fast schwarzem Haar und ganz heller Haut.

Ich denke, Yanai ist zu klein, um zu verstehen, dass wir beide uns in letzter Zeit mit ihm trösten. Jeder auf seine Weise. Aber vielleicht täusche ich mich auch.

Gestern, auf dem Weg zur Schule, hat er erzählt, Guy aus seiner Klasse habe es richtig gut, weil er zwei Zuhause habe. Die Wohnung seines Vaters und die seiner Mutter. Und in jeder von ihnen eine ganze Schublade voll mit Süßigkeiten nur für ihn.

Das kommt daher, weil seine Eltern sich getrennt haben, hat ihm Noam in ihrem Große-Schwester-Ton erklärt. Was soll daran gut sein?

Ist es wohl!, hat Yanai beharrt. Im Ton des kleinen Bruders, der beweisen will, dass er auch eine Meinung hat.

Ich habe kein Wort gesagt.

Habe Noam an ihrer Schule abgesetzt und bin mit ihm weiter zu seiner gefahren. »Küsschen und fahr« oder »Komm mit und drücken«? Wie jeden Morgen habe ich ihm die Wahl gelassen. »Komm mit und drücken«, hat er geantwortet und ich habe mich gefreut. Weil das bedeutet, dass uns mehr Zeit zusammen bleibt.

Ich habe schön weit weg geparkt. Wir sind ausgestiegen und Hand in Hand losmarschiert. Als wir am Tor angekommen sind, habe ich ihn umarmt. Und gedrückt. Ein bisschen zu fest. Du zerquetscht mich, hat er gesagt. Ich habe losgelassen. Er ist rein und ich bin ihm mit den Augen gefolgt, und erst als er verschwunden war, habe ich mich vom Tor wegbewegt und bin zurück zum Wagen gegangen. Unterwegs habe ich Oranit vom Hort angerufen und gebeten, sie sollen ihn heute nicht abholen.

Um Viertel vor eins habe ich wieder auf ihn gewartet. Er war überrascht. Was machst du hier?

(Was hätte ich antworten sollen? »Deine Mama entfernt sich immer mehr von mir, und wenn das so weitergeht, droht es am Ende so zu sein, dass wir beide, du und ich, uns nur noch zweimal in der Woche sehen können, was mir den Rest geben würde, also möchte ich, solange es noch von mir abhängt, so viel Zeit wie möglich mit dir und Noam verbringen.«)

Ich dachte, wir machen uns einen schönen Nachmittag? Was meinst du?

In Ihren Büchern werden nicht selten Fotos erwähnt.
Fotografieren Sie gern?

Ich bin überhaupt kein Freund von Fotografie. Fotografiere selbst nie. Und möchte nicht, dass man mich fotografiert. Es geht mir so wie den Hexen auf dem Mercado de Hechicería in Bolivien – wenn man mich fotografiert, habe ich das Gefühl, mir würde ein Teil meiner Seele gestohlen.

Mehr noch – der Wunsch zu dokumentieren, den Augenblick einzufrieren, ist mir fremd. Und steht im Widerspruch zur taoistischen Sichtweise, nach der ich versuche mein Leben zu führen, seit ich im Alter von sechsundzwanzig in Südamerika Lao-Tses ›Tao-te-King‹ gelesen habe: Alles vergeht, alles ist in Bewegung, das Leben ist ein starker Strom, und anstatt zu versuchen ihn aufzuhalten, ist es besser, sich ihm hinzugeben. Oder in den Worten Lao-Tses: »An einem Ort, an dem das Tao wirkt, sagen die Menschen – es geschah wie von selbst.«

Auch beim Schreiben versuche ich, dieser Herangehensweise treu zu bleiben. Dabei sollte ich dieses Jahr eigentlich einen Roman verfassen. Und schreibe stattdessen Antworten für dieses Interview hier, das auf »einer Auswahl von Fragen unserer User« basiert, die mir irgendein Onlineredakteur übermittelt hat. Ich hätte auf diese Fragen die üblichen, vorgefertigten Antworten geben sollen – aber stattdessen habe ich angefangen, ehrlich zu antworten. Und was bloß ein Interview und nicht mehr hätte werden sollen, gerät nach und nach – denn offenbar kann ich nicht anders – zu einer Geschichte. Ich hätte Dikla, die Kinder und meine Dysthymie aus dieser Geschichte rauslassen müssen. Und alle sind sie drin. Von Zeit zu Zeit fahre ich mitten in der Nacht zu Ari in die Onkologie, um mir Zuspruch bei ihm zu holen. Wenn er wach ist, gucken wir Aufzeichnungen von Champions-League-Spielen und reden über dies und das. Wenn er schläft, decke ich ihn gut zu, fülle das leere Wasserglas auf und lausche seinen Atemzügen. Seine Gegenwart bestätigt mir aus irgendeinem Grund, dass ich verpflichtet bin, diesen Text weiterzuschreiben, obwohl ich keine Ahnung habe – wirklich nicht die leiseste – was weiter passieren wird.

Wären Sie bereit, jenseits der Grünen Linie aufzutreten?

Ich hatte nicht lange mit mir kämpfen müssen, bevor ich einwilligte, mich mit Lesern in Ma'ale Me'ir zu treffen. Wenn das, was ich in meinen Büchern versuche, im Wesentlichen darauf hinausläuft, zu bestreiten, dass es nur die eine Wahrheit gibt – und dem allwissenden Erzähler das Handwerk zu legen –, wie kann ich dann eine Gelegenheit ausschlagen, Menschen kennenzulernen, die so anders denken und leben als ich?

Zumal sie so nett angefragt hatten, oder genauer gesagt, sie hatte mich kontaktiert. Iris. Die Bibliothekarin. Man liebt Ihre Bücher hier bei uns sehr, schrieb sie. Und: Ich auch, sehr. Und ein Smiley als Zugabe.

Es ist fast unmöglich, Liebe nicht zu erwidern, wenn man so geliebt wird.

Also haben wir ein Datum vereinbart. Ich habe nur gebeten, sie sollten mir ein schusssicheres Fahrzeug schicken, das mich am Kontrollposten abholen würde. Denn immerhin steckten wir ja gerade mal wieder mitten in etwas, das aussah wie die nächste Intifada.

Schusssicher kann ich nicht garantieren, schrieb sie. Aber mein Fiat ist mit Gittern gegen Steine geschützt. Genügt das?

Mit meiner prinzipiellen Einwilligung saß ich ja ohnehin schon in der Falle. Und schämte mich einzugestehen, was sicher genug für sie war, war es für mich nicht. Also habe ich geantwortet, ja. Sicher.

*

Sie hatten erwartet, eine Fromme zu sehen, was?, sagte sie, als ich in ihren Wagen stieg.

Ehrlich gesagt ... ja, gestand ich.

Mit grässlichem Hut und irrem Blick. Und diesem fast unmerklichen, aber dennoch nicht zu überhörenden amerikanischen Akzent.

So ungefähr.

Sehr angenehm, ich bin Iris, sagte sie und streckte mir die Hand hin. Und setzte ein Lächeln auf, das mir in jenem Moment fälschlicherweise ein bisschen verträumt erschien.

Befolgen Sie nicht ...?

... die Achtsamkeit der Berührung? Sie ließ ihre Hand in meiner verweilen. Erst nach dem ersten Händedruck!

Sie klang fröhlich und aufgeräumt, aber ihr Händedruck war schlaff und beinahe traurig.

*

Der ganze Weg vom Checkpoint bis nach Ma'ale Me'ir war eine Gedenktour.

Sehen Sie das Denkmal dort rechts, sagte Iris und deutete mit der Hand aus dem Fenster. Familie Arazi. Ein Molotowcocktail. Ihr Wagen ist in Brand geraten, Vater, Mutter und drei Kinder, keiner hat überlebt.

Und die von zwei Scheinwerfern angestrahlte Gedenkplatte da drüben? Zur Erinnerung an Aharon Goldschmied, den Sicherheitsbeauftragten von Elisha 3. Zwei Schüsse in die Brust aus dem Hinterhalt. War schon tot, als der Rettungswagen eintraf.

Und gleich, auf dem Hügel hinter der nächsten Kurve, können Sie die Mobilheime von Liors Außenposten sehen. Die Jungs aus seiner Jeschiwa haben ihn errichtet, nachdem er an der Tapuach-Kreuzung überfahren wurde. Gerade mal zwanzig war er. Ein Kind.

Ich bin auf meinem Sitz immer mehr in mich zusammengesunken. Habe versucht, meine Gesichtsfläche zu verkleinern, für den Fall, jemand könnte beschlossen haben, ausgerechnet den Wagen, in dem Iris und ich unterwegs waren, aufs Korn zu nehmen. Und unwillkürlich habe ich auch die Hände hinter dem Kopf verschränkt, um ihn zu schützen. Habe durch die Scheibe versucht, Gestalten zu erkennen, die in der Dunkelheit lauerten.

Ist das nicht schwer, so zu leben, in ständiger Angst?, habe ich irgendwann gefragt. Und zu meiner eigenen Schande gemerkt, dass meine Stimme ein bisschen zittrig klang.

Das hängt von der jeweiligen Zeit ab, hat Iris mit fester Stimme geantwortet. Im Augenblick, ganz spezifisch, geht es. Aber da wären wir, wir kommen gleich in die Siedlung. Übrigens, in fünfzig Metern können Sie links »Boaz' Mahnmal« sehen.

Sagen Sie nichts – ich versuche, die Spannung durch einen Witz zu lösen –, die Steine haben die Windschutzscheibe getroffen. Er hat die Kontrolle über den Wagen verloren. Fünfundvierzig war er.

Fast, Iris setzte ihr Lächeln auf, von dem ich da noch immer dachte, es sei träumerisch. Er ist mit einem Messer in die Brust erstochen worden. Direkt am Eingang zur Siedlung. Vierunddreißig war er. Hat drei Söhne hinterlassen. Und mich.

*

Ich hielt mit quietschenden Reifen.

Das heißt, der Wagen fuhr weiter, aber in mir drin kam etwas abrupt zum Stillstand.

*

Wow, das wusste ich nicht. Es tut mir wirklich leid, dass …

Schon in Ordnung.

Nein, ehrlich, das war so dermaßen taktlos meinerseits.

Beruhigen Sie sich. Sie wussten es nicht.

Auf jeden Fall … mein herzliches Beileid. Das muss für Sie bestimmt … wie lange ist das …

Zwei Jahre, sagte sie. Und strich mit dem Finger über ihre rechte Augenbraue. Und nach kurzem Zögern: Aber es kommt mir vor, als wäre es heute Morgen passiert.

Vielleicht halten wir einen Moment bei dem Mahnmal?, schlug ich in dem Versuch vor, es wiedergutzumachen. Und Sie erzählen mir ein bisschen von Boaz?

Ein andermal, sagte sie und fuhr weiter, versuchte dieses Lächeln, das ich irrtümlicherweise für verträumt gehalten hatte und von dem sich herausstellte, dass es einfach nur traurig war.

Man wartet in der Bibliothek auf uns.

Die halbe Siedlung ist hier, sagte Iris, als wir eintraten.

Mir fiel sofort auf, die Mehrzahl der Anwesenden war weiblich. Sie saßen auf Plastikstühlen von »Keter«, die dicht gedrängt auf der kleinen Fläche zwischen dem Empfangstresen und den Bücherregalen aufgestellt worden waren.

Zwei von ihnen, offensichtlich Iris' Assistentinnen, erhoben sich gleich, begrüßten mich sehr freundlich und fragten, ob ich etwas trinken möchte. Tee? Kaffee?

Nur ein Wasser, bitte, sagte ich. Holte die Bücher aus der Tasche, trat zu der nicht vorhandenen Bühne und ordnete sie auf dem Tisch an. Neben einer Vase mit Blumen. Immer steht da eine Vase mit Blumen.

Iris schaltete das Mikrofon an und stellte mich vor. Erwähnte, mein Großvater sei Premierminister gewesen. Zählte die Titel meiner Bücher auf. Sagte, sie wüssten es wirklich zu schätzen, dass ich gekommen sei, in einer Phase, in der sogar Verwandte Angst hätten, zu Besuch zu kommen.

Und dann wandte sie sich an mich und sagte: Jetzt habe ich aber genug geredet. Schließlich sind wir hier, um Sie zu hören.

*

Das Treffen verlief entspannt und harmonisch. Zumindest am Anfang.

Ich hatte bewusst Stellen ausgewählt, die nicht direkt politisch waren, aber trotzdem wenigstens einen Moment unerwarteter Identifikation mit einem anderen aufwiesen: Ein Mann versteht plötzlich, warum seine Frau nicht glücklich mit ihm ist. Der Vater eines kleinen Jungen verzeiht im Nachhinein seinem eigenen Vater dessen Fehler.

In der Fragerunde konzentrierten sich die Fragestellerinnen – sehr behutsam – auf den Prozess des Schreibens. Zu welcher Uhrzeit schreiben Sie? Was geschieht, wenn Sie nichts haben, worüber Sie schreiben können? Welche Rolle spielt Ihre Lektorin?

So neutrale Nachfragen eben, auf die sich mit Humor antworten ließ, der spontan wirkte, in Wahrheit aber geplant und bestens getimt war.

Und dann hob Iris die Hand.

Ich bemerkte sie und sagte, getragen von der Welle der vorherigen Lacher, zum Publikum: Oh, das ist ja wie beim Bibelrätsel hier. Wissen Sie, die »Frage des Premierministers«? Also, jetzt kommen wir zur »Frage der Bibliotheksleiterin«!

Gott behüte, meinte Iris bescheiden, fast tonlos. Und sagte dann, ich muss Sie etwas fragen. Wie kommt es ... warum waren Sie einverstanden, zu uns zu kommen?

Was soll das heißen, warum? Warum nicht?

Keiner von den anderen Schriftstellern der ... Linken hat kommen wollen. Jedes Jahr versuche ich, jemanden einzuladen. Und sagen Sie mir nicht, Sie seien nicht links. Ich habe Sie gegoogelt. Habe Artikel von Ihnen gelesen. Und da wird ziemlich klar, auf welcher Seite Sie stehen.

Ich habe einige Sekunden lang nachgedacht, bevor ich geantwortet habe.

Habe einen Schluck Wasser aus meinem Glas getrunken.

Habe Formulierungen abgewogen.

Neugier, habe ich schließlich gesagt. Ich war neugierig auf Sie. Auf die Siedlungen insgesamt. Dass Sie sich entschieden haben, an diesem Ort hier zu leben ... das beeinflusst die Zukunft unseres Staates. Beeinflusst mein Leben. Persönlich glaube ich, dass Ansiedlungen wie die Ihre hier ein Hindernis für den Frieden bedeuten. Klartext? Ich denke, Sie und alle, die hier leben, machen jede Chance zunichte, dass ich und meine Kinder in diesem Land jemals eine normale Existenz haben werden. Aber ich beurteile das alles aus der Entfernung. Das letzte Mal, dass ich die Grüne Linie überquert habe, war in der Armee. Und mich hat gereizt, herzukommen und die Dinge mit eigenen Augen zu sehen. In aller Regel ist meine Neugier stärker als alles, was sich ihr entgegenstellt. Ideologie mit eingeschlossen.

Was können Sie denn in anderthalb Stunden schon groß sehen?, kam ein Vorwurf aus der hintersten Reihe.

Besser als nichts, meldete sich eine Stimme von der anderen Seite des Raumes.

Soll er erst mal einen Schabbat hier verbringen und dann reden wir, sagte eine Frau, die direkt vor mir saß, aber trotzdem in der dritten Person von mir sprach.

Wieso bei uns?, tönte eine Männerstimme. Besser, er lädt sich zum Schabbat bei unseren Nachbarn in Ain-Tur ein. Und bringt auch noch gleich seine Kinder mit. Mal sehen, ob er dann noch immer über Frieden spricht, nach dem Empfang, den sie ihm dort bereiten werden.

Beifälliges Gemurmel im Publikum.

Ich nahm noch einen Schluck aus meinem Glas. Das fast leer war. Kippte es resigniert, um noch die letzten Tropfen aufzufangen. Aber ehrlich gesagt schluckte ich nur Luft.

Ich nahm mein letztes Buch zur Hand, ja hielt mich an ihm fest. Es gibt darin diese eine Stelle, die ich immer am Ende einer Lesung bringe, um die Leute mit dem angenehmen Gefühl von etwas Tröstlichem nach Hause zu entlassen. Aber wozu jetzt Trost, wozu? Ich ließ das Buch sinken und überlegte, ob ich ihnen von Djamals Vater erzählen sollte. Von diesem Augenblick, dem letzten, bevor er Beirut verlassen hat, in dem er in der Tür seines Studios steht und die Skulpturen betrachtet, an denen er sein ganzes Leben gearbeitet hat, und sich von ihnen verabschiedet. Mit einem Blick. Vielleicht ist er auch zu einer von ihnen hingegangen und hat die Hand über den kühlen Marmor gleiten lassen. Sie gestreichelt. Aber vielleicht auch nicht, vielleicht war keine Zeit mehr dafür gewesen.

Aber ich war nicht sicher, ob das die passende Geschichte für dieses Publikum war. Und überhaupt, ob diese Geschichte das war, was jetzt zwischen ihnen und mir passieren musste. Aber was sonst? Was tat ich dort überhaupt? Ich war Schriftsteller. Und als solcher schrieb ich Bücher, die nach der letzten Seite immer noch ein paar leere, weiße Seiten aufweisen, auf denen es dem werten Leser freisteht, in seiner Fantasie mit mir zu debattieren.

Dort sollte ich mich mit meinen Lesern treffen. In der Fantasie. Eins gegen eins. Und nicht einer gegen einen ganzen Raum voll Leute.

Gut – Iris erlöste mich, da auf den Plastikstühlen schon unruhig hin- und hergerutscht wurde – unsere Zeit ist um. Ich möchte Ihnen aus ganzem Herzen danken, dass Sie gekommen sind. Und die Neugier ist nicht nur auf Ihrer Seite, wie Sie an der Anzahl der Zuhörer heute Abend und der Menge der Fragen sicher gesehen haben. Ich hoffe, es war nicht das letzte Mal, dass wir Sie hier begrüßen durften. Und dass Ihrem Beispiel folgend auch andere kommen werden.

*

Schnell verlief sich alles. Ich sammelte meine Bücher ein und packte sie in die Tasche. Nahm noch einen letzten Schluck aus meinem längst leeren Glas.

Niemand kam, um eine persönliche Frage zu stellen. Oder um eine Widmung zu bitten. Niemand, außer Iris. Sie sagte, es sei spannend gewesen.

Die Tatsache, dass sie nicht »zauberhaft« sagte, wusste ich zu schätzen. Leute, die sagen »es war zauberhaft«, verbergen in der Regel einen ganz anderen Gedanken.

Jetzt bringen wir Sie noch zum Checkpoint? Halb Frage, halb Feststellung.

Aber genau in der Sekunde vermeldete ihr Telefon eine eingehende Nachricht.

Sie öffnete sie und starrte einige Sekunden darauf.

Oh weh!

Was ist passiert?, fragte ich.

Die Straße ist gesperrt. Aktuelle Warnung vor einem Terrorkommando, das sich in der Gegend herumtreibt.

Und was machen wir jetzt?

Warten.

Wie lange kann das dauern?

Mindestens vier, fünf Stunden.

Was, so lang?

Ja, tut mir leid, aber ich fürchte, Sie werden die Nacht hier verbringen müssen.

Wallah. Gibt es hier so etwas wie Fremdenzimmer?

Frem-den-zim-mer? Das war jetzt schon kein trauriges Lächeln mehr. Das war ein breites Grinsen, das im nächsten Augenblick zu lautem Lachen wurde.

Iris konnte sich vor Lachen nicht mehr halten, und der Anblick war berückend. Große Grübchen taten sich auf ihren Wangen auf und ihr dünner Körper bebte vor Vergnügen.

Okay – ich spürte die Röte an meinem Hals hochklettern, wie immer, wenn mir etwas Dämliches rausgerutscht ist – ich verstehe, es gibt hier keine Fremdenzimmer, also wo …

Sie sind herzlich zu mir eingeladen.

Tatsächlich? Kriegen Sie deshalb keine Probleme hier? Ich meine, ich bin schließlich … ein Mann.

Ist mir auch schon aufgefallen.

*

Fremdenzimmer – wiederholte sie auf dem Weg zum Wagen und legte sich eine Hand an den Bauch. Ganz groß! Schon lange habe ich nicht mehr so gelacht.

*

Als wir damals in der Tishbi-Straße in Haifa wohnten, wohnte uns gegenüber eine Familie, die den Vater im ersten Libanonkrieg verlor. Mit dem Sohn spielte ich immer Räuber und Gendarm und lümmelte bei ihnen zuhause herum. Ich erinnere mich, wie nach dem Tod des Vaters bei dem Tyros-Unglück ihr Wohnzimmer zu einer Gedenkstätte wurde: Seelenlichter brannten rund um die Uhr, Fotos von ihm, in Farbe und Schwarz-Weiß, mit der Familie und allein, wurden auf jeder Anrichte aufgestellt, neben Auszeichnungen und gläsernen Ehrentafeln von den Einheiten, die er befehligt hatte. Und ein Gedicht als Nachruf, das jemand vergrößert und gerahmt hatte. Man konnte die Wohnung dieses Freundes nicht mehr betreten, ohne zu trauern.

*

Ich musterte Iris' Wohnzimmer, während sie mir Bettzeug aus dem Schlafzimmer holte.

Keine Kerzen. Keine Fotos. Keine Glasstelen.

Stattdessen eine Hängematte, einmal quer durch den Raum gespannt. Ein Plattenspieler mit einer stattlichen Plattensammlung daneben. Das Cover der Scheibe am Ende der Reihe, mit dem überquellenden Aschenbecher und den Zigarettenkippen darauf, erkannte ich sofort: »Warten auf Messias« von Shalom Chanoch. Auf dem Fußboden große Sitzkissen und an den Wänden wilde, ungeglättete Zeichnungen. Einige davon ziemlich sinnlich. Vielleicht von ihr?

*

Sie kam zurück ins Wohnzimmer und breitete ein einzelnes, schmales Kinderlaken auf dem Sofa aus. Legte Decke und Kopfkissen dazu. Und auf das Kopfkissen eine Männerjogginghose. Und ein T-Shirt zum Kursabschluss der Golani-Brigade.

Ich sagte, danke. Und der Schauder eines Beinaheirrtums lief mir über den ganzen Körper. Kaffee?, schlug sie vor. Oder trinken Sie immer »nur ein Wasser«?

*

Sie kam mit zwei dampfenden Kaffeebechern aus der Küche zurück und sagte im Ton einer Rekrutenausbilderin: Mir nach.

Wir stiegen die Treppe hoch, die in den zweiten Stock des Hauses führte. Für einen Moment befürchtete ich, sie würde mich in ihr Schlafzimmer schleppen, aber sie stieg auch nach dem zweiten Stock noch eine Etage höher, bis wir bei einer kleinen Leiter angelangt waren. Die zu einer Art Dachöffnung mit Metallplatte darauf führte.

Kommen Sie, sagte sie und drückte die Platte hoch, von hier aus sieht man die Azrieli-Türme.

*

Zwischen den Sonnenkollektoren und Warmwassertonnen standen zwei rot-weiß gestreifte Liegestühle auf dem Dach. Wir ließen uns hineinsacken und betrachteten uns das Lichtermeer der Küstenebene.

Ich nahm einen Schluck von meinem Kaffee und schwieg. Ich hatte so viel geredet während der Lesung, dass mir keine Worte mehr geblieben waren.

Und wenn alles still ist, bemerkt man andere Dinge. Etwa, dass die Schwaden, die aus meinem Becher aufstiegen, sich mit denen aus ihrem vermischten.

Und dass sie einen ganz feinen Duft von Körperlotion verströmte, der mit dem Wind zu mir geweht kam.

Und dass ihre Jeans ein bisschen oberhalb der Söckchen endete.

Und dass alle Häuser der Siedlung komplett beleuchtet waren. Als hätte niemand hier vor, jemals schlafen zu gehen.

*

Dort habe ich Boaz kennengelernt, sagte sie nach einer Weile und deutete mit der Hand in Richtung der Türme im Zentrum von Tel Aviv.

In der Azrieli-Shoppingmall?, fragte ich verwundert.

Nicht weit von dort. Ich habe Literatur und Literaturvermittlung am Studienseminar der Kibbuzim studiert. Und eines der Mädels aus meinem Jahrgang hat zum Unabhängigkeitstag eine Party gegeben. Er ist reingekommen. Unsere Augen sind sich begegnet. Und er hat den Blick nicht abgewandt. Ich habe mir gesagt, er trägt Kippa. Beruhig dich. Und dann ist er gekommen und hat einfach angefangen, mit mir zu reden, ohne raffinierten Eröffnungssatz, hat einfach ein Gespräch begonnen. Und ich habe mir gesagt, Iris, hör mit diesem Herzklopfen auf, daraus wird nichts, er trägt Kippa. Irgendwann hat er angeboten, mich nach Hause zu fahren, und ich habe mir gesagt, wenn jetzt die Chance bestünde, dass etwas Ernstes daraus wird, würde es Sinn machen, die Unnahbare zu spielen, aber das Ganze ist ja ohnehin aussichtslos, also kann er mich auch nach Hause fahren, kann noch mit auf einen Kaffee raufkommen, kann mich von mir aus auf die sanfteste Art küssen, auf die ich je geküsst worden bin, und mit mir schlafen, als sei er irgendwie in Besitz interner Informationen gelangt, wie ich es mag. Ja, er könnte auch gleich bei mir schlafen und mich die ganze Nacht im Arm halten, so eine beschützende, starke Umarmung, und mir am Morgen Frühstück machen, denn was ändert das schon? Er trägt ja Kippa.

Sie sprach sehr schnell, ohne zwischen den Worten, den Sätzen Luft zu holen. Als sei alles schon lange in ihr ausformuliert und gesetzt gewesen und sie habe nur auf eine Gelegenheit gewartet, es herauszubringen.

Und das war's?, habe ich gefragt. Seitdem waren Sie unzertrennlich?

Ach was. Wir waren vier Jahre getrennt und sind wieder zusammengekommen. Jeder hat versucht, dem anderen seine Lebensweise aufzuzwingen, was selbstverständlich nicht funktionierte, also sind wir auf Abstand gegangen und haben versucht, mit anderen etwas anzufangen, was natürlich noch weniger funktioniert hat, und am Ende war ich es, die zu ihm gekommen ist und gesagt hat, hör zu, ich sage dir das jetzt in ganz fromm, damit du verstehst: Wir sind einer für den anderen ausersehen, haben einander erkannt. Wir können jetzt unser ganzes Leben mit dem Versuch verplempern, davor wegzulaufen, oder wir können uns damit abfinden. Als eine Art Anfang teile ich dir mit, ich bin bereit, mit dir zusammenzuwohnen, wo immer du willst. Unter der Bedingung jedoch, dass ich in unseren eigenen vier Wänden so sein kann, wie ich möchte.

Wow.

Wie haben Sie noch bei der Lesung gesagt? Die Neugier besiegt bei Ihnen alles, was sich ihr in die Quere stellt, Ideologie eingeschlossen? Also, bei uns war es die Liebe, die alles besiegt hat, was ihr im Weg stand.

Einschließlich der Ideologie.

Genau.

Und so hat es Sie nach Ma'ale Me'ir verschlagen?

Wir wollten eigentlich eine Wohnung in Jerusalem mieten. Aber es war dort schlicht unbezahlbar. Verstehen Sie? So sind wir zu »Siedlern« geworden. Und es gibt hier noch mehr Menschen wie uns, jeder mit seiner eigenen Geschichte. Sie wollten doch herkommen und die Dinge von Nahem sehen, oder? Kein Problem. Nur rechnen Sie damit, dass man von Nahem auch Details wahrnimmt. Und danach fällt es schwer zu verallgemeinern. Sagen wir in Artikeln, die in der ›Jedioth‹ erscheinen.

Soll heißen, ich habe mich verzockt, ist es das, was Sie sagen? Habe mir mit meiner Neugier das Leben selbst unnötig verkompliziert?

Genau!

Nur eines verstehe ich nicht, sagte ich nach kurzem Schweigen.

Fragen Sie, immer raus damit.

*

Ich nahm einen kräftigen Schluck Kaffee – und verbrannte mir die Zunge. Wusste, was ich fragen wollte, wusste aber nicht, wie ich es formulieren sollte, damit sie nicht verletzt reagierte. Etwas an der Art, wie sie ihren toten Ehemann beschrieben hatte, war verstörend lebendig.

Ich sage Ihnen, was Sie wissen wollen, sagte sie.

Was will ich denn wissen?

Was mich jetzt noch hierbleiben lässt, da Boaz nicht mehr da ist? Warum ich nicht die Kinder nehme und einfach von hier verschwinde? Richtig? Ich sage Ihnen, warum. Wie lange dauert die Trauerwoche, Ihrer Meinung nach?

Äh … sieben Tage, oder nicht?

Hier in Ma'ale Me'ir dauert sie dreihundertfünfundsechzig Tage. Ein ganzes Jahr umsorgt man dich aus allen Richtungen.

Das ist schön.

In meinem Fall war es nicht nur schön, sondern existenziell.

Warum?

In den ersten ein, zwei Monaten hat mein Körper reagiert, als wäre es bloß eine weitere der Trennungen, die ich mit Boaz gehabt hatte. Damit konnte er umgehen, der Körper, Kleinigkeit für ihn. Aber dann, ungefähr nach drei Monaten, kam der Zusammenbruch. Ich habe es morgens nicht mal mehr aus dem Bett geschafft. Es dauert einige Zeit, bis Antidepressiva zu wirken beginnen. Und jemand musste sich bis dahin um die Kinder kümmern. Leute hier haben rund um die Uhr Dienst geschoben. Und es hat sie nicht gekümmert, ob ich ohne Kopfbedeckung herumlaufe. Sie haben die Kinder nach der Schule mit zu sich genommen. Haben mir Ärzte besorgt, sind für mich einkaufen gegangen. Reflextherapie. Und es gibt hier eine Frau, die macht Watsu in einem riesigen Waschtrog, den sie im Garten stehen hat. Jeder hat das gegeben, was er konnte, verstehen Sie? Zwischen mir und den Menschen hier ist in diesem einen Jahr ein Bund für immer entstanden.

Das kann ich mir vorstellen.

Nein, können Sie nicht, denn Sie wissen nicht, was das ist – eine

Gemeinde. Das sieht man auch an Ihren Büchern. Alle sind dort ständig einsam und auf sich gestellt. Und wenn Sie diese Figuren erschaffen haben, sind Sie offenbar auch einsam. Also stellen Sie sich vor, es gäbe in Ihrem Leben keine Einsamkeit mehr; dass nicht zugelassen wird, dass Sie sich jemals einsam fühlen. Denn um Sie herum ist immerzu eine unterstützende, warme Hülle. Verstehen Sie, wie viel Kraft einem das gibt?

*

Wir sind noch ein bisschen auf dem Dach sitzen geblieben. Bis sogar die Lichter von Tel Aviv weniger wurden. Und man sich an dem Kaffee schon längst nicht mehr die Zunge verbrannte. Und der Wind nicht mehr kühl, sondern kalt war.

Gehen wir rein?, fragte sie.

Ich nickte. Und erhob mich nach ihr.

Als wir ihr Schlafzimmer passierten, schien sie kurz zu zögern, als sei sie unschlüssig, ob sie mich einladen solle oder nicht, schüttelte dann den Kopf, wie um eine dumme Idee loszuwerden, und stieg weiter die Treppe herunter.

Ich folgte ihr, bis wir im Wohnzimmer angekommen waren.

Dort standen wir uns gegenüber, wie vor einem Abschied. Oder wie vor einer Umarmung.

Ich verschränkte die Hände auf dem Rücken. Wie ein strebsamer Schüler. Oder wie jemand, der Angst hat, seine Hände könnten sich von selbst bewegen.

Haben Sie Kinder?, fragte sie.

Zwei Mädchen, antwortete ich und lieferte Namen und Alter.

Drei Jungs, sagte sie. Und lieferte Namen und Alter.

Und die hier, sind die von Ihnen? Ich deutete auf die Zeichnungen.

Ja, sagte sie, und sagen Sie nicht, sie sind schön. Erstens, sind sie nicht. Und zweitens, interessiert mich nicht, ob sie jemandem gefallen. Ich habe irgendwann angefangen, sie für mich selbst zu zeichnen. Nach dem Trauermonat. Das … passiert Ihnen das auch manchmal? Einfach so zu schreiben, nur für sich selbst?

Immer seltener.

Das sollten Sie tun.

Ich nickte.

Sie machte einen Schritt zurück.

Also Abschied – dachte ich – und keine Umarmung. Besser so. Ich lehnte mich zurück und legte eine Hand auf die Sofalehne.

Möchten Sie noch eine Decke?, fragte sie.

Nein, danke, sagte ich.

Sababa – und plötzlich (es kam wirklich plötzlich, ohne Vorwarnung, dass so etwas passieren würde) streckt sie die Hand aus und streichelt mir ganz sanft die Wange, so wie man ein Kind streichelt. Und streicht mit ihren Fingern auch über mein Kinn.

Und dann, auf einen Schlag, zieht sie die Hand zurück und sagt: Ich wecke Sie dann um sechs und fahre Sie zum Checkpoint. Bis dahin dürfte die Warnung aufgehoben sein.

*

Ich versuchte, in Hose und Hemd zu schlafen. Und nachdem ich mich fast eine Stunde von einer Seite auf die andere gewälzt hatte in dem Bemühen, eine Schlafhaltung zu finden, gab ich auf. Zog im Dunkeln meine Sachen aus und Boaz' Jogginghose und T-Shirt an. Stellte fest, dass sie mir passten und sehr bequem waren. Aber noch immer gelang es mir nicht einzuschlafen. Die Berührung von Iris' Hand schwebte flatternd auf meiner Wange und alle möglichen Erinnerungsfitzel begannen, durch mein Bewusstsein zu treiben, und suchten bang nach einer Bedeutung.

Und dann hörte ich Schritte. So ein Trippeln, ganz sacht und leicht.

Ich rührte mich nicht. Hielt die Augen geschlossen. Hatte Angst, würde ich eine zu hektische oder zu erwartungsvolle Bewegung machen, würde sie erschrecken und es sich anders überlegen.

Die Schritte kamen näher.

Ich atmete bewusst langsam und gleichmäßig. Die Atemzüge eines Schlafenden. Behielt diesen Atemrhythmus auch eisern bei, auch als ich spürte, wie eine Hand einen Körper auf dem freien Streifen Liegefläche hinter meinem Becken abstützte.

Aber der Körper, der meinen Rücken einen Augenblick später umfing, war nicht der von Iris. Sondern ein kleinerer Körper. Mit kürzeren Armen.

Eine Zeit lang lagen wir so, der Kleine und ich, bis ich es nicht länger aushielt und mich behutsam umdrehte, um etwas zu sehen. Der Junge regte sich, wachte aber nicht auf. Und jetzt konnte ich sein Gesicht betrachten. Fand darin aber keinerlei Ähnlichkeit mit Iris. Offenbar hatte er die Gesichtszüge von seinem Vater, die dominante Nase, lange Wimpern und Lippen, die ein bisschen nach unten gezogen waren. Wie bei einem süßen Beleidigtsein.

Die kleinen Arme streckten sich erneut nach mir aus. Er schien unter keinen Umständen bereit, auf unsere Umarmung zu verzichten.

Ich machte ihm noch ein bisschen mehr Platz auf dem Sofa. Drehte ihn behutsam herum, bis ich ihn von hinten umfangen, ihn an mich ziehen konnte.

Ich dachte: Du hast noch nie einen kleinen Jungen im Arm gehalten.

Dachte: Ein ganz anderes Gefühl. Schwer zu erklären. Muskulöser? Sehniger? Nicht unbedingt. Und auch nicht weniger anschmiegsam. Vielleicht schwingt in diesem Gefühl auch die Erinnerung an deinen eigenen Körper mit, als du klein warst.

*

Wir sind eng umschlungen eingeschlafen.

*

Ich wachte durch die sanfte Berührung einer Hand an meiner Schulter auf. Iris stand über uns, betrachtete uns beide mit glänzenden Augen und flüsterte: Die Warnung ist aufgehoben.

Ich hatte Angst, mich zu bewegen. Nicht dass der Junge aufwachte. Und feststellte, er hatte in den Armen des Feindes geschlafen.

Ich flüsterte ihr zu: Ich will ihn nicht aufwecken.

Und sie zurück: Dann bleiben Sie doch noch zum Schabbat.

Und nach kurzem, sehr kurzem Schweigen, in dem sie vielleicht meine Antwort auf ihre Einladung erwartete – setzte sie ihr trauriges Lächeln auf und instruierte mich flüsternd, machte mir mit der Hand vor, was ich tun sollte, aber gab acht, mich nicht zu berühren: Als Erstes befreien Sie Ihre Arme. Und dann rutschen Sie mit dem Körper von ihm ab, ja, genau so. Und passen Sie auf, wenn Sie das Bein über ihn heben.

Nimrod – nicht Yanai – war der Name, den ich vorhatte, meinem Sohn zu geben, wenn ich erst einen hätte. Und da das Schreiben auch, und vielleicht hauptsächlich, eine Entschädigung ist für alles, was nicht oder noch nicht geschehen ist, gab ich verschiedenen Kindern, in unterschiedlichen Büchern, den Namen Nimrod.

Und jetzt hatte ein realer, ein nicht fiktiver Nimrod in meinen Armen geschlafen. Eine ganze Nacht lang.

Widerstrebend löste ich mich von dem Jungen. Ganz, ganz langsam. Um den Moment noch ein bisschen zu verlängern. Seine langen Wimpern bebten unmerklich, als wollten sie sich öffnen, aber nach ein paar Sekunden legte sich das Beben und er schlief weiter.

*

Die Sonne erhob sich über den Hügeln Samarias. Iris ging ein bisschen vom Gas und setzte sich beim Fahren ihre Sonnenbrille auf.

Das ist eine Geschichte für sich, sagte sie. Oberflächlich schien Nimrod Boaz' Tod am besten verkraftet zu haben. Seine Brüder haben gar nicht mehr aufgehört zu weinen. Und an mir zu hängen. Nur er hat mit Freunden in seinem Zimmer weiter Playstation gespielt. Von außen wirkte es, als kümmere ihn das Ganze weniger. Am Anfang habe ich gedacht, vielleicht weil er der Jüngste ist und weniger Jahre mit Boaz hatte, aber dann ist es bei ihm in Form aller möglichen Verhaltensauffälligkeiten ausgebrochen.

Was denn zum Beispiel?, fragte ich.

Prügeleien in der Schule, sagte Iris. Das heißt, er hat andere geschlagen. Und ist auf der anderen Seite plötzlich ultrafromm geworden. Hat mir Vorwürfe gemacht, wegen der kleinen Erleichterungen, die ich mir am Schabbat erlaube. Hat mich zur Rede gestellt, warum ich ihn Nimrod genannt hätte, weil der Name ein bisschen … ungewöhnlich bei Frommen ist. Eine Zeit lang hat er auch wieder ins Bett gemacht. Und danach angefangen zu schlafwandeln, im ganzen Haus.

So im Schlaf gehen, mit den Händen nach vorne gestreckt?

Nein, das gibt es nur in Filmen. In Wirklichkeit geht man mit den Händen am Körper und geschlossenen Augen.

Wallah.

Offenbar … ist er so auch zu Ihnen aufs Sofa gekommen.

*

Die Erinnerung an seine Berührung war noch lebendig in mir, wie nach einer Liebesnacht. Auf der Fahrt zum Checkpoint spürte ich weiter das liebliche Pulsieren in meinem Körper. In meinem Bauch an seinem Rücken. In meinem Arm, der ihn umfangen hielt.

*

Interessant, ob er sich wohl an etwas erinnert, wenn er aufwacht, sinnierte ich laut.

Und Iris entgegnete, in der Regel vergisst er komplett, was in der Nacht passiert ist. Einmal hat er einen halben Topf Suppe ausgetrunken, der im Kühlschrank stand. Einfach so. Direkt aus dem Topf in den Mund. Als wäre es eine Wasserflasche. Und wusste am Morgen nichts mehr davon. Aber wenn er etwas sagt, werde ich Ihnen berichten. Ich habe doch Ihre E-Mail-Adresse, oder?

*

Niemand würde wagen, das offen einzugestehen. Selbst mir brennen jetzt, beim Tippen, die Finger vor Schamesröte. Aber wenn die Opfer eines Anschlags jenseits der Grünen Linie wohnen, kümmert das diejenigen weniger, die innerhalb der Grünen Linie wohnen. Das Unterbewusstsein hört die Nachrichten, erkennt anhand der Namen, ob die Betroffenen zum eigenen Stamm gehören oder nicht, und entscheidet sich manches Mal, Schmerz und Furcht von sich zu weisen: »Haben die nicht für sich die Wahl getroffen, dort zu leben und sich und ihre Kinder in Gefahr zu bringen? Dann sollen sie auch den Preis zahlen.«

Ich bekam keine E-Mail von Iris. Und schickte selbst auch keine.

Aber nach der Nacht, die ich in Ma'ale Me'ir verbracht hatte, war die Grüne Linie für mich nicht länger auch eine Demarkationslinie der Anteilnahme.

Im Gegenteil, Jahre danach noch verfolgte ich angespannt jede Meldung im Radio über eine geworfene Brandflasche, ein Auto, das sich im Steinhagel überschlagen hatte, oder den Versuch, in eine Siedlung einzudringen. Änderte meine Hörgewohnheiten von 88 fm zum Armeesender, lauerte auf Breaking News. Und wenn die Namen am nächsten Tag in der Zeitung standen, überflog ich mit klopfendem Herzen die Meldung: Bloß-nicht-Nimrod-bloß-nicht-Nimrod-bloß-nicht-Nimrod.

Vielleicht auch, weil aus der Art, wie sie ihn beschrieb, angeklungen war, dass er für Katastrophen prädestiniert zu sein schien.

*

»Vier Halbwüchsige sind in den frühen Morgenstunden in das palästinensische Dorf eingedrungen, allem Anschein nach um Hetzparolen auf die Außenmauer der örtlichen Moschee zu sprayen. Informationen zufolge, die uns erreichen, wurden sie dort jedoch von einer Gruppe von Vermummten erwartet, und sind zurzeit noch immer im Inneren der Moschee eingeschlossen. Die Armee hat das Dorf abgeriegelt. Das Lagebild ist derzeit noch unklar, aber wir können bereits sagen, es hat Verletzte gegeben.«

Ich saß vor dem Fernseher und verfolgte die Berichterstattung.

Dikla sagte, jetzt guck dir an, wie sie die ganze Armee verrückt machen, diese Siedlerbengel.

Und sagte auch, das wird ihnen hoffentlich eine Lehre sein.

Ich erwiderte nichts. Diskutierte nicht. Behauptete nicht, die Liebe besiegt alles, was sich ihr in den Weg stellt, Ideologie mit eingeschlossen. Oder dass die Liebe die wahre Ideologie sei. Aber ich blieb die ganze Nacht vor dem Fernseher hocken. Wartete auf Namen.

Ich hatte so eine Vorahnung. Wie Mütter sie haben, ehe die Abgesandten des Stadtoffiziers an die Tür klopfen, um die schreckliche Nachricht zu überbringen.

Gegen Morgen kam es: Wie unser Armeekorrespondent berichtet, konnten die Jugendlichen lebend befreit werden. Einer von ihnen, Nimrod Sal'i, jedoch hat mittlere bis schwere Verletzungen erlitten und wird zur Stunde im Tel Hashomer Hospital operiert.

*

Ich wartete auf einen günstigen Zeitpunkt. Wollte nicht, dass jemand im Krankenhaus mich aufhielt und behauptete, jetzt sei keine Besuchszeit. Wollte nicht, dass Iris oder sonst jemand aus seiner Familie mich bemerkte. Ich blieb an Aris Bett in der Onkologie sitzen und wir spielten unser Standardspiel, seit sein Bewusstsein begonnen hat wegzudämmern: Er schließt die Augen und nickt ein bisschen ein, und wenn er sie wieder aufschlägt, fragt er, ob Ronny in der Zeit, in der er geschlafen hat, da gewesen sei. Ich sage, ja, sicher, worauf er befriedigt lächelt und die Augen wieder schließt. Und wenn er sie nach einer Weile wieder öffnet und fragt, ob Lihai ihn besucht habe, während er schlief, sage ich, ja, sicher. So machen wir immer weiter, und es besuchen ihn noch weitere nette Damen, die ihm abhandengekommen sind, seit er erkrankt ist.

Nachdem Ari endgültig eingeschlafen war, bin ich stundenlang durch andere Abteilungen des Krankenhauses geschlichen. Habe so getan, als sei ich ein wartender Angehöriger, und versucht herauszufinden, welcher Weg mich direkt und bei einem Minimum an Türen, die sich nur von innen öffnen lassen, zu dem Zimmer führte, in dem Nimrod lag.

Um vier Uhr morgens bewegte ich mich auf das Zielobjekt zu.

Als ich das Zimmer betrat, fand ich dort Iris in einem Krankenhausstuhl liegend vor. Tief und fest schlafend.

Sie hatte etliche graue Haare bekommen und ihre Stirn war von kleinen Fältchen zerfurcht. Immerhin waren Jahre vergangen. Jahre, die sie genauso hatten altern lassen wie mich.

Ich trat zum Bett. Die medizinischen Gerätschaften an seinem Kopfende flackerten und beleuchteten schwach sein Gesicht. Den Flaum auf seinen Wangen. Die wie beleidigt ein bisschen nach unten gezogenen Lippen.

Vorsichtig kletterte ich auf sein Bett und nahm ihn von hinten in den Arm, wie damals. Sein Körper krümmte und schmiegte sich in die Umarmung, als erinnerte er sich. Seine langen Wimpern bebten leicht, als wollten sie sich öffnen. Aber er schlief weiter.

Ich lauschte auf seine Atemzüge, um sicherzugehen, dass sie nicht aufhörten, und wartete, dass im Fenster der Morgen graute. Dann schlüpfte ich aus seinem Bett und sah zu, dass ich nach Hause kam. Fuhr durch leere Straßen und wechselte zwischen den Sendern im Radio hin und her, vielleicht meldete ja einer von ihnen zufällig gerade jetzt Entwarnung. Oder spielte zumindest Shalom Chanochs »Warten auf Messias«.

Messias ist nicht gekommen. Hat auch nicht angerufen. Ich habe im Wohnzimmer meines Hauses auf die Nachricht gewartet und bin von Zeit zu Zeit aufgestanden und durch die Räume patrouilliert. Als die Sonne aufging, drangen erste Strahlen durch die Sonnenblenden in den Zimmern meiner Kinder und beschienen ihre unschuldigen Gesichter, die Traumfänger, die über ihren Schlaf wachen, und die rosa und himmelblau gestrichenen Möbel.

Ihr Großvater, Levi Eshkol, seligen Angedenkens, war der zweite Staatspräsident Israels. Was ist das für ein Gefühl, nach ihm benannt zu sein?

Nicht Präsident, Premierminister.

Ihr Großvater, Levi Eshkol, seligen Angedenkens, war der zweite Premierminister Israels. Welche Erinnerung haben Sie noch an ihn?

Nicht der zweite. Der dritte. Und er starb, bevor ich geboren wurde.

Ihr Großvater, Levi Eshkol, war der dritte Premierminister Israels.
Welches Erbe hat er Ihnen hinterlassen?

Zuckerwürfel.

Bei der staatlichen Gedenkfeier auf dem Herzl-Berg stand die Familie in der ersten Reihe vor der schwarzen Marmorgrabstätte, und nach dem »Gott voller Erbarmen« des obersten Militärkantors, das mich immer mit tiefer Traurigkeit erfüllt hat, die jedoch nicht mit meinem Großvater zusammenhing, der ja vor meiner Geburt verstorben war, weshalb ich, so sehr ich mich auch bemühte, nicht persönlich um ihn trauern konnte – nach dem »El male rachamim« also legten die Politiker jeder einen kleinen Stein auf das Grab und standen dann Schlange, um jedem aus der Familie die Hand zu drücken. Ich erinnere mich, dass der Händedruck von Shimon Peres schlaff war, dass Gad Ya'akobi sehr gut aussah und dass unter den letzten Kondolierenden ein Mann mit schütterem Haar war, von dem ich wusste, dass sein Name Shalhevet Freier war. Danach fuhren alle, also all die alten MAPAI-Granden, Freunde der Familie und Shalhevet Freier, in die Ramban-Straße, in die Wohnung meiner angeheirateten Großmutter Miriam, standen dort im kleinen Wohnzimmer mit einem Glas Kinley in der Hand und analysierten die Lage des Staates, als sei er, der Staat, ihr Privateigentum, obwohl in den Jahren, von denen ich hier rede, Menachem Begin bereits Regierungschef war.

Wir, die Kinder, die Cousins, zogen uns traditionell in ein Nebenzimmer zurück, in dem dicke Aktenordner standen, die wir nicht anrühren durften, und spielten auf dem Tisch, der mal sein Schreibtisch gewesen war, Stadt-Land-Fluss. Beim Buchstaben ל war klar, was alle zu »Persönlichkeit« schreiben würden, also schrieb ich lieber Lincoln oder Leonardo da Vinci, um mehr Punkte zu bekommen, und alle paar Runden wurde ich von den anderen Cousins, die alle älter waren als ich, auf eine Mission an die Front ins Wohnzimmer geschickt: Zuckerwürfel aus der silbernen Schale, in der sie lagen, zu entwenden und ins Zimmer der Kinder zu schmuggeln. Ich erinnere mich noch an den Geschmack des Zuckerwürfels: ein Kubus, zuerst hart wie ein Bonbon, der sich nach mehreren kleinen Bissen auf der Zunge auflöste und in seine Krümel zerfiel. Ich weiß auch noch, wie Doron, der älteste meiner Cousins, uns beibrachte, wie man Tee trinkt, indem man den Zuckerwürfel zwischen die Zähne geklemmt hält und dann vorsichtig den heißen Tee schlürft. Und nie werde ich vergessen, dass ich einmal im Wohnzimmer von Shalhevet Freier auf frischer Tat ertappt wurde. Er fing meine Hand ab, die unterwegs zu der silbernen Schale war, hielt sie fest und sagte mit schwerem Jeckenakzent: Das ist kein Naschzeug, Junge. Offenbar muss ich so verschreckt ausgesehen haben, dass er meine Hand sofort wieder freigab, mir eine Tafel Bitterschokolade »Splendid« hinhielt und sagte, nimm stattdessen die. Ich hasste Bitterschokolade, nahm sie aber trotzdem. Etwas an Shalhevet Freiers Ton sagte mir, dass es nicht lohnte zu diskutieren.

Vor ein paar Jahren ist er verstorben, und in dem Nachruf, der neben seinem Foto in der Zeitung erschien, hieß es, er sei Generaldirektor der Kommission für Atomenergie gewesen. Und so, mit gewisser Verspätung, verstand ich, woher sein Abschreckungspotenzial rührte.

Zuckerwürfel sind mit den Jahren so gut wie verschwunden. Wie Glühwürmchen. Ab und zu, vor allem in der Oberstadt von Haifa, und dort insbesondere in den Cafés der Jecken, bekommt man noch ein Metallschüsselchen mit Zuckerwürfeln auf den Tisch gestellt. Und dann nehme ich mir ein paar, lutsche sie so langsam wie möglich, damit sie nicht sofort zerfallen, und denke an meinen Großvater, den ich nicht gekannt habe und von dem ich bedauere, ihn nicht gekannt zu haben, ein Mann, der, so erzählte man mir, so lange Kompromisse zu machen verstand, bis er bekam, was er wollte; der einen warmherzigen und klugen jüdischen Humor besaß; der bei Anhängern und Gegnern gleichermaßen beliebt war; der nicht Mitglied in der konservativen Bewegung all jener war, die an die eine große Liebe in ihrem Leben glauben; der immer im falschen Moment stotterte; der verantwortlich für den Sieg im Sechs-Tage-Krieg war, aber niemals die entsprechende Anerkennung dafür erhielt; der starb, ehe er verstehen konnte, wir sehr dieser triumphale Sieg uns verstricken sollte; dem es, obwohl er so gut wie nie zuhause war, gelang – wie, ist mir absolut unklar –, meiner Mutter ein starkes Gefühl von Vaterschaft zu geben. Und schließlich der Mann, dem ich mit zunehmendem Alter äußerlich immer ähnlicher werde, so sehr, dass ich in den letzten Jahren eine Scheu entwickelt habe, mir Bilder von ihm anzusehen, die mehr und mehr wie eine Prophezeiung auf mich wirken.

Beeinflusst das politische Vermächtnis Ihres Großvaters Sie als Künstler?

Ich hatte eine echte Großmutter. Nicht berühmt. Väterlicherseits. Die in Cholon wohnte.

Sie war eine Fast-Holocaust-Überlebende. Sprich, sie war unmittelbar vor Ausbruch des Krieges aus Polen eingewandert.

Als ich fünfzehn war, starb mein Großvater und es gab niemanden mehr, der mit ihr auf Jiddisch gestritten hätte.

Sie hatte zwei, drei enge Freundinnen, aber die meiste Zeit schaute sie fern, ging zur Krankenkasse und bereitete Essen zu.

Zu Mittag wurde bei ihr um halb zwölf gegessen. Zu Abend um sechs. In ihrem Kühlschrank gab es ein ganzes Fach nur für Medikamente.

Mit dreiundzwanzig trennte ich mich endgültig von Tali Leshem.

Da ich es war, der die Wohnung, in der wir zusammen wohnten, verließ, war klar, dass ich auch derjenige war, der sich eine neue Wohnung suchen musste.

Das war nachts um elf Uhr, und ich hatte keinen Ort, wo ich mit den beiden Müllsäcken, in die ich meine Habseligkeiten gestopft hatte, hätte gehen können.

Ich erwischte den letzten Bus nach Cholon. Klopfte an ihre Tür, an der noch immer der Name meines Großvaters stand. Sie öffnete und erschrak: Was ist passiert, schejne Jingele?

Ich erzählte ihr alles.

Sie machte mir ein Glas Tee mit drei Löffeln Zucker und tat einen Metallhalm hinein, der an einem Ende ein Löffelchen zum Umrühren hatte. Während ich meinen Tee schlürfte, klappte sie das Sofa in dem kleinen Zimmer neben der Dusche auf und bespannte es mit einem blumigen Laken. Obwohl sie eine sehr kleine Frau war, schienen sich ihre Arme beim Bespannen eines Bettes auf wundersame Weise zu verlängern. Schon als Kind war mir das aufgefallen.

Als wir zurück in die Küche gingen, sagte sie kein Wort über Tali. Oder unsere Trennung. Und erwähnte auch mit keiner Silbe, was bei dem Babysitting bei meiner Schwester passiert war. Fragte nur, ob ich vielleicht auch ein Stück Kuchen möchte. Als ich verneinend den Kopf schüttelte, nahm sie mir gegenüber Platz und schwieg als Zeichen der Anteilnahme, bis ich den Tee ausgetrunken hatte.

Am nächsten Morgen weckte sie mich viel zu früh, weil sie Sorge hatte, ich könnte zu spät zur Arbeit kommen.

Ich blieb drei Monate bei ihr. Der längste Besuch eines Enkels bei seiner Großmutter in der gesamten Familienchronik.

Ich aß viel Kompott, viel mit Zucker angemachten Karottensalat und viel Tomatensuppe aus der Tüte, die sie mit vorgekochtem Reis verfeinerte.

Jedes Mal, wenn ich einem bestimmten Gericht auf dem Tisch mehr Aufmerksamkeit widmete, fragte sie sich, warum ich die anderen Speisen vernachlässigte.

Jedes Mal, wenn ich irgendwo in der Wohnung das Licht anließ, machte sie es hinter mir aus.

Und jedes Mal, wenn ich im Fernsehen Fußball gucken wollte, verzichtete sie für mich auf das Programm, das sie hatte sehen wollen.

Erst als ich bei ihr wohnte, begriff ich, wie traurig sie eigentlich war. Eine tiefe, fundamentale Traurigkeit, wie ein weiteres Körperteil. Und dass diese Traurigkeit sich bei ihr, irgendwie, in Sorge um andere verwandelte.

Erst als ich bei ihr wohnte, konnte ich das Gesicht des jungen Mädchens sehen, das seine Eltern und seine Geschwister verlassen hatte, um nach Palästina zu gehen, ohne zu wissen, dass es das letzte Mal sein würde, dass es sie sah.

Erst als ich bei ihr wohnte, verstand ich, dass sie im Grunde genommen sehr an meinem Großvater Yitzhak gehangen hatte und dass nach seinem Tod bei ihr so ein innerer Countdown begonnen hatte.

Vor zwei Jahren machte ich eine Dienstreise nach Warschau.

Von meinem Vater besorgte ich mir die Adresse, unter der Großmutter als junges Mädchen gewohnt hatte, und meine Gastgeber bat ich, mich in den Stadtteil Praga mitzunehmen. Unterwegs kamen wir an kahlen Bäumen und gewaltigen Mietshäusern vorbei, die mich an Filme von Kieślowski erinnerten, und meine Seele wölbte sich bereits nach innen in Erwartung des zu schließenden Kreises.

Ich wusste nicht, dass Warschau im Krieg komplett zerstört worden war, dass im Stadtteil Praga nicht ein Haus die Bombenangriffe der Alliierten unversehrt überstanden hatte und dass es so bitterkalt in dieser Stadt sein konnte, dass auch Handschuhe deine Finger nicht davor bewahrten, steif und taub zu werden, sobald man aus dem Auto stieg. Ich lief ein bisschen durch die Straßen des Viertels, versuchte tatsächlich auch, die wenigen Menschen, die unterwegs waren, um Hilfe zu bitten, aber die Adresse, die auf meinem Zettel notiert stand, existierte offenbar nicht mehr, und ein Mann mit Hut, bei dem mir für einen Sekundenbruchteil der Verdacht kam, es könnte Chagai Karmeli mit Hut sein, behauptete, die Straße, die ich suchte, sei in einem ganz anderen Viertel gewesen, das es aber auch schon nicht mehr gäbe. Und dann setzte Hagel ein. Steinharte Körner. Und mein kleiner Finger flüchtete sich tiefer in den Handschuh.

Also beschloss ich, den Kreis in anderer Form zu vollenden: Ich würde meiner Großmutter eine Postkarte aus Warschau schicken.

Von jedem Ort auf der Welt hatte ich ihr Postkarten geschickt.

Sie hatte nie verstanden, wozu man so viel reisen musste – wo doch die Juden jetzt einen eigenen Staat haben! –, hatte sich aber immer gefreut, ein Lebenszeichen von mir zu erhalten.

Gleich am ehemaligen Ghetto fand ich einen kleinen Souvenirladen, der noch immer Ansichtskarten wie früher verkaufte, und wählte eine mit einer Aufnahme des wieder aufgebauten Königsschlosses. Ich schrieb meiner Großmutter, in der Lobby meines Hotels würden Cremeschnitten mit Tee serviert. Und dass gestern in einem Feinschmeckerrestaurant der erste Gang aus klarer Hühnersuppe mit Kreplach bestanden hätte. Und dass, obwohl ich ihr Haus nicht gefunden hatte, hier in Warschau mich alles an sie erinnere. Auch die Umsicht und Fürsorge meiner Gastgeber.

Die Postkarte schickte ich an ihre alte Adresse. In die Arlosorov 164. Obwohl ich keine Ahnung habe, wer da heute wohnt.

Jedes Mal, wenn man mich nach meinem berühmten Großvater fragt, möchte ich von meiner Großmutter, seligen Angedenkens, erzählen, aber niemand will es hören.

Welche Künstler oder Kunstwerke haben Sie in jungen
Jahren beeinflusst?

Hundert Meter von meiner Großmutter entfernt, die Arlosorov weiter runter, wohnte meine Tante Noa Eshkol. Choreografin, Erfinderin der Bewegungsschrift. Guru mit einer ganzen Schar von Jüngerinnen, die den Boden verehrten, auf dem sie getanzt hatte. Eine
Frau, die es immer vorgezogen hatte abzulehnen. Preise. Klischees.
Scharlatanerie. Gefärbte Haare. Die anstatt Kindern und Enkeln
Hunde und Katzen hatte. Die Gästen als Erfrischung ungefragt Bier
servierte und die im oberen Stockwerk ihres Hauses einen großen,
nicht möblierten Raum hatte, in dem man toben konnte, während
die Erwachsenen unten über Politik diskutierten. Sie liebte es zu polemisieren, meine Tante Noa. Und empörend abwegige Meinungen
zu äußern. Jetzt, da ich dies schreibe, erkenne ich plötzlich die gestrichelte Linie, die zwischen ihr und Shira, meiner Ältesten, besteht
und die ich zuvor nicht gesehen hatte. Die erste Platte in meinem
Leben – »Hotter Than July« von Stevie Wonder – hat mir Tante Noa
gekauft. Auch die erste Zigarette habe ich bei ihr geraucht. Zu meiner
Hochzeit ist sie nicht gekommen, weil sie keine Großveranstaltungen
mochte, aber als Dikla und ich sie ein paar Wochen danach besucht
haben, war sie ganz gerührt und wurde nicht müde, ihre Begeisterung über Dikla lauthals kundzutun. Wir waren noch keine zwei Minuten da, als sie schon über ihre langen Haare strich und sagte, wie
samtig weich die seien. Und als Dikla versuchte, ein paar Highlights
der Hochzeit mit ihr zu teilen, unterbrach sie sie mittendrin und
sagte: Weißt du, der Gegensatz ist faszinierend, zwischen der Art,
wie du sprichst, in diesem gemessenen, wohltemperierten Ton, wie
ein Metronom, und der Bewegung deiner Hände. Die haben … ihre
ganz eigene Choreografie … voller Sinnlichkeit … Tanzt du?, fragte
sie. Auf dem Gymnasium habe ich mal in einer Gruppe getanzt, aber
heute nur noch auf Partys, gestand Dikla, und Tante Noa nickte be-

dächtig, als erwäge sie, ihr einen Platz in ihrem Ensemble zu geben, das sich wenige Jahre zuvor aufgelöst hatte. Danach nahm sie uns mit in ihr Studio im dritten Stock des Hauses und zeigte uns ihre neuen Wandteppiche, sagte, sucht euch einen aus, als Geschenk. Und während ich noch heftig schluckte vor Bestürzung – in der Familie war gemeinhin bekannt, dass Tante Noa ihre Teppiche an niemanden verkaufte, geschweige denn verschenkte –, wanderte Dikla einige Minuten lang schweigend von einem Kunstwerk zum nächsten, bis sie sich diesen Teppich mit der versteckten Wunde aussuchte, und Tante Noa sagte, du hast einen guten Geschmack. Danach gingen wir runter in die Küche und köpften etliche Flaschen Bier und redeten, das heißt, vor allem redeten Dikla und Tante Noa, und ab und an unterbrach Tante Noa und machte ihr Komplimente für ihre originellen Überzeugungen oder ihre präzisen Formulierungskünste oder wie gut die Farbe ihres Rocks auf die der Strumpfhose abgestimmt war, und als Dikla für einen Moment zur Toilette ging, zündete sich Tante Noa eine Zigarette an, schaute mich lange an, seufzte und sagte, schlimm, das wird sehr wehtun. Was wird wehtun?, fragte ich. Und Tante Noa nahm einen Zug von ihrer Zigarette und sagte, wenn sie dich verlässt. Aber als sie sah, wie mein Gesicht sich verfärbte, stieß sie den Rauch aus und fügte hinzu: Ich habe nicht gesagt, das sei es nicht wert, Junge. Sie ist wirklich was Besonderes, deine Frau. Eine solch schöne Kombination von Überheblichkeit und Sanftmut sieht man nicht alle Tage.

Sie liebte schöne Dinge, meine Tante Noa. Und weil sie das Haus nur selten verließ – warum eigentlich? Vor was hatte sie solche Angst? –, bat sie, man solle ihr die schönen Dinge mitbringen.

Die Besuche bei meiner Großmutter und die bei meiner Tante waren in meiner Kindheit miteinander verknüpft und fanden immer am Schabbat statt. Von Polen nach Böhmen in fünf Minuten. Das Haus meiner Großmutter verließen wir mit großen Plastiktüten voller Altkleider und marschierten die Straße hinunter zu Tante Noa, die später die Sachen zerschneiden und daraus ihre bunten Wandteppiche anfertigen würde. Mit der Teppichproduktion hatte sie während des Jom-Kippur-Kriegs begonnen, weil sie nicht fähig war zu tanzen, während täglich Bekannte von ihr getötet wurden. Und seitdem waren mehr als eintausend Teppiche entstanden. Stoffreste bezog sie nicht nur von uns. Das Material strömte aus Fabriken und Nähereien im ganzen Land zu ihr, und sie ordnete es auf großen Leinwänden an und überließ es danach ihren Tanzjüngerinnen, die mühselige Arbeit des Vernähens zu übernehmen. Die spektakulären Ergebnisse hingen an den Wänden ihres Studios wie in einer Galerie, und wenn ich mich zu den Klängen von Stevie Wonder genug ausgetobt hatte, stand ich vor diesen Teppichen und versuchte, sie zu verstehen. Um dann den Versuch, sie zu verstehen, aufzugeben und zu versuchen, sie zu tanzen.

Tante Noa war nicht zu bewegen, ihre Teppiche in einer richtigen Galerie auszustellen. Und auch nicht, sich interviewen zu lassen. Auch eine Auszeichnung der Universität Tel Aviv anzunehmen, war sie nicht bereit. Und erst recht nicht zu sterben.

Sie ertrug großes körperliches Leid in ihren letzten Jahren – von hager und schlank wurde sie vor unseren Augen ganz allmählich zu abgezehrt und ausgemergelt, ein hartnäckiger Husten ließ sie Sätze nicht vollenden und so gut wie alle ihre Jüngerinnen ließen sie im Stich – und dennoch klammerte sie sich an das Leben, um wenigstens noch einen Teppich zu vollenden, noch einen Tanz nur.

*

Nach ihrem Tod sammelte mein Vater alles Material, das demjenigen dienen könnte, der ihre Biografie schreiben wollte. Unter den Sachen fand ich auch Liebesbriefe, die sie als junge Frau aus London an einen gewissen Robert geschickt hatte, der sich in Israel aufhielt. Und als ich sie las, kam mir der Gedanke, dass es ein Gen geben muss, das diejenigen, die damit gesegnet oder bestraft sind, sich mehr sehnen als andere Menschen. Und dass dieses Gen vererbt wird.

Die Verlage, an die wir uns mit dem Material wandten, behaupteten, ihr Name sei einer breiten Öffentlichkeit nicht bekannt genug, um ihre Biografie sich verkaufen zu lassen, und lehnten dankend ab. Also schreibe ich hier und jetzt über sie. Damit trotz allem jemand sich erinnert, dass es mal eine Tante Noa auf der Welt gegeben hat und dass sie vielen Menschen den Mut gegeben hat zu sein, was sie sein wollten. Auch mir.

Sind Sie an der Umschlaggestaltung Ihrer Bücher beteiligt?

Ich wähle aus zwischen verschiedenen Umschlagentwürfen, die man mir vorlegt, um nicht zu sagen, ich mache die Grafikdesigner so lange verrückt, bis es eine Option gibt, die mir zusagt. Aber sollte das Unwahrscheinliche geschehen und dieses Interview hier irgendwann einmal gebunden als Buch erscheinen, werde ich keine Optionen und Entwürfe brauchen und niemanden verrückt machen müssen. Auf den Umschlag wird ein Foto des Teppichs meiner Tante Noa Eshkol kommen, der bei uns im Wohnzimmer hängt: ein Flickenteppich aus unzähligen übereinanderliegenden Stofffetzen und darunter eine Wunde.

Auf der zweiten Seite, der mit den Verlagsangaben, wird anstelle der üblichen Warnung ein Hinweis erscheinen:

Die Handlung dieses Buches, die darin erwähnten Figuren und ihre Namen sind dem Leben des Autors entlehnt. Jeder Zusammenhang zwischen der Handlung des Buches und Ereignissen, die sich tatsächlich zugetragen haben, wie auch zwischen den darin vorkommenden Figuren und ihren Namen zu lebenden oder toten Personen gleichen Namens ist alles andere als zufällig. Da der Autor jedoch als zwanghafter Geschichtenerzähler zu gelten hat, ist jede in seinem Namen abgegebene Erklärung nur von begrenzter Haftung, diese hier mit eingeschlossen.

Und auf der Seite für Widmungen werden nur zwei Wörter stehen – für Dikla.

(Vielleicht wird es ein Liebesgeschenk werden, vielleicht ein Grabstein. Noch lässt sich nichts wissen. Stand gestern ist, dass sie eine kleine Tasche gepackt hat und Richtung Süden gefahren ist, in einen Aschram in der Wüste. Hat gesagt, sie brauche Zeit, um nachzudenken. Wie viel, hat sie nicht gesagt.)

Es gibt viele Träume in Ihren Geschichten. Welche Funktion haben Träume in Ihrem wirklichen Leben?

Meine Träume sind beschämend einfach gestrickt. Manchmal, wenn ich aufwache und mich erinnere, wie grob und plump mein Traum war, sage ich mir selbst: Von dir hätte ich mehr erwartet.

Diklas Träume dagegen …

Sie hat vergessen, ihr Heft mitzunehmen, als sie in den Aschram gefahren ist.

Hat es auf dem Nachttisch auf ihrer Bettseite liegen gelassen.

Ein charakterfesterer Mensch als ich hätte der Versuchung vielleicht widerstanden.

Meine Mutter ruft mich an. In dem Traum ist klar, dass eine technische Lösung gefunden ist, die eine direkte telefonische Verbindung zwischen der Welt der Toten und unserer Welt ermöglicht, und dass Gespräche dieser Art längst Standard sind. Sie sagt zu mir, ich bin stolz auf dich, Dikla. Und ich frage, warum hast du mir das früher nie gesagt? Das ist das Gute daran, wenn man stirbt, antwor-

tet sie, man erhält eine Perspektive. Worauf genau bist du stolz bei mir?, beharre ich. Ich kann gerade noch ihr Seufzen hören und dann wird das Gespräch getrennt und es bleibt nur dieser Besetztton, der immer lauter wird und sich am Ende als Wecker herausstellt.

Niemand erscheint zu Noams Bat-Mizwa. Die aus irgendeinem unerfindlichen Grund in einer Turnhalle in Ma'alot stattfindet. Wir sitzen in der Halle und warten und warten, aber niemand kommt. Der DJ spult weiter seine Musik runter und fordert zum Tanzen auf, obwohl niemand da ist. Yanai sticht die Luftballons mit einer Stecknadel kaputt. Ich storniere die Pizzabestellung. Noam ist so geschockt, dass sie nicht weint. Wir verlassen die leere Halle und treten auf einen riesigen Parkplatz, auf dem nur zwei Kutschen stehen. Er geht zu der einen, wir zu der anderen. Als wir losfahren, sagt Shira: Konntet ihr euch nicht zusammenreißen?

Ich bin in Kolumbien, in einer Stadt, die Cartagena heißt, und suche nach der Frau. Ich folge dem Geruch, der mich in einen Club führt. Mir ist klar, sie ist dort, und sobald ich sie sehe, werde ich sie fragen, ja oder nein, erfunden oder Wirklichkeit, aber die Musik in dem Club ist richtig gut. Gerade läuft der Song von Enrique Iglesias, »Duele el corazon«, das Herz schmerzt, also beginne ich zu tanzen, anstatt weiter nach ihr zu suchen, und im Traum weiß ich, dass es nur ein Traum ist, was ich bedauere, weil es mir so gut, so gut, gut, gut geht. Und dann kommt der Cut. Und ich bin in irgendeiner Wüste, vielleicht in Kolumbien oder vielleicht auch hier bei uns. Die Sonne brennt und mein

*Schatten, der Schatten, den ich werfe, sieht ganz anders
aus als ich, als stamme er von einer anderen Frau.*

*Ich gewinne den Man Booker Prize in der Kategorie »Frau
des Autors« und weigere mich, ihn entgegenzunehmen.
Man fordert mich von der Bühne auf Englisch auf und ich
antworte auf Hebräisch, nein, danke, und erst als ich mich
wieder auf meinen Platz setze, sehe ich, dass der Mann,
der neben mir sitzt, nicht der ist, mit dem ich verheiratet
bin, sondern Eran, unser stellvertretender Marketingleiter.*

*Ich mache Shira als Baby eine Watsu-Session, aber nicht im
»Maayana«, sondern im Freibad in Beit Zayit, wo ich noch
nie war. Ich bette sie in meinen Armen wie in einer Hängematte und ziehe sie durchs Wasser, wie Gaya es immer mit
mir macht, singe ihr »Honesty« von Billy Joel vor, ohne
Text, nur die Melodie, aber plötzlich ist da ein Loch im
Schwimmbecken wie manchmal in einem Gartenpool, und
das Wasser läuft langsam und stetig ab, bis wir am Ende
auf dem nackten Boden des Beckens sitzen, umgeben von
Ein-Schekel-Münzen, die Leute hineingeworfen und sich
dabei etwas gewünscht haben.*

*Ich habe vergessen, mir die Haare zu färben, und alle
Katzen des Viertels kommen zu mir, damit ich ihnen zu
fressen gebe.*

*Ich hocke in dem verdammten Wachunterstand in der
Arava-Wüste. Bin aber so alt wie jetzt. Und habe keine
Uniform an. Es ist stockfinster, die Schakale heulen, und
wieder befällt mich die schreckliche Angst, niemanden
zu haben und allein zu sein. Ganz allein auf dieser Welt.*

Mein Herz rast vor lauter Alleinseinangst. Ich versuche,
mir zu sagen, dass ich ja bereits Mutter bin und die Kinder
habe, aber das hilft nicht, das Herzrasen nimmt nur noch
zu, also rufe ich wie damals die Telefonseelsorge an und
schäme mich dafür, dass ich nach zwanzig Jahren genau
am selben Punkt wieder bin, aber anstatt der Telefonseel-
sorge ist Eran dran, der stellvertretende Marketingleiter
mit den breiten Schultern, und im Traum frage ich mich,
was das zu bedeuten hat, dass ich schon das zweite Mal
von ihm träume.

Wir sind im Büro des stellvertretenden Bürgermeisters von
Lefkara auf Zypern, wo wir geheiratet haben, doch dies-
mal sind wir gekommen, um uns trennen zu lassen. Aber
es gibt ein Problem: Mein rechter Arm ist fest mit seinem
linken verbunden. Der stellvertretende Bürgermeister
schaut sich die Verbindungsstelle mit einer Lupe an und
entschuldigt sich, so sei es unmöglich zu operieren.

Ich fahre Ari im Ichilow besuchen und laufe mit meinem
Blumenstrauß von einem Zimmer zum nächsten, um ihn
zu finden, aber in den Zimmern auf der Onkologie liegen
nur kahlköpfige Frauen, die meiner Mutter ähnlich sehen,
obwohl meine Mutter ja an einem Herzinfarkt gestorben
ist. Als ich zur Aufnahme gehe, um herauszufinden, auf
welcher Station Ari ist, und die Schwester im Computer
nachschaut, stellt sich heraus, dass er gar nicht dort, son-
dern im Tel Hashomer behandelt wird. Wie kann es sein,
dass Sie nicht wissen, in welchem Krankenhaus der beste
Freund Ihres Mannes liegt?, hält sie mir vor und nimmt mir
die Blumen ab, als wäre ich durch eine Prüfung gefallen
und jetzt alles verloren. Ich fahre zum Tel Hashomer und

habe sogar seine Zimmernummer, 12, aber als ich eintrete,
ist es mein Mann, der dort an einem Infusionsbeutel und
mit geschlossenen Augen im Bett liegt, und Ari sitzt neben
ihm und sagt zu mir: Es tut mir leid, du kommst zu spät.
Im Traum weine ich, bin in Tränen aufgelöst, und verstehe
nicht, wie sie die ganze Zeit die Wahrheit vor mir verbor-
gen haben.

Gibt es eine biblische Gestalt, der Sie sich besonders verbunden fühlen?

Von Zeit zu Zeit suche ich mir eine Grube, um mich darin für eine Weile vor der Welt zu verstecken. Wie Joseph. Der Nachzügler, den seine Brüder hassen und mit dem sie nicht reden. Zunächst flüchtet er sich aus der zu harten Realität in Träume, und als es ihm nicht mehr gelingt zu träumen, zieht er sich in die Grube zurück. Ich weiß, das ist nicht die übliche Lesart dieses Kapitels, aber nur, weil alle die Grube übersehen, die sich auftut zwischen dem Vers, »Da sprach Juda zu seinen Brüdern: Was hilft's uns, dass wir unseren Bruder erwürgen und sein Blut verbergen? Kommt, lasst uns ihn den Ismaeliten verkaufen«, und dem direkt darauffolgenden Vers, »Und da die Midianiter, die Kaufleute, vorüberreisten, zogen sie ihn heraus aus der Grube und verkauften ihn den Ismaeliten um zwanzig Silberlinge; die brachten ihn nach Ägypten«. Denn wie lässt sich erklären, dass Juda seine Brüder angeblich überredet, Joseph zu verkaufen, aber diejenigen, die ihn letztendlich im nächsten Vers tatsächlich verkaufen – und dabei zwanzig Silberlinge einstreichen! – die Midianiter sind? Es gibt nur eine Erklärung, die plausibel erscheint: In der Spanne zwischen den beiden Versen weigert sich Joseph, aus der Grube zu kommen. Das Seil, das seine Brüder ihm in die Grube hinablassen, ergreift er nicht. Und wenn er es nicht ergreift – können sie ihn nicht hochziehen. Mit seinen wachen Sinnen begreift

Joseph, dass er nur hier, im Dunkel der Grube, ungestört träumen kann, ohne dass seine Brüder ihn verhöhnen, er sei ein Träumer, und ohne dass jemand Anstoß am Inhalt seiner Träume nimmt.

Sieben Tage und sieben Nächte träumt Joseph von Goldmünzen, von vielen Göttern und von einer Ähre, mit der eine schöne, unbekannte Hand ihm langsam über seine Schlüsselbeinknochen streicht, Träume, die die Bibel nicht gewagt hat, nicht hat wagen können, in die offizielle Geschichte mit aufzunehmen. In dieser Zeitspanne ziehen unweit der Grube, in der er sich versteckt hält, Kanaaniter, Jebusiter und Chititer vorbei. Aber Joseph, obwohl er da schon sehr hungrig sein muss, ruft nicht nach ihnen. Mitnichten. Er sehnt sich noch nicht genug nach dem echten Leben und dem Schmerz, den es mit sich bringt.

In seinem letzten Traum, in der letzten Nacht, träumt er, sein kleiner Bruder Benjamin sei von einem Raubtier gerissen worden, worauf Joseph nicht an sich halten kann und auf seinem Grab weint …

Und erst nachdem er aus diesem Traum erwacht ist, nachdem er die echte Träne fortgewischt hat, die noch über seine Wange rinnt …

… ruft er nach den Midianitern, die unweit der Grube vorbeiziehen, und ergreift den Strick, den sie ihm in die Tiefe hinablassen. Mit seiner Hilfe klettert er heraus in das gleißende, blendende Sonnenlicht. Und übernimmt, bangen Herzens, wieder seine Rolle in der Bibel.

Bücher sind manchmal – für die, die sie lesen, und für die, die sie schreiben – eine Grube, in der man sich vergraben kann.

Auch dieses Interview ist eine solche Grube.

Um nicht zu wissen, was draußen passiert.

Dikla hat nach Ausklang des Schabbat aus ihrem Aschram angerufen und gesagt: Ich brauche noch ein bisschen Zeit für mich selbst. Ihre Stimme klang anders. So höflich. Sicher, habe ich gesagt. Sicher. Dann hat sie gebeten, mit den Kindern reden zu können. Und danach hat sie mir eine To-do-Liste gesimst, Aufgaben, die mit Noams Bat-Mizwa zusammenhingen und im Laufe der Woche erledigt werden mussten. Ich hatte längst alle auf dem Zettel, habe aber trotzdem zurückgeschrieben: Ist angekommen. Wird erledigt. Hab viel Spaß. Liebe dich. Sie hat nicht geantwortet. Auch nicht auf meine Anrufe an den darauffolgenden Tagen. Auf der Homepage des »Aschrams in der Wüste« habe ich erfahren, dass just in dieser Woche dort ein Tantra-Festival stattfindet und die Gäste eingeladen sind, an Workshops teilzunehmen mit so klingenden Namen wie »Die innere Göttin befreien«, »Tanz des Herzens« oder »Bis zum nächsten Genuss«. Was meinem Seelenfrieden nicht zuträglich war, aber was konnte ich machen? Ich habe die Kinder zu ihren Nachmittagsaktivitäten gefahren. Habe sie wieder abgeholt. Sie zu Geburtstagen chauffiert. Sie dort wieder eingesammelt. Habe bemuttert und gefüttert, entdeckt und versteckt, und, nachdem sie schlafen gegangen waren, mir ein bisschen das Foto von Maayan angeschaut und ferngesehen, bis ich dabei eingeschlafen bin. Ich schlafe nie vor dem Fernseher ein, wenn Dikla zuhause ist.

In der dritten Nacht ohne sie musste ich an den Moment denken, in dem der Junge in Romain Garys ›Du hast das ganze Leben noch vor dir‹ den alten Teppichhändler Monsieur Hamil fragt: Kann man ohne Liebe leben? Aber ich konnte mich nicht mehr erinnern, was Monsieur Hamil geantwortet hat.

In der vierten Nacht ohne Dikla kam mir der Gedanke, diese Woche sei vielleicht ein Experiment, mit dem sie, als Trockenübung gewissermaßen, herausfinden wollte, wie es für sie wäre, getrennt zu sein. In der fünften Nacht sah ich ein, sie würde nicht zurückkommen. Es gibt solche Geschichten. Die Mütter in diesen Geschichten, die eines schönen Tages einfach aufstehen und gehen, einen Ehemann mit gebrochenem Herzen und fürs ganze Leben geschädigte Kinder zurücklassen – diese Mütter sind immer groß und schön, wie Dikla. Und immer ist da im Hintergrund ein anderer Mann.

Das wird sie nicht tun, versuchte ich mich zu beruhigen, sie ist nicht der Typ. Aber dann fielen mir diese kleinen Momente im Verlauf unseres gemeinsamen Lebens ein, in denen plötzlich und ohne Vorwarnung etwas in ihr geplatzt war und ich fassungslos zusehe, wie meine vornehme Frau jemanden ohrfeigt, der sie auf der Ibn Gabriol zugeparkt hat; wie sie mitten in der Premiere auf dem Filmfestival in Jerusalem aufspringt und Lars von Trier anschreit, er sei geisteskrank; wie sie auf der Geha-Schnellstraße einfach anhält und aussteigt, nur weil ich gewagt habe, eine kritische Bemerkung über ihre Schwester zu machen; oder wie sie von diesem Sträßchen auf Zypern plötzlich in den Olivenhain abbiegt, den Wagen stoppt und mir zwischen die Beine greift.

In der sechsten Nacht ohne Dikla konnte ich mir den Mann bereits vorstellen, der sich mit ihr im Aschram vergnügte. Witwer. Das war klar. Ihr Blick verschleierte sich immer, wenn sie von Witwern sprach. Die Frau dieses Witwers ist vor weniger als einem Jahr an einer unheilbaren Krankheit verstorben und er ist allein mit zwei Söhnen geblieben. Diese Woche dort im Aschram ist die erste Auszeit, die er sich erlaubt. Er hat seine Gitarre mitgebracht, um nachts am Lagerfeuer zu spielen. Falls es eins gibt. Mit Gitarre, seiner weiten Pluderhose und den Dreadlocks sieht er, wenn ich jetzt so darüber nachdenke, ein bisschen aus wie Mosh Ben-Ari. Ein Mosh Ben-Ari mit traurigem Blick. Eine Kombination, der Dikla auf Dauer schwerlich wird widerstehen können. Und während ich morgens die Sandwichs zubereite, reden sie bestimmt dort im Aschram. Sie und der traurige Witwer Mosh. Und während ich mit Noam Hausaufgaben mache, lädt sie ihn bestimmt ein, das Gespräch vom Morgen in ihrer Lehmhütte fortzusetzen. Oder er lädt sie ein, den Fußmassageworkshop in seiner Lehmhütte fortzusetzen. Oder sie planschen zusammen in irgendeinem Lehmpool dort. Spärlich bekleidet. Oder gar nicht. Sie bemüht sich, nicht hinzuschauen, realisiert aber trotz allem, dass jeder Mann seine Vorzüge hat, und er bemüht sich im Gegenteil, genau hinzuschauen und entdeckt das Geheimnis, das nur mir bekannt ist, dass Dikla nämlich ohne Kleidung noch schöner ist als mit, und dann, als er sich unmerklich zu ihr neigt und sie sich unmerklich zu ihm und sie den Punkt ohne Wiederkehr überschreiten, beschließt sie, nicht zurückzukehren. Und als sie nach ein paar Monaten, oder Jahren, doch wieder auftaucht, ist er bei ihr, hält ihre Hand, und als ich versuche zu protestieren, schüttelt er seine Dreadlocks von einer Seite auf die andere, als hätte ich ihn persönlich enttäuscht, legt mir die freie Hand auf die Schulter und sagt, so ist das, Bruder, manchmal handelt man uns herunter.

Wie wurde die Idee zu Ihrem letzten Buch geboren?

Der Kurier von der Verkehrsbehörde sagte, ich solle hier, hier und hier unterschreiben. Nachdem ich unterschrieben hatte, teilte er mir mit, ich hätte zu viele Punkte, weshalb und so weiter mir mein Führerschein mit sofortiger Wirkung entzogen werde. Am nächsten Tag ging ich zur Zulassungsstelle. Versuchte zu diskutieren. Zu flehen. Kontakte spielen zu lassen.

Nichts half.

Führerschein weg. Für drei Monate.

Die ersten Tage bin ich trauernd und beschämt durchs Haus geschlichen. Wer sollte denn jetzt die Kinder zur Schule fahren? Und zu den Nachmittagsaktivitäten? Und ganz allgemein, wo bliebe ich? Also habe ich, wohl oder übel, wieder angefangen, öffentliche Verkehrsmittel zu nutzen. Und nach einer Woche in Zügen und Bussen – begriff ich, dass mir ein Wunder widerfuhr. Nichts weniger als das. Israelis im öffentlichen Raum verhalten sich, gelinde gesagt, nicht unbedingt wie Briten in der Öffentlichkeit. Sie lesen kein Buch oder studieren die Abendzeitung. Sie telefonieren. Lautstark.

Ich sitze da. Lausche. Und begreife bald, mit jedem neuen Gespräch, dass ich auf eine Goldmine gestoßen bin.

In den drei Monaten meines Führerscheinentzugs hörte ich:

Männer, die live und via Direktübertragung verlassen wurden. Wenig erbauliche Erbschaftsstreitigkeiten. Windige Finanzgeschäfte, deren Aufdeckung alle daran Beteiligten ins Gefängnis zu bringen drohte. Strengst vertrauliche Militärgeheimnisse – wann die Aktion beginnt, welche Ziele sie verfolgt und welche Kräfte daran beteiligt sein werden.

Und als ich schon dachte, alles gehört zu haben, kam die Krönung.

Sie stieg in Binjamina zu. Und ungefähr eine Minute nachdem sie eingestiegen war, fing sie an zu reden. Sie stand direkt hinter mir, aber bewusst wandte ich nicht den Kopf, damit sie nicht den Verdacht hegte, ich belauschte sie. Ihre Stimme war sanft und unschuldig. Ein bisschen wie die von Ofra Haza.

Am anderen Ende der Leitung war, das entnahm ich ihren Worten, ihre Schwester.

Und folgende Einzelheiten erfuhr ich noch:

Sie sollte in zwei Tagen heiraten.

Sie hatte beschlossen, die Hochzeit abzusagen.

Der Bräutigam wusste bislang nichts.

Sie erzählte nur ihrer Schwester (und dem ganzen Waggon) davon.

Und dann kam der wirklich spannende Moment, der dieses Telefonat endgültig ins Pantheon beförderte. Von Chadera an Richtung Norden redete sie nur noch über das Kleid. Das belastete sie sehr und darüber wollte sie sich mit ihrer Schwester beraten. Was zum Teufel macht man mit einem Brautkleid? Verkaufen? Vermieten? Es behalten und ändern lassen, damit es aussieht wie ein Abendkleid?

In Akko stieg sie aus. Ich schaffte es nicht mehr zu gucken, wie sie aussah, was aber vielleicht besser so war, denn es ließ Raum für Fantasie. Darum geht es ja bei Momenten, aus denen Bücher entstehen:

Sie müssen etwas Unentschlüsseltes haben. Etwas, das man mit Hilfe des Schreibens vervollständigen möchte. Und wünschenswert ist selbstverständlich, dass sich dieses Etwas mit irgendeiner persönlich erlittenen Verletzung kurzschaltet. Dass dich und dieser Moment irgendein unsichtbarer Tunnel verbindet, wie die Tunnel, die Kinder am Strand buddeln, bis sich die Hände treffen …

Am Morgen unserer standesamtlichen Trauung in dem Örtchen Lefkara auf Zypern wachte ich auf und Dikla war nicht im Bett.

Auf dem Kopfkissen lag ein Zettel: Bin ein bisschen spazieren gegangen.

Die Trauungszeremonie im Büro des stellvertretenden Bürgermeisters war auf ein Uhr angesetzt.

Und bis halb eins – war Dikla noch nicht wieder da.

Handys gab es damals noch nicht, und so war ich zu vier Stunden Warten verdammt, in deren Verlauf ich von Euphorie über Besorgnis zu Panik und schließlich zu dem sicheren, durch viele Belege aus den Wochen vor unserer Reise gestützten Wissen gelangte, dass sie dabei war, alles abzublasen.

Und weil mir das so klar war, zog ich nicht mal den extra für die Hochzeit erstandenen Anzug an und blieb, wie ich war, im Trainingsanzug. Von Zeit zu Zeit trat ich ans Fenster, um nachzusehen. Aber alles, was ich sah, waren die berühmten Stickerinnen von Lefarka, die vor ihren Läden saßen und stickten. Und stickten. Und stickten.

Um drei Minuten nach halb eins trat Dikla ins Zimmer. Und es wehte ein fremder Duft herein.

Sie küsste mich auf den Mund.

Was war los? Ich versuchte gleichmütig zu klingen.

Ich musste ein bisschen nachdenken, antwortete sie. Mit ernstem Blick.

Worüber?

Die ganzen letzten Wochen hatte ich das Gefühl, als würde ich von einer starken Strömung mitgerissen und könnte mich nirgendwo festhalten, um darüber nachzudenken, ob es das wirklich ist, was ich will.

Okay. Und was hast du beschlossen?

Dass es das ist.

Ah, toll.

Bist du sauer?

Sehr. Aber wir haben jetzt keine Zeit dafür. In einer halben Stunde ist die Trauung. Willst du dich noch umziehen?

Na klar. Und du? Bleibst du im Trainingsanzug? Steht dir.

Danach haben wir uns aufgemacht ins Büro des stellvertretenden Bürgermeisters, haben einander die Segenssprüche vorgelesen, die wir vorbereitet hatten, haben uns geküsst und sind dann ein bisschen durch Lefkara geschlendert, haben ein paar Stickereien gekauft, um den berühmten Stickerinnen eine Freude zu machen, die von Nahem leicht deprimiert wirkten, haben jede Menge Wein getrunken und auf dem weißen, breiten Bett im Hotel wieder und wieder miteinander geschlafen, sind nach Hause geflogen und haben mit der Familie und Freunden ein großes Fest gefeiert. Aber diese vier Stunden, in denen sie verschwunden war, sind zusammen mit dem fremden Duft, den sie verströmte, ganz tief unter unser Paarbewusstsein gekehrt worden und seither zwischen uns nie mehr zur Sprache gekommen. Erst jetzt, während der Tage, die sie in ihrem Aschram in der Wüste verbringt, ploppen in meinem Kopf alle möglichen kurzen und peinlichen Sequenzen von Zypern auf. Wie ich dort am Hotelfenster stand und vor mich hingemurmelt habe, komm zurück, komm zurück, bitte komm zurück.

Sie ist gestern zurückgekommen. Hat ihren Rucksack abgesetzt und an die Wand gelehnt.

Ich bin hoch vom Sofa, um sie in den Arm zu nehmen und die Sehnsucht einer ganzen Woche bei ihr abzuladen, aber alles an dem, wie sie dastand, signalisierte: Gib mir eine Minute, um mich wieder an dich zu gewöhnen.

Also bin ich in die Küche abgebogen.

Möchtest du etwas trinken?, habe ich gefragt. Ich setz mal Wasser auf.

Ich mache mir selbst was, hat sie gesagt.

Wir standen dicht voreinander in der Küche. Aber ohne uns zu berühren. Ohne einander direkt anzusehen. Mit flüchtigem Blick hatte ich festgestellt, dass ihr Gesicht so ruhig und entspannt wirkte wie nach einer Wasser-Shiatsu-Session mit Gaya, und dass sie braun geworden war, was ihr unglaublich gut stand. Aber ich wusste, Komplimente kämen jetzt nicht gut an.

Dann haben wir unsere Teegläser genommen und sind ins Wohnzimmer. In unserem Wohnzimmer gibt es ein langes Sofa, auf dem mehrere Leute Platz haben, und im rechten Winkel dazu ein kleines Einzelsofa. Sie hat sich auf das Einzelsofa gesetzt und ihr Glas in beide Hände genommen, aber nicht davon getrunken. Was mir keine andere Wahl ließ, als alleine auf dem großen Sofa Platz zu nehmen.

Und, wie war das Tantra-Festival?, habe ich gefragt. Und ein bemühtes Lächeln obendrauf gepackt, wie jemand, der einen Smiley an eine Nachricht hängt.

Ich war nicht auf dem Tantra-Festival, sagte sie.

Aber auf der Homepage des Aschrams stand ...

So gut kennst du mich? Ich war das Wochenende dort, und als zu Wochenbeginn alle möglichen Schwerenöter mit Dreadlocks eingefallen sind, habe ich zugesehen, dass ich wegkomme.

Wallah.

Aha.

Und wo ...

Ich bin zu Shira gefahren.

Zu Shira?

Sie nickt.

Nach Sde Boker?!

Ja. Ich habe sie angerufen und gefragt, ob ich kommen kann.

Und sie war einverstanden???

Auf der Stelle. Eine ihrer Zimmergenossinnen ist zu ihren Eltern nach Metulla gefahren, und vom Internat haben sie mir ausnahmsweise erlaubt, in ihrem Bett zu schlafen. Wohin gehst du?

Äh … ich … hol Kekse. Möchtest du?

Nein, danke.

In Wahrheit wollte ich keine Kekse. Aber wie Afi, tapferer Absolvent eines Kurses für Aggressionsmanagement aus Minneapolis, zog ich es vor, den Kontakt zu unterbrechen und mich aus der Situation zu ziehen, bevor ich Sachen sagte, die ich hinterher bereuen würde. Er hatte einen Satz aus dem Wagen in den schönsten Schneesturm gemacht und ich – ging in die Küche. Tat so, als suchte ich nach den Keksen. Machte erst einen Schrank auf und wieder zu, dann eine Schublade und dann noch einen Schrank, obwohl ich genau wusste, wo die Dose stand, und versuchte in der Zwischenzeit zu verdauen:

Dikla hatte keinen traurigen Witwer in der Wüste getroffen, sondern unsere älteste Tochter.

Und dennoch fühlte ich mich betrogen.

Als diese Tochter sprechen lernte, hat sie fünfmal am Tag zu mir gesagt, lieb haben. Hatte rote Herzen auf kleine Zettel gemalt, die sie mir auf meine Tastatur legte. Und als sie schreiben lernte, hatte sie ein Herz mit einem Pfeil gemalt: an das eine Ende des Pfeils schrieb sie »Shirush« und an das andere »Papush«. Jahrelang herrschte zwischen uns so etwas wie ein stillschweigender Pakt, der Dikla, die außen vor blieb, manchmal gekränkt haben mochte, und jetzt …

Als ich aus der Küche zurückkam, waren wir bereits zu zweit. Der eine saß sehr aufrecht und redete weiter mit Dikla, und der andere sackte immer mehr in sich zusammen.

Du warst also wirklich drei Tage mit Shira zusammen?, habe ich gefragt und das Tellerchen mit den Keksen auf dem Tisch abgestellt.

Mit ihr und Nadav.

Nadav?

Ihrem Freund.

Sie hat einen Freund??!

Hat sie.

Ich glaube es nicht.

So ein Naturkind. Mit Locken und Sandalen.

Aber Shira … sie ist so …

So was?

Ich weiß nicht, so verletzlich? Sie …

Es geht ihr gut. Und ihm auch. Du solltest sehen, wie er sie anschaut.

Aber … nicht, dass er … nicht, dass er sie ausnutzt.

Hör auf. Er ist total in sie verliebt.

Shira hat einen Freund. Wow.

Ja. Und sie … hat mich gebeten, es dir nicht zu erzählen.

Warum?

Du weißt, warum?

Aber …

Hör zu, sie ist glücklich. Sie hat dort wirklich ihren Platz gefunden. So habe ich sie noch nie gesehen.

Was … ihr habt euch richtig unterhalten? Habt Gespräche geführt?

Nicht nur Gespräche. *Deep talk.*

Deep talk?

Seelengespräche. So heißt das heute.

Wallah. Das heißt, toll, dass ihr … geredet habt.

Das ist Nadav, er tut ihr gut, sie hat sich mir plötzlich geöffnet. Wie diese Blumen in der Wüste, die sich nachts öffnen.

Hat sie dich nicht gefragt, warum du plötzlich gekommen bist?

Doch, hat sie.

Und was hast du geantwortet?

Dass ich ein bisschen durchlüften musste.

Was stimmt?

Was stimmt.

Ich kann nicht glauben, dass sie einen Freund hat.

Sie hat einen Freund.

Und ich kann nicht glauben, dass sie dir gesagt hat, du sollst mir nichts davon erzählen.

Du musst sie sehen. Wie sie Hand in Hand dort über den Campus laufen.

Ich muss sie wirklich sehen, weil es mir nicht gelingt, mir Shira vorzustellen, mit einem …

In einer Nacht hat er uns einen Topf Suppe aufs Zimmer gebracht. Von ihm zubereitet. Mit allen möglichen Kräutern, die er im Gemüsegarten pflückt. Und Schüssel und Löffel hatte er aus dem Speisesaal organisiert.

Bist du sicher, deine Tochter ist in ihn verliebt – und nicht du?

Es reicht, nu. Das ist einfach schrecklich nett, so etwas zu erleben. Liebe … etwas Wundschönes, im Grunde genommen.

In ihrem Alter.

In jedem Alter.

Stimmt, in jedem Alter.

Und was für eine Erleichterung das ist … dass es ihr gut geht. So lange haben wir das ersehnt.

Ich weiß nicht. Ich fühle keine Erleichterung.

Warum?

Vielleicht, weil ich … nicht dabei war.

Aber …

Und ich möchte mich auch nicht zu früh freuen.

Ich streckte die Hand aus und nahm einen Keks von dem Tellerchen. Bot Dikla erneut einen an, aber sie schüttelte den Kopf. Und schlang die Arme um sich.

Ist dir kalt?, fragte ich. Warum setzt du dich nicht neben mich? Du bist mir schrecklich weit weg, so.

Mir geht's gut hier, antwortete sie und trank bedächtig aus ihrem Glas.

Okay, sagte ich und nahm einen Schluck aus meinem.

Früher war Schweigen zwischen uns etwas Unverkrampftes.

Letztendlich ist es einfache Mathematik, dachte ich. Die Anzahl der Gedanken, die ein Mensch sich während eines Gesprächs mit seiner Lebensgefährtin macht, ohne sie daran teilhaben zu lassen, geteilt durch die Anzahl aller Gedanken, die einem während eines solchen Gesprächs durch den Kopf gehen, macht die Wahrscheinlichkeit, mit der sich das Paar bald trennen wird.

Wie geht's den Kindern?, hat Dikla am Ende gefragt.

Gut, habe ich geantwortet. Sie hatten eine gute Woche. Und wollte noch sagen: Aber ich hatte eine beschissene Woche.

Ich habe sie vermisst.

Wir haben dich auch vermisst, und jeden Abend, als …

Aber ich habe diese Auszeit gebraucht. Seit Shiras Geburt jage ich meinem eigenen Schwanz nach, und wenn irgendwann mal in all den Jahren sich ein Zweifel bei mir eingeschlichen hat, habe ich zu ihm gesagt, verschwinde, ich habe keine Zeit für dich. Und dann … dann ist Shira ins Internat und du bist … bist mit dieser Geschichte aus … Kolumbien wiedergekommen, die du dir ausgedacht hast oder auch nicht, ich weiß schon gar nicht mehr, was schlimmer wäre, und das alles hat mich gezwungen, »*Freeze*« zu rufen. Mir selbst. Um nachzudenken. Und das ist, was jetzt gerade passiert. Ich bin in »*Freeze*«. Und denke nach.

Okay. Und bist du schon … zu irgendwelchen Schlüssen gelangt?

Ein paar Erkenntnisse gibt es.

Möchtest du mich daran teilhaben lassen?

Nein. Fürs Erste ist das was, das ich mit mir selbst ausmache. Aber sag mal, wie geht's Ari?

Sie probieren jetzt ein neues Medikament an ihm aus. Eine kanadische Entwicklung.

Was du nicht sagst.

Ja. Die Chancen sind gering. Ich habe sogar Angst, mir Hoffnungen zu machen. Aber stell dir vor, er würde gesund?

So Gott will, schön wär's. Daumen drücken.

Kommst du ins Bett?

Gleich.

Okay, habe ich gesagt und sie auf die Stirn geküsst, als wäre sie meine Schwester, und bin ins Schlafzimmer geschlichen. Habe noch ein paar Minuten gewartet, in der Hoffnung, sie würde sich zu mir gesellen, aber dann habe ich den Fernseher im Wohnzimmer gehört und kapiert, dem ist nicht so. Und habe eine Mischung aus Enttäuschung und Erleichterung verspürt, denn nicht weniger, als dass ich sie wollte, hatte ich Angst davor, abgewiesen zu werden.

Habe ihrem Vater noch gesimst: Sie ist wieder da. (Er verstand nicht, warum sie die ganze Woche nicht auf seine Anrufe geantwortet hatte, weshalb ich alle möglichen Geschichten erfinden musste, um ihn zu beruhigen.)

Und ihr habe ich eine Zeile aus unserem Lied gesimst, aus »Zuweilen« von Jonnie Shualy.

Gibt es eine Begegnung mit Ihren Lesern, die Ihnen besonders
in Erinnerung geblieben ist?

Das war vor dem Bürgerkrieg in Syrien, aber auch so wusste ich, niemand würde mir glauben, wenn ich erzähle, ich fahre zu einer Autorenlesung nach Damaskus. Also habe ich allen gesagt, ich fahre in die Osttürkei. Was für sich genommen auch zutraf, denn von dort sollte ich über die Grenze gebracht werden. Alles war in E-Mails mit Jeremy, dem britischen Vermittler, abgestimmt worden. Er war derjenige, der mich kontaktiert und mir gesagt hatte, es gäbe da einen Lesekreis in Damaskus, der gerade die arabische Übersetzung meines Buches diskutiere und wissen wolle, ob ich bereit sei, mich mit ihnen zu treffen. Ich hatte geantwortet, das Ganze erscheine mir rein technisch gesehen *a bit* problematisch, und er schrieb, die meisten technischen Probleme seien lösbar, sofern ich zufällig einen ausländischen, nichtisraelischen Pass besäße. Ich antwortete, zufällig hätte ich so einen. Ich bin in Bern geboren, als meine Eltern dort ein Sabbatical verbrachten, weshalb ich einen Schweizer Pass besitze. Auch wenn der damals abgelaufen war. Die nächste E-Mail erhielt ich von Bassil, dem Vorsitzenden des Damaszener Lesezirkels. Jeremy hatte mir seinen Brief weitergeleitet. Er schrieb in gewähltem Englisch, die Gruppe sei sehr bewegt zu hören, dass ich bereit sei, zu ihnen zu kommen, und versprach, was meine Sicherheit angehe, könne ich ganz unbesorgt sein. Unter den Mitgliedern des Lesezirkels gebe es auch hochrangige Offiziere, die persönlich für mein Wohlergehen während der gesamten Dauer meines Besuches bürgten. Bliebe mithin nur noch, einen Termin für das Treffen zu vereinbaren und meinen Flug in die Türkei zu buchen. Den würden sie selbstverständlich bezahlen und mich auch mit auf eine Stadtführung durch Damaskus nehmen. Meinerseits müsste ich nur Sorge tragen, dass mein Schweizer Pass verlängert würde.

In den darauffolgenden Wochen versuchten wir, einen Termin für das Treffen zu finden, was sich als keine leichte Aufgabe erwies. Ihre Feiertage decken sich nicht mit unseren, ihr Ruhetag ist der Freitag und die Schmugglerroute aus der Osttürkei nach Syrien war nur wenige Tage im Monat in Betrieb. Doch am Ende fand sich, unter Vermittlung durch Jeremy, ein für alle akzeptabler Termin.

In meinen Timer schrieb ich: Izmir. 20 Uhr. Lesung.

Ich wollte nicht »Damaskus« schreiben, damit nicht jemand zufällig einen Blick in meinen Timer warf, erschrak und versuchte, mich mit logischen und nachvollziehbaren Argumenten von dem Abenteuer abzubringen – oder mich womöglich des Landesverrats bezichtigte.

Bei dem Abendessen in Ma'alot, bei Diklas Vater, musste ich mir größte Zurückhaltung auferlegen. Diklas Vater ist in Damaskus geboren, ist in Damaskus aufgewachsen und hat in Damaskus ein Jahr im Gefängnis gesessen wegen seines Wunsches, nach Israel auszuwandern. Dikla sagt, er habe nie über Damaskus geredet. Wenn sie ihn als Kinder gefragt hätten, wie es dort sei, habe er immer behauptet, er erinnere sich an gar nichts mehr. Alles sei bei ihm gelöscht.

Und jetzt, zwei Tage vor meiner Reise, erinnerte er sich plötzlich. Auf dem Markt von Damaskus seien die Artischocken so groß wie Wassermelonen gewesen, sagte er, und alle am Tisch verstummten erstaunt. Und es gab dort Gewürzstände, fuhr er fort, dass du niesen musstest, wenn du nur dort entlanggegangen bist.

Ist er groß, der Markt von Damaskus?, habe ich gefragt. Alle anderen am Tisch waren zu fassungslos, um etwas zu sagen.

Zwanzig Mal so groß wie der Machane Yehuda in Jerusalem, antwortete er. Und ich übertreibe nicht.

Und was sollte man noch besuchen, wenn man nach Damaskus kommt?, habe ich gefragt.

Warum, hast du vor, in nächster Zeit mal hinzufahren? Er grinste.

Ich fliege nach Izmir und habe überlegt, hinterher einen Abstecher dorthin zu machen. (Die Wahrheit ist manchmal die beste Lüge.)

Alle am Tisch haben gelacht. Aber das gespannte Zuhören ging weiter. Sogar seine Enkelkinder haben sich vorgebeugt, um noch mehr über die vergessene Kindheit ihres Großvaters zu erfahren. Und er hat erzählt – hat mich angesehen, aber zu allen gesprochen: von dem Fluss Barada, der die Stadt durchströmt, von der großen Moschee und dem jüdischen Viertel, anschaulich und detailreich wie ein Fremdenführer. Bis plötzlich, so unverhofft, wie es sich geöffnet hatte, das Fenster der Erinnerung wieder zuschlug. Chalass, Schluss aus, hat er gesagt. Das viele Gerede hat mich müde gemacht. Wer möchte Obstsalat zum Nachtisch?

Am Ende des Abends bin ich zu ihm und habe gefragt, ob er sich zufällig noch an die Adresse des Hauses seiner Kindheit erinnert.

Das Haus hinter der Synagoge, hat er gesagt. Das ist die Adresse.

Kein Straßenname, keine Hausnummer?

Nicht im jüdischen Viertel. Aber warum interessierst du dich auf einmal für all das, Schwiegersohn?

Ich überlege, vielleicht etwas zu schreiben, was in Damaskus spielt, habe ich gesagt. (Manchmal verwandelt die Zeit eine Lüge in Wahrheit.)

Ah. Er seufzte. Schreiben. Insgeheim hatte er nie verstanden, warum seine Tochter ausgerechnet jemanden heiraten musste, der keinen richtigen Beruf ausübte, aber er kannte sie und ihre ererbte syrische Sturheit und wusste, Widerstand wäre zwecklos. Im Gegenteil.

Am Sonntag brach ich auf. Wusste, ich tat etwas Unverantwortliches. Aber acht Jahre in einem Vorortidyll können jeden Menschen um den Verstand bringen und ihn danach lechzen lassen, dass endlich etwas Spannendes passiert, in Allahs Namen.

Der Fahrer des Pick-ups, der an der Schmugglerpiste auf mich wartete, hatte eine Kassette von Sohar Argov im Wagen. Greatest

Hits. Ich wusste, ich durfte mir auf keinen Fall anmerken lassen, dass ich die Musik kannte, aber was soll man machen, Melodien haben eine geheime Macht, und in einem Moment der Unaufmerksamkeit stimmte ich summend in den Refrain von Elinor ein. *E-li, bin um den Verstand gebracht, hab nicht geschlafen die ganze ...* Der Fahrer sah mich überrascht im Spiegel an. *Beautiful melody,* beeilte ich mich zu bemerken. Er sah mich erneut an, kniff misstrauisch die Augen zusammen, fuhr aber weiter.

Aus dem Pick-up wurde ich irgendwann in ein zweites Fahrzeug verladen, doch erst nachdem man mir die Augen mit einem Tuch verbunden hatte. Ich versuchte, meine anderen Sinne zu schärfen und zu verstehen, was um mich herum vor sich ging, und den Stimmen entnahm ich, dass außer mir noch drei Leute im Wagen saßen.

Auf dem Teilstück der Fahrt wurde keine Musik gehört, und von Zeit zu Zeit drangen von der Straße nur orientalische Weisen durch die geöffneten Fenster herein. Nach einer Ewigkeit boten mir meine Mitfahrer an, etwas Wasser zu trinken. Ich trank, ohne etwas zu sehen, und schüttete mir ein bisschen Wasser über mein Hemd. Von draußen wehten jetzt immer mehr Stadtgeräusche ins Wageninnere: Hupen, Baulärm und das Geschrei von Markthändlern. Nun gut, das Geschrei der Markthändler hörte ich nicht wirklich, aber die Geschichten meines Schwiegervaters über den Markt von Damaskus ließen mich meinen, dass ich sie hörte.

Als man mir das Tuch von den Augen nahm, befand ich mich auf einer kleinen Bühne in einem schummrigen Keller, der mich ein bisschen an den Tel Aviver Musikclub »Das linke Ufer« erinnerte. Im Publikum saßen etwas mehr als zwanzig Personen. Bassil trat zu mir, drückte mir herzlich die Hand und entschuldigte sich für die Augenbinde. Sie werden sicher die Brisanz der Lage verstehen, sagte er, und ich nickte. Er nahm das Mikrofon und begann, mich vorzustellen. Dem wenigen, was ich verstand, entnahm ich, dass er sich im Wesentlichen auf meine im Internet kursierende Biografie stützte, die voller kleiner Ungenauigkeiten ist. Früher habe ich jeden, der mich auf Grundlage dieser Angaben vorstellte, korrigiert, aber mit der Zeit bin ich dazu übergegangen zu glauben, dies sei tatsächlich meine Biografie.

Während er sprach, betrachtete ich das Publikum. Einer der Männer in der hinteren Reihe sah dem verschollenen Piloten Ron Arad auf seinem letzten Foto ähnlich, mit dem mächtigen Bart und den tief in ihren Höhlen liegenden Augen.

Die Bühne gehört Ihnen, sagte Bassil.

Ich begann zu sprechen und ließ am Ende viel Zeit für Nachfragen. Doch anders als vielleicht zu erwarten, konzentrierten sich die Fragen nicht auf die politischen Aspekte des Buches. Mehr als alles andere schien meine syrischen Leser zu interessieren, was an dem Buch »wahr« war und was nicht. Sie waren natürlich nicht die Ersten, die das wissen wollten. Leser scheinen allgemein wild entschlossen, den biografischen Kern des Werkes freizulegen, in der irrigen Annahme, dies würde ihnen helfen, es zu entschlüsseln. Aber bei meinen syrischen Lesern war es mehr als nur wilde Entschlossenheit, hatte schon etwas Obsessives. Rund eine geschlagene Stunde antwortete ich mit Engelsgeduld und resümierte schließlich, in der Regel sei es so, dass, je mehr ich in biografischer Hinsicht »lüge«, ich einer tieferen Wahrheit jenseits aller Fakten umso näher käme.

Am Ende gab es verhaltenen Beifall.

Bassil kam zu mir auf die Bühne, bat, ich möge ihm sein Exemplar des Buches signieren, und stellte mir dann den Mann vor, der Ron Arad ähnlich sah. Das ist Ghaleb, sagte er. Er würde sich freuen, Ihnen die Stadt zu zeigen, in der wenigen Zeit, die Ihnen noch bleibt.

Ich bat Ghaleb, er solle mich ins jüdische Viertel bringen, zu dem Haus hinter der Synagoge. Auf der Fahrt dorthin musterte ich sein Profil, in dem Versuch zu entscheiden, ob er es nun war oder nicht.

Dort angekommen, erbat ich und erhielt die Erlaubnis, das Gebäude zu fotografieren, das auf den Überresten des Hauses errichtet worden war, in dem der Vater meiner Frau seine Kindheit verbracht hatte.

Ghaleb stand in einiger Entfernung zu mir, strich langsam über seinen dichten Bart und sah sich unverkennbar unruhig immer wieder um. Schließlich trat er zu mir, deutete auf seine Uhr und meinte in ganz passablem Englisch, der Pick-up warte schon, um mich wieder nach Hause zu bringen. Und dass wir uns besser nicht verspäten sollten.

Auf der Fahrt musterte ich erneut sein Profil. Aus einem bestimmten Winkel ähnelte er noch immer Ron Arad, aber aus einem anderen sah er plötzlich wie Chagai Karmeli für mich aus. Chagai Karmeli mit Hipster-Vollbart.

Tell me please, aren't you …?, fragte ich ihn in der Sekunde, bevor wir uns verabschiedeten.

Nein, erwiderte er auf Hebräisch und stieß mich mit Nachdruck in den Pick-up.

Ich wusste, niemand würde mir glauben, dass ich das Foto von dem Haus hinter der Synagoge selbst gemacht hatte. Also erfand ich beim nächsten Familienabendessen am Freitagabend eine Geschichte über einen Kurden, der mich in Izmir angesprochen und für die vielen Irrtümer getadelt hatte, die mir bei der Beschreibung des Kubbe in meinem Buch unterlaufen waren, um dann ein Foto aus der Tasche zu ziehen, das er ein paar Jahre zuvor gemacht hatte, als er in Damaskus Verwandte besucht habe, die ihm erzählt hätten, das Haus, in dem sie wohnten, sei auf den Überresten eines Hauses im jüdischen Viertel erbaut worden.

Ich hätte nie gedacht, jemand würde mir diese wilde Geschichte abkaufen, aber siehe da, sie ging glatt durch. (Manchmal ist es eben sehr viel leichter, einer Lüge Glauben zu schenken als der Wahrheit.)

Diklas Vater, auf jeden Fall, hielt das Foto lange in der Hand. Und vergoss eine einzelne Träne, die sich aus seinem Auge löste wie eine Raumfähre aus dem Mutterschiff. Dann legte er das Bild beiseite und fragte, wer möchte Obstsalat?

Worin unterscheidet sich die junge Autorengeneration von der älteren?

Unter den Fotos vom Familienausflug in den Eschtaol-Wald ist eines, das nicht dazuzugehören scheint, von einem Mann mit ergrauendem Haar und kleinem Bauchansatz, der an eine Rutsche gelehnt steht und mit traurigem Blick in die andere Richtung schaut. Mehrere Sekunden lang habe ich das Bild betrachtet, bis ich begriff ...

Mit dreizehn war ich im Stimmbruch. Ich erinnere mich noch an die Entfremdung, die sich zwischen uns einstellte, zwischen mir und meiner Stimme. Ich hatte das Gefühl, als würde jemand anderes aus meiner Kehle sprechen.

Seit dem letzten Jahr nehme ich die Brille ab, bevor ich in den Spiegel blicke. Ziehe es vor, die Veränderungen nicht zu sehen. Aber sie blicken mich aus den Augen anderer an. Vor allem aus denen des weiblichen Geschlechts.

Nur in der Welt der Literatur werde ich noch als ein Vertreter der jungen Generation gehandelt.

Bevor wir uns einander entfremdet haben, hat Dikla mir immer gesagt: Du siehst heute besser aus als damals, als ich dich kennengelernt habe.

Wir beide wussten, das ist eine Lüge. Dass wir auf dem Weg bergab sind. Aber das ist gar nicht die Sache – die Sache ist die abhanden gekommene Kongruenz. Innerlich bin ich fünfundzwanzig und gerade von dem Trip durch Südamerika zurück, und äußerlich bin ich dieser Mann mit silbrigem Haar und Bäuchlein auf dem Foto vom Ausflug in den Eschtaol-Wald.

Was ist Ihnen peinlich?

In einen Saal zu kommen und festzustellen, dass auf der großen Leinwand hinter der Bühne ein riesengroßes Foto von mir von vor fünfzehn Jahren projiziert ist, auf dem ich aussehe wie vor fünfzehn Jahren.

Wann hatten Sie das letzte Mal das Bedürfnis zu weinen?

Die Untersuchungen hatten ergeben, dass das kanadische Medikament nicht wirkt.

Ari hat mir nichts davon erzählt.

Aber seine Mutter rief an. Sagte, die Ergebnisse seien zurückgekommen und die Werte eindeutig.

Sagte: Fahr zu ihm in die Wohnung, Corazon. Es sollte jetzt jemand bei ihm sein.

Ich sagte: Claro. Sicher.

Als ich ankam, tat er so, als sei alles wie immer. Ich habe die ganze Zeit darauf gewartet, dass er mir von den Untersuchungsergebnissen erzählt, aber er hat über den Hapoel Jerusalem geredet. Hat gesagt, er habe das Gefühl, dieses Jahr gebe es Hoffnung. Das Team sei eine Einheit. Und außerdem sei da die Arena. Er schaue sich die Spiele alle im Fernsehen an und habe dabei, fernab aller Statistiken, festgestellt, dass die Mannschaft endlich Charakter besitze. Wir haben Yotam und Lior, die echte Siegertypen sind, sagte er, und die alle anderen mitschleppen.

Ich spielte mit bei diesem Gespräch. Äußerte meine Meinung.

Diskutierte sogar mit ihm, ob es Sinn machte, noch weitere Spieler einzukaufen, oder ob jeder neue Spieler, der jetzt noch geholt würde, nicht das Teamgefüge gefährde. Und die ganze Zeit habe ich gedacht: Aber am Ende wird er über die Ergebnisse reden.

Am Ende hat er gesagt, ich bin ein bisschen müde, Bruder. Danke, dass du gekommen bist.

Ich sagte, was denn, ist doch klar.

Und er hat sich die Decke bis zum Hals hochgezogen und die Augen geschlossen.

Ich wusste, er tut nur so, als ob er schliefe.

Also habe ich mich zusammengerissen und nicht geweint.

Den ganzen Nachhauseweg über habe ich mir vorgestellt, wie ich in Diklas Armen zusammenbreche. Wie ich die Tür aufmache und sage, ich brauche dich, Diki. Kannst du mich bitte wieder lieben? Wenigstens für eine Nacht?

Im Wohnzimmer saß Ariel, der Babysitter, und auf dem Küchentisch wartete ein Zettel auf mich: Bin mit Gaya auf einer Party. Wird spät werden. Warte nicht auf mich.

Der Unterschied zwischen einer vagen Hoffnung und gar keiner Hoffnung ist unendlich.

Ich habe Ariel gefragt, hast du eine Minute?

Er hat gesagt, was?

Ich muss mit jemandem reden, habe ich gesagt, hast du mal eine Minute?

Er hat mich verstört angeschaut und gesagt, die warten auf mich im …

Klar, habe ich gesagt. Sicher. Hier, nimm – wie viel schulden wir dir?

Ich bin in Yanais Zimmer gegangen. Er hat ein Ausziehbett, also habe ich es ausgezogen und mich neben ihn gelegt. Habe mir ein

Leben vorgestellt, in dem ich ihn und Noam nur zweimal die Woche sehen darf. Habe gedacht: Das ertrage ich nicht. Genau genommen war es kein Gedanke. Eher ein Ersticken. Danach habe ich im Stillen »es reicht« gesagt. Und dann dreimal laut. Es reicht. Es reicht. Es reicht.

Bin aufgestanden und in Shiras Zimmer gegangen. Also in Shiras ehemaliges Zimmer, das jetzt so eine Art Spielzimmer ist, in dem niemand spielt. Als Shira noch zuhause wohnte, ist sie nie ins Bett gegangen. Spät nachts, wenn ich von Vorträgen nach Hause gekommen bin, bin ich immer zu ihr ins Zimmer, habe mich auf ihre Bettkante gesetzt und mir die Dramen angehört, die ihr im Laufe des Tages widerfahren waren. Angeblich wollte sie, dass »ich sie berate«, aber ich wusste, sollte ich tatsächlich wagen, ihr Ratschläge zu erteilen, würde sie mich sofort rauswerfen. Also habe ich genickt. Und gleich noch einmal. Habe sie manchmal auch an den Triumphen und Kränkungen teilhaben lassen, die ich durchgemacht hatte, als ich in ihrem Alter war. Denn ich merkte, das beruhigt sie, zu wissen, dass auch ich orientierungslos gewesen war und Fehler gemacht hatte. Und jetzt setzte ich mich auf die Bettkante. Streichelte die Decke ein bisschen. Und nickte der Dunkelheit zu.

Dikla hat mich geweckt, als sie wieder da war. Hat gesagt: Komm ins Bett, schlaf wie ein normaler Mensch. Ich bin ihr hinterhergetrottet. Im Bett habe ich ihr von Ari erzählt. Sie hat geschwiegen und mit der Hand nach meiner getastet. Ich bin die ganze Nacht wach geblieben. Ihre Hand in meiner. Wollte nicht, dass der Morgen kommt.

Wann haben Sie zum letzten Mal geweint?

Das war in der zehnten Klasse. Oder in der elften. Da bin ich mir nicht sicher.

Eine Hebräischklausur. Vor der Stunde bin ich noch mal unsere

Grammatikfibel durchgegangen und habe Ausnahmen gebimst, und als die Lehrerin reingekommen ist, habe ich vergessen, das Buch wieder einzupacken.

Die Lehrerin hat die Prüfungsblätter ausgeteilt, und als alle angefangen haben zu schreiben, ist sie zwischen den Tischen umhergewandert. Ich erinnere mich noch an das Klackern ihrer hochhackigen Schuhe. An ihre Farrah-Fawcett-Frisur. Ihr Parfüm. So ein Mrs-Robinson-Duft. Sie kommt bei meinem Tisch an, nimmt das Buch in die Hand und kreischt: Was soll das werden? Wedelt mir mit dem Buch vor der Nase herum. Ich sage: Tut mir leid, Frau Lehrerin, ich habe es auf dem Tisch liegen lassen. Also wirklich, zischt sie, denkst du, ich bin beschränkt? Nein, habe ich geantwortet und noch hinzugefügt: Bitte, glauben Sie mir, das war unabsichtlich, ich habe einfach vergessen, es wieder einzupacken. Worauf sie meine Arbeit nimmt, entzweireißt und mir wieder auf den Tisch legt. Einige aus der Klasse haben gegrinst. Und klar war, sie grinsen über mich. Über meine dämliche Ausrede. Ich bin aufgestanden, aus der Klasse gestürmt und habe die Tür hinter mir zugeknallt.

Es gibt solche Momente im Leben, in denen man vor Liebe oder Kränkung außer sich ist und nichts tun kann als laufen und noch mehr laufen. Also bin ich raus aus dem Schulgebäude und gelaufen und gelaufen. Und wenn man im Haifa der Achtzigerjahre genug gelaufen ist, ist man irgendwann immer oben auf dem Karmel angekommen.

Ich habe mich mit dem Rücken an einen Baum gelehnt, mich daran herunterrutschen lassen, bis ich auf dem Boden saß und bittere Tränen vergossen.

Es gibt nichts Demütigenderes, als wenn man dir nicht glaubt. Auch wenn du nicht die Wahrheit sagst.

*

Genau genommen gab es noch ein weiteres Mal danach, dass ich geweint habe.

Ich war bei Ari gewesen. Das war lange, bevor er dann erkrankte. Wir hatten Barcelona gegen Chelsea geguckt. Aber ich war nicht bloß so an jenem Abend zu Ari gefahren. Mein Buch war gerade herausgekommen, und diese Wochen zwischen dem Erscheinungstermin und den ersten Reaktionen sind ein ziemlicher Albtraum. Was so lange innen gewesen war, ist mit einem Mal außen, und du spürst, man sieht es dir an. Dass du mehr von dir entblößt hast, als du wolltest. Und dass, egal wie viele Hände du zur Verfügung hättest, sie es nicht verbergen könnten.

Ich wusste, bei Ari bestand nicht die geringste Aussicht, dass wir darüber reden. Aus einem einfachen Grund: Er hält nicht viel von meinen Büchern. Das erste hatte er noch versucht zu lesen. Hat es mir nach zwei Monaten zurückgegeben und gemeint: Ich hab's versucht, Bruder. Hab's ehrlich versucht. Aber es hat nicht klick gemacht. Du bist nicht sauer, oder? Als ich ihm das zweite mit einer persönlichen Widmung vorbeigebracht habe, hat er erst ein Kompliment vom Stapel gelassen für das gelungene Cover, hat das Buch dann umgedreht, den Klappentext auf der Rückseite gelesen und gesagt, ziemlich ähnlich wie das erste, nicht? Dieselbe Denke?

Ist das nicht ein bisschen kränkend?, hat Dikla gefragt, als ich ihr davon erzählte.

Im Gegenteil, habe ich gesagt, das ist toll.

Was ist toll daran?

Seit ich angefangen habe, Bücher zu veröffentlichen, bezieht sich jeder, dem ich über den Weg laufe, ein bisschen zu sehr darauf, dass ich Schriftsteller bin. Und er nicht. Er bezieht sich einfach auf mich.

An jenem Abend hatte er Chili con Carne aus schwarzen Bohnen gekocht, die er immer extra in einem Mexikanerladen im Zentralen Busbahnhof kaufte. Nachdem Barça Chelsea in der Neunzigsten durch ein Tor von Iniesta besiegt hatte, aßen wir. Das heißt, ich aß und er schaufelte. Und wir tranken. Das heißt, ich trank und er schüttete Eineinhalbliterflaschen Bitter Lemon in sich hinein.

Wir redeten über die Entscheidung der Staatsanwaltschaft, keine Anklage gegen Yoram Sirkin wegen Betrug und Amtsmissbrauch zu erheben. Ari, der gerade Partner in der Kanzlei geworden war, in der er arbeitete, sagte immer wieder, diese Entscheidung beweise mitnichten, dass Sirkin keinen Dreck am Stecken habe, sondern nur, dass sie keinen rauchenden Colt bei ihm gefunden hätten. Danach redeten wir über die Frau, mit der Ari gerade zusammen war und bei der so ein Gefühl in der Luft hing, diesmal könnte es endlich was werden.

Die Fahrt nach Hause von Tel Aviv war kurz und angenehm. Ohne Staus, höchstens zwanzig Minuten. Im Radio lief nette Musik, durchs Fenster wehte der Frühling herein und nichts bereitete mich auf das vor, was geschah, als ich versuchte, aus dem Wagen zu steigen.

Dieser Übergang, vom Sitzen zum Aufrechtstehen, den man ohne nachzudenken Hunderte Male am Tag macht.

Der Schmerz war so stechend, dass ich beinahe das Bewusstsein verlor. Ich hielt mich mit beiden Händen am Außenspiegel fest, um nicht auf die Straße zu stürzen, und schloss die Augen, bis der Schwindelanfall vorüber war. Danach atmete ich ein paar Mal tief durch und versuchte, mich aufzurichten – aber der Körper verweigerte den Befehl. Ich versuchte es erneut. Nichts ging. Und dann ging mir auf, das Telefon lag noch im Wagen, auf dem Beifahrersitz, und dass ich nicht in der Lage sein würde, jemals da ranzukommen. Weshalb ich keine Möglichkeit hätte, Hilfe zu rufen. Ich hielt weiter den Außenspiegel umklammert und sah mich um. Um diese Uhrzeit schliefen alle Bewohner unseres Hauses längst und auf dem Parkplatz war es vollkommen still, von den Käuzchen einmal abgesehen, die von Zeit zu Zeit aus den nahen Baumwipfeln riefen.

Ich weiß nicht, wie lange genau diese Demütigung dauerte. Zehn Minuten. Vielleicht weniger. Irgendwann fing ich an zu weinen. Seit dem angeblichen Täuschungsversuch hatte ich nicht mehr geweint. Zwanzig Jahre. Wobei es nicht so war, dass in der Zeit nichts passiert wäre. Mindestens drei Mal hatte man mir das Herz gebrochen. Ich hatte die Aufnahmetests für die Einheit nicht bestanden. Meine Großmutter war gestorben. Dikla hatte ihre Wahl um fünf Stimmen verloren. Aber nicht ein Tränchen war mir gekommen.

Und plötzlich, einfach so, auf einem leeren Parkplatz. Allein, verraten, mich an den Außenspiegel klammernd.

Am Ende ist, zu meinem Glück, irgendeine Nachbarin aus dem Haus gekommen, um noch den Müll rauszubringen. Ich habe sie gerufen, sie hat Dikla Bescheid gesagt, und Dikla hat es irgendwie geschafft, mich auf die Rückbank zu bugsieren und ins Krankenhaus zu fahren. Danach habe ich drei Monate lang Physiotherapie bekommen. Habe eine ganze Liste von Vorsorgeübungen erlernt. Habe gelernt, dass die Rückenwirbel durchnummeriert sind.

Aber ich habe ihm das bis heute nicht vergessen, meinem Körper.

Vertrauen, einmal gebrochen, lässt sich so schwer wieder aufbauen.

Wann hat man Ihnen das letzte Mal das Herz gebrochen?

Ich kann das nicht schreiben. Darf nicht. Muss es aber.

Wir haben Shira ins Internat nach Sde Boker gebracht.

Ihre Koffer lagen im Kofferraum und sie selbst saß hinten, hatte ihre Kopfhörer auf. Und ich schaffte es nicht, ihren Blick im Rückspiegel zu erhaschen. Habe es aber immer weiter versucht.

Zwischen Dikla und mir herrschte Schweigen. Wir beide wussten, jeder Satz, der jetzt fiele, könnte als Vorwurf ausgelegt werden.

Ich musste an jene Fahrt aus der Geburtsklinik denken, vor sechzehn Jahren. Es regnete stark. Ich fuhr langsam, wurde angehupt. Was mir egal war. Auf dem Rücksitz – in eine Decke gewickelt unsere erste Tochter. So winzig klein. Der Regen hörte auf, als wir in unserer Straße angekommen waren. Die Scheibenwischer liefen noch. Wir sind noch einige Sekunden lang im Wagen sitzen geblieben. Haben nichts gesagt.

Es herrschte so ein Gefühl, wenn wir jetzt aussteigen, treten wir in ein vollkommen anderes Leben.

Aus ihrem ersten Lebensjahr habe ich nur Erinnerungen an sie. Schreiben interessierte mich nicht mehr. Unterrichten nicht. Ich wollte nur noch ihr Vater sein. Und sie auch, wollte Tochter sein. Wollte auf den Arm. Auf die Schultern. Wollte eine Umarmung. Einen Kuss. Wollte geschaukelt werden. Als sie ein bisschen größer war, klammerte sie sich immer verzweifelt an meine Hüfte, wenn ich zur Arbeit aufbrach, und stürmte mir entgegen, wenn ich nach Hause kam, als hätten wir uns eine ganze Woche nicht gesehen, und danach schob sie ihre kleine Hand in meine große, auch wenn wir nur vom Wohnzimmer in die Küche gingen. Leuten sagte ich: Seit sie geboren ist, bin ich nicht mehr traurig. Und mir selbst: Die Odyssee ist vorüber. Bis sie vor ein paar Jahren, synchron zu der atemberaubend schnellen Metamorphose, die sie vom Mädchen zur jungen Frau werden ließ, begann, auf Distanz zu mir zu gehen. Auf einen Schlag gab es keine Koseworte mehr. Keine Umarmungen. Auf ein Mal wollte sie nicht mehr mit mir reden. Zeit mit mir verbringen. Hausaufgaben mit mir machen. Stattdessen wehte mich aus ihrer Richtung plötzlich große Wut an, die in verschiedene Anklagepunkte mündete, derer ich beschuldigt wurde, an erster Stelle, dass wir sie die ganze Zeit verurteilen und nicht so akzeptieren würden, wie sie ist. Willkommen in der Pubertät, nickten mir leidgeprüfte Zeitgenossen zu. Aber ich bin die nächsten paar Jahre wie ein Mann durch die Welt gelaufen, den man rausgeworfen hatte. Und dann, als der Sturm sich ein wenig legte und sogar ihre schulische Situation in ruhigere Gewässer geriet, teilte sie uns mit, sie wolle sich für das Seminar in Sde Boker anmelden. Das heißt, im Internat des Seminars in Sde Boker. Wie sich herausstellte, hatte sie bereits ohne unser Wissen am Tag der offenen Tür dort teilgenommen. Und bei dem Tag der offenen Tür hatte sie ein paar Mädchen kennengelernt, die genau auf ihrer Wellenlänge waren.

Wir, Dikla und ich, sind nach Sde Boker gefahren. Für die Einschreibung. Ich hatte gehofft, enttäuscht zu werden. Aber am Ende des Besuchs war ich gezwungen, mir und Dikla einzugestehen, dass ich total verstand, was unsere Tochter dort gefunden hatte. Raum. Man hat dort so ein Gefühl von Raum. Ganz im Gegensatz zu ihrem Gymnasium, das wie ein Gefängnis wirkte und die Schüler wie Insassen behandelte. Außerdem hatte der Abschlussjahrgang, der gerade die zwölfte Klasse beendet hatte, als Abschiedsgeschenk Zitate aus Songs von Me'ir Ariel an die Wände des Wohntrakts gemalt. Wie soll man einen Ort nicht sympathisch finden, der einen empfängt mit »Die Sache ist, etwas Kaltes im Herzen der Wüste zu trinken«?

Als wir aus Sde Boker zurück waren, haben wir uns mit ihr auf die Terrasse gesetzt, um zu reden. Das heißt, Dikla und sie haben geredet und ich habe zugehört und gedacht: Wie schön sie formuliert. Und wie klug sie ist. Und wieso ist es uns nicht gelungen, ihr Vertrauen zu gewinnen?

Dann ist Dikla schlafen gegangen und nur das Mädchen, die Mücken und ich sind geblieben.

Also, was sagst du, Papa?, hat sie gefragt.

Ich wollte ihr sagen, das alles käme zu früh für mich. Wollte ihr sagen, dass sie und ich erst in den letzten Monaten aufgehört hätten, uns zu fetzen, und dass ich gern dieses Goldene Zeitalter noch ein bisschen genießen würde, ehe sie ging. Wollte ihr sagen, dass wir nicht vorsichtig genug mit ihr gewesen waren und dass es mir leid tue.

Stattdessen habe ich gesagt: Ich vertraue dir, Kind. Wenn du das Gefühl hast, dort glücklicher zu sein – mach es.

Danke, Papush, hat sie gesagt und mich zum ersten Mal seit vier Jahren wieder umarmt.

Eine kurze, zögerliche Umarmung. Eine, die Distanz wahrt.

*

Ich fuhr langsam nach Sde Boker.

Dikla war ganz in ihr Smartphone versunken und korrespondierte vehement mit irgendjemandem.

Shira war eingeschlafen oder tat so. Was endgültig die Hoffnung zunichte machte, es könnte mir gelingen, ihren Blick zu erhaschen.

Als wir schließlich da waren, wollte sie, dass wir uns am Tor von ihr verabschieden.

Aber die Koffer, sagte ich.

Ich schaff das schon, meinte sie kurz angebunden.

Danach folgten ein paar Sekunden Stille. Und Wüstenwind. Und das Warten auf eine Stimme aus dem Himmel, die riefe: Schicke nicht von dannen …

Und dann gab sie jedem von uns einen Kuss auf die Wange.

Und sagte zu Dikla, Mama, nicht weinen. Das steht dir nicht.

Wir haben dann noch einige Augenblicke am Tor gestanden und sie mit unseren Blicken begleitet.

Sind schließlich wieder eingestiegen und haben schweigend im Wagen gesessen. Ohne ein Wort zu sagen und ohne uns zu rühren. Eine Ewigkeit.

Sicher wirst du irgendwann mal was über diese Fahrt schreiben, hat Dikla am Ende gesagt.

Was? Wie kommst du jetzt darauf?, habe ich gesagt.

Aber sie hat nur traurig gelächelt und gesagt, ich hoffe, du schreibst wenigstens die Wahrheit.

Die Wahrheit?

Ich kenne dich. Sicher wirst du irgendein Zitat aus einem Gedicht einbauen. Wirst die Wüste beschreiben. Wirst alles tun, um dich selbst nicht für schuldig zu befinden. Ups, Verzeihung – um die »Figur des Vaters« in der Geschichte nicht für schuldig zu befinden.

Für schuldig befinden? Wessen denn genau?

Meinst du das ernst?

Erklär es mir! Wessen schuldig befinden?

Wann haben wir angefangen, Shira zu verlieren, deiner Meinung nach?

Es gab keinen spezifischen Punkt, Diki, das war eine ganze Abfolge …

Ich werde dir genau sagen, wann. Als du das in deinem Buch über sie geschrieben hast.

Das war nicht über sie …

Meinst du, sie ist dumm?

Aber sie hat das überhaupt nicht …

Sie hat das nicht gelesen? Ich weiß, in deiner Fantasie soll sie deine Bücher erst auf ihrer Reise durch Südamerika lesen. Aber was kann man machen, die Wirklichkeit richtet sich eben nicht immer nach deinen Fantasien.

Woher weißt du das?

Ich habe ihren Blog gelesen.

Welchen Blog?

»Ophelias Blog«. Eine Freundin hat mir den Link geschickt, und nach dem dritten Post wusste ich, das ist sie. Hier, nimm. Lies selbst.

Aus »Ophelias Blog«:

Mein Vater

Mein Vater erzählt Geschichten. Das ist sein Beruf. Er erzählt anderen Geschichten. Und manchmal auch sich selbst. Sagen wir, er liebt es sehr, sich selbst zu erzählen, er sei ein guter

Mensch. Und ein guter Vater. Gibt es etwas, das sich damit nicht vereinbaren lässt, ignoriert er es. Zum Beispiel? Wenn er Dinge aus dem Privatleben seiner Tochter übernommen und in seinem Buch verarbeitet hat, ohne sie um Erlaubnis zu fragen, wird er sich selbst erzählen, er habe genug Verfremdungen eingebaut, damit niemand darauf kommt. Dieses Wort liebt mein Vater über alles, »Verfremdungen«. Und er hat recht. Als das Buch rausgekommen ist, hat tatsächlich niemand gemerkt, dass er Raubbau an der Seele seiner Tochter betrieben hat. Niemand, außer seiner Tochter. Die Auszüge aus dem Roman im Internet gelesen hat. Ihm aber nichts davon gesagt hat, weil sie in dem Augenblick, in dem sie verstanden hatte, dass alles, was sie sagt, in einem seiner Bücher landen kann, ihm nichts mehr von sich preisgeben wollte.

Meine Mutter

Geheimnisvoll. Ich wünschte, ich wäre so geheimnisvoll wie meine Mutter. Und vornehm. Ich gehe ja so ganz normal. Aber sie schreitet immer wie eine Tänzerin, straff und mit Haltung. Und mir sieht man immer alles an. Wenn ich liebe, habe ich Herzchen in den Augen. Aber sie – gibt sich nicht so einfach preis. Nur in kleinen Dosen. Und nur jemandem, der ihr wirklich gefällt. Sagen wir, ich habe vielleicht zehn Freundinnen, verausgabe mich zwischen ihnen und fühle mich im Grunde genommen die meiste Zeit ziemlich einsam. Meine Mutter dagegen hat nur zwei Freundinnen, Gaya und Chagit, aber das sind richtig gute Freundinnen. Und außerdem geht es ihr gut mit ihrem Alleinsein. Sie hat keine Angst davor. Und immer meint man, sie hütet irgendein Geheimnis. Mir scheint, deshalb sind mein Vater und andere Männer so verrückt nach ihr. Und ich denke, ihr Geheimnis ist, dass sie nicht fröhlich und unbeschwert sein kann. Aber ich bin nicht sicher.

Meine Eltern

Haben sich mal sehr geliebt. Ich erzähle das meiner Schwes-
ter Noam, und sie glaubt mir nicht. Worauf ich ihr sage, dass
ich die Älteste bin und schon am längsten mit ihnen zusammen
lebe, also muss sie mir glauben. Früher hat es solche Szenen
bei uns gegeben: Meine Eltern tanzen am Freitag nach dem
Abendessen im Wohnzimmer Slow miteinander. Meine Eltern
lachen mitten in der Nacht laut. Meine Eltern verreisen ohne uns
und lassen uns bei Opa in Ma'alot. Inzwischen verreisen sie
schon nicht mehr ohne uns. Und zuhause, vor allem im Bereich
Küche und Wohnzimmer, herrscht so eine Spannung. Ständig.
Als müsste jeden Augenblick etwas herunterfallen und zerbre-
chen. Auch deshalb will ich auf das Seminar wechseln.

*

Ich habe keine Erinnerungen mehr an diese Rückfahrt aus Sde Boker. Nur, dass irgendwann heftiger Regen einsetzte. Der dann, auf
einen Schlag, wieder aufgehört hat, als wir in unsere Straße eingebo-
gen sind. Die Scheibenwischer schabten noch über die Windschutzscheibe. Und von allen Songs auf der Welt lief im Radio ausgerechnet
»Absolut Beginners« von David Bowie. Wir sind noch einige Sekunden lang im Wagen sitzen geblieben. Haben nichts gesagt. Waren
vereint in dem Gefühl, wenn wir jetzt aussteigen, treten wir in ein
vollkommen anderes Leben.

Warum kommen in Ihren Büchern überhaupt keine Japaner vor?

Zur Strafe für das, was sie David Bowie mit *Furyo – Merry Christmas,*
Mr. Lawrence angetan haben.

Schreiben ist manchmal (vielleicht sogar immer?) der (zwangs-läufig zum Scheitern verurteilte?) Versuch, eine Rechnung zu be-gleichen.

Dikla war es, die mich mit Bowie bekannt machte.

Einige Wochen nachdem wir uns endlich durchgerungen hatten zusammen zu sein, waren wir an dem Punkt, an dem man sich hin-sichtlich der Zukunft sicher genug fühlt, um nach der Vergangenheit zu fragen. Also habe ich sie gefragt, wer ihr Erster war, und sie hat geantwortet, David.

David? Das klang nach einem Volontär im Kibbuz.

Bowie, stellte sie klar. Einige nennen ihn auch Ziggy Stardust.

Wallah. Ich musste lächeln. Darunter hast du es nicht getan?

Ich hatte keine andere Wahl. Sie lächelte nicht. Die Jungs in Ma'alot haben mich keines Blicks gewürdigt.

Sie wollten dich bestimmt und hatten Angst, habe ich gesagt.

Nein, ehrlich nicht. Sie waren einfach hinter anderen Mädchen her. Unbeschwerteren Geschöpfen.

Also hast du … ganz viele Poster von David Bowie in deinem Zimmer aufgehängt?

Poster? Meinst du? Wir hatten eine Beziehung, David und ich.

Was du nicht sagst.

Ich habe immer mit ihm geredet. Ihm Dinge erzählt. Und er, er hat sich mir auch geöffnet.

Was hat er dir denn erzählt?

Ich bin nicht sicher, ob ich dir das verraten kann. Das fühlt sich für mich an, als würde ich David verraten.

Ernsthaft jetzt?

Danach hat sie mir einen Schnellkurs in Sachen David Bowie ge-gönnt. Hat mir alle Platten von ihm vorgespielt und mir Auszüge aus Interviews mit ihm vorgelesen, die sie in einem Extraordner hütete.

Die meisten Leute denken, er sei ein kalter, unnahbarer Mensch, erklärte sie mir, aber das stimmt überhaupt nicht! Es ist einfach so, wer in seiner Kindheit ... ein Außenseiter war ... oder geächtet ... der wird das nie vergessen, wird sich immer ein bisschen wie Major Tom fühlen.

Furyo – Merry Christmas, Mr. Lawrence haben wir geschaut, wie andere *The Rocky Horror Picture Show*. Wieder und wieder und wieder. Und wieder. Und jedes Mal ist ein privates Ritual mehr dazugekommen, noch ein kleiner Zwischenruf. Einige Zwischenrufe waren gedacht, die japanischen Charaktere niederzumachen (Ja, begeh endlich Harakiri! Du hast es verdient!), andere, um Bowie zu vergöttern (Der steht dir, der Schal mit den Löchern! Ist der von Zara?). Aber die meisten Zwischenrufe galten der erregten und hoffnungslosen Aufforderung, die unterschwellige homoerotische Spannung zwischen Bowie und Ryūichi Sakamoto Gestalt annehmen zu lassen (Küsst euch endlich, macht schon!).

Und heute Morgen, nachdem ich Noam an der Schule abgesetzt hatte, spielten sie im Radio »The Man Who Sold The World«, und als der Song vorbei war, teilte die Ansagerin mit, Bowie sei gestorben.

Ich habe mich beeilt, nach Hause zu Dikla zu kommen. Habe gedacht, ich würde sie in Tränen aufgelöst vorfinden, und mir ausgemalt, wie ich sie tröste. Aber als ich ankam, war das Haus leer. Sie war zur Arbeit gefahren. Ich habe noch ein paar Stunden gewartet, um nicht der Überbringer der schrecklichen Nachricht zu sein, und ihr dann gesimst: Herzliches Beileid. Sie hat geantwortet: Traurig. Und am Abend, als sie nach Hause gekommen ist, hat sie gesagt, sie hätte Tickets für einen Vortrag von Yoav Kutner über Bowie gekauft, am Freitagmorgen im Eretz-Israel-Museum. Sie glaube zwar nicht, dass Kutner ihr viel Neues erzählen könne, aber vielleicht würde es ihr guttun, in einem Saal mit anderen Menschen zusammenzukommen, die Bowie geliebt hatten. Vielleicht würde es ihr sogar gelingen

zu weinen. Ich komme gerne mit, habe ich gesagt. Und sie hat gesagt, sie habe schon Gaya eingeladen, ihre Wassertherapeutin. Aber
man könnte ja nachfragen, ob es noch Tickets gäbe. In ihrer Stimme
war keine Boshaftigkeit. So ist sie nicht. Sie würde nie etwas sagen,
nur um mir absichtlich wehzutun. So ist einfach der Stand der Dinge
dieser Tage: Ich bin nicht mehr die erste Wahl, die ihr in den Sinn
kommt.

Am Ende hat Gaya ihr abgesagt. Und ich bin über meinen Schatten gesprungen und mitgegangen. Freitagvormittag. Im Eretz-Israel-
Museum. Ein Vortrag im Rahmen einer Ringvorlesung. Die Karten
lagen am Eingang für uns bereit. Wir haben den Saal betreten und
erwartet, Leute in unserem Alter zu sehen. In den Stuhlreihen saßen
aber hauptsächlich Pensionäre. Was haben die mit meinem David zu
tun – ich wusste, das war, was Dikla dachte, denn ich sah diese kleinen, mir nur zu vertrauten Enttäuschungsfalten, die sich von den
Mundwinkeln nach unten zogen. Im Grunde genommen sind wir
vom Alter her schon gar nicht mehr so weit weg von denen, habe ich
gedacht. Dann hat Kutner die Bühne betreten. Hat das Cover von
Space Oddity hochgehalten und »Major Tom« angespielt. Der Sound
war klasse. Ich habe meine Hand auf Diklas gelegt. Sie hat nicht zu-
rückgestreichelt oder meinen Händedruck erwidert, hat ihre Hand
aber auch nicht weggezogen. Kutner hat als Nächstes »The Jean Ge-
nie« gespielt und über die Unterschiede geredet zwischen psychede-
lischem Folk und Bluesrock. Wen interessiert das, habe ich gedacht.
Danach hat er das Cover von *Life on Mars* in die Runde gezeigt,
»Changes« im Hintergrund laufen lassen und dabei referiert, Veränderungen seien das Motto auf Bowies Weg gewesen. Sich als Künstler niemals selbst zitieren. Immer das Gegenteil von dem machen,
was alle von einem erwarten. Dikla hat dabei leicht genickt. Und sie
gehört wirklich nicht zu denen, die vorschnell nicken. Ein Vortra-
gender bekommt von ihr nur ein Nicken, wenn er etwas Superexak-
tes sagt. Nach *Ziggy Stardust* hat Kutner über Bowies Leinwandkar-

riere gesprochen, hat das Publikum wissen lassen, er werde gleich einen Ausschnitt aus *Furyo – Merry Christmas, Mr. Lawrence* zeigen, zuvor aber noch ein bisschen über die Entstehungsgeschichte des Films erzählen. Ich spürte, wie sich Diklas Hand ein wenig in meiner regte. Und von allen Ausschnitten auf der Welt hatte Kutner dann unsere absolute Lieblingsstelle ausgewählt, die wir auf der Videokassette immer zurückspulten, um sie wieder und wieder anzuschauen. Der Appellplatz. Alle Kriegsgefangenen stehen in Dreierreihen. Sakamoto, der Lagerkommandant, ist im Begriff, seine Wut an ihnen auszulassen. Sein langes Schwert ist schon gezückt. Und dann tritt Bowie aus dem Glied. Geht erhobenen Hauptes auf ihn zu, bleibt vor ihm stehen – und umfasst sanft seine Schultern. Der verängstigte Sakamoto stößt ihn zu Boden. Aber Bowie bleibt ganz ruhig. Er kommt wieder auf die Beine, umfasst erneut Sakamotos Schultern und zieht ihn diesmal zu sich heran, bis ihre Gesichter ganz nah sind – Auge in Auge und Lippen vor Lippen.

Küsst euch endlich, macht schon – haben Dikla und ich mitten in Kutners elaboriertem Vortrag im Eretz-Israel-Museum an einem Freitagvormittag im Rahmen einer Ringvorlesung laut gerufen. Küsst euch! Köpfe drehten sich zu uns um. Münder fuhren uns über den Mund. Dikla packte meine Hand und sagte, komm. Wir sind aufgestanden. Eine ganze Reihe war außer sich und stellte uns Beine in den Weg. Um uns straucheln zu lassen. Uns aufzuhalten. Im Hintergrund führte Kutner weiter aus, wie Bowie in den Achtzigern zum Popstar mutiert war, ehe wir die ersten Klänge des uns ein wenig verhassten »Modern Love« hörten.

Wir sind raus aus dem Saal. Auf die Rasenfläche vor dem Museum. Ins Freie. Haben laut gelacht. Haben uns gekugelt vor Lachen. Und dann ist Diklas Lachen nach und nach in Weinen übergegangen. Ihre Schultern bebten. Ich habe sie in den Arm genommen. Sie an meine Brust gedrückt. Jeder Punkt an ihrem Körper hatte einen Schwesterpunkt an meinem. Alles war in Kontakt. Sie hat gesagt,

Schluss damit, das ist pathetisch, um jemanden zu weinen, den ich gar nicht gekannt habe. Das ist pathetisch. Um meine Mutter habe ich nicht so geweint. Ich habe gar nichts gesagt. Habe nur immer weiter ihre Haare gestreichelt. Danach sind wir Arm in Arm zum Wagen gegangen und ich hatte das Gefühl, als wären wir von einer Blase umgeben. Nach so vielen Monaten, in denen keine Blase um uns gewesen war. Hoffentlich war das ein Vorzeichen für die Zukunft. Und kein Flashback.

Warum schreiben Sie nicht über den Holocaust?

Er kam am Ende des Vortrags zu mir. Ein blasierter Mann. Im Smoking. Vorsitzender der Jüdischen Gemeinde in einer großen deutschen Stadt. Er hielt es mit beiden Händen fest, nicht nur mit einer.

Als Zeichen des Dankes – sagte er im Ton einer Rede, obwohl er nur zu mir sprach – möchten wir Ihnen die Autobiografie unseres Gemeindemitglieds Marcus Rosner überreichen.

Danke, sagte ich.

Er reichte mir das Buch und fügte in verändertem, pietätvollem Ton hinzu: Marcus ist ... ein Überlebender.

Danke sehr, sagte ich und neigte den Kopf. Das bedeutet mir viel.

Ein fester Einband. Sehr fest. Neunhundertsechsunddreißig Seiten. Auf Deutsch. Ab und an – alte Schwarz-Weiß-Fotos. Und immer wieder – Zeichnungen. Hässlich. Verzerrt. Abstoßend. Offenbar von ihm selbst angefertigt. Auf dem Buchrücken – ein kurzer Text und ein kleines Bild von ihm, am Tag seiner Hochzeit im Ghetto. Eine Braut ist nicht zu sehen. Nicht mal der Zipfel eines Brautschleiers. Aber aufgrund der Stangen des Traubaldachins, gehalten von drei Männern, von denen keiner lächelt, ist klar, dass es eine Hochzeit ist. Marcus Rosner selbst steht im Zentrum, mit grauer Schiebermütze, den Blick auf jemanden gerichtet, der die Zeremonie zu leiten scheint, aber ersichtlich kein Rabbiner ist. Vielleicht der Vorsitzende des Judenrats?

Am nächsten Morgen habe ich versucht, die gewaltige Autobiografie des Marcus Rosner in meinen Koffer zu bekommen. Und es nicht geschafft. Ich schwöre, ich habe es nicht geschafft. Der Reißverschluss ging nicht mehr zu. Ehrlich. Dann klingelte das Zimmertelefon und ich wusste, die Rezeption ist dran, oder vielmehr Thomas, mein Begleiter vom Verlag, der anruft, um mich zu drängen, das Taxi warte bereits unten und wir müssten unseren Zug erwischen. Schon einmal haben wir auf dieser Lesereise einen Zug verpasst, meinetwegen.

Es ist ein bisschen peinlich, aber in deutschen Zügen schreibe ich fantastisch.

Unter jedem Sitz befindet sich eine Steckdose und die deutsche Landschaft jetzt gegen Ende des Winters – kahle Bäume, wohin man schaut – ist nicht spektakulär genug, um mich abzulenken. Niemand telefoniert übertrieben laut und niemand kennt mich vom Reservedienst, von der Uni oder aus der Zeit, als ich in der Werbung gearbeitet habe, Ahalan Bruder, wie ist die Lage? Was gibt's Neues? Was läuft?

Ich war mitten in einem Brief an Dikla, als mein Telefon klingelte. In der Leitung – der Vorsitzende der Jüdischen Gemeinde.

Wir haben Ihren Vortrag gestern Abend sehr genossen, sagte er.

Danke, erwiderte ich in meinem allerservilsten Ton.

Ehrlich gesagt, fuhr er fort, als Sie uns den Titel geschickt haben, »Wie und wann ich herausfand, dass ich ein jüdischer Schriftsteller bin« – da waren wir schon ein wenig erstaunt. Sie sind doch als Jude geboren, was gibt es da herauszufinden? Dennoch … es war sehr bereichernd.

Vielen Dank.

Ich rufe Sie aber wegen etwas anderem an.

Ja?

Man hat uns von der Hotelrezeption kontaktiert.

Ich verstehe.

Sie haben offenbar in Ihrem Zimmer das Werk von Marcus Rosner vergessen.

Oh Gott!

Oh Gott, wenn er davon erführe. Was für ein Affront.

Sicher.

Ich habe umgehend einen Kurierdienst beauftragt, Ihnen das Buch in Ihr Hotel zu bringen, in dem Sie heute Nacht sein werden.

Vielen Dank, aufrichtigsten Dank.

Ich werde Marcus selbstverständlich nichts davon erzählen. Bestätigen Sie mir nur per E-Mail, dass das Buch wohlbehalten bei Ihnen eingetroffen ist.

Ich schwöre, diesmal war ich felsenfest entschlossen, das Buch, das wie versprochen per Kurier eintraf, in den Koffer zu stopfen, aber am nächsten Tag war Schabbat und am Sonntag würden alle Läden in der Stadt geschlossen sein, also musste ich jetzt schon alle Geschenke für die Kinder kaufen, da blieb mir keine andere Wahl, wobei jedes Kind mir eigens seine Wünsche mitgegeben hatte, und Noam hatte hohe, rosafarbene Gummistiefel geordert, und hohe Gummistiefel würden auch so kaum in den Koffer passen, sprich, entweder die rosafarbenen Gummistiefel oder die Autobiografie des Marcus Rosner, da klingelte das Zimmertelefon, und ich wusste, es ist die Rezeption, wusste, es ist Thomas, mein Begleiter vom Verlag, der anruft, um mir Beine zu machen, denn das Taxi wartet bereits, und wir haben schon zweimal einen Zug verpasst, meinetwegen, und Noam macht auch so gerade eine schwere Zeit durch, was zwischen Dikla und mir abläuft, beeinflusst sie, auch wenn sie nicht darüber redet, und Mädchen in dem Alter können untereinander so grausam sein, die ganze Sache mit dem Aussehen ist absolut kritisch für ihr Selbstwertgefühl, und wenn ich ohne die Gummistiefel nach Hause komme, wird sie maßlos enttäuscht sein …

Wohl oder übel und schweren Herzens führte ich eine Selektion durch. Schob die Autobiografie des Marcus Rosner ganz tief unters Bett und machte mich auf den Weg.

Der Zug war schon fast am Ziel und ich kurz davor, meinen Brief an Dikla zu beenden – als mein Telefon klingelte.

Der Ton des Vorsitzenden der Jüdischen Gemeinde war diesmal nachgerade feindselig, ja sogar bedrohlich, aber seine Wortwahl blieb sachlich.

Das Buch. Sie haben es erneut vergessen. Ein Glück, dass der Besitzer des Hotels Jude ist und so umsichtig war, sich an mich zu wenden. Marcus hat, nebenbei erwähnt, auch schon angerufen. Um nachzufragen, was Sie zu dem Buch gesagt haben. Ich habe ihm nichts erzählt. Wie könnte ich. Auch so ist er gesundheitlich weiß Gott nicht auf der Höhe. Eine solche Sache könnte sein Ende bedeuten. Ihr Schriftsteller habt den Kopf immer ganz woanders, was? Ich habe einen Kurier in das Hotel geschickt, in dem Sie heute Nacht absteigen werden. Auf eigene Rechnung. Sicher, aus eigener Tasche. Aber diesmal, Verehrtester, ja …?

Am nächsten Morgen habe ich alle Register gezogen. Das Buch in den Koffer zu bekommen, ohne etwas anderes dafür herauszunehmen, war aussichtslos, also habe ich zwei Hemden, ein Paar Socken und ein anderes, dünneres Buch, das ich mitgebracht hatte, und auch eine immer gerne getragene Windjacke ausgepackt und im Hotel gelassen. Der Marcus Rosner kam dafür mit. Er hatte schon genug gelitten.

Auf dem Foto von seiner Hochzeit versucht er zwar zu lächeln, aber sein Lächeln zieht es nach unten. Und die Männer, die die Stangen seines Traubaldachins halten, wirken von Grauen gepackt. Als stünden außerhalb des Bildausschnitts Deutsche mit vorgehaltener Waffe, die sich vergewissern, dass der Vorsitzende des Judenrats die Zeremonie streng nach Vorschrift durchführt. Und vielleicht haben sie, kaum war das Ganze beendet, alle dort erschossen und nicht mitbekommen, dass unter dem Haufen von Leichen der Bräutigam noch atmete.

Mit ruhigem Gewissen und der Autobiografie von Marcus Rosner im Gepäck bin ich vor den Check-in-Schalter am Flughafen getreten. Dort stellte sich heraus, ich hatte Übergewicht. Vier Kilo.

Es sind doch nur vier Kilo, flehte ich die arische Abfertigungsdame an.

Das macht dreihundert Euro Aufpreis, meinte sie ungerührt.

Schauen Sie, ich zog vor ihren Augen das Buch aus dem Koffer, das Übergewicht kommt nur durch dieses Buch zustande. Ich habe es als Geschenk erhalten, erklärte ich ihr, und fügte in verändertem, pietätvollem Ton hinzu, der Autor … ist ein Überlebender. Der Einzige, der von denen, die an seiner Hochzeit teilgenommen haben, überlebt hat. Gleich nach der Zeremonie haben sie sie alle erschossen.

Macht dreihundert Euro Aufpreis, mein Herr, wiederholte sie. Sie haben zwei Möglichkeiten: entweder das Buch hierzulassen oder es mit ins Flugzeug zu nehmen.

Von dem Moment an waren die Autobiografie des Marcus Rosner und ich unzertrennlich. Zwar wurden wir bei der Sicherheitskontrolle für einen Moment getrennt – die Autobiografie glitt durch den Scanner, während ich eine Leibesvisitation über mich ergehen ließ –, aber gleich danach waren wir wieder vereint, ein Mann und sein Buch. Gemeinsam spazierten wir durch die Duty-free-Shops, nur um zu schauen und nichts zu kaufen, und gemeinsam ließen wir uns schließlich in einem der Cafés des Terminals nieder. Ich legte die Autobiografie Marcus Rosners auf den Tisch, neben meinen Becher.

Überlegte, ein bisschen darin zu blättern, vielleicht irgendeinen Hinweis auf die Identität der Braut zu finden, die auf dem Foto hinten auf dem Buch fehlte, denn es war ja undenkbar, dass Marcus Rosner den Vorsitzenden des Judenrats geheiratet hatte, aber weil das Buch so schwer war, fing der Tisch an zu wackeln, und weil ich keinen Kaffee verschütten und – Gott behüte – die Zeichnungen in dem Buch, von verrenkten Gliedmaßen, verzerrten Gesichtern, einem Berg aus Ohren, besudeln wollte, legte ich das Werk, der Not gehorchend, auf den Boden, dicht neben meinen rechten Fuß.

Ich trank meinen Kaffee und dachte über den Brief nach, den ich Dikla schrieb. Über den Schlussabsatz. Wusste, sie würde überrascht sein, einen richtigen Brief von mir zu bekommen. Mit Briefmarke und Umschlag und allem. Das war seit Südamerika nicht mehr passiert. Aber ich wusste auch, das alleine genügte nicht, der Schluss war alles entscheidend, das heißt, falls ich wollte, dass dieser Brief kein Requiem, sondern ein Wendepunkt würde. Und endlich begann es in meinem Kopf zu klingeln, begriff ich nach all diesen Tagen, wie ich diesen Brief beenden wollte. Und ganz bestimmt nicht mit Zeilen von Agi Mish'ol. Sondern mit welchen von Jacques Brel. »Ich werde unsinnige Worte für dich erfinden, die nur du verstehen wirst.«

Ich könnte jetzt behaupten, darüber hätte ich das Buch vergessen.

Aber die Wahrheit ist, dass mir Marcus Rosners Autobiografie in dem Augenblick wieder einfiel, in dem ich das Café verließ.

Die Wahrheit ist, dass ich noch immer hätte kehrtmachen können, um das Buch wieder einzupacken, mich bücken und es vom Fußboden hätte aufheben können.

Fünf Schritte, nicht mehr, einmal schnell bücken und …

Aber etwas in mir widersetzte sich. Irgendein Trotzmuskel spannte sich und ließ mich das Weite suchen. Weggehen. (Offenbar derselbe Muskel, der mich in der Zwölften, als wir einen Aufsatz über »Gedanken hinsichtlich meiner Einberufung« schreiben sollten, veranlasste zu schreiben, ich freute mich ganz und gar nicht darauf, zur Armee zu gehen. Oder anders gesagt: Ich würde gehen, aber wie Vieh zur Schlachtbank. Unsere Literaturlehrerin war, ziemlich zu Recht, erschüttert über meine Wortwahl, was mir umgehend ein Gespräch beim stellvertretenden Schulleiter bescherte.)

Ein paar Tage nachdem ich wieder zuhause war, klingelte es an der Tür. In den zurückliegenden Tagen hatte ich, wann immer es an der Tür klingelte, befürchtet, vor der Tür würde ein Kurier mit den Scheidungsunterlagen stehen. Es stimmt schon, Dikla ist nicht so, aber seit ich als Antwort auf eine Frage in diesem Interview hier einen Kurier erfunden habe, der mit den Scheidungspapieren im Studio in Giv'at Chen aufkreuzt, habe ich eine Heidenangst vor dem Phänomen der sich selbst verwirklichenden Fantasie, das Schriftsteller gerne umtreibt.

Vor der Tür stand ein Kurier von »Fedex«.

Das Paket, das er dabeihatte, hielt er mit beiden Händen.

In dem Paket steckte, neben der Autobiografie von Marcus Rosner, ein Brief vom Vorsitzenden der Jüdischen Gemeinde.

Es ist schon erstaunlich, schrieb er, wie bewegend und einmalig das Schicksal unseres Volkes bestellt ist. Da vergisst ein Jude am Flughafen ein Buch und steigt ins Flugzeug. Wie, sollte man meinen, stehen die Chancen, dass dieses Buch nun aus dem Exil zu ihm zurückfindet? Aber siehe da, genau am selben Tisch nimmt ein anderer Jude Platz. Und was stellt sich heraus? Dieser Jude ist verwandt mit dem Vorsitzenden der Gemeinde, die das Buch als Geschenk überreicht hat. Der Verwandte liest die Widmung, zählt eins und eins zusammen und wendet sich an mich. Und so machen sich Kuriere hierher und Expressengel nach dort auf den Weg – und Söhne kehren wieder. Das Buch ward seinem rechtmäßigen Besitzer im Heiligen Lande zurückgegeben. Sagen Sie mir – ist dies nicht ein offenkundiges Wunder? Ein Zeugnis für das ewige Fortbestehen unseres Volkes und seine Fähigkeit, alle Zeiten zu überdauern?

Ich nahm das Buch und trat zu meinem israelischen Bücherschrank.

Auf dem passenden Bord, dem mit der Holocaustliteratur, der zweiten Generation der Shoah und der dritten Generation der Shoah, war nicht mal mehr Platz, um noch eine Broschüre unterzubringen. Aber dann, die prophetische, titanenhafte Gestalt des Vorsitzenden der Jüdischen Gemeinde vor Augen, schob ich auf dem Bord darunter energisch ein paar Erstlingswerke nach rechts und ein paar skandinavische Krimis nach links und vergaß zwischen ihnen die Autobiografie des Marcus Rosner. Für immer und ewig.

In den letzten Jahren boomt Krimiliteratur, vor allem skandinavische. Reizt es Sie nicht, auch einmal einen Krimi zu schreiben?

Nein. In einem Krimi ist klar, irgendjemand hat etwas angestellt, und die Frage ist nur, wann er geschnappt wird. Das eigentlich Spannende aber, worüber zu schreiben mich fasziniert, ist doch, ob unsere Sünden tatsächlich Sünden sind, und wie, zum Teufel, man das weiß.

Während unseres gemeinsamen Abendessens in Jerusalem hörte der skandinavische Krimiautor Axel Wolf nicht auf zu trinken. Sein Gesicht verfärbte sich, seine Augen röteten sich und zum Nachtisch fing er sogar an zu weinen, ja laut zu schluchzen. Zwischen einem Schluchzen und dem nächsten verstand ich, es gab irgendeine Krise. Mit seiner Frau. Seit dem, was in Kolumbien passiert aber nicht in Kolumbien geblieben war, wolle sie seine Manuskripte nicht mehr lesen. Und er sei komplett abhängig von ihrer Einschätzung. Zwischen den Zeilen verstand ich, sie war es auch, die ihn rettete, wenn er eine seiner Schreibblockaden hatte, ihm mit brillanten Einfällen zum weiteren Handlungsverlauf aus der Bredouille half, wie nur jemand sie haben kann, die als Außenstehende frei in ihrem Urteil ist.

Ich goss ihm ein Glas Wasser ein.

Er nahm einen Schluck und fing dann urplötzlich an, schwedisch mit mir zu reden.

Ich hätte wissen müssen, das ist kein gutes Zeichen, aber ich nickte weiter und versuchte, der Musik seiner Worte zu folgen und daraus auf ihren Inhalt zu schließen.

Das ging einige Minuten so: Er sprach auf Schwedisch zu mir und schlug sich dabei rechtfertigend oder aus Wut gegen die Brust, und ich machte von all dem in meinem Kopf eine freie Übersetzung.

Und dann brach er zusammen.

Seit Chaim Churi aus der 12c während der Zeremonie am Gedenktag auf der Rasenfläche vor der Schule umgefallen war, hatte ich keinen Menschen mehr gesehen, der mit solcher Geschwindigkeit von einem Zustand, in dem sein Körper sich aufrecht hält, in einen Zustand übergeht, in dem sein Körper lang hingestreckt daliegt.

Ich war sofort bei ihm. Versuchte ihn vom Boden aufzuheben. Aber er war zu schwer. Ein echter Wikinger. Die Kellner eilten mir zu Hilfe und gemeinsam schafften wir es, ihn auf ein Sofa im Eingangsbereich des Restaurants zu verfrachten. Jemand öffnete einen Knopf an seinem Hemd, jemand anderes hob seine Beine an. Als Antwort murmelte er mit geschlossenen Augen wieder und wieder nur den einen Satz auf Schwedisch, Jag dödade honom, Jag dödade honom, Jag dödade honom … Ich bat die Kellner, einen Krankenwagen zu rufen, aber bis der Krankenwagen schließlich eintraf, hatte er bereits die Augen aufgeschlagen, den Knopf zugemacht, sodass sein Hemd über seiner mächtigen Brust erneut zu platzen drohte, und war wieder zum Englischen zurückgekehrt. Er beharrte, es bestehe überhaupt keine Notwendigkeit, ihn ins Krankenhaus zu bringen. So sei er nun mal, erklärte er der Runde. Manchmal müsse er einen kompletten *shutdown* aller Systeme erleben, um neu zu *resetten*. Hier, seht ihr, er könne aufstehen, ja sogar auf einer Linie balancieren. Okay, nicht unbedingt einer mit dem Lineal gezogenen, aber doch einer *quite* geraden. Er habe außerdem hier einen Kollegen aus

Israel, der für ihn bürgen könne, der ihn zurück ins Hotel bringen und sicherstellen werde, dass er sich ins Bett legt. Das sei alles, was er jetzt brauche, ein gutes Bett mit sauberen weißen Laken und morgen früh einen starken Espresso. Oder höchstens zwei. Und schon sei er wie neu. *Really. Believe him.*

Im Taxi streckte er die Beine von sich und war sofort eingeschlafen, weshalb ich keine Gelegenheit fand, ihn zu fragen, was zum Teufel dieses »Jag dödane holom« sein sollte.

Ich rief Dikla an, um ihr zu sagen, dass ich später nach Hause käme.

Sie ging nicht ran. Seit einigen Wochen drückt meine Frau mich weg. Meine Frau. Drückt mich weg. Und zieht sich schon nicht mehr vor mir an und aus. Und lässt mich an nichts mehr teilhaben, was in ihrem Job passiert. Rein zufällig habe ich erfahren, man hat sie befördert. So begabt. Meine Frau. Und so distanziert.

Ich musste Axel den ganzen Weg von der Lobby bis zu seinem Zimmer stützen, wo er komplett angezogen ins Bett fiel. Auf dem Nachttischchen neben dem Bett standen drei kleine Fläschchen mit Hochprozentigem aus der Minibar, leer. Sobald ich mich vergewissert hatte, dass sein Schnarchen nur Schnarchen und kein Röcheln im Todeskampf war, trat ich zu seinem Laptop, der aufgeklappt auf dem Tisch stand, und gab bei Google Translate »yag dodade honom« ein.

Kein Suchergebnis.

Und dann kam mir der Gedanke, Jag mit J und nicht mit Y zu schreiben und auf Geheiß von Google auch noch zwei Pünktchen über das O in dodade zu setzen.

Die Übersetzung kam prompt:

I killed him.

In derselben Sekunde war ein Klopfen an der Tür zu hören. Nicht an der Zimmertür. Sondern an der anderen, der zusätzlichen, der Verbindungstür zur angrenzenden Suite.

Wie lange haben Sie für Ihr letztes Buch gebraucht?

Netto – drei Monate.

Brutto – drei Jahre.

Denn dazwischen ist viel passiert, was mich abgelenkt hat: Yanais Einschulung, Fahrten nach Sde Boker mit Nachtsichtgerät im Gepäck, um mich zu vergewissern, dass es Shira gut geht, Sirkins Kandidatur um den Parteivorsitz, die fast täglich einen neuen Slogan nötig machte, und natürlich die Suche nach Chagai Karmeli im Gebiet um Rosh Pina.

Es fing mit Ari an, der meinte, einer seiner Besucher im Krankenhaus habe gesagt, er hätte Chagai durch die Gassen von Rosh Pina streifen sehen. Ari konnte sich nicht mehr erinnern, wer der Informant gewesen war, und meinte entschuldigend: Diese Schmerzmittel. Ich bin total zugedröhnt.

Kann es sein, dass du das bloß geträumt hast?, habe ich gefragt.

Alles kann sein, sagte Ari und kratzte sich an seiner Glatze. Ein bisschen beschämt.

Und dennoch, wegen der Minimalchance und weil ich grundlegenden Respekt vor Träumen hege und weil zuhause ohnehin alles nach Trennung roch – die Einladungen zur Bat-Mizwa-Feier waren bereits verschickt –, habe ich ein Foto von Chagai Karmeli aus dem Jahrgangsheft vergrößert (»Unser Chagai / ein toller Knabe / wie wir immer fanden / sieben Fahrprüfungen schon / und noch immer nicht bestanden«) und bin die gewundene Straße zwischen Akko und Rosh Pina hochgebrettert, habe mir in Rosh Pina ein günstiges Zimmer genommen und meine Suchaktion gestartet. Habe im Ort selbst angefangen. Leute gefragt, ihnen das Foto gezeigt. Rund um das Café Djauni habe ich ein paar Kopien an die Bäume geheftet, mit meiner Telefonnummer zum Abreißen. Bin in die beschauliche Shoppingmall, zur Tankstelle und in den Minimarkt neben der Tankstelle. Niemand erkannte Chagai wieder, aber ich hatte so ein

Bauchgefühl. So, als wenn wir jetzt »Heiß-kalt« spielen würden und mir alle zuriefen »wärmer, noch wärmer«.

Am zweiten Tag bin ich in die Berge oberhalb von Rosh Pina, mit Zelt, Schlafsack und dem Armeeschneeanzug, den Ari mal bei einem Reservedienst hatte mitgehen lassen. Es herrschte eine Ziegenkälte, aber ich war nicht aufzuhalten. Suchte unverdrossen Felsspalten, Höhlen und Wälder ab, während über mir Kranichschwärme gen Süden zogen. Ich wartete darauf, dass sein rostroter Schopf zwischen den fallenden Blättern aufleuchtete. Dass ein Sonnenstrahl seine dicken Brillengläser traf und der Reflex bei mir landete. Malte mir aus, wie wir an einem Lagerfeuer sitzen und reden würden. Ohne Filter. Wie früher.

Dysthymie?, fragt er.
Und ich erkläre es ihm. So eine ständige Traurigkeit, auf kleiner Flamme, die eine Zeit lang anhält, ohne in richtige Depression umzuschlagen.
Und vielleicht ist es genau andersherum?, fragt er.
Was soll das heißen?
Dass es einem ab einem bestimmten Alter immer schwerer fällt, Glück zu empfinden.

Weißt du, was das Problem daran ist, so viele Jahre mit einer Frau zusammen zu sein, Karmeli?
Ich habe keine Ahnung, Mann, bin ich ja nie gewesen.
Dass der Blick, mit dem sie dich ansieht, immer müder wird. Immer trüber.
Was willst du denn? Ich verstehe nicht. Dass man dich vergöttert?
Nur ein bisschen wenigstens. Ist das zu viel verlangt?

In Kolumbien ist gar nichts gelaufen.
Nein?

Diese Journalistin ist tatsächlich noch mit ins Hotel gekommen.
Wir waren schon auf dem Zimmer. Und Wein aus der Minibar
hatte ich uns auch eingeschenkt. Aber dann hat Yanai, mein
Jüngster, angerufen und gefragt, was ich ihm mitbringe, und
nachdem ich mit ihm geredet hatte, war ich zu nichts mehr
fähig. Hab ihn nicht hochgekriegt.
Ich verstehe nicht, warum hast du dann Dikla erzählt, es sei
doch etwas gelaufen?
Ich hatte gehofft, das würde sie ein bisschen aufrütteln.
Würde ihr den Blick wiedergeben.
Oder hast du gehofft, irgendein Ende zu forcieren?
Oh, wie ich dein Hebräisch vermisst habe, Karmeli …
Wie auch immer, du bist ein Idiot.
Ich weiß.

Vielleicht war da noch ein Grund, dass …
Noch ein Grund, dass was?
Dass ich etwas gestanden habe, was nicht stattgefunden hat.
Nu, und?
Das war einfach die bessere Geschichte. Dramatischer. So in
der Art, siehst du, jetzt hast du eine Krise, aus der du wieder
rauskommen musst, genau wie du es liebst.

Nachts bin ich über die Ziegenpfade oberhalb von Rosh Pina gewandert und habe nach einem Lagerfeuer Ausschau gehalten, an dem Chagai Karmeli sitzen könnte. Meine Nase suchte nach dem Rauch, meine Augen nach den Flammen und meine Ohren nach dem Knistern des Reisigs.

Tagelang habe ich mich nicht rasiert. Habe mich an Bächen gewaschen, aber nicht rasiert. Mein Bart wuchs wild und ich genoss es, mit der Hand über die weichen Stoppeln zu fahren. So viele Jahre, dass ich mir nicht erlaubt hatte, mich nicht zu rasieren. So viele Jahre, dass ich zu glatt gewesen war. Irgendwie war mir klar, dass auch Chagai Karmeli, sollte er noch am Leben sein, einen Bart haben würde. Ich habe dafür keine Erklärung, ich wusste es einfach. Ein rostroter Bart, gepflegter als meiner. Getrimmt an der Spitze. Ich stellte mir vor, wie wir, wenn wir uns träfen, einer vor dem Bart des anderen stehen würde. Umarmen würden wir uns vermutlich nicht, er lässt sich nicht umarmen, Chagai Karmeli, aber ich würde die Freude in seinen Augen sehen und er die Erleichterung in meinen. Und dann würden wir Äste, Zweige und Reisig aufschichten, unter das Reisig ein altes Taschentuch stopfen und mit Hilfe eines Feuersteins Feuer machen. Und wenn klar wäre, dass das Feuer in Gang gekommen war, würden wir reden, aber ohne linkische Versuche, die Zeit, die vergangen war, aufzuarbeiten, würden direkt mit dem anfangen, was mir auf der Seele brannte.

Und wenn Dikla die Geschichte erzählen würde?
Was soll das heißen?
Sagen wir, es ist ihre Geschichte und du bist die Figur des Ehemanns. Wie würde das Ganze aus ihrer Perspektive aussehen?
Was wird das, Karmeli? Eine Übung in kreativem Schreiben?
Nein, du Idiot, eine Übung in Liebe.

Okay ... also von ihrer Warte aus sehe ich ... Erschöpfung.
Erschöpfung?
Ja, sie hat keine Kraft mehr.
Was dich angeht?
Nicht nur mich. Wären nicht die Kinder, würde sie für ein Jahr nach Indien fahren.

Weiter. Was siehst du noch von ihrer Seite?
Irgendwas ist passiert, als sie in den Aschram in der Wüste und nach Sde Boker gefahren ist. Sie ist komplett verändert von dort wiedergekommen.

Ein Mann?

Unwahrscheinlich.

Eine Frau?

Nein, nein. Mehr so in Richtung einer Entscheidung. Etwas, das ihr klar geworden ist.

*

Schade, dass man keine Auszeit nehmen kann.

Eine Auszeit?

Hätten wir keine Kinder, wäre es das, was wir jetzt machen müssten: Eine Truppenentflechtung. Damit jeder los könnte und ein Jahr nur mit sich selbst verbringen. Sie würde tatsächlich nach Indien fahren und ich auf die Sinaihalbinsel, trotz – oder vielleicht gerade – wegen der Reisewarnungen.

Dann macht das doch.

Sei nicht gekränkt, Bruder, aber man merkt doch gleich, dass du nicht Vater bist.

Kommst du mit, Ari besuchen.

Klar.

Keiner außer Dikla und mir besucht ihn mehr. Hättest du das geglaubt?

Niemand sonst?

Am Anfang war es noch ein nicht endender Strom. Haufenweise Frauen. Aber jetzt liegt der Tod bereits in der Luft. Den Tod kann man richtig riechen, wusstest du das?

Und sagt Ari irgendetwas dazu? Kriegt er das mit?

Du kennst ihn ja, er macht seine Witze. Jedes Mal verkündet er mir, er habe eine andere Frau »aus seinem Testament gestrichen«, weil sie sich nicht mehr blicken lässt.

317

In der zweiten Woche meiner Suchaktion, in einer Vollmondnacht, am Eingang eines Wadis, sah ich von Weitem ein kleines Lagerfeuer. Und einen Menschen, der danebensaß.

Mit klopfendem Herzen näherte ich mich der Stelle.

Neben dem Lagerfeuer saß kein anderer als Ehud Banai. Er hatte Ehud Banais Hut auf. Ehud Banais Fünftagebart. Und Ehud Banais Brille auf der Nase. Gar nicht zu reden davon, dass er sich selbst etwas auf der Gitarre vorspielte.

Ich fragte ihn mit einem Blick, ob es in Ordnung sei, wenn ich mich zu ihm setzte, und er bedeutete mir ebenfalls mit einem Blick, ich solle mich setzen.

Eine ganze Weile lauschte ich ihm, wie er spielte.

Wir wechselten nicht ein Wort. Das hätte nicht gepasst.

Er spielte nicht die bekannten Songs, bei denen man hätte mitsingen können, sondern kleine Instrumentalstücke, ohne Zusammenhang. Eines davon erinnerte mich an die ersten Takte von »Du hast die Wipfel der Bäume berührt«, verlor sich aber gleich darauf in eine andere, zufälligere Melodie.

Ich stellte Vermutungen an: Vielleicht kommt er wieder her, nach all den Jahren, um sich selbst in Erinnerung zu rufen, wie alles angefangen hat, um noch einmal diesen unschuldigen Ort zu berühren, den es vor den Riesenkonzerten und dem frenetischen Applaus gegeben hatte.

Aber ich hatte keinen Weg, meine Vermutung zu bestätigen.

Die Erde seufzte.

Die Zeit ging dahin.

Ewige Gelassenheit senkte sich auf mich herab, da Ehud auf der Gitarre spielte.

Kranichschwärme zogen weiter gen Süden, auch bei Nacht. Aber weniger geräuschvoll.

Chagai Karmeli zu finden ist gar nicht die Hauptsache, dachte ich. Die Hauptsache ist weiterzusuchen.

Werden Ihrer Meinung nach Menschen auch in Zukunft Bücher lesen?

Menschen werden auf Geschichten angewiesen bleiben.

Und Geschichtenerzähler wie ich werden auf Menschen angewiesen sein.

Möglich, dass Bücher in der uns heute bekannten Form verschwinden werden. Aber wer weiß? Vielleicht wird die neue Form noch reizvoller sein?

Eine Tonspur, zum Beispiel. Mich macht wahnsinnig, dass ich meinen Texten keine Tonspur beifügen kann.

Sagen wir, dieses Interview hier? Ich würde irgendeinen frechen Beat darunterlegen. In Dauerschleife. Und dann ganz allmählich andere, traurigere Instrumente sich dazugesellen und ihn bereichern lassen. Und bei dem Abschnitt über Ehud Banai würde ich einfach im Hintergrund das Stück darunterlegen, das er spielt. Denn sosehr ich mich auch bemühe, das Gitarrenspiel von Ehud Banai zu beschreiben, es wird nie so sein, wie Ehud Banai wirklich spielen zu hören.

Dasselbe mit Tanzen.

Ich kann seitenlang versuchen zu beschreiben, wie Dikla tanzt. Kann seltene Idiome bemühen oder virtuos mit hochfliegenden Metaphern spielen. Aber wenn es möglich wäre, jetzt, in diesem Moment, einen kurzen Clip, dreißig Sekunden, nicht mehr, einzubauen, auf dem sie im Club des Kibbuz Kabri tanzt, 1995 war das, mit geschlossenen Augen zu »Come on Eileen«, würde jeder sofort verstehen, warum ich angefangen habe, neben ihr zu tanzen, in der Hoffnung, sie würde am Ende des Songs die Augen aufmachen. Und gäbe es eine Technologie, die es möglich machte, beim Lesen etwas zu riechen, wäre es möglich, mit mir an ihrem Nacken zu schnuppern, wenn ich mich nachts von hinten an sie schmiege, ohne dass sie es mitbekommt. Ich kann natürlich schreiben, dass er dem Geruch der Schabbatzöpfe ähnelt, die sie in der Angel-Bäckerei in der Nacht von

Donnerstag auf Freitag backen. Aber das ist nicht dasselbe, wie tatsächlich an ihrem Nacken zu schnuppern.

Manche Leser sagen, »ich bin richtig in das Buch eingetaucht«. Aber was, wenn es tatsächlich möglich wäre, virtuell, Eingang in die Realität des Buches zu erhalten? Eine Fliege an der Wand, eine Hündin in ihrem Körbchen oder ein Rauchmelder über der Lampe zu sein …

In Diklas und meinem Schlafzimmer. In der Nacht, in der ich aus Kolumbien zurückkomme, sagen wir. Dann könnte der Leser sehen, ob meine Unterlippe, wie bei Lügnern oft zu beobachten, tatsächlich ganz leicht bebt, als ich ihr erzähle, was in Kolumbien passiert ist. Ob der Blick in ihren Augen davon zeugt, dass sie mir glaubt. Und schließlich, ob sie mich rauswirft oder wir weiter Haus und Bett teilen, die ganze Nacht wach liegen und uns nicht berühren. Kein Wort miteinander wechseln.

Schreiben Sie morgens oder abends?

Morgens versuche ich zu schreiben, was mir nicht immer gelingt.

Abends bin ich mit Yanai und Noam zusammen. Und einmal in der Woche steige ich in den Wagen, um zu irgendeinem Vortrag zu fahren, in Wahrheit aber, um Shira in Sde Boker zu observieren.

Ich nehme Aris beim Reservedienst organisierten Schneeanzug und das Nachtsichtgerät mit, das er vergessen hatte zurückzugeben, als er noch regulär bei der Truppe war. Er ist der Einzige, der weiß, dass ich nach Sde Boker fahre, um meiner Tochter nachzuspionieren. Er denkt, ich habe einen Dachschaden, und dass ich, anstatt mich dort hinter Büschen auf die Lauer zu legen, einfach an ihre Tür klopfen und ihr sagen müsste, ich wolle mit ihr reden. Ich sage ihm, er verstehe rein gar nichts, weil er selbst ja nicht Vater sei, und dass Kinder manchmal auf Distanz zu ihren Eltern gehen müssen, um sich selbst zu entdecken. Insbesondere, wenn sie eine so starke, vielleicht auch zu starke Bindung zu ihm gehabt haben. Das heißt, zu ihnen. Er lässt meinen Freud'schen Fehler unkommentiert, aber seine Indioaugen verspotten mich. Ich muss ihre Grenzen respektieren, versuche ich, ihn zu überzeugen, und er sagt, klaro, Bruder, und warum fährst du dann ständig hin? Ah, nein, erkläre ich ihm, das ist nur, weil ich sie vermisse.

Ich habe meinen festen Beobachtungspunkt. Den ich hier nicht preisgeben kann.

Kurz nach sieben kommt die Jugend aus dem Speisesaal und trollt sich Richtung Wohnunterkünfte. Und dann bleibt mir ein bisschen mehr als eine Minute, um sie mit Aris Fernglas zu verfolgen und an der Art, wie sie geht, zu erraten, wie es ihr geht; an der Bewegung ihrer Hände, wenn sie redet – expressiv, wie ihre Mutter – und an den Reaktionen derjenigen, die neben ihr laufen.

Auf dieser Strecke von etwas mehr als einer Minute verbreitet sie mehr Lächeln als während ihres ganzen letzten Jahres zuhause. Und ihre Kleidung ist sehr viel leichter und luftiger. Von schmerzhaft engen Jeans ist sie zu Pluderhosen übergegangen. Und statt Lederjacken – bunte T-Shirts mit Aufdruck. Überhaupt, sie sieht gut aus. Das heißt, man sieht, dass es ihr gut geht. Wobei ich natürlich den Gedanken vorziehe, dass es die Einöde ist, die sie erblühen lässt. Aber allem Anschein nach ist es die Entfernung zu uns.

Gestern ist sie, zu meinem Erschrecken, nicht aus dem Speisesaal gekommen. Ihre Freundinnen schon. Auch ihr Freund, dieser Nadav. Sie aber nicht.

Ich habe Nadav durch das Fernglas verfolgt, um zu sehen, ob er ihre Abwesenheit nicht zufällig für einen kleinen Flirt mit anderen Mädchen ausnutzt.

Das ganze fröhliche Trüppchen hat sich auf seine Buden verstreut, und zehn Minuten später sind alle Lichter im Speisesaal erloschen, und ich war von Sorge erfüllt: Was ist mit meinem Kind? Warum ist sie nicht essen gegangen? Und wo steckt sie überhaupt? In ihrem Zimmer? Oder vielleicht auch nicht? Vielleicht hat sie das Seminar längst verlassen, und ich bin der einzige Depp, der nichts davon weiß? Tachles, wenn sie Dikla gebeten hat, mir nichts von Nadav zu erzählen, wer wollte dann seine Hand ins Feuer legen, dass es nicht noch mehr gibt, was sie Dikla gebeten hat, mir zu verschweigen?

Dikla anrufen konnte ich nicht. Denn dann wäre ich gezwungen gewesen zu erklären, was ich dort mitten in der Nacht trieb.

An die Tür des Zimmers meiner Tochter klopfen konnte ich ebenso wenig. Denn ich war ja nicht erwünscht.

Auch ihre Freunde vernehmen konnte ich nicht. Denn sie würden ihr bestimmt gleich berichten, ihr Vater treibe sich auf dem Gelände des Seminars herum und belästige sie mit Fragen. Und das wäre mein Ende.

Kalter Wind drang in meinen Schneeanzug, und so beschloss ich, das Risiko einzugehen und mich in Richtung ihres Zimmers zu schleichen. Vielleicht hätte ich zur Abwechslung mal Glück und niemand sah mich, dachte ich. Und vielleicht hätte ich noch ein bisschen mehr Glück und ihr Vorhang wäre nicht zugezogen. So könnte ich einen Blick in ihre Behausung werfen und zumindest sehen, ob sie da war. Ob sie noch lebte.

Ich hastete von einem Gebäude zum nächsten. Sprang von Strauch zu Strauch, bemüht, immer in Deckung zu bleiben, überquerte eine Freifläche voller Gerümpel und Picknicktischen und war endlich bei meinem Ziel angelangt. Ich umrundete das Haus und den gemeinsamen Innenhof, um zu ihrem Fenster zu kommen, aber als ich darunter kauerte, war der Vorhang zugezogen. Aus keinem Winkel bot sich mir die Möglichkeit zu sehen, was sich drinnen abspielte.

Und dann kam sie heraus. Erst hörte ich die Tür sich öffnen und schlich vorsichtig in Richtung des Gehwegs an der Stirnseite des Innenhofs. Sie hatte ihr Telefon in der Hand, hielt es ans Ohr, aber als sie mich sah, sagte sie, Moment, ich ruf dich gleich wieder an, riss ihre großen Augen weit auf und fragte: Papa? Was machst du hier?

Statt einer Antwort fiel ich auf die Knie und sagte: Verzeih, Shira, bitte verzeih mir. Sie schaute sich um und sagte, Papa, steh auf, du bist peinlich. Können wir reingehen?, fragte ich, und sie nickte bedächtig. Also sind wir in ihr Zimmer und haben geredet. Haben endlich geredet.

All das ist nur in meiner Fantasie geschehen. In Wirklichkeit habe ich kehrtgemacht, bin unentdeckt zurück zum Wagen marschiert und schweren Herzens nach Hause gefahren. Als ich ankam, war Dikla am Telefonieren. Ihrem Ton entnahm ich, dass sie mit Shira sprach, und an dem Inhalt ihres Gesprächs, dass es ihr nicht so gut ging. Dass sie sich ein bisschen erkältet hatte. Nichts Ernstes. Nadav kümmere sich ganz lieb um sie.

Hätten Sie manchmal Lust, Ihre Bücher, nachdem sie erschienen sind, nochmals zu ändern oder zu korrigieren?

In der Regel, nachdem ein Buch erschienen ist, bereue ich, nicht mehr gestrichen zu haben. Manchmal, wenn ich vor Publikum aus meinen Büchern lese, redigiere ich noch ein wenig, lasse hier ein Wort weg, dort einen ganzen Absatz.

Und es gibt eine Geschichte, die ich komplett rauslassen würde. Von Anfang bis Ende. Die, auf die Shira im Internet gestoßen ist.

Sie spielt in Haifa, in den Achtzigern, und die Heldin ist ein sechzehnjähriges Mädchen, das in einen Jungen aus der Stufe über ihr verliebt ist. Er ist groß, sieht gut aus, ist sehr beliebt und beachtet sie überhaupt nicht. Bis sie, unter dem Einfluss der romantischen Filme, die sie immer mit ihrer Mutter auf Piratenkabelkanälen schaut, beschließt, etwas zu unternehmen. Ihre Mutter versucht, sie davon abzubringen, sagt, Männer mögen solche Frauen nicht, aber eines Nachts steht sie mit ihrer Gitarre unter dem Fenster dieses Burschen und spielt ihm immer wieder eine Coverversion des Songs von Morrisey und den Smiths vor, *Last night I dreamt that somebody loved me*. Nachbarn klappen Sonnenblenden auf, schreien ihr zu, sie solle aufhören damit. Aber sie macht weiter. *No hope, no harm, just another false alarm*. Bis einer der Jungen aus dem Haus Mitleid zeigt und den Vater des Typen weckt, in den sie verliebt ist, und der Vater tritt auf den Balkon und sagt ihr, sein Sohn sei überhaupt nicht zuhause, sondern bei seiner Freundin. Sie könne also einpacken und nach Hause gehen. Doch sie geht nicht nach Hause. Sie bleibt weiter vor dem Haus sitzen und spielt auf ihrer Gitarre, bis der Junge, der schon den Vater des Typen alarmiert hat, auch ihrer Mutter Bescheid sagt. Als ihre Mutter kommt, in Adidas-Trainingshose und Unterhemd, schimpft sie nicht. Hält ihr auch nicht vor: »Ich hab's dir doch gesagt«. Sondern setzt sich neben sie, bis es über dem Golf von Haifa langsam hell wird und der beißende Geruch der Raffinerien ihnen in die Nase schlägt, während der Junge das Mädchen sehnsüchtig von der Seite betrachtet.

Würde Shira einwilligen, mit mir zu reden, dann wäre es das, was ich ihr sagen würde:

Verzeih, wenn ich dich verletzt habe. Verzeih, dass ich diese Geschichte veröffentlicht habe. Aber nur, damit du es weißt:

Dieses Mädchen, das da unter dem Fenster steht, das bin ich.

Du und ich, wir sind uns einfach ähnlich. Ähnlicher, als du vermutest.

Deshalb hast du dich auch in der Geschichte in einer Form wiedergefunden, die dich so empört hat.

Und deshalb musst du jetzt offenbar erst mal Abstand zu mir haben. Was in Ordnung ist. Das heißt, es tut weh, aber es ist in Ordnung.

Was für ein Vater sind Sie?

Also, was führt Sie zu mir?

Unser Sohn Yanai.

Erzählen Sie mir ein bisschen über ihn. Wie alt ist er?

Sieben.

Zweite Klasse?

Erste. Wir haben ihn noch ein Jahr im Kindergarten gelassen. Er ist ein Dezemberkind. Wir dachten, er sei noch nicht so weit.

Ich verstehe.

Selbstverständlich haben wir uns geirrt. Wir sind Eltern, also irren wir uns. Aber nicht deswegen sind wir zu Ihnen gekommen.

Warum sind Sie dann heute bei mir?

Der Junge … es gibt keine nette Art, das zu sagen – er lügt.

Ich verstehe.

Nein, tun Sie nicht. Man kann nicht ein Wort glauben von dem, was er sagt.

Kinder neigen manchmal dazu, die Grenzen zwischen Realität und Einbildung zu verwischen. Sie sind sich dessen sicher bewusst.

Von wegen Verwischen von Grenzen. Der Junge ist ein notorischer Lügner. Möchten Sie ein Beispiel?

Sie können mir gern ein Beispiel nennen, aber ich frage mich doch …

Ich frage ihn, ob er Hausaufgaben gemacht hat, okay? Er sagt Ja, und dann stellt sich heraus, hat er nicht. Ich frage ihn, ob er die Fernbedienung des Fernsehers gesehen hat. Er sagt Nein, und dann stellt sich heraus, er hat sie in der Ritze zwischen den Sofakissen versteckt.

Ich verstehe. Kann es sein, dass das, was Sie »Lügen« nennen, in Wahrheit Wege sind – altersgemäße Wege, nebenbei bemerkt –, Schwierigkeiten zu umgehen oder zu leugnen, mit denen die Realität ihn konfrontiert?

Superanalyse, wirklich, Chapeau. Und wie erklären Sie dann, dass er sich im Schuhgeschäft darauf versteift, seine Größe sei 37, wo er doch gerade mal 35 hat? Und dass er seiner Lehrerin erzählt, er sei in Amerika geboren und erst mit zwei eingewandert? Dass er den Kindern im Vergnügungspark sagt, er heiße Nimrod? Und dass sein Familienname Ben Jochana laute? Wir kennen niemanden, der Ben Jochana heißt. Der Junge ist einfach nicht fähig, das Lügen sein zu lassen. Er war schon immer so, aber im letzten Jahr ist das bei ihm völlig außer Kontrolle geraten.

Und ist das ... so schlimm?

Verzeihung?

Ich frage mich, warum Sie, das heißt, Sie beide, die Tatsache, dass Ihr Sohn nicht immer bei der Wahrheit bleibt, als eine solche Tragödie auffassen?

Was soll das heißen? Und was, wenn seine Schwester das von ihm übernimmt? Was, wenn wir alle anfangen zu lügen? Wie soll dann unser Leben zuhause aussehen? Es gibt doch so einen Vertrag zwischen den Menschen auf dieser Welt, sich zu bemühen – nicht immer mit Erfolg, aber man bemüht sich –, die Wahrheit zu sagen. Darauf baut unsere Fähigkeit auf, einander zu vertrauen. Ziehen Sie diese Karte heraus – stürzt der ganze Turm in sich zusammen.

Ich verstehe. Wenn es so ist, muss ich Sie beide fragen, auch Sie, mein Herr, ist eine solche Neigung zu ... Schwindeleien bereits in der Vergangenheit in der Familie aufgetreten?

Was? Nein! Gott bewahre!

Warum lächeln Sie, Dikla?

Weil es amüsant ist, wie sehr ein Mensch, der gerne denkt, er sei sich seiner selbst bewusst, sich seiner überhaupt nicht bewusst ist.

Will heißen?

Mein Mann ist Schriftsteller. Also, in allem, was irgendwie mit Schwindeleien zusammenhängt ...

Augenblick, Diki, das ist nicht fair ...

Du bist süchtig danach. Du denkst dir dein Leben wie eine Geschichte aus. Denkst dir mich als Geschichte aus. Als Figur in einer Geschichte. Früher hatten deine Worte noch einen Wert. Heute sind sie so viel wert wie die eines Yoram Sirkin.

Bis hierhin und nicht weiter.

Aber das ist die Wahrheit.

Deine Wahrheit …

Die objektive Wahr...

Ich unterbreche Sie mal für einen Moment. Obwohl ich den Eindruck habe, eine Paartherapie wäre in Ihrem Fall absolut in Erwägung zu ziehen. Aber dafür ist jetzt weder Zeit noch Ort. Außerdem ist der Stundensatz … ein anderer. Daher schlage ich vor, wir konzentrieren uns wieder auf Yanai. Ich wüsste gern, Dikla: Liest Yanai schon selbst?

Der Junge ist ein Bücherwurm. Seit er Lesen gelernt hat, verschlingt er zwei, drei Bücher am Tag. Und dazu noch die Geschichten, die sein Vater ihm erzählt.

Wie viele Geschichten erzählen Sie denn Yanai täglich?

Alle zusammen? Also, eine Geschichte zum Aufwachen. Sonst kann er nicht aufstehen. Und die feste Geschichte über die Zahnbürste. Das heißt, die Zahnbürste ist so eine Art Figur, die mit Yanai redet. Und danach, im Auto, auf dem Weg zur Schule, anstelle irgendeiner schrecklichen CD mit Kinderliedern, erzähle ich ihm eine Geschichte. Aber eine kurze. Und noch eine ganz, ganz kurze auf dem Rückweg vom Hort. Später dann, am Abend, kommt dann noch die Hängemattengeschichte.

Die Hängemattengeschichte?

Wir liegen beide in der Hängematte, gucken uns die Wolken an, er sagt, welche Formen er sieht, und zu einer Form denken wir uns dann gemeinsam eine Geschichte aus. Danach Abendessen und Duschen und eine Geschichte vor dem Schlafengehen.

Das war's?

Ehrlich gesagt kommt dann noch Gidi Grau.

Gidi Grau?

Das ist eigentlich keine Geschichte, mehr so ein Detektivmusical, in Reimen. Direkt vor dem Einschlafen. Wir laufen und schnaufen. Die Ampel springt auf Blau. Wer wird denn daraus schlau? Und wo nur, wo … steckt Gidi Grau?

Ich verstehe.

Der Junge in der Geschichte – Verzeihung, in dem Musical – findet am Ende Gidi Grau immer. Und dann kitzle ich ihn durch. Also Yanai, meine ich. Gidi-Gidi-Gidi-Gidi-Grau. Er ist ganz verrückt danach.

Alles in allem, korrigieren Sie mich, falls ich mich irre, erzählen Sie ihm demnach sieben Geschichten am Tag.

Die Hängemattengeschichte gibt's nur im Sommer.

Das ist alles, was er mit ihm macht, verstehen Sie?

Das stimmt nicht, Dikla. Das ist nicht fair. Wir gehen am Freitag auch zusammen zum Supermarkt.

Und dann erzählst du ihm von der kleinen Paprika, die in der großen Paprika wohnt.

Sonst wird ihm langweilig und er macht mich wahnsinnig. Das zählt nicht.

Ich frage mich gerade …

Sagen Sie, warum sagen Psychologen immer: »Ich frage mich gerade?« Sie fragen doch uns, nicht sich selbst. Warum drum herumreden? Und was ist das da für ein Saxofon im Hintergrund? Sind das Ihre Nachbarn? Übertreiben die nicht ein bisschen mit der Lautstärke?

Ich frage mich … Sehen Sie, einerseits ist das Bild, das Sie beschreiben, wirklich herzerwärmend. Offenbar haben Sie und Yanai eine sehr lebhafte und … kreative Beziehung. Andererseits ist die Möglichkeit nicht a priori von der Hand zu weisen, dass eine Verbindung besteht zwischen dem doch außergewöhnlichen Quantum an Geschichten, dem der Junge ausgesetzt ist, und seiner Neigung, eine eigene, subjektive Auslegung für unterschiedliche Realitätsmuster anzubieten.

Könnten Sie das bitte noch mal in den Worten von Normalsterblichen wiederholen?

Sie sagt dir im Grunde genommen nur, was ich die ganze Zeit behaupte, dass sieben Geschichten am Tag …

Im Winter nur sechs. Und eine davon ist außerdem ein gereimtes Detektivmusical, macht also …

Auch fünf und ein Detektivmusical – das ist übertrieben. Yanai unterscheidet schon gar nicht mehr zwischen Realität und Erfundenem.

Und auch daran bin ich schuld, Dikla?

Es geht hier nicht um Schuld.

Geht es sehr wohl.

Es …

Auszeit! Sehen Sie, ich muss Yanai ja erst noch persönlich treffen, um meine Vermutung zu verifizieren, aber sehr gut möglich ist, dass das, was Sie beide als Lügen bezeichnen, für ihn lediglich kleine Geschichten sind. Geschichten, die er genießt sich auszudenken, ebenso wie die Tatsache, dass sie ihm ermöglichen, sich eine eigene, innere Welt zu erschaffen.

Wissen Sie was, aus Ihrem Mund klingt das so nett. »Kleine Geschichten«. »Eine eigene, innere Welt«. Aber das ist es nicht. Das ist nicht nett. Das ist besorgniserregend. Der Junge ist immerhin schon sieben.

Was genau bereitet Ihnen denn Sorge? Entwicklungspsychologisch betrachtet ist das alles noch altersgemäß.

Was soll das heißen, »was bereitet Ihnen Sorge«?!

Sehen Sie, mir ist klar, dass Sie, ich meine, Sie beide, sich in einer seelischen Notlage befinden, die ich auch gar nicht abtun möchte. Ich möchte nur, dass wir gemeinsam präzisieren, welche Beschaffenheit diese Notlage hat. Was genau belastet Sie?

Wir bereiten ihn doch so nicht auf das Leben vor. Am Ende wird ihm seine Lügerei nur Probleme bescheren. Andere Kinder werden hinter seine Lügen kommen. Lehrerinnen werden aufhören zu denken, das sei doch ganz charmant. Und ich möchte ihm all diese Erniedrigungen ersparen.

Und wie ... wie sehen Sie das, Dikla?

Ich weiß nicht. Ich denke viel darüber nach. Wenn über Yoram Sirkin ernsthaft als Anwärter für das Amt des Ministerpräsidenten gesprochen wird – dann besagt das doch alles. Vielleicht gibt es ja gar keine Realität mehr. Vielleicht ist alles nur noch Photoshop. Andererseits und um die Ecke gedacht, vielleicht bereiten wir den Jungen ausgerechnet so ausgezeichnet auf das Leben vor. Denn offenbar können nur Lügner in einer *Fake*-Welt und einem Staat überleben, in dem man niemandem mehr Glauben schenken kann, zu keinem Thema. Als Mutter aber, im täglichen Leben, ist es sehr schwer, dem eigenen Kind nicht vertrauen zu können. Misstrauisch bei allem zu sein, was er sagt.

Das kann ich mir vorstellen.

Ich weiß dann nicht, wie ich reagieren soll. So tun, als würde ich es nicht bemerken, oder ... Denn ich sehe, wie beleidigt er beim kleinsten Aufblitzen eines Verdachts in meinen Augen ist, und das ... das macht mich traurig. Und vor ein paar Wochen – du warst in Eilat und hast dort vor den Komitees referiert – hat er das ganze Wochenende geschwiegen, hat nicht ein Wort von sich gegeben, und erst, nachdem ich ihn angefleht habe, er solle mir endlich sagen, warum er nicht mehr mit mir redet, hat er ... mit so einem kleinen Stimmchen gesagt, dass er ... Angst hat, wenn er den Mund aufmacht, würden Lügen herauskommen.

Das hast du mir gar nicht erzählt, Dikla.

Wie hättest du es denn gern, du warst ja nicht zuhause.

Aber warum hast du es mir nicht erzählt?

Ich möchte etwas vorschlagen. Kommen Sie, lassen Sie uns einen Versuch unternehmen. Womöglich gelingt er, kann sein, auch nicht.

Aber lassen Sie uns auf jeden Fall versuchen, in nächster Zeit das Quantum an Geschichten, dem Yanai ausgesetzt ist, von sieben am Tag auf ... sagen wir, drei Geschichten zu reduzieren. Und Sie berichten mir dann von den Auswirkungen. Noch einmal, das ist nur ein Versuch. Und ich kann keinen Erfolg garantieren. Ganz sicher keinen unmittelbaren. Aber ... denken Sie, Sie können das schaffen?

Ich weiß nicht ...

Ich verstehe.

Ich bin ganz und gar nicht sicher, dass Sie das verstehen.

Dann erklären Sie es mir.

Ich weiß schon nicht mehr, wie ich ... mich ihm gegenüber verhalten soll. Und nicht nur ihm. Generell, ich weiß nicht mehr, wie ich mich der Welt gegenüber verhalten soll. Auch gegenüber Dikla. Anstatt ihr zu sagen, ich hätte das Gefühl, dass sie sich zunehmend von mir entfernt, habe ich eine Geschichte erfunden, von der ich dachte, sie bringt sie zu mir zurück. Aber das hat sie nur noch weiter auf Abstand gehen lassen.

Ich verstehe.

Hätten Sie vielleicht mal ein Taschentuch? Sollten Psychologen nicht immer so eine Box auf dem Tisch stehen haben?

Ich habe eins.

Danke, Dikla. Es tut mir leid, dass ich so bin, Frau ... Psychologin.

Schon in Ordnung. Und ich heiße Ayala.

Es ist gerade so eine Phase ...

Ich verstehe.

Nein, tun Sie nicht.

Dann erklären Sie es mir.

Alles ... bricht zusammen ... Sagt mal, macht nur mich dieses Saxofon verrückt? Entschuldigung, dass ich schon wieder davon anfange, aber das klingt ganz nah. Spielt vielleicht gerade jemand bei Ihnen im Haus?

Ehrlich gesagt, ja. Das ist mein Sohn. Er übt.

Er spielt gar nicht mal schlecht, wirklich.

Danke.

Das Kompliment gilt nicht Ihnen. Sondern Ihrem Sohn.

Ich werde es ihm ausrichten. Darf ich fragen, wie alt Sie sind?

Ich? Zweiundvierzig. Äh … dreiund...

Das ist auch altersgemäß.

Was ist altersgemäß?

Dieses Gefühl, dass alles ins Wanken gerät. Viele Menschen leiden in Ihrem Alter darunter.

Wissen Sie was, das ist genau der Grund, warum ich mein Psychologiestudium irgendwann an den Nagel gehängt habe. Das ist in meinen Augen unerträglich, was Sie gerade gemacht haben.

Was habe ich denn getan?

Sie haben mein privates Erlebnis in ein Paradigma überführt. Und das hat etwas Beleidigendes. Das gibt mir das Gefühl, als sei ich eine statistische Größe.

Es tut mir leid, wenn Sie so empfinden. Das war nicht meine Absicht.

Und was war dann Ihre Absicht?

Ich glaube, dass …

Sagen Sie, kann es sein, dass Ihr Sohn unser Gespräch mithört?

Ausgeschlossen, er hat keine Möglichkeit …

Denn als ich vorhin angefangen habe, mich über Sie aufzuregen, ist sein Spiel plötzlich rhythmischer geworden, als wolle er die passende Tonspur darunterlegen.

Nein, das ist absoluter Zufall.

Angenommen.

Wie auch immer, was ich sagen wollte, ist: Die Einsicht, dass wir nicht so besonders und einmalig sind, wie wir meinen, dass auch andere Menschen ähnliche Schwierigkeiten – ähnliche, nicht dieselben – durchleben wie wir, diese Einsicht hat auch etwas Befreiendes. Vielleicht sogar etwas, das Inspiration zur Veränderung weckt.

Inspiration weckt? In welchem Sinne?

Ich erinnere Sie nur daran, wie wir bei dieser Diskussion hier gelandet sind: Ich habe Sie gefragt, ob Sie in der Lage sind, Ihre Gewohnheit zu ändern und Yanai weniger Geschichten zu erzählen, und Sie haben darauf geantwortet, Sie seien schon nicht mehr sicher, ob Sie überhaupt noch imstande sind, die Welt unmittelbar zu erleben, ohne die Vermittlung durch Geschichten. Richtig?

Mehr oder weniger.

Wenn ich mir die Lebensgeschichten meiner Patienten anschaue, dann stellt das Alter, in dem Sie sich jetzt befinden, mitunter einen Wendepunkt dar. So mancher ist aus Verunsicherung und Krise aufgestanden und hat neu angefangen. Anders. Auch Sie können andere Wege zu Yanais Herz finden. Es gibt ja noch mehr Dinge, die Sie als Vater und Sohn gemeinsam tun können.

Ich … bin verrückt nach diesem Jungen. Ich möchte, dass es ihm gut geht. Dass er nicht so einsam und traurig ist wie ich als Kind.

Das ist mir klar. Das ist uns allen hier in diesem Raum klar.

Fällt Ihnen nicht auf, dass das Saxofon jetzt plötzlich wieder verhalten und traurig klingt? Ich rate Ihnen dringend, doch einmal zu überprüfen, ob Ihr Sohn nicht irgendeinen Weg gefunden hat zu belauschen, was in diesem Raum gesprochen wird.

Und ich schlage vor, wir konzentrieren uns auf Ihren Sohn. Das heißt, auf Ihren gemeinsamen Sohn. Dikla, Sie scheinen mir unserem Gespräch recht … still und unbeteiligt zu lauschen, und ich frage mich, das heißt, die Frage drängt sich mir auf, wo es Sie erreicht, unser Gespräch, meine ich.

An einem etwas anderen Ort.

Soll heißen?

Soll heißen: Ich bin nicht sicher, dass es das Problem des Jungen ist, dass mein Mann ihm Geschichten erzählt. Das erscheint mir etwas oberflächlich. Um nicht zu sagen, verlogen.

Verlogen?

Auch Patienten lügen doch ihre Psychologen an, oder? Erzählen ihnen Geschichten, die sie schlecht dastehen lassen – nur um eine Geschichte zu verbergen, bei der sie noch schlechter wegkommen.

Ich verstehe.

Nein, tun Sie nicht. Eine Tochter ist bereits ins Internat geflohen. Und bei der Lage zuhause im letzten Jahr … kein Wunder, dass noch ein Kind sich in seine Fantasien flüchtet. Wie haben Sie gesagt? Dass er »altersgemäße Wege verwendet, um Schwierigkeiten zu umgehen oder zu leugnen, mit denen die Realität ihn konfrontiert«? Und genau das ist es.

Möchten Sie das erläutern?

Wozu? Auch das, was ich Ihnen erzählen würde, wäre ja nur meine manipulative Fassung der Wirklichkeit. Deshalb habe ich auch aufgehört, an Gesprächstherapien zu glauben. Ich mache Wasser-Shiatsu. Alle zwei Wochen. Gaya, meine Therapeutin, und ich wechseln dabei kaum zwei Worte, aber mein Körper erzählt ihr alles.

Ach so, Dikla, deshalb schläfst du nicht mehr mit mir?

Mir scheint, das ist weder der richtige Ort noch der passende Zeitpunkt …

Es ist nie der richtige Ort und der passende Zeitpunkt …

Ich unterbreche Sie hier mal.

Warum unterbrechen Sie uns andauernd? Sollte es nicht genau andersherum sein, dass Sie uns von unseren Hemmungen und Komplexen befreien?

Vielleicht, aber für heute ist unsere Zeit um. Ich schlage vor, wir lassen alles, was hier gesagt wurde, nachhallen und sacken. Und ich erinnere Sie daran, in der nächsten Woche würde ich gerne Yanai treffen. Wie möchten Sie zahlen, mit Scheck oder per Überweisung?

Das ist nicht, was die Psychologin zum Schluss gesagt hat.

Und auch nicht das, was sie vorher gesagt hat.

Ich kann dieses Treffen – und noch ein paar Dinge, die sich in meinem Leben im letzten Jahr ereignet haben – nur so wiedergeben, wie sie nicht in Wirklichkeit gewesen sind. Trotzdem …

Als wir aus dem Haus der Psychologin traten, blieben wir für einen Moment stehen, geblendet von der Straße. Jeder hätte jetzt seines Weges gehen sollen, ich, um die Kinder abzuholen, und Dikla ins Büro. Aber dann sagte Dikla, ich hätte Lust auf Eis, und ich sagte, ich glaube, an der Ecke ist eine gute Eisdiele. Also sind wir gemeinsam zur Eisdiele marschiert, dicht nebeneinander, aber ohne uns zu berühren. Haben so getan, als könnten wir uns nicht für eine Sorte entscheiden. Bis sie irgendwann Tiramisu im Becher und ich Bourbon-Vanille in der Waffel bestellte. Und ich musste nicht sagen, »weißt du noch«, weil klar war, wir beiden wussten noch. Und dass wir beide genau verstanden, das hier war eine Rekonstruktion unseres Schöpfungsaugenblicks, des einzig echten, nicht all jener, die ich im Verlauf dieses Interviews verstreut habe, um ihre Privatsphäre zu schützen …

Ihre Mutter war vollkommen überraschend verstorben. Herzstillstand. Kurz, nachdem wir zusammengekommen waren. Am fünften Tag der Trauerwoche bin ich nach Ma'alot gefahren.

Ich war nicht sicher, ob sie mich überhaupt sehen wollte. Und ob man nach ein paar Dates zur Trauerwoche kommt.

Das Haus quoll vor Trauergästen förmlich über. Sie saß in einem Nebenraum, in Jeans und Sweatshirt mit Bart Simpson darauf. Ich beugte mich zu ihr und umarmte sie, und sie erwiderte meine Umarmung, aber ohne Nachdruck. Neben ihr war kein Platz frei, also setzte ich mich ans andere Ende des Zimmers. Die ganze Zeit kamen Freunde von ihr herein. Ich hatte nicht gewusst, dass sie so viele Freunde hat. Die Mädchen weinten an ihrer Schulter. Und die Jungen schienen mir alle heimlich in sie verliebt zu sein. Ich wusste nicht, was ich tun oder sagen sollte. Konnte sie nicht einmal in den Fotoalben wiedererkennen, die von Hand zu Hand gingen. Aus dem wenigen, was sie bei unseren beiden Dates preisgegeben hatte, dass ihr Vater Chefkoch aller Fabriken von Stef Wertheimer sei und das Essen, das er zuhause zubereitete, unglaublich köstlich sei, hatte ich geschlussfolgert, sie sei mehr ein Papakind. Aber auch da war ich mir nicht sicher.

Nach einer Stunde bin ich aufgestanden, um zu gehen. An der Haustür spürte ich eine Hand auf meiner Schulter. Danke, dass du gekommen bist, sagte sie. Und drückte mir die Hand. Ein langer, ausgiebiger Händedruck, der ihr ermöglichte, mir einen Zettel zuzustecken.

Erst im Wagen habe ich gewagt, ihn zu öffnen.

Fahr bis zum Ende der Straße.

Warte am Mahnmal auf mich.

Ich finde eine Ausrede und komme.

Nach einer halben Stunde tauchte sie endlich auf. Auf einem Herrenfahrrad mit Kindersitz.

Mein Herz flog ihr zu. Vielleicht, weil sie so langsam radelte. So traurig. Ihr Fahrradfahren war traurig.

Vielleicht aber auch, weil der Wind mit ihren Haaren spielte.

Auf einmal konnte ich sie mir als Neun- oder Zehnjährige vorstellen, eine Miniaturausgabe ihrer selbst. Ein Einzelgängermädchen. Das allein auf seinem Fahrrad fährt ohne jemanden an seiner Seite.

Sie kam bei dem Mahnmal an, schwang ein endlos langes Bein über die Mittelstange und lehnte das Rad an, ohne es abzuschließen, und wandte sich mir zu. Ihre Brust hob und senkte sich schnell und schwer atmend, als wir uns einander näherten. Ich wusste nicht, ob meinetwegen oder wegen des Fahrradfahrens. Diese junge Frau war für mich noch immer so unergründlich, dass ich nicht einmal wusste, ob ich sie jetzt in den Arm nehmen konnte. Ob das erlaubt war. Sie stellte sich dicht vor mich und küsste mich – ein flüchtiger Kuss auf den Mundwinkel – und sagte, ich hätte Lust auf Eis. Wie sich herausstellte, gab es in Nahariya eine Eisdiele namens »Pinguin«, in die sie als kleines Mädchen mit ihrer Mutter immer gefahren war. Ist das nicht ein bisschen weit, Nahariya?, habe ich gefragt. Ein bisschen, hat sie gesagt, aber ich brauche Luft. Keine zwanzig Minuten später waren wir da. Unterwegs hatten wir kaum gesprochen, denn Worte schienen über ihre Kräfte zu gehen. Sie bestellte zwei Kugeln Tiramisu und ich eine Kugel Bourbon-Vanille. Dann standen wir auf der Straße, vor der Eisdiele, und schleckten unser Eis. Ich gemächlich und vorsichtig und sie fast davon abbeißend. Ihre Zunge bewegte sich schnell, begierig, trug erst eine Seite des Konus ab und wandte sich dann sofort der anderen zu.

Als wir fertig waren, bat sie, ich möge sie zurück zu ihrem Fahrrad bringen.

Auf der Rückfahrt nahm sie meine Hand in ihre, und als wir bei dem Mahnmal angekommen waren, stieg jeder auf seiner Seite aus, und ich dachte, sie würde zu ihrem Fahrrad gehen, aber da kam sie auf mich zu und umarmte mich ganz fest, eine Ewigkeit lang. Ich hatte bis dahin noch nie ein Mädchen im Arm gehabt, das genauso groß war wie ich. Spürte, wie jeder Punkt an ihrem Körper einen Schwesterpunkt an meinem hatte. Alles war in Kontakt. Was mich bewegte, sie noch enger an mich zu pressen. Als wir uns schließlich voneinander lösten, fragte sie, ob ich auch am nächsten Tag kommen könne. Ja, sicher, habe ich gesagt. In jenem Moment hätte ich alles getan, worum sie mich gebeten hätte.

Auch nach der Sitzung bei der Psychologin haben wir uns umarmt. Jeder hatte sein Eis aufgegessen, und als wir erneut auf die heiße, stickige Straße traten, drehten wir uns ohne ein Wort zu sagen einander zu und umarmten uns. Fest. Eine Ewigkeit lang. Ich hätte alles getan, worum sie mich in jenem Augenblick gebeten hätte – aber sie bat um nichts.

Von dem Moment an, als ich aus dem Saal trat, war er neben mir. Anfangs bemerkte ich ihn gar nicht. War noch dabei, mich selbst für ein paar nichtssagende, zu sehr um Zustimmung heischende Sätze zu geißeln, die ich im Verlauf der Lesung von mir gegeben hatte. Dann, als ich ihn bemerkte, nahm ich an, er ging neben mir, weil er zufällig in dieselbe Richtung musste. Aber als ich durch das Schultor war und er mir folgte, verstand ich allmählich, er hatte sich vorsätzlich an mich geheftet, wie ein Leibwächter.

Möchtest du etwas fragen? Ich war stehen geblieben und hatte mich zu ihm umgedreht.

Er schluckte. Offenbar hatte er darauf gebaut, dass wir schweigend gehen würden.

Ich musterte ihn. Ein klein gewachsener Junge. Klein sogar für sein Alter, in dem die Jungen den Mädchen in der Klasse bis zur Hüfte gehen. Schwarze, raspelkurz geschnittene Haare. Kräftige Brauen. Und etwas Fremdes in seinem Gesicht. Nicht von hier.

Ich schreibe auch Geschichten, sagte er und sah sich um.

Toll, sagte ich. Das ist klasse, dass du schreibst.

Ich möchte etwas wissen, sagte er und schaute sich erneut um.

Bitte sehr, sagte ich.

Aber lassen Sie uns weitergehen, sagte er. Ich kann Sie das auch im Gehen fragen.

Es kam mir ein bisschen sonderbar vor, dass er darauf bestand weiterzugehen. Aber ich fand keinen Grund, mich zu weigern. Also sind wir weitermarschiert. Ich mit großen Schritten, in schwarzen Lederschuhen, und er mit kleinen Schritten in weißen, schmutzigen Turnschuhen, bemüht, so dicht wie möglich neben mir zu bleiben.

Also, was möchtest du wissen?, hakte ich nach, als ich feststellte, dass er wieder in Schweigsamkeit verfiel.

Ich wollte fragen, sagte er, wie denkt man sich das Ende einer Geschichte aus? Das heißt, in den Geschichten, die ich schreibe, gibt es viele Anfänge … aber es gelingt mir nie, sie zu beenden.

Wie heißt du?, habe ich gefragt.

Yehuda, sagte er.

Sieh mal, Yehuda, habe ich gesagt. Habe ihm erzählt, dass es einige Arten von Enden gibt und dass das Ende tatsächlich sehr wichtig ist, weil es der Geschichte Sinn verleiht, und gerade deshalb sei es so schwer mit den Enden. Sei schwierig für jeden, der schreibt, nicht nur für ihn. Ich redete und redete mit großer Begeisterung und bekam erst nach einer Weile mit, dass er nicht zuhörte. Seine Augen irrten in ihren Höhlen hin und her und hielten nach etwas Ausschau, das mir verborgen blieb.

Also fasste ich mich kürzer und verstummte. Wir folgten weiter dem langen Pfad, der vom Schultor zum Parkplatz führte. Zu beiden Seiten wuchsen wild hohe Büsche. Plötzlich überkam mich, wie ein Schaudern, das unbestimmte Gefühl, jemand beobachtete uns aus diesen Büschen. Aber ich verscheuchte meine Beklommenheit schnell.

Sagen Sie, fragte Yehuda hastig, als versuchte er, die Worte schnell loszuwerden, wenn Sie schreiben, entscheiden Sie sich schon vorher für das Thema der Geschichte?

Mein Verdacht, dass er eigentlich gar nicht an den Antworten interessiert war, verstärkte sich. Denn genau diese Frage war im Verlauf des Treffens mit den Schülern bereits gestellt worden, warum also fragte er noch mal danach? Dennoch antwortete ich. Und sei es um der kleinen Chance willen, dass es ihm wirklich wichtig war. Sagte, bei Geschichten, im Unterschied zu Aufsätzen, gäbe es kein eigentliches Thema, sondern eher eine Frage, die denjenigen, der schreibt, interessiert, wobei beim Schreiben die Ausgangsfrage manchmal durch eine andere verdrängt würde, in aller Regel diese Fragen aber unbeantwortet blieben.

Yehuda machte sich nicht einmal die Mühe, hier und dort ein Aha zu brummen. Oder zu nicken. Er hörte einfach nicht zu. Seine Augen waren auf die Büsche geheftet und danach auf einen großen Müllcontainer, an dem wir vorüberkamen.

Schweigend gingen wir weiter. Seine Schnürbänder hatten sich gelöst, aber er blieb nicht stehen, um sie zuzumachen. Seine Schultern waren eingezogen, seine Hände zu Fäusten geballt und er biss sich die ganze Zeit auf die Unterlippe. Als bereitete er sich auf etwas vor, dachte ich.

Als wir bei meinem Wagen angekommen waren, blieb er stehen und sagte – meinem Blick ausweichend – Danke.

Nichts zu danken, sagte ich. Und bevor er Gelegenheit fand, sich davonzumachen, sagte ich: Warte.

Er platzierte die Hände auf den Hüften. Und blickte auf seine Schuhe.

Jetzt habe ich eine Frage, sagte ich.

Eine Frage? Seine kräftigen Augenbrauen hoben sich erstaunt.

Ja, sagte ich. Ich möchte, dass du mir erklärst, warum du mich begleitet hast. Denn für meine Antworten hast du dich nicht wirklich interessiert, also warum hast du all diese Fragen gestellt?

Nur so, sagte er.

Scheint mir aber nicht nur so zu sein, sagte ich.

Das wollen Sie nicht wissen, sagte er.

Doch, möchte ich, sagte ich. Und dachte, dass diese Formulierung, dieses »Das wollen Sie nicht wissen« – dass das zu abgeklärt klang. Zu verbittert für einen Jungen in seinem Alter.

Die … schikanieren mich, stieß er schließlich hervor.

Wer?, fragte ich.

So eine Bande. Aus der neunten. Warten immer in den Büschen auf mich. Jeden Tag nach dem Unterricht.

Unwillkürlich ließ ich noch einmal unser gemeinsames Gehen und seine wie gehetzt Ausschau haltenden Augen Revue passieren.

Nur dich schikanieren die?, fragte ich.

Ja.

Und was wollen die von dir?

Weiß nicht. Einmal, in irgendeiner Pause, habe ich einen von denen angeschaut und er hat gesagt, ich soll ihn nicht anglotzen wie ein Homo, und damit hat es angefangen.

Und was machen sie mit dir?

Sie zerren mich in die Büsche und verhauen mich.

Und du, was machst du?

Am Anfang hab ich noch versucht, mich zu wehren, aber jetzt liege ich nur am Boden und warte, dass es ihnen zu doof wird.

Ich lehnte mich an meinen Wagen und atmete tief durch, wie unter einer Last. Suchte mit den Augen die Büsche ab, in der Hoffnung, einen aus der feigen Bande zu erspähen. Solche Nullen. Sich an Kleineren vergreifen. Spürte, wie die Wut in mir hochkochte, bis ich die Fäuste ballte.

Sag mal, weiß dein Vater davon?, fragte ich.

Mein Vater wohnt nicht bei uns.

Und deine Mutter? Kann sie dich nicht abholen kommen?

Sie arbeitet.

Und hast du keine älteren Geschwister?

Ich bin der Älteste.

Und die Direktorin? Weiß sie von der ganzen Geschichte?

Yehuda schaute zu mir hoch und grinste bitter. Doch, weiß sie. Aber sie hat Angst, etwas zu sagen. Damit sie ihr nicht einen Stuhl über den Kopf ziehen, wie der Direktorin davor.

Also, was kann man da machen?, fragte ich ihn. Aber vor allem mich selbst.

Da kann man gar nichts machen, meinte er. Irgendwann werden sie es satthaben und sich ein anderes Kind suchen.

Einer der gewollt klug klingenden Sätze, die ich im Verlauf des Schülergesprächs von mir gegeben hatte, kam mir wieder in den Sinn: »Wer Geschichten schreibt, hat nicht das Privileg, verzweifelt zu sein. Er muss daran glauben, dass es möglich ist, Dinge zu ändern, denn es gibt keine Geschichte ohne Veränderung.«

Aber Moment, widersprach ich, das kann nicht sein, dass es nichts gibt, was man tun kann. Was, wenn wir jetzt zusammen zur Direktorin gehen und mit ihr reden?

Yehuda schaute mich an, enttäuscht.

Ich hab Ihnen doch schon gesagt, die Direktorin wird gar nichts machen. Außerdem ist heute Dienstag.

Ja und?

Das ist ihr freier Tag.

Gut, dann gehen wir eben morgen zu ihr, wollte ich sagen. Aber da fiel mir ein, dass ich am nächsten Tag schon längst wieder zuhause wäre, weit weg von hier.

Yehuda kickte einen herumliegenden Tannenzapfen weg. Der Zapfen rollte auf den Asphalt und geriet dort unter die Räder eines Wagens.

Wo wohnst du?, fragte ich.

Warum? Er sah mich misstrauisch an.

Würde es helfen, wenn ich dich nach Hause fahre?, fragte ich.

Nicht nötig, sagte er. Von hier ab sind es nur noch Hauptstraßen, und sie würden mir nie was tun, wenn Leute dabei sind.

Bist du sicher?

Ja, sagte er und bückte sich, um seine Schnürbänder zuzumachen.

Ich wusste nicht, was ich noch sagen sollte. Oder tun.

Pass auf dich auf, rief ich ihm nach, und bereute die Formulierung sogleich. Das war es ja gerade. Dass er das nicht konnte.

Er entfernte sich weiter, blieb aber nach einigen Metern stehen und drehte sich zu mir um.

Ich schreibe wirklich Geschichten, sagte er. Nicht, dass Sie denken, ich hätte Sie angelogen.

Wie werden Sie mit der Einsamkeit fertig, die mit dem Schreiben verbunden ist?

Ich meine, ich hätte auf diese Frage schon geantwortet. Aber offenbar haben fundamentale Fragen die Neigung, nicht lockerzulassen.

Wenn es trotz allem einen Weg gibt, sich aus dem Spiegellabyrinth zu befreien, dann besteht er darin, sich vollkommen auf andere einzulassen. Oder in meinem Fall: zu unterrichten. Lehrer zu sein.

Zweimal in der Woche habe ich für drei Stunden die Gelegenheit, mit anderen Menschen und vor allem mit ihren Geschichten zusammen zu sein. Ihnen zuzuhören, ihre Fantasie herauszufordern, ihnen zu helfen, sich frei zu schreiben und aufzublühen. In der momentanen Phase meines Lebens ist das eine echte Erlösung.

Was genau bringen Sie einem in einer Schreibwerkstatt bei?

Was ist Schönheit?

Die Frau des Betreibers des Hostels
in Puerto Rico
fegt jeden Morgen das Karree vor den Hängematten.

Was ist ein Konflikt?

Die Frau des Betreibers des Hostels
in Puerto Rico,
wo wir in unseren Flitterwochen abgestiegen sind,
fegt jeden Morgen das Karree vor den Hängematten.

Was ist eine Verschärfung des Konflikts?

Die Frau des Betreibers des Hostels
in Puerto Rico,
wo wir in unseren Flitterwochen abgestiegen sind,

fegt jeden Morgen das Karree vor den Hängematten.
Sie wirft mir einen Blick zu.

Was ist eine Handlung?

Die Frau des Betreibers des Hostels
in Puerto Rico,
wo wir in unseren Flitterwochen abgestiegen sind,
fegt jeden Morgen das Karree vor den Hängematten.
Sie wirft mir einen Blick zu und bedeutet mir, ihr nachzugehen.

Was ist eine Wendung in der Handlung?

Die Frau des Betreibers des Hostels
in Puerto Rico,
wo wir in unseren Flitterwochen abgestiegen sind,
fegt jeden Morgen das Karree vor den Hängematten.
Sie wirft mir einen Blick zu und bedeutet mir, ihr nachzugehen.
Im Wäschezimmer zeigt sie mir die dunkelvioletten Male und
fragt, ob ich ihr helfen kann zu fliehen.

Kann man Schreiben tatsächlich unterrichten?

Er ist einen Tag vor der letzten Sitzung der Schreibwerkstatt verstorben. Ich sage das jetzt schon, damit keine falschen Hoffnungen auf-
kommen. Erinnere mich nicht mehr, wer in der Vorstellungsrunde
vor ihm dran war, ich meine eine pensionierte Lehrerin, die etwas in
der Richtung sagte, sie lese sehr gern. Auf jeden Fall, nach ihr war
er an der Reihe. Er hatte eine braun gebrannte Glatze, von Äderchen
und Kapillaren wie mit einem Netz überzogen. Hinterher habe ich
gedacht, Männer haben es leichter, was das angeht. Er sagte: Guten
Abend, meine Name ist Shmuël. Ich habe Krebs und die Ärzte geben
mir nur noch ein paar Monate. Vor einem Monat hat meine Tochter

zu mir gesagt, ich solle doch vielleicht mal versuchen zu schreiben. Und das ist der beste Rat, den ich im Leben bekommen habe. Ich schreibe ununterbrochen schon einen ganzen Monat. Schreibe Tag und Nacht. Schreibe mit einer Hand und halte mit der anderen die Infusion. Ich kann einfach den Stift nicht mehr aus der Hand legen.

Und was erhoffen Sie sich von der Werkstatt? Ich klammerte mich an die Standardfrage.

Ich möchte im Verlauf der Werkstatt wenigstens eine Geschichte vollenden, sagte er.

Eine Geschichte mit Anfang, Mittelteil und Schluss.

*

Er machte alle Übungen für zuhause, die ich austeilte, und kam zu jeder Sitzung. Es war ein Workshop, den die Lotteriegesellschaft den Bewohnern dieser Kleinstadt im Norden spendiert hatte, und die Teilnehmer mussten nicht eine Agora selbst bezahlen. Was dazu führte, dass niemand sich verpflichtet fühlte, regelmäßig zu erscheinen. Niemand außer Shmuël. Er war jede Woche da, immer fünf Minuten vor der Zeit, mit gelbem Schreibblock, blauem Filzstift, noch einem blauen Filzstift als Reserve und einem verstaubten Diktiergerät, mit dem er die ganze Unterrichtsstunde aufnahm.

Die meiste Zeit hatte ich das Gefühl, als spräche ich nur zu ihm. Am Ende jeder Stunde kam er auf seinen Gehstock gestützt zu mir, um irgendeinen Punkt zu erläutern, der ihm noch nicht klar genug war. Oder aber um mir zu widersprechen. Besonders schwer tat er sich damit zu akzeptieren, dass es manchmal ratsam war, ja sogar wünschenswert, umgangssprachliche Elemente in einen literarischen Text einzubauen. Mit Verlaub, Herr Schriftsteller, was Sie da vorschlagen, ist nicht weniger, als die Literatur in die Prostitution zu zwingen, behauptete er. Aber Ihre Figuren reden nicht in ihrer natürlichen Sprache, alle klingen exakt so wie der Erzähler, beharrte ich.

Und wer sagt, dass das schlecht ist?, beharrte er seinerseits. Ist das etwa bei Agnon nicht auch so? Und bei Brenner?

Am Ende handelten wir einen Kompromiss aus. Ich schlug ihm vor, wenn junge Leute – nur junge – in seinen Geschichten untereinander redeten, solle er ihnen doch ermöglichen, ein für sie natürliches Hebräisch zu sprechen. In Ordnung, sagte er, aber ohne Wörter wie … wie … Ich kann so etwas nicht mal laut aussprechen!

Am Ende der achten Stunde erinnerte ich ihn daran, dass er das Bestreben habe, eine Geschichte im Laufe der Werkstatt fertigzustellen, und fragte, ob wir uns vielleicht auf eine der Übungen für zuhause, die er bereits gemacht hatte, konzentrieren und diese bearbeiten sollten.

Er fuhr sich mit der Hand über seinen kahlen Schädel, ganz langsam, als wären da noch Haare, und sagte, es falle ihm schwer zu verzichten. Er habe so viele Geschichten zu erzählen und so wenig Zeit, und jedes Mal lasse er sich von einer neuen Geschichte einfangen und vernachlässige die, die er zuvor angefangen hatte.

Das ist vollkommen in Ordnung, sagte ich. Aber wenn Sie trotzdem einen Text auswählen und ihn entwickeln möchten … sollten Sie sich beeilen, denn wir haben nur noch zwei Sitzungen und dann ist die Werkstatt zu Ende.

Vor Beginn der neunten Sitzung überreichte er mir einen Stoß Seiten und verkündete: Das würde ich gerne entwickeln.

Während die Teilnehmer wenig später in eine der Übungen vertieft waren, die ich ihnen gegeben hatte, konnte ich mich nicht beherrschen und las. Es war eine Kurzgeschichte über einen Vater, der seine einzige geliebte Tochter bei den letzten Vorbereitungen vor ihrer Hochzeit begleitet. Ich erinnere mich nicht mehr an einzelne Sätze. Weiß nur noch, dass es ihm gelungen war, die in der Situation angelegte Ambivalenz sehr schön zu vermitteln. Und dass etwas an der Ausdrucksweise der jungen Tochter noch immer nicht natürlich war.

Als ich fertig mit Lesen war und die Augen von den Seiten hob, war sein Stuhl leer.

Nach ein paar Minuten war er wieder da. Aber er verließ den Raum mindestens noch dreimal im Verlauf der Stunde. Sein Gesicht war wächsern und sein Blick nach innen gekehrt. Er stützte die Ellbogen auf den Tisch und den Kopf mit den Händen ab. Sein Gehstock, der immer stolz und kerzengerade neben seinem Tisch stand, fiel mit großem Getöse um und er bückte sich nicht, um ihn vom Fußboden aufzuheben.

Es tut mir leid, sagte er, als er am Ende der Stunde zu mir kam. Ich fühle mich heute nicht so gut. Deshalb musste ich ein paar Mal raus. Aber ich habe ja alles aufgenommen und werde mir zuhause anhören, was ich verpasst habe.

Ich habe Ihre Geschichte gelesen, sagte ich und sammelte die auf meinem Tisch verstreut liegenden Seiten zusammen.

Nu, und was sagen Sie?, fragte er. Seine Stimme zitterte. Die Adern auf seiner Glatze traten hervor.

Eine sehr schöne Geschichte, sagte ich und reichte ihm den Stoß Seiten. Ich bin stolz auf Sie.

Keine Ermäßigungen bitte – er weigerte sich, die Seiten in Empfang zu nehmen, wedelte stattdessen indigniert mit dem Finger – ich weiß ja, dass Sie etwas anzumerken haben. Immer haben Sie etwas anzumerken. Also raus damit. Und verschonen Sie mich nicht, nur weil ich krank bin.

Sehen Sie … Ich zögerte. Die Geschichte ist wirklich sehr gut aufgebaut … aber wenn Sie noch daran feilen möchten … das heißt, wenn Ihnen das wichtig ist …

Sicher ist mir das wichtig, unterbrach er mich aufgebracht. Was meinen Sie wohl?

Dann muss man noch ein bisschen, aber wirklich nur marginal an … der Sprache der Tochter arbeiten.

Ich wusste es!, rief Shmuël beinahe erfreut. Ich hatte schon so ein Gefühl, dass ich da nicht genau genug bin. Aber was soll ich machen? Ich komme einfach nicht klar mit dieser Sprache der jungen Leute.

Vielleicht nehmen Sie sie mal auf, ich deutete auf das Diktiergerät in seiner Hand. Nehmen Sie junge Leute auf, die reden, und danach bauen Sie Wörter und Ausdrücke in die Geschichte ein.

Das ist eine Idee!, sagte Shmuël mit der Intonation von Poli aus dem Komikertrio »Der bleiche Fährtensucher«. Das ist eine gar nicht so üble Idee!

Überarbeiten Sie die Geschichte im Laufe der Woche und legen Sie sie mir vor Beginn der letzten Sitzung wieder vor, dann lese ich sie, während ihr eure Abschlussprüfung schreibt, versprach ich.

Abgemacht, sagte Shmuël. Das geht auf mich.

Seine Tochter rief mich einige Stunden vor dem letzten Treffen an und sagte, hier ist die Tochter von Shmuël. Mein Vater … wird heute nicht zu dem Treffen kommen.

Ich fragte, wie fühlt er sich?

Sie sagte, Vater ist gestorben. Heute Morgen.

Ich schwieg. Wir schwiegen.

Sie sagte, ich möchte Ihnen in Vaters Namen für die Werkstatt danken.

Ich sagte, ich auch … Ich danke Ihnen auch … dass Sie ihn ermutigt haben hinzugehen.

Sie sagte, er brauchte nur einen kleinen Schubs, wissen Sie.

Ich sagte, Ja, und fragte, wo sitzen Sie die sieben Tage der Trauerwoche?

Sie gab mir die Adresse.

Ich bin nicht hingegangen. In jener Woche trat eine Verschlechterung bei Aris Zustand ein und die Ärzte konnten nicht sagen, ob ihm noch ein paar Monate oder nur noch ein paar Tage blieben, weshalb ich kein Risiko eingehen wollte und kaum noch von seinem Bett wich.

Wir hatten uns mit fünfzehn getroffen, Ari und ich, damals noch in der alten Malha-Halle, auf der Tribüne hinter dem Korb. Der Hapoel lag hoffnungslos zurück und das Spiel war so was von verloren, dass wir reden konnten. Sprich, er machte Shimi Riger nach, der das Spiel kommentierte, und mich zerriss es vor Lachen.

Ari hat mir beigebracht zu lachen. Und das ist eines der größten Geschenke, die ich je bekommen habe. Nicht, dass ich vorher nicht gelacht hätte, aber die grundsätzliche Einstellung zum Leben war bei mir zuhause grauenhaft ernst und kritisch. Und nicht, dass sich meine grundsätzliche Einstellung zum Leben wegen Ari radikal geändert hätte – aber dank ihm ist eine weitere Note hinzugekommen. Plötzlich konnte ich in bestimmten Situationen auch die komische Seite finden. Etwa als ich zum zweiten Mal durch die theoretische Fahrprüfung fiel – überlegte ich schon, wie ich ihm von den lächerlichen Fragen erzählen konnte, bei denen ich danebengelegen hatte. Und während sie meinen freien Willen in der Grundausbildung bei der Panzertruppe in Tzukej Uvda plattmachten, sammelte ich Highlights für ihn: wie es Wolkenstein nicht geschafft hatte, sich im Neunzig-Grad-Winkel zur Truppe aufzustellen, weil er nicht wusste, was neunzig Grad sind. Oder wie unser Truppführer eingenickt war, während der Zugführer redete. Ich wusste, Freitagnacht, komme was wolle, würden Ari und ich ins »Octipus« oder in eine andere Bar in Nachalat Shiv'a gehen. Unterwegs würde er begierig meine kleinen Geschichten über die Armee trinken, und am Ende des Abends würden wir zum Wagen seines Vaters marschieren, ich, der etatmäßige Fahrer, und er sternhagelvoll, wildfremde Menschen auf der Straße umarmend und hin- und hertänzelnd – großer Gott, wie sehr ich den jetzt vermisse, da er ans Bett gefesselt ist, diesen fröhlich-anarchischen Gang, als würde er einen Basketball dribbeln oder sei selbst der Basketball, der gedribbelt wird …

In seinem Zimmer im Tel Hashomer erzählte ich ihm von meinem Schüler, von Shmuël, der gestorben war, bevor er die erste Geschichte in seinem Leben vollendet hatte. Er hörte zu, wie immer mit großer Neugier – alles interessierte ihn – und als ich fertig war, veränderte er seine Lage im Bett ein bisschen und sagte, schlag mich tot, ich versteh euer Ding mit dem Schreiben nicht. Du, zum Beispiel, seit du schreibst, bist du immer trauriger geworden, ist es nicht so?

Ist so.

Selbst Dikla hat schon keine Kraft mehr für deine Launen, ist es nicht so?

Ist so.

Das ist nämlich die Sache. Nicht die Kolumbianerin, die es, wie ich dich kenne, und nach allem kenne ich dich schon ein wenig, wohl kaum in Wirklichkeit gegeben haben dürfte.

Offenbar.

Wegen all dem Geschreibsel bist du ein bisschen freudlos geworden. Und auch Dikla ist, unter uns gesagt, ja nicht gerade eine Stimmungskanone wie Tzipi Shavit. Also stimmt etwas an eurer Balance nicht mehr, oder?

Eine Schwester kam mit einem Tablett ins Zimmer und stellte den Krankenhausfraß auf dem Rollwagen neben seinem Bett ab.

Das rühr ich nicht an, sagte Ari.

Soll ich dir von unten was holen?, habe ich gefragt.

Danke, Amigo, hat Ari gesagt.

Und was?

Du weißt schon, was.

Bitter Lemon?

Und ein Roastbeef-Sandwich.

Darfst du denn Roastbeef überhaupt?

Auf meinen Schwanz darf ich das.

Als ich mit dem Roastbeef-Sandwich und dem Bitter Lemon zurück-kam, lag er nicht mehr in seinem Bett.

Das war's. Die Trauer war überwältigend. Es ist vorbei. Sie haben ihn weggebracht. Und ich hatte nicht einmal mehr Gelegenheit, ihm zu sagen, dass er wie ein Bruder für mich ist.

Eine Sekunde danach kam er von der Toilette, mit der einen Hand an den Infusionsständer gefesselt und in der anderen den Sportteil der Zeitung, und sagte, ich habe drüber nachgedacht.

Ich atmete erleichtert auf. Aber unhörbar. Damit er nicht mitbekam, dass ich vor Erleichterung aufatmete. Sagte: *Shoot.*

Ich habe auch etwas, das ich vorher noch erledigen will, sagte er. Wie dieser Shmuël aus deinem Workshop.

Und was?

Den Hapoel in der Arena sehen. Nach all den Jahren, gequetscht wie die Ölsardinen in der alten Malha-Halle – haben wir uns das etwa nicht verdient?

Yallah, komm.

Yallah, auf geht's.

Ich meine es ernst, aber, Ari …

Was?

Das ist doch schon ein bisschen Klischee, oder? Der kranke Freund, den man mit zu einem Spiel nimmt?

Auf meinen Schwanz das Klischee.

Okay. Darfst du hier überhaupt raus?

Gott behüte.

Und was … wie …?

Du wirst mich rausschmuggeln.

Ich dachte, er hätte nur Spaß gemacht, aber am nächsten Tag rief er mich an und klang voller Tatendrang und aufgelegt zu Streichen wie der Ari von früher. Er habe darüber nachgedacht. Es gebe genau ein Zeitfenster, nämlich wenn die Schwestern Schichtwechsel hätten, so gegen sechs am Abend. Wir tun so, als würden wir eine Runde über den Flur drehen, und dann verdrücken wir uns in den Lastenaufzug. Du – sagte er zu mir – musst zwei Karten für das nächste Spiel besorgen. Und einen Wagen, der groß genug ist, um einen Rollstuhl reinzubekommen. Ach ja, und wenn du uns mit dem Rollstuhl direkten Zugang zum Spielfeld organisieren könntest – das wäre natürlich absolut Bombe.

Ich rief meinen ehemaligen Chef in der Werbeagentur an. Wir hatten seit fast fünfzehn Jahren nicht mehr miteinander geredet, aber ich hatte in der Zeitung gelesen, dass er jetzt im Vorstand des Hapoel saß. Ich erzählte ihm die ganze Geschichte und er meinte sofort, das sei kein Problem, ja ich müsse auch keine Karten kaufen. Fahr mit dem Wagen auf den Parkplatz und ruf mich an. In genau demselben Ton, in dem er mir früher Direktiven erteilt hatte.

Bis Sha'ar HaGai hörte Ari nicht auf, sich in Erinnerungen an unsere früheren Fahrten zu ergehen. Erinnerst du dich noch, wie wir in Ecuador hinter dem Flugzeug hergerannt sind? Weißt du noch die Verrückte, die mich in Bolivien ins Ohr gebissen hat? Erinnerst du dich noch an Oren aus Chadera? Aber als es in die Kurven hoch nach Jerusalem ging, wurde er ganz blass und in sich gekehrt. Ich fragte, was los sei, und er fragte, wem der Wagen gehöre. Gemietet, antwortete ich. Und er, dann dürfte es ja kein Problem sein, wenn ich auf die Polster kotze, oder? Ich erschrak und fragte, ob er zurück ins Krankenhaus wolle, aber er schüttelte den Kopf und sagte mit schwacher Stimme, fahr, Ben Zur, fahr.

Mein ehemaliger Chef erwies sich als ganz groß. Am Tor wartete ein Mitarbeiter des Direktoriums auf uns und führte uns durch Nebeneingänge direkt aufs Parkett, nur wenige Meter neben der Auswechselbank des Hapoel. Gib mir den Schal, du Bastard, Ari lächelte mich an. Ich nahm den Schal vom Hals und legte ihn Ari um. »Wir tragen Liebe im Herzen und sie wird siegen.« Wir besahen uns die

Tribünen und Emporen, die sich allmählich füllten. Die hartgesottene Anhängerschaft konzentrierte sich um eines der Haupttore, und ich machte dort tatsächlich ein paar bekannte Gesichter aus. Auf den anderen Tribünen erkannte ich niemanden. Von der Hallendecke hing, wie in Amerika, ein riesiger Monitorwürfel, auf dem Bilder und Werbung liefen. Und über der Haupttribüne war noch eine höher gelegene Empore, zu der die Besucher – man glaubt es nicht – über Rolltreppen gelangten. Das ist ja wie das Yad-Eliyahu-Stadion in Tel Aviv hier, sagte ich. Ari schüttelte missbilligend den Kopf, sagte, viel schöner.

Der Hapoel spielte grottenschlecht. Ballverluste, Fehlwürfe, skandalöse Abwehrarbeit. In allerbester Tradition. Dafür zu sorgen hast du vergessen, dachte ich, du hättest in die Kabine gehen und den Spielern sagen sollen, sie müssen alles geben. Für Ari. Wobei die meisten von ihnen ja Amerikaner sind, also das Ganze auf Englisch: *Please. Put the ball in the* Korb. *Do it for my friend. May be it's his last* Gelegenheit.

Ari fuchtelte mit den Händen und fluchte auf Spanisch bei jedem Fehlversuch. Er hatte schon immer in seiner Muttersprache geflucht, wenn er sich richtig aufregte. *Hijo da puta. La concha de tu madre. Burro.* Und dann plötzlich, auf Hebräisch, zu mir: Wie lange ist das her, dass ich mich so geärgert habe. Ist das schön.

Seine Glatze glänzte vor Schweiß.

Wir waren so nah am Parkett, dass wir das Quietschen der Schuhe der Spieler hören konnten. Saßen so nah zur Bank des Hapoel, dass wir in der Auszeit hörten, wie Danny Franco die Spieler faltete.

Dann erschien plötzlich ein Mitarbeiter der Vereinsleitung mit zwei Flaschen Wasser, deutete mit den Augen auf Ari und fragte mich, ob auch alles in Ordnung sei.

Ich weiß noch, dass Ari sein Wasser trank und etwas auf sein rotes Trikot verschüttete. Erinnere mich, unmittelbar vor der Halbzeit, an einen Dreier aus dem Nirgendwo durch Yotam Halperin, der Ari dazu brachte, aus seinem Rollstuhl hochzukommen und unseren Schal zwischen beiden Händen gespannt in die Höhe zu recken. Und leider damit auch den Stadionsprecher animierte, der anfing, das Publikum anzuheizen: Kommt jetzt! Alle! Machen wir L-Ä-R-M!!! Ich erinnere mich, ich wusste genau, ohne dass wir ein Wort gewechselt hätten, dass der Einpeitscher Ari nervte und auch bei ihm wehmütige Erinnerungen an das nuschelnde Unikum in der alten Malha-Halle weckte.

Nach dem Halbzeitpfiff habe ich ihm die Hand auf die Schulter gelegt. Habe ihn gefragt, ob ich ihm etwas aus der Cafeteria holen soll, und er hat geantwortet, komm, wir machen die Biege, Bruder.

Bist du sicher?, habe ich gefragt. Der Hapoel ist immer besser nach der Pause …

Ich fühle mich nicht gut, hat er gesagt und die Hand auf seinen Bauch gelegt.

Der riesige, menschenleere Parkplatz sah aus wie ein frisch ausgesätes Blechfeld.

Wir schwiegen auf dem Rückweg. Ari hatte die Augen geschlossen, aber mir war klar, dass er wach war. Immer wieder huschte eine schmerzverzerrte Grimasse über seine eingefallenen Wangen. Und seine Hände ballten sich zu Fäusten.

Wir lauschten den Einblendungen vom Spiel im Radio.

Der Hapoel verlor. Die Kommentatoren meinten, jetzt sei bereits klar, dass von einer handfesten Krise gesprochen werden müsse.

Und dann, plötzlich, hinter Sha'ar HaGai, schlug er die Augen auf und sagte:

Das ist eine beleidigende Krankheit, weißt du? Einfach eine beleidigende Dreckskrankheit.

Und als wir in der Tiefgarage des Tel Hashomer angekommen

waren, drehte er sich mit seinem ganzen Körper zu mir und sagte, danke, dass du mich mit in die Arena genommen hast. Jetzt kann ich den Laden zumachen.

Was? Ich erschrak.

Er löste den Schal von seinem Hals, legte ihn um meinen, sagte, behalte du ihn.

Aber ... – ich versuchte zu protestieren.

Doch er verlor keine Zeit, sagte, ich muss dich um etwas bitten.

Und ich, sicher, das halbe Königreich ...

Bruder, du musst mir helfen zu sterben.

Wann haben Sie das letzte Mal gelogen?

Ich fuhr vom Krankenhaus zurück. Aris letzte Sätze – »Wir machen es bei mir zuhause. Das ist sicherer.« »Es gibt hier eine Schwester, die mich mag. Sie wird uns das Mittel besorgen. Und ich habe mit meinem Hausarzt vereinbart, dass er hinterher kommt und die Sterbeurkunde unterschreibt.« »Alles, was du machen musst, ist mir die Spritze geben ...« – diese Sätze hatten mich so erschüttert, dass ich falsch abbog und mich plötzlich in Kiryat Onu wiederfand. Irgendwo mitten in einer Hochhausgegend. An der erstbesten Ampel versuchte ich, meine Adresse zuhause einzugeben. Aber *Waze* mokierte sich gleich, es sei verboten, beim Fahren etwas einzugeben. »Ich bin nicht der Fahrer«, log ich die App an. »Ich bin nicht der Fahrer.«

(Und dachte dann, schon dieses ganze verdammte Jahr nicht. Dieses ganze verfluchte Jahr bin ich nicht mehr der Fahrer.)

Ihre Bücher sind alle ziemlich traurig. Warum eigentlich?

Es gibt Menschen, bei denen verheilen Wunden nicht. Der medizinische Fachausdruck dafür ist mir gerade entfallen.

Solche Menschen dürfen sich niemals schneiden, denn sonst stehen die Chancen gut, dass sie sterben. Verbluten.

Bei mir ist es dasselbe – mit Trennungen.

Keine Trennung verheilt bei mir. Um Rakefet Kovaç, meine erste Freundin in der fünften Klasse, trauere ich noch immer.

Das Gewebe der Seele schließt sich einfach nicht um die Wunde und lässt sie verheilen.

So bleibt sie offen, schwärt.

Und jedes Jahr kommen weitere Trennungen und Abschiede dazu. Weitere Trauer, schwärende Verletzungen. Unmöglich, dass es nicht mehr werden. Denn was? Willst du etwa nicht mehr lieben?

*

Bevor ich anfing zu schreiben, bin ich so durch die Welt gelaufen: mit ständig schwärender Trauer. Die ganze Zeit.

Aber als ich dann irgendwann anfing zu schreiben, ertappte ich mich dabei, wie ich meine Trauer auf die Figuren in den Geschichten verteilte, die ich mir ausdachte. Jede bekam so viel Trauer, wie sie brauchte. Und bei mir, im echten Leben, entstand Platz für Freude.

Leute haben mir mal Sachen gesagt wie: Sie sind ziemlich sonnengebräunt für einen Schriftsteller, oder? Oder: Woher nehmen Sie nur Ihren Optimismus?

Das hat fast fünfzehn Jahre so funktioniert.

Und dann, aus dem Nirgendwo oder dem Irgendwo, ist die Dysthymie aufgetaucht.

Ich habe diese Hurentochter hier schon mehrmals erwähnt, in Antworten auf andere Fragen, und vielleicht ist es jetzt wirklich einmal an der Zeit, dass wir zwischen ihr und ihrer älteren und berühmteren Schwester unterscheiden, der Depression.

Im Unterschied zu einem depressiven Menschen, der keine Lust auf das Leben allgemein hat und auf Sex insbesondere, tritt bei einem Menschen mit Dysthymie zuweilen ein genau entgegengesetztes Phänomen zutage: Ausgerechnet die andauernde Niedergeschlagenheit und Schwierigkeit, Glück auf Wegen zu erfahren, auf denen es ihm in der Vergangenheit leichtgefallen ist, bringen ihn dazu, aktiv und manchmal hyperaktiv nach neuen Reizen zu suchen, denen es vielleicht gelingt, wie Sonnenstrahlen die dunkle Wolkendecke aufzureißen, die sich immer mehr um sein Bewusstsein legt.

Mit anderen Worten, ein depressiv veranlagter Mensch hat schon auf die Hoffnung verzichtet, etwas zu empfinden, und ist tief in der Finsternis des Verzichts gefangen. Ein Mensch mit Dysthymie dagegen sucht verzweifelt, sogar in seinen Träumen, nach Erlösung.

Welcher war der beste Rat, den Sie jemals bekommen haben, und von wem?

Von meiner Mutter. Sommer 79. Große Ferien. Wir sind schon wieder umgezogen in eine neue Stadt. Abermals habe ich keine Freunde mehr. Sie sieht mich auf dem Sofa im Wohnzimmer abhängen und sagt: Geh raus, spielen.

Welches Buch hat Sie als junger Mensch besonders beeinflusst?

Ich zog es in den großen Ferien zwischen der neunten und der zehnten Klasse aus der Bücherwand meiner Eltern: hässlicher Einband. Vergilbte, brüchige Seiten. Auch der Text hinten auf dem Buch war nicht besonders verlockend. Trotz allem, auf der ersten Seite fand ich eine Widmung in weiblicher Handschrift: Für den Sorbas in der Traube.

Unterzeichnet mit: N.

Und darunter ein Zitat: »Ich wusste, dass über der Wahrheit eine andere Pflicht des Menschen steht, eine größere.«

Und das machte mich dann doch neugierig.

Wer war diese geheimnisvolle N., die meinem Großvater den »Alexis Sorbas« gegeben hatte? (Die Namen seiner drei offiziellen Frauen fingen alle nicht mit N an.)

Und mehr noch, was sollte dieses »Für den Sorbas in der *Eshkol*, der Traube« bedeuten? Und welche Pflicht des Menschen war wichtiger als die Wahrheit?

Ich begann zu lesen.

Der Held, ein Schriftsteller, kommt nach Kreta und heuert einen einfachen und raubeinigen, nicht um Worte verlegenen Hafenarbeiter namens Sorbas an, der ihn mit Taten und Tänzen lehrt, dass das Glück vor allem körperlich ist. Für mich, der ich in einer Familie aufwuchs, die Bildung und das geschriebene Wort heiligte, war diese Idee revolutionär. Sorbas schlug mir vor, zu tanzen anstatt zu zaudern, Essen zu verschlingen anstatt mit der Gabel darin herumzustochern, und mit einer Frau zu schlafen anstatt sich etwas zusammenzufantasieren. Ich ertappte mich dabei, wie ich besonders starke Sätze in dem Buch dick unterstrich. Solche, nach denen ich irgendwann in der Zukunft als Mann leben wollte: »Wirf alle deine Schmöker auf einen Haufen und stecke ihn an. Hernach, wer weiß?« »Hast du jemals den Feigenbaum ausgescholten, weil er keine Kirschen trägt?« »Was soll ein Intellektueller einem Drachen erzählen!« »Leben heißt, den Gürtel festschnallen und ausschauen nach Schwierigkeit.« »Jetzt handle ich, als müsse ich jeden Moment sterben.« »Ein Teufel sitzt in mir. Er befiehlt mir und ich tue, was er mir sagt.«

Auch in mir saß ein Teufel. Ein schelmischer, ein wenig maliziöser. Und auch er flüsterte mir Dinge ein. Aber bis ich Sorbas traf, hatte ich nie auf ihn gehört.

*

Später dann im Rahmen meines kurzlebigen Psychologiestudiums belegte ich den Kurs »Physiologische Psychologie«.

Wir lernten, eine hohe Konzentration von Dopamin und Serotonin bedinge Glücksgefühle. Und ein niedriger Dopamin- und Serotoninspiegel sorge für Niedergeschlagenheit. Wir erfuhren von Neurotransmittern, Synapsen, dem Kortex und der Amygdala, und ich schrieb auf den Rand des Heftes: Sorbas hat recht gehabt.

Von Zeit zu Zeit, an allen möglichen Kreuzungen im Leben, habe ich mir Rat bei ihm geholt.

Denn klar ist, man kann sich mit einer literarischen Figur beraten. Die Frage ist bloß, inwieweit man bereit ist, den eigenen Unglauben zu suspendieren.

Sorbas war es, der mich ermutigte, Dikla einen Heiratsantrag zu machen. Eine so starke sexuelle Anziehung über so viele Jahre, behauptete er, von einem besseren Grund zu heiraten habe ich noch nicht gehört.

Er war es auch, der mich drängte, der Welt der Werbung den Rücken zu kehren. Guck dir die Haut in deinem Gesicht an, sagte er, dieser Ausschlag. Wie sieht der für dich aus? Nicht etwa wie eine verspätete allergische Reaktion auf die Kampagne, die du dieser Null gestrickt hast, wie hieß der noch?

In letzter Zeit habe ich wiederholt bei Sorbas Rat gesucht.

Wir saßen im Hafen, tranken Rum.

Ich mit großen Schlucken, um mir möglichst schnell die Lichter auszuschießen. Und er mit kleinen Schlucken, die samtige Flüssigkeit eine Weile im Mund kreisen lassend, um ihren Geschmack zu genießen, und sie dann erst durch die Kehle rinnen und die Innereien von ihr wärmen zu lassen.

Seine Augen strahlten aus dem sonnengegerbten Gesicht, spöttisch, traurig, ruhelos. Eine einzige Flamme.

Ich erzählte ihm, worum Ari mich gebeten hatte. Erzählte, seitdem würde ich nachts nicht mehr schlafen, würde mich ruhelos hin- und herwälzen. Einerseits sei mir klar, wenn ich täte, worum er mich bat, würde ich ihm wirklich eine Gnade erweisen. Andererseits, jedes Mal, wenn ich versuchte, mir die Situation vorzustellen, gelänge es mir nicht. Und drittens wäre es eine Straftat, und selbst wenn Ari behauptete, er habe alles bedacht und nach allen Seiten vernäht …

Verzeih mir, Herr, blaffte er mich an, was soll das alles, was du da schwafelst?

Aber, Sorbas …

Was denkst du bloß so viel? Er schüttelte seinen großen, schweren Schädel. Den ganzen Tag mit einer Waage im Kopf. Jedes Gramm abwägend. *Haide, haide,* Habibi, zum Teufel mit der Waage.

Aber …

Mit Verlaub, ich habe auch mal einen Menschen getötet. Einen Kameraden. Fünfzig Jahre ist das her. Und die Visage des Schufts will mir seitdem nicht aus dem Kopf. Ein Schrapnell der Türken hatte er abbekommen. Seine Innereien … lagen dort auf der Erde ausgebreitet. Und er … er hat auf meinen Karabiner gedeutet und gebeten, ich solle ihm helfen.

Und … du hast ihn einfach erschossen?

Habe ich gesagt, das ist einfach, werter Herr? Hast du mich sagen hören, das war einfach?

Nein.

Mein Herz zerriss es, als ich den Abzug drückte. In zwei Stücke wurde es zerrissen, mein Herz.

Okay.

Aber manchmal muss man eben etwas für einen anderen Menschen tun. Hast du das verstanden, Herr?

Ja.

Legal, nicht legal, ein Freund ist ein Freund!

In Ordnung, Sorbas, sei nicht böse.

Warum sollte ich böse sein?, hat Sorbas gesagt und noch einen Schluck von seinem Rum genommen. Hat mir sein breitestes Lächeln geschenkt und gefragt, und davon ab, der Herr, wie ist das werte Befinden?

Ich las ihm von meinem Smartphone die Definition von Dysthymie vor, doch er unterbrach mich und sagte, verschon mich mit großen Worten, rede in der Sprache von Menschen mit mir!

Okay, also ... kennst du dieses Schaudern, das die Kopfhaut unter Strom setzt, wenn jemand dich von hinten überrascht, dir die Hände auf die Augen legt und fragt, »Wer bin ich«?

Nu?

Nun, eine Dysthymie ist genau dasselbe. Nur, dass es dabei anstatt ein paar Sekunden ein paar Jahre anhält. So eine Kombination aus höchster Anspannung und bereits geahnter Niederlage. In der Regel sind Menschen ja vor irgendeiner Aufgabe angespannt, aber hier gibt es keinen Willen oder Drang, eine Aufgabe auszuführen, wird man beherrscht von einer Anspannung vor gar nichts, vielleicht vor dem Tod, vielleicht wittert der Körper die in der Resignation verborgene Gefahr, die Option, vom Dach zu springen ...

Hör auf, Mann, gib mir Gefühle. Keinen Hirndung.

Okay. Normalerweise ist es morgens am schlimmsten. Dieses Schaudern, von dem ich gesprochen habe, es sammelt sich in der Kopfhaut und rinnt dann über den Nacken den Rücken hinunter. Und gegen Mittag verfestigt es sich zwischen den Schulterblättern zu so etwas wie einem Anker, und dann fängt irgendeine unsichtbare Hand an, an dem Anker zu ziehen, als wollte sie ihn herausbekommen. Tatsächlich aber schneidet sie tief ins Fleisch und verankert den Schmerz endgültig im hinteren Herzen.

»Im hinteren Herzen«? Was soll der Quatsch?

Niemand spricht darüber, aber es gibt zwei Herzen, eines vorne und eines hinten, im Rücken.

Aha. Weiter.

Und dann läufst du mit diesem Schmerz im hinteren Herzen herum, die ganze Zeit, ohne Verschnaufpause, Momente der Erleichterung gibt es nicht, tagsüber nicht und auch nicht nachts, nicht nach zwei Gläsern Rum und auch nicht nach zehn. Nach jeder Sache, die du unternimmst, um ihn zu vertreiben, checkst du, ob der Schmerz noch dort sitzt, im hinteren Herzen … Und *fuck*, er ist noch da. Und diese Entdeckung allein löst das beängstigendste Schaudern aus, dass es nicht mehr weggeht, dass das nie mehr weggehen wird …

Es geht weg, sicher geht es weg …

Und am allerschlimmsten ist, dass du keine Ahnung hast, womit das alles angefangen hat. Das heißt, es gibt jede Menge offensichtlicher Gründe, aber die ganze Zeit meint man, dass der wahre Grund, der tiefere und verborgene …

Haide, geh raus spielen.

Was?

Geh raus spielen, wie deine Mutter gesagt hat. Ich verstehe nicht, wie du mir hier einen vorjammern kannst, von Schmerzen im hinteren Herzen und so, und dich noch immer den ganzen Tag in einem geschlossenen Raum verkriechst.

Aber …

Kein Aber. Du kommst da nicht raus, wenn du nicht raus an die Sonne gehst. Unter Leute. Streite mit ihnen. Umarme sie. Schau ihnen in die Augen. Tu endlich, was der Teufel dir einflüstert.

Aber das sind jetzt schon zwanzig Jahre, Sorbas … Schon seit zwanzig Jahren schreibe ich anstatt zu leben. Ich bin nicht sicher, ob es überhaupt noch einen Teufel …

Dann jammere weiter. Kein Problem. Nur wunder dich nicht, wenn deine Frau dich tatsächlich nach der Bat-Mizwa-Feier verlässt. Frauen wollen Männer mit Eiern an ihrer Seite. Was soll man machen? So ist die Natur.

Wallah?

Jetzt trink einen letzten Schluck Rum – und steh auf! Tanzt du?

Nein.

Nein?! Er ließ die Hände sinken, bestürzt. Nun gut, dann werde ich tanzen. Mach Platz, Herr, damit ich dich nicht einstampfe, ah?

Er machte einen Sprung, warf den Kopf zurück, streifte die Schuhe ab, die Jacke, zog sein Unterhemd aus, krempelte die Hosenbeine bis zum Knie hoch und begann zu tanzen, das Gesicht noch vom Kohlenstaub geschwärzt, die Augen weiß leuchtend, gab er sich ganz dem Tanz hin, schlug in die Hände, hob ab, wirbelte durch die Luft und landete auf den Knien, schnellte erneut hoch und schwebte wie von einer Schleuder abgeschossen, schraubte sich plötzlich noch mal in die Höhe, wild entschlossen, die Naturgesetze zu besiegen, um seine Flügel zu spreizen und zu fliegen.

Gibt es etwas, über das Sie unter keinen Umständen schreiben würden?

Im Laufe der Jahre habe ich herausgefunden, wer diejenige war, die meinem Großvater die Widmung geschrieben hatte, aber das werde ich für mich behalten. Vielleicht weil, wie N. zitierte, »über der Wahrheit eine andere Pflicht des Menschen steht, eine größere«.

Ich bin ein begeisterter Leser von Ihnen und habe Ihnen vor einem Jahr eine E-Mail geschrieben, auf die Sie nicht geantwortet haben. Warum?

Auch auf diese Frage möchte ich Ihnen nicht antworten. Denn was sollte ich Ihnen schreiben? Dass Komplimente für frühere Bücher zu erhalten, wenn du knietief in einer Schreibblockade steckst, dir nur noch mehr vor Augen führt, wie schlimm es um dich steht? Dass die Dysthymie meine Kräfte auslaugt und das Einzige, was ich seit letztem Jahr zu schreiben in der Lage bin, Reden für Yoram Sirkin und Antworten auf Fragen in diesem Interview hier sind? Dass Niedergeschlagenheit plus Kompliment Tränen erzeugt? Dass gestern mein bester Freund mich erneut gebeten hat, ich solle ihm helfen zu sterben, und dass es mir nicht gelingt, mich zu überwinden, das für ihn zu tun, obwohl er es verdient hat, dass ich es für ihn tue?

Dass meine älteste Tochter, mein Augenlicht, in ein Internat in Sde Boker gezogen ist? Und kein Problem damit hat, dass ihre Mutter drei Nächte bei ihr schläft, aber unter keinen Umständen dazu zu überreden ist, dass ihr Vater auch nur einen einzigen Nachmittag zu ihr kommen darf?

Dass dieser Boykott, mit dem sie mich belegt, mich so fertigmacht, dass mir alles, aber wirklich alles, unwichtig erscheint?

Dass ihr Umzug ins Internat das fein austarierte Gleichgewicht zerstört hat, das wir zuhause hatten, und Dikla und ich seitdem schwanken?

Dass mein Sohn, der sich in der Regel immer ohne Weiteres am Schultor von mir verabschiedet, heute Morgen bat, ich solle ihn bis in die Klasse begleiten, und ich ihm gesagt habe, ich hätte keine Zeit, weil ich bis um neun Yoram Sirkin den Entwurf für seine Rede auf der Herzliya-Konferenz schicken muss?

Dass in einem Monat die Bat-Mizwa unserer mittleren Tochter ist, und alles darauf hindeutet, dass Dikla unmittelbar danach vorhat mir zu sagen, sie will sich von mir trennen – und wer sollte dann noch Zeit haben, E-Mails von Lesern zu beantworten? In Erwartung all der Rechtsanwälte und Mediatoren, mit denen man sich dann treffen muss?

Aber halt, das alles werde ich Ihnen nicht sagen. Schließlich möchte ich doch gut rüberkommen und mir ist wichtig, Sie nicht zu enttäuschen. Leser entwerfen sich im Kopf ja ein Bild vom Autor, und meine Leser, habe ich festgestellt, stellen sich einen guten Menschen vor. Sie ja auch. Ihrer E-Mail zufolge (die ich natürlich bekommen und sogar gelesen habe, mehrfach) stellen Sie sich mich als netten Kerl vor. Einer, dem man via E-Mail vorschlagen kann, mal ein Bier trinken zu gehen, bei Gelegenheit.

Aber sicher, mein Lieber, immer gerne. Es tut mir leid, dass ich Ihnen nicht schon vor einem Jahr geantwortet habe. Aber Ihre Mail war im Spam gelandet. Gerade habe ich sie herausgefischt und gelesen. Danke für die warmen Worte. Die erreichen mich genau, aber wirklich ganz genau zur rechten Zeit.

Haben Sie schon einmal ein Manuskript in die Schublade gepackt und nicht veröffentlicht?

Der Fahrstuhl öffnete sich direkt in leere Büroräume. Ich lief über verwaiste Flure, meine Bücher unter dem Arm, und rief mehrfach: Hallo, ist hier jemand?

Keine Antwort.

Am Ende, als ich schon fast aufgeben und kehrtmachen wollte, lugte ein nackter Fuß aus einem der Räume, gefolgt von einem Bein, dann dem Körper eines Mannes und schließlich den Worten:

Kann man Ihnen behilflich sein?

Ja, antwortete ich, ich bin der Referent. Das heißt, man hat mich gebucht. Ein Vortrag.

Wallah?, sagte der Mann. Zu welchem Thema?

Geheimnisse aus der Schreibstube, sagte ich.

Der Mann kratzte sich seine rechte Geheimratsecke und sagte, warten Sie eine Sekunde. Und verschwand wieder in dem Raum, aus dem er aufgetaucht war.

Es vergingen mehrere Minuten. Erneut erwog ich zu gehen. Rief mir dann in Erinnerung, wie viel sie mir für den Vortrag zahlten. Und beschloss zu bleiben.

Der mit den Geheimratsecken kam schließlich mit einem anderen Mann zurück. Ebenfalls barfüßig. Beide waren sie unrasiert und trugen kurze Sporthosen.

Wie ich sehe, hat man Sie nicht informiert, sagte der zweite Mann.

Offenbar nicht, sagte ich.

Wann wurde Ihr Vortrag gebucht?, fragte er.

Irgendwann im Dezember.

Wallah, sagte er.

Am ersten Mai hat der Laden zugemacht, sagte der Erste. In seiner Stimme war kein Bedauern. Im Gegenteil, er klang dabei fast fröhlich.

Sie haben auch die Personalerin entlassen, also war keiner mehr da, der Sie hätte in Kenntnis setzen können, sagte der zweite Mann.

Moment, Augenblick. Ich war konsterniert. Wenn die Firma zugemacht wurde, was … machen Sie dann noch hier?

Wir sind das Day-After-Team, sagten beide wie aus einem Mund.

Das Day-After-Team?

Das ist wie bei einer Scheidung, erklärte der Erste, und ganz offensichtlich nicht zum ersten Mal – es gibt das Ende, die Trennung, und dann die vielen kleinen Regelungen und Absprachen hinterher: die Bankkonten, gemeinsamer Besitz und so weiter.

Und warum – fragte ich vorsichtig – wurde die Firma geschlossen?

Eine kanadische Firma hat genau zur selben Zeit fast dieselbe

Technologie entwickelt. Und sie waren schneller als wir, sagte der Erste, der mit den Geheimratsecken.

Es gab ein Rennen um den Release und wir haben verloren, erklärte der Zweite.

Fünfundneunzig Prozent aller Start-ups scheitern, meinte der Erste. Das ist schon das vierte Start-up, bei dem ich war, das zugemacht hat.

Vielleicht ja deinetwegen, grinste der Zweite, du bist der Fluch!

Nein, du, sagte der mit den Geheimratsecken und stieß seinen Kumpanen leicht an.

Nein, du, gab der zurück.

Also sind nur Sie beide geblieben?, versuchte ich die Typen aus ihrem Loop zu holen.

Nein, weit gefehlt, sagte der Erste, Ravit ist auch noch da. Die Administrativdirektorin. Soll ich sie wecken?

Wie Sie wollen.

Hinterher ist sie noch böse auf uns, wenn sie erfährt, es hat einen Vortrag gegeben und wir haben sie nicht geweckt.

Pass bloß auf, Bruder, am Ende kündigt sie dir noch, sagte der Zweite. Und beide brachen sie in lautes, ein bisschen zu vergnügtes Lachen aus.

Ravit erschien. Ohne dass sie sie geweckt hätten. Und trug, überraschenderweise, auf dem Kopf den Federschmuck eines indianischen Schamanen. Was absonderlich war, keine Frage, aber in der Phase zweifelte ich noch nicht an allem.

Haben Sie eine Power-Point-Präsentation?, fragte sie.

Ich verneinte.

Sie fragte, ob ich eine Flasche Wasser bräuchte, ich nickte, und sie ging zum Getränkeautomaten in der Ecke, schloss ihn an den Strom an, warf eine Münze ein und kam mit einer Flasche Rotwein zurück.

Ich zog einen Stuhl von einem der verwaisten Arbeitsplätze heran, drehte ihn um und setzte mich rittlings darauf.

Die beiden Typen, Ravit und der Federschmuck nahmen in einem Halbkreis vor mir Platz. Na ja, soweit drei Menschen einen Halbkreis bilden können.

Ich nahm einen großen Schluck aus der Weinflasche.

Der erste Typ schaute auf die Uhr und sagte: Sie haben maximal zwanzig Minuten, bis um zwei müssen wir fertig sein.

Zwei ist Stanga-Time, erklärte der Zweite.

Und Stanga-Time ist *top priority*, fügte Ravit hinzu.

Ich legte meine Bücher auf den Boden. Ordnete sie vor mir in chronologischer Reihenfolge nach Erscheinungsjahr, von rechts nach links, überlegte es mir dann anders, schob sie beiseite, nahm noch einen kräftigen Schluck aus der Flasche und fing an, ihnen von einem Buch zu erzählen, das nie erschienen war. Und von dem ich noch nie jemandem erzählt hatte.

Ich hatte mehr als ein Jahr an diesem Buch gearbeitet, verriet ich ihnen. War schon bei zweihundert Seiten im Rechner, was ungefähr dreihundertfünfzig Buchseiten ergäbe. Das Buch sollte den Titel »Abrechnungen« haben und handelte von der starken sexuellen Anziehung zwischen einem jungen Mann und einer jungen Frau. Beide bewohnen gemeinsam eine Wohnung und fühlen sich voneinander angezogen, dürfen aber aus verschiedenen Gründen ihre Lust nicht ausleben. In meiner ursprünglichen Konzeption sollten der junge Mann und die junge Frau dieses Verbot erst auf den letzten Seiten des Buches überwinden. Aber nach einem Jahr Arbeit an dem Buch hätte ich die sexuelle Spannung zwischen den Figuren nicht mehr ausgehalten. Sie hätten sich so sehr gewollt und mir sei es zunehmend schwerer gefallen, sie aufzuhalten, bis ich beschloss, etwas zu unternehmen: Die Schlussszene vorzuziehen, sie im Voraus zu schreiben, um mich und meine Helden von dieser aufgeladenen Atmosphäre zu befreien, und die ganze Szene dann beiseite zu legen, bis sie an der Reihe wäre. Und genau das hätte ich auch getan: Ich beschrieb auf fünfzehn Seiten einen sinnlichen Rausch, eine lange und detaillierte Sexszene, und hatte eine sehr erquickliche Arbeitswoche, und erst in dem Moment, in dem ich damit fertig war, geschah etwas sehr Problematisches – ich verlor das Interesse an dem Buch. Vollkommen. Versuchte, mich selbst zu zwingen, dagegen anzukämpfen und weiterzuschreiben. Doch bei diesen Versuchen empfand ich eine derartige Müdigkeit und Erschöpfung, dass ich ein-, zweimal beim Schreiben sogar einnickte, über der Tastatur regelrecht wegdämmerte. Am Ende, nach einem Monat, war ich gezwungen mir einzugestehen, dieses Buch wird niemals fertig werden. Mehr als ein Jahr Arbeit für die Tonne.

Haben Sie wenigstens auf »Speichern« gedrückt?, fragte Ravit und schüttelte ihre Federn.

Die Wahrheit ist, ich habe es gelöscht. Wenn schon nicht veröffentlichen, dann richtig.

Aber was war der *bug*?, wollte der erste Typ wissen.

Der *bug*?

Was war der Fehler an dem Buch?

Ja, schaltete sich der Zweite ein, nämlich … so, wie Sie das erzählen, klingt es, als wäre alles chicko gewesen, wenn Sie die Sexszene nicht vorzeitig geschrieben hätten. Aber das ist Quatsch, Bruder. Das ist so, wie wir den Leuten erzählen, die Firma hätte zugemacht, weil die Kanadier schneller gewesen seien.

Und das stimmt nicht?

Ach was, unsere Benutzeroberfläche war kompliziert und umständlich und ihre echt User-freundlich. So haben sie es geschafft, zahlende User zu gewinnen – und wir nicht. Das ist die wahre Geschichte. Deshalb sind am Ende hier achtzig Leute nach Hause gegangen.

Sie müssen sich immer fragen – steuerte die Geheimratsecke bei –, was verbirgt sich hinter der offiziellen Erklärung. Das heißt, warum haben Sie das Buch tatsächlich nicht veröffentlicht? Wie wollen Sie sonst etwas daraus lernen für das nächste Mal?

Jede Krise ist auch eine Chance, sagte Ravit. Zog sich dann eine Feder aus ihrem Kopfschmuck und klemmte sie sich zwischen die Zähne wie einen Dolch.

Geht eine Tür zu, öffnet sich eine andere, sagte Typ Nummer eins.

Stanga-Time!, verkündete Typ Nummer zwei.

Sie sprangen auf und stapelten ihre Stühle an der Seite. Ich packte meinen obendrauf.

Der erste Typ legte einen winzigen Fußball von der Größe eines Tennisballs auf den Boden und bedeutete dem anderen, am anderen Ende des Flurs Aufstellung zu nehmen. Das Spiel konnte losgehen, an Geheimnissen aus der Schreibstube hatten sie sichtlich kein Interesse mehr.

Ravit begleitete mich zum Fahrstuhl, über einen Pfad aus gelben Ziegeln, und sagte, Danke, die Jungs haben jede Menge *other values* bekommen. Ich habe Ihre Bücher noch nicht gelesen, erwäge das jetzt aber total.

Der Fahrstuhl glitt langsam und gemächlich hinunter ins Erdgeschoss und die Lobby. Aber auf der zwanzigsten Etage hielt er plötzlich.

Und herein kam ein riesiger Krebs. Wenn ein gewöhnlicher Meerwasserkrebs, sagen wir, Font 10 ist, dann war der Krebs, der in den Fahrstuhl kam, gut und gerne Font 72.

Seine roten Zangen spreizten sich über die Wände des Fahrstuhls und ich hatte das Gefühl, als sähe er mich mit seinen Fühlern an. Ich schaute eisern in den Spiegel, um bloß keinen Blickkontakt zu ihm aufzunehmen, und zum ersten Mal begann ich den Verdacht zu hegen, ich sei der Realität vielleicht nicht verpflichtet.

Der Fahrstuhl hielt dann auf der achtzehnten Etage (erst hinterher sollte mir die Bedeutung der Zahlen aufgehen), der Krebs verließ im Krebsgang die Kabine und an seiner Stelle traten Yoram Sirkin und ein paar Anzugträger ein. Sie sprachen Englisch miteinander, und einer von ihnen, der Ari vor der Erkrankung ähnlich sah, hielt eine kleine Spritze in der Hand und sagte exakt in dem Ton, in dem Ari nach der Erkrankung mich gebeten hatte, ich solle ihm helfen, nicht länger leiden zu müssen: Start-up-Nation. Start-up-Nation. Start-up-Nation.

Bis der Fahrstuhl auf der zwölften Etage angekommen war, hatte er acht Mal Start-up-Nation gesagt. Jedes Mal klang es verzweifelter, bis es beim achten Mal nur noch ein gebrochener Schrei war.

Auf der zwölften Etage (der Bat-Mizwa-Etage), stiegen sie aus und Dikla ein, in ihrem braunen Kleid.

Sie näherte sich mir und küsste mich auf den Mund, ein langer Kuss, wie früher. Dann öffnete sie den Reißverschluss meiner Hose und schob die Hand hinein, aber bis wir dazu kamen, hielt der Fahrstuhl erneut an. Sie schlüpfte hinaus, ohne ein Wort zu sagen. Doch an ihrer Stelle stieg niemand ein.

Der Fahrstuhl schaukelte heftig, als hätte er Mühe, sich von ihrem Verlust zu erholen. Doch dann fuhr er weiter. Sank hinab.

Lange.

Viel zu lange.

Als ich am Ende in der Lobby angelangt war, öffneten sich die Türen zu einem Abgrund in Weiß. Und vom Grund der Schlucht winkte mir Maayan vom Camino de la Muerte zu.

Glauben Sie an Gott?

Nein, aber ich neige dazu, an Karma zu glauben: Tust du etwas Schlechtes, hat das Auswirkungen, und tust du etwas Gutes, kehrt es zu dir zurück. Das funktioniert natürlich nie eins zu eins. Das Schicksal ist sehr viel vertrackter. Und die meisten seiner Bumerangs sind unsichtbar. Wie zum Beispiel in folgender Geschichte. Nicht meine eigene, sondern die von R. (ein erfundener Anfangsbuchstabe), die nach einer Lesung in Kfar Saba zu mir kam und sagte: Sie haben doch gesagt, Sie seien Geschichtenjäger, oder? Also, ich hätte eine Geschichte für Sie. Möchten Sie zuhören? Sie trug einen Pullover, der ihr ein paar Nummern zu groß war, hatte eine Brille mit dicken Gläsern auf, und ihre Füße steckten in schwarzen New Balance. Ihr Ton war sachlich. Fast geschäftsmäßig. Und ihr Blick ein wenig müde. Nichts an ihrem Auftreten kündete von einem Skandal. Trotzdem, mir gefiel, dass sie »zuhören« und nicht bloß »hören« gesagt hatte, also lud ich sie draußen vor der Bibliothek auf eine Bank ein.

Wie sich herausstellte, hatte R. ein Verhältnis gehabt.

Aber kein gewöhnliches, sondern ein sadomasochistisches.

Sie hatte sich zweimal die Woche mit einem Mann mit kantigem Kinn auf der untersten Ebene des Parkhauses im Beit Silber getroffen, unweit der Börse in Ramat Gan, und dort hatten sie sich gegenseitig bis zur Ekstase Schmerzen zugefügt oder bis einer von ihnen »Raanana« sagte. Das war ihr Codewort. Um dem anderen zu signalisieren, dass der Schmerz den Punkt überschritten hatte, an dem er noch stimulierend wirkte, und man sich wieder etwas beruhigen musste. »Raanana«.

Anfangs meinte R. noch, es werde ihr gelingen, gleichzeitig ihr gefährliches Leben auf der untersten Ebene des Parkhauses und ihr normales Leben im dritten Stock eines Mehrfamilienhauses im grünen Kfar Saba zu führen, ohne dass sich beide in die Quere kämen. Ja, mitunter hatte sie das Gefühl, als würden ihre beiden Leben einander ergänzen, als machten sie einander erst möglich.

Aber dann fingen bei R.s Ehemann die Schmerzen an.

Er konnte sie nicht genau lokalisieren. Manchmal wähnte er sie im Bauchraum, manchmal im Rückenbereich. Und mitunter wanderten sie auch rauf bis zur Kehle.

Auf jeden Fall waren die Schmerzen sehr stark, so stark, dass er nachts nicht schlafen konnte. Er versuchte es mit Schmerzmitteln, fing mit den üblichen an und ging schon bald zu rezeptpflichtigen über, aber nichts half.

Es folgten alle möglichen Untersuchungen. Aber auch die ergaben nichts. Keinerlei erhellenden Befund. Weder Auffälligkeiten im Blutbild noch irgendein Geschwür oder eine Verletzung der inneren Organe wurden bei ihm festgestellt.

Die Ärzte überwiesen ihn einer zum nächsten. Und jeder neue Arzt zweifelte zunächst einmal vernehmlich am Sachverstand und der Diagnostik seines Vorgängers, bis er selbst gezwungen war einzugestehen, dass auch er keine Erklärung hatte, woher die Schmerzen rührten.

Und dann fuhr der Mann mit dem kräftigen, kantigen Kinn ins Ausland. Zu einem Kongress, der mit seiner Arbeit zu tun hatte. Und in den zwei Wochen, in denen sie sich nicht trafen, ließen die Schmerzen bei ihrem Ehemann merklich nach.

Doch R. erkannte den direkten Zusammenhang nicht sofort.

Es brauchte noch zwei Besuche auf dem untersten Parkdeck im Beit Silber, nachdem das kantige Kinn aus dem Ausland zurück war, und noch ein paar Besuche in der Ambulanz des Ichilow, als die Schmerzen bei ihrem Ehemann nie dagewesene Ausmaße annahmen – bis sie verstand.

Sie war das. Sie fügte ihrem Mann Schmerzen zu.

Etwas in ihm, etwas Unbewusstes, spürte es. Die giftige Substanz des Betrugs tröpfelte von ihr in ihn.

Und in dem Augenblick, in dem sie verstand, hatte sie keinen Zweifel, was sie tun musste.

Sie verabredete sich mit dem Kinn zu einem Treffen außer der Reihe im Parkhaus des Beit Silber, erzählte ihm, was sie entdeckt hatte, und sagte, es sei aus, vorbei.

Er packte sie am Hintern, drückte sie gegen seinen Wagen und sagte, nichts ist vorbei.

Sie schob seine Hand weg und sagte, ich meine es ernst, es ist vorbei.

Er schlug ihre Hand weg und packte sie im Nacken, bog ihren Kopf gewaltsam zu sich und zog sie kräftig und schmerzhaft an den Haaren, sagte, spiel keine Spielchen mit mir.

Sie versuchte ihn wegzustoßen, und sagte, ich spiele nicht.

Er presste sein Becken gegen ihres, hielt mit seiner Pranke ihre Arme hinter dem Rücken fest und begann, sich an ihr zu reiben.

Sie sagte, Raanana.

Und er machte weiter.

Sie sagte, Raanana!

Er hörte nicht auf.

Da trat sie ihm zwischen die Beine.

Er krümmte sich für einen Moment, erholte sich aber sofort und verpasste ihr zwei Schläge. Echte Fausthiebe. Seine Knöchel krachten auf ihr Nasenbein. Und dann in ihren Bauch.

Sie fiel auf den ölverschmierten Parkhausboden neben dem Wagen, und er, wie aus einer Hypnose erwacht, war gleich bei ihr und beugte sich über sie. Verzeih, Mami, sagte er.

Ich hab »Raanana« gesagt.

Verzeih. Das wollte ich nicht. Es ist mit mir durchgegangen.

Bring mich ins Krankenhaus. Sie hielt sich den Bauch. Oder nein, bring mich nicht ins Krankenhaus. Geh einfach.

Aber du blutest aus der Nase. Ich kann dich doch so nicht allein lassen.

Bitte … geh.

Ich soll gehen?

Ja, ich flehe dich an. Ich komme schon klar. Geh. Genug.

R. rief ihren Mann an, erzählte ihm, jemand habe sie im Parkhaus angefahren und Fahrerflucht begangen, und bat, er möge kommen und sie abholen. Er kam mit seinem weichen, fliehenden Kinn, erschrak zu Tode und eilte mit ihr in die Notaufnahme. Saß stundenlang an ihrem Bett, wie es nur jemand vermag, der wirklich liebt. Hielt ihre Hand und ging nicht weg. Holte ihr einen koffeinfreien

Kaffee mit Sojamilch und ein warmes, aber nicht zu stark aufgewärmtes Croissant aus dem Einkaufszentrum. Schob ihr Bett, als man sie auf eine andere Station verlegte. Besorgte ihr eine zusätzliche Decke aus einer anderen Abteilung, als ihr kalt war. Schlief die ganze Nacht neben ihrem Bett auf zwei zusammengeschobenen Stühlen und sprach am Morgen mit den Ärzten, mit zittriger Stimme und sorgenvoll aufgerissenen Augen.

Einer der Ärzte, jung und noch nicht vollkommen abgestumpft, erkannte ihn wieder von seinem eigenen Besuch auf derselben Station einige Wochen zuvor und fragte nach seinem Befinden. Das ist sonderbar, antwortete er, seit meine Frau hier liegt, habe ich überhaupt keine Schmerzen mehr. Nichts. Als hätte jemand *cut-and-paste* gemacht, meine Schmerzen ausgeschnitten und bei ihr eingesetzt. Haben Sie von so etwas schon mal gehört?

Ich habe sogar schon von noch sonderbareren Phänomenen gehört, sagte der junge Arzt. Die Medizin mag ja inzwischen hochentwickelt sein, aber unter uns, in allem, was mit dem Verhältnis zwischen Körper und Seele zu tun hat, tappen wir noch immer reichlich im Dunkeln.

Ich habe R. gefragt, ob es in Ordnung wäre, wenn ich irgendwann mal ihre Geschichte in einem meiner Bücher verwende. Sie hat einen Moment lang nachgedacht und dann gesagt: Lassen Sie mich noch mal darüber schlafen.

Erst auf dem Nachhauseweg ist mir bewusst geworden, dass ich gar keine E-Mail-Adresse von ihr habe, oder Telefonnummer.

Ich hätte mich natürlich anstrengen können, um sie ausfindig zu machen. Habe ich aber nicht.

Ganz offensichtlich und nach allen Karmamaßstäben ist es eine schlechte Tat, die persönliche Geschichte von jemandem hier in allen Einzelheiten wiederzugeben, ohne geklärt zu haben, ob das für die betreffende Person in Ordnung ist.

Und irgendwann wird mich die Karmapolizei dafür zur Rechenschaft ziehen.

Basieren Ihre Figuren unmittelbar auf echten, lebenden Personen?

In der Regel nicht. Es hat etwas Einschränkendes, über echte Personen zu schreiben. Was ich über sie weiß, stört mich dabei mir vorzustellen, was ich nicht über sie weiß. Außerdem ist es auch moralisch kompliziert, Geschichten von Menschen, die mir nahestehen, in meinen Büchern auszuschlachten. Sie könnten sich verletzt fühlen. Oder, falls sie Jura studiert haben, mich verklagen, dass mir Hören und Sehen vergeht.

Meine Figuren sind wie ein Salat angemacht. Aus jeder echten Figur hacke ich ein Charakteristikum klein und vermische es mit anderen Zutaten: Das Haar einer Frau fällt auf die Schultern einer anderen, deren Körper wiederum der einer Sängerin ähnelt, die beim Vorsingen für »A Star Is Born« durchgefallen ist. Und der ganze Körper endet mit den zierlichen Füßen von einer von Aris Freundinnen.

Nur in einem einzigen Fall nicht.

Und noch dazu bei einer Hauptfigur.

Gili Arasi gehörte zu unserer Clique auf dem Gymnasium. Aber er hatte mehr mit Chagai Karmeli zu tun. Gili und ich standen uns nie wirklich nah. Es gab eine Phase, in der wir zusammen für unsere Musterung trainiert haben, vom Meer bis zum Hügel und zurück gesprintet sind, aber auch das hat uns nicht zu echten Freunden gemacht.

Beim Schreiben meines letzten Buches hatte ich ihn die ganze Zeit vor Augen. Die physische Beschreibung der Figur war fast identisch mit seinem damaligen Aussehen. Auch der familiäre Hintergrund. Und noch andere Sachen. Kleine, spezifische und nicht unbedingt vorteilhafte, die ich hier nicht nennen werde. Immerhin habe ich sein Leben schon einmal verwurstet.

Wie auch immer, vor einer Woche habe ich ihn getroffen.

Er war zu einem Postdoktorat nach San Francisco gefahren und ich hatte darauf gebaut, dass er, wie die meisten Leute, die nach San-Francisco-am-Wasser fahren, sich nicht fern fühlen würde. Und nicht zurückkäme.

Und da kommt er mir entgegen, auf dem Boulevard, und ich kann nicht auf dem Absatz kehrtmachen, weil er mir bereits erfreut zuwinkt. Schon ist er bei mir und umarmt mich, genauso, wie ich im Buch die Figur ihre Freunde umarmen lasse: eine blutleere Umarmung, die Umrisse einer Umarmung nur.

Und, fragt er und hält noch immer meine Schultern leicht umfasst, du bist also Schriftsteller geworden?

Ja, ich senke bang den Kopf.

Die Wahrheit? Ich habe das nicht kommen sehen, sagt er. Das heißt, ich dachte, du wirst Psychologe.

Ich auch.

Aber Ehre. Bin stolz auf dich.

Danke.

Sei nicht beleidigt, aber ich habe noch keinen Buchstaben von dir gelesen. Das liegt nicht an dir, die Wissenschaft hat mein Hirn ausgetrocknet. Ich habe schon seit bestimmt zehn Jahren kein Buch mehr gelesen.

Macht doch nichts – ich atme erleichtert auf und gebe mir alle Mühe, dass er nicht mitkriegt, wie ich erleichtert aufatme –, das macht gar nichts.

Vielleicht treffen wir uns mal, sagt er, die ganze Clique, ich bin noch bis zum Wochenende im Land. Mein Bruder heiratet.

Sicher, sage ich, das müssen wir.

Sag mal, fragt er, hast du zufällig was von Chagai Karmeli gehört?

Nein, und du?

Auf irgendeinem Kongress in Singapur meinte ich ihn gesehen zu haben. Aber am Ende war es ein anderer Rothaariger.

Wallah.

Also lass uns treffen, ja? Rufst du mich an?

Moment. Genau genommen gab es noch einen Fall, außer Gili Arasi. Die Frau aus dem Zug. Nun gut, kein Wunder, dass ich im ersten Augenblick nicht an sie gedacht habe. Unser Gedächtnis neigt dazu, Szenen auszusortieren, die etwas Erniedrigendes haben.

Ich hatte in Cafés nach ihr gesucht, bei Schreibworkshops, bei Lesungen – und sie nicht gefunden. Hatte versucht, weiter an dem Buch zu schreiben, ohne ein Bild von ihr im Kopf zu haben – und es nicht geschafft. Meine männliche Hauptfigur war dabei, eine geradezu obsessive Beziehung zu einer Frau zu entwickeln, und ich verstand noch immer nicht, was sie hatte, das das rechtfertigte.

Also bin ich nach Berlin gefahren, Freunde von mir besuchen, ein Paar, das dort schon seit einigen Jahren von einem Stipendium der Heinrich-Böll-Stiftung lebt. Gemeinsam mit ihnen habe ich versucht, meine Schreibblockade in Bier zu ertränken, um dann mit Schlagseite im Zickzack über die Bürgersteige der Stadt zu laufen, ohne auf die Messingtafeln zu treten, in die schwarz angelaufen die Namen von Juden eingraviert sind.

Nach ein paar Tagen sind wir mit dem Zug in eine andere Stadt gefahren, um noch ein Freundespaar aus Israel zu besuchen, das von den Schuldgefühlen der Deutschen lebt. Wir saßen zu dritt in einem Viererabteil, und neben mir war ein Platz frei, auf dem ich meine Tasche abstellte. Der Zug hatte bereits den Bahnhof verlassen, aber letzte Sitzplatzsuchende schoben sich noch immer durch die brechend vollen Waggons.

Noch bevor ich sie richtig sah, spürte ich den Energieschub, der mit ihr eintrat.

Ich räumte meine Tasche weg, um ihr Platz zu machen, und sie setzte sich.

Ich warf einen verstohlenen Blick auf sie und wusste sofort: Sie, genau sie suchte ich seit einem Jahr. Der blonde Pferdeschwanz, die Brille, die Cargohose mit den Taschen an den Seiten, die weiche, dünne Bluse darüber.

Ich bin nie gut in Ouvertüren gewesen. Es tut sich mir da immer so ein Abgrund auf, den ich in der Regel nicht zu überspringen schaffe.

Aber hier – hatte ich ja ein Ziel.

Also habe ich gefragt. Und sie hat die Stadt genannt, zu der wir auch unterwegs waren.

Und ich habe erneut gefragt. Und sie hat geantwortet, sie hätte dort im Literaturhaus eine Lesung aus ihrem neuen Buch.

Was ein *incident*, habe ich gesagt, ich bin nämlich auch Schriftsteller.

Und sie, das glaube ich Ihnen nicht.

Ich lüge nur in meinen Büchern, habe ich beteuert.

Ich glaube Ihnen aber nicht. Sie sind viel zu sonnengebräunt, um Schriftsteller zu sein.

Also habe ich vorgeschlagen, dass wir einander googeln.

Und während sie mich gegoogelt hat, habe ich sie gegoogelt.

Wie sich herausstellte, waren Vampire ihr Thema. Und dass ihre blutrünstigen Bücher in Deutschland und auch außerhalb davon Riesenbestseller waren. Auf einer Internetseite war ein Bild von ihr, auf einem Klavier hingestreckt im weinroten, hochgeschlitzten Abendkleid, und ihr Blick war lasziv und verschämt zugleich.

Sie hob den Blick von ihrem Smartphone, betrachtete mich skeptisch, sah erneut auf das Display und schaute mich wieder an …

Es ist alles Fiktion, wollte ich sagen, glauben Sie nicht ein Wort von dem, was da steht …

Aber bevor ich dazu kam, sagte sie: Sie sind ziemlich fotogen, was?

Aus ihrem Mund klang das wie eine Beleidigung. Aber ich hatte keine Zeit, mich damit aufzuhalten. Ich steckte ja mitten in einer Aufgabe: Herauszufinden, was die kleinen, spezifischen Sachen waren, die sie an sich hatte und die Gili Arasi derart verhexten.

Also habe ich sie nach ihren Büchern gefragt. Und während sie antwortete, habe ich das Spiel ihrer Hände verfolgt, die eine ganz andere Geschichte erzählten und manchmal sogar ihre Worte konterkarierten; ihren Pferdeschwanz, der sich leicht bewegte, während sie sprach; und die seltenen Augenblicke, in denen ihr etwas peinlich zu sein schien. Denn man merkte, es war ihr wichtig, als eine starke, emanzipierte Frau aufzutreten, der nichts peinlich ist, und gerade deshalb hatte, wenn sie plötzlich selbstvergessen am Nagel ihres kleinen Fingers kaute, dies etwas Rührendes.

Als wir ausstiegen – wie wunderbar war ihr Sprung von der letzten Stufe auf den Bahnsteig –, spürte ich, ich benötige noch ein bisschen mehr Zeit mit ihr. Noch ein bisschen mehr Informationen.

Also schlug ich ihr vor, wir könnten uns ja nach ihrer Lesung treffen und noch etwas trinken gehen. Sie kennen das ja bestimmt, sagte ich, je gelungener so eine Veranstaltung ist, desto einsamer fühlt man sich hinterher.

Ich weiß nicht mehr, worüber wir in der Bar genau gesprochen haben. Das heißt, es gab wohl einen Text, aber ich erinnere mich mehr an den Subtext. Erinnere mich, dass ich mir mittendrin gesagt habe, nein, nein, nein, auf keinen Fall, sie ist überhaupt nicht dein Geschmack, Dikla ist dein Geschmack, und du willst ja nicht aufs Spiel setzen, was ihr habt …

Aber als sie ihren blonden Pferdeschwanz zur Seite schwang, sich zu mir beugte und mir ins Ohr flüsterte, mein Hotel … ist gleich hier um die Ecke …

Sie war ganz entschieden der Geschmack von Gili Arasi. Aber es gibt Dinge, die kann man über eine Figur nur wissen, wenn man mit ihr schläft. Also bin ich mit ihr ins Hotel. Das sehr viel feudaler war als die Häuser, in denen man mich für gewöhnlich unterbrachte. Ich betrat nach ihr das Zimmer. Ihre Suite. Und noch ehe ich dazu kam, etwas zu unternehmen, hatte sie mich an eine Wand gedrängt.

Ihre Hände packten meine Arme und knebelten sie über meinem

Kopf, ihr Becken presste sich gegen meins, sodass ich mich nicht bewegen konnte, und ihr Mund öffnete sich zu meinem Hals.

Ich kämpfte, um mich zu befreien. Aber sie war stärker als ich.

In den Sekunden nach dem Biss tat es höllisch weh. Offenbar stieß ich sogar einen kurzen Schrei aus, der ihre Zähne sich nur noch tiefer in mein Fleisch graben ließ. Danach ließ der Schmerz nach. Mein Widerstand wurde schwächer, mein Hals bot sich ihrem Mund dar und sie saugte Blut aus mir heraus, Blut und alles, was darin mitströmt – ich spürte regelrecht, wie sie ein Vakuum erzeugte und komplette Erinnerungen aus mir heraussaugte: die Schachtel mit den Gogos, die ich in der vierten Klasse sammelte und die sich am Ende der großen Pause in Riesenschulden verwandelt hatten; der Junge in der Ferienfreizeit, den wir boykottierten, nur weil er nicht gut genug Fußball spielte; die Übung zum Ausheben eines Terroristenkommandos während des Offizierslehrgangs und die Kugel, die sich dabei löste und Gal Milers linkes Ohr streifte; Tali Leshem, die ganz dicht auf der Stella-Maris-Promenade vor mir steht und ich doch nicht den Mut habe, sie zu küssen; Dikla und ich, die wir einander mit Eiern bewerfen, bei einem heftigen Streit in der Ramban-Straße, und uns hinterher leidenschaftlich auf dem Fußboden in der Küche lieben, uns mit Eigelben und Eiweißen vermischen; Dikla, die mir im Verlauf eines Streits in der Straße der Kinder von Teheran heftige Sachen an den Kopf wirft, und nachher warte ich Stunden, dass sie sich entschuldigt, was aber nicht passiert – sie glaubt nicht an das Prinzip der Verzeihung …

Nachdem die deutsche Schriftstellerin ihre Zähne aus meinem Hals gezogen und meine Hände aus ihren Fingerschellen befreit hatte, dachte ich, natürlicherweise würden wir jetzt in das große Bett überwechseln, das in der Mitte des Raums thronte.

Aber sie dachte anders. Und rief die Rezeption an. Um mir ein Taxi zu bestellen.

Auf dem Rücksitz schloss ich die Augen und fühlte mich leer. Ausgehöhlt.

Der Fahrer fuhr mit offenem Fenster, durch das eisige Luft hereinwehte, aber ich hatte nicht einmal mehr die Kraft ihn zu bitten, es zu schließen. Sogar den Mund aufzumachen hatte ich keine Kraft mehr.

Diese Hexe hatte mir sämtliche Lebensgeister ausgesaugt.

Und hatte nicht einmal in meine Richtung geschaut, als ich das Zimmer verließ.

Ein halbes Jahr später schickte sie mir ihr Buch. Auf Deutsch. Der Titel auf dem Einband goldgeprägt, wie es sich für einen zu erwartenden Bestseller gehörte. Und auf der ersten Seite hatte sie mir eine Widmung reingeschrieben, in akkurater Höhere-Töchter-Handschrift:

Für den sonnengebräunten Schriftsteller aus Israel, danke für die Hilfe bei der Recherche.

In Ihren letzten Büchern gibt es sehr viele außereheliche Verhältnisse. Denken Sie, jeder, der verheiratet ist, ist letztendlich dazu verurteilt, ein Verhältnis zu haben?

Ich denke, jeder, der verheiratet ist, ist letztendlich dazu verurteilt, sich ein Verhältnis auszumalen.

Wie viel von Ihnen findet sich in Ihren Figuren?

Sie sind mit mir verschmolzen und ich mit ihnen. Manchmal dauert es, bis es gelingt zu bestimmen, wer wer ist. Auch – und es wird allmählich Zeit, dies einzugestehen – in diesem Interview:

Ein Teil der Dinge, die ich hier preisgebe, ist mir tatsächlich passiert.

Bei einem anderen Teil habe ich Todesangst, dass sie mir passieren könnten.

Für einen weiteren Teil hoffe ich inständig, dass sie mir passieren werden.

Und ein Teil ist nicht mir, sondern Ari oder dem skandinavischen Autor Axel Wolf passiert.

Googelt man ihn, findet man reichlich Bilder in fast chronologischer Reihenfolge. Auf den ersten, am Beginn seiner Karriere, ist er ein strahlender Wikingerhüne mit blonder, nach hinten gegelter Mähne, der verschiedene Pokale im Arm hält, jedes Mal einen anderen auf einer anderen Bühne. Auf den Bildern der letzten Monate wirkt er ein bisschen gebeugt, sein Haar ist dünner geworden und sein Blick gehetzt. Unter den Fotos befindet sich ein Link zu dem großen Skandal, der mit seinem Namen in Verbindung gebracht wird – wenige Tage nach seiner Rückkehr vom Internationalen Literaturfestival in Jerusalem hatte er auf dem Küchentisch drei Schriftstücke von seiner Frau vorgefunden: einen mit Verwünschungen und Verbalinjurien gespickten Brief, die Scheidungsklage und eine Schadensersatzklage über zehn Millionen Kronen, die im Wesentlichen aus der Behauptung bestand, sämtliche Bestseller der »Narben«-Serie habe in Wahrheit sie geschrieben, und zwar im Rahmen eines stillschweigenden Übereinkommens, das zwischen ihnen geherrscht hatte, demzufolge sie die Bücher schrieb, während er mit seinem flachsblonden Haar, seiner stattlichen Größe und den himmelblauen Augen an der Öffentlichkeitsarbeitsfront stehen würde. Alles hatte funktioniert wie ein schwedisches Bücherregal und die Verkäufe waren mit jedem Quartal verdoppelt worden, bis zu der Geschichte in Kolumbien. Woraufhin sie beschlossen hatte, dem Schwindel ein Ende zu machen.

Für mich kam das alles nicht mehr wirklich überraschend.

Fast gleichzeitig mit dem Klopfen an der Verbindungstür zwischen Axel Wolfs Suite im Hotel in Jerusalem und der Nachbarsuite ließ sich eine tiefe Frauenstimme vernehmen. Machen Sie bitte auf, bat die Stimme. Der Ton war korrekt. Sachlich. Wie der der *Waze*-Ansagerin. Ich hatte nicht das Gefühl, in Gefahr zu schweben, und auch nachdem ich die Tür geöffnet hatte, gingen keine Warnleuchten bei mir an. Die Besitzerin der korrekten Stimme war korrekt gekleidet und hatte das Haar zu einem korrekten Dutt hochgesteckt. Sie stellte sich als Camilla vor, die Frau des Schriftstellers, dankte mir, dass ich mich um ihn gekümmert hatte, und wollte wissen, ob Axel an diesem Abend nicht allzu viel dummes Zeug geredet hatte. Denn so sei er, manchmal, wenn er trinkt.

Ehrlich gesagt, gestand ich, gab es einen Satz, den er die ganze Zeit wiederholt hat.

Jag dödade honom?, fragte sie.

Woher wissen Sie das?

Trotz allem bin ich noch immer seine Frau.

Haben Sie eine Ahnung, warum er behauptet, jemanden umgebracht zu haben?

Würde ich Ihnen das erzählen, müsste ich Sie umbringen.

Als sie das sagte, lächelte sie. Ich bin ganz sicher. Ihre Lippen spannten sich und wölbten sich nach oben, bis ihr linker Mundwinkel sich beinahe mit der kleinen Narbe verband, die sie auf der linken Wange hatte. Es war nicht zu übersehen, dass Lächeln keine natürliche Regung für sie war, und gerade die Anstrengung, eines zu erzeugen, unbeschwert und vorteilhaft zu wirken, machte es noch trauriger. Und weckte meine Neugier.

Weshalb ich zu ihr sagte, das Risiko gehe ich ein.

Axel und sie, erzählte sie überraschend eilfertig, hätten sich auf einer Party kennengelernt und sofort ineinander verliebt. Hätten Ehepartner und Kinder verlassen, um zusammen zu sein. Drei Monate reinster Ekstase, nur er und sie, von der Welt abgetrennt wie Häftlinge in einem Hochsicherheitstrakt. Und dann sei sein Geständnis gekommen: »Vor ein paar Jahren habe ich eines Nachts einen Jungen umgebracht, der sich an meiner Tochter vergangen hatte. Ich habe ihn mit einem Strick erwürgt und seine Leiche in den Fluss geworfen. Alle dachten, er hätte sich mit einem Sprung von der Brücke das Leben genommen. Denn ich hatte dafür gesorgt, dass alle so dachten. Habe Hinweise verstreut. Einen Abschiedsbrief gefälscht. Hatte alles bis ins kleinste Detail geplant, im Voraus. Die Polizei hegt bis heute keinen Verdacht. Und niemand weiß davon. Weder meine Tochter noch meine Exfrau. Aber bei dir möchte ich von Anfang an aufrichtig sein. Unsere Beziehung auf Vertrauen gründen. Denkst du, du kannst mit einem Mörder zusammenleben? Denn wenn nicht, sag es besser gleich.«

Was hätte sie tun können? Ihr Herz gehörte ihm bereits. Aber dieses Geheimnis, das er ihr anvertraut hatte?

Ohnehin, Geheimnisse …

Sie bilden Metastasen im ganzen Körper.

Am Ende sei ihr keine andere Wahl geblieben, als es aufzuschreiben. Natürlich nicht eins zu eins. Wir Geschichtenerzähler, sagte sie und fixierte mich dabei, erzählen niemals das wahre, dunkle Geheimnis. Das eigentliche, finstere Geheimnis behalten wir für uns. Und zuweilen sind wir uns seiner Existenz nicht einmal bewusst, wenn wir es transformieren, Indizien beseitigen und es in Kunst verwandeln.

Als das Manuskript fertig war, erzählte sie, habe sie es Axel zu lesen gegeben und gesagt, du bist der Erste und der Letzte, der es liest. Denn sie wollte das Geheimnis, das er bei ihr abgeladen hatte, nur zu einer Geschichte machen, um sich davon zu befreien. Sich einem Publikum und der Kritik damit zu stellen, hätte sie niemals gewollt oder vermocht.

Aber Axel habe sofort das Potenzial erkannt und die Möglichkeit, eine Serie daraus zu machen, habe sie – in einem Wechselspiel aus emotionaler und sexueller Manipulation – in diesen Knebelvertrag gelockt, auf dem ihr gemeinsamer Erfolg basieren sollte: Sie würde Bücher schreiben. Und er »der Schriftsteller« sein.

Sie zog die Decke über Axels Körper zurecht, der auf dem Bett lag, und hob den Blick zu mir.

Und so ist es seitdem, sagte sie. Fünf Jahre. Zehn Bände der Serie »Narbe«. Dreißig Millionen weltweit verkaufte Exemplare.

Was für eine Geschichte, sagte ich.

Und jetzt, nachdem Sie sie gehört haben, werde ich Sie töten müssen, sagte sie.

Ich grinste.

Sie zog eine Pistole, die im Bund ihrer korrekten Hose versteckt gewesen war.

Ich habe schon lange jemanden wie Sie gesucht, seufzte sie. Einen Wildfremden, bei dem ich für einen Moment, nur für einen Moment, das furchtbare, dunkle Geheimnis abladen kann, über das sich nicht schreiben lässt. Aber ich hatte Sie gewarnt: Es steht hier zu viel auf dem Spiel. Wir können uns nicht erlauben, dass Sie dieses Zimmer verlassen und Gerüchte in die Welt setzen, die die Marke Axel Wolf beschädigen. Es tut mir leid.

Von der Sekunde, in der sie ihre entsicherte Waffe auf mich richtete, bis zu dem Moment, in dem ich den Mund aufmachte, um etwas zu sagen, fand ich Zeit, folgenden Gedanken zu verfolgen: Was juckt es mich, jetzt zu sterben, da das Leben in letzter Zeit ohnehin nah am Abgrund schwebt und die Anstrengung, nicht in die Tiefe zu stürzen, so ermüdend ist? Aber was wird aus den Kindern? Wer soll sie auf den nächsten Stationen ihres Lebens begleiten und wer wird da sein, wenn sie in ihre kleinen, persönlichen Abgründe stürzen? Und was ist mit Ari und der winzigen Chance, dass sie im allerletzten Moment doch noch ein neues Medikament gegen seine Krebserkrankung entwickeln? Und was ist mit der verschwindend geringen Chance, dass Dikla mich irgendwann doch wieder lieben wird?

Offenbar sollte jeder Mensch ab und an mal eine geladene und entsicherte Waffe auf sich gerichtet sehen.

Denn eine brennende, unersättliche Lust auf Leben stieg in mir hoch wie ein Geysir und brach sich durch die Eisschicht der Dysthymie. Sein oder nicht sein? Sein! Sein! Sein!, kam die Antwort aus meinem tiefsten Inneren.

Vorwärts, erschießen sie mich, meinte ich zu Camilla. Nur tun Sie mir einen Gefallen, hinterher, wenn Axel aufwacht, fragen Sie ihn doch, was noch alles in Kolumbien passiert ist, abgesehen von dem, was er Ihnen erzählt hat.

Was noch …? Sie bedachte mich mit einem verwirrten Blick.

Und der Lauf ihrer Pistole senkte sich unmerklich. Nur um ein, zwei Grad.

Doch die nutzte ich, um ihr mit einer schnellen Bewegung die Waffe aus der Hand zu schlagen, sie ans andere Ende des Raumes zu schleudern und dann zu verschwinden, solange mein Körper noch an einem Strang mit mir zog. Der Fahrstuhl kam nicht, was Fahrstühle in Hotels ja nie tun, wenn man sie braucht, also nahm ich die Treppe, von der dreizehnten Etage bis in die Lobby, stieß einen Wachmann beiseite, der versuchte, mich aufzuhalten, und rannte weiter durch den Sacher-Park bis zum Kreuztal, hastete zwischen den Olivenbäumen vorbei, aus denen das Kreuz Jesu gezimmert worden war, fiel auf den steinigen Boden und verletzte mich an Ästen, hielt aber nicht inne, bis ich das Kloster mit seiner griechisch-orthodoxen Kirche erreicht hatte, wo ich in einen Beichtstuhl stürzte und niedersank. Während ich auf einen Priester wartete, kam ich wieder zu Atem und leckte das Blut auf, das aus einem tiefen, langen Schnitt an meinem Arm sickerte.

Nachdem Camilla die Scheidung eingereicht hatte, versuchte Axel Wolf sich das Leben zu nehmen. Erfolglos. Die Kugel, die ihn umbringen sollte, streifte nur sein linkes Ohrläppchen. Als er im Krankenhaus behandelt wurde, hielten Fans und Verehrer auf der ganzen Welt den Atem an. Ich verfolgte vom Fernsehsessel aus neidisch die Berichterstattung vom Platz vor dem Krankenhaus in Stockholm – dort, bei minus zwanzig Grad, hatte sich eine gewaltige Menge versammelt und Kerzen entzündet. Nach nur zwei Tagen wurde er mit einem kleinen Verband am Ohr entlassen, was eine Welle von Gerüchten auslöste, die ganze Geschichte – die Scheidungsklage, die Entschädigungsforderung, der Selbstmordversuch – sei nur ein Public-Relations-Trick gewesen, um das Interesse an seinem – ihrem – neuen Buch zu steigern.

Und während ich noch ungläubig auf den Fernseher starrte, klingelte mein Telefon.

Ich bat Noam, die näher dran war, für mich ranzugehen.

Papa, sie kam und hielt mir das Gerät hin, jemand von der Polizei in Stockholm möchte dich sprechen.

Was war der außergewöhnlichste Ort, an dem Sie je eine Lesung hatten?

Die Lesung sollte in einem kleinen Saal stattfinden, im Kellergeschoss des Kultur-, Freizeit- und Sportkomplexes der Ortschaft Re'ut. Die Organisatorin hatte vierzig, vielleicht fünfzig Stühle in geraden Reihen aufgestellt, an einer Seite des Saals standen noch weitere Stuhlstapel parat, weil »man nie wissen kann. Es gibt Leute, die melden sich nun mal nicht vorher an«.

Es gab auch eine kleine Verköstigung, die auf einem weißen Keter-Plastiktisch vor dem Saal aufgebaut war. Der Standardkuchen von Elite. Beigels. Tee. Kaffee. Und etliche Dutzend Papierbecher.

Es kamen drei Leute. Ein Mann und zwei Frauen, von denen eine mich ein bisschen an Chagai Karmeli erinnerte. Das heißt, wenn Chagai Karmeli sich hätte operieren und eine Geschlechtsumwandlung vornehmen lassen, sähe er jetzt so aus.

Wie sich herausstellte, lief zeitgleich die Live-Übertragung einer Musik-Castingshow, an der ein Mädchen aus der Ortschaft teilnahm, und alle hingen vor den Fernsehern und schickten SMS, damit sie gewann.

Schade um die vielen Stühle, lachte die, die Chagai Karmeli ähnlich sah, und deutete mit der Hand auf den Saal, wir könnten die Lesung genauso gut auch im Whirlpool abhalten.

Im Whirlpool! Großartig!, jauchzte die Zweite.

Ich hätte sogar zufällig eine Badehose dabei, sagte der Mann.

Und ich hätte keine Einwände, beteuerte die Organisatorin mit ernstem Gesicht.

Worauf alle vier sich mir zuwandten. Erwartungsvoll.

Ich war dabei.

Und es ist wahrlich nicht so, dass ich immer einfach und ohne Weiteres sofort bei Sachen dabei bin. Dikla behauptet, ich wüsste so genau, was ich wolle und was nicht, dass da null Manövrierspielraum im Leben mit mir bleibe. Aber an jenem Abend in Re'ut war ich ohne Abwehrkräfte.

(Vor vielen Jahren, genau an dem Tag, an dem ich die gemeinsame Wohnung in der Hass-Straße verließ, in der ich mit Tali gewohnt hatte, hatte ich ein Gespräch mit einem Personaloffizier wegen meines Reservedienstes. Ich erschien unrasiert, das weiß ich noch, und geistesabwesend, als er sagte, es fehlten Leute mit meiner Ausbildung bei der Gaza-Division. Und anstatt aufzubegehren und zu sagen, »Wieso ausgerechnet Gaza?«, oder, »Ich leide an gebrochenem Herzen, ich bin untauglich für Gaza«, habe ich bloß apathisch genickt und mich in den darauffolgenden Wintern in einem Hagel von Mörsergranaten wiedergefunden.)

Zusammen mit meinen drei Lesern bin ich in den Whirlpool des öffentlichen Schwimmbads gestiegen.

Ich in Unterhose, sie in Badesachen.

Der Mann hat nach hinten gelangt, auf einen Knopf gedrückt, und zwischen uns fing es an zu blubbern und zu sprudeln.

»Es gibt einen Haken an Autorengesprächen«, sage ich immer zu Beginn meiner Vorträge, »und den möchte ich gleich auf den Tisch legen. Denn die wichtigere Begegnung hat ja bereits stattgefunden, oder steht noch aus – nämlich Ihre intime, einmalige Begegnung mit dem Buch selbst …«

Aber diese Einleitung schien mir unter den gegebenen Umständen unpassend. Schon rein sprachlich. Bei den meisten Treffen, wenn ich sage, ich möchte »den Haken auf den Tisch legen«, habe ich ja tatsächlich einen Tisch vor mir, mit einer Vase und Blumen. Doch hier – nur Blubbern und Blasen, Wirbel und Wellen und hin und wieder … ein Fuß, der einen anderen Fuß unter Wasser berührt. Zufällig.

Der Mann beugte sich ein bisschen vor und bohrte sich mit dem Finger im Ohr, um Wasser herauszubekommen. Die beiden Frauen stellten ihr Gemurmel ein und alle drei schauten sie mich mit feuchten Augen an.

Klar war, sie erwarteten, dass jetzt irgendetwas begänne.

Ich griff mit langem Arm nach hinten und fischte eines meiner Bücher aus der Tasche. Vielleicht lese ich am besten mal eine Stelle vor?

Aber meine Finger waren nass, was mir das Blättern erschwerte, sodass es mir nicht gelang, die Badszene im letzten Buch zu finden. Schade, dachte ich, das hätte gepasst. Ich warf das Buch zurück zur Tasche. Schloss die Augen. Breitete die Arme aus, legte den Kopf auf den Rand des Whirlpools und senkte mein Becken noch ein bisschen, bis es genau vor einer der Düsen war.

So verharrte ich etliche Sekunden, atmete den Chlorgeruch ein, schlug dann die Augen auf und fing an, ihnen zu erzählen. Die Wahrheit.

Sagte, am Sonntag ist die Bat-Mizwa meiner mittleren Tochter.

Sagte, allem Anschein nach wird meine Frau mir unmittelbar danach mitteilen, dass sie sich von mir trennen möchte.

Sagte, kein Bruch, ein Dammbruch.

Sagte, ich liebe sie noch immer.

Sagte, wie mit dreiundzwanzig.

Sagte, sie riecht so wundervoll, ich glaube nicht, dass es noch eine Frau auf der Welt gibt mit solch einem Duft.

Sagte, ihre Schlüsselbeinknochen.

Sagte, ich weiß nicht, wie ich es schaffen soll, ohne sie zu leben.

Sagte, ich habe gespürt, dass sie sich von mir entfernt, und versucht, sie zurückzuholen, aber auf einem idiotisch falschen Weg.

Sagte, unsere älteste Tochter ist ins Internat gegangen und das hat … das Gleichgewicht zuhause gestört.

Sagte, den wahren Grund werde ich wahrscheinlich erst in ein paar Jahren verstehen.

Sagte, auf jeden Fall ist das nichts, was sich mit einer Paartherapie lösen lässt.

Sagte, vielleicht gab es den einen Moment, in dem noch etwas zu retten gewesen wäre, aber ich habe ihn verpasst.

Machte einen Doppelklick auf eben diesen Moment: Freitagmorgen. Vor ein paar Monaten. Die Kinder waren beide auf Klassenfahrt. Sie war vor mir aufgewacht und hatte angefangen, an ihrem Computer zu arbeiten. Aber ich konnte sehen, auch ohne einen Blick auf den Bildschirm zu werfen – denn trotz allem sind wir ja seit zwanzig Jahren zusammen –, dass sie nur Mails beantwortete. Ich hätte ihr sagen können: Komm, lass uns zusammen frühstücken. Ich mache dir ein Omelett mit Pilzen, Frühlingszwiebeln und Cherrytomaten, und danach entwirren wir das ganze Durcheinander,

Faden um Faden. Doch stattdessen bin ich zu meinem Computer gegangen. Sie hat sich einen Toast und Kaffee gemacht. Und nicht gefragt, ob sie mir auch einen machen soll. Früher hätten wir solche Situationen mit Sex gelöst. Ich hätte sie auf den Hals geküsst, und alles wäre außer Kontrolle geraten und vergessen worden. Vielleicht hätte ich auch an dem Morgen einfach zu ihr gehen und sie auf den Hals küssen sollen.

Wie auch immer, inzwischen ist sie schon ganz woanders, sagte ich.

Und betonte: Kein anderer Mann – aber ein anderer Ort.

Erzählte: Das sind ungewöhnliche Tage für mich. Die letzten Tage eines Lebensabschnitts, der mehr als zwanzig Jahre gedauert hat. Ich schreite durch mein eigenes Leben und betrachte es gleichzeitig wie ein Unbeteiligter von außen.

Und schloss: Aber es hat auch Vorteile. Wäre alles im Lot, wäre es Ihnen wohl nie gelungen, mich zu überreden, ein Autorengespräch im Whirlpool zu führen.

Als ich fertig war, herrschte langes Schweigen, in das sich von irgendwo Musik aus dem Transistorradio des Bademeisters mischte.

Der Mann begann als Erster. Eine schöne Geschichte, sagte er. Wenn auch ein bisschen zu traurig für meinen Geschmack.

Mir hat am besten gefallen, wie er ihr fast Frühstück macht – sagte die, die Chagai Karmeli ähnlich sah. Aber am Ende sind beide vor ihren Computern hocken geblieben. Und genau so ist es ja.

In meinen Augen war gerade das nicht glaubwürdig, wandte ihre Freundin ein. Diese ganze Szene mit den Computern und dem Toast. Wer hat denn für so was Zeit am Freitagmorgen, bei all den Erledigungen und Einkäufen? Viel authentischer wäre gewesen, wenn all das – sagen wir – im Supermarkt passiert.

Ich verstehe nicht, was ihr wollt, Mädels, sagte der Mann, das ist eine Geschichte, und es muss nicht eins zu eins wie im Leben sein.

Ich korrigierte sie nicht. Stellte nicht klar, dass nicht ein Fitzelchen Ausgedachtes daran gewesen war, was ich erzählt hatte. Ließ sie weiter diskutieren und sich, und mich, zufällig oder nicht zufällig, mit den Füßen unter Wasser berühren.

Ich schloss die Augen, schmiegte die Arme an den Körper, legte den Kopf zurück und platzierte meinen Lendenbereich noch ein Stückchen tiefer, dass er knapp unterhalb der Düse schwebte.

So blieb ich einige Sekunden lang, öffnete dann die Augen.

Und fing an zu weinen.

Keiner meiner drei Zuhörer bekam davon etwas mit.

Die salzigen Tropfen, die aus meinen Augen rannen, vermischten sich mit dem blubbernden Whirlpoolwasser.

Auf der Rückfahrt spielten sie im Radio »Zuweilen« von Jonnie Shualy. Ich wollte mich nicht erinnern, tat es aber. Das erste Mal, dass Dikla und ich den Song gehört hatten, war im Studentenwohnheim in Kiryat Joval gewesen. Das heißt, Dikla hatte ihn vorher schon mal gehört und machte mich darauf aufmerksam. Wir waren in ihrem Zimmer, sie hatte eine Mitbewohnerin, die mitten im Semester ihr Studium abgebrochen hatte, lagen auf dem Bett und schmusten, als der Song anfing.

Sie sagte, hör mal zu, was ein toller Song, und streckte die Hand aus, um lauter zu stellen.

»Zuweilen kapierst du nicht, ich bin mit dir zusammen, es gibt keine andere, und jeden Tag, der vergeht, liebe ich dich mehr …«

Jonnie Shualys Stimme erhob sich über den Gitarrenriffs und als er bei *»Inmitten der Herbststürme und fallenden Blätter stehe ich, ein nackter Baum wie am Tag meiner Geburt …«* angelangt war, spürte ich, wie Diklas Hand nach meiner tastete. Meine Finger spreizte, um ihre hineinzuschieben.

Als ich zuhause ankam, erwartete mich ein Zettel von ihr auf dem Esstisch:

Ich geh schlafen. Vergiss nicht, morgen bei der Konditorei vorbei-zufahren und die Torte für die Bat-Mizwa zu bestellen.

Lässt sich ohne Liebe leben?

Um fünf Uhr morgens beschließe ich, vor der Schlaflosigkeit zu ka-pitulieren, anstatt weiter gegen sie anzukämpfen. Stehe leise auf, um Dikla nicht zu wecken, schleiche ins Wohnzimmer, öffne die Son-nenblenden und warte auf den Sonnenaufgang. Alle Frauen, mit denen ich in meinem Leben zusammen war, kommen ins Wohn-zimmer, eine nach der anderen. Und streicheln mich. Jede auf ihre Art. Alle lieben sie mich noch immer. Zumindest so, wie ich sie liebe. Die Möglichkeit ist also schwer von der Hand zu weisen, dass ich vielleicht trotz allem verdiene, geliebt zu werden. Gegen sechs ist die Dunkelheit beinahe vom Morgenlicht verdrängt. Alle Frauen, mit denen ich in meinem Leben zusammen war, verlassen eine nach der anderen das Zimmer, beugen sich noch einmal über mich und geben mir einen Kuss auf den Mund, jede auf ihre Art.

Bald wird Sonnenlicht das Wohnzimmer fluten. Bald werde ich zur Konditorei fahren. Bald wird die Bat-Mizwa sein. Und bald wird, wie es aussieht, mein Leben einstürzen.

Aber für einen einzigen, flüchtigen Augenblick gelingt es mir, das ganze große Bild zu sehen.

Was war die außergewöhnlichste Reaktion, die Sie von einem Leser
auf eines Ihrer Bücher erhalten haben?

Er trat nach einer Veranstaltung in Deutschland zu mir an den Tisch. In einem Provinznest, an dessen Namen ich mich nicht mehr erinnere. Ich weiß auch nicht mehr, wie der Saal aussah. Und ob eine Vase mit Blumen auf dem Tisch stand oder nicht.

Er wartete abseits, bis der Letzte von denen, die ein Autogramm wollten, gegangen war, kam dann näher und sagte »Schalom«. Er war mindestens achtzig. Groß gewachsen, aber nicht gebeugt. Braunes Jackett. Wässrig helle Augen hinter Brillengläsern. Altersflecken auf den Wangen.

Nach dem »Schalom« wechselte er in ein Englisch mit deutschem Akzent.

Sagte – ich habe Ihr Buch gelesen und jetzt noch ein Exemplar gekauft.

Sagte – ich wollte Sie bitten, in dieses eine Widmung für Paul zu schreiben.

Sagte – Paul und ich, wir waren zusammen im Krieg.

Mein Stift stockte in der Bewegung: Moment, Augenblick, erwartete er wirklich von mir, dass ich das Buch seinem Wehrmachtskameraden widmete?

Aber er – vielleicht verstand er, warum ich erstarrte – beeilte sich hinzuzufügen: Im Unabhängigkeitskrieg. Paul und ich haben den ganzen Krieg Seite an Seite gekämpft. Bei den Kämpfen um Latrun hat er einen Granatsplitter abbekommen, und ich bin unter die Trage, um ihn da rauszuschaffen. Die ganze verdammte Strecke hat er nicht aufgehört zu sagen, er werde sterben, und ich habe ihn beruhigt und gesagt, er hätte nichts zu befürchten, denn nächste Woche würden wir schon wieder einen Whisky zusammen trinken. Und selbst als wir bei dem Sanitäter waren, ging das so weiter, er redet über das Jenseits und ich halte seine Hand und verspreche ihm einen Whisky im Diesseits. Seitdem treffen wir uns einmal im Jahr, er kommt aus Israel zu mir und wir trinken ein Gläschen Whisky zusammen. Paul sagt, ich hätte ihm das Leben gerettet damals. Ich bin nicht sicher, ob das stimmt. Aber ich diskutiere nicht mit ihm.

Also ... wird er Sie demnächst wieder besuchen kommen?, habe ich gefragt und das Buch vorne aufgeschlagen.

Nein, diesmal bin ich es, der zu ihm fährt. Er ist ... sehr krank. Liegt schon seit ein paar Wochen in Jerusalem im Krankenhaus. Ich bin nicht mal sicher, ob er das Whiskyglas noch halten kann. Aber das macht nichts. Falls nötig, werde ich es halten, werde es ihm an die Lippen führen, damit er einen Schluck nehmen kann, und danach werde ich ihm ein bisschen was aus Ihrem Buch vorlesen. Könnten Sie die Widmung auf Hebräisch schreiben?

Sicher. Was soll ich ihm denn schreiben?

Was weiß ich. Sie sind doch der Schriftsteller. Vielleicht etwas über Freundschaft?

Haben Sie schon einmal Drogen oder Alkohol zu Hilfe genommen, um zu schreiben?

Zwanzig Jahre ist das jetzt her.

Vieles ist verblasst seit damals. Dies nicht.

Ich habe niemals offen darüber geschrieben. Vielleicht, weil ich befürchtete, es würde mir nicht gelingen, das Erlebte in Worten rüberzubringen. Und dass es besser wäre, anstatt darüber zu schreiben, den Drink, den die israelischen Mädchen mitgebracht hatten, an alle Leser auszugeben und zu sagen: Probiert und versteht.

Wir waren da gerade mit zwei Mädchen unterwegs, die Namen weiß ich nicht mehr. Die eine mit den Locken habe ich einige Jahre danach an der Uni in Tel Aviv wiedergetroffen, neben den Kopierern im Gilman-Gebäude. Wir haben ein paar Worte und einen Blick gewechselt, einen tiefen, langen Blick zweier Menschen, die einmal in den Traum des anderen geraten waren.

Sie war es gewesen, die vorschlug, uns einen Beutel mitzubringen. Ich las gerade Lao-Tses ›Tao-te-King‹, was mich in eine draufgängerische Stimmung versetzte. Und ich hatte keine Kinder damals.

Also sagte ich, immer her damit.

Hatte keine Ahnung, worauf ich mich einließ.

Am nächsten Tag legten sie den Beutel vor Aris und meiner Hütte ab und gingen frühstücken.

In dem Beutel war eine giftgrüne Flüssigkeit. Ein Saft, der aus einem Kaktus gewonnen wurde. Das war alles, was ich wusste.

Später habe ich erfahren, die Indios verwenden den Extrakt, um mit ihren Göttern zu kommunizieren.

Später habe ich Carlos Castaneda gelesen.

Alles erst später.

Ari schlief an jenem Morgen noch. Wenn einer von uns das Zeug trinkt, ist es wohl besser, der andere nicht, hatte er gesagt, als ich ihm am Vorabend von dem Trank erzählte, den die Mädchen uns mitbringen würden. Und ich wusste, sobald er aufwachte, würde er derjenige sein, der trinkt, und ich würde – wie immer – den diensthabenden Nüchternen geben. Also machte ich mich schnell mit dem Beutel und meinem Reisetagebuch zum Fluss auf. Es gab dort eine kleine, aus Holzbohlen gezimmerte Brücke, von denen eine fehlte.

Unglaublich, wie ich mich an all das noch erinnere.

Ich ließ mich neben der Brücke auf der feuchten Erde nieder. Der Fluss schäumte unter mir. Über mir hingen Äste mit riesigen Blättern, durch die erste Sonnenstrahlen drangen. Ich machte ein großes Loch in die eine Ecke des Beutels, wie wir es immer mit den Kakaotüten im Sommerferienlager der Universität gemacht haben. Und saugte ein bisschen daran.

Der Geschmack war bitter. Und ungenießbar. Also trank ich den Rest in einem großen Schluck. Ohne abzusetzen.

Es stand ja keine Gebrauchsanweisung auf dem Beutel. Ich konnte nicht wissen, dass man es so nicht macht.

Eine Minute später erbrach ich mich im hohen Bogen. Ich hasse es, wenn Figuren in Geschichten sich übergeben, aber so war es.

Ich gab auch einen Teil der grünen Flüssigkeit wieder von mir, die ich gerade getrunken hatte, und da trat auch schon das erste Anzeichen auf, dass sich mein Bewusstsein veränderte: Die giftgrüne Farbe des Erbrochenen erschien mir wunderschön. Ich betrachtete sie staunend, fast andächtig, während der Schleim aus meinem Mund floss und sich auf die Erde ergoss.

Auch die Erde war in meinen Augen wunderschön. Braun und warm. Was auch die ersten Worte waren, die ich in mein Tagebuch schrieb: *Warme Erde.*

Dann hörte ich Stimmen sich aus Richtung der Hütten nähern. Ich wollte nicht in Gesellschaft sein. Oder richtiger, ich empfand kein Bedürfnis nach menschlicher Gesellschaft. Die Bäume, die Äste, die Sonnenstrahlen und Vögel – befriedigten alle meine Bedürfnisse.

Also richtete ich mich auf, überquerte die Brücke und begann, dem Pfad zu folgen, der sich entlang des Flusses wand.

Ari hat mir hinterher erzählt, er habe ewig gebraucht, um mich zu finden. Die Mädchen hatten ihn geweckt, nachdem sie selbst aus dem Beutel getrunken hatten. Die mit den glatten Haaren sagte, sie hätten mich auf dem Pfad weggehen sehen und dass ihrer Meinung nach der Stoff, den man ihnen verkauft hatte, gepanscht sei.

Die mit den Locken schwieg. Und deutete nur ab und zu, im Gehen, auf eine Blume und sagte: Wie wunderschön.

Während sie nach mir suchten, lag ich mit freiem Oberkörper auf einem nackten Hügel oberhalb des Flusses und schaute in die Wolken.

Wobei, erst war da noch der Esel. Ich möchte ganz genau sein. Eine derart lebhafte und detaillierte Erinnerung an das, was dort passiert ist, wird mir nicht auf ewig zur Verfügung stehen. Irgendwann werde ich auf diese Beschreibung hier angewiesen sein, um nicht zu vergessen:

Der Esel stand weit weg von mir und gleichzeitig ganz nah. Und beide Möglichkeiten schlossen sich nicht aus. In irgendeiner Phase, erinnere ich mich, ging mir der Gedanke durch den Kopf, dass er Teil einer Zeichnung sei. Dass er nicht echt, sondern Teil einer zweidimensionalen Zeichnung war, die ich mir anschaute. Und jedes Mal, wenn ich die Augen schloss und wieder aufmachte, stand er in einer anderen Entfernung. Und selbst als er mir ganz nah war, hatte ich keine Angst. Denn in der Phase hatte ich noch keine Angst. Aber war auch der Mensch, der mit einem Strick kam und den Esel wegführte, echt oder eine Ausgeburt meiner Fantasie? Das kann ich nicht mit Sicherheit sagen. Ich weiß nur noch, dass ich dachte, dieser Mensch ist aus Karton, wie eine Zielscheibe auf dem Schießstand, das schließt die Möglichkeit aber nicht aus, dass er menschlich ist.

Nachdem der Esel weg war, betrachtete ich die Wolken.

Die Seiten des Tagebuchs sind voller Beschreibungen der Formen, die ich in den Wolken sah: Krebse, Affen, Katzen und erneut Krebse.

Und hinter den Wolken – leuchtete die Stadt der Götter zu mir.

Ich erinnere mich noch an den Gedanken: Hinter den Wolken liegt eine urzeitliche Stadt, in der die Götter wohnen, und jetzt habe ich die seltene, die einmalige Gelegenheit sie zu sehen. Und vielleicht auch mit den Göttern zu sprechen. Aber nicht mit Worten. Ich war überzeugt, wenn ich mich genug konzentrierte, würde ich allein kraft des Gedankens mit den Göttern kommunizieren können.

Ich schaffte es sogar, in mein Tagebuch zu schreiben: Ich habe vom Baum der Erkenntnis gekostet.

Und dann tauchten Ari und die beiden Mädchen auf.

Es gab wohl einen Dialog zwischen uns, erste Worte wurden

gewechselt, aber ich erinnere mich nicht mehr daran. Woran ich mich wohl erinnere, ist, dass die beiden Mädchen sich neben mich legten und Ari über uns stand. Die mit den Locken lag ganz dicht neben mir. Die mit den glatten Haaren etwas auf Abstand. Die mit den Locken fragte, was guckst du dir an?

Ich sagte, die Wolken.

Sie hob den Blick zum Himmel und sagte, wie schön.

Ich fragte, siehst du auch die Krebse?

Und sie, sicher, und dann erneut, wie wunderschön.

Ich hatte das Gefühl, zwischen mir und dem Mädchen mit den Locken herrschte tiefstes Verständnis.

Die mit den glatten Haaren dagegen machte mich wahnsinnig. Die ganze Zeit beklagte sie sich, bei ihr würde gar nichts passieren. Und dass sie ihnen gepanschten Stoff verkauft hätten. Auch hörte sie nicht auf zu warnen, es würde gleich regnen. Als wenn das irgendwie von Bedeutung gewesen wäre.

Ich dachte, ich könnte sie umbringen. Wenn sie jetzt nicht ruhig ist, stehe ich auf, nehme einen Stein und schlage ihr den Schädel ein. Und dann bekam ich Panik, sie könnten meinen Gedanken gehört haben.

Um genau zu sein: Ich befürchtete nicht, den Gedanken laut ausgesprochen zu haben, ich hatte Angst, in der Welt, in der ich mich befand, sei es möglich, Gedanken zu hören.

Ari stand die ganze Zeit über uns. Ich bat ihn, näher zu kommen, und flüsterte ihm ins Ohr, hörst du meine Gedanken?

Nein, Bruder, sagte er.

Ich glaube, am besten bringst du sie zurück ins Restaurant, sagte ich. Und hatte keinen Zweifel, er verstand, welches von den beiden Mädels ich meinte.

Und ich glaube, am besten solltet ihr alle mit zurück ins Restaurant, sagte Ari.

Gleich regnet es, sagte die mit den glatten Haaren.

Als Reaktion ballte sich meine Hand zur Faust.

Regen ist wunderschön, sagte die Gelockte.

Ich wollte immer einen großen Bruder haben, sagte ich.

Ich auch, sagte das Lockenköpfchen.

Ich will zurück, sagte die mit den glatten Haaren.

Ich beweg mich hier nicht weg, sagte die andere und schüttelte ihre Locken.

Ich bringe sie ins Restaurant und komme so schnell wie möglich zurück, sagte Ari.

Eine Minute später – oder eine Stunde später, mein Zeitgefühl war komplett zerronnen – setzte der Regen ein.

Kolonnen kleiner Tropfen fielen aus den Wolken auf uns. Ich hatte es noch nie aus einer solchen Perspektive regnen sehen, auf dem Rücken liegend, und das war so …

… wunderschön, sagte die mit den Locken.

Ich könnte weinen, so schön, sagte ich.

Die Erde unter unseren Körpern wurde immer feuchter. Morastiger. Bis wir einsanken.

Die Erde wird uns verschlingen, sagte das Lockenköpfchen.

Kümmert mich nicht, sagte ich.

Mich auch nicht.

Wir lagen ganz dicht nebeneinander. Mit dem Gesicht zu den Wolken.

Wandten uns einander nicht zu und berührten uns nicht. Das war nicht nötig. Denn wir teilten das Gefühl, miteinander und mit der Natur um uns herum verbunden zu sein. Und dass so eine stille Harmonie zwischen allen Elementen des Augenblicks herrschte, in dem wir uns befanden.

Das Wort Harmonie schrieb ich sogar in mein Tagebuch. Aber erst hinterher, in der Hütte.

Während der Regen niederging, schrieb ich nichts und war auch nicht besorgt, dass mein Tagebuch nass wurde.

Ich war über nichts besorgt. War unbesorgt. Ohne Wünsche. Vermisste nichts.

*

Irgendwann war Ari wieder da und schlug vor, wir sollten mit ihm zurückgehen, da es bald dunkel würde.

Ich antwortete nicht. Aus meiner Sicht war die Möglichkeit einbrechender Dunkelheit nicht plausibel. Es war ja gerade erst Morgen geworden.

Auch die mit den Locken antwortete nicht.

Er ließ sich neben uns nieder. Schweigend. In seinen Poncho gehüllt.

Ich dachte bei mir, was ist das für ein fantastischer Mensch, dieser Ari.

Und er sagte, Danke.

Dachte, wie viel Geduld er hat.

Und er sagte, von wegen Geduld. Ich mache mir Sorgen um dich.

Am Ende ließ der Regen nach. Doch das Tageslicht erstarb trotzdem allmählich. Hinter den Wolken wurden in der Stadt der Götter die ersten Lichter entzündet.

Die mit den Locken sagte, ich habe Hunger. Und setzte sich auf. Kaum hatte sie das gesagt, spürte auch ich den Hunger. Und einen schrecklichen Durst.

Kommt, lasst uns zum Restaurant gehen, schlug Ari vor. Und meinte noch: Ihr könnt dort auch weiter Dinge betrachten.

Jetzt muss ich über das Einfühlungsvermögen nachdenken, das in diesem Satz steckte. Über seine Fähigkeit zu begreifen, dass unsere eigentliche Begierde in jenen Augenblicken eine des Betrachtens war. Und über seine Geduld, dort neben uns im strömenden Regen zu sitzen – wer weiß, wie lange –, bis wir es uns überlegt hatten. Darüber, dass er sich nicht ein Mal über uns lustig gemacht hat. Trotz seiner Neigung, alles und jeden auf die Schippe zu nehmen. Und das, obwohl wir zweifellos grotesk lächerlich gewirkt haben müssen.

Im Restaurant dann setzte bei mir eine Veränderung ein. Einen bestimmten Augenblick dafür zu benennen ist schwer. Ich bin nicht einmal sicher, ob es einen solchen gab.

Ich erinnere mich noch, dass wir alle vier um einen Tisch saßen. Und dass Ari in seinem fließenden Spanisch, seiner Muttersprache, Suppe bestellt hatte, die einem Ragout ähnelte. Er fotografierte uns. Aus mehreren Einstellungen. Und ich vermochte nicht mehr dem Gespräch zu folgen.

Den Anfang der Sätze bekam ich noch mit, aber dann driftete meine Aufmerksamkeit ab und das Ende hörte ich schon nicht mehr.

Ich weiß noch, dass die mit den Locken sagte, ich glaube, es fängt an nachzulassen …

Und die mit den glatten Haaren sagte, die Wirkung sollte nach...

Erinnere mich, dass ich dachte: Bei mir hört es nicht auf. Bei mir hört es nicht auf. Und dass, während das Gespräch zwischen Ari und den Mädchen immer entspannter und normaler wurde, mein Gedanke sich veränderte zu: Bei mir hört es nicht auf. Bei mir wird es niemals aufhören.

Ich spürte, etwas war nicht in Ordnung mit mir, und dass alle es mitbekamen, dass mitleidige, betroffene Blicke von überallher aus dem Restaurant mir galten.

Auf den vier Fotos, die Ari dort im Restaurant gemacht hat, sehe ich tatsächlich besorgniserregend aus. Meine Haare kleben an der Stirn, als hätte ich gerade einen Triathlon hinter mich gebracht, mein Kopf ist zur Seite geneigt, als schaffte es der Hals nicht, ihn zu halten, und etwas an meinen Augen ist vollkommen irre.

Ich kann mir diese Bilder nicht ansehen. Habe sie nur ein einziges Mal betrachtet, nachdem wir von unserer Reise zurück waren, und Ari gebeten, sie wegzupacken und niemals jemandem zu zeigen. Ich musste ihm nicht erklären, warum. Er war dabei gewesen, als die Sache anfing, außer Kontrolle zu geraten.

Ich sagte, mir tut der Kopf weh, ich geh zur Hütte.

Die mit den Locken sagte, gute Besserung.

Die mit den glatten Haaren sagte, ich habe euch ja gesagt, der Stoff war gepanscht.

Und Ari fragte, soll ich mitkommen, Bruder?

Er ist mitgekommen, obwohl ich ihn nicht gebeten hatte, und hat sich auf sein Bett gelegt.

Es hört nicht auf bei mir, Ari, habe ich gesagt.

Er hat gesagt, ich solle mir keine Sorgen machen. Weil ich den ganzen Beutel geschluckt hätte, ohne vorher etwas zu essen, würde der Effekt offenbar ein bisschen länger anhalten, das sei alles.

Ich wollte ihm glauben. Aber die Beklemmung, die im Restaurant noch auf kleiner Flamme geköchelt hatte, wurde mit jeder Minute, die verstrich, zu echter Panik: Ich komme da nicht raus, dachte ich. Kann keine Gespräche mit Leuten mehr führen. Werde die Reise nicht fortsetzen können. Man wird mich nach Israel ausfliegen müssen. Mich in ein Kuckucksnest einweisen, mir Beruhigungsspritzen verpassen, die mich noch mehr fertigmachen.

Mehr als alles andere hatte ich Angst einzuschlafen. Und wieder aufzuwachen und nicht zu wissen, ob ich in einer Halluzination oder der Wirklichkeit war. Das war mein Gefühl: Einschlafen war eine Riesengefahr.

Ich werde also nicht schlafen, beschloss ich. Einen Tag, zwei, eine Woche, so lange wie nötig.

Aber was, wenn ich einschlief, ohne es mitzukriegen, und sei es nur für ein paar Sekunden?

Wie sollte ich, wenn ich die Augen aufschlug, wissen, wo ich mich befand?

Jahre später, bei einem meiner ersten Interviews, erzählte mir der Journalist, vielleicht als Masche, um eine gewisse Intimität zu erzeugen, er sei bisexuell.

Sie Glücklicher, habe ich geantwortet, das Beste aus beiden Welten genießen.

Genießen? Sein Gesicht verfinsterte sich. Sie wissen ja nicht, wie verunsichernd das ist, nicht auf etwas fixiert zu sein, das eigentlich ein Axiom sein sollte.

Ich war, in jener Nacht in unserer Hütte, auch nicht fixiert auf eines der fundamentalen Axiome menschlicher Existenz, nämlich zu wissen, dass das, was dir gerade passiert, sich tatsächlich auch ereignet. Und nicht nur eine Ausgeburt deiner Fantasie ist.

Waren die Wolken, die sich an der Decke der Hütte ballten, echt?

Ragten tatsächlich Krebszangen heraus?

War diese Hütte überhaupt echt?

Und existierte das Bett, in dem ich lag?

Ich schloss die Augen, um die Krebszangen nicht zu sehen, und versuchte, an Dikla zu denken. Und an meine Mutter. Meine Schwester. Versuchte, mich an ihnen festzuhalten. Aber die Tatsache, dass ich gezwungen war, sie mir vor Augen zu führen, ermöglichte meinem Bewusstsein, Schabernack mit ihnen zu treiben. Gesichter auszutauschen. Körperteile eines Menschen an einen anderen zu pappen. Zu verkleinern, zu vergrößern. Zu entstellen.

Wie ein Geldautomat, der mitteilt, außer Betrieb zu sein, ließ mich, verstörenderweise, auch mein Langzeitgedächtnis wissen: Vertrau mir von jetzt an nicht mehr.

Mein Herz schlug rasend schnell. Und heftig. In den Schläfen. Und das Bewusstsein dafür trieb meinen Puls noch mehr in die Höhe. Die Krebszangen kamen immer näher. Schnappten von der Decke herab und drohten, sich in meinen Hals zu bohren.

Der einzig sichere Bezugspunkt in dem ganzen Chaos war Ari.

Er lag zweifelsohne auf seinem Bett. Keine zwei Meter von mir entfernt. In seiner gestreiften, auf dem Indiomarkt in Otavalo gekauften Pluderhose. Den einen Arm in den Nacken geschoben, wie immer. Er hatte seine Socken nicht ausgezogen, wie immer. Und roch ganz eindeutig wie Ari. Auch seine Stimme, wenn er mit mir redete, klang wie die von Ari.

Mit explodierendem Herzen erklärte ich ihm, ich sei wie am seidenen Faden. Und dass er das Ende in der Hand halte. Bat ihn, wach zu bleiben. Und jedes Mal wenn ich nach ihm riefe, solle er antworten: Hier!

Er spottete nicht und zweifelte nicht. Schlug nur vor, sollte er trotz allem einnicken, müsse ich lauter schreien oder einen Schuh nach ihm werfen.

Es flogen keine Schuhe. Er blieb die ganze Nacht wach und auf seinem Posten.

Ich rief: Ari!

Und er antwortete: Hier!

Ich rief: Ari!

Und er antwortete: Das bin ich!

Der Kampf um meine Zurechnungsfähigkeit – ich übertreibe nicht, so fühlte ich mich die ganze Nacht hindurch, dass ich um meinen Verstand kämpfte und Gefahr lief, ihn zu verlieren, würde ich einschlafen – dauerte, bis die ersten Sonnenstrahlen die Krebse und Wolken aus der Hütte vertrieben und echtes, vertrautes Vogelgezwitscher an meine Ohren drang.

Eine halbe Stunde später bestiegen wir den ersten Pick-up, der die Farm verließ, und fuhren los. Ich wusste, Ari wäre gern noch geblieben, aber er sagte kein Wort. Das heißt, wenn ich den Dialog exakt rekonstruiere, sagte ich, hör zu, ich habe das Gefühl, es ist nicht gut für mich, noch länger in dieser Hütte zu bleiben. Und er, yallah, komm, lass uns von hier verduften.

Ich erinnere mich noch an die Fahrt. Das heißt, an die ersten Minuten der Fahrt. Wir saßen gegen unsere Rucksäcke gelehnt auf der Ladefläche und schwiegen. Was sonderbar war: Anstatt Erleichterung zu verspüren, dass die Angst, verrückt zu werden, weg war, hatte ich das Gefühl, aus dem Paradies vertrieben worden zu sein.

Hinter den Wolken funkelten keine Götterstädte mehr. Und die Wolken selbst waren nur noch Wolken. Alles, was mir gestern, unter dem Einfluss des Kakteenextrakts, so wundervoll und schön erschienen war, kam mir jetzt gewöhnlich vor. Banal.

Ich meinte, die Strömung des Flusses habe stark nachgelassen. Und die Sonnenstrahlen, die durch die Blätter fielen, seien kürzer. Und dass die Vögel nicht sangen, sondern bloß zwitscherten.

Ich hatte das Gefühl, um genau zu sein, vom Zustand eines erweiterten, für alles empfänglichen, uneingeschränkten, wunderbaren Bewusstseins in ein engstirniges, beschränktes, schmerzlich dürftiges Bewusstsein gewechselt zu sein. Die Welt war wieder nur die Welt. Und nichts weiter.

Ich erinnere mich, dass ich dachte: Der Höhepunkt der Reise liegt hinter mir. Alles, was jetzt noch passiert, wird nicht mit dem zu vergleichen sein, was ich in den letzten vierundzwanzig Stunden erlebt habe. Im Guten wie im Schlechten.

Ich erinnere mich, dass Ari fragte: Was ist los, Amigo? Und dass wir nach der letzten Nacht einander nahe genug standen, er somit diesen jähen Übergang von panischer Angst zu tiefstem Bedauern nachvollziehen konnte. Also erklärte ich es ihm.

Er schwieg einige Sekunden lang und sagte dann: Du hast zwei Möglichkeiten. Möglichkeit eins – dir noch mehr von dem Kaktusgebräu zu besorgen. Aber rechne damit, dass du beim nächsten Mal nicht mehr da rauskommst.

Und die zweite Möglichkeit?, fragte ich.

Zu schreiben, meinte er trocken.

Woher hatte er bloß diese Gewissheit, frage ich mich jetzt. Wie konnte er die Zukunft so vorhersehen?

Ich holte das Tagebuch aus dem Rucksack und schlug es auf. Ein paar wenige Bonmots standen dort, die ich unter dem Einfluss des Kakteentranks geschrieben hatte und die, wie das meiste, was unter Einfluss von Drogen oder Alkohol verfasst wird, völlig wertlos waren. Daher schlug ich eine neue Seite auf und begann, etwas anderes zu schreiben. Oben auf die Seite schrieb ich – die Macht der Gewohnheit – »An Dikla«, aber es wurde eine Kurzgeschichte daraus. Über das Mädchen mit den Locken. Über ihre Familie zuhause. Ihr Herz, das man ihr wenige Wochen, bevor sie nach Südamerika geflogen war, gebrochen hatte. Über den Hurensohn von Musiker, der das gemacht hatte. Ich dachte mir das natürlich alles nur aus. Denn das Einzige, was ich über sie wusste, war, dass sie immer einen großen Bruder gewollt hatte. Und von dort begann ich. Versank völlig im Schreiben der Geschichte. Nahm die Augen nicht mehr vom Blatt.

Der Pick-up fuhr und fuhr, aber ich sah die verblasste, die so vorhersehbare Welt nach der Vertreibung nicht mehr.

Ich sah nur noch das Leben des Mädchens mit den Locken. Es lag vor mir ausgebreitet, ein Paradies offener Möglichkeiten.

Gegen Abend erreichte unser Pick-up sein Ziel. Erst da klappte ich das Tagebuch zu und schob es zurück in den Rucksack. Aber diese Fahrt dauert – in mehrfachem Sinne – bis heute an.

Genau wie mein Bund mit Ari.

Sein Zustand hat sich in den letzten Tagen dramatisch verschlechtert. Erst haben sie ihn nach Hause entlassen, weil es keine Therapie gibt, die ihm noch helfen könnte. Und dann wieder zurück auf die Station gebracht, um ihm intravenös Schmerzmittel zu geben.

Die meiste Zeit ist er vollkommen benebelt, und nur manchmal schlägt er für ein paar Sekunden die Augen auf und sagt etwas. Wobei er mitunter absolut klar klingt und manchmal sein Bewusstsein sich bewegt wie ein Springer auf dem Schachbrett.

Gestern zum Beispiel, wir waren allein im Zimmer, hat er mich erneut gebeten, ich möge ihm helfen zu sterben. Meine Eltern haben endgültig abgelehnt, sagte er. Das heißt, meine Mutter, plötzlich ist ihr eingefallen, ihr Großvater war Rabbiner, verstehst du? Und mein Vater will nichts unternehmen, ohne grünes Licht von ihr. Und das bei ihrer trauten Zweisamkeit. Kurzum, Bruder, das war's. Es bleibt keiner außer dir.

Ich schwieg.

Ari sah mich an. Flehend.

Noch nie zuvor hatte ich ihn flehen sehen.

Ich schwieg weiter und er hielt weiter die Augen auf mich gerichtet. Etliche Sekunden lang. Oder Minuten.

Die Zeit fährt anders auf der Onkologie.

Und dann ergriff er plötzlich meine Hand, drückte sie fest und sagte, danke.

Ich wollte ihm sagen, ich hätte darüber nachgedacht und dass mir das Ganze eine Nummer zu groß erschien, für mich, das heißt, Sorbas hatte bestimmt recht, und es zu tun war allem Anschein nach das Richtige, aber trotzdem, es täte mir leid, aber ich sei nicht sicher, ob ich dazu in der Lage …

Doch er fuhr fort: Die Nacht damals … in Ecuador … wenn du in der Hütte nicht bei mir gewesen wärst, wäre ich verrückt geworden.

Umgekehrt, wollte ich sagen, es war genau anders herum.

Aber seine Augen hatten sich bereits wieder geschlossen und es machte schon keinen Sinn mehr.

Ich habe weiter seine Hand gehalten und auf den Monitor gestarrt, der einen Punkt zeigte und noch einen, habe die Götter angefleht, die in der Stadt hinter den Wolken, bitte, bitte macht, dass es ihm nicht mehr wehtut.

Und dann ist mir eine Idee gekommen.

Ich bin runter in das Café neben dem Krankenhaus. Habe meinen Laptop angeworfen. Bin die alten Mails durchgegangen, bis ich die Teilnehmerliste von dem Workshop fand, mit dem Burschen, der diese subversive Story über Sterbehilfe geschrieben hatte. Habe ihn angerufen. Er war gleich dran. Der Herr Lehrer, wie geht's Ihnen, was macht der Rücken? Noch immer Hexenschuss? Ich habe ihm von Ari erzählt. Habe gesagt: Ich benötige dringend so einen Engel, wie in der Geschichte. Jemanden, der bereit ist, die Spritze zu geben.

Schweigen. Langes Schweigen.

Langes Schweigen war das, worauf ich gehofft hatte.

Am Ende sagte er: Dieses Gespräch hat nie stattgefunden. Sie schicken mir die Nummer Ihres Freundes per SMS. Und löschen sie danach sofort. Alles wird zwischen mir und ihm geregelt. Sie werden nicht mehr mit mir reden. Werden mich nicht fragen, was passiert oder was sein wird. Sie werden keine Möglichkeit haben zu erfahren, wann genau der Engel ihn besuchen kommt. Dafür gibt es keine Vorhersage. Es kann schon morgen sein oder erst in einem Monat. Hängt von den Umständen ab. Auf jeden Fall, sobald Sie mir seine Nummer geschickt haben, sind Sie raus aus dem Bild. Klar?

Verzeihen Sie die technische Frage, aber was ist Ihr Rekord?
Wie viele Seiten haben Sie mal an einem Stück geschrieben?

Manchmal ist ein präziser Satz mehr wert als Dutzende Seiten. Daher rührt auch, nebenbei gesagt, mein Neid auf Lyriker. Das ist wie in der berühmten Brückenszene in *Indiana Jones*: Während ich seitenlang mit Schwertern aus Figuren, Handlung und Hintergrund herumfuchtele, ziehen Lyriker eine einzige gute Zeile, schießen und treffen.

Dennoch – ich habe mal, auf dem Dach eines Hostels in Peru, zwei Tage in einem durchgeschrieben. Einen fünfundzwanzig Seiten langen Brief. An Dikla. Am Abend zuvor hatte ich sie im örtlichen Postamt von einem öffentlichen Fernsprecher aus angerufen. Wir hatten geredet und zum ersten Mal, seit ich ohne sie nach Südamerika aufgebrochen war, klang sie distanziert. Bemühte sich interessiert zu klingen, war es aber eigentlich nicht. Außerdem war da irgendjemand, mit dem sie studierte, Micky, dessen Name während unseres Telefonats zweimal fiel, und etwas an der Art, wie sie ihn aussprach … Ich weiß nicht. Ich war alarmiert. Und es gab damals ja noch keine SMS oder WhatsApp, mit dem sich die Befürchtungen hätten mildern lassen können. Also sagte ich zu Ari, ich bräuchte ein bisschen Zeit für mich, und schrieb Dikla einen Brief. Erzählte ihr von dem Kakteengesöff und dem, was mit mir passiert war, als die Wirkung nicht nachließ. Beschrieb ihr, wie ich, als die Krebszangen von der Decke kamen und drohten, sich um meinen Hals zu legen, die Augen zugemacht und versucht hatte, an sie zu denken. Nur an sie. Ich wusste, wenn es mir gelänge, mich auf sie zu konzentrieren und auf die Art, wie sie mich immer umarmte, würde das die Zangen aufhalten, aber es war mir nicht gelungen. Ihre Gestalt hatte sich in meinem Bewusstsein jedes Mal aufgelöst, wenn ich versuchte, sie zu fixieren. Und von allen Sachen, die ich an jenem Tag und in der darauffolgenden Nacht erlebt hatte, sei es das gewesen, was mir am meisten Angst bereitet hätte.

Lös dich mir nicht auf, schrieb ich ihr. Ich liebe dich. Und ich werde dir noch einen Heiratsantrag machen, wie es sich gehört, mit Hubschraubern und Flammenschrift und allem, aber damit eines jetzt schon klar ist, ich möchte Kinder mit dir.

Danach malte ich mir seitenlang aus, wie unsere Kinder wohl aussehen würden. Zwei Jungs und ein Mädchen, natürlich. Ich beschrieb jedes Kind und die Beziehung, die sie untereinander hatten, schilderte das fröhliche Drunter und Drüber unserer gemeinsamen Familienmahlzeiten, in unserem Haus in Galiläa. Beschrieb das Haus in Galiläa. Den Kräutergarten. Die zwischen zwei Pampelmusenbäumen gespannte Hängematte. Die kleinen Fußballtore auf dem Rasen. Die überall aufgehängten Lautsprecher, die abwechselnd Me'ir Ariel und Alona Daniel spielen würden.

Wir haben zwei Töchter und einen Sohn bekommen. Und sind nicht nach Galiläa gezogen.

Aber in einer Sache hatte ich recht: Es war der richtige Augenblick, Dikla einen Liebesbrief zu schicken.

Monate nach meiner Rückkehr – wir wohnten da schon zusammen – gestand sie mir: Ich war kurz davor aufzugeben. Und dieser Micky hatte mich angerufen und eingeladen, zum Studententag mit ihm ans Tote Meer zu fahren. Fast hätte ich zugesagt. Aber dann kam der Umschlag von dir. Prall gefüllt. Als hättest du mir Dollars geschickt. Ich musste ihn einfach aufmachen.

Auch in den letzten Monaten habe ich Dikla einen Brief geschrieben. Das heißt, ich habe es versucht. Handschriftlich. Am Computer. Dutzende von Entwürfen. Alle fingen an mit »Lös dich mir nicht auf«. Aber wir lösten uns weiter auf. Und ich wusste nicht, wie weiter. Versuchte, zu Gedichten überzugehen. Zu Liedern. Versuchte Agi Mish'ol zu zitieren und Jacques Brel. Aber es gelang mir nicht, enthusiastische Worte voller Elan zu finden, die ihre innere Waage zu meinen Gunsten hätten ausschlagen lassen können. Vielleicht, weil zu viel Vergangenheit zwischen uns steht, als dass ich ihr eine Zukunft versprechen könnte. Vielleicht, weil ich zu sehr Schriftsteller geworden bin, um noch etwas zu schreiben, das aus meinem Herzen kommt und Zugang zu ihrem findet. Vielleicht, weil die eigentliche Geschichte hier nicht von einem Mann handelt, der seine Frau versöhnlich stimmen muss, weil er Angst hat, sie zu verlieren, sondern von einem Mann, der mit Verspätung versteht, dass er seine Frau bereits verloren hat.

Wie auch immer. Morgen ist die Bat-Mizwa. Die Vorbereitungen sind abgeschlossen. Das Fotobuch ist aufgenommen und gedruckt. Der DJ hat eine Liste mit Geht-immer- und Geht-nie-Liedern bekommen. Das Kleid ist gekauft. Und zuhause anprobiert worden. Und unter bitteren Tränen wieder ausgezogen und noch einmal anprobiert worden. Die Torte ist bestellt und muss morgen früh von mir in der Konditorei abgeholt werden. Morgen Mittag ist noch ein letzter Besuch beim Hairstylisten geplant, und morgen Abend werden wir fünf uns ins Auto setzen und zu dem Club fahren. Am Ende des Abends werden wir nach Hause zurückkehren, und wenn die Kinder schlafen gegangen sind, wird Dikla sagen, ich wollte mit dir über etwas reden.

Wie wissen Sie, dass Sie am Ende des Buches angelangt sind?

Bei jeder Schreibwerkstatt gibt es eine Stunde mit dem Titel »Körper und Erotik«. Zu Beginn der Stunde bitte ich die Teilnehmer, sich die Augen mit Tüchern zu verbinden, versprühe dann etwas Parfüm im Raum und fordere sie auf, sich die Frau vorzustellen, die diesen Duft trägt. Danach versprühe ich etwas After Shave und bitte sie, sich den passenden Mann dazu vorzustellen. Nachdem sie die Binden wieder von den Augen genommen haben, sollen sie eine Szene schreiben, in der der Mann und die Frau in einem Raum sitzen, begierig darauf, sich gegenseitig zu berühren, es aber nicht können.

Der Moment, in dem die Teilnehmer mit verbundenen Augen dasitzen, ist der einzige Zeitpunkt während der zehn Treffen, in denen der Workshopleiter ungeniert einen Blick auf sein Telefon werfen kann.

Ich hatte eigentlich nur vor, meine E-Mails zu checken, um sicherzustellen, dass die Polizei in Stockholm auch meine schriftliche Zeugenaussage erhalten hatte, die ich ihnen im Zusammenhang mit Axel Wolf geschickt hatte – und so erfuhr ich es.

Mitten in der Stunde.

Seine Mutter hatte mir eine kurze SMS geschickt.

Für die wirklich wichtigen Dinge bedarf es nicht vieler Worte.

Ich liebe dich – drei Worte.

Ari ist tot, Beisetzung morgen – fünf Worte.

Danach musste ich weiter unterrichten. Man kann ja nicht mitten in der Stunde gehen und die Klasse ohne Lehrer zurücklassen. Ich lauschte also den erotischen Texten und dachte, Ari würde sagen, die ganze Situation sei der absolute Brüller, dachte, das war's, jetzt habe ich niemanden mehr, für den ich Situationen sammle. Wollte weinen, aber vor Schülern zu weinen ist wie Weinen vor Kindern, also riss ich mich zusammen, bis auch die letzte Schülerin, die ihre Strickjacke vergessen hatte, noch mal zurückgekommen und sie geholt hatte, löschte dann das Licht im Raum und spielte auf meinem Smartphone einen Song ab, nach dem Ari verrückt gewesen war (Ari hatte Songs nicht einfach nur gemocht, er war verrückt nach ihnen gewesen).

Sie kommt herum, o-ho-ho-o, zieht durch die Welt.
Über dem Meer in großen Flugzeugen.

Wohin zieht es sie?
Wohin?

Danach schloss ich ab, schaltete die Alarmanlage an und begann, durch die Straßen von Jaffa zu streifen. Konnte jetzt nicht einfach in meine noch viel zu neue Wohnung zurück. Musste irgendjemanden finden, irgendetwas. In meinem Stammkiosk erstand ich eine Flasche Bitter Lemon und leerte, im Gedenken an Ari, die Bitterkeit bis auf den letzten Tropfen. Dachte, vielleicht ja der Bursche vom Kiosk? Wir halten manchmal einen kleinen Fanplausch über den Hapoel. Aber er war beschäftigt mit anderen Kunden, die Wettscheine für Pferderennen in England ausfüllten, und ich sah nicht, wie ich mit ihm ins Gespräch kommen sollte. Ich verließ den Kiosk und überquerte die Straße. Mein Stammpenner saß an seinem Stammplatz neben den Müllcontainern. Manchmal biete ich ihm die Reste des Imbisses vom Workshop an. Er nimmt sie immer und sagt, ein Segen über deine Hände. Ich warf die leere Bitter-Lemon-Flasche in einen der Container und näherte mich ihm, wollte wirklich mit ihm reden, aber in dem Augenblick sank sein Kopf plötzlich auf die Brust und er war eingenickt. Ihn zu wecken brachte ich nicht übers Herz. Also trottete ich weiter in Richtung der Gegend mit den Bars. Unterwegs begegnete mir ein bezauberndes Paar. Er war bezaubernd und sie war bezaubernd und die Art, wie sie nebeneinander hergingen – sich beinahe berührend, aber nur fast – war bezaubernd. Selbst die Art, wie sie ihren Blick auf mir ruhen ließen, als wollten sie sagen, »wir haben genug Liebe, möchtest du etwas abhaben?«, war bezaubernd. Also warum hätte ich ihnen den Abend verderben sollen? Und noch dazu am Donnerstag? Unmittelbar, bevor sie bestimmt übers Wochenende wegfuhren und sich irgendwo ein bezauberndes Gästezimmer nahmen? Ich beschleunigte meine Schritte und betrat die wenig angesagte Bar, in der ich manchmal nach der Schreibwerkstatt noch einen Drink nehme. An den Donnerstagabenden hat die wenig angesagte Bar, um Kundschaft anzulocken, immer einen DJ am Start, der Hip-Hop-Klassiker aus den Neunzigern mit bis zum Anschlag aufgedrehten Reglern spielt, sodass man El'ad, dem Barman, auf der Karte das Getränk zeigen muss, das man möchte, da er deine Bestellung unmöglich hören kann. Ich deutete auf den Arak-Grapefruit-Cocktail, und als El'ad mir das Longdrinkglas hinstellte, nahm ich den Strohhalm raus und leerte das Ganze in einem Zug, fing seinen Blick auf und sagte endlich, aber leise, damit er nichts hörte – mein einziger Freund ist tot.

Dikla ist mit mir zu der Beerdigung gegangen.

Einige Tage nach der Bat-Mizwa sind wir übereingekommen – das heißt, sie hat darum gebeten und ich hatte keine andere Wahl als zuzustimmen –, dass ich ausziehe. Ich habe eine kleine Wohnung in der Parallelstraße gemietet. Bin mit den wenigen Sachen, die »meine« sind und nicht »unsere«, dort eingezogen. Vor allem Bücher. Und dennoch hat Dikla mich zu der Beisetzung begleitet. Ist nicht nur mitgekommen. Hat mich in ihrem Firmenwagen abgeholt und ist neben mir den ganzen Weg hinter dem Sarg hergegangen. Was eine schöne Geste ihrerseits ist, habe ich gedacht. Und dass, wenn ich sie nicht gekannt und dort zum ersten Mal gesehen hätte, auf dem Friedhof, in weißer Bluse und mit hochgesteckten Haaren, ich mich bestimmt in sie verguckt hätte.

Dachte, dass ich nicht einen der Tausenden von Tagen bereue, die wir zusammen gewesen waren. Dass es das wert gewesen war. Dass wir einander wert gewesen waren. Und dass sie, auch wenn unsere Trennung von zeitweilig zu dauerhaft übergehen sollte und der Kurier mit den Scheidungspapieren diese Woche tatsächlich und nicht nur in meiner Fantasie an die Tür klopfen würde, sie für immer die Liebe meines Lebens bliebe.

Nachdem ich meine Trauerrede verlesen hatte und wieder neben ihr stand, tastete sie nach meiner Hand und vergrub ihre für die restliche Zeremonie darin.

Allen – auch mir – war klar, dass ich derjenige sein würde, der die Trauerrede schreibt. Aber stundenlang gelang es mir nicht, auch nur ein Wort zu Papier zu bringen. Bis ich die E-Mails durchging, die wir in den letzten Jahren gewechselt hatten, und etwas fand, was ich ihm aus London geschrieben hatte, wenige Monate bevor man den Tumor bei ihm entdeckt hatte.

Fünfundzwanzig Jahre später und die Redner an der Speakers Corner im Hyde Park sind noch immer bei denselben Themen: Mohammed, Jesus, die Banken, it's not easy to be a homosexual. Auch der Rasen hat noch immer exakt dieselbe Farbe – British Green. Und ein bisschen kalt ist es. Aber nicht so eine Kälte, die dir die Knochen gefrieren lässt.

Weißt du noch, wie wir dort lautstark zu diskutieren begonnen haben, einfach so, aus Quatsch, nur damit sich auch um uns ein Kreis bildete?

Inzwischen bist du Rechtsanwalt und trittst vor Gericht auf. Und auch ich habe einen Weg gefunden herauszulassen, was schweigsam in mir war.

Ich muss schon nicht mehr auf einen Schemel steigen, damit man mich beachtet. In den freien Stunden, die ich auf Lesereisen habe, beobachte ich lieber. Geht es dir ähnlich?

Ich weiß gar nicht, warum ich dir jetzt schreibe.

Vielleicht, weil ich dich vermisse und die gemeinsame Zeit, die wir mal hatten, um an ferne Orte zu reisen.

Vielleicht, weil du mir, bevor ich nach London geflogen bin, am Telefon gesagt hast, du hättest das Gefühl, alles sei festgefahren. Und dass du lieber heute als morgen deine Anwaltskanzlei verlassen würdest, ausgerechnet jetzt, da du Partner geworden bist.

Ein Gefühl, das ich auch schon seit ungefähr fünf Jahren habe.
Auch wenn es mir bisher erfolgreich gelungen ist, das vor aller
Welt zu verbergen. Sogar vor dir.

Und heute, hier im Hyde Park, hatte ich plötzlich so einen
lichten Moment, verstehst du? Habe für eine Sekunde die innere
Spule des Lebens gesehen. Die, die die meiste Zeit vor unseren
Augen verborgen ist.

Ich weiß nicht, ob ich mich verständlich machen kann. Aber
für eine Sekunde konnte ich sehen, dass wir, du und ich, es trotz
allem geschafft haben, von unserem Startfeld eins vorzurücken.
Und dass, wenn uns das einmal geglückt ist, es keinen Grund gibt,
warum uns das nicht noch einmal gelingen sollte. Oder etwa nicht?

Doch ich konnte mir nicht vorstellen, wie ich diesen Brief vorlesen
sollte, ohne mittendrin tränenerstickt abzubrechen.

Also habe ich am Ende, am Grab, einfach erzählt, wie Ari und ich
uns kennengelernt hatten. Nicht die Geschichte von unserer Begegnung in der alten Malha-Halle, auf der Tribüne hinter dem Korb,
bei einer der epochalen Niederlagen des Hapoel. Sondern die wahre
Geschichte.

Die Zeremonie, die wir in der Schule am Gedenktag für die gefallenen Soldaten hatten, umfasste auch einen Marsch, der auf dem
Basketballfeld endete, wo die gesamte Schülerschaft dann unter sen-
gender Sonne in Dreierreihen strammzustehen hatte, während die
Namen der Gefallenen verlesen wurden. Eine Liste, die Jahr für Jahr
länger wurde. Und jedes Jahr gab es ein paar Schüler, für die die
Hitze zu viel war und die während der Zeremonie ohnmächtig zu
Boden sanken. Da dieses Phänomen an unserer Schule so alt wie
die Zeremonie selbst war, wurde jedes Jahr ein »Evakuierungsdienst«
eingeteilt, dessen Aufgabe darin bestand, die ohnmächtig Gewordenen unauffällig und ohne eine Miene zu verziehen auf einer Trage an
den Spielfeldrand zu schaffen, wo ein Sanitäterteam bereits wartete.

In jenem Jahr waren Ari und ich die Evakuierer vom Dienst. Und in den Tagen vor der Zeremonie hatten die an unserer Schule für vormilitärische Ausbildung zuständigen Lehrer mit uns immer wieder das Aufklappen und Hochheben der Trage geübt. Aber keiner von ihnen hätte uns darauf vorbereiten können, dass ausgerechnet Chaim Churi der Erste sein würde, der umkippte.

Chaim Churi war gut einen Kopf größer als wir. Und mindestens zehn Zoll breiter. War Kapitän der Basketballmannschaft. Und amtierender Meister der ganzen Stufe im Armdrücken. Aber wir schrieben das Jahr 1985, unsere Armee steckte noch immer bis zum Hals im libanesischen Sumpf, die Liste war um viele Namen länger geworden und nicht ein Wölkchen stand am Himmel, um die unbarmherzig brennende Sonne zu mildern, und Chaim Churi sank zu Boden wie ein Blatt im Wind, in der kleinen Pause zwischen den Buchstaben L und M.

Chaim ist gefallen, flüsterte mir Ari zu.

Wir sind im Laufschritt mit der Trage zu ihm, haben in Todesverachtung seinen gewaltigen Körper darauf gewälzt, haben uns unter unterdrücktem Ächzen die Trage auf die Schultern gestemmt und sind losmarschiert.

Wir hatten etwa einhundert Meter bis zum Erste-Hilfe-Punkt. Und nach rund zwanzig Metern – haben wir Schiffbruch erlitten. Die Trage war einfach zu klein und Chaim Churi ist heruntergerutscht. Wir haben noch versucht, ihn aufzufangen – und sind mit ihm zu Boden gegangen. Haben uns aufgerappelt, Chaim wieder auf die Trage geschoben und sind weiter. Doch nach weiteren zehn Metern haben meine Knie angefangen zu zittern und ich bin gestrauchelt – und die Trage und Chaim Churi haben mich unter sich begraben.

Lass gut sein, hat Ari vorgeschlagen, ich nehme ihn und du nimmst die Trage.

Bis heute ist mir nicht klar, woher er die Kraft nahm, Chaim Churi zu schultern.

Aber das war, was passierte. Er wuchtete ihn sich wie einen Mehlsack auf die Schultern und ging los.

Ich bin hinter ihm hergezottelt mit der Trage. Als wir bei dem Erste-Hilfe-Punkt ankamen, war ich sicher, Ari würde böse auf mich sein. Oder sich über mich lustig machen. Wir waren ja in einem Alter, in dem man seine Position behauptet, indem man andere runtermacht. Doch stattdessen ließ sich Ari vollkommen erschöpft auf den Rasen sinken und schenkte mir ein Lachen. Sein Lachen war lautlos – immerhin waren wir ja trotz allem noch mitten in der Zeremonie des Gedenktages –, aber unmissverständlich: Ari war eindeutig der Meinung, das Ganze sei weniger demütigend als amüsant.

Du gabst mir noch ein Paar Augen, mein Freund, sagte ich in meiner Grabrede.

Und las zum Schluss drei Zeilen aus »Falle und stehe auf« von der Hip-Hop-Combo Shabak Samech vor, seiner Band:

Denn es gibt einen süßeren Ort als diesen.
An dem mehr Zeit ist.
So viel, wie wir nur wollen …

Nach der Beerdigung sind wir noch zu seinen Eltern gegangen. Ich sage »wir«, aus Gewohnheit, obwohl sich Dikla in Wahrheit entschuldigte, sie müsse jetzt nach Hause und den Kindern Abendessen machen. Wir standen neben ihrem Wagen, auf dem Schotterparkplatz, und zwischen uns stand eine Verlegenheit, die auf sonderbare Weise jener am Ende eines ersten Dates glich.

Danke, dass du mitgekommen bist, habe ich gesagt.

Und sie, was soll das heißen? Das war doch klar.

Ich weiß nicht, habe ich gesagt. Du warst nie richtig für Ari.

Und sie, er war es, der uns miteinander bekannt gemacht hat. Und er war zwanzig Jahre lang auch Teil meines Lebens.

Das stimmt, sagte ich.

Das war schön, was du erzählt hast, sagte sie, um sich sogleich zu korrigieren. Nicht bloß schön. Wahrhaftig.

Ja, sagte ich. Und senkte den Kopf.

Ich habe dir das hier mitgebracht, sagte sie und zog das neue Programmheft des Dokumentarfilmfestivals Docaviv aus ihrer Handtasche. Das ist mit der Post gekommen und …

Danke, dass … du an mich gedacht hast, sagte ich.

Und dann hat sie plötzlich die Zeit überschritten, die uns inzwischen trennte, und mich umarmt. Hat mich mit ihren langen, zarten Armen umfangen. Mitten auf dem Friedhofsparkplatz.

Ich war schon seit Wochen von keiner Frau mehr umarmt worden.

Lange standen wir so versunken ineinander. Ein Körper in einem Körper in einem Körper.

Erinnerung in Erinnerung in Erinnerung.

Am Ende hat sie sich von mir gelöst. Ganz behutsam. Erst die Brust. Dann der Hals. Und schließlich die Arme.

Kommst du klar? Hat sie gefragt. Da schon aus sicherer Entfernung.

Ich habe bloß genickt. Und sie ist in ihren Wagen gestiegen.

Am nächsten Tag bin ich zur Schiwa gegangen.

Und auch am Tag danach und an allen Tagen der Trauerwoche.

Der Schmerz über Aris Verlust war zu groß, um allein mit ihm zu bleiben, und so fand ich mich eine ganze Woche mit Familie Starlin verbringend wieder. Ich blieb nicht über Nacht, das nun nicht, kam aber früh am Morgen und ging spät nachts, mit den letzten Trauergästen, und trug die vielen Müllsäcke raus, die sich jeden Tag füllten.

Meine Gedanken während dieser Woche waren überraschend klar.

Die Dysthymie hatte sich fast vollständig aufgelöst. Aber kein

Medikament war ihr am Ende beigekommen. Keine Gespräche mit einem Psychologen. Kein Triathlontraining. Kein sich kopfloses Verlieben. Sie war einfach von selbst verflogen.

Ich musste daran denken, wie ich jedes Mal, wenn wir in eine andere Stadt gezogen waren – und wir waren oft umgezogen – mehrere Monate vor dem Umzug in Traurigkeit verfallen war, aber wenn der Umzug dann kam, dieser im Gegenteil immer Erleichterung mit sich gebracht hatte.

Mir scheint, ich hatte über die unvermeidlichen Abschiede von Ari und Dikla innerlich schon lange getrauert, bevor sie tatsächlich stattfanden, hatte alle fünf Stufen der Trauer im Voraus durchlaufen, und jetzt wurde irgendeine Energie, die in mir gefangen gewesen war, freigesetzt.

Ich fühlte mich seltsam erleichtert, als hätte ich am Ende eines Trecks einen schweren Rucksack abgesetzt.

Das vollkommene Sich-entziehen aller tagtäglichen Anforderungen – SMS, E-Mails, Schüler, die wissen wollten, wann ich ihren Text endlich lesen würde, die Stockholmer Polizei, die sich nicht damit begnügte, dass ich schriftlich ausgesagt hatte, ich hätte Axel Wolf tatsächlich sagen hören, er habe jemanden ermordet, sondern immer wieder anrief und meine Glaubwürdigkeit untermauernde Einzelheiten zu jener verfluchten Nacht in Jerusalem verlangte. Immerhin sind Sie ja auch Schriftsteller, kanzelte mich der leitende Ermittler ab, wie stehen da die Chancen für uns, Ihnen glauben zu können?

Dieses vorübergehende, vollkommene Abgeschnittensein von der Welt verschaffte mir etwas, das ich schon lange nicht mehr gehabt hatte. Eine Perspektive.

Ich konnte mein Leben und dessen Havarie im letzten Jahr von außen betrachten. Und verstehen, was die Geschichte war.

Wie alles gekommen war. Was zu was geführt hatte. Und wie ich mich in einem von mir selbst geknüpften Lügengeflecht verfangen hatte.

Am sechsten Tag der Trauerwoche rief Yoram Sirkin an. Ich drückte ihn weg. Er rief erneut an. Wieder und wieder. Ich ging mit dem Telefon nach draußen. Er wollte, dass ich ihm Topics für ein Fernsehduell schreibe. Ich sagte, er solle zur Hölle fahren. Er drohte mir, er werde die Verbindung zwischen uns publik machen. Ich sagte, ohne zu zögern oder mich zu räuspern, machen Sie, was Sie wollen, Yoram. Ich habe ohnehin nichts mehr zu verlieren.

Am letzten Tag der Schiwa erschien Chagai Karmeli.

Trat ins Wohnzimmer. Mit seinem immer etwas verwunderten Blick. Und dem rostroten Bart.

Im ersten Moment wirkte er unverändert. War nicht ein bisschen verwittert.

Ich war überrascht von seinem Erscheinen. Und gleichzeitig schien es das Natürlichste auf der Welt.

Ich stand auf. Konnte an seinem Blick sehen, dass er mich zunächst nicht erkannte. Und dann doch.

Wir umarmten uns. Was mich schon überraschte. Umarmungen waren nie sein Ding gewesen, mit Mühe hatte er sich zu einem High Five durchringen können.

Wir lösten uns aus unserer Umarmung, hielten einander aber noch an den Schultern gefasst. Jetzt bemerkte ich auch die vielen Fältchen rund um seine Augen. Und die Sonnenflecken auf seinen Wangen. Wären wir Frauen gewesen, hätte das der Moment sein können, in dem eine zu der anderen sagt, du siehst einfach fantastisch aus. Aber anstatt einander etwas vorzumachen, schwiegen wir und suchten uns ein Eckchen im Wohnzimmer.

Ich sagte, Bruder, wo hast du denn gesteckt? Ich habe dich mit Kerzen gesucht! Mit Scheinwerfern! Mit Flutlicht!

Er antwortete nicht. Lächelte nur sein Moll-Lächeln.

Aris Vater trat zu uns. Gebeugt. Gebrochen.

Chagai, sagte er mit wehmütiger Stimme. Gut, dich zu sehen.

Mein Beileid, Chagai erhob sich.

Am Leid eines anderen kann man nicht wirklich beteiligt sein, sagte Aris Vater, aber danke. Auf dem Tisch stehen Empanadas, wenn du hungrig bist. Genier dich nicht zuzugreifen.

Danke, sagte Chagai.

Für einen Moment schien es, als würde Aris Vater auf Chagai fallen, denn er neigte sich in bedrohlichem Winkel zu ihm, richtete sich dann aber auf, machte kehrt und schlich in Richtung Küche.

Chagai setzte sich wieder und sagte, es tut mir leid, dass ich … dir einfach so verschwunden bin.

Was ist passiert?, fragte ich.

Er fuhr sich ausgiebig durch seinen Bart.

Meinte dann: Eine Frau.

Und schwieg drei weitere Takte.

Ich musste daran denken, dass Chagais Sprechtempo Ari immer wahnsinnig gemacht hatte. Ich mag Menschen, mit denen ich Pingpong reden kann, hatte er mir mal erklärt, und dieser Karmeli spricht Tennis. Zwei Stunden zwischen einem Satz und dem nächsten.

Ihm ist es einfach wichtig, genau zu sein, hatte ich ihn verteidigt. Und auch jetzt drängte ich ihn nicht.

Ich habe sie bemerkt, als sie gerade in deinem Buch las, sagte Chagai nach einer Ewigkeit. In Buenos Aires. Im »El Ateneo«. Diese Buchhandlung in dem ehemaligen Theater …?

Ich wusste es! Ich wusste, dass du in Buenos Aires warst! Ich habe dich dort verfolgt, in der U-Bahn. Aber …

Ich bin zu ihr hin und habe ihr gesagt, du und ich, wir seien mal enge Freunde gewesen. Das hat sie neugierig gemacht, und irgendwann hat sie eingewilligt, mit mir etwas trinken zu gehen, wenn sie das Kapitel beendet hätte.

Moment … Was hat sie dort gemacht?

Südamerikareise nach dem Studium.

Ah, also eher ein Mädchen, was?

Chagai Karmelis Augen verschatteten sich. Etwas an dem Wort »Mädchen« störte ihn und er bedachte mich mit einem enttäuschten Blick. An dessen Rändern Geringschätzung glomm. Ein Blick, der auf dem Gymnasium denen vorbehalten gewesen war, die es mehr mit Queen als mit den Smiths hielten.

Nach einigen Sekunden sah er weg und sprach leise weiter. Fast zu sich selbst.

Ich habe keinerlei Altersunterschied zwischen uns gespürt. Wir waren einen Monat zusammen, mehr als einen Monat, in Buenos Aires. Das war … die glücklichste Zeit in meinem Leben. Vielleicht die einzige glückliche Zeit in meinem Leben. Eines Nachts hatte ich genug getrunken, um ihr … einen Heiratsantrag zu machen. Sie hat ihn nicht angenommen. Hat gesagt, sie sei noch so jung … und brauche Zeit, um das zu verdauen. Ihre Gedanken zu ordnen. Und dann ist sie mit Freundinnen auf eine Tour durch Bolivien. In La Paz haben sie eine Mitfahrgelegenheit auf einem Pick-up …

Sag nichts! Der Camino de la Muerte?

Ja.

Hieß sie Maayan?

Nein. Nirit.

Beschreib sie mir.

Er beschrieb mir die junge Frau, die auf dem Bild neben Maayan steht. Den Arm um das Surfbrett gelegt. Schwarze Locken. Mit Mittelscheitel. Riesige Augen. Und die Haltung, in der sie steht, ein bisschen herausfordernd.

Danach verstummte er für etliche Takte.

Fuhr sich mit dem kleinen Finger durch den Augenwinkel. Und fischte von dort eine einsame Träne.

Und blieb weitere Takte stumm. Kraulte seinen Bart. Und versank immer mehr in sich selbst. Bis er plötzlich aus seinen Gedanken aufschreckte und fragte: Augenblick, wer ist diese Maayan?

Ich erzählte ihm von dem Autorengespräch in Ganej Tikwa. Und von Maayans Mutter, die am Ende mit dem Foto zu mir gekommen war.

Ich zögerte eine Sekunde, ehe ich ihm von der Beziehung erzählte, die sich zwischen mir und Maayan entwickelt hatte, nach ihrem Tod. Aber dann dachte ich, wenn es jemanden gibt, der das verstehen kann …

Er nickte hin und wieder und schaute mich an, aber nicht verurteilend, und als ich fertig war, fragte er: Möchtest du was trinken?

Dann stand er auf, um mir eine Cola Zero und sich eine richtige Cola zu holen. Kam mit zwei Plastikbechern zurück, reichte mir den einen und fragte:

Hast du das Foto noch?

Sicher, sagte ich. Bei mir im Arbeitszimmer.

Er fuhr sich erneut durch seinen Bart, schien sich dann an etwas zu erinnern und sagte, weißt du noch, wenn wir am Meer waren und ich nicht reingegangen bin?

Sicher weiß ich das noch, sagte ich, du hattest immer ein Schachbrett dabei. Und hast gegen dich selbst gespielt.

Sie hat mir das Surfen beigebracht, Nirit, sagte er. Kannst du dir mich auf einem Surfbrett vorstellen?

Sagte, mit erstickter Stimme, sie hat mich »Tüte« genannt, als Kurzform von »Knalltüte«. Und ich sie »Brötchen«, weil sie so volle Wangen hatte.

Sagte, alles schien lösbar, als ich mit ihr zusammen war.

Sagte, an dem Ort, an den sie gegangen sind, gibt es keine Hoffnungen und keinen Untergang, keine Reue und keinen Kummer, nicht einmal Schmerz, dem Ort, an den sie gegangen sind, fehlt es an nichts. Er ist ein vollkommener Ort.

Und musste nicht sagen, das ist von Natan Zach.

Wir haben dann noch ein bisschen geschwiegen. Ringsum wurde weiter über Ari gesprochen und über Yoram Sirkins Erstarken in den Umfragen. Jemand sagte, Sirkin sei nicht fähig, auch nur ein wahres Wort über die Lippen zu bringen, und jemand anderes erwiderte, so etwas wie Wahrheit gebe es doch gar nicht mehr. Wahrheit sei passé. Weitere Tabletts mit Empanadas wurden aus der Küche gebracht. Ein Fotoalbum von Ari wanderte von Hand zu Hand, aber als es bei mir ankam, war ich nicht in der Lage, darin zu blättern, noch nicht, noch zu früh, also gab ich es an Chagai weiter, der es – zu meiner Erleichterung – ebenfalls weiterreichte. Von Zeit zu Zeit war in dem Gemurmel aus Hebräisch auch ein spanisches Wort zu hören. Draußen warf jemand einen Rasenmäher an. Chagai stand auf und kam mit zwei Empanadas wieder, eine für sich und eine für mich. Ich musste daran denken, wie er damals, als wir, die Freunde, bei ihm übernachtet hatten, im Keller ihres Hauses in Ramot, auch die ganze Zeit um uns herumgewuselt ist, Trinken und Essen angeschleppt hat, Kissen, um sie unter den Schlafsack zu stopfen, und jedes Mal das Gespräch mit einem anderen Thema neu angefacht hat, das Dekolleté der Geschichtslehrerin Dorin Schiller, schwarze Löcher, der Herr der Ringe, Michelle Dayan. Und wenn uns allen die Lider schon fast zufielen, schlug er vor, um uns wieder wach zu bekommen, jeder solle seine Lieblingsonaniefantasie erzählen. Er würde den Anfang machen und nach ihm seien die anderen dran. Ihre Fantasien waren nüchtern-sachlich, pragmatisch wie ein Passbildautomat, und sehr bald war ich an der Reihe. Bei mir gab es Hindernisse, Konflikte, ausgearbeitete Charaktere und eine Handlung, und bis ich geendet hatte, waren alle schon eingeschlafen – alle bis auf Ari, der, bevor er den Reißverschluss seines Schlafsacks endgültig zuzog, mit schläfriger Stimme meinte: Bruder, aus dir wird noch mal ein Schriftsteller. Aber du musst lernen, fertig zu werden.

Ich gebe das Schreiben auf, sage ich nach einem letzten Schluck zu Chagai.

Warum?, fragt er. In seiner Stimme ist kein Entsetzen. Und kein Vorwurf. Nur Interesse. Und ich weiß wieder, warum ich immer so gern mit ihm geredet habe.

Es macht mich nicht mehr glücklich, sage ich.

Dann lass es, sagt er.

Ich bin ein Lügner geworden, sage ich, ein zwanghafter Geschichtenerzähler. Und ein Kannibale. Alles, was mir passiert, ist Stoff. Selbst als Dikla gesagt hat, ich verlasse dich, nicht, weil ich dich nicht mehr liebe, sondern weil ich dir kein Wort mehr glaube – selbst da habe ich gedacht, das ist ein starker Satz, den muss ich in irgendeiner Geschichte einbauen …

Wenn es so …

Und die Welt ist randvoll von Lügnern jetzt, Lügen ist das globale Zahlungsmittel geworden.

Da ist was …

Ich habe Lust, rauszugehen und zu spielen, Mensch, etwas Echtes zu tun, etwas, das Bestand hat. Eine Stiftung ins Leben rufen, für die Knesset kandidieren, einen Pädophilen kastrieren …

Okay, du hast mich überzeugt. Vielleicht musst du wirklich mal für eine Weile mit dem Schreiben aussetzen.

Ich muss nur noch einen Text fertigstellen, sage ich. Und das war's. So ein Fragenkatalog, den sie mir von irgendeiner Internetseite geschickt haben. Gut möglich, dass die die ganze Sache längst vergessen haben, aber ich habe wie an einem Rettungsseil daran gehangen, weil ich das ganze letzte Jahr nichts anderes hatte, an dem ich mich hätte festhalten können. Weißt du, ich habe bei solchen Interviews sonst immer das Blaue vom Himmel gelogen, habe die Antworten eines Schriftstellers heruntergespult. Aber diesmal habe ich mich bemüht, ehrlich zu antworten oder zumindest in Reichweite der Wahrheit zu bleiben, und das hatte etwas Befreiendes. Wie auch immer, mir bleiben nur noch ein paar Zeilen, dann bin ich fertig damit und werde ein komplett neues Leben beginnen.

Gibt es noch etwas, das Sie hinzufügen möchten?

Als die Schiwa vorüber war, bin ich los und habe mir die Wohnung vorgenommen.

Habe mit den Zimmern der Kinder angefangen. Die Wände in hellen Farben gestrichen. Und alles mit unbehandeltem Holz möbliert. Habe jedem von ihnen eine Überraschung aufs Kopfkissen gelegt, um ihnen beim nächsten Besuch eine Freude zu machen: Eine Tafel weiße Schokolade für Yanai, ein ›Guinnessbuch der Rekorde‹ für Noam und eine Baseballkappe von Adidas für Shira. Die überraschenderweise gesagt hatte, sie wolle auch kommen. Und die ganze Zeit habe ich mir gedacht, egal, was ich unternehme, es wird etwas Trauriges in der Luft liegen, wenn sie kommen. Habe mir aber auch gedacht, egal wie viel Trauer in der Luft liegt, ich werde um sie kämpfen. Um sie und um alles, was hier noch nicht ganz verloren ist, in meinen eigenen vier Wänden und in meiner Heimat.

Dikla schickt mir eine SMS: Ist das okay, wenn ich sie ein bisschen früher bei dir abliefere? Ich habe noch eine Veranstaltung im Büro. Ganz offensichtlich hat sie ein Date und lügt, um mir nicht wehzutun, denke ich und simse zurück: Sicher, gerne. Und sie: Wie geht es dir denn? Und ich: Wird schon werden. Dabei bin ich mordseifersüchtig auf ihr Date. Male mir aus, wie er wohl aussieht. Kann es mir auf jeden Fall denken. Eine Kombination aus Eran, dem stellvertretenden Marketingleiter, und Barack Obama. Habe die paar Sachen, die ich mitgenommen hatte, ausgepackt und sie aufs Wohnzimmer und mein Schlafzimmer verteilt, habe in der Arbeitsecke ein kleines Bücherbord angebracht und den Sorbas daraufgestellt, den Lao-Tse und das Bild von Maayan. In ihrem Mundwinkel deutet sich ein

Lächeln an. Kein richtiges Lächeln und ganz sicher kein Lachen. Mehr eine Neigung des Mundes, die von einer Neigung der Seele zum Guten kündet. Ich sage zu ihr: Jetzt gibt es nur noch dich und mich. Bitte sie: Verlass mich nicht. Und hole schließlich den Laptop raus und hänge ihn an den Strom, öffne die Datei, in der ich auf die Fragen der Internet-User geantwortet habe. Sage mir, allem Anschein nach wird das dein letztes Interview gewesen sein, und das ist auch gut so. Schiebe das kleine Rechteck an der rechten Bildschirmkante ganz nach oben, um an den Anfang des Dokuments zu springen und alles, was ich geschrieben habe, noch einmal zu überarbeiten. Aber dann überlege ich es mir anders.

Nein. Ich werde nichts umformulieren, nichts überdenken, nichts ausgestalten. Diesmal nicht.

Ich hänge die Datei an die E-Mail und adressiere alles an den Online-Redakteur.

Atme noch einmal lang und tief durch, wie vor einem Sprung vom Dach …

Und klicke auf Senden.